Garten
Monopteros
Kinder-Spielpl.
Baum-schule
Chinesischer Turm
Staats-Bibliothek
Kriegs-ministerium
Ludwig-K.
Schönfeld
Tann Str.
Kaulbach
Königin-Str.
Prinzregenten Str.
National Museum
Prinzregenten-Dkm
Luitpold-Br.
Friedens-Denkm.
ISAR
Maria Theresia Str.
Möhl Str.
Siebert
Holbein
Prinzregenten-Str.
Lamont
Telefon-Fab.
Widenmayer Str.
Maximilian Str.
Maximilians-Br.
Maximilianeum
Hofbräuhaus Keller
Innere Wiener S.
Wiener Pl.
Johannis Kirchen
Haidhausen
Preysing-Str.
Rosenheimer Str.
Bürgerbräu Keller
Deutsches Museum
Franziskaner Leistbräu Keller
Franziskaner Str.
Orleans-Platz
OST-BHF.
Orleans Str.
Weissenburger Pl.
Pariser Pl.
Pariser Str.
Lothringer Str.
Breisacher
Steinsdorf Str.
Zweibrücken Str.
Isartor-Platz
Thiersch Str.
Kanal Str.
Alpines Museum
Prater
Städt. Volksbad
Elektr. Werk
Auf der Insel
Wolfgang Pl.
Giesebrecht
Sedan Str.
Milch Str.
Stadt Keller
Herzog Rudolf Str.
Liebig Str.
Oettingen Str.
Lerchenfeld
Himbsel S.
Städt. Kranken-haus
Wiener Pl.
Unions Brauerei
Kloster zum guten Hirten
Hochstr.
Mariahilf Platz
Boge
haus

Heidi Rehn

Die Buchhandlung in der Amalienstraße

Heidi Rehn

Die Buchhandlung *in der* Amalienstraße

Roman

List

List ist ein Verlag
der Ullstein Buchverlage GmbH

ISBN: 978-3-471-36044-6

Gesetzt aus Weiss Std
Satz: LVD GmbH, Berlin
Druck und Bindearbeiten: GGP Media GmbH, Pößneck
Printed in Germany

Schaff dir deine Welt; wie du sie schaffst, so ist sie.
Sie ist nur in dir selbst, in deiner Vorstellung.
Schaff sie dir und glaub an deine Welt!

Helene Böhlau, *Halbtier*

Modern sein heißt für die Frau ein eigenes Gesetz
in der Brust tragen, dessen Erfüllung ihr vielleicht nicht banales Glück,
gewiß aber das höchste Glück
der Erdenkinder gewährt: die Persönlichkeit.

Carry Brachvogel, *Hebbel und die moderne Frau*

In Erinnerung an Meta

Prolog

München, Mitte März 1910

Der Abend hatte sich gelohnt. Elly wusste jetzt, was sie werden wollte: ausgebildete Buchhandelsgehilfin. Und ebenso wusste sie, was sie keinesfalls werden wollte: abhängig von einem Mann, der ihr den Lebensunterhalt sicherte. Sie würde auf eigenen Beinen stehen, unabhängig durch einen Beruf, der ihr schon lange am Herzen lag. Der Vortrag im Verein für Fraueninteressen hatte ihr gezeigt, wie ihr das gelänge. Sie platzte vor Ungeduld, mit Henni darüber zu sprechen.

Beim Verlassen des Saales beobachtete sie die Anwesenden. Fast nur Frauen, fast alle zwischen zwanzig und vierzig Jahre alt, älter als Henni und sie, und fast alle aus den gleichen gutbürgerlichen, gebildeten Kreisen wie sie, aber nicht wie Henni. Das aber würde künftig ebenso wenig eine Rolle spielen wie das Geschlecht, wie die Berliner Buchhändlerin Marie Lesser vorhin ausgeführt hatte. Vor zehn Jahren habe das zwanzigste Jahrhundert begonnen. Das Zeitalter, in dem Frauen ein eigenständiges Leben führten, ganz nach ihren Vorstellungen und intellektuellen Fähigkeiten, unabhängig von der Herkunft. Eine Beschäftigung im Buchhandel biete die ideale Voraussetzung dafür. Kein Wunder, dass der Anteil der Frauen in der Branche seit Jahren kontinuierlich steige. Seit zwei Jahren existiere sogar ein Buchhandelsgehilfinnenverein, der den weiblichen Angestellten und ihrer zunehmenden Bedeutung im Börsenverein Gehör verschaffe.

Für Elly bestand kein Zweifel: Das war ihre Chance!

»Der Vortrag war großartig, findest du nicht?«

Beschwingt zog sie ihre Freundin Henni in die dunkle Märznacht hinaus. Schneeflocken wirbelten durch die kalte Luft. Sie breitete die Arme zur Seite, legte den Kopf in den Nacken und tanzte übers Trottoir.

Manche der Frauen, die wie sie den Vortrag besucht hatten und sich nun auf den Heimweg machten, sahen missbilligend zu ihr herüber. Andere schüttelten den Kopf, wobei nicht genau zu entscheiden war, ob zustimmend oder ebenfalls indigniert. Einige, gar nicht so wenige aber lächelten.

»Recht haben Sie, Fräulein!« Eine Dame mittleren Alters applaudierte ihr. »Wäre ich noch einmal so jung wie Sie, dann würde ich auf mein Höheres-Tochter-Dasein pfeifen und mich schnellstmöglich um eine Lehrstelle im Buchhandel bemühen.«

»Das ist unsere Chance! Die müssen wir ergreifen.« Nach einer letzten, schwungvollen Pirouette um die eigene Achse hüpfte Elly zu Henni zurück, schlang sich den Schal enger um den Hals und hakte sich bei ihr unter.

Henni hatte die Veranstaltung heimlich besucht. Ellys Mutter hatte es ihrer Tochter selbstredend erlaubt, Hennis Vater aber missbilligte den Frauenverein, und ihre Mutter wagte nicht, gegen ihn aufzubegehren. Damit Hennis Eltern nichts von ihrem Besuch erfuhren, übernachtete sie unter dem Vorwand, Elly und ihrer Mutter beim Waschtag zu helfen, bei ihnen in der Wohnung nahe am Englischen Garten.

Ellys verwitwete Mutter Dita hatte anderes im Sinn, als sich zu sorgen, was Elly tat, während sie sich abends oder vielmehr nachts vergnügte. Und erst recht anderes, als darüber zu grübeln, was Elly mit ihrem Leben langfristig anfing, außer sich eine aus ihrer Sicht gute, sprich: reiche Partie zu angeln, die ihr ein amüsantes Dasein garantierte.

»Marie Lesser spricht mir aus der Seele«, bekräftigte Elly, während sie und Henni Arm in Arm Richtung Odeonsplatz stapften. »Wir *müssen* Buchhändlerinnen werden. Das ist *der* Beruf für uns. Eine Schande, dass wir nicht längst selbst darauf gekommen sind. Gleich morgen in der Früh gehen wir zu Theres und Ruth und fragen, ob wir bei ihnen anfangen können. Um sieben sperren sie die Buchhandlung auf. Wenn wir dann schon vor der Tür stehen, erwischen wir sie noch allein, um ungestört mit ihnen zu reden.«

»Dich nehmen sie bestimmt sofort. Warum sonst haben sie dir von dem Vortrag heute Abend erzählt? Außerdem hast du die Höhere-Töchterschule besucht, stammst aus gutbürgerlichen Kreisen. Ich dagegen habe nur acht Jahre Volksschule, bin in einfachen Verhältnissen aufgewachsen und …«

»Unsinn!«, unterbrach Elly sie. »Du bist klug und wissbegierig. Du liest viel mehr als ich. Und außerdem hast du ein Faible für aufregende Geschichten. Das wissen die Lämmles. Sie kennen uns, seit wir mit fünf oder sechs Jahren angefangen haben, bei ihnen in den Büchern zu stöbern. Dank ihnen haben wir beide uns doch überhaupt erst kennengelernt. Deinen Vater wollten sie sogar überreden, dich auf eine bessere Schule …«

»Was er mir trotzdem verboten hat, weil ein Mädchen seiner Ansicht nach ohnehin heiratet. Lass, Elly. Ich schaffe das auch so. Die Stelle als Ladenhilfe im Tabakgeschäft von Frau Hippmann ist ganz passabel. Bei ihr erlebe ich fast jeden Tag etwas, was ich für meine Geschichten gebrauchen kann. In vier Jahren bin ich großjährig, dann gehe ich sowieso von hier weg.«

»Du darfst nicht weggehen!« Abrupt blieb Elly stehen, zwang Henni, sie anzusehen. »Du darfst mich nicht allein lassen. Du bist meine beste Freundin. Der einzige Mensch, dem wirklich etwas an mir liegt. Was soll ich nur ohne dich tun?«

»Eben noch hast du selbst gesagt, die Lehre als Buchhändlerin wäre deine große Chance, um selbstständig zu werden, auf eigenen Füßen zu stehen. Dabei tust du das eigentlich jetzt schon. Mich brauchst du nicht dazu.«

»Dich brauche ich immer! Unser ganzes, hoffentlich langes Leben lang …«

Elly stellte sich auf die Fußspitzen, schlang der zwei Handbreit größeren und ein Jahr älteren Henni die Arme um den Hals und presste sich fest gegen ihre Brust.

»Noch bin ich ja hier. Vier Jahre mindestens.« Verlegen löste Henni sich aus der Umarmung. »Angenommen, die Lämmles nehmen dich als Lehrling, dann wird deine Mutter trotzdem nicht damit einverstanden sein. Sie hat andere Pläne …«

»Meine Mutter frage ich gar nicht erst.« Elly schob die Hände tief in die Taschen ihres dicken Wollmantels und schlenderte langsam weiter durch die Winternacht. »Letztlich wird sie erleichtert sein. Das Pensionat in der Schweiz kostet ein Vermögen. Eigentlich kann sie sich das gar nicht leisten. Sie hat mich nur angemeldet, weil sie sich einbildet, das sei sie mir schuldig. Mich bringen keine zehn Pferde dahin.«

»Aber der Zug. Das Billett für deine Abreise nächste Woche ist doch schon gelöst.«

»Das kann man zurückgeben. Vielleicht nehmen Dorothea oder Sieglinde es. Die wollen auch nach Neuchâtel gehen. Eine grauenhafte Vorstellung, nach sechs gemeinsamen Jahren mit den eingebildeten Mamsells im Institut von Madame Haustetter noch mindestens zwei weitere Jahre mit ihnen in der Schweiz zu verbringen.« Elly schüttelte sich. »Nie im Leben will ich ein solches Leben wie die beiden führen. Dazu bin ich nicht geschaffen.«

»Aber dafür, regelmäßig morgens ab sieben die Ladenräume auszufegen, Bücherkisten zu schleppen, Pakete mit dem Fahrrad an die Kundschaft auszuliefern oder Lieferantenrechnungen zu kontrollieren?«

Henni warf ihr einen skeptischen Blick zu. Elly verstand, worauf sie anspielte. Sie kannten einander einfach zu gut. Und wussten fast alles voneinander. Zudem war sie im Gegensatz zu Henni äußerst zierlich und keine körperliche Anstrengung gewohnt. Sie hatte noch nie hart arbeiten müssen, Henni aber hatte von klein auf bei der Hausarbeit mithelfen müssen und stand seit ihrem vierzehnten Lebensjahr den ganzen Tag als Ladenhilfe im Tabakgeschäft.

»Das hört sich viel schlimmer an, als es ist«, wiegelte Elly dennoch ab. »Für schwere Arbeiten gibt es bei den Lämmles den Ausgeher Franz sowie die männlichen Gehilfen. Oder hast du Theres jemals vor Anstrengung schwitzen oder gar selbst aufs Radl steigen sehen, um bestellte Bücher auszuliefern? Als Buchhändlerin verbringt man die meisten Stunden am Tag mit der Beratung der Kundschaft. Stell dir vor, wie viele Bücher man dafür zu lesen hat, wie viele Dichter man persönlich kennenlernt, weil man sie zu Lesungen in die Buchhandlung einlädt, und welch kluge Gespräche man über Literatur führen darf!«

»Das kannst du im Mädchenpensionat auch. Obendrein wirst du in Französisch unterrichtet, findest interessante Freundinnen aus anderen Ländern und kommst ein bisschen in der Welt herum.«

»Um am Ende mit einem arroganten, viel zu alten Offizier vom Königlich Bayerischen Infanterie-Leib-Regiment verheiratet zu werden wie meine Mutter? Nein danke!«

»Dafür kann deine Mutter seit dem Tod deines Vaters so leben, wie sie mag.«

»Dann soll ich also in der Hoffnung heiraten, dass mein Angetrauter möglichst bald stirbt, damit ich endlich tun und lassen darf, was ich will?« Elly lachte. »Leider ist die Witwenpension meiner Mutter doch nicht so üppig, als dass sich das wirklich lohnt.«

»Sonderlich unglücklich wirkt sie aber auch nicht. Sieh nur, da vorn ist sie und sieht wieder sehr unternehmungslustig aus.«

Mit dem Kopf wies Henni zur nächsten Straßenecke. Tatsächlich stand Dita dort, flankiert von einer Handvoll Herren in Uniform. Ihr ausladender Hut mit der langen Feder wie auch der pelzverbrämte Mantel waren ebenso unverkennbar wie ihre schlanke Silhouette, die im Licht einer Bogenlaterne vorteilhaft angestrahlt wurde. Es machte den Anschein, als warteten sie und ihre Begleiter noch auf jemanden, bevor sie sich gemeinsam im palastartigen Gebäudekomplex des *Café Luitpold* in einem der mondänen Tanzsäle oder Restaurants amüsierten.

Um ihr nicht in die Arme zu laufen, wollte Elly die Straßenseite wechseln. Im selben Moment trat ihnen aus dem Vorgarten der »Roten Burg«, wie das Wittelsbacher Palais seiner sandsteinroten Farbe wegen von den Münchnern genannt wurde, ein auffallend blonder, groß gewachsener Uniformierter mit markanten blauen Augen entgegen.

»Fräulein Elly, wie schön, Sie zu sehen!«, begrüßte er sie.

Zu ihrem Verdruss wurden Dita und ihre Kavaliere auf sie aufmerksam und kamen zu ihnen herüber.

»Die Freude ist ganz meinerseits, Herr von Hauenstein«, erwiderte sie bemüht höflich. In Wahrheit konnte sie den inzwischen zum Leutnant aufgestiegenen früheren Burschen ihres verstorbenen Vaters nicht ausstehen. Er war ihr eine Spur zu attraktiv, zu wohlerzogen und zu galant. Und eindeutig zu aufdringlich. Ständig scharwenzelte er um Dita herum. Wahrscheinlich weniger, weil er bei ihr ernste Absichten verfolgte. Mit Mitte dreißig war sie eindeutig zehn Jahre zu alt für ihn. Elly vermutete eher, er wollte über den Umweg mit Dita sie für sich gewinnen. Nach dem mysteriösen Jagdunfall ihres Vaters vor fünf Jahren tat Hauenstein so, als hätte der ihm noch auf dem Sterbebett die Fürsorge um Frau und vor allem Tochter angetragen. Sobald sie im heiratsfähigen Alter wäre, würde er ihr gewiss einen Antrag machen. Dita schien einer solchen Verbindung nicht einmal abgeneigt, wie ihre Andeutungen belegten, was Elly fast noch grauenhafter fand.

»So spät noch unterwegs? Am besten bringe ich Sie sofort …«, setzte er an. Elly winkte ab. »Nicht nötig. Wie Sie sehen, ist meine Freundin Henni da. Sie übernachtet bei mir.«

Das quittierte er mit einem abfälligen Stirnrunzeln. Ihre Freundschaft mit Henni war in seinen Augen indiskutabel.

»Die beiden waren bei einem Vortrag des Vereins für Fraueninteressen«, mischte Dita sich ein, um zu erklären, warum ihre halbwüchsige Tochter spätabends noch draußen unterwegs war.

»Verein für Fraueninteressen?« Um Hauensteins Mundwinkel zuckte es geringschätzig. Das schien für ihn wohl noch schlimmer, als mit jemandem wie Henni befreundet zu sein.

»Es gab einen Vortrag über Frauen im Buchhandel.« Seine Reaktion animierte Elly, sich ausführlicher darüber auszulassen. »Meine Freundin und ich haben uns entschieden, eine Ausbildung zur Buchhändlerin zu beginnen.«

»Eine Ausbildung im Buchhandel? Wozu? Nächste Woche machen Sie sich doch auf den Weg ins Pensionat in der Schweiz.«

Sichtlich belustigt suchte er Ditas Blick.

Für einen kurzen Moment zauderte Dita. Allerdings wäre sie nicht die Offizierswitwe Dita Grafenstetter, geborene Gräfin zu Hengsdorff, hätte sie sich nicht sofort wieder im Griff. Betont munter zwinkerte sie erst ihm, dann Elly zu, bevor sie sich auch halb an die Runde ihrer weiteren Begleiter wandte: »Faszinierend, nicht? Meine Tochter ist immer für eine Überraschung gut. Und ganz auf der Höhe der Zeit. Außerdem liest sie leidenschaftlich gern. Da liegt eine Beschäftigung im Buchhandel auf der Hand. Heutzutage ist es nur von Vorteil, wenn ein junges Mädchen etwas für den eigenen Kopf tut. Langfristig wirkt sich das positiv auf ihre Persönlichkeit aus. So lernt sie, sich sinnvoll zu beschäftigen.«

»Da haben Sie recht. Eine sinnvolle Beschäftigung ist natürlich besser als Langeweile, gerade für ein junges Fräulein. Nicht dass sie …«

»Auf dumme Ideen kommt?«, fiel Elly ihm ins Wort. »Keine Sorge. Wir Frauen profitieren von so manchem unrühmlichen männlichen Vorbild aus der Vergangenheit, das aus purer Langeweile und mangels vernünftiger Beschäftigung Dummheiten wie etwa ein Duell begangen hat. Da wissen wir unsere kostbare Lebenszeit gescheiter zu nutzen.«

Täuschte sie sich, oder erschrak Hauenstein für den Bruchteil einer Sekunde über ihre Worte? Im nächsten Moment schmunzelte er süffisant.

»Bei Ihnen bin ich mir da ohnehin nicht bang. Sie langweilen sich nie.«

»Es geht mir nicht nur darum, mich nicht zu langweilen, sondern bewusst meinen eigenen Weg zu gehen.«

»Der Sie früher oder später dennoch an das Ziel führt, das allen jungen Frauen aus Ihren Kreisen bestimmt ist.«

»Ich fürchte, wir sprechen da von ganz unterschiedlichen Zielen.«

»Darauf würde ich nicht wetten.«

»Warum nicht?«

»Weil Ihnen als Frau in unseren Kreisen keine andere Wahl bleibt.«

»Als was? Als zu heiraten und still an der Seite eines Mannes dahinzuvegetieren? Darauf würde wiederum ich nicht wetten.«

»Wetten doch?«

Er streckte ihr die Hand entgegen. Dita schnaubte verächtlich, Henni sog hörbar die Luft ein.

»Nur zu gern.«

Elly schlug ein.

1

München, Mitte Oktober 1913

Fast hätte es die eindrucksvollen, aufwendig gestalteten Kunstbände an der rückwärtigen Wand auf einen Schlag erwischt und sie wären umgekippt wie Dominosteine. Flink überstieg Elly die schweinslederne Prachtausgabe von Meyers Konversationslexikon, verlor dabei erneut das Gleichgewicht und ruderte wild mit den Armen durch die Luft, um nicht rücklings auf den Reiseführern zu landen. Gerade als sie wieder festen Boden unter den Füßen spürte, begann der Band zur italienischen Renaissance-Architektur zu wanken. Sie fing ihn auf und platzierte ihn in einer Reihe mit den Büchern über antike griechische Philosophie.

Sieben Uhr war eindeutig zu früh am Tag, um sich bereits unter Kontrolle zu haben. Sieben Uhr in der Früh und damit pünktlich zur Ladenöffnung war allerdings die einzige Zeit am Tag, zu der sie die Schaufenster noch weitgehend ungestört von der mittlerweile ausgebleichten Dekoration zum fünfundsiebzigjährigen Bestehen der Buchhandlung Lämmle befreien konnte. Zwischen der Riege Ehrfurcht einflößender Klassiker mit Goldprägung sowie den auffallend modern im verschlungenen Jugendstil gestalteten Neuerscheinungen der letzten Monate sollten endlich auch wieder die Werke Münchner Autorinnen und Autoren zur Geltung gelangen. Dafür war die einst von Isaak Lämmle in der Altstadt gegründete und vor über dreißig

Jahren von seinem Sohn Isidor in die Amalienstraße verlegte Buchhandlung stadtweit bekannt, darauf hatten sich dessen Tochter Theres und ihre Cousine Ruth bei der Übernahme des Geschäfts vor acht Jahren spezialisiert.

Hoppla! Fast wäre Elly beim Umdrehen in dem schmalen Raum zwischen Schaufensterscheibe und Sperrholzrückwand das nächste Missgeschick passiert. Sie musste aufpassen, beim Abhängen der von bunten Girlanden umrankten Festtafel mit der goldenen 75 nicht die limitierte Sonderedition des von Literaturnobelpreisträger Paul Heyse mitverfassten *Münchner Dichterbuchs* vom Sockel zu stoßen, die die Lämmles anlässlich des Buchhandlungsjubiläums in ihrem hauseigenen Kleinverlag mit kunstvollen Illustrationen einer jungen Münchner Malerin veröffentlicht hatten. Dies sollte natürlich auf dem kleinen Podest in der Mitte der Auslage stehen bleiben, bis alle Exemplare verkauft waren.

Auf dem karmesinroten Filz davor fächerte Elly Thomas Manns *Buddenbrooks*, ein großer Liebling der Kundschaft, Ricarda Huchs Brieferzählung *Der letzte Sommer*, Heinrich Manns *Professor Unrat* sowie Annette Kolbs soeben mit dem Fontane-Preis prämierten Debütroman *Das Exemplar* auf. Ebenso fand sie noch Platz für Hans Carossas neuesten Roman *Doktor Bürgers Ende* und Lena Christs *Lausdirndl-Geschichten*. Eine gewagte Mischung. Durch die gemeinsame Präsentation bewährter älterer Titel mit noch weniger gut eingeführten Neuerscheinungen hoffte sie, den unbekannteren Büchern und Autoren mehr Aufmerksamkeit auch in solchen Leserkreisen zu verschaffen, die sonst gern auf das Bewährte setzten und sich nur sehr zögerlich von anderem überzeugen ließen. In ihrer Stammkundschaft gab es sehr, sehr viele von dieser Spezies.

Flink raffte sie die Röcke und tänzelte auf Zehenspitzen zwischen den Büchern umher, bückte sich, um einen einzelnen Titel gefälliger auszurichten oder einen anderen weiter nach vorn zu rücken, schob mit spitzen Fingern die akkurat geschriebenen Preistäfelchen zwischen die Seiten und reichte endlich die staubige Jubiläumstafel mitsamt den bunten Girlanden zu Henni aus dem Schaufenster.

Durch einen Spalt zwischen den Leintüchern, mit denen die Glasscheibe zur Straßenseite abgehängt war, erhaschte sie einen flüchtigen Blick nach draußen. In den Fenstern des schräg gegenüberliegenden *Café Stefanie* spiegelten sich die frühmorgendlichen Sonnenstrahlen.

Ein junger Mann, nur wenig älter als sie, in hellem Anzug und dunklem Hut auf dem kastanienbraunen Haar drückte sich dort auffällig unauffällig herum, sah abwechselnd zwischen Uhr und Buchhandlung hin und her. Was hatte er im Sinn? Warum kam er nicht einfach herüber und kaufte sich auf dem Weg zur Arbeit ein Buch, wenn ihn danach verlangte? Dabei sah er eigentlich nicht so aus, als gehörte er zu denen, die in einem der umliegenden Büros, Kanzleien oder gar Ministerien beschäftigt waren. Ebenso wenig schien er ein Student, Künstler oder gar einer der typischen Bohemiens aus Schwabing, das nördlich an die Maxvorstadt angrenzte, in der sich die Buchhandlung Lämmle befand. Die waren um diese Zeit ohnehin eher nicht auf dem Weg zur Arbeit als vielmehr nach einer durchzechten Nacht auf dem Weg nach Hause.

An der nahen Ludwigskirche schlug es halb acht. Elly riss sich vom Anblick des Unbekannten los. Die Dekoration musste fertig sein, bevor die ersten Kunden auftauchten. Eine Fliege brummte vor ihrem Gesicht herum. Sie wedelte sie weg, begutachtete das Ergebnis ihrer Mühen.

»Es geht nicht um die Befriedigung unserer Bedürfnisse, sondern um die der Kundschaft. Hauptkriterium für die Auswahl darf nicht unser eigener Geschmack sein, sondern ausschließlich das, was das Interesse unserer Kunden weckt und sie zum Betreten unserer Buchhandlung sowie im besten Fall zum Kauf eines Buches animiert«, pflegte Theres, die ältere ihrer beiden Chefinnen, zu mahnen, wenn Elly die Bücher für die Auslage bereitlegte.

»Und es geht natürlich auch darum, neugierig zu machen, wofür unsere Buchhandlung seit mehr als drei Generationen steht: Münchner Literatur. Und das heißt in zunehmendem Maß Literatur von Frauen für Frauen«, ergänzte Ruth gern verschmitzt lächelnd.

Anscheinend gelang es Elly immer besser, diese Anforderungen zu erfüllen. Mittlerweile ließen die Lämmles ihr fast freie Hand bei der Dekoration.

»Dein Gespür für das, was die Kundschaft anlockt, ist wirklich hervorragend«, lobte Ruth, und auch Theres erkannte das an. »Mit dir als Gehilfin haben wir einen echten Glücksgriff getan.«

Elly bereute es bislang keine Sekunde, sich vor dreieinhalb Jahren den Plänen ihrer Mutter mit dem Schweizer Pensionat verweigert und sich stattdessen für die Ausbildung als Buchhändlerin entschieden zu haben. Vor einigen Monaten hatten die Lämmles sie als ausgelernte Gehilfin in den Kreis der fest Beschäftigten aufgenommen. Zu gern hätte Elly das dem hochnäsigen Rolf von Hauenstein als triumphalen Sieg ihrer Wette von vor drei Jahren verkündet, der aber war fast ebenso lang schon in die Garnison nach Ingolstadt versetzt.

Ihre Freundin Henni war seinerzeit zwar nicht wie erhofft ebenfalls Buchhandelslehrling bei den Lämmles geworden, dafür hatten sie sie vor knapp zwei Jahren als angelernte Büro- und Ladenhilfe angestellt und erlaubten ihr, bei nahezu sämtlichen Tätigkeiten außer der direkten Kundenberatung einzuspringen. So ging sie Elly auch an diesem Morgen zur Hand und reichte ihr die Bücher durch die Öffnung in der Rückwand.

Nach einem letzten Blick auf ihr Arrangement entfernte Elly den Sichtschutz von der Scheibe. Davor tummelten sich bereits die ersten Neugierigen. Eine Handvoll Studenten, wie an den Mützen und den jungenhaft-vorwitzigen Gesichtern zu erkennen war. Ob ihr Interesse allein den frisch dekorierten Büchern in der Auslage galt oder nicht doch eher der Hoffnung entsprang, durch das grob gewirkte Leintuch schemenhaft Ellys Umrisse zu erahnen, vielleicht sogar einen Blick auf ihre in dünnen weißen Strümpfen steckenden Füße und Fesseln zu erhaschen, war nicht eindeutig zu sagen. Am liebsten hätte Elly ihnen die Zunge herausgestreckt. Das aber war undenkbar. Einige von ihnen gehörten zur Stammkundschaft. Falls sie mehr gesehen hatten als beabsichtigt, war es ohnehin zu spät, sich darüber zu ärgern. Mit einem verächtlichen Blick auf die Studentenmützen knüllte sie das Tuch zusammen, stopfte es sich unter den Arm und wandte sich nach hinten, um aus dem Schaufenster zu klettern.

»Beim nächsten Mal stellen wir ausschließlich Titel von Frauen aus, dann haben die Studenten erst recht viel zu glotzen«, verkündete sie Henni, als sie durch die schmale Luke in der Rückwand in den Laden zurückkehrte.

Noch waren sie allein in den verwinkelten Räumen mit den deckenhohen, unter der Last der dicken, dünnen, schöngeistigen, wissenschaftlichen, unterhaltsamen, anspruchsvollen, lehrreichen, bebilderten oder textlastigen Titel durchgebogenen Regalen und den ebenfalls mit Büchern, Zeitschriften und Broschüren überfrachteten Schautischen. Durch die Hintertür hatten sie vorhin zwar schon den Ausgeher Franz und den Lehrling Johann hereingelassen, die aber waren beide im Lager mit dem Aus- und Umpacken der Lieferung des Barsortiments beschäftigt, damit so bald wie möglich die Regale aufgefüllt sowie die Bestellungen an die Kunden ausgeliefert werden konnten. Wahrscheinlich waren mittlerweile auch die beiden älteren Gehilfen, Albert Rosendorf und Mathias Kirchner, eingetroffen und hatten damit begonnen, die Bestell- und Lieferlisten abzugleichen. Ebenso dürften Buchhalterin Vroni Eversbusch und die zweite Gehilfin, Rahel Sonneberg, inzwischen da sein.

Elly unterdrückte ein Niesen. Die staubgeschwängerte, trockene Luft kitzelte in der Nase. Sie liebte den unverwechselbaren Geruch, der durchaus auch einen Anflug von Moder aufwies, wie ihre Mutter gern lästerte. Das aber scherte sie wenig. Prüfend schlenderte sie durch die Ladenräume, vergewisserte sich, ob die neuesten Ausgaben der Tageszeitungen auf dem Tresen vor den Regalen an der rechten Längswand lagen, rückte die Stühle vor den Tischen zurecht, auf denen der Kundschaft die gewünschten Werke zur Ansicht präsentiert wurden, und schaltete die Leselampen ein.

»Warum hast du eigentlich kein Buch von Carry Brachvogel fürs Fenster ausgewählt?«, erkundigte sich Henni und begann, die Regale abzustauben. »Den abendlichen Abrechnungen zufolge gehören ihre Titel zu den meistverkauften.«

»Oh!«, war alles, was Elly zunächst dazu einfiel. Wie hatte ihr das passieren können? Carry Brachvogel war tatsächlich nicht nur eine der derzeit erfolgreichsten Münchner Schriftstellerinnen, sondern außerdem eine der engsten Freundinnen von Theres. Seit Jahren waren sie gemeinsam im Verein für Fraueninteressen aktiv. Ein solcher Fauxpas war unentschuldbar.

»Besser spät als nie«, rief sie und beeilte sich, Brachvogels Roman *Der Kampf um den Mann* aus dem Regal zu holen, den sie stets in mehreren Exemplaren vorrätig hatten, weil er so oft verlangt wurde. Rasch lief sie damit zurück zum Schaufenster.

Ein Hauch von Rosenduft zog durch den Laden, durchmischt von herbem Tabakgeruch und einer kühlen Brise, die von der rückwärtigen Tür in die Buchhandlung wehte. Die Lämmle-Cousinen waren aus ihrer gemeinsamen Wohnung im zweiten Geschoss des Hauses nach unten gekommen.

»Guten Morgen«, rief Theres munter. Ruth folgte wenige Schritte hinter ihr, mit dem skandalösen Hosenrock und der karierten Mütze auf dem nackenkurzen Haar bereits perfekt zum Radeln gekleidet. Bei ihrem beneidenswert guten Anblick wünschte Elly sich wieder einmal, sie würde sich trauen, solche Sachen zu tragen.

»Wo ist der Rest?«, erkundigte Ruth sich, nachdem sie die kleine runde Brille geputzt und auf die lange schmale Nase gesetzt hatte.

»Rosendorf und Kirchner sind hinten im Lager und Rahel und Vroni im Büro«, erwiderte Elly.

»Dann ist die Tasche mit den Büchern für Professor Bruck hoffentlich schon gepackt. Auf meiner heutigen Tour ins Isartal radele ich bei ihm vorbei und bringe sie ihm selbst.«

Unternehmungslustig knöpfte sie sich die blousonartige Jacke zu, hauchte ihrer Cousine einen Kuss auf die Wange und verschwand wieder nach hinten. Kopfschüttelnd sah Theres ihr nach. Einmal mehr wunderte sich Elly, wie gut die beiden trotz ihrer offenkundigen Unterschiede miteinander auskamen.

Es blieb nicht viel Zeit, länger darüber zu grübeln. Schon kündigte die Ladenglocke den ersten Kunden an: Ministerialrat Schöffel. Elly biss sich auf die Lippen, um nicht laut zu lachen. Man konnte die Uhr nach ihm stellen. Jeden Morgen kam er, um im gemütlichen Lesekabinett der Lämmles in der Beletage die aktuellen Ausgaben der *Münchner Neuesten Nachrichten*, der *Münchner Zeitung* sowie der *Bayerischen Zeitung* zu studieren.

Theres gab Henni ein Zeichen, ihm nach oben zu folgen und ihm wie gewohnt eine Tasse Kaffee sowie eine Zigarre anzubieten.

»Den Tag möchte ich erleben, an dem der feine Herr aus

dem Innenministerium sich mit dem Kauf eines einzigen Buches für diese Sonderbehandlung erkenntlich zeigt«, moserte Kirchner, der im selben Moment mit einem Stapel Bücher auf den Armen aus dem Lager kam und Schöffel stirnrunzelnd hinterhersah.

»Den Tag werden wir nicht mehr erleben. Trotzdem freuen wir uns über seinen täglichen Besuch, denn es schadet nie, jemanden wie ihn besonders gut zu behandeln«, erwiderte Theres.

Gerade wollte Elly etwas hinzufügen, da ertönte die Ladenglocke erneut.

So ging es den gesamten Vormittag weiter. Bis Mittag waren alle Gehilfen und Theres vollauf mit der Kundschaft beschäftigt. Henni und Lehrling Johann assistierten eifrig, besorgten fehlende Bücher aus dem Lager oder brachten die entsprechenden Verlagskataloge, damit die Gehilfen sie direkt bestellen konnten.

Elly genoss den Trubel, auch wenn ihr kaum Zeit zum Luftholen blieb. Während sie Rahel an der Kasse zur Hand ging und den Kunden die frisch erworbenen Bücher in Packpapier einschlug, lauschte sie den Gesprächen. Ein Kunde verlangte von Kirchner einen Reiseführer für Paris, »aber bitte mit verlässlichen Tipps zu den besten Restaurants und vor allem den einschlägigen Vergnügungsstätten«, wie er anzüglich schmunzelnd hinzufügte, eine Kundin von Theres entpuppte sich als Philosophiestudentin und bedurfte ausgiebiger Beratung bei der Suche nach einer kommentierten Ausgabe zu Immanuel Kants Schriften. Eine andere Dame fragte Rosendorf nach einem Bildband über antike Plastiken, der nächste Herr wollte von Theres Wanderführer fürs Allgäu, und ein Jurastudent benötigte für sein Seminar die neueste Fassung des Arbeitsrechts, die Johann auf Kirchners Anweisung aus dem ersten Stock holte. Elly freute sich, nach einer Weile endlich hinter dem Tresen hervorzukommen und die Professorenwitwe Dreher, eine ältere Dame mit sympathischem Vollmondgesicht und schlohweißem dichten Haar, auf der Suche nach anspruchsvoller, unterhaltsamer Lektüre für eine Zugreise zu beraten.

»Kennen Sie die ›Roten Ullstein-Bücher‹ zu einer Mark?«, erkundigte sie sich. »Das ist eine Reihe zeitgenössischer Romane. Sie umfasst eine breite Auswahl unterschiedlichster Sujets, von Frauen wie von Männern geschrieben, mit Frauen wie Männern als Hauptfiguren. Dank der festen Pappbände eignen sich die Bücher besonders für unterwegs. Da ist für jeden Geschmack etwas dabei.«

Sie führte die Witwe Dreher zu dem Regal mit den Broschurbänden. Zielstrebig stellte sie ihr eine Auswahl zusammen und legte sie ihr auf einem Tisch zur Ansicht hin. Während sich die Professorenwitwe darin vertiefte, ließ Elly ihren Blick umherschweifen und meinte für den Bruchteil einer Sekunde, durch das Schaufenster wieder den jungen Mann zu sehen, der sich am frühen Morgen vor dem *Café Stefanie* herumgedrückt hatte.

»Das ist genau das, was ich gesucht habe, junges Fräulein«, riss die Professorenwitwe Dreher sie aus ihren Gedanken und reichte ihr gleich fünf Bücher. »Sie ahnen schon, was einem gefallen könnte, lange bevor man es selbst weiß.«

»Das kann ich nur bestätigen«, stimmte eine andere Dame zu. Elly erinnerte sich dunkel, sie ebenfalls schon häufiger beraten zu haben. »Durch sie habe ich die Romane von Gabriele Reuter entdeckt. Was für ein Genuss! Trotz ihrer Jugend haben Sie das richtige Gespür, um Bücher und Leserinnen zusammenzubringen. Ein Kompliment an Ihre Lehrmeisterin.«

Sie nickte Theres zu, während Elly fühlte, wie ihr Gesicht zu glühen begann. Rasch murmelte sie »Danke!« und tat, als müsste sie die Kunstpostkarten auf dem Ständer neben der Ladentheke auffüllen.

»Sei stolz auf dich«, raunte Rahel ihr im Vorbeigehen zu. »Deswegen sind wir doch Buchhändlerinnen geworden.«

Wenig später wurde Elly das noch ein weiteres Mal von einem älteren Herrn mit weißem Haarkranz bestätigt. Explizit verlangte er, von ihr bedient zu werden, weil sie ihn in der Woche zuvor schon »kenntnisreich beraten« habe, wie er so laut verkündete, dass sämtliche Kunden und Kollegen aufhorchten. Verlegen und stolz zugleich bat sie ihn an einen der Lesetische, um ihm die gewünschten Monografien über die österreichische Kaiserin Maria Theresia zu präsentieren.

»Wollen Sie vielleicht lieber einen historischen Roman über sie lesen?«, wagte sie sich vor, sobald ihr auffiel, dass er unzufrieden die Stirn runzelte, als er die Bücher durchblätterte. »Romane bieten zwar eine weitaus subjektivere Sicht auf eine historische Persönlichkeit als ein Sachbuch, aber das macht sie meiner Meinung nach so interessant.«

»Das klingt, als hätten Sie bereits einen konkreten Roman über Maria Theresia im Sinn.«

»Den von Carry Brachvogel natürlich. Der ist vor zwei Jahren erschienen.«

Schon griff sie nach dem Buch, das nur wenige Meter entfernt in einem anderen Regal stand.

»Von einer Frau?«

Auf den ersten Blick wirkte er wenig begeistert, überflog dennoch einige Seiten. Elly biss sich auf die Lippen. Hatte sie sich verschätzt? Dabei war sie sicher gewesen, ihn für Brachvogels Roman begeistern zu können. Anscheinend besaß er bereits eine so konkrete Vorstellung von Maria Theresia, dass ihn ein weiteres Sachbuch nur enttäuschen würde. Ein Roman dagegen, noch dazu von einer Frau über eine Frau verfasst, eröffnete ihm gewiss neue Perspektiven.

»Warum nicht?« Schwungvoll klappte er das Buch zu. »Sie

haben recht, junge Dame. Für einen verknöcherten alten Geschichtslehrer wie mich wird es Zeit, einmal mit den Augen einer modernen, klugen Frau auf Maria Theresia zu blicken.«

»Das freut mich.« Zufrieden begleitete sie ihn zur Kasse.

»Elly?«, hörte sie eine junge weibliche Stimme rufen. Die kam ihr bekannt vor, allerdings hatte sie sie noch nie in der Buchhandlung vernommen. Erstaunt fuhr sie herum. Tatsächlich, beim Tisch mit den frisch eingetroffenen Novitäten standen Dorothea und Sieglinde, ihre beiden ehemaligen Mitschülerinnen aus dem Mädcheninstitut Haustetter.

»Du arbeitest hier?«, fragte Sieglinde überflüssigerweise und maß mit einem abschätzigen Blick ihre schlichte Aufmachung mit weißer Bluse und grauem Rock, die Elly wie die anderen weiblichen Angestellten anhatte. Die männlichen Gehilfen und Lehrling Johann trugen graue Anzüge und sie alle – Theres und Ruth eingeschlossen – eine schwarz-weiße Papierrosette links an der Brust, in deren Mitte der jeweilige Name stand, um sie für die Kundschaft als Personal kenntlich zu machen.

»Sucht ihr ein bestimmtes Buch?«, fragte Elly betont munter und ebenso überflüssig zurück. Dass die beiden nicht arbeiteten, war ihnen sofort anzusehen. Ihre Kleidung war zu unpraktisch, die Frisur wie der Zustand ihrer Hände zu tadellos, und der Ausdruck auf ihrem Gesicht, wenn sie das Wort ›arbeiten‹ aussprachen, überheblich. Elly musste daran denken, wie haarscharf sie vor dreieinhalb Jahren dem Schicksal entronnen war, gemeinsam mit ihnen das Schweizer Pensionat für höhere Töchter zu besuchen. Ihr blasiertes Gebaren führte ihr eindrucksvoll vor Augen, was aus ihr geworden wäre, hätte sie Ditas Wunsch befolgt.

Obwohl schon im Institut, wie sicherlich später auch im Pensionat, großer Wert auf literarische Bildung gelegt worden war, brachte ihre Frage nach dem gewünschten Buch die beiden in sichtliche Verlegenheit. Schon lag Elly die Bemerkung auf der

Zunge, dass sie sich anscheinend im Laden geirrt hätten, da fasste Dorothea sich ein Herz.

»Habt ihr das neue Buch von dieser Gräfin?«

»Du meinst *Herrn Dames Aufzeichnungen* von Fanny Gräfin zu Reventlow?«

Ihre prompte Erwiderung verblüffte die zwei. Voller Genugtuung steuerte Elly den Tisch mit den Münchner Schriftstellerinnen an. Der schmale Band mit dem auffälligen, schwarz-weiß gemusterten Umschlag und der Rötelzeichnung, die ein Hausdach mit einem großen Atelierfenster sowie einen weiteren Hausgiebel in dem für Schwabing und die Maxvorstadt typischen Stil zeigte, lag auf einem beeindruckend hohen Stapel. Längst war der Band Stadtgespräch. In den einschlägigen Künstler- wie Bohemezirkeln gehörte es zum guten Ton, ihn gelesen zu haben. Triumphierend hielt Elly ihn Sieglinde und Dorothea hin.

Als keine von ihnen danach griff, fragte sie: »Oder wollt ihr für jede von euch eins? Es sind noch genügend Exemplare da, wie ihr seht.«

»Danke«, erwiderte Dorothea und nahm das Buch, presste es mit dem Titel nach vorn gegen ihren Leib, sodass man nicht erkennen konnte, um welches Buch es sich handelte.

»Es ist nicht verboten«, beruhigte Elly sie.

»Aber die Reventlow schildert die Dinge recht freizügig«, mischte Sieglinde sich ein.

»Du hast es schon gelesen?« Elly verkniff sich die nächste Frage, was sie unter »die Dinge« verstand. Sieglindes gerötete Wangen erklärten es auch so.

»Würden wir es dann noch kaufen?« Herausfordernd funkelte Dorothea sie an.

»Woher wisst ihr dann schon, was drinsteht?«

»Weil die Reventlow das Buch geschrieben hat und es bekannt ist, welche Freiheiten sie sich herausnimmt. Nicht umsonst wird sie die ›Skandalgräfin‹ genannt. Mit zwei Männern gleichzeitig hat sie zusammengelebt«, erklärte Sieglinde atemlos.

»Und niemandem sagt sie, wer der Vater ihres Sohnes ist«, ergänzte Dorothea. »Oder weiß deine Mutter Bescheid?«

»Warum sollte sie?«

»Sie ist doch ganz eng mit ihr.« Sieglindes Wangen glühten noch stärker. »Als die Reventlow noch in München gelebt hat, hat man sie fast jeden Tag zusammen im *Café Stefanie* oder sonst wo in Schwabing gesehen.«

»Das *Stefanie* befindet sich wie unsere Buchhandlung in der Maxvorstadt, gleich hier gegenüber«, berichtigte Elly.

»Trotzdem heißt es in dem Buch, es handele sich um ›Wahnmoching‹, ein klarer Hinweis auf Schwabing«, stellte Dorothea fest. »Alle Welt redet ja auch von der ›Schwabinger Boheme‹.«

»Und?« Sieglinde rückte näher an Elly heran, sah sie sensationslüstern an. »Kommt deine Mutter auch in dem Buch vor? Als wer?«

»Hat sie dir überhaupt schon verraten, wer sich hinter welcher Figur verbirgt?« Dorothea kam ebenfalls zu Elly. »Bestimmt weiß sie genau Bescheid.«

»Lest es selbst«, schlug Elly vor. »Es würde euch nur halb so viel Spaß machen, wenn ich alles verrate. Darf ich euch zur Kasse begleiten?«

Sie badete noch in der Genugtuung, die ihr Dorotheas und Sieglindes beleidigtes Davonrauschen verschafft hatte, als Johann neben ihr auftauchte und »Eingebildete Zicken!« zischte.

»Wenn's ihnen gefällt.« Achtlos zuckte Elly mit den Schultern und wandte sich ab.

»Mit den neugierigen Fräulein haben Sie sich wacker geschlagen«, sprach sie jemand von der anderen Seite an. »So habe ich jetzt die ersten Auskünfte über die feinen Unterschiede zwischen Schwabing und der Maxvorstadt erhalten.«

Sie fuhr herum. Der junge Herr in dem hellen Anzug und mit dem dunklen Hut auf dem kastanienbraunen Haar! Sie erschrak. Von Nahem hatte er einen ungewöhnlich durchdringenden Blick. Der irritierte sie mehr, als ihr lieb war.

»Was kann ich für Sie tun?«

Um das Zittern zu verbergen, verschränkte sie die Hände hinter dem Rücken.

»Mein Name ist Leo Kleefisch. Ich möchte zu den Lämmles. Wir sind verabredet.«

Was für ein ungewöhnlicher Name. Noch dazu war er mit Theres und Ruth »verabredet«. Sie horchte auf. Natürlich waren die ihr keine Rechenschaft über ihre Verabredungen schuldig, aber trotzdem machte es sie stutzig.

»Derzeit ist nur eine der beiden Chefinnen anwesend. Kommen Sie mit.«

Sie führte Leo Kleefisch zu Theres ins Büro im Obergeschoss.

Als sie nach unten zurückkehrte, wollte Henni wissen: »Wer war das?« Ihr war der Unbekannte auch gleich aufgefallen. Ebenso sahen Rahel, Kirchner und Johann neugierig herüber. Rosendorf scheuchte sie jedoch hinter den Ladentisch zurück.

Die geschäftige Mittagsstunde brach an. Elly liebte diese Tageszeit. Auf dem Weg zur wohlverdienten Pause erkundigten sich die einen nach den nächsten Lesungen oder Vorträgen, die am dritten Donnerstag im Monat in der Beletage stattfanden, und zettelten dabei bereits gern eine lebhafte Diskussion über das angekündigte Thema oder Buch an. Andere stöberten im Modernen Antiquariat und berichteten beiläufig von wertvollen Autographen oder Erstausgaben, die sie unlängst anderswo entdeckt hatten, und wieder andere entfachten beim Zeitungslesen im Lesekabinett einen heftigen Disput über die aktuelle Politik in Berlin.

Eine erstaunlich große Gruppe Kundschaft, die um diese Zeit in der Buchhandlung einfiel, zählte jedoch zu denjenigen, für die sich der Tag dann noch nicht in einen Vor- und Nachmittag teilte, sondern überhaupt erst startete.

»Ungepflegte Künstlergestalten«, mokierte sich Kirchner über die zumeist abgerissenen Figuren.

»Sie sind nur neidisch, weil Sie sich in der Früh mit den Hühnern aus den Federn erheben und den ganzen Tag im Laden stehen müssen, statt schräg gegenüber im *Stefanie* erst mittags mit einer Mélange und einer Hefeschnecke den Tag gemütlich zu beginnen«, spottete Rahel, während Vroni beim Anblick der Maler mit den unordentlichen Löwenmähnen oder der stets etwas übernächtigten Dichter lapidar anmerkte: »Lieber hab ich weniger Zeit für endlosen Müßiggang und dafür regelmäßig Geld in der Tasche, um anständig zu leben.«

Natürlich hatten die meisten dieser Kaffeehausstammgäste kein Geld, um Bücher zu kaufen, wie Elly wusste. Dennoch suchten sie die Buchhandlung Lämmle gern auf. Manche, um sich zu vergewissern, ob das eigene neue Werk bereits auf dem Novitätentisch auslag, andere, um sich für eine Lesung ins Gespräch zu bringen, wieder andere, um sich über die schreibende Konkurrenz zu echauffieren. Der klägliche Rest kam aus purem Interesse, um sich zu informieren, was man alles lesen könnte, käme man angesichts der vielen weltanschaulichen, philosophischen oder politischen Streitgespräche, die man mittags im *Café Stefanie* begann, im Lauf des Tages in den *Torggelstuben* am Platzl fortführte und später im *Simplicissimus* in der Türkenstraße oder wiederum im *Stefanie* bis drei Uhr in der Früh auf die Spitze trieb, überhaupt noch zum Lesen.

Viele dieser Lebens- und sonstigen Künstler waren Elly als gute Freunde ihrer Mutter vertraut. Dorothea und Sieglinde hatten recht: Über die Künstler- und Bohemekreise von Reventlows

»Wahnmoching« und ihre kleinen Geheimnisse wusste Dita bestens Bescheid.

»Ist er schon da?«

Plötzlich stürmte Ruth zur Ladentür herein. Ihr Gesicht war gerötet, sie holte hektisch Luft. Im Gehen riss sie sich die Schirmmütze vom Kopf, zupfte sich die Handschuhe von den Fingern und drückte beides Johann gegen die Brust. »Ich bin viel zu spät. Bring mein Rad in den Hof.«

Schon hastete sie ohne weitere Erklärung die Stufen in den ersten Stock hinauf.

Irritiert sahen Elly und die Kollegen ihr nach. Zum Glück waren nur noch wenige Kunden im Laden, die sich über den seltsamen Auftritt hätten wundern können.

»Mittagspause«, verkündete Rosendorf, sobald der letzte von ihnen die Buchhandlung verlassen hatte. Erleichtert atmete Elly auf. Kirchner sperrte die Vordertür zu. Elly, Henni und Rahel räumten noch schnell die herumliegenden Bücher in die Regale, legten Zeitungen und Zeitschriften zusammen, schoben die Stühle an die Tische und schalteten die Leselampen aus, bevor sie in den Hinterhof gingen. Bei schönem Wetter machten sie dort gemeinsam mit den anderen Brotzeit.

»Was ist denn jetzt mit diesem Leo Kleefisch?«, platzte es aus Johann in seinem sechzehnjährigen Leichtsinn heraus, nachdem er sein Wurstbrot verschlungen hatte.

Rahel bedeutete ihm, leiser zu reden. Das Fenster des Büros im ersten Stock stand offen. Doch es war ohnehin zu spät. Theres und Ruth betraten zusammen mit Leo Kleefisch den Hof.

»Schön, dass Sie alle hier sind.« Theres lächelte.

»Wir haben Neuigkeiten«, schaltete sich Ruth ein. »Ab nächsten Montag fängt Leo Kleefisch als Gehilfe bei uns an.«

»Er wurde uns von unserer Freundin und Kollegin Marie Lesser aus Berlin empfohlen«, ergänzte Theres.

»Und die empfiehlt Ihnen ausgerechnet einen männlichen Gehilfen?«, sprach Johann unvermittelt aus, was sich Elly im selben Moment fragte. Ein Blick zu Henni bestätigte ihr, dass es der ähnlich ging. Auch Rahel wirkte verblüfft.

»Warum nicht?«, meldete sich Kirchner dagegen zu Wort. »Wenn man unsere beiden Chefinnen mitzählt, sind wir männlichen Gehilfen seit längerem schon in der Unterzahl. Selbst ein Gleichstand der Geschlechter wäre eher ungewöhnlich, wie man an den anderen Buchhandlungen in der Stadt sieht. Unsere männliche Kundschaft lässt sich aber nun einmal lieber von ihresgleichen bedienen.«

»Dafür ist der Anteil der Kundinnen im Bereich der schöngeistigen Literatur umso höher«, entgegnete Elly.

»Frauen sind generell aufgeschlossener als Männer«, mischte sich Rahel ein. »Das sieht man schon allein daran, dass sie seit Jahrhunderten auch die größtenteils von Männern geschriebenen Bücher lesen, während Männer sich nur auf ihre Geschlechtsgenossen konzentrieren. Höchste Zeit, dass wir anfangen, dagegen aktiv …«

»Wir wollten eigentlich keine Grundsatzdiskussion über Frauen und Männer im Buchhandel vom Zaun brechen«, unterbrach Theres sie amüsiert.

»Wir waren lediglich der Ansicht, wir könnten in unserem eingeschworenen Münchner Kreis noch jemanden von auswärts vertragen.« Ruth schmunzelte.

»Da hat es sich ausgezeichnet getroffen, dass uns Marie von Leo Kleefisch erzählt hat, der außer in Berlin auch schon in Leipzig gearbeitet hat.«

»Ich freue mich sehr, ab sofort mit Ihnen zusammenzuarbeiten. Die ›Kunststadt‹ München besitzt natürlich eine ganz besondere Strahlkraft für einen Preußen wie mich.« Leo verbeugte sich artig vor den Angestellten.

Nacheinander reichten sie ihm die Hand. Elly wunderte sich, wie lasch er zufasste.

»Irgendetwas stimmt mit dem nicht«, behauptete Henni, als Elly sich abends nach Geschäftsschluss um halb acht mit ihr auf den Weg zur Ludwigstraße machte. Zwar hätte Henni eigentlich in die entgegengesetzte Richtung zur Türkenstraße gemusst, ab und an gönnten sie sich allerdings eine abendliche Trambahnfahrt mit der Ringlinie, die an der Ecke Theresien- zur Ludwigstraße abfuhr und die Innenstadt umkreiste. Dass sie später nach Hause kam, begründete Henni ihren Eltern meist mit einer längeren Schicht beim Kassenabschluss. Im Zweifelsfall würde Vroni das bestätigen. Die verwitwete Mutter zweier Söhne hatte einen Narren an ihrer tüchtigen Bürohilfe gefressen. Elly beneidete Henni darum, dass ihre Eltern trotz ihrer Strenge auf sie warteten. Dita war es einerlei, wann sie in der für sie beide viel zu großen Wohnung in der Schönfeldstraße auftauchte.

»Was soll an Leo nicht stimmen, außer dass er ein wenig übereifrig wirkt?«, hakte sie nun nach, sobald sie auf einer der harten Holzbänke im Innern des weiß-blauen Waggons der Elektrischen Platz genommen hatten. Die Billetts hatte sie wie gewohnt für sie beide bezahlt.

»Er klingt nicht wie jemand aus Berlin oder Leipzig. Er muss von woanders stammen. Und irgendwie habe ich das Gefühl, dass er nicht gern darüber redet.«

»Wie kommst du darauf? Lass ihn doch erst einmal richtig hier ankommen und sich ein wenig bei uns eingewöhnen. Oder geht da schon gleich deine Fantasie mit dir durch und du steckst mitten in einer deiner Geschichten?«

»Wenn er mich zu einer guten Geschichte animiert, wäre es nicht das Schlechteste. Mal sehen, was wir noch mit ihm erleben.«

2

November 1913

Die ersten Wochen schien es Henni, als würde sie wenig aufregende Geschichten mit dem neuen Gehilfen erleben. Das lag vor allem daran, dass sie kaum etwas von ihm mitbekam, weil er ihre Mithilfe vorn in den Laderäumen nahezu überflüssig machte. Das traf sie mehr, als sie zugeben wollte.

»Dieser Leo liefert noch nicht einmal Stoff für eine langweilige Geschichte, selbst wenn er in Wahrheit vom Mond stammte und nur deshalb nicht darüber spricht, damit ihm niemand dorthin folgt«, raunte sie Elly zu, als sie sich im schmalen Gang zwischen Büro im Hinterzimmer und Ladenraum vorn begegneten. Elly schilderte ihr entrüstet, wie verzückt sich die Kundin, die sie vor einiger Zeit für Gabriele Reuters Frauenromane begeistert hatte, jetzt von Leo Theodor Fontanes Bücher empfehlen ließ. Das seien auch hervorragende und sehr lesenswerte Romane über die Situation der Frau in der Gesellschaft des Kaiserreichs, habe sie ihn sagen hören.

»Aber eben von einem Mann geschrieben, noch dazu von einem aus dem letzten Jahrhundert!«, ereiferte sich Elly. »Leo hat einfach nicht kapiert, worum es uns bei den Lämmles geht: Literatur von Frauen endlich die Geltung zu verschaffen, die ihnen zusteht. Es sind die Frauen, die die aufregenden Geschichten schreiben. Sie werden das zwanzigste Jahrhundert prägen!«

Trotz Ellys Einwänden bewies Leo beste Absichten, sich

möglichst rasch in die Abläufe und Gepflogenheiten bei den Lämmles einzuarbeiten. Das musste Henni zugeben, obwohl er zu ihrem Leidwesen freiwillig einen Großteil der Hilfstätigkeiten übernahm, die sie sonst erledigte, da sie ihr die Gelegenheit boten, sich vorn in der Buchhandlung statt hinten im Büro aufzuhalten und die Beratungsgespräche mit der Kundschaft mitzuverfolgen. Nun aber holte er an ihrer statt Bücher aus dem Lager, half, Regale und Auslagetische umzusortieren, räumte die Exemplare, die den Kunden zur Ansicht vorgelegt worden waren, zurück an den ihnen Platz und staubte sogar freiwillig ab.

»Wenn ich irgendwann einmal jedes einzelne Buch im Laden in der Hand gehabt habe, lerne ich am schnellsten, es auf Anhieb wiederzufinden, wenn es später wieder verlangt wird«, meinte Leo in der Mittagspause zu Kirchner. Längst verbrachten sie die angesichts des herbstlich kühlen Novembers nicht mehr draußen im Hinterhof, sondern im Lagerraum. Kaum hatten sie zwischen den Bücherkisten Platz genommen, hatte Kirchner Leo darauf hingewiesen, dass das Abstauben Aufgabe des Lehrlings oder der Ladenhilfe sei. Natürlich warf Kirchner Henni dabei einen besonders abfälligen Blick zu. Es war ein offenes Geheimnis, wie sehr ihm ihre Sonderstellung missfiel, die natürlich weit über das Übliche einer ungelernten Hilfskraft hinausging.

»Zum Abstauben sollte man sich auch als Gehilfe nie zu fein sein«, sprang Rahel dagegen dem neuen Kollegen und letztlich auch Henni bei. »Wir lieben doch alle Bücher, einerlei, ob es sich um eine anspruchsvolle Ausgabe von Aristoteles' Dramentheorie, einen luxuriös aufgemachten Kunstband oder um einen der seichten Liebesromane von Eugenie Marlitt handelt. Sie alle wollen wir gut behandeln und dazu gehört auch, sie regelmäßig vom Staub zu befreien.«

Zwar war sich Henni bewusst, dass Rahel Kirchner grundsätzlich gern widersprach, dennoch rechnete sie es ihr hoch an, ihn seines Dünkels wegen in die Schranken gewiesen zu haben.

An diesem Abend nach Ladenschluss verkündete sie Elly auf dem Weg zur Tram: »Im nächsten Leben werde ich höhere Tochter und nicht nur die Tochter eines kleinen Beamten. Dann habe ich auch Chancen auf eine bessere Schule und eine richtige Ausbildung.«

»Bis dahin gibt es hoffentlich keine ›höheren Töchter‹, sondern überhaupt nur noch Frauen, die unabhängig von ihrer Herkunft tun und lassen können, was sie wollen. Und vor allem ihr Leben selbst in die Hand nehmen«, erwiderte Elly.

»Und zwar von vorn bis hinten! Die zeigen dann den Männern, wo's langgeht, und sitzen gleich mit in der Regierung.«

»Bis zum nächsten Leben sollten wir Frauen damit lieber nicht warten, sonst haben wir nichts mehr davon.«

»Stimmt. Wir sind jung und stark genug, das schon in diesem Leben anzupacken.«

»Eins aber musst du mir fest versprechen«, wurde Elly ernst, fasste nach Hennis Hand und drückte sie fest.

Die Wärme Ellys Haut zu spüren, durchzuckte Henni wie ein Blitzstrahl. Kaum wagte sie zu atmen, um den besonderen Moment voll und ganz auszukosten.

»So wichtig der Kampf von uns Frauen ist, du darfst trotzdem nie aufhören, dir deine wundervollen Geschichten auszudenken.«

»Da musst du dir keine Sorgen machen. Dazu mag ich meine Geschichtenerfinderei selbst viel zu sehr.« Henni lachte glücklich. »Sofort erzähle ich dir eine neue über zwei unerschrockene Frauen, die die Macht an sich reißen. Darf ich sie dir vorstellen? Eine ist eine Tochter aus gutem Haus, die andere stammt aus einer Handwerkerfamilie. Sie beschließen, einen anderen Weg einzuschlagen als den, den ihre Familien für sie vorgesehen haben …«

Beschwingt vom Leuchten in Ellys Augen nutzte sie die restliche Trambahnfahrt, um ihr zu schildern, wie die unerschrockenen Frauen gemeinsam nach Berlin gingen, um sich fern von zu Hause in einer Umgebung zu behaupten, in der allein zählte, was sie konnten und wollten. Nach einigen verwickelten Stationen landeten sie schließlich im Büro eines Reichstagsabgeordneten und übernahmen es für ihn, Reden und Briefe zu schreiben, Artikel für Zeitungen zu verfassen, weil sie das viel gewitzter und letztlich erfolgreicher konnten als er, wie er rasch begriff. Bis sie bei der nächsten Wahl an seiner Stelle als Männer verkleidet antraten.

»Es wäre so schön, wenn das eines Tages auch ohne Verkleidung möglich wäre«, seufzte Elly.

Wie so oft, wenn Henni erzählte, versank sie ganz in ihren Worten und schmiegte sich eng an ihre Seite. Das wiederum beflügelte Henni, länger und ausführlicher zu fabulieren, sodass sie an diesem Abend zweimal mit der Tram um die Innenstadt fuhren.

»Ob die Lämmles je auf die Idee kommen, dir deine Extrastunden ordentlich zu bezahlen? Allmählich hättest du damit fast einen Monatslohn zusammen«, empfing der Vater sie verärgert, als sie noch später als sonst zu Hause eintraf. Sie erschrak. Offenbar hatte sie zu oft eine Extraschicht in der Buchhandlung vorgeschützt. Künftig sollte sie sich eine andere Ausrede einfallen lassen, sonst sprach ihr Vater demnächst tatsächlich bei den Lämmles vor und verlangte das Geld für ihre angeblichen Überstunden. Dann flöge der ganze Schwindel auf.

»Suppe ist keine mehr für dich da«, posaunte ihr jüngster Bruder, der elfjährige Xaver.

Die Mutter schob ihr beschämt ein Käsebrot hin. »Was anderes hab ich leider nicht für dich.«

»Wer nicht kommt zur rechten Zeit …«, triumphierte ihr zweiter Bruder Veit.

Zacherl hingegen, eigentlich Zacharias, der Älteste von ihnen vieren und ihr Lieblingsbruder, steckte ihr augenzwinkernd eine Orange zu. »Die gab's heute beim Feinkostladen Dallmayr, als mein Schreinerkollege Schorsch und ich einen Türstock in deren Büro repariert haben.«

Erst wollte Henni sie nicht annehmen, doch sie ahnte, wie wichtig es Zacherl war, mit der Geste einen Kontrapunkt gegen Veit und den Vater zu setzen.

»Gestern Abend gab es bei dir zu Hause wohl Ärger«, begrüßte Buchhalterin Vroni sie am nächsten Morgen bei Arbeitsbeginn.

»Woher weißt du …?«

»Dein Vater und dein Bruder Veit sind mir eben auf dem Weg in ihre Schreibstube im Ministerium begegnet. Gleich hat dein Vater mich auf die Sonderlieferungen des Barsortiments gestern Abend angesprochen. Ich glaube, es geht ihm weniger darum, dass du dadurch später heimkommst. Er will nur, dass die Lämmles dir extra was zahlen, was dann natürlich er kassiert.«

»Das fürchte ich auch«, gab Henni beschämt zu.

»Mach dir keine Gedanken«, wiegelte Vroni ab. »Falls er wirklich bei den Lämmles Überstundengeld verlangt, werden die ihm schon zu antworten wissen. Vor den beiden hat er größten Respekt. Obwohl sie Frauen sind. Nachdem er anfangs so dagegen war, dass du in der Buchhandlung arbeitest, hat er inzwischen längst begriffen, dass das eine viel bessere Stelle ist als im Tabakgeschäft von der Hippmann. Letztens hab ich zufällig belauscht, wie er vor einem Kollegen damit angegeben hat, dass seine einzige Tochter in der angesehenen Buchhandlung Lämmle als Buchhalterin arbeitet, in der die berühmten Künstler und Professoren von der Universität ihre Bücher kaufen, und das, obwohl sie doch nur einen einfachen Volksschulabschluss habe.«

»Schön zu hören, dass die Väter unserer Mitarbeiterinnen so stolz auf die Anstellung ihrer Töchter sind«, schaltete Theres sich in die Unterhaltung ein. Lautlos war sie im Hinterzimmer aufgetaucht.

Überrascht wandten Henni und Vroni sich um. Soweit Henni das in den bescheidenen Lichtverhältnissen erkennen konnte, blickte Theres ihnen wohlwollend entgegen. Noch war es draußen dunkel. Durch das nicht sonderlich saubere Fenster zum mauernumgrenzten Hinterhof fiel ohnehin wenig Tageslicht herein, sodass die Decken- und die Schreibtischlampe kaum ausreichten, um den schmalen, ebenfalls von wandhohen Bücherregalen möblierten Raum zu beleuchten. Im Winter herrschte deshalb auch den gesamten Tag über Halbdunkel.

»Um die wenig erfreulichen Zahlen in der Bilanz zu lesen, langt's«, kommentierte Vroni stets, wenn die Glühbirne angesichts des tagelangen Dauerbetriebs zu flackern begann. »Je heller es hier hinten wäre, desto eher würden wir merken, wie arg es um den Buchhandel bestellt ist. Die Münchner lesen einfach zu wenig und geben lieber Geld fürs Bier und fürs Feiern überhaupt aus. Die opulenten Faschingsfeste! Die Bockbiersaison! Und erst das Oktoberfest! Und das selbst hier in der Maxvorstadt, in der man angesichts der Universität, der Ministerien und Kanzleien sowie der vielen Künstler von einem hohen Bildungsgrad ausgehen muss.«

»Hoffentlich hat dein Vater bei all seinem Stolz nicht vor, uns demnächst um eine Lohnerhöhung für dich zu bitten. Das wäre ein Fiasko, denn wir müssen alles daransetzen, eine so kluge, interessierte und vielseitig einsetzbare junge Frau wie dich unbedingt bei uns zu behalten«, knüpfte Theres an ihre Bemerkung an. Schon fragte sich Henni, wie viel sie von ihrem Gespräch mit Vroni mitgehört hatte, als sie hinzufügte: »Vroni und du habt selbst den besten Einblick in unsere Finanzen. So gern wir euch allen höhere Löhne zahlen würden, gibt unser Umsatz das leider nicht her.«

»Wenigstens zahlen Sie allen Angestellten unabhängig vom Geschlecht den gleichen Lohn«, warf Vroni ein.

»Das ist uns wichtig. Wir sind aktive Mitglieder im Verein für Fraueninteressen, der seit Jahren gleichen Lohn für gleiche Arbeit fordert. Eine Schande, dass ausgerechnet im Buchhandel der Unterschied zu den männlichen Gehilfen nach wie vor so groß ist. Dabei bietet unsere Branche *die* große Chance für Frauen, materiell unabhängig zu werden.«

»Sonst könnte man euch den hohen Frauenanteil auch so auslegen, als wolltet ihr durch den niedrigeren Lohn für Gehilfinnen Geld sparen«, merkte Henni an. Wie Elly duzte sie die Lämmles seit frühester Kindheit.

»In der Kaufinger Straße hat übrigens ein weiterer alteingesessener Sortimenter geschlossen, der dritte innerhalb der letzten beiden Jahre«, wechselte Theres das Thema. »Abgesehen von der stetig schwindenden Leselust, die in München ohnehin nie sonderlich groß gewesen ist, machen den Kollegen in der Innenstadt die stark expandierenden Buchabteilungen in den großen Warenhäusern zu schaffen. Dank der Buchpreisbindung bleibt zwar der direkte Preiskampf aus, aber die Herren Tietz, Oberpollinger und Hirschvogl nutzen geschickt die Schlupflöcher, um mit Sonder- und Restauflagen sowie einem Großangebot an billigen Taschenbüchern den großen Reibach zu machen. Immer mehr Kunden decken ihr schmales Lektürebedürfnis neuerdings mit dieser Kost.«

»Ganz abgesehen vom Zeitungskiosk am Stachus, der inzwischen auch Taschenbücher führt und natürlich einen der

Reclam'schen Bücherautomaten vor der Tür stehen hat. Tag und Nacht kann man aus dem Bücher ziehen«, warf Henni ein.

»Aber nur Reclam-Bücher«, ergänzte Theres.

»Leute, die sich dort etwas zum Lesen ziehen oder die Preisaktionen bei den Kaufhäusern mitnehmen, waren und werden nie unsere Hauptkunden sein«, gab Vroni zu bedenken.

»Allerdings hat sich das Hirschvogl am Rindermarkt im Gegensatz zu den anderen Warenhäusern längst auch mit seinem gut sortierten Angebot an regulären Verlagstiteln und der Leihbibliothek einen Namen gemacht. Damit mausert es sich durchaus zu einer ernst zu nehmenden Konkurrenz für uns.«

»An ihren Salonabenden laden sie neuerdings zu Dichterlesungen ein«, fügte Henni hinzu.

»Die sind wahrscheinlich der größte Angriff auf unser Programm. Wie wir bietet Thea Hirschvogl neuerdings Vorträge zu frauenspezifischen Themen an und veröffentlicht im hauseigenen kostenlosen Kundenmagazin sogar Beiträge des Vereins für Fraueninteressen.«

Theres sank auf den Stuhl auf Hennis Schreibtischseite und begann, mit dem Bleistift zu spielen, der auf dem offenen Rechnungsbuch lag. Henni lehnte sich rücklings ans Regal und betrachtete ihr Profil. Ihren achtunddreißig Jahren zum Trotz besaß sie nach wie vor eine jugendliche Ausstrahlung, was an ihrer hoch aufgeschossenen, schlanken Figur und den fein gezeichneten Gesichtszügen liegen mochte. Anders als ihre drei Jahre jüngere Cousine trug sie das Haar nicht kurz, sondern schwungvoll aufgesteckt und kleidete sich den Konventionen entsprechend feminin.

»Trotzdem dürfen wir uns nicht entmutigen lassen«, verkündete sie auf einmal unerwartet energisch und hieb zur Bekräftigung mit der flachen Hand auf die Tischplatte, sodass der Bleistift von den aufgeschlagenen Seiten herunterrollte. »Immerhin haben wir kürzlich erst einen weiteren Gehilfen eingestellt. Dem sollten wir eine ebenso langfristige Perspektive bieten wie uns allen. Mögen die Warenhäuser in der Innenstadt allmählich die Buchhandlungen in ihrer Nachbarschaft zugrunde richten – wir werden uns hier in der Maxvorstadt weiter behaupten! Außerhalb des Zentrums ist die Situation generell anders. Zum Glück hat mein Vater die Buchhandlung schon vor achtunddreißig Jahren vom Färbergraben in die Amalienstraße verlegt. Ein so lebendiges Viertel mit Universität, Kunstakademie und anderen wichtigen Institutionen ist ein unschätzbarer Vorteil. Als Buchhandlung sowie Ort der Kunst und Kultur sind wir hier schlichtweg unentbehrlich.«

Trotz ihrer optimistischen Schlussworte stimmten Theres' Äußerungen Henni nachdenklich. Zugleich freute sie sich, dass sie mit ihrem Auftauchen bei Vroni und ihr wieder einmal gezeigt hatte, wie sehr sie die Meinung von ihnen beiden schätzte, obwohl sie »nur« die Buchhalterin und die Ladenhilfe waren.

Das bestätigte auch Vroni. »Seit siebzehn Jahren arbeite ich bei den Lämmles, anfangs sogar noch bei Theres' Vater, dem Herrn Isidor. Weder bei ihm noch bei den Cousinen hat es je eine Rolle gespielt, für welche Aufgabe sie einen eingestellt haben, Hauptsache, man erledigt seine Sachen ordentlich und denkt gescheit mit.«

»Das macht die Arbeit bei den Lämmles so besonders«, pflichtete Henni bei.

»Unser neuer Gehilfe scheint das schneller begriffen zu haben als Kirchner, obwohl der jetzt schon fünf Jahre bei uns ist.« Verständnislos schüttelte Vroni den Kopf. »Trotzdem musst du zusehen, dass du bald wieder mehr vorn in der Buchhandlung mitmischst. Auf Dauer ist der Bürokram hier hinten zu dröge für dich.«

»Für dich nicht?«

»Ich liebe die endlosen Zahlenreihen in den Kassenbüchern. Das ist die Art von Literatur, die mir viel sagt.«

Dafür hätte Henni sie umarmen mögen. Manchmal war Vroni ihr näher als ihre eigene Mutter.

3

Mitte November

Die Vorbereitungen für die Lesung am dritten Donnerstag des Monats eröffneten Henni die Gelegenheit, wieder vorn im Laden mitzuhelfen. Kurzfristig entschlossen sich Theres und Ruth, den im Oktober gegründeten Münchner Schriftstellerinnen-Verein der breiteren Öffentlichkeit vorzustellen.

»Mit Emma Haushofer-Merk und unserer engen Freundin Carry Brachvogel stehen zwei der wichtigsten und erfolgreichsten Autorinnen unserer Stadt an der Spitze der Vereinigung«, erklärte Ruth, nachdem Theres und sie die Belegschaft der Buchhandlung in der Mittagspause um sich versammelt hatten, um ihre Pläne zu besprechen.

Henni genoss es, im Foyer der Beletage, in dem auch die Abendveranstaltungen stattfanden, neben Elly zu sitzen. Vor zwei Jahren waren die Mieter aus der herrschaftlich angelegten Wohnung im ersten Geschoss des Buchhandelsgebäudes ausgezogen. Seit mehreren Generationen befand sich das Haus bereits im Besitz der Lämmles. Statt die Wohnung erneut zu vermieten, hatten Theres und Ruth sie als Erweiterung der Geschäftsräume umbauen lassen.

»Aber nicht nur unserer persönlichen Verbindung wegen wollen wir den neuen Schriftstellerinnen-Verein tatkräftig unterstützen«, knüpfte Theres an die Ankündigung ihrer Cousine an. »Als Buchhändlerinnen wissen wir, wie schwierig die Situation für Autoren generell ist. Für schreibende Frauen ist es sogar noch mühsamer, sich ein Publikum zu erobern und ein angemessenes Honorar für ihre Arbeit zu erhalten, denn Literatur von Frauen wird weiterhin viel zu gering geschätzt. Deshalb wollen wir ihr künftig noch stärker als bislang ein Forum bieten.«

»Hervorragend!«, rief Elly. Auch Rahel und Vroni nickten zustimmend. Der glatzköpfige Kirchner wirkte dagegen hin- und hergerissen, wie er reagieren sollte, während Rosendorf stirnrunzelnd die Arme vor der Brust verschränkte, Johann verdutzt schaute und Leo neugierig fragte: »Wer wird an dem Abend lesen?«

»Vier Autorinnen: Emma Haushofer-Merk, Carry Brachvogel, Ricarda Huch und Annette Kolb, also die Spitze der Münchner Dichterinnen.«

Theres' Stimme war der Stolz über den hochkarätig besetzten Kreis deutlich anzuhören, dabei hatten sie in der Buchhandlung in der Amalienstraße schon öfter Lesungen mit ihnen veranstaltet und ohnehin oft prominente Autoren zu Gast, einige Male sogar schon Thomas Mann, ebenso seinen Bruder Heinrich und früher häufiger den inzwischen hochbetagten Paul Heyse. So viele berühmte Frauen aber waren noch nie gemeinsam am selben Abend bei ihnen aufgetreten.

»Vielleicht gesellt sich kurzfristig noch Gabriele Reuter dazu, sofern sie an dem Termin in München ist«, ergänzte Ruth nicht weniger stolz.

»Um den Abend ganz besonders zu machen, werden sie alle aus unveröffentlichten Texten lesen.«

»Das wird eine Sensation«, rief Rahel entzückt.

»Das ist genau das, wofür die Buchhandlung Lämmle in der Stadt bekannt ist.« Auch Vroni war sichtlich begeistert.

»Es bleibt uns nur noch wenig Zeit zur Vorbereitung.« Auffordernd klatschte Theres in die Hände. »Alle müssen mit anpacken. Johann, Sie bringen nachher die Druckvorlagen für die Plakate, Handzettel und Einladungen zur Druckerei. Die Entwürfe habe ich fast fertig. Franz soll spätestens übermorgen die Billetts an die Stammkunden verteilen. Elly, du dekorierst am besten in der Früh das rechte Schaufenster mit den Büchern der lesenden Autorinnen, und Henni, du besprichst gleich nachher mit Ruth und mir, was wir für den Abend an Getränken und als Imbiss vorbereiten.«

»Und was bleibt uns anderen zu tun?«, meldete sich Leo.

Amüsiert bemerkte Henni, wie Kirchner die Stirn noch stärker als sonst runzelte, Rosendorf die Lippen schürzte und Rahel verschmitzt schmunzelte.

»Was tun Sie im Allgemeinen als Buchhandelsgehilfe?«, erwiderte Theres ebenfalls sichtlich belustigt. »Wenn wir anderen uns eine Weile auf etwas konzentrieren, das parallel zum Alltagsgeschäft zu stemmen ist, sind Sie und Ihre Kollegen stärker denn je gefordert, den normalen Betrieb aufrechtzuerhalten, ohne dass die Kunden sich vernachlässigt fühlen.«

»Deshalb haben Sie sich in den letzten Wochen doch auch so eifrig bei uns eingearbeitet.« Aufmunternd tätschelte Rosendorf Leo die Schulter.

»Bei Marie Lesser in Berlin haben Sie gewiss schon viele Veranstaltungen mitorganisiert«, schaltete sich Rahel ein.

Zu Hennis Verwunderung stieß der Hinweis Leo jedoch sichtlich auf. Betreten senkte er den Blick und schwieg. Bei Gelegenheit sollte sie ihn einmal fragen, warum er sich über seine Berliner Zeit, ja überhaupt über seine Vergangenheit in anderen Buchhandlungen so beharrlich ausschwieg.

Henni liebte Veranstaltungen in der Buchhandlung. Einen so aufsehenerregenden Abend mit so erstklassigen Autorinnen wie diesen aber hatte es bislang bei den Lämmles nicht gegeben. Die nächsten Tage verliefen ganz im Zeichen dessen, was dafür noch zu erledigen war.

»Das sieht großartig aus.« Fasziniert stand Henni mit Elly, Vroni und Rahel kurz nach Ladenöffnung draußen vor dem Schaufenster, und sie betrachteten Ellys Arrangement im dämmrigen Morgenlicht. Fröstelnd rieben sie sich die Arme. Ein eisiger Wind brauste durch die Stadt und kündigte den ersten Wintereinbruch an.

»Die gesamte Auslage ist wunderbar!« Unerwartet gesellte sich auch Leo zu ihnen, dicht gefolgt von Johann, der sich ihm immer enger anschloss. Anerkennend pfiff Leo durch die Zähne. Johann schob die Hände in die Hosentaschen und legte den Kopf schief, murmelte beim Lesen den Ankündigungstext leise vor sich hin. Das sah komisch aus! Henni musste an sich halten, um nicht laut zu lachen. Rasch wandte sie sich wieder der Dekoration zu.

Elly hatte ein von expressiven Farben und kühnen Pinselstrichen im Stil der Münchner Künstlergruppe Blauer Reiter konzipiertes Plakat an der rückwärtigen Wand befestigt. Es passte hervorragend zu den Büchern der Brachvogel, Haushofer-Merk, Huch, Kolb und Reuter, deren Einbände entweder ähnlich farbenfroh oder betont schlicht gestaltet waren. An den Seiten hatte Elly noch einige Titel weiterer Mitglieder des Schriftstellerinnen-Vereins drapiert.

»Schon über sechzig Mitglieder. Das ist spektakulär«, stellte Henni fest, als sie die Namensliste überflog, die ebenfalls zwischen den Werken präsentiert wurde.

»Ich glaube, nicht einmal in Berlin gibt es etwas Vergleichbares«, bemerkte Leo beeindruckt.

Henni wollte gerade bei ihm nachhaken, um mehr über seine vorangegangene Arbeit zu erfahren, als Rahel sich bei Elly erkundigte, ob ihre Mutter zu der Lesung käme.

»Ein solcher Abend mit fortschrittlich gesinnten Frauen klingt ganz nach ihrem Geschmack«, mischte Rahel sich ein, als sie nach drinnen gingen. »Auch ihre Freundinnen aus den Künstlerkreisen dürfte das interessieren. Fehlt nur, dass sie Fanny Gräfin zu Reventlow mitbrächte, und die Sensation wäre perfekt.«

»Zum Glück ist die inzwischen weit weg am Lago Maggiore«, widersprach Elly. »Oder was glaubt ihr, was passiert, wenn die hier mit der Kolb oder der Huch einen Abend lang über weibliche Selbstbestimmung redete? Oder mit der Brachvogel und der Haushofer-Merk über die Rolle der Frau in der Gesellschaft diskutierte? Die Reventlow ist der Ansicht, Bildung und Arbeit mache uns Frauen nicht unabhängig, sondern hässlich. Und das wiederum gefährde unser Verhältnis zu den Männern, das ihrer Ansicht nach allein von Erotik und Lust geprägt sein sollte. Für die zählt doch allein die Leidenschaft und die Freiheit in Liebesangelegenheiten. Alles andere lehnt sie vehement ab.«

Verächtlich rümpfte Elly die Nase.

»Oh, ich wusste gar nicht …«, begann Leo, verstummte dann sofort wieder verlegen. Bei Ellys offenen Worten lief Johanns Gesicht bis über beide Ohren rot an.

»Was? Dass die Reventlow in Wahrheit so frauenfeindlich eingestellt ist?« Elly klang noch immer aufgewühlt.

Henni legte ihr beschwichtigend die Hand auf den Arm.

»Erstens ist sie, wie du sagst, derzeit weit weg, und zweitens ist deine Mutter etwas weniger radikal eingestellt. Sonst hätte sie dir nie die Ausbildung bei den Lämmles erlaubt.«

»Du weißt genau, warum sie einverstanden war. Weil es ihr schlichtweg egal ist, was ich tue.«

Jäh wandelte sich der Ausdruck auf Ellys blassem, vornehmem Gesicht, und Empörung wich der Verzweiflung. In Henni erwachte das Mitleid. Am liebsten hätte sie sie in den Arm genommen und getröstet. Vor den Kollegen aber war das undenkbar. Also strich sie ihr nur kurz über den Oberarm.

»Ganz so arg ist es gewiss nicht«, raunte sie ihr zu. »Sie kann dir halt nur nicht offen zeigen, wie sehr sie dich für deinen Entschluss bewundert.«

»Danke«, war alles, was Elly ihr darauf erwiderte, und sie blinzelte ihr aus tränenverschleiertem Blick zu. Henni spürte, wie aufrichtig sie es meinte, und ihr wurde ganz warm.

»Was für ein Abend!«, jubelte Henni.

Soeben hatten die letzten Gäste die weitläufige Zimmerflucht im ersten Stock der Buchhandlung verlassen. Franz, das Faktotum des Geschäfts, begann mithilfe von Johann, die Stühle wegzuschleppen.

»Ein phänomenaler Auftritt von vier phänomenalen Schriftstellerinnen«, stimmte Elly zu. »Schade, dass es bei der Reuter doch nicht geklappt hat.«

»Gewiss kommt sie ein anderes Mal.«

»Bemerkenswert, wie offen sämtliche Anwesenden die emanzipatorischen Ideen der Dichterinnen aufgenommen haben. Ich hätte mit mehr Widerspruch gerechnet.« Unerwartet mischte sich Leo in ihre Unterhaltung ein.

»Inwiefern? Es liegt auf der Hand, wie überfällig die Forderungen der Frauen sind. Letztlich verlangen sie für uns das, was Männer schon immer für sich beanspruchen: ein Recht auf Bildung, um das tun zu können, was sie wollen, und überdies gleiche Bezahlung für gleiche Arbeit.«

»Langfristig wird das nur möglich, wenn Frauen auch politisch Einfluss nehmen«, stellte Leo fest.

»Darauf muss es hinauslaufen.«

»Darin sind sich zum Glück alle einig.«

So wichtig Henni die Diskussion fand, musste sie mühsam ein

Gähnen unterdrücken. Es war spät geworden. Es ging auf Mitternacht zu. Die wenigsten Gäste hatte das gestört. Nur zögernd waren sie aufgebrochen, hatten sich schwergetan, von den anregenden Gesprächen und der gemütlichen Atmosphäre in der Buchhandlung Abschied zu nehmen, um sich auf den Heimweg durch die winterliche Novembernacht zu machen.

Trotz – oder gerade wegen – des frauendominierten Abends war es berstend voll gewesen in der Beletage der Lämmles. Neben den Gästen aus dem direkten Umfeld des Schriftstellerinnen-Vereins und aus Carry Brachvogels berühmtem Freitagssalon waren prominente Dichterkollegen wie Rainer Maria Rilke, Thomas Mann, der junge Lion Feuchtwanger und Frank Wedekind gekommen, außerdem zahlreiche Stammkunden der Buchhandlung, darunter auffallend viele Hochschullehrer wie etwa der Literaturwissenschaftler Artur Kutscher, daneben der Theaterregisseur Otto Falckenberg und einige höhere Beamte der Ministerien und Angestellte aus den zahlreichen Kanzleien, alle größtenteils in Begleitung ihrer Gattinnen. Sogar einige Studenten waren erschienen und natürlich viele der Lesezirkel-Damen, die lasen, was ihnen bei den Lämmles empfohlen wurde. Ebenso hatten sich die Redakteure der *Münchner Neuesten Nachrichten*, der *Münchener* und der *Bayerischen Zeitung* sowie der *Münchner Post* das Ereignis nicht entgehen lassen wollen, um in den nächsten Tagen ausführlich darüber zu berichten. Alles in allem war Henni begeistert, wie viel Aufsehen der gemeinsame Auftritt der vier wichtigsten Münchner Schriftstellerinnen als Vertreterinnen des neuen Vereins erregt hatte. So bunt und aufregend, dass ihr bereits Ideen für eine neue Geschichte durch den Kopf spukten.

»Einfach grandios, dass die Brachvogel und die anderen tatsächlich aus unveröffentlichten Texten gelesen haben. Das hat den Abend wirklich aus allem bislang Dagewesenen herausgehoben«, riss Elly sie aus ihren Gedanken.

Flink sammelten sie leere und halb leere Gläser ein, die auf den Tischen, Fensterbrettern und auch in den Regalen achtlos zwischen den Büchern abgestellt worden waren.

»Jede der vier ist schon für sich etwas Besonderes«, stimmte Henni zu. »Die Haushofer-Merk und die Brachvogel, weil sie so entlarvend über die Situation der Frauen schreiben, die Huch, weil sie so klug die schwierigsten Zusammenhänge der Geschichte schildert, und die Kolb, weil sie eben die Kolb ist und außerdem als Erste den neu geschaffenen Fontane-Preis erhalten hat, obendrein für ihren Debütroman.«

»Und das als Frau«, ergänzte Elly.

»Das sollte man gar nicht extra betonen müssen.« Henni begann, die überall im Raum verstreuten randvollen Aschenbecher in einen Mülleimer zu leeren.

»Bemerkenswert, wie scharfsinnig sie alle vier die Münchner Gesellschaft sezieren. Speziell die Situation der Frauen«, stellte Leo fest.

»Das überrascht dich? Hast du immer noch nichts von ihnen gelesen?« Elly zog die Augenbraue nach oben.

»Aber sie konzentrieren sich ganz auf die Frauen aus bürgerlichen Kreisen«, ging Henni dazwischen, bevor es zu einem Streit kam, und wischte schwungvoll mit einem feuchten Lappen die Tische ab. »Dabei gäben die Frauen aus kleinen Verhältnissen viel Interessantes her, wie man in Lena Christs *Erinnerungen einer Überflüssigen* lesen kann, die letztes Jahr erschienen sind.«

»Sehr ergreifend, wie die ihr armseliges Leben schildert. Aber auch sehr düster«, urteilte Leo.

Überrascht sahen Henni und Elly ihn an. Die Christ zumindest hatte er also gelesen.

»Wie das Leben in dieser Schicht halt ist«, fügte Henni rasch hinzu.

»So etwas gelingt nur, wenn der, der davon berichtet, die

Verhältnisse tatsächlich erlebt hat«, fuhr Elly fort. »Bewundernswert, dass Lena Christ es geschafft hat, ihre einfache Herkunft literarisch zu verarbeiten und das zu publizieren. Eine seltene Ausnahme.«

»Bislang«, betonte Henni und verschränkte die Arme vor der Brust, sah die Freundin herausfordernd an. »Wäre es nicht toll, wenn das keine Ausnahme bliebe?«

»Das wäre fantastisch! Da bin ich ganz deiner Meinung«, verkündete Elly. Sacht legte sie Henni die Hand auf den Arm. Aus dem Augenwinkel registrierte Henni mit Genugtuung, dass Leo das genau mitverfolgte.

»Es wäre toll, wenn das nicht nur mehr Frauen gelänge«, ergänzte er. »Auch Männer aus niederen Schichten haben viel erlebt, das sich als literarisches Sujet anböte.«

»Das Schicksal solcher Männer ist bereits häufiger ins Blickfeld geraten als das von Frauen«, stellte Elly klar. »Für Männer interessieren sich Männer prinzipiell mehr als für Frauen, während Frauen allen Themen aufgeschlossen gegenüberstehen.«

»Genau das ist das Problem«, stimmte Henni zu. »Frauen finden einfach zu wenig Gehör und Beachtung, ganz gleich, aus welcher Schicht, und ganz gleich, ob sie selbst ihr Schicksal schildern oder ihre Schicksale zum Gegenstand der Bücher anderer werden.«

»Das zu ändern, ist der Schriftstellerinnen-Verein gegründet worden«, fügte Elly hinzu. »Dessen Forderung nach angemessenen Honoraren für Autorinnen ermutigt hoffentlich Frauen aus kleinen Verhältnissen, sich fürs Schreiben zu entscheiden. Wirklich ungeheuerlich, dass Frauen die gerechte Entlohnung überhaupt erst ausdrücklich fordern müssen. Dabei sollte sie selbstverständlich sein.«

»Da ist noch weitaus mehr nicht selbstverständlich für uns Frauen«, wandte Henni ein.

»Aber eine ordentliche Bezahlung ist schon mal ein Anfang«, hob Elly hervor. »Wenn sich tatsächlich alle Autorinnen verpflichten, nur noch gegen angemessene Vergütung zu veröffentlichen, wird sich etwas ändern.«

»Es muss sich noch sehr, sehr viel ändern, damit wir Frauen endlich vorankommen, nicht nur, was das Schreiben betrifft.«

»Was höre ich da?«, ertönte unvermittelt die raue Stimme von Ruth. »Zumindest unsere beiden jungen Damen haben die Botschaft des heutigen Abends bestens begriffen. Jedenfalls habt ihr die Absichten des Vereins für Fraueninteressen und des neuen Schriftstellerinnen-Vereins sehr schön zusammengefasst.«

»Und unser neuer Gehilfe gibt sich zumindest Mühe, das zu verstehen und hoffentlich auch zu unterstützen«, pflichtete Theres ihr gut gelaunt bei.

Henni sah, wie Leo verlegen nickte, während Elly sich bei ihr einhakte und Theres und Ruth glücklich anstrahlte.

»Was bleibt ihm anderes übrig, wenn er in einer Buchhandlung wie der euren als Gehilfe arbeitet?«

4

Januar 1914

Im Winter war der einzig warme Ort in der Wohnung die Küche. Und damit genau der richtige Ort für Elly, um es sich nach einem langen, anstrengenden Tag in der zugigen Buchhandlung daheim gemütlich zu machen. Sie rückte den Ohrensessel vor den Ofen, stellte den Korb mit den Holzscheiten zum Nachlegen in Griffweite, postierte die Kanne mit dem Kakao zum Wärmen auf der gusseisernen Herdplatte direkt vor sich und die Lampe als Leselicht auf dem Hocker neben sich. Eingehüllt in eine warme Decke, die dick bestrumpften Füße unter die Beine geschlagen sowie einen Schal doppelt um den Hals geschlungen, kuschelte sie sich mit einem Roman von Helene Böhlau in den zerschlissenen Sessel und versuchte, das unheimliche Knacken in den Tiefen der Wohnung zu ignorieren.

»Ein Haus lebt. Das sind nur die Liebesschwüre seinen Bewohnern gegenüber«, behauptete Dita, wenn Elly die merkwürdigen Geräusche ansprach, die ihr in der einsamen Stille der Nacht besonders laut erschienen. Denn Dita ließ sie immer wieder allein in der weitläufigen Wohnung. Von klein auf hatte Elly deshalb Zuflucht in Büchern gesucht. Die Figuren ließen sie nicht im Stich. Die blieben bei ihr und lenkten sie mit ihren aufregenden Abenteuern oder tiefschürfenden Geschichten von den unheimlichen Geräuschen ab. Sorgten dafür, dass sie sie früher oder später ganz vergaß. Und sich nie allein fühlte. Selbst wenn Dita bei ihr war. Oft schimpfte sie, weil Elly so viel las, sogar in ihrer Gegenwart. Als fürchtete Dita sich selbst vor der Leere in der unheimlichen Offizierswohnung. Oder vor der Konkurrenz mit den Figuren um Ellys Gunst.

Mit ihren fünf Zimmern und der Mädchenkammer hinter der Küche war die Wohnung eigentlich zu groß für sie beide. Und zu teuer obendrein, seit das Familienerbe nahezu aufgebraucht war und sie fast ausschließlich von Ellys bescheidenem Gehalt als Buchhandelsgehilfin und Ditas schmaler Witwenrente sowie gelegentlichen »Freundesgaben« lebten, wie sie die Zuwendungen ihrer zahlreichen Verehrer nannte. Dennoch kam es für Dita nicht infrage, aus der von militärischen Erinnerungsstücken ihres verstorbenen Mannes und sonstigem gutbürgerlichen Plunder vollgepfropften Offizierswohnung auszuziehen. Für ihre Bedürfnisse lag sie äußerst günstig in einem der über hundert Jahre alten, lang gestreckten und nach außen schlicht gehaltenen Mietshäuser, auf deren zwei oder drei Etagen sich jeweils eine solche Wohnung befand. Der Englische Garten wie das Stadtzentrum, vor allem aber die von Dita rege frequentierten Cafés und Ateliers ihrer Künstlerfreunde in der Maxvorstadt und Schwabing waren bequem zu Fuß zu erreichen. Zugleich hatte eine umfassende Renovierung kurz vor ihrem Einzug vor mehr als zwanzig Jahren für eine komfortable Ausstattung mit eigenem Bad und fließend kaltem und warmem Wasser gesorgt. »Für eine geborene Gräfin von Hengsdorff ist das das Mindeste«, behauptete Dita, obwohl sie sich sonst nie viel aus ihrer adeligen Herkunft machte.

Elly kannte niemanden aus der Verwandtschaft. Nach dem Tod ihres Vaters hatte Dita den Kontakt vollständig abgebrochen. Zu beiden Seiten. »Besser, sich nicht verpflichtet zu fühlen, gerade als Frau. Dann kann einem keiner bei irgendetwas reinreden«, behauptete sie, obwohl das bedeutete, sich mitunter schmerzlich einzuschränken. Nur noch einmal die Woche

– wenn überhaupt – kam seither die Portiersfrau zum Saubermachen, kochte für einige Tage vor, sofern Elly ihr Geld gab, um die benötigten Zutaten zu besorgen, und übernahm die Wäsche. Ansonsten kümmerte Dita sich selbst um den Haushalt – zumindest, was sie unter »Kümmern« verstand. In der Hinsicht war sie ebenso großzügig wie in vielen anderen Dingen.

»Da staunst du, was eine Gräfin von Hengsdorff alles gelernt hat«, amüsierte sie sich gern über Ellys verblüfftes Gesicht, wenn sie das Plätteisen zum Bügeln ihrer Blusen auf dem Herd zum Glühen brachte oder zu Nadel und Faden griff, um Strümpfe zu stopfen oder einem abgetragenen Kleid durch Umnähen des Kragens oder Aufsticken eines Musters wieder etwas mehr Pfiff zu verleihen.

Natürlich wusste Elly, dass Dita nicht die einzige Frau aus ihren angeblich so gutbürgerlichen Kreisen war, die nach außen den Schein mit großer Wohnung, feiner Garderobe und vermeintlich gehobenem Lebensstil wahrte, um in Wahrheit fast alles selbst zu erledigen, was im Haushalt anfiel, weil das Geld hinten und vorn nicht reichte. Sie war jedoch eine der wenigen, die das aus freien Stücken tat, um unabhängig von allem und jedem zu bleiben. Getreu des Vorbilds ihrer Freundin, der Malerin, Übersetzerin und Schriftstellerin Fanny zu Reventlow, deren neuester Roman *Herrn Dames Aufzeichnungen* die Stadt seit Monaten in Atem hielt.

Vor drei Jahren hatte die Reventlow ihr Münchner Domizil, das sie in einer skandalträchtigen Gemeinschaft mit zwei Männern und einem vaterlosen Sohn bewohnte, Richtung Lago Maggiore verlassen. Seither blieb Dita in München allein den gemeinsamen Idealen treu. Was umso erstaunlicher war, da Fanny zeitweise die Geliebte von Ditas Mann, Ellys Vater, gewesen war. Auch wenn Dita nie darüber sprach, war Elly schon früh dahintergekommen.

An ihren strengen Vater, der bei der Heirat ihrer Eltern mehr als doppelt so alt wie ihre Mutter gewesen und vor acht Jahren ziemlich plötzlich gestorben war – ein Jagdunfall hieß die offizielle Version, die Elly allerdings arg bezweifelte –, besaß sie kaum eine Erinnerung. Und wenn, dann keine sonderlich liebevolle. Er war viel unterwegs gewesen, seines Dienstes im Militär und seiner zahlreichen privaten Vorlieben wegen. Für Dita hatte nach seinem Tod das »wahre Leben« begonnen, wie sie nie müde wurde zu betonen. Was für sie auch bedeutet hatte, sich ab sofort in Liebesdingen dieselben Freiheiten herauszunehmen wie zuvor ihr Gatte. Und sich mit seiner ehemaligen Geliebten anzufreunden.

Ein lautes Rumpeln an der Wohnungstür ließ Elly aus den Gedanken auffahren. Vor Schreck fiel ihr das Buch aus der Hand.

»Ich glaube, ich werde alt!«, verkündete Dita fröhlich beim Eintreten und schloss die Tür alles andere als sacht hinter sich.

»Ist etwas passiert?«, rief Elly in den düsteren Flur hinein und verließ widerwillig den Sesselthron am warmen Ofen, um nach Dita zu sehen. Hoffentlich war sie ohne Begleitung gekommen. Dass sie vermutlich zu viel getrunken hatte, war das kleinere Übel im Vergleich zu der Option, einem sichtlich verlegenen, viel zu jungen Liebhaber an ihrer Seite gegenüberzustehen.

»Ich bin's, deine Mutter«, rief Dita unnötigerweise, sobald sie das Licht eingeschaltet und sie entdeckt hatte. »Kein Gespenst. Und auch kein Einbrecher. Unter den Schlawinern hat es sich herumgesprochen, dass es bei uns nichts zu holen gibt. Leider.«

Einen Moment starrte Elly sie an, bis sie begriff, dass Dita tatsächlich allein war. Dita lachte ihr ansteckendes Lachen. Wie so oft konnte Elly nicht lange widerstehen und fiel mit ein.

»Sieht ganz danach aus, als wäre bei dir etwas passiert«, griff sie Ditas Frage auf. »Oder wie kommt es, dass du schon um neun

Uhr abends wieder nach Hause kommst? Noch dazu ohne Kavalier?«

Wenn überhaupt, dann hatte sie ihre Mutter erst im Morgengrauen zurückerwartet.

»Hast du etwas Warmes zu trinken für mich?« Ohne eine Antwort abzuwarten, schüttelte Dita sich den Schnee von Mantel und Hut. Ordentlich hängte sie beides an die Garderobe und streifte sich die völlig durchnässten Schuhe von den Füßen. Auf löchrigen Strümpfen lief sie an Elly vorbei in die Küche, eingehüllt in eine dicke Wolke Alkohol- und Tabakdunst. Langsam folgte Elly ihr.

Fröstelnd rieb Dita sich die Arme und sank in den Sessel vor dem Ofen. Ohne zu fragen, schnappte sie sich die Decke, nahm Ellys Tasse vom Herd und trank den warmen Kakao in gierigen Schlucken aus.

»Komm her, mein Schatz!« Auffordernd klopfte sie mit der freien Hand auf die Sessellehne, sah Elly freudig an. »Nimm deine liebesbedürftige Mutter in den Arm und drück sie an dein unschuldiges Mädchenherz. Ich hab dich vermisst. Den ganzen Tag verschwindest du im Buchladen. Kaum bekomme ich dich noch zu Gesicht. Fast könnte man meinen, Theres und Ruth wären deine Mütter, so treu, wie du an ihnen hängst.«

»Ich hänge nicht treu an ihnen, sondern arbeite bei ihnen. Und das, wie alle normalen Menschen es tun, tagsüber. Abends bin ich zu Hause.«

Elly hob das Buch vom Boden auf.

»Warum tust du dir das an? Meinetwegen musst du nicht arbeiten. Wir kommen auch ohne deinen Lohn klar«, überging Dita die kleine Spitze. »Du könntest es viel leichter haben.«

»So wie du?« Elly verdrehte die Augen. »Da gehe ich doch lieber zu Theres und Ruth in die Buchhandlung.«

»Hab ich es nicht gesagt? Die beiden ziehst du mir eindeutig vor. Und das nach allem, was ich für dich getan habe! Komm endlich her und beweis deiner armen Mutter, dass du ihr das nicht vergessen hast.«

Dita zog einen Schmollmund.

Elly seufzte. Zögernd näherte sie sich dem Sessel. Musterte ihre darin kauernde Mutter.

Zaghaft lächelnd sah Dita ihr von unten herauf entgegen.

Trotz ihrer inzwischen vierzig Jahre war noch erstaunlich viel von ihrer früheren Schönheit übrig. Kein einziges graues Haar verunzierte die haselnussbraune, schwer zu bändigende Mähne, die immer etwas unfrisiert wirkte und den wohlgeformten Kopf dennoch vorteilhaft rahmte. Über die spitze Nase ärgerte sie sich zwar gelegentlich, wie sie Elly verraten hatte, zugleich verlieh die dem ebenmäßigen Gesicht mit der makellosen Haut aber eine charakteristische Note. Der kleine, stets kirschrot geschminkte Mund hob ihre Eigenwilligkeit hervor und die graugrünen Augen sprühten vor Lebenslust.

»Du hast recht, mein Kind. Mach mir nur Vorwürfe«, fuhr sie melodramatisch fort. »Was bin ich für eine Mutter, die zulässt, dass du in die kalte Welt hinausgehst, um zu arbeiten?«

Entschlossen packte sie Elly am Arm, zog sie zu sich auf die Sessellehne. Ehe Elly protestieren konnte, schlang Dita die Arme um sie, lehnte ihre noch von der Winterluft eisige Wange an ihre.

»Erzähl mir von deiner Arbeit in der Buchhandlung. Plant ihr wieder einen sensationellen Abend mit den berühmtesten Autorinnen der Stadt? Vielleicht hätte ich doch hingehen und den Dichterinnen lauschen sollen. Oder habt ihr sonst noch eine aufsehenerregende Veranstaltung in Aussicht? Eigentlich braucht ihr das gar nicht. Die ganze Stadt zerreißt sich auch so das Maul über die beiden Lämmle-Cousinen. Die sind immer für neuen Tratsch und Klatsch gut.«

Trotz ihrer spöttischen Bemerkung blieb Dita gelassen, während sie sich aneinanderschmiegten. Ungeniert vergrub sie ihre Nasenspitze in Ellys Halsbeuge, schnupperte an ihr. Eine Elly seit Kindheit vertraute Geste, die sie bis heute genoss.

»Warum sollte wer schlecht über die Lämmles reden oder gar respektlos lästern?«, hakte Elly nach. »Sie sind zwei Cousinen, die die Buchhandlung ihres Großvaters weiterführen, nicht mehr und nicht weniger.«

»So kann man es natürlich sehen.« Dita schmunzelte.

»So muss man es sehen, denn nur weil zwei Frauen die Buchhandlung leiten, geht es dort nicht anders zu als in anderen Buchhandlungen«, beharrte Elly. »Neuerdings haben wir drei männliche und nur zwei weibliche Gehilfen.«

»Dafür zwei Chefinnen und zwei weibliche Ladenhilfen.«

»Aber noch einen männlichen Lehrling und einen Ausgeher.«

»Das macht den entscheidenden Unterschied«, spottete Dita. »Es gab schon einmal andere Zeiten bei Theres ...«

»Worauf willst du hinaus?«

Alarmiert richtete Elly sich auf. Dita aber schien im selben Moment die Lust an dem Thema verloren zu haben und inspizierte plötzlich ganz interessiert einen Fussel auf dem Ärmel ihres Kleides, schnippte ihn schließlich energisch weg.

»Das ist lange her und nicht von Bedeutung«, erklärte sie. »Erzähl mir lieber, was es Neues aus der Amalienstraße gibt.«

»Es gibt keine Neuigkeiten. Tagein, tagaus ist es das Gleiche, vom Aufsperren morgens um halb acht bis zum Zusperren abends um halb acht. Das weißt du längst. Weil das Semester läuft und im Winter ohnehin mehr gelesen wird als im Sommer, gibt es morgens in der Früh derzeit besonders viele Lieferungen ...«

»Musst du etwa Kisten auspacken? Womöglich sogar herumwuchten? Das ist viel zu schwer für dich.« Ehrlich besorgt suchte sie Ellys Blick.

»Wie könnten mir Bücher je zu schwer sein? Außerdem habe ich dir eben erklärt, dass wir Frauen eine Buchhandlung genauso gut führen wie Männer.«

»Das glaube ich gern, aber von deiner Ausbildung hast du dir doch mehr erhofft als dröges Kistenauspacken?«

»Es gehört dazu. So wie das Abstauben der Büchertische oder das Schreiben von Preisschildern und …«

»Und das willst du auf ewig tun?«

»Warum nicht? Erstens muss ich irgendetwas Sinnvolles mit mir anfangen, zweitens kann ich mir damit meinen Lebensunterhalt verdienen und drittens macht es mir nach wie vor großen Spaß. Gerade weil es so viele verschiedene Aufgaben sind, die in einer Buchhandlung zu erledigen sind. Es ist großartig, wenn ich die Augen einer Kundin aufleuchten sehe, der ich den passenden Roman empfohlen habe. Oder wenn mir ein anderer Kunde glücklich bestätigt, dass ich ihm die richtigen Lehrbücher für sein Examen gegeben habe. Ganz zu schweigen von der älteren Dame letztens, die mir mit Tränen in den Augen dafür gedankt hat, dass ich ihr ihr Lieblingsbuch aus ihrer Jugend, Heines *Rabbi von Bacharach* in einer speziell illustrierten Ausgabe, wiederbeschafft habe.«

»Du könntest es wirklich leichter haben.«

»Warum? Solche Erlebnisse machen mir das Leben leicht, weil ich mich darüber freuen kann.«

»Aber das sind Ausnahmen …«

»Für die ich die drögeren Tätigkeiten etwa im Büro und so manche Beschwernisse wie das Aufräumen und Kisten schleppen liebend gern in Kauf nehme. Die Mischung macht den Reiz aus.«

»Hat deine Begeisterung nicht eher mit eurem neuen Gehilfen zu tun, von dem du erzählt hast?«

Aufmerksam sah Dita sie an. Elly war sich bewusst, dass nicht viel Ähnlichkeit zwischen ihnen bestand. Ihr heller Teint und die lustigen Sommersprossen waren eindeutig ein Erbe der väterlichen Seite, ihre zierliche Silhouette aber eine Reminiszenz an die Hengsdorff'schen Ahnen.

»Fesch ist der, wie ich gesehen habe«, setzte Dita amüsiert nach. »Was für ein Coup von Theres und Ruth, einen so attraktiven jungen Burschen bei euch einzustellen! Sage noch einer, die Lämmle-Cousinen wüssten ihre Buchhandlung nicht doch anders zu führen als die männliche Konkurrenz. Die weibliche Kundschaft ist entzückt von dem neuen Gehilfen, wie man hört. Wie heißt er noch gleich?«

»Leo Kleefisch.« Das kam zu schnell. Am liebsten hätte Elly sich die Zunge abgebissen.

»Aus Berlin ist er gekommen, nicht wahr?« Dita tat so, als hätte sie das nicht bemerkt. Fuhr mit dem Zeigefinger das Muster auf Ellys Blusenärmel nach, während sie weiterplapperte. »Gewiss hat er Aufregendes von dort erzählt. Von den berühmten Theatern und Kabaretts. Den legendären Varietés. Und natürlich von den Kaffeehäusern Unter den Linden oder am Kurfürstendamm. Die haben alle ein anderes Format als die hiesigen. Im *Café des Westens* halten Berühmtheiten wie Max Reinhardt und Max Liebermann Hof. Und natürlich Else Lasker-Schüler und Christian Morgenstern.«

»Ein einfacher Buchhändlergehilfe wird wohl kaum in diesen Kreisen verkehren. Erzählt hat er jedenfalls nichts davon.«

»Hast du ihn danach gefragt? Hast du dich überhaupt schon länger mit ihm unterhalten?«

Elly schüttelte den Kopf. Dita seufzte.

»Du hängst zu viel mit Henni zusammen. Sie ist wirklich ein nettes Mädchen. Ich mag sie sehr. Aber du musst auch andere Freunde haben.«

»Vor allem junge Männer?«

»Warum nicht? Zeit wär's! Der neue Kollege ist eine gute Gelegenheit, um den Umgang mit jungen Herren zu üben. Willst du ihn denn gar nicht besser kennenlernen? Hören, was er will und warum es ihn nach München verschlagen hat?«

Nach kurzer Pause setzte Dita schelmisch nach: »Klug von ihm, sich noch ein wenig zurückzuhalten. So ein kleines großes Geheimnis um seine Person macht ihn interessanter. Für dich, deine Kolleginnen und vor allem für eure Kundinnen.«

»Was fantasierst du dir da zusammen? Er wird schon mehr von sich erzählen, wenn ihm danach ist.«

»Warten wir's ab. In jedem Fall ist es ein spannendes Experiment. Eine Buchhandlung mit so vielen Frauen, vor allem mit so vielen alleinstehenden Frauen, Henni und du an der Schwelle zum Erwachsensein, die vorlaute Rahel noch in dem Alter, in dem Männer für sie eine Bedeutung haben, und dann betritt ein attraktiver junger Mann mit traumhaft schönen blauen Augen …«

»Er hat haselnussbraune …«, rutschte es Elly heraus. Sie könnte sich ohrfeigen!

Dita spitzte zufrieden den Mund.

»Dann betritt also ein junger Mann mit haselnussbraunen Augen den Laden«, griff sie das amüsiert auf, »und wirbelt das kleine Paradies der Frauen zwischen den hohen Bücherregalen mit seinem bezaubernden Charme gehörig durcheinander.«

»Kann es sein, dass du immer nur an das Eine denkst?«

»Kann es sein, dass dieses Eine, die Liebe oder meinetwegen auch die Leidenschaft, das Einzige ist, was im Leben wirklich zählt?«

Ihre Blicke tauchten ineinander. Wie auf Kommando lachten sie beide.

»Vorhin hab ich übrigens wen getroffen«, wechselte Dita beiläufig das Thema, sobald sie sich wieder beruhigt hatten.

»Und trotzdem bist du so früh nach Hause gegangen?«

»Du kennst ihn ebenfalls«, überging sie Ellys spöttische Bemerkung. »Gleich als Erstes hat er mich nach dir gefragt. Er wollte wissen, wie es dir geht. Ob du deine Ausbildung in der Buchhandlung wie geplant absolviert hast und was du nun machst. Das fand ich sehr aufmerksam.«

»Sprichst du von Rolf von Hauenstein?«, erkundigte sich Elly höflich. Es interessierte sie nicht wirklich. Obwohl sie anders als von ihm prophezeit ihr Vorhaben verwirklicht, die Lehre abgeschlossen und damit die Wette mit ihm gewonnen hatte. Doch was musste Dita ihm davon erzählen? Es ging ihn nichts an. Sie legte keinen großen Wert darauf, ihm noch einmal zu begegnen.

»Dachte ich mir, dass du gleich weißt, wen ich meine«, triumphierte Dita. »Nachdem er die letzten Jahre in der Garnison in Ingolstadt Karriere gemacht hat, ist er jetzt wieder in München. Zum Hauptmann hat er es inzwischen gebracht. Nach wie vor ist er ledig und äußerst attraktiv. Sehr charmant. Und sehr klug obendrein. Man kann sich bestens mit ihm unterhalten.«

»Wie schön. Genieß es, wenn du ihn triffst.«

»Er ist eine gute Partie.«

»Verfolgst du etwa ernste Absichten bei ihm? Ich dachte, du wolltest nie mehr heiraten.«

»Will ich auch nicht. Mein Witwendasein behagt mir sehr. Ohnehin ist es müßig, in seinem Fall darüber nachzudenken. Leider muss ich der Wahrheit ins Auge sehen: Für ihn bin ich gut zehn Jahre zu alt.«

Sie hielt inne, aber Elly biss nicht an. Sie hatte keine Lust auf das Spiel.

»Ich finde es sehr bezeichnend, dass er sich so sehr für dich interessiert«, gab Dita schließlich auf. »Dass er dir fast vier Jahre aus der Ferne quasi die Treue …«

»Was soll der Unsinn? Ich jedenfalls habe ihn nicht darum gebeten.«

»Du weißt gar nicht, welches Glück du hast. Der Mann ist heiß begehrt.«

»Schön für ihn. Dann wird es ihm leichtfallen, die passende Frau zu finden. Es klingt, als lägen ihm alle Mütter heiratsfähiger Töchter zu Füßen. Ich denke noch lange nicht ans Heiraten. Mir geht es ähnlich wie dir: Das Ledigsein behagt mir viel zu sehr. Eigentlich weiß ich gar nicht, ob ich je …«

»Das kannst du ihm gern selbst sagen«, unterbrach Dita sie auf einmal ungeduldig. »Ich lade ihn zum Essen ein.«

»Du willst Hauenstein zum Essen einladen? Doch nicht etwa hierher zu uns?«

Die Vorstellung amüsierte Elly. Die letzte Einladung, die Dita gegeben hatte, musste Jahre zurückliegen. Hatte wahrscheinlich noch zu Lebzeiten ihres Vaters stattgefunden, sonst hätte sie gewiss eine deutliche Erinnerung daran.

»Und wer soll kochen?«, erkundigte sie sich. »Die Portiersfrau? Was soll sie auftischen? Hackbraten mit Semmelknödel? Oder Heringssalat mit Pellkartoffeln? Als Mann von Welt wird Hauenstein das zu schätzen wissen.«

»Darauf kannst du wetten.«

»Schon wieder?«

5

Ende Januar

»Was für eine Geschichte!«, schwärmte Theres. Schon nach den ersten Seiten hatte *Das Bildnis des Dorian Gray* sie gepackt. Verzückt rückte sie auf dem Kanapee näher an Cousine Ruth heran. Die begriff das als Aufforderung, den Arm um ihre Schultern zu legen. Dankbar kuschelte Theres sich an ihre Seite.

Der Wind rüttelte an den Fensterrahmen, peitschte eisigen Schneeregen gegen die Fensterscheiben. Wie gut, an diesem Abend bei romantischem Kerzenschein im gemütlichen, chinesisch dekorierten Salon ihrer gemeinsamen Wohnung zwei Etagen über der Buchhandlung in der Romanlektüre zu versinken. Noch dazu in der Lektüre eines solchen Romans. Leise seufzte sie.

»Oscar Wilde ist ein begnadeter Künstler«, stimmte Ruth zu. Nach jedem neuen Schluck Absinth wurde ihre Zunge schwerer.

»Aber leider ist er ein Mann«, monierte Theres einige Kapitel später und stürzte den letzten Rest der Grünen Fee in ihrem Glas mit einem Zug hinunter.

»Die Zeit ist überreif, dass eine Frau etwas Vergleichbares erschafft.« Zur Bekräftigung zündete Ruth sich einen stark parfümierten Zigarillo an.

»Wir Frauen wären das auch. Ich wüsste sogar jemanden, der das Zeug hätte, eines Tages eine deutsche Oscarina Wild zu werden«, behauptete Theres und goss sich großzügig von dem verführerischen smaragdgrünen Getränk nach. Es sorgte dafür, dass sich ein herrliches Gefühl der Leichtigkeit und Schwerelosigkeit in ihr ausbreitete.

Plötzlich sah sie klar. Alles war möglich, zu allem war sie bereit. Und dennoch erschrak sie im nächsten Moment über die eigene Kühnheit. Wie hatte sie sich nur so vergessen können? Es war zu früh, darüber zu reden. Und sicherlich nicht im Interesse derjenigen, die sie im Sinn hatte. Die sich wahrscheinlich selbst noch nicht bewusst war, über welches Potenzial sie verfügte.

Für einen Rückzieher war es zu spät. Jäh war Ruth nüchtern, richtete sich auf, stieß den Rauch ihres Zigarillos in kleinen Kringeln in die Luft und beschoss sie mit Fragen. »Wer ist es?« »Weiß sie, was sie kann?« »Kennst du sie persönlich?« »Kenne ich sie?« »Du darfst keine Geheimnisse vor mir haben!« »Wir dürfen uns die Chance keinesfalls entgehen lassen, nicht dass uns jemand anderes zuvorkommt.«

Theres kostete es viel Kraft, noch einige weitere Gläser Absinth und viel zu viel kostbaren Schlafs, um Ruth von der möglichen Oscarina Wild in ihrem Umfeld abzulenken. Sogar zum Rauchen eines Zigarillos ließ sie sich überreden. Bis es ihr im Morgengrauen gelang, Ruth auf andere Ideen zu bringen.

Mit schweren Gliedern und noch schwererem Kopf sanken sie endlich nebeneinander ins Bett und schliefen sofort ein. Um in der gefühlt nächsten Sekunde wieder aufzuschrecken.

An der Wohnungstür läutete es Sturm. Hatten sie verschlafen? Das war noch nie passiert!

Wie so oft war Theres diejenige von ihnen beiden, die sich trotz zu viel Alkohol, zu wenig Schlaf und zu viel Leidenschaft in der Nacht als Erste erheben, in den rotseidenden Morgenrock schlüpfen und zur Tür wanken konnte.

»Sie?«

Sobald sie ihr derangiertes, leicht bekleidetes Äußeres in Leo Kleefischs haselnussbraunen schreckgeweiteten Augen wie in einem Spiegel entdeckte, wurde ihr klar, welch fürchterlichen Anblick sie ihrem neuen Gehilfen bot. Und was er denken musste, weil Ruth im selben Moment nicht weniger schlaftrunken in einem ähnlich freizügigen seidenen Hausmantel direkt hinter ihr auftauchte. Hastig raffte Theres das verrutschte Revers mit der einen Hand über dem halb entblößten Dekolleté zusammen, versuchte mit der zweiten, die ungekämmten langen Haare notdürftig zu ordnen und zugleich den völlig verwirrten Leo einigermaßen unbedarft anzuschauen.

Offenkundig war er irritiert, unsicher, wo er hinsehen sollte: zu ihr, an ihr vorbei, wo allerdings Ruth stand, zu Boden oder Richtung Decke. Dann räusperte er sich, sprudelte mit einem Mal aufgeregt los: »Sie müssen nach unten kommen. Ein Herr von der Polizei steht im Laden. In Begleitung eines Gendarmen. Gleich kämen noch mehr, sofern er Sie nicht sofort sprechen könne, hat er gedroht. Die gesamte Buchhandlung wollen sie durchsuchen. Sämtliche Geschäftsräume im Erd- und Obergeschoss und ebenso das Lager.«

»Warum?«, fragte Theres, dabei ahnte sie bereits, wer da unten aufgetaucht war und um was es ging.

»Weil wir angeblich verbotene Bücher verkaufen«, sagte Leo. »Und anrüchige Postkarten noch dazu. Und wahrscheinlich auch illegale Zeitschriften. Und das seit Langem. Trotz mehrfacher Aufforderung, die entsprechenden Titel aus dem Angebot zu entfernen.«

»Wie viel Uhr ist es?«

»Kurz nach acht. Die ersten Kunden sind bereits im Laden: Ministerialrat Schöffel aus dem Innenministerium, die Witwe von Professor Dreher, Privatdozent Doktor Lilienthal …«

»Und wer von uns?«

»Alle: Rosendorf, Kirchner ...«

»Ich komme.« Rasch schloss Theres die Tür und eilte ins Schlafzimmer, um in die obligatorische helle Bluse und den grauen Rock zu schlüpfen. Im Bad spritzte sie sich eiskaltes Wasser ins Gesicht, versuchte, den bitteren Geschmack aus dem Mund zu spülen, steckte das Haar hoch. Dann rannte sie nach unten. Dicht gefolgt von Ruth, ihrer Cousine dritten Grades. Ein Umstand, den der Polizist gewiss gleich ansprechen würde. Es gab Menschen, die es störte, dass sie und Ruth zusammenlebten und gemeinsam die von ihrem Großvater gegründete Buchhandlung betrieben. Und das in einer Stadt, die vorgab, besonders liberal zu sein. Und in der nur wenige Straßenecken weiter zwei Frauen, Anita Augspurg und Sophia Goudstikker, vor mehr als fünfundzwanzig Jahren ein Fotoatelier gegründet hatten und zu Hoflieferantinnen ernannt worden waren, ohne dass jemand Anstoß an ihrer Beziehung genommen hatte. Theres holte tief Luft, bevor sie im Erdgeschoss die Geschäftsräume betrat.

Es war nicht das erste Mal, dass die Zensurbehörde ihnen einen Verstoß gegen geltende Bestimmungen vorwarf. Ebenso war es nicht das erste Mal, dass infolgedessen eine Durchsuchung anberaumt war. Aber es war das erste Mal, dass ihr neuer Gehilfe Leo das miterlebte. Aus seiner Reaktion schloss sie, dass ihre Berliner Buchhändlerfreundin Marie Lesser, auf deren Empfehlung er bei ihnen war, ihn nicht mit allen Details über ihre Buchhandlung, ihre Besitz- und Lebensverhältnisse wie über das, was ihn in der angeblich so liberal eingestellten Kunst- und Bohemestadt München erwartete, aufgeklärt hatte. Wenn alles überstanden war, musste sie in Ruhe mit ihm reden. Zunächst aber galt es, sich um den Herrn von der polizeilichen Zensurbehörde zu kümmern.

Wie in einem Spalier hatten sich ihre Gehilfinnen und Gehilfen vor der langen Theke aufgereiht. Sie nickte knapp zur Begrüßung, das musste an diesem Morgen reichen. Eilig ging sie auf den älteren Herrn im dunklen Anzug und dem betont strengen Blick am Ende der Reihe zu: Servatius Lechner. Den uniformierten Herrn auf seiner linken Seite kannte sie ebenfalls: Wachtmeister Spörl vom Revier in der Türkenstraße.

Dem war der Auftritt peinlich – wie so oft, wenn er Lechner zu solchen Aktionen begleiten musste. Nervös strich er sich über die Enden seines gezwirbelten weißen Backenbartes, wippte auf den Fußspitzen und ließ den Blick aus seinen wässrig-blauen Augen ziellos durch die Buchhandlung wandern.

Eine ungemütliche Stille hing über den Anwesenden. Ministerialrat Schöffel war offenbar bereits ins Lesekabinett zu seiner Zeitungslektüre verschwunden, Professorenwitwe Dreher ließ sich von Elly mit der neuesten Lieferung Insel-Bücher ablenken und Privatdozent Doktor Lilienthal blätterte am Lesepult neben der Marmorsäule im aktuellen Verlagskatalog von Albert Langen.

Unwirsch blickte Lechner Theres entgegen.

»Sie wissen, warum wir hier sind. Wieder einmal haben wir Anlass zu vermuten, dass Sie mehr als die von Ihnen selbst angezeigten fünf Exemplare der *Claudine*-Romane einer gewissen Colette …«

»Deswegen sind Sie hier? Das ist doch ein ganz alter Hut.«

Theres lachte auf, obwohl ihr alles andere als zum Lachen zumute war. Zudem pochte es unangenehm in ihrem Kopf. Sie musste sich konzentrieren. Durfte Lechner keinesfalls zu nah kommen. Bestimmt atmete sie noch Alkohol aus. Nicht auszumalen, wenn er das bemerkte! Am Ende hielte er sie für eine Trinkerin und sorgte dafür, dass sie deshalb erst recht Ärger bekam.

»Natürlich haben wir nur diese fünf Exemplare gehabt, die

wir sofort bei Eingang ordentlich angezeigt und abgeliefert haben. So ist es doch seit Jahren zwischen der Zensurbehörde und dem Münchner Buchhändlerverein vereinbart. Es wäre absurd, nach einer solchen Selbstanzeige weitere Exemplare ...«

»Was absurd ist oder nicht, entscheiden nicht Sie«, unterbrach er sie barsch. »Uns liegt ein stichhaltiger Hinweis vor, dass sich in Ihren Regalen mit den antiquarischen Titeln noch Bücher befinden, die seit Jahren verboten und deshalb ebenfalls aus dem Verkehr zu ziehen sind. Spörl, lassen Sie sich zeigen, wo ...«

»Wollen wir uns das Theater nicht sparen?«

Für einen Moment drohte Theres jetzt doch die Fassung zu verlieren. Leider kam ihr das alles sehr bekannt vor. Letztlich war es immer dasselbe.

Der mahnende Blick von Ruth traf sie im richtigen Moment. Sie rang sich zu einem fast schon unterwürfigen Lächeln durch, mit dem sie bei Lechner tatsächlich den gewünschten Erfolg erzielte.

»Sie sind ja nicht zum ersten Mal hier. Wer, wenn nicht Sie, kennt sich in unserer Buchhandlung also aus? Unser Antiquariat befindet sich nach wie vor im Obergeschoss. Mein Mitarbeiter, Herr Rosendorf, wird dem Wachtmeister gern alles zeigen. Wollen Sie derweil hier unten oder im Lesekabinett die Auslagen mit den Zeitschriften prüfen?«

Mit der Hand machte sie eine einladende Geste durch die Ladenräume. Lechner folgte ihr tatsächlich mit interessiertem Blick.

»Vermutlich hat Ihnen außerdem jemand gemeldet, wir hätten den obskuren *Junggesellen Almanach* im Haus. Damit kann ich jedoch leider nicht dienen. Den hätten wir sofort angezeigt, wenn er uns geliefert worden wäre. Angefordert haben wir ihn nicht. Die Spagatschnürl an der Eingangstür wie im Schaufenster haben Sie gewiss bereits inspiziert, ob daran anstößige Postkarten hängen. Selbstverständlich präsentieren wir Ihnen gern das gesamte Kartensortiment zur Kontrolle. Unser Lehrling holt Ihnen die entsprechenden Kisten.«

Sie gab Johann ein Zeichen. Sofort lief der zum Regal, um das Gewünschte zu bringen.

»Darf ich Ihnen einen frisch aufgebrühten Kaffee anbieten?«, schaltete Vroni sich ein. »Legen Sie ab. Es wird wohl etwas länger dauern, bis Sie alles in Augenschein genommen haben«, schlug Ruth vor.

Theres beneidete sie um ihre auffallend gute Verfassung. Hatte sie letzte Nacht nicht sogar weitaus mehr Absinth getrunken als sie? Und obendrein mindestens ein Dutzend Zigarillos geraucht? Wahrscheinlich machten die drei Jahre, die Ruth jünger war als sie, den entscheidenden Unterschied. Und Ruths Begeisterung fürs Radfahren. Selbst jetzt im Winter.

Zuvorkommend nahm Ruth Lechner Stock, Hut und Mantel ab, die vom Schneefall reichlich nass waren, und verschwand damit nach hinten.

»Bitte.« Theres bot ihm einen der Stühle vor einem Tisch mit Leselampe an. Lechner blieb keine Wahl, als sich zu setzen und Spörl mit Rosendorf nach oben zu schicken.

Wie erhofft begann er kurz darauf tatsächlich, die Kisten mit den Postkarten durchzublättern. Nach einigen Schlucken von dem dampfend heißen Kaffee, den Vroni ihm nebst einer Schale mit Butterbiskuits hingestellt hatte, wandte er sich dann dem ersten Stapel Zeitschriften zu, den Kirchner herangeschleppt hatte.

Theres atmete vorsichtig auf. Eine aufsehenerregende Durchsuchungsaktion mit einem Aufmarsch weiterer Uniformierter schien vorerst abgewendet. Obwohl es noch früh am Tag war, hätte es sich sehr schnell herumgesprochen, wenn bei den Lämmles ein größeres Aufgebot an Zensur- und Polizeibeamten aufgeschlagen wäre, um nach angeblich verdächtigen Titeln zu suchen. So kamen sie mit dem Schrecken davon.

Professorenwitwe Dreher und Privatdozent Lilienthal schenkten Lechner glücklicherweise kaum Beachtung, ebenso verließ Ministerialrat Schöffel zur gewohnten Zeit ohne eine Bemerkung zum Auftauchen von Wachtmeister Spörl im Obergeschoss die Buchhandlung.

»Das wäre noch einmal gut gegangen«, posaunte Johann vorlaut heraus, als Lechner und Spörl gegen Mittag und damit pünktlich zur geschäftigsten Stunde bei den Lämmles unverrichteter Dinge abzogen.

»Hast du etwas anderes erwartet?«, erkundigte sich Rosendorf streng, während Rahel sichtlich belustigt sagte: »So ein kleiner Aufruhr mit einem halben Dutzend Schandis im Geschäft wäre unserem Lehrling gewiss ganz recht gewesen, um heute Abend vor den anderen Burschen aus dem Viertel ein bisserl den Helden spielen zu können, was, Johann? Bestimmt hätte er mit stolzgeschwellter Brust frech behauptet, im letzten Moment ein verdächtiges Heft mit nackten Tänzerinnen oder einige Postkarten mit sehr offenherzigen Damen in der eigenen Jackentasche verschwinden gelassen zu haben, bevor der Oberzensor uns deswegen den Laden zugesperrt hätte.«

»Mit solchen Vorkommnissen ist nicht zu spaßen«, merkte Leo zu Theres' Erstaunen besorgt an. »Wenn du als Lehrling mit verbotenen Sachen erwischt wirst, bist du nicht nur deine Ausbildungsstelle los, sondern hast langfristig Ärger am Hals. So schnell wirst du dann keine neue Stelle in einer Buchhandlung finden. Wenn du Pech hast, in ganz Bayern nicht.«

»Sprechen Sie aus Erfahrung?« Herausfordernd fixierte Rahel den jungen Kollegen.

»Zum Glück nicht persönlich«, erwiderte Leo. »In Berlin sind die Behörden allerdings noch sittenstrenger als hier in Bayern, wie mir scheint. Romane wie Reventlows *Herrn Dames Aufzeichnungen* oder der *Simplicissimus* oder die *Jugend* würden da sofort konfisziert. Ich habe sogar von Lehrlingen gehört, die außerhalb der Buchhandlung mit Titeln von der Zensurliste erwischt worden sind und die daraufhin kein Buchhändler mehr angestellt hat. Selbst in Potsdam hatten die keine Chance. Damit war es aus und vorbei mit ihrem Traum.«

»Höchstens als fliegender Händler auf der Dult oder am Bahnhof würde man dann noch etwas reißen«, ergänzte Kirchner sensationslüstern.

Das klang übel. Zu gern hätte Theres Leo unter vier Augen in ihrem Büro ausführlicher befragt. Zu ihrem Leidwesen hatte er bislang viel zu wenig von sich preisgegeben. Aus Marie Lessers Empfehlungsschreiben ging ebenfalls kaum etwas über ihn hervor.

Die Ladenglocke läutete. Bald drängten die Kunden zahlreich in die Buchhandlung. Der übliche Trubel zur Mittagszeit setzte ein. Wie die anderen Gehilfen kümmerte Leo sich eifrig ums Geschäft. Auch Theres war binnen Kurzem ununterbrochen gefordert, um zu beraten, die Kasse zu bedienen, Fragen zu beantworten, sodass sie nicht mehr dazu kam, ihn anzusprechen.

Am Nachmittag fand sich ebenfalls keine Gelegenheit für ein Gespräch. Ruth und sie wollten zum Salon ihrer Freundin, der Schriftstellerin Carry Brachvogel. So gern Theres das angesichts des starken Schneefalls und der Erlebnisse mit dem Zensor abgesagt hätte, stand das für Ruth nicht zur Debatte.

»Ich habe uns telefonisch eine Kraftdroschke bestellt. Eine gute Gelegenheit, den neuen Service auszuprobieren. In einer Viertelstunde ist der Wagen da. Beeil dich, der Taxameter läuft bereits.«

Eine Kraftdroschke! Noch dazu telefonisch geordert. Theres schüttelte den Kopf. Typisch Ruth. Sie wusste genau, welches Aufsehen sie damit beim Eintreffen in Carry Brachvogels Wohnung erregten. Und wie unangenehm Theres das war. Noch dazu ausgerechnet an einem Tag wie heute, an dem sie bereits genügend Aufsehen und Aufruhr erlebt hatte. Sie rang mit der Versuchung, sich unter Hinweis auf eine üble Migräneattacke für den Rest des Tages in die Wohnung zurückzuziehen. Stattdessen eilte sie folgsam in den zweiten Stock, machte sich in Windeseile frisch und kehrte wenig später ausgehfertig nach unten zurück, gerade rechtzeitig, um zusammen mit Ruth und unter Anteilnahme der halben Nachbarschaft sowie vieler Stammgäste des schräg gegenüberliegenden *Stefanie* die Kraftdroschke zu besteigen. Mit noch lauterem Getöse und einer stinkenden Wolke aus dem Auspuff fuhr das Gefährt davon.

Wenige Minuten später aber war der Spaß bereits vorbei. Nach einem lauten Knall und einer weiteren auffälligen Schmutzwolke blieb der Wagen mitten auf einer Kreuzung liegen. Die hinter ihnen fahrende Tram musste scharf bremsen, die Glocke schrillte Alarm. Ein Radfahrer wäre fast gestürzt, was angesichts der schneeglatten Straße übel ausgehen konnte.

Unter indiskutablen Flüchen, die den Zensurbeamten Lechner in Verlegenheit gebracht hätten, kletterte der Chauffeur vom Sitz, versuchte, den Motor wieder anzukurbeln.

»Was für ein Tag!«, murmelte Theres und beschloss auszusteigen. Ruth wollte sie aufhalten, sah dann aber offenbar ein, dass es angesichts des kurzen Stücks Weg, das noch vor ihnen lag, keinen Sinn machte, auf die Weiterfahrt zu warten.

»Natürlich weiß ich, wie gern du mit dem Wagen vorgefahren wärst, aber das kannst du bei Gelegenheit nachholen. Bei besserem Wetter kommen bestimmt alle nach draußen, um dich zu sehen«, tröstete Theres sie und entlohnte den unglücklichen

Chauffeur großzügig. Die Hüte gegen den Schnee tief ins Gesicht gezogen, die Schals eng um die Hälse geschlungen stapften sie eilig vorwärts, um möglichst nicht unter den letzten Gästen zu sein, die den Salon erreichten.

Die weitläufige Wohnung der Journalistenwitwe und Schriftstellerin Carry Brachvogel barst bereits vor Gästen. Sie befand sich in einem der üppigen, stuckverzierten und mit einer ganzen Armee Karyatiden geschmückten Wohnhäuser, die in den vergangenen Jahrzehnten aus dem Dorf Schwabing erst die begehrte Stadt und dann den legendären nördlichen Münchner Stadtteil gemacht hatten. Nahezu jede und jeder kulturell Interessierte hatte sich zum Jour fixe eingefunden, um im Kreis wohlhabender wie auch berühmter Zeitgenossen möglichst viel Inspiration und Fortschrittlichkeit zu atmen.

»Wunderbar, dass ihr endlich einmal wieder beide gekommen seid«, empfing Carry Brachvogel sie höchstselbst an der Tür und half ihnen beim Ablegen. »Ihr werdet staunen, wer noch alles da ist.«

Leider kam sie nicht dazu, zu verraten, wen sie meinte. Hinter ihnen drängten bereits die Nächsten herein, die ebenfalls persönlich begrüßt werden wollten.

Beim Rundgang durch die Räume entdeckten Theres und Ruth Stammkunden, Konkurrenten sowie vor allem Mitstreiterinnen aus dem Verein für Fraueninteressen und einige Mitglieder des noch recht neuen Schriftstellerinnen-Vereins.

»Wie wäre es im Frühling mit einem Lyrikabend in Ihrer Buchhandlung?«, schlug Emma Haushofer-Merk vor, sobald sie Theres eine Tasse Tee gereicht hatte.

»Einen Abend mit Kriminalgeschichten aus der Feder von Frauen fände ich aufregender«, schaltete sich der Literaturredakteur der *Münchner Post* ein und gesellte sich zu ihnen.

»Gibt es da so viele?«, erkundigte sich sein Kollege von der *Bayerischen Zeitung* und brach abrupt das Gespräch mit einer älteren Dame ab, um sich zu ihnen zu gesellen.

»Wir sollten Ricarda Huch bitten, sich dem Genre zu widmen. Sie würde daraus ein wahres Kunstwerk machen«, schlug Ruth vor.

»Eine interessante Idee. Überhaupt wäre es an der Zeit, dass sich mehr Frauen dem Genre widmen.« Der Literaturredakteur fand sofort Gefallen daran.

»Ich sehe schon, im Gegensatz zu mir kennen Sie sich mit Kriminalromanen aus.«

Theres nahm das zum Anlass, sich aus dem Kreis zu verabschieden und weiter durch die Räume zu schlendern. In Carrys Bibliothek stieß sie auf einige Buchhändlerkollegen, denen sie schon lange nicht mehr begegnet war.

»Der sittenstrenge Lechner hat Sie heute höchstpersönlich gefilzt?« Gustav Schrannenmüller, ein Sortimenterkollege aus der Innenstadt, kam zu ihrem Erstaunen rundheraus auf den Punkt. »Bei uns hat er sich seit Monaten nicht blicken lassen.«

»Seien Sie froh«, erwiderte Winfried Fürholz, der Inhaber eines Antiquariats aus der Theresienstraße. »Lechners Besuche sind nie erquicklich. Wenn er etwas finden will, findet er es. Außerdem liebt er den großen Auftritt und vermeidet alles, was Diskretion begünstigt.«

»Mir kommt es vor, als hätte er Ihre Buchhandlung weitaus stärker im Visier als andere«, schaltete sich Lore Grimm ein, die Witwe eines weiteren Kollegen aus der Altstadt, und legte Theres vertraulich die Hand auf den Arm. »Frauen, so habe ich gehört, sieht er ungern in der Geschäftsführung. Deshalb bin ich erleichtert, unsere Buchhandlung nach dem Tod meines Mannes an meinen Sohn übergeben zu haben. Das erspart mir reichlich Ärger.«

»Das sollte nicht die Lösung sein.« Theres spürte, wie Ärger in ihr aufstieg. »Wir Frauen lassen uns hoffentlich nicht von einem Polizeibeamten aus unseren Geschäften drängen. Das wäre ja noch schöner! Gerade jetzt, da immer mehr Frauen in unseren Beruf ...«

»Ein kluger Schachzug, dass Sie neuerdings einen Lehrling und einen weiteren männlichen Gehilfen eingestellt haben. Offenbar achtet Lechner akribisch auf das Verhältnis der Geschlechter unter den Angestellten.« Schrannenmüller nickte zufrieden.

»Dabei lesen bekanntlich weitaus mehr Frauen als Männer und nehmen damit unter der Kundschaft den größeren Anteil ein«, entgegnete Theres mühsam beherrscht.

»Mein Sohn meinte, der Lechner habe ihm gegenüber Andeutungen gemacht, dass er die ›Weiberwirtschaft‹ bei den Lämmles ganz besonders im Auge behalten wolle«, verkündete Lore unbeeindruckt. »Das war wohl, nachdem er heute Vormittag bei Ihnen gewesen ist.«

Theres blieb die Luft weg. Lores Hinweis war zwar ebenso gut gemeint wie alles, was die Kollegen ihr gerade gesagt hatten, fachte ihre Wut jedoch nur stärker an. Damit war klar, woher Schrannenmüller von Lechners vormittäglichem Besuch wusste: von Lores Sohn. Wahrscheinlich hatten sich die Kollegen vor ihrem Auftauchen bereits ausgiebig über den Vorfall unterhalten.

»Sie hätten allerdings besser daran getan, statt einem Gehilfen von auswärts einen hiesigen einzustellen«, meldete sich Schrannenmüller abermals zu Wort. »Ich hätte Ihnen wen empfehlen können. Da hätten Sie wenigstens gewusst, um wen es sich handelt.«

»Das weiß ich auch so«, stellte Theres eine Spur unfreundlicher als beabsichtigt klar. »Eine sehr enge Freundin aus Berlin hat mir meinen neuen Gehilfen empfohlen. Auf sie kann ich mich jederzeit verlassen.«

»Die Empfehlung kam aus Berlin? Dann stammt Ihr Gehilfe von dort?«, hakte Lore nach. »Heißt er nicht Kleefisch?«

»Ja, warum?«

Erstaunt sah Theres erst sie an, bevor sie die anderen beiden aufmerksam musterte. Das verräterische Zucken um Fürholz' Mundwinkel und Schrannenmüllers wissendes Lächeln waren zu auffällig.

»Der Name ist so ungewöhnlich, den kann ich mir merken«, fuhr Lore unterdessen fort. »Mein Sohn hat ihn nach dem Gespräch mit Lechner vorhin nämlich ebenfalls erwähnt. Anscheinend hat er mit Lechner über ihn gesprochen. Mir hat er erzählt, er kenne diesen Kleefisch aus der Buchhändlerschule in Leipzig. Er sei ihm in Erinnerung, weil er ein sehr beeindruckendes Referat über Heinrich Heines *Rabbi von Bacharach* und dessen historische Hintergründe gehalten sowie eine sehr schön illustrierte Ausgabe davon herumgezeigt habe.«

»Das freut mich zu hören. Aus seinen Unterlagen wusste ich schon, dass er seine Lehre in Leipzig absolviert hat.«

Theres verstand nicht so recht, worauf Lore hinauswollte. Was war Ungewöhnliches dabei, wenn jemand in der Ausbildung engagiert ein in seinen Augen gelungenes Buch vorstellte?

»Passen Sie auf, meine Liebe«, mischte sich Fürholz belustigt ein. »Das klingt mir ganz danach, als wollte der junge Grimm Ihnen Ihren neuen Gehilfen abspenstig machen, weil er so Spannendes über rheinische Legenden zu erzählen weiß.«

»Da müssen Sie keine Angst haben«, wiegelte Lore ab. »Erstens haben wir derzeit keinen Bedarf an neuen Mitarbeitern und außerdem hat Roland diesen Kleefisch ansonsten als sehr eigenbrötlerisch erlebt. Einen solchen Sturkopf wie den brauche er nicht ständig um sich herum, hat er mir vorhin gesagt.«

Für den Bruchteil einer Sekunde blieb Theres die Luft weg. Wie reagierte sie am geschicktesten auf diese ungeheuerliche Bemerkung über einen ihrer Mitarbeiter, ohne die Buchhändlerkollegin vor den Kopf zu stoßen? Sie hatte einen ganz anderen Eindruck von Leo und konnte nicht billigen, dass von Dritten derart abfällig über ihn geredet wurde.

»Wir müssen sofort zurück.« Unvermittelt stand Ruth neben ihr und zog sie beiseite, um ihr aufgeregt ins Ohr zu flüstern: »Rosendorf hat angerufen. Es gibt Ärger. Lausbuben haben eines der großen Schaufenster eingeworfen. Die Scheibe ist hin. Und sämtliche Bücher in der Auslage.«

»Ist es das rechte? Für das Elly und Henni gestern erst die teuren Kunstbände herausgesucht haben?«

»Und die luxuriöse Sonderausgabe des *Münchner Dichterbuchs*.«

Mit aller Kraft unterdrückte Theres einen Fluch. Das war eindeutig nicht ihr Tag.

6

Februar

Die nächsten Wochen fühlte Elly sich zwischen Hölle und Fegefeuer. Dita steigerte sich immer mehr in ihr Vorhaben hinein, eine kleine Gesellschaft für Rolf von Hauenstein zu geben. Was in Ellys Augen völlig absurd war. Weder war Dita die geborene Hausfrau und alles andere als dafür prädestiniert, eine solche Einladung zu organisieren, noch fand Elly den Aufwand für jemanden wie ihn gerechtfertigt. Sie ging nicht davon aus, dass er sich in den vergangenen vier Jahren in Ingolstadt zu seinem Vorteil verändert hatte. Im Gegenteil mutmaßte sie, dass die Beförderung zum Hauptmann seine Neigung zur Selbstüberschätzung noch verstärkt hatte.

Während Dita Notizheft um Notizheft mit Ideen fürs Menü – selbstverständlich mehrere Gänge, von auserlesenen Weinen begleitet – sowie mit Namenslisten weiterer Gäste füllte, den Einwand, wer das bezahlen solle, mit dem Hinweis »das Finanzielle hat sich bislang immer irgendwie geregelt« übermütig vom Tisch wischte und der Portiersfrau in den Ohren lag, sie solle an dem fraglichen Abend die Köchin spielen und ihre beiden Töchter als Hausmädchen zur Verfügung stellen, die passende Kluft, damit die beiden ordentlich etwas hermachten, treibe sie schon auf, überlegte Elly, wie sie dem grotesken Theater entging. Zumal sie damit rechnete, dass Hauenstein unabhängig von dieser Einladung plötzlich unangemeldet vor der Tür stand, am Ende ausgerechnet dann, wenn Dita unterwegs war und sie bis spät in die Nacht oder gar bis zum Morgengrauen allein in der Wohnung zurückließ. Sie konnte sich gut vorstellen, wie wichtig es ihm war, sie unter vier Augen zu sprechen und seinen angeblichen Charme auf sie wirken zu lassen.

Bei der Vorstellung graute es ihr.

Und sie beschäftigte sie leider auch mehr, als ihr lieb war. Kaum gelang es ihr, sich in den einsamen Stunden zu Hause im Sessel vor dem warmen Küchenofen mit Lesen abzulenken. Dabei genügten ihr sonst meist schon die ersten Zeilen, um in den Geschichten abzutauchen, Raum und Zeit zu vergessen. Ähnlich wie Henni las sie von klein auf nahezu alles Gedruckte, was ihr in die Hände fiel. Reiseberichte, die Sehnsüchte nach fernen Ländern weckten, historische Abhandlungen über die finstersten Jahrhunderte, die zum Glück längst Vergangenheit waren, oder rührende bis kritische Romane und spannende Kriminalerzählungen. Sogar Kochbücher faszinierten sie. Oft meinte sie dank der Zutatenliste bereits den Geschmack der Speisen auf der Zunge zu schmecken. Neuerdings aber fiel es ihr schwer, sich auf etwas zu konzentrieren. Selbst an Zeitschriften wie dem *Simplicissimus* mit seinen frechen Karikaturen oder der *Berliner Illustrirten Zeitung* mit ihren aufregenden Fotos aus der ganzen Welt fand sie keinen sonderlich großen Spaß. Nicht einmal die *Münchner Illustrierte Zeitung,* die sie ihrer Bilder und Berichte vom bunten Leben in München wegen eigentlich am liebsten in einem Zug verschlang, ertrug sie.

Das aber lag nicht allein an Hauenstein und dem unweigerlich näher rückenden Wiedersehen mit ihm. Solche Macht besaß er nicht über sie. Dafür schlich sich Leo immer häufiger und hartnäckiger in ihre Gedanken, okkupierte sie gegen ihren Willen. Warum um alles in der Welt hatten Theres und Ruth ihn nur eingestellt? So nett und fähig er sein mochte, hatten sie keinen weiteren Gehilfen in der Buchhandlung gebraucht. Viel zu gut arbeiteten Rachel, Rosendorf, Elly und sogar Kirchner zusammen. Nun war Leo dazugekommen und hatte alles gründlich durcheinandergebracht.

Fairerweise musste sie ihm zugestehen, dass er es gewiss nicht darauf anlegte. Im Gegenteil tat er alles, um nicht aufzufallen, nirgendwo anzuecken und mit allen bestens auszukommen. Und sich nicht in den Vordergrund zu drängen.

Doch dahin rückte er, ohne es selbst zu wollen.

Seit drei Monaten war er in der Buchhandlung. Als wäre er schon immer dabei, erledigte er sämtliche Aufgaben, die man ihm auftrug, zu aller Zufriedenheit. Dafür erntete er zu Recht großes Lob von den Lämmles sowie die Bewunderung von so manchem Stammkunden. Bestes Beispiel dafür waren Sieglinde und Dorothea, die neuerdings auffällig oft in der Buchhandlung auftauchten.

»Wir kommen schon klar«, behaupteten sie, als Elly sie zwischen den Auslagen entdeckte und ihnen ihre Hilfe anbot.

»Wie haben euch *Herrn Dames Aufzeichnungen* gefallen?«, erkundigte sie sich höflich. »Soll ich euch weitere Bücher von der Reventlow oder ähnlicher Autorinnen heraussuchen?«

»Danke, vorerst nicht«, winkte Dorothea ab, und Sieglinde ergänzte: »Wir brauchen deine Unterstützung nicht.«

»Wie ihr meint.«

Elly zog sich zurück und beobachtete, wie die beiden die Köpfe Richtung Reiseliteratur reckten, wo Leo ein älteres Ehepaar beriet, das zwischen dem ausführlicheren roten Baedeker und dem hellbraunen, dünneren Grieben für London schwankte. Aufgeregt tuschelten Dorothea und Sieglinde miteinander, während sie ihn genau im Blick behielten, bis Kirchner ihnen seine Dienste anbot. Erschrocken lehnten sie diese ebenfalls ab und flohen aus dem Geschäft.

»Mit Leo haben Theres und Ruth einen schönen Fang gemacht«, stellte Henni Elly gegenüber fest, während sie im Hinterzimmer die Remittenden prüften. »Er lockt neue junge weibliche Kundschaft an, aber auch die älteren Damen schmelzen dahin, wenn er sie bedient.«

»Er tut eben alles, um sich hier einzufügen.«

»Mir ist er ein bisschen zu wohlerzogen und zu sehr um einen guten Eindruck bemüht«, räumte Henni ein. »Seltsam ist doch, dass er uns nie von sich erzählt, ja sogar jedem persönlichen Gespräch mit uns aus dem Weg geht. Vorhin habe ich nur einmal erwähnt, wie gern ich eine richtige Buchhändlerausbildung hätte, da hat er mich völlig entsetzt angeguckt. Als Vroni ihn gefragt hat, ob er aus einer Buchhändlerfamilie stamme, ist er wortlos weggegangen. Dabei scheint er durchaus Interessantes aus seinem Leben zu erzählen zu haben. Denk nur an den Besuch von Zensor Lechner und wie er danach Johann vor dem unbedarften Umgang mit verbotenen Postkarten gewarnt hat. Das klang, als hätte er am eigenen Leib erfahren, wie die Zensoren in Berlin und Potsdam mit Buchhändlern umspringen, die gegen die Auflagen verstoßen. Ob er deswegen aus Berlin geflüchtet ist? Warum hat es ihn überhaupt nach München verschlagen? Noch dazu ausgerechnet zu den Lämmles?«

»Ist er wirklich aus Berlin geflüchtet?« Elly lachte bemüht, um von ihren eigenen Grübeleien darüber abzulenken. »Du übertreibst! Das hört sich eher nach einer deiner verrückten Geschichten an. Neuerdings hat es dir wohl die Kriminalliteratur angetan. Liest du jetzt etwa die englischen Detektivgeschichten? Komm beim Heldenspielen nur Johann nicht in die Quere und finde stattdessen lieber heraus, warum welche Lausbuben unser Schaufenster eingeworfen haben. Ausgerechnet das mit den teuren Kunstbüchern! Als hätten sie es genau auf die abgesehen. Ob sie die stehlen wollten? Am helllichten Tag? Dann hätten sie besser nicht so viel Lärm gemacht und keine Schneebälle geworfen. Das Schmelzwasser hat alle Bände ruiniert.«

Henni zuckte die Schultern. Sie interessierte sich mehr für Leo. »Johann hat mir erzählt, Leo habe letztens spätabends, als wir alle schon weg waren, noch ganz lang mit Theres und Ruth geredet. Jede Wette, da ist etwas im Busch.«

»Vielleicht will er sich nur interessant machen.«

»Du meinst nach dem Motto: Je weniger man über ihn weiß, desto mehr denkt man über ihn nach? Da scheint er auf einem guten Weg zu sein.«

»Eben. Wir reden ja jetzt auch schon wieder lange über ihn. Mich beschäftigt viel eher, warum Theres und Ruth ihn überhaupt eingestellt haben. Sie scheinen ebenfalls wenig über ihn zu wissen, und wirklich gebraucht haben wir einen weiteren Gehilfen ohnehin nicht.«

»Vielleicht wollten sie dem Vorwurf entgehen, bei ihnen arbeiteten zu viele Frauen? Du weißt, wie hämisch manche die Buchhandlung in der Amalienstraße als ›Weiberwirtschaft‹ abtun.«

»Dabei sind in den letzten Jahren vor allem die von Frauen geführten Unternehmen so erfolgreich. Denk nur an das Fotostudio Elvira von der Augspurg und der Goudstikker. Die waren sogar königliche Hoflieferanten. Jeder, der auf sich hielt, hat sich von ihnen ablichten lassen«, sagte Elly, um nach einer kurzen Pause hinzuzufügen: »Aber selbst wenn wir unseren Ausgeher mitzählen, bleiben wir Frauen auch nach Leos Anstellung in der Überzahl. Mir scheint es eher so, dass Theres und Ruth damit irgendwem einen Gefallen getan haben.«

»Dann bin ich mal gespannt, ob wir je erfahren, wem.«

Henni schien darüber nachzudenken.

Statt zu verraten, zu welchem Ergebnis sie gekommen war, gab sie nach einer Weile unerwartet zu: »Eins muss man Leo lassen: Er versteht sich auf den Umgang mit schwierigen Kunden. Mit dem nervigen Privatdozenten Lilienthal hat er eine geschlagene Stunde geduldig nach einer repräsentativen Ausgabe von Shakespeares Sonetten gesucht, die der angeblich seiner Tochter zur Verlobung schenken will. Und für die olle Frau Doktor Krämer aus der Schellingstraße hat er mindestens ein Dutzend Reiseführer über Dresden zusammengestellt, damit die bei ihren Freundinnen Eindruck mit ihrem vermeintlichen Wissen über die Kunstschätze im Grünen Gewölbe schindet.«

»Wie nobel von ihm.« Elly schnaufte jetzt doch leicht genervt. »Was aber sagt es uns, dass er der Gattin von Major von Gallwitz ausgerechnet Stefan Zweigs *Brennendes Geheimnis* empfiehlt?«

»Ist das wahr?«

Hennis Gesichtsausdruck schwankte zwischen Entrüstung und Begeisterung, wie Elly voller Genugtuung registrierte. Sie liebten beide die Novelle über die leidenschaftliche Affäre eines jungen Barons mit einer verheirateten Frau. Vor einigen Wochen erst hatten sie die an einem eisig kalten Sonntagnachmittag zusammen in der Wohnung in der Schönfeldstraße gelesen. Ganz gebannt davon, wie der heranwachsende Sohn der Frau, Edgar, den Erwachsenen auf die Schliche kommt und letztlich das Geheimnis mit seiner Mutter gegen den Rest der Familie teilt, hatten sie sich auf dem Sessel vor dem Küchenofen aneinandergekuschelt, literweise Tee getrunken und nach der Lektüre stundenlang darin geschwelgt, mit welch großartigem Gespür Zweig das Seelenleben seiner Figuren schilderte, besonders das von Frauen. Und wie treffsicher er seinen Stoff gewählt hatte! Was für ein genialer Einfall, den halbwüchsigen Edgar ins Zentrum des Geschehens zu stellen. Seine Qualen hatten sie zutiefst berührt. Aber auch die Sehnsucht seiner Mutter nach Liebe und

Zärtlichkeit konnten sie nachempfinden. Und waren überrascht, welche Gefühle das bei ihnen auslöste.

Unwillkürlich griff Henni nach Ellys Hand und drückte sie. Wahrscheinlich hing sie gerade derselben Erinnerung nach. Dankbar lächelte Elly ihr zu.

Henni und sie waren allerdings nicht die Einzigen, die sich Gedanken um Leos Auftauchen in der Amalienstraße machten, wie Elly feststellte. Wenn sie morgens um kurz nach sieben im Hinterhof der Buchhandlung eintraf, scharwenzelten Rahel und Kirchner dort neuerdings bereits geschäftig herum. Und das im Februar, wenn es um diese Zeit nicht nur dunkel, sondern auch sehr frostig war.

»Schade, dass die Lämmles nicht schon eher darauf gekommen sind, jemand Neuen einzustellen«, spottete Vroni, der das ebenfalls aufgefallen war. »Jetzt fürchten die anderen, demnächst überflüssig zu werden, und legen sich ganz besonders ins Zeug. Habt ihr schon bemerkt, dass sich Rahel und Kirchner neuerdings nicht mehr zu fein sind, mit Franz in der Früh die Kisten auszupacken, die Neuware in die Regale einzusortieren und die Reihenfolge der Auslieferung an die Kundschaft zu besprechen?«

»Selbst die Retouren der Ansichtsexemplare übernehmen sie freiwillig«, stimmte Henni zu, und Elly ergänzte: »Wenn sie jetzt noch anfangen, die Bücherlaufzettel zu ordnen und die Bestelllisten eigenhändig abzuschreiben, mache ich mir ernsthaft Sorgen.«

»Schon zum dritten Mal in dieser Woche bleibt Kirchner abends freiwillig länger, um mit Ruth die Kasse zu machen«, fing Henni wenige Tage später abermals damit an, als sie sich mit Elly nachmittags eine kurze Verschnaufpause an der kalten Winterluft im Hinterhof gönnte. »Wüsste ich es nicht besser, würde ich behaupten, er versucht sein Glück bei ihr.«

»Und ich dachte, er wäre in Rahel verliebt«, wunderte sich Elly.

»Wie sinnlos das ist, dürfte selbst ihm klar sein. Die gehört doch eindeutig zu den Frauen, die auf eigenen Füßen stehen und gewiss nicht auf so einen humorlosen Mann wie Kirchner hereinfallen. Deshalb ist es ihr umso wichtiger, in allen Bereichen der Buchhandlung ihre Unersetzlichkeit zu beweisen.«

Elly staunte über Hennis Scharfblick. Sehr schnell merkte sie, wie recht sie hatte. Rahel ackerte kurz darauf sogar die wenig aufregenden Verlagskataloge für naturwissenschaftliche Schriften durch, um die Titel herauszusuchen, die in Kommission genommen werden sollten.

»Wenn wir nicht aufpassen, übernimmt sie demnächst noch die Nachbestellungen der Altgriechisch-Lehrbücher für die Studenten«, sagte sie zu Henni. »Es ist wirklich faszinierend, was die Konkurrenz eines neuen Kollegen bewirkt.«

»Es hat auch seine Schattenseiten. Unser armer Lehrling leidet entsetzlich.« Henni wies mit dem Kopf in die Ecke mit den Lyrikbänden, wo Kirchner Johann gerade nahezubringen versuchte, wie das Regal geschickter zu sortieren sei. »Aber was heißt schon ›leiden‹? Vielleicht wird daraus sein neues Glück? Habe ich dir schon mal die Geschichte von der älteren alleinstehenden Buchhandelsgehilfin erzählt, die über ihrer Liebe zur Lyrik eines Tages doch noch die Liebe ihres Lebens findet? Es ist allerdings nicht der alleinstehende Literaturprofessor, der seit Jahr und Tag in der Buchhandlung ausschließlich von ihr beraten werden will, sondern der zwanzig Jahre jüngere Lehrling, der ihr zuliebe die Abenteuerbücher links liegen lässt und unvermittelt Heines *Sie saßen und tranken am Teetisch* rezitiert. Damit erweicht er die strenge Gehilfin …«

»Oh, Henni. Hör auf!«, unterbrach Elly sie amüsiert. »Mit einer derart triefend romantischen Geschichte machst du nur

Eugenie Marlitt und ihren schwülstigen Romanen in der *Gartenlaube* Konkurrenz. Dafür ist dein Talent viel zu schade.«

»Wenn ich denselben Erfolg wie die Marlitt haben könnte, würde ich sofort in ihre Fußstapfen treten. Immerhin hat sie sich mit den Honoraren ihrer Fortsetzungsromane in der *Gartenlaube* ein schönes Haus und ein sorgloses Leben finanziert.«

»Es geht nicht immer nur um Geld.« Spielerisch hieb Elly mit der Zeitung vom Vortag nach der Freundin.

Als Einziger der Gehilfen blieb Rosendorf sich treu und verteidigte die oberen Räume mit den bibliophilen Kostbarkeiten sowie dem Lesekabinett vehement als seinen persönlichen Wirkungskreis, für den er keine Unterstützung durch den neuen Kollegen benötige.

»Ich hätte noch einige Ideen, wie wir aus dem Bereich mehr herausholen können«, hörte Elly ihn Theres gegenüber verkünden, als sie in der Beletage die neue Lieferung der Insel-Bücherei in eine Vitrine einräumte.

»In der Buchkunst liegt die Zukunft. Konkurrenten wie Stobbe in der Schwanthaler Straße oder Goltz im Luitpoldblock machen es vor, wie man sich mit einer gut sortierten Abteilung zahlungskräftige Sammler heranzieht«, beschwor er Theres. »Die Chance, sie mit aufwendig gestalteten, hochpreisigen Sondereditionen zu ködern, sollten wir uns nicht entgehen lassen. Langfristig lassen die ihr Geld auch in anderen Abteilungen.«

Natürlich berichtete sie Henni brühwarm davon, während sie mittags in der Küche die Weingläser und Bierkrüge spülten, die von der Donnerstagslesung am Vorabend noch übrig waren.

»Es geht eben doch immer nur ums Geld«, schloss sie. »Trotzdem hätte ich niemals Rosendorf für derart geschäftstüchtig gehalten. Aber vielleicht ist das die beste Variante, um sich bei den Lämmles langfristig unentbehrlich zu machen.«

Am folgenden Morgen traf Elly wie üblich um kurz nach sieben im Hof der Buchhandlung in der Amalienstraße ein. Anders als sonst hatte Leo den Hintereingang zu den Geschäftsräumen aufgeschlossen, wie Elly verwundert registrierte. Den Schlüssel musste er bei Theres und Ruth im zweiten Stock besorgt haben. Eine Aufgabe, die sonst einer der älteren Gehilfen oder dem Ausgeher Franz oblag. Von denen fehlte allerdings jede Spur. Elly und Leo waren allein. Zum ersten Mal, seit er bei den Lämmles arbeitete. Noch dazu in dem düsteren, engen Hinterhof.

»Wo sind die anderen?«, fragte sie.

»Vermutlich mit der Straßenbahn auf dem Weg hierher stecken geblieben. Kommen die nicht aus Giesing oder Sendling? Bei dem Schnee wird nichts mehr fahren. Gerade um die frühe Stunde. Und dunkel ist es noch dazu.«

»In München schneit es im Winter öfter. Das hält die Tram selten auf.«

»Zum Glück schneit es in München im Winter öfter. *Herrlisch!*«

Für einen Moment wirkte er völlig selbstvergessen, sprach die letzte Silbe mit einem breiten Sch statt dem üblichen Ch, wie Elly registrierte. Er stellte sich in die Mitte des Hinterhofs, lehnte den Kopf in den Nacken und streckte das Gesicht den wild durch die Luft wirbelnden dicken Flocken entgegen. Verzückt sah er aus.

»Bist du auch zu Fuß unterwegs?«

Bewusst überging sie seine lyrische Stimmung.

»Mein Zimmer ist nur wenige Minuten von hier in der Augustenstraße. Ganz nah bei den Kammerspielen. Magst du Theater?«

Er öffnete die Augen, wischte sich mit den Handrücken die Wangen trocken und sprach wieder akzentfrei.

»Sehr«, antwortete sie. »Und gleich werden wir wohl welches erleben, wenn wir nicht sofort die Bücherlieferung ins Trockene bringen. Schon wieder aufgeweichte Bücher zu haben, wird unseren Chefinnen gewiss nicht gefallen.«

Sie wies auf die beiden nur notdürftig abgedeckten Bücherkörbe neben dem Hintereingang, die sie jetzt erst mit Entsetzen entdeckte. Sonst wurden die vom Ausfahrer des Barsortiments im Hausdurchgang abgestellt, vor allem, wenn es regnete oder schneite wie an diesem Morgen.

»Was zum Teufel machen die dort? Die hätte ich glatt übersehen. Das haben wir gleich.«

Schon packte er einen der Körbe und trug ihn nach drinnen. Ohne nachzudenken, tat Elly es ihm mit dem zweiten gleich, was er mit einem zunächst erstaunten, dann anerkennenden Nicken quittierte.

»Chapeau! Eine Frau, die sich für nichts zu schade ist, selbst fürs Schleppen nicht«, lobte er.

»Was ist so besonders daran?« Verärgert wandte sie sich ab und ging zum Spiegel im Flur, setzte den Hut ab und richtete sich die Frisur.

Leo baute sich dicht hinter ihr auf und pustete sich eine Haarsträhne aus der Stirn. Im milchigen Schein der Lampe sah sie, dass auf seiner Stirn und der Oberlippe ein leichter Schweißfilm glänzte. Er atmete ihr warm in den Nacken. Flüchtig begegneten sich ihre Blicke im Spiegel. Ihr schauderte.

»Mache ich etwas falsch?« Er gab sich unschuldig.

»Beim Schleppen vorhin war nichts falsch zu machen«, wich sie eine Spur zu hastig aus und trat beiseite, tat, als müsste sie sich mit dem Zustand ihrer weißen Bluse und des grauen Rocks beschäftigen. Hochkonzentriert band sie sich die breite Stoffschärpe an der Seite neu. So musste sie ihn nicht mehr direkt ansehen.

»Am besten packen wir die Lieferungen gleich aus, damit Franz nachher pünktlich mit seinen Touren zur Post und den Kunden beginnen kann, wenn er schon so spät dran ist.«

»Du weißt, was ich meine.«

Als sie zum Stehpult gehen und das Bestellbuch aufschlagen wollte, stellte er sich ihr in den Weg und fasste sie an den Handgelenken.

»Warum seid ihr alle so seltsam zu mir?«

»Niemand ist seltsam zu dir«, erwiderte sie.

»Habt ihr etwas gegen mich?«

»Wie kommst du darauf?«

»Henni und du, ihr tuschelt ...«

»Bild dir nur nichts ein! So interessant bist du nicht.«

Mit einer Drehung entwand sie sich seinen Händen. »Henni und ich, wir kennen uns seit Menschengedenken. Wir sind beste Freundinnen. Zwischen uns passt kein Blatt.«

»Beneidenswert.«

Sie horchte auf. Das klang ehrlich. Fast schon traurig. Sie musterte ihn genauer.

Er wich ihr aus.

»Hast du keine Freunde?«

»Nicht hier«, erwiderte er knapp und ging an ihrer statt zum Stehpult und begann, aufmerksam im Bestellbuch zu blättern.

»Wo dann? Erzähl mal«, setzte sie nach und freute sich, als er den Kopf hob und sich ihr wieder zuwandte. Scheu sah er aus.

»Ist das ein Sauwetter!«

Plötzlich wurde die Tür schwungvoll aufgestoßen, und Johann stürmte herein, dicht gefolgt von Kirchner, beide über und über mit Schnee bedeckt. Sogar in den Haaren, die unter ihren Mützen hervorspitzten, sowie in den Augenbrauen hing das glitzernde Weiß. Übertrieben schüttelten sie sich, stapften mit den nassen Schuhen auf den Boden und rieben sich fröstelnd die Hände.

»Die Tram ist ausgefallen! Wir mussten zu Fuß herlaufen«, verkündete Johann, und Kirchner schimpfte: »Das hab ich selten erlebt im Winter.«

»Ein Wunder, dass der Sortimenter die Bücher angeliefert hat«, stellte Leo fest.

»Auf den ist halt immer Verlass«, erwiderte Kirchner.

»Wir sollten anfangen, die Lieferung auszupacken. Auch wenn keine Tram fährt und bei dem Sauwetter niemand gern vor die Tür geht, müssen wir aufsperren. Der ein oder andere verirrt sich vielleicht doch schon bald zu uns.« Elly schnappte sich die obenauf liegenden Zeitungen.

Eigentlich war klar, wer trotz des heftigen Schneefalls als Erster vor der Tür stehen würde: Ministerialrat Schöffel. Ob der jemals einen Morgen ohne Zeitungslektüre und frisch aufgebrühten Kaffee bei den Lämmles erlebt hatte?

7

Der riesige Mexikanerhut war viel zu groß und rutschte ihr ständig ins Gesicht. Dafür war die rote Taftschärpe, die sie sich lässig um die Hüfte schlingen wollte, zu kurz. Damit ließ sich keine ansehnliche Schleife binden. Enerviert gab Dita nach dem dritten oder vierten Versuch auf. Die rassige Mexikanerin war also gestrichen. Sie brauchte ein anderes Kostüm. Und zwar schnell. Verzweifelt wanderte ihr Blick durch das geräumige Schlafzimmer. Auf dem Doppelbett türmten sich Blusen, Röcke, Boleros und Umhänge, quer durch den Raum zog sich eine Spur mit Schärpen, Schals und Bändern in allen Farben, Breiten und Längen. Vor dem Toilettentisch stapelten sich Hüte, falsche Haarteile sowie Federschmuck aller Art, und über den Boden verstreut lagen Schuhe unterschiedlichster Modelle. Was passte von alldem am besten zusammen?

Der Schlüssel in der Wohnungstür knarrte. Elly kam heim. Endlich!

»Du musst mir helfen! Mach schnell«, rief Dita in den Flur. Hastig schlüpfte sie aus der cremeweißen Bluse, streifte sich den sonnengelben Rock von den Hüften, sodass sie lediglich noch Korsett, Unterrock und Strümpfe trug, als Elly nach einer gefühlten Ewigkeit bei ihr auftauchte.

»Warum arbeitest du nur immer so lang? Schnapp dir lieber eins der Kostüme und begleite mich. Dieses Jahr ist der Fasching besonders lustig! Das darfst du nicht versäumen. Du bist nur einmal jung. Lass dir das von einer bald einundvierzigjährigen Frau sagen.«

Übermütig warf sie Elly eine dunkelblaue Seidentunika mit einer ganzen Milchstraße goldener Sterne darauf entgegen, durchwühlte noch einen zweiten Stapel Kostüme, ohne auf das Gesuchte zu stoßen.

»Irgendwo muss der Spitzhut dazu sein, damit du als Zauberin unverkennbar bist.«

»Wo geht's heute Abend hin?«, fragte Elly. »Zur Bauernkirchweih im *Schwabinger Bräu*? Oder zu einem privaten Atelierfest?«

»Mal sehen, was der Abend bringt. Erst führt mich Hauenstein in die Prinzensäle im Luitpold. Vielleicht schauen wir danach im Deutschen Theater vorbei. Später sind wir in jedem Fall noch in einem der Ateliers in der Hohenzollernstraße. Das wird eine Riesengaudi. Hauenstein wird sich freuen, wenn du mitkommst. Er will sich übrigens als ungarischer Husar verkleiden. Wie wäre es für dich mit meinem rot-weißen Kleid vom letzten Jahr? Mit zwei, drei Nadelstichen und der roten Schärpe hier kürze ich es im Handumdrehen auf deine Länge. Ihr beide gäbt ein wundervolles Paar ab.«

Mit dem ausgestreckten Zeigefinger wies sie auf den Hocker vor dem Toilettentisch, wo aus dem überquellenden Stapel Stoff leuchtend ein rotes Etwas aufblitzte.

»Mama ...«, setzte Elly sichtlich genervt an.

Dita biss sich auf die Lippen. Jetzt war sie zu direkt gewesen.

»Als Harlekin wärst du ebenfalls hinreißend«, versuchte sie einzulenken. »Die weiße Tunika und die schwarz-weiße Halskrause hängen noch im Schrank, der Hut mit den dicken Troddeln liegt obenauf. Bei dem Kostüm darf alles etwas lockerer fallen, das verleiht ihm den besonderen Reiz. Ich verwandele mich jetzt schnell in Kleopatra. Damit habe ich bislang die größten Erfolge gehabt.«

Zielsicher griff sie nach der beigefarbenen Tunika aus fließendem Stoff, den eine breite Goldborte zierte. Sie hing auf einem Bügel an der offenen Kleiderschranktür. Hastig zog sie sich diese über den Kopf, wand sich eine goldene Kordel als Gürtel mehrmals um den Leib und betrachtete ihr schlichtes, aber effektvolles Werk im Spiegel. Warum war sie da nicht gleich draufgekommen?

»Das passt aber nicht so gut zu Hauensteins ungarischem Aufzug«, spottete Elly.

»Egal. Er wird nur Augen für dich …«

»Genug damit!«, unterbrach Elly sie und drückte ihr das blaugoldene Kostüm in die Hand. »Wann wirst du es endlich begreifen? Ich habe kein Interesse an ihm und bin ohnehin zu müde, um auszugehen. Es war ein langer Tag in der Buchhandlung. Und morgen früh geht es gleich weiter. Derzeit haben wir mehr als genug zu tun.«

»Ich habe dir schon so oft gesagt, dass du meinetwegen keinen Tag länger bei den Lämmles arbeiten …«

»Ich will aber arbeiten!«, widersprach Elly und lief hinaus, Richtung Küche, um sich in dem alten Lehnsessel vor dem Ofen für den Rest des Abends zu verschanzen.

Dita runzelte die Stirn. Wieder einmal hatte sie alles verdorben. Sie sollte sich eine andere Taktik überlegen, um Elly aus dem Schneckenhaus zu locken. So durfte das nicht weitergehen. Zwanzig wurde sie in diesem Jahr und hatte nichts anderes im Kopf, als von früh bis spät bei den Lämmles Bücher zu verkaufen. Als ob sie das nötig hätten! Wenn sie doch nur endlich die Einladung für Hauenstein ausrichten könnte. Das wäre die Gelegenheit für ihn, Elly für sich zu begeistern. Anders als die meisten Offiziere besaß er durchaus Esprit. Und war obendrein sogar recht belesen. Das musste ihr imponieren. Dita seufzte. Noch fehlte es ihr an nahezu allem, was für eine solche Abendeinladung nötig war, insbesondere an Geld, um sie angemessen auszurichten. Irgendwen musste sie auftreiben, der ihr eine größere Summe dafür vorstreckte.

Das Klingeln an der Wohnungstür unterbrach ihre Grübelei. Hauenstein! Pünktlich auf die Minute, ganz der zuverlässige Offizier. Ihr Gustl hätte seine Freude an seinem ehemaligen Burschen.

Sie schmunzelte, als sie vernahm, wie Elly öffnete, ihn höflich ins Wohnzimmer bat.

Jetzt blieb ihr nichts anderes, als ihm dort Gesellschaft zu leisten und ihn eine Weile zu unterhalten. Vielleicht würde er tatsächlich mit ihr über Bücher reden. Dass sie die Gehilfinnenausbildung absolviert hatte, schien ihn durchaus beeindruckt zu haben. Plötzlich zuckte Dita zusammen. Auf dem Sofatisch lag die neuste Ausgabe der Zeitschrift *Zeit im Bild*! Natürlich aufgeschlagen beim Fortsetzungsroman. Derzeit Heinrich Manns *Der Untertan*. Eine höchst amüsante Lektüre über den typischen deutschen Opportunisten, wie Dita fand. Ob Hauenstein das ebenfalls so sah? Gut möglich, dass Elly versuchte, ihn damit zu provozieren. Ebenso gut möglich, dass das die Gelegenheit für ihn war, sie für sich zu gewinnen, weil er ihren Spott souverän zu parieren verstand. Klug genug dafür war er. Vielleicht geschah sogar das Wunder und er überzeugte sie, den Abend doch mit ihnen beim Fasching zu verbringen?

Dita beschloss, sich einige Minuten mehr als nötig zu gönnen, um ihre Maskerade zu vervollkommnen. Im besten Fall wären das die entscheidenden Minuten, die die beiden brauchten, um zueinanderzufinden.

»Mein Lieber, wie schön, Sie zu sehen«, säuselte sie, als sie nach einer Weile, die lang genug war, um selbst widerspenstige

Backfische wie ihre Tochter zu ihrem Glück zu zwingen, und kurz genug, um sich nicht dem Verdacht der Respektlosigkeit auszusetzen, ins Wohnzimmer rauschte.

Die Kleopatra war genau das Richtige für diesen Auftritt, wie sie an Hauensteins anerkennendem Gesichtsausdruck ablas. Auch Elly schien zufrieden.

»Bestimmt haben Sie beide angeregt geplaudert.« Neugierig sah Dita sie beide an.

»Wir haben uns über Frank Wedekinds *Franziska* unterhalten«, berichtete Elly mit einem triumphierenden Blitzen in den Augen.

»Was?«, entschlüpfte Dita entsetzt, bevor sie sich im nächsten Moment ein gequältes Lächeln abrang. Wie kam Elly jetzt ausgerechnet auf dieses Stück? Was musste Hauenstein denken? Sosehr Dita Wedekind und seine gewagten Themen sonst mochte, hielt sie sie nicht für eine harmlose Plauderei ausgerechnet mit Hauenstein geeignet.

»Lieben Sie Theater?«, versuchte sie, auf ungefährlicheres Terrain auszuweichen. »Elly geht leidenschaftlich gern in die Kammerspiele. Kürzlich haben wir dort August Strindbergs *Kronbraut* gesehen. Eine fantastische Inszenierung! Hat Elly Ihnen schon erzählt, wie fasziniert sie davon war? Dabei mag sie sonst eher die Stücke von Lion Feuchtwanger. In letzter Zeit macht er aber leider mehr als Kritiker denn als Dramatiker von sich reden. Schade.«

»Dafür sorgt Wedekind immer wieder aufs Neue für Furore«, beharrte Elly trotzig auf ihrem ursprünglichen Thema. Sie wandte sich direkt an Hauenstein. »Unbedingt müssen Sie sich die *Franziska* noch ansehen. Eine hochinteressante Geschichte.«

Dita seufzte resigniert.

»Was für eine grandiose Idee, eine Frau in den Körper eines Mannes schlüpfen und aus seiner Sicht Liebe, Leidenschaft und sämtliche Gefühle kennenlernen zu lassen«, steigerte Elly sich weiter in ihre Begeisterung. »Allerdings bleibt es eine männliche Sicht, als Preis dafür die Versklavung der Frau einzufordern. Viel besser wäre gewesen, einen Mann in den Körper einer Frau schlüpfen und aus ihrer Perspektive alles erfahren zu lassen. Wedekinds Frau Tilly hätte das gewiss mit ähnlicher Bravour mit ihm auf die Bühne gebracht. Aber letztlich ist es natürlich ein Stück von Wedekind. Und Wedekind ist sehr in seiner Männlichkeit gefangen. Die weibliche Version wird er nie ausprobieren.«

»Vielleicht haben wir Glück und treffen Feuchtwanger heute Abend auf einem der Bälle«, nutzte Dita die peinliche Pause, die nach Ellys Worten entstand. Es fiel ihr schwer einzuschätzen, wie Hauenstein Ellys Ausführungen aufgenommen hatte. Seine Miene gab nichts von seinen Gedanken preis.

»Feuchtwanger und seine Frau mögen den Fasching sehr, wie man weiß«, plapperte sie betont munter weiter. »Sich zu verkleiden, ist immer eine große Gaudi, so ganz nach dem Geschmack der Münchner Künstler. Spätestens in den *Torggelstuben* oder im Morgengrauen beim *Donisl* werden wir ihnen über den Weg laufen, da bin ich mir sicher. Feuchtwanger zu treffen, solltest du dir nicht entgehen lassen, Kind.«

Ein letztes Mal versuchte sie, Elly zu ködern. Die schüttelte jedoch nur den Kopf. »Lass gut sein, Mama.«

»Wir sollten aufbrechen«, bestimmte Hauenstein und half ihr in den Mantel.

Als er sich von Elly verabschiedete, war weder ihm noch ihr anzumerken, ob sie sich vorhin etwas jenseits fragwürdiger Theaterstücke zu sagen gehabt hatten, wie Dita enttäuscht feststellte.

Im Luitpoldblock empfing Dita und Hauenstein eine ausgelassene Faschingsgesellschaft, die sich auf sämtliche Säle des Hauses verteilte. Selbst die Billardräume waren an diesem Abend nicht sicher vor Polonaisen. Die aufwendigen Kostüme wie auch die Mengen an Champagner, Austern und sonstigen luxuriösen Köstlichkeiten bewiesen, dass sich hier nur die besten Kreise tummelten. Ein Salonorchester spielte zum Tanz auf.

Galant forderte Hauenstein Dita sofort auf und ließ sich mit keiner Regung anmerken, was er von Ellys Auftritt hielt. Im Glanz der Kristallleuchter und goldumrandeten Spiegel geriet Dita mit jeder Walzerdrehung mehr in einen angenehmen Rausch. Darüber vergaß sie bald alle Gedanken an Elly.

Erst als sie sich gegen Mitternacht in der *Odeon Bar* in den Armen eines Lyrikers wiederfand, dessen Name ihr entfallen war, der allerdings hinreißend Tango tanzte, fiel ihr auf, dass Hauenstein sich davongemacht hatte. Wann und wo, war ihr entgangen. Seltsam. Das war doch sonst nicht seine Art?

»Wie wäre es mit einem Abstecher ins *Café Noris*?«, schlug einer ihrer Freunde vor, als sie an den Tisch zurückkehrten.

»Zu den Russen? Jetzt schon?« Über das hagere Gesicht von Raimund Jasper, einem Seelenarzt, der sich an diesem Abend hinter der Maske eines Beduinen versteckte, huschte Unmut. »Um diese Zeit haben die zu wenig Wodka intus, um ihre Schwermut zu ertränken. Das halte ich nicht aus.«

Die Runde lachte.

Dita überflog die Gesichter ringsherum, eine bunt gemischte Schar von halbwegs bürgerlichen Existenzen und freischaffenden Künstlern, Männern und Frauen, blickte ihr entgegen, die meisten in ihrem Alter. Als einziger Offizier hatte Hauenstein sich vermutlich fehl am Platz gefühlt. Außerdem war er viel jünger. Sie hätte sich mehr um ihn kümmern müssen. Gleich morgen würde sie ihn anrufen und sich entschuldigen.

»Lasst uns lieber ins Atelier von Karla und Lorenz in der Feilitzschstraße gehen, bevor dort die Bowle aus ist.«

Zum Zeichen, dass er gleich aufbrechen wollte, erhob sich Raimund. Die anderen zögerten, sich ihm anzuschließen.

»Warum ist dein hübscher Hauptmann so früh verschwunden? Hat er sich mit uns gelangweilt?«, erkundigte sich Nele unterdessen neugierig bei Dita. Sie liebte es, für einige Stunden ihrer biederen Existenz als Anwaltsgattin zu entfliehen und sich unter Künstler und Bohemiens zu mischen. »Wolltest du ihn nicht mit deiner Tochter verkuppeln? Die ist wahrscheinlich zu schlau zum Heiraten. Recht hat sie! Wenn ich noch einmal jung wäre, wüsste ich auch Besseres mit mir anzufangen.«

»Wenn eine Frau nicht heiratet, muss sie arbeiten, um ihren Lebensunterhalt zu bestreiten«, meldete sich Raimund ungefragt.

»Arbeiten tut Frauen nicht gut, wie unsere Freundin Reventlow zu Recht warnt«, schaltete sich der Lyriker ein. »Frauen sollten sich auf die Leidenschaft und die Erotik konzentrieren. Das ist besser für ihr Aussehen. Schaut euch nur an, was aus Frauen wie der Augspurg und der Goudstikker geworden ist. Über ihrer fleißigen Arbeit haben sie sämtliche Reize verloren.«

»Deinem unvorteilhaften Aussehen nach könnte man dich glatt des besonderen Fleißes verdächtigen«, konterte Dita.

Von Neuem feixte die Runde.

»Apropos arbeiten: Was haltet ihr von einer Auszeit auf unserem geliebten Monte Verità?«, fragte Raimund.

»Eine gute Idee! Wann soll es losgehen?« Wieder war der Lyriker sofort dabei.

»Nicht vor Mai«, erwiderte Dita. »Vorher ist es dort zu kühl.«

»Du hast recht: Um nackt über die Wiesen zu tanzen, sollte mindestens die Frühlingssonne vom Himmel strahlen, sonst verkühlt ihr holden Amazonen euch«, spottete Raimund.

»Ich dachte eher an euch Herren der Schöpfung, die ihr sonst zu viel Brennholz hacken müsst, um eure faltigen Hintern zu wärmen«, gab Dita augenzwinkernd zurück. In Wahrheit brauchte sie allerdings mehr Vorlauf, um sich das Reisegeld zusammenzusparen. So günstig das Leben im Tessin war, kostete allein die Bahnkarte in die Schweiz ein Vermögen.

»Kommt deine Tochter mit nach Ascona?« In der Kraftdroschke nach Schwabing rückte Nele erneut nah an Dita.

»Wohl kaum. Das ist nicht ihre Art, sich zu vergnügen.«

»Dachte ich mir. Wirklich faszinierend, wie zielstrebig sie ist. Und das als junge Frau in der heutigen Zeit.« Anerkennend nickte Nele. »Du musst stolz auf sie sein.«

Im ersten Moment stutzte Dita. Wie passte das zusammen? Einerseits lechzte Nele nach dem unbekümmerten Treiben ihrer Künstlerfreunde und andererseits zeigte sie sich von Ellys vernünftigem, eher langweiligem Streben beeindruckt.

»Unabhängigkeit ist für eine Frau das Allerbeste«, betonte Nele, als ahnte sie ihre Gedanken.

Auf einmal stiegen Zweifel in Dita auf. Hatte Nele nicht recht? Unabhängigkeit war das Wichtigste für eine Frau, gerade heutzutage. Seit dem Tod ihres Mannes genoss Dita sie selbst ausgiebig, nahm dafür sogar viele Einschränkungen in Kauf. Was nutzte einem schließlich materielle Sicherheit, wenn man sich zu Tode langweilte? Umso besser, dass Elly eigene Pläne hatte und alles tat, um sie zu verwirklichen, sämtlichen Konventionen und Angeboten, sich das Leben leichter zu machen, zum Trotz. Statt ihr einen Mann aufzudrängen, den sie nicht wollte, sollte Dita sie lieber unterstützen.

Kaum erreichten sie das Schwabinger Atelier, nahm ihr der Trubel der schmarotzenden Künstlerfreunde plötzlich die Luft zum Atmen.

»Ich muss dringend raus in die Kälte und mir das Hirn durchpusten lassen«, verabschiedete sie sich gleich wieder und stapfte allein, aber zufrieden durch die klare Februarluft nach Hause zu Elly.

8

Es ging schon auf acht Uhr abends zu, als Henni nach einem langen Tag in der Buchhandlung mit Elly aus der Hofdurchfahrt trat. Weiße Flocken schwebten zu Boden, verdickten die weiche Schicht, die die Schritte der Vorbeihastenden gierig schluckte. Selbst das laute Stimmengewirr, das jedes Mal, wenn schräg gegenüber am *Café Stefanie* die Tür aufging, in die Nacht herausschwappte, verebbte in der gedämpften Winterstimmung.

»Vom Aschermittwoch halten die Herrschaften da drüben nicht viel«, meinte Henni. »Dort geht's genauso lustig zu wie jeden Abend. Nur dass sie heute wieder ohne Kostüm beieinanderhocken.«

»Wer nicht an Gott glaubt, braucht sich auch nicht um die Vorschriften der Kirche zu kümmern und kann das ganze Jahr Fasching feiern, verkleidet oder nicht«, stellte Elly fest.

»Dabei haben sie den Fasching in den letzten Wochen pompöser gefeiert als sonst. Die Hippmann aus dem Tabakladen hat mir erzählt, es seien dieses Jahr über fünfhundert Bälle und Redouten gezählt worden. So viele wie nie zuvor. Nicht zu reden von den privaten Festen in den Villen und Schwabinger Ateliers. In dem Punkt sind sie also doch gläubig.«

»Feiern geht immer.«

»Was ein Leben.« Henni seufzte. »Man pickt sich heraus, was einem passt, und den Rest ignoriert man.«

»Wenn's so einfach wäre, wäre es wirklich genial.«

»Wenn ich mir deine Mutter anschaue, dann hab ich den Eindruck, es wäre so«, erwiderte Henni. »Die hat es verstanden, das Beste aus allem zu machen. Und dank der Pension deines Vaters kommt sie gut über die Runden.«

»Sonderlich üppig lebt sie damit nicht.«

»Aber es langt ihr zum Leben. Und im Gegensatz zu mir *musst* du nicht arbeiten, um was dazuzuverdienen, sondern du *darfst* arbeiten, weil du es so willst.«

»Dafür warten bei dir zu Hause alle auf dich, wenn du heimkommst, während Dita jetzt längst unterwegs ist.«

»Die warten nur darauf, dass ich ihnen die Suppe von mittags aufwärme, die Strümpfe vom Vater auswasche und die löchrigen Unterhemden meiner Brüder ausbessere.«

Bei dem Gedanken an die Aufgaben, die zu Hause vor dem Zubettgehen noch für sie anstanden, verschlechterte sich ihre Laune rapide. Was gäbe sie darum, stattdessen so wie Elly in eine ruhige, leere Wohnung zu kommen und sich mit einem guten Buch in den Sessel vor den Ofen zu lümmeln oder gleich ins Bett zu verkriechen.

»Wenn du wüsstest, was ich trotzdem darum gäbe, mit dir zu tauschen«, beharrte Elly trotzig.

»Von mir aus tauschen wir sofort.«

An der Ludwigskirche schlug es Viertel nach acht. Henni erschrak.

»So spät schon! Der Vater wird außer sich sein.«

Sie wollte los, Elly aber hielt sie am Arm zurück. »Das habe ich durchaus ernst gemeint.«

»Lass uns ein anderes Mal drüber reden, jetzt pressiert's mir«, versuchte Henni sie abzuschütteln.

Ohne Erfolg. Elly stellte sich ihr in den Weg. »Kann ich nicht zur Untermiete bei euch einziehen?«

»Zu uns? Das ist nicht dein Ernst!« Henni meinte, sich verhört zu haben. Verdutzt sah sie die Freundin an.

Das Schneetreiben wurde stärker. Längst waren ihre Hüte und Mäntel weiß.

Henni musterte Elly. Stimmte noch alles mit ihr? Warum machte sie einen derart abstrusen Vorschlag?

»Wo willst du denn bei uns schlafen? Auf dem Küchentisch, wie ein Hausmädchen? Oder lieber auf dem harten Holzboden in der Speis? Wenn du magst, lässt dich einer meiner Brüder gewiss in sein Bett. Dem Zacherl, dem alten Schlawiner, würde das sofort taugen. Seit Jahren schwärmt er heimlich für dich.«

Henni lachte.

Zu ihrem Erstaunen blieb Elly ernst.

»Du hast doch die kleine Kammer. Da passt noch ein Bett oder ein Strohsack für mich rein. Natürlich zahle ich dafür.«

»In das Loch darfst du gern allein rein. Ich ziehe dafür zu deiner Mutter in eure schöne Wohnung in der Schönfeldstraße.«

Henni schüttelte den Kopf. Elly musste von Sinnen sein.

»Vielleicht adoptiert mich Dita, auch wenn ich schon bald einundzwanzig bin. Da werden meine Brüder Augen machen! Und der Vater und die Mutter sowieso. Geschieht ihnen ganz recht. Die dürfen ruhig mitbekommen, dass andere mehr von mir halten als sie.«

»Du willst mich nicht verstehen.«

»Was gibt's da zu verstehen? Du weißt gar nicht, wie gut du es hast. Schlaf lieber eine Nacht drüber, und dann reden wir weiter. Aber jetzt muss ich leider los. Pfiat di.«

Sie umarmte Elly, sog ihren süßlichen Duft ein, und hauchte ihr einen Kuss auf die Wange.

Stocksteif ließ Elly es über sich ergehen. Henni musste sich sputen, also wandte sie sich ohne ein Wort ab und lief los.

Auf dem kurzen Weg zur Türkenstraße, die parallel zur Amalienstraße nordwärts verlief, wirbelten Henni unzählige Gedanken durch den Kopf. Kaum nahm sie wahr, welch bunt gemischtes Volk ihr trotz Aschermittwoch begegnete. Abends nach Geschäftsschluss begann für viele der amüsante Teil des Lebens. Der Anblick war ihr seit jeher vertraut. Die vielen Amüsierlokale, Brettlbühnen und Kaffeehäuser legten selbst im erzkatholischen München zur Fastenzeit keine Pause ein. Zumindest in diesem Teil der Stadt. In den Glasscherbenvierteln jenseits der Isar oder in den Arbeitervierteln auf der Schwanthaler Höhe sowie westwärts nach Pasing zu mochte das anders aussehen. Ebenso in den Hinterhöfen jenseits der üppig verzierten Gebäude, an denen Henni gerade vorbeihastete. Auch da gab es so manchen, der sich das Vergnügen schlichtweg nicht leisten konnte.

Ob Elly bewusst war, wie gut sie es im Leben getroffen hatte? Natürlich war es tragisch, dass ihr Vater früh gestorben war. So, wie Henni ihn in Erinnerung hatte, war er jedoch weder ein besonders liebevoller noch ein wirklich fürsorglicher Vater gewesen. Dafür hatte er als Offizier des Infanterie-Leib-Regiments in der nahen Türkenkaserne für Frau und Tochter eine einigermaßen ordentliche Pension und eine großzügige Wohnung hinterlassen. Das Beamtensalär von Hennis Vater als Amtsschreiber im Innenministerium reichte dagegen kaum, um die sechsköpfige Familie zu ernähren, geschweige denn die Miete in der Türkenstraße aufzubringen, obwohl sich die Wohnung im Hinterhof befand. Für Henni wie für ihren ein Jahr älteren Bruder Zacherl und den zwei Jahre jüngeren Veit war nichts anderes als die achtjährige Volksschule infrage gekommen, damit sie so früh wie möglich dazuverdienten. Zacherl hatte wenigstens eine Lehre als Schreiner machen und Veit, wie der Vater, eine niedere Beamtenlaufbahn einschlagen dürfen. Nesthäkchen Xaver besuchte sogar das Königliche Realgymnasium in der Ludwigstraße vis-à-vis der Staatsbibliothek. »Ein Mädchen heiratet eh«, war dagegen bei ihr das Argument gewesen, sie mit vierzehn schon als ungelernte Kraft in den Tabakladen Hippmann zu schicken, bis sie vor drei Jahren zu den Lämmles hatte wechseln dürfen, die ihr mehr zahlten. Ein Glücksfall für sie, dass Vroni sie in sämtliche Finessen der Buchführung einwies und Theres und Ruth sie vorn in der Buchhandlung mithelfen ließen, wann immer es nötig war. Und dass sie alle Bücher lesen durfte, die ihr in die Finger fielen.

Umso inständiger beneidete sie Elly. Nicht nur wegen der Wohnung und der soliden Ausbildung zur Buchhandelsgehilfin. Auch um ihre Mutter Dita. Die nicht nur schön und gebildet, sondern außerdem herrlich verrückt und unkonventionell war. Wie ihre Freundin Fanny Gräfin zu Reventlow, mit der sie bis vor vier Jahren die Schwabinger Bohemezirkel aufgemischt hatte. Was gäbe Henni für eine Mutter wie sie!

Sie erreichte das Anwesen in der Türkenstraße kurz vor der Einmündung zur Blütenstraße. Natürlich war der Durchgang um diese Zeit bereits abgesperrt. Es musste weit nach halb neun sein. Der Vater würde toben. Henni klingelte die Hausbesorgerin heraus. Unwirsch öffnete die ihr die Tür. Nach einem knappen Gruß schlüpfte Henni an ihr vorbei in den Hof, hastete im rückwärtigen Haus die enge Treppe hinauf, wobei sie dem ewigen Kohl- und Schmierseifengeruch so wenig Beachtung wie möglich schenkte, bis sie im dritten Stock anlangte.

»Der Vater schimpft schon«, empfing sie der zwölfjährige Xaver an der Tür, schadenfroh grinsend.

»Lass Henni rein und dann ab ins Bett mit dir, sonst wird das morgen nichts mit dem Aufsatz in Englisch«, scheuchte Zacherl den Jüngeren fort. Dann half er ihr aus dem nassen Mantel.

»Ist heute wieder mal arg spät geworden, was? Lass dich von

den feinen Buchhändlerinnen nicht ausnutzen, nur weil dir die Arbeit bei denen Spaß macht. So fürstlich ist der Lohn dort nicht.«

»Warst du wieder bei deinen Genossen?«, gab sie neckend zurück. »Du redest wie auf dem Gewerkschaftskongress. Der Vater sollte das besser nicht hören.«

»Solange du es hörst und endlich beherzigst, langt's mir.«

Zacherl grinste. Die Schreinerausbildung und das Engagement seines Ältesten »bei den Roten« waren dem königstreuen Regierungsbeamten Hubertus Reithmeier ein Dorn im Auge, wie sie beide wussten. Wie Veit hätte er auch ihn gern in einer Amtsstube gesehen. Dafür aber war Zacherl zu praktisch veranlagt. »Vor der Obrigkeit buckeln« wie der Vater und der Bruder kam für ihn erst recht nicht infrage. Also hatte er seinen Willen durchgesetzt. Dafür bewunderte Henni ihn.

Er schob die Hände in die Hosentaschen und wippte auf den Fußspitzen, behielt sie aufmerksam im Blick, während sie sich vor der kleinen Garderobe im engen Flur den Zopf neu flocht und geschickt zu einem Kranz auf dem Kopf wand. An der leicht nach oben gebogenen Nasenspitze sah sie ihm an, dass er noch etwas loswerden wollte.

»Der rote Schorsch und ich sind wieder in der Drachenburg in der Von-der-Tann-Straße beschäftigt. Die Nachfolgerin von der Sophie Goudstikker sucht eine Empfangsdame für ihr Fotoatelier Elvira, die ihr auch das Büro führt. Das wäre doch was für dich. Bestimmt gibt es bei ihr regelmäßigere Arbeitszeiten als in eurer Buchhandlung in der Amalienstraße. Wenn du magst, frag ich gleich morgen.«

»Und du meinst, die zahlt besser als die Lämmles?« Sie drehte sich zu ihm um. Es rührte sie, den Bruder derart besorgt um sie zu sehen. »In den letzten Jahren hat das Atelier reichlich an Glanz und Umsatz eingebüßt. Außerdem bin ich bei den Lämmles gut aufgehoben. Bei denen kann ich viel lernen. Und Elly arbeitet dort.«

»Elly, Elly!«, fuhr er unerwartet heftig auf. »Immerzu schaust du auf deine angeblich beste Freundin. Dabei weiß die sich selbst zu helfen.«

»Ich dachte, dir liegt ähnlich viel an Elly wie mir?«, versuchte sie, ihn aus der Reserve zu locken.

»Wohl nicht halb so viel wie dir«, erwiderte er knapp, bevor er mahnend nachsetzte: »Ich weiß jedenfalls, wo mein Platz ist, und wo der von Elly ist. Uns trennen Welten. Vergiss das nicht, Schwesterherz.«

Damit griff er sich seine Mütze von der Hutablage, nahm die dicke Winterjacke vom Haken und eilte zur Tür, drehte sich, die Hand bereits auf der Klinke, noch einmal kurz zu ihr um.

»Pass nur auf, dass euer neuer Gehilfe dich nicht aus der Buchhandlung und von Ellys Seite verdrängt.«

»Wie kommst du darauf?«

»Ich hab Augen im Kopf.«

Damit verschwand er zur Tür hinaus.

»Depp!«, rief Henni ihm zornig nach.

Den Rest des Abends musste sie mit den Eltern und Veit zu Hause verbringen. Schweigend würden sie um den Küchentisch sitzen, bis es Zeit war, schlafen zu gehen.

Dann konnte sie sich endlich in ihrer winzigen Kammer verkriechen. Dort warteten ein neues Buch, das Rahel ihr zugesteckt hatte, und ihr Notizbuch auf sie.

Bei dem Gedanken besserte sich ihre Laune schlagartig. Seit einigen Jahren füllte sie nachts Kladde um Kladde mit Gedanken, Gedichten und Geschichten, die ihr immerzu durch den Kopf schwirrten. Bald würde sie es wagen, wem von ihren Schreibversuchen zu erzählen und sie vielleicht sogar einer Zeitschrift oder einem Verlag zur Veröffentlichung anzubieten. Die Zeit, in der nur Studierte Bücher schrieben, war vorbei. Auch einfache Leute hatten etwas zu sagen. Bestes Beispiel war Lena Christ und ihr Erfolg mit den *Erinnerungen einer Überflüssigen*. Der im letzten November gegründete Schriftstellerinnen-Verein würde ihr gewiss helfen, die Geschichten zu veröffentlichen. Wenn sie faire Honorare für ihre Texte bekam, konnte sie das Schreiben zum Beruf machen. Sie würde es schon schaffen, auch ohne höhere Bildung.

»Henni, wo bleibst?«, rief die Mutter.

»Kommst du auch schon heim«, begrüßte der Vater sie missmutig, als sie die von Kochdunst erfüllte Küche betrat. Zum Glück sparte er sich den Hinweis auf das in seinen Augen längst fällige Überstundengeld.

Einträchtig saßen er, Veit und die Mutter am Küchentisch. Der Vater hielt die Zeitung in den Händen, die Mutter flickte Wäsche und Veit hatte ein aufgeschlagenes Buch vor sich liegen, wahrscheinlich einen der von ihm so geliebten Karl-May-Romane, die Henni ihm gelegentlich aus der Buchhandlung mitbrachte.

»Die Suppe ist noch warm, der Zacherl hat auch eben erst gegessen.« Mit dem Kopf wies die Mutter Richtung Herd.

»Sogar einen Schluck Bier haben wir dir aufgespart«, verkündete Veit.

»Den darfst du gern trinken«, erwiderte Henni, die wusste, dass er genau darauf gewartet hatte. Am Bier lag ihr wenig.

»Sind wir hier ein Wirtshaus, in dem jeder zum Essen reinkommt, wann's ihm passt, und bedient wird wie Ihro Hochwürden persönlich?«, knurrte der Vater.

Darauf erwiderte sie nichts, sondern schöpfte sich stattdessen aus dem großen Topf von der Kartoffelsuppe in einen Teller, holte aus dem Blechkasten auf dem Küchenbüfett einen trockenen Kanten Brot und brockte kleine Würfel in die Suppe, bevor sie sich zu den anderen an den Tisch setzte.

Die Mutter schenkte ihr ein scheues Lächeln, Veit schob sein Buch ostentativ ein Stück beiseite, und der Vater hob die Zeitung wieder höher vors Gesicht.

»War ein langer Tag, was?«, fragte die Mutter heiser.

»Bei dir auch«, erwiderte Henni und betrachtete sie.

Sie war nur wenig älter als Ellys Mutter, wirkte im Vergleich zu ihr jedoch wie eine alte Frau. Das glatte braune Haar hatte jeglichen Glanz verloren, graue Strähnen durchzogen es. Am deutlichsten sah man es ihren von rissiger, trockener Haut überzogenen Händen an, wie viel die Hausarbeit und die Sorge um die Familie ihr abverlangten.

»Lass mich das Stopfen erledigen. Geh lieber früher zu Bett«, schlug Henni vor. Sacht streichelte sie der Mutter über die eiskalten, rauen Finger.

»Um elf gehen wir alle miteinander ins Bett«, stellte der Vater klar. »Bis dahin gibt's auch für dich noch genug zu tun. Frag nur die Mutter. Sie wird's dir zeigen.«

Zur Antwort seufzte die Mutter, und Veit verdrehte die Augen.

Henni lag eine harsche Erwiderung auf der Zunge. Als sie aber sah, wie die Mutter ängstlich den Kopf schüttelte, schluckte sie sie hinunter.

Was Elly wohl sagen würde, wenn sie diese gemütlichen Familienabende bei ihnen miterlebte? Ob es wirklich das war, wonach sie sich sehnte?

9

März 1914

Beschwingt wie schon lange nicht mehr ging Elly an diesem eher aprilhaft anmutenden Märzvormittag in der Buchhandlung ihren Aufgaben nach. Mal fluteten goldene Sonnenstrahlen die Schaufenster, sodass Theres bereits überlegte, Johann die Markisen auskurbeln zu lassen, um die Bücher in der Auslage vor dem Ausbleichen zu schützen, dann peitschte kräftiger Regen gegen die Fensterscheiben und die Kunden retteten sich triefnass ins Geschäft. Doch weder das noch Kirchners Anweisung, die Verlagsverzeichnisse im Hinterzimmer zu sortieren, oder Rosendorfs Aufforderung, den Schrank mit den Autographen im ersten Stock abzustauben, konnte Elly die gute Laune verderben. Seit Dita ihr völlig übernächtigt und verkatert am frühen Morgen kurz vor ihrem Aufbruch aus der Wohnung eröffnet hatte, die geplante Essenseinladung für Rolf von Hauenstein falle aus, weil er München von Neuem für einige Monate verlasse, fühlte sie sich fidel wie lange nicht mehr.

»Magst du am Wochenende bei mir übernachten?«, schlug sie Henni vor, als sie im Lager zusammensaßen und die Adressen auf die Pakete schrieben, die Franz zur Post oder den Kunden bringen sollte. »Dita hat eine Einladung aufs Land und kommt höchstens Sonntag Abend zurück.«

»Wir könnten uns einen ganzen Stapel Bücher von hier mitnehmen und ein Wettlesen veranstalten.« Henni strahlte.

»Nur, wenn du mir zu jedem Buch, das wir schaffen, mindestens eine von deinen Geschichten erzählst.«

»Das klingt weitaus besser als deine Idee letztens, bei mir in der engen Kammer in der Türkenstraße einzuziehen.«

»Solange du mich nicht alleinlässt, halte ich es auch in der engsten Besenkammer aus.«

Elly legte der Freundin die Hand auf den Arm und sah sie eindringlich an. Für einige Atemzüge verhakten sich ihre Blicke ineinander. Eine leichte Röte überzog Hennis Wangen.

»Ich muss zu Vroni ins Büro, Belege sortieren«, behauptete sie und floh aus dem Lager.

Elly wollte protestieren, dann aber bemerkte sie Theres. Die musste schon länger im Türrahmen gestanden und sie beobachtet haben.

»Lass Henni gehen«, sagte sie ruhig, aber bestimmt. »Bei den Adressen kann Johann dir helfen. Ich schicke ihn nach hinten.«

Der Schwung vom Morgen war verflogen. Wenig später musste Elly sich ganz darauf konzentrieren, mit Johann nicht die Geduld zu verlieren. Der Sechzehnjährige stellte sich noch weitaus unbeholfener an als befürchtet.

»Wassily Kandinsky tatsächlich mit zwei S und zwei Y?«, fragte er, um wenig später die Anschrift falsch zu schreiben, dabei verlangte der Straßenname *Georgenstraße* keine höhere Schulbildung. Elly atmete auf, als die Pakete adressiert und im Fahrradkorb von Franz verstaut waren.

»Schnell nach vorn, dort ist die Hölle los«, trieb Rahel sie an. Wie das Läuten an der Ludwigskirche verhieß, begann die Mittagsstunde, in der in der Buchhandlung jede helfende Hand vonnöten war. Elly war über die Ablenkung froh, bis Kirchner sie unterbrach.

»Beim Tisch mit den Büchern von Münchner Autoren wartet ein Herr, der explizit nach Ihnen gefragt hat.«

»Nach mir?« Überrascht legte sie Thomas Manns Novelle *Tod in Venedig* beiseite.

»Der Mann trägt Uniform. Ein Hauptmann.«

Kirchner verzog das Gesicht zu einem verächtlichen Ausdruck. Sofort ahnte Elly, um wen es sich handelte. Sie ließ sich Zeit damit, zum besagten Tisch zu gehen.

»Bevor ich wieder in die Provinz verschwinde, muss ich Sie unbedingt in Ihrem Wirkungsfeld besuchen und sehen, was Sie hier so treiben«, begrüßte Rolf von Hauenstein sie mit einer angedeuteten Verbeugung.

Mit seiner Größe und seinem blonden Haar stach er bereits aus dem Kreis der anderen heraus, der Uniform hätte es dazu gar nicht mehr bedurft.

»Schön haben Sie es hier. Kein Wunder, dass Sie hierbleiben wollen.«

Er verschränkte die Hände hinter dem Rücken und wippte auf den Schuhspitzen, was ihn noch größer wirken ließ. Triumphierend wanderten seine auffälligen blauen Augen über die Regale und Tische, die Kundschaft sowie die anderen Gehilfen. Von den Zipfeln seiner Pelerine, die er über der Uniform trug, tropfte es auf den Boden.

»Was kann ich für Sie tun?« Elly bemühte sich um einen gelassenen Ton. »Suchen Sie vielleicht die Buchausgabe von Wedekinds *Franziska*? Sie haben Glück. Im Georg Müller Verlag ist eine schöne Ausgabe …«

»Danke«, wehrte er ab. »Nach Ihrem Einwand, Wedekind hätte besser einen Mann in den Leib einer Frau schlüpfen lassen, spare ich mir die Lektüre. Das wäre sicher das interessantere Abenteuer gewesen.«

Gegen ihren Willen musste sie jetzt doch schmunzeln. Hauenstein besaß durchaus Witz, das musste sie ihm lassen.

»Ihre Mutter hat mir einen Roman empfohlen. Von einem

Grafen aus dem Baltikum, der schon lange hier in München lebt.«

Elly horchte auf. Dita gab wohl noch nicht auf, Hauenstein und sie zusammenzubringen. Warum sonst hatte sie ihm ausgerechnet dieses Buch ans Herz gelegt? Vor Kurzem erst hatte Elly ihr davon erzählt.

»Eine tragische Liebesgeschichte soll es sein, hoch oben an der See angesiedelt, mit sehr eindrucksvollen Landschaftsbeschreibungen und noch eindrucksvolleren Personen«, fuhr Hauenstein fort. »Im Zentrum steht eine geschiedene Gräfin, die einen Maler liebt und von vielen anderen Männern begehrt wird, weil sie jung ist, schön und klug und anbetungswürdig. Und sehr leidenschaftlich. Genau so, wie man sich eine Frau erträumt.«

Er machte einen Schritt auf sie zu.

Sie wich zurück.

»Sie meinen *Wellen* von Eduard von Keyserling.«

Verblüfft fuhren sie beide herum. Von der anderen Seite des Tischs mit den Werken Münchner Autoren streckte Leo ihm das Buch entgegen. Hauenstein blieb nichts anderes übrig, als nach ihm zu greifen und sich dafür zu bedanken.

»Interessant, dass Sie ausgerechnet nach diesem Roman verlangen.« Herausfordernd sah Leo ihn an. »Sind Sie ein Liebhaber von Keyserlings Werk?«

Statt zu antworten, räusperte Hauenstein sich und wandte sich ostentativ wieder Elly zu, doch Leo ließ nicht locker. »Es geht mich zwar nichts an, aber es ist sehr ungewöhnlich, dass ein Mann in Uniform …«

»Begleiten Sie mich zur Kasse, Fräulein Grafenstetter?« Hauenstein ignorierte Leo geflissentlich.

»Wenn Sie Ehebruchsgeschichten mögen und auf der Suche nach weiterem Lesestoff sind, kann ich Ihnen noch Fontanes *Effi Briest* ans Herz legen.« So unbefangen wie möglich sah Elly ihn an. »Vielleicht hat meine Mutter Ihnen davon ebenfalls vorgeschwärmt? Ein weiteres Lieblingsbuch von ihr. Eine unfassbar aufwühlende Geschichte, in der die bis heute aktuelle Diskussion über die Rechtmäßigkeit des Duells ...«

Für den Bruchteil einer Sekunde wirkte Hauenstein verunsichert, wie sie bemerkte.

»Wenn Sie lieber etwas Unterhaltsameres mögen, sollten Sie sich die Romane von Carry Brachvogel oder Emma Haushofer-Merk ...«, setzte sie an.

»Danke, aber mit dem Keyserling bin ich vorerst ausreichend versorgt«, entgegnete Hauenstein so energisch, dass Kirchner wenige Schritte entfernt sein Gespräch mit Privatdozent Lilienthal unterbrach und ihnen einen mahnenden Blick zuwarf.

»Schade, ich wüsste noch einige Romane, auf die ich Sie gern aufmerksam gemacht hätte.« Elly wollte ihm das Buch abnehmen, um den Laufzettel herauszuziehen und ihn zur Kasse zu begleiten.

»Nehmen Sie doch noch die *Zeit im Bild* mit. Darin erscheint aktuell Heinrich Manns *Der Untertan*. Ein fortschrittlicher Mann wie Sie wird den Roman mögen.« Schon hielt Leo die Zeitschrift in der Hand.

»Mein Kollege hat recht. Nach Ingolstadt sollten Sie sich unbedingt noch etwas mehr moderne Literatur mitnehmen«, stieg Elly plötzlich übermütig geworden darauf ein. »Die Buchhandlungen dort sind lange nicht so gut sortiert wie die hiesigen. Wie wäre es mit Josef Ruederers *Das Grab des Herrn Schefbeck*? Als Münchner müssen Sie das lesen. Sie werden sich köstlich amüsieren, wie treffend Ruederer die besseren Kreise und ihre Geltungssucht zu charakterisieren versteht. Bis über den Tod hinaus ringen sie noch um Aufmerksamkeit, wie er schreibt.«

Gleich griff sie nach der Novelle, die ebenfalls auf dem Münchner Tisch in Stapeln auslag.

»Ich sehe schon, als Buchhändlerin sind Sie wirklich in Ihrem Element. Zweifellos haben Sie unsere Wette mit Bravour gewonnen.« Flüchtig blätterte Hauenstein den schmalen Band durch. »Wie lautete eigentlich unser damaliger Wetteinsatz? Sie wissen ja, Wettschulden sind Ehrenschulden. Als Offizier und früherer enger Vertrauter Ihres Herrn Papa löse ich die nur zu gern bei Ihnen ein. Was halten Sie von einem Essen im *Vier Jahreszeiten* oder dem *Bayerischen Hof*? Mit anschließendem Tanz im Schlachtensaal des *Luitpold*? Und mitternächtlichem Ausklang in der *Odeon Bar*? Nächste Woche …«

»Die nächsten Wochen sind schlecht bei mir. Leider habe ich einige dringende Verpflichtungen, die ich nicht absagen …«

»Nun gut«, fiel er ihr barsch ins Wort. »Irgendwann werden Sie als viel beschäftigte Buchhändlerin Zeit finden, damit ich meine Schulden begleiche. Sobald ich wieder in München bin, melde ich mich. Ihre Frau Mama wird sich freuen, wenn ich Sie ausführe.«

Nach einem undefinierbaren Blick auf Leo reichte er ihr die Novelle und folgte ihr zur Kasse.

»Ein Hauptmann der bayerischen Armee will seine Wettschulden bei dir bezahlen? Das klingt nach einer spannenden Geschichte.«

Kaum war es am Nachmittag wieder ruhiger im Laden geworden, nutzte Leo die Gelegenheit, um Elly auf Hauensteins Auftritt anzusprechen.

»Das ist alles harmloser, als du denkst«, begann sie, doch sie kam nicht zum Ende, weil Rosendorf sie zu sich in die Beletage beorderte. Erleichtert entging sie so für eine Weile Leos Neugier.

Auf einmal kam es ihr albern vor, ihm von der Wette mit Hauenstein um ihre Ausbildung vor knapp vier Jahren zu erzählen. Deshalb ordnete sie sogar noch freiwillig die Zeitungen im

Lesekabinett, obwohl der Zigarrenrauch der Herrenrunden, die sich dort regelmäßig auf einen Plausch trafen, noch Stunden später die Luft derart stark vernebelte, dass selbst an sonnigen Frühlingstagen wie diesen trübes Dämmerlicht herrschte. Erst als am Spätnachmittag bereits in sämtlichen Ladenräumen die Lampen angeschaltet wurden, konnte sie Leo nicht mehr länger ausweichen.

»Gratuliere! Die Wette hast du zu Recht gewonnen«, reagierte er überraschend ernst. »Was für ein eingebildeter Mensch! Wie kommt er darauf, du hättest die Ausbildung nicht durchstehen können? Dazu bist du viel zu klug und zielstrebig. Was für eine Unverschämtheit, daran zu zweifeln. Andererseits wundert es mich nicht, so arrogant, wie er hier aufgetreten ist. Schon als er in den Laden kam, war mir, als stünde eine von Keyserlings Figuren vor mir, die um die betörende Gräfin Doralice aus den *Wellen* werben. Genauso dekadent wirkt dieser Hauenstein auf mich. Schade, dass Keyserling fast blind ist, sonst müsste man ihn fragen, was er als Autor dazu meint. Deine Mutter hat ihre Romanempfehlung jedenfalls sehr gut gewählt.«

»Ja.« Elly musste schmunzeln.

»Sie scheint eine Frau mit Esprit zu sein.«

»Das ist sie. In jedem Fall.«

Zum ersten Mal seit Langem fühlte Elly einen gewissen Stolz auf Dita. Trotz allem.

Das Thema Rolf von Hauenstein schien zu Ellys Erleichterung bis auf Weiteres erledigt. Dita erwähnte ihn mit keinem Wort mehr. Das milde Frühlingswetter führte ohnehin dazu, dass sie mit ihren Freunden häufig zu weiteren Künstlerfreunden aufs Land fuhr. Elly bekam sie nur noch selten zu Gesicht. In den wenigen Minuten, die sie sich tatsächlich einmal in der Küche oder im Flur der Wohnung trafen, redeten sie kaum miteinander, weil eine von ihnen meist gerade nach Hause kam, während die andere sich anzog, um in die Arbeit zu gehen oder sich ins nächtliche Vergnügen zu stürzen.

Zu ihrer Überraschung nahm Leo die Begegnung mit Hauenstein zum Anlass, sich bald bei jeder Gelegenheit mit ihr über Bücher und Schriftsteller auszutauschen.

»Wenn du den Vorabdruck von Heinrich Manns *Der Untertan* in der *Zeit im Bild* verfolgst, hast du bestimmt auch *Professor Unrat* gelesen. Was sagst du dazu? Es ist eines meiner Lieblingsbücher«, gestand er ihr, als sie an einem grauen Märznachmittag in den stilleren Stunden die Schaufenster neu bestückten.

Zu gern hätte sie das wie sonst mit Henni zusammen getan. »Er muss lernen, worauf es uns in unseren Auslagen ankommt«, hatte Theres jedoch entschieden und Henni zu Vroni ins Hinterzimmer geschickt, um Rechnungen zu schreiben.

»Unglaublich, wie Heinrich Mann die Doppelmoral in diesem Raat auf den Punkt bringt«, setzte Leo seine Hymne auf den *Professor Unrat* fort. »Darin ist er weitaus schonungsloser als sein Bruder.«

Obwohl der Titel bereits vor einigen Jahren erschienen war, platzierte er ihn im Schaufenster direkt neben Thomas Manns legendären *Buddenbrooks* und einem Novellenband des in der Münchner Maxvorstadt ansässigen Paul Heyse.

»Den Lämmles geht es doch vor allem um die Münchner Autoren«, meinte er.

Elly schmunzelte über seinen Eifer.

»Es wird Zeit, dass *Der Untertan* ebenfalls in Buchform erscheint«, fuhr er fort. »Auf Anhieb könnte ich dir gleich mindestens ein Dutzend Leute nennen, in denen Manns Hauptfigur wiederzuerkennen ist.«

»Du scheinst ein Faible dafür zu haben, in unserer Kundschaft

Romanfiguren wiederzuerkennen«, spielte sie auf seine Bemerkung zu Hauenstein und den dekadenten Adeligen in Keyserlings *Wellen* letztens an.

»Nicht nur in unserer Kundschaft«, erwiderte Leo. »Wie dieser Heßling sind die meisten Bürger aus dem Kaiserreich: anfangs stille, unsichere Burschen und nachher erschreckend hohle, untertänige Kaisertreue, die alle Andersdenkenden am liebsten zugrunde richten. Selbst in München findet man die. Dabei tun sie hier an der Isar gern so, als hätten sie mit dem Kaiser im fernen Berlin nichts am Hut.«

»Dafür sind sie dem bayerischen König untertänigst ergeben, obwohl sie ihn etwas verächtlich den ›Millibauer‹ nennen, weil er seine Landwirtschaft so mag. Sei aber lieber vorsichtig, was du sagst.« Mahnend legte Elly den Finger auf die Lippen. Es war zwar niemand in der Nähe, dennoch konnte jederzeit ein Kunde die Buchhandlung betreten und ihre Unterhaltung im Schaufenster hören.

»Sind wir nicht Buchhändler geworden, um auf aufregende Bücher hinzuweisen?« Leo gab sich unbeeindruckt. »Hast du übrigens mitbekommen, dass Heinrich Mann parallel zum Abdruck am Manuskript arbeitet, das heißt, die weitere Entwicklung und das Ende sind noch offen. Ist das nicht aufregend? Als Leser werden wir Zeuge des Schreibprozesses. Demnächst soll Heinrich Mann übrigens wieder nach München ziehen. Vielleicht begegne ich ihm einmal persönlich und kann ihn dann auf den Roman und seine weiteren Pläne ansprechen.«

»Heinrich Mann hat es dir wirklich angetan. Frag ihn dann am besten gleich, welchen unserer Kunden er am ehesten als Untertan im Sinn hat. Vielleicht darfst du ihm noch Vorschläge machen«, neckte Elly ihn.

»Denkst du etwa, ich würde mich nicht trauen, ihn darauf anzusprechen?«

»Niemals! Die Frage ist nur, ob er sich ausgerechnet mit einem blutjungen Buchhändler wie dir über seine Figuren austauscht. Versuch dein Glück doch vorher schon bei seinem Bruder Thomas. Der wohnt zwar inzwischen auf der anderen Isarseite im Herzogpark, aber oft genug ist er hier in der Maxvorstadt und schaut bei uns vorbei, besucht gelegentlich unsere Veranstaltungen. Seine Schwiegereltern, die Pringsheims, wohnen sowieso nicht weit von hier beim Königsplatz. Und wenn du schon dabei bist, Münchner Autoren zu entdecken, sieh dir unbedingt die hiesigen Schriftstellerinnen an. Offene Kritik an den Missständen beherrschen sie mindestens so gut wie ihre männlichen Kollegen.«

Sie reichte ihm Emma Haushofer-Merks neuesten Roman *Der Pakt mit dem Himmel*.

»Ein Klosterroman?« Zweifelnd betrachtete er das kunstvoll gestaltete Deckblatt.

»Ein Roman über eine Weltanschauung, die jungen Frauen persönliches Glück versagen will. Haushofer-Merks Sicht auf die Doppelmoral unserer Zeit ist nicht weniger entlarvend als die von Heinrich Mann. Nur verpackt sie das in etwas andere Themen als er. Übrigens ist sie Mitbegründerin des Münchner Schriftstellerinnen-Vereins und wird unter die einhundert wichtigsten Autoren Bayerns gezählt. Ein Grund mehr, sich mit ihr zu beschäftigen.«

Nachdem Leo ihr das Buch zurückgegeben hatte, stellte sie es zusammen mit einem Titel von Carry Brachvogel auf das Podest oberhalb der Werke von den Manns und Heyses.

»Auch dieses hier solltest du lesen.« Sie reichte ihm den ersten Band von Ricarda Huchs jüngst erschienener Abhandlung *Der große Krieg in Deutschland*. »Das geht über den Dreißigjährigen Krieg. Es wird noch für heftige Diskussionen sorgen und die Sichtweise auf die Epoche nachhaltig verändern.«

»Weil sie als Frau den Konflikt anders betrachtet, als ein Mann das tun würde?«

»In jedem Fall. Außerdem beweist sie, dass wir Frauen zu mehr fähig sind als nur zu süßlichen Romanzen und schwülstigen Familiengeschichten.«

»Davon gehe ich aus.«

»Darf ich dich etwas fragen?« Forschend sah sie ihn an. »Warum hast du dich ausgerechnet bei den Lämmles beworben? Wusstest du nicht, was dich in ihrer Buchhandlung erwartet?«

»Sie wurden mir in Berlin wärmstens empfohlen.«

»Von wem? Wo hast du dort gearbeitet, bevor du hierhergekommen bist? Wie war es überhaupt in Berlin? Erzähl mir ein wenig mehr aus deiner Zeit dort.«

Ein flüchtiges Strahlen überzog sein Antlitz. Elly wartete gebannt. Jäh aber drehte Leo sich weg, tat, als müsste er unbedingt einige Kunstbände auf dem seitlichen Regal im Schaufenster gerade aufrichten.

»Am besten machst du mir eine Liste mit Schriftstellern – Männern wie Frauen – aus München und Bayern, die ich schnellstmöglich lesen soll, damit ich für alle Fragen unserer Kunden gewappnet bin«, schlug er vor und sprach den Rest des Tages nur noch das Nötigste mit ihr.

So enttäuscht sie war, ihn nicht aus der Reserve gelockt zu haben, reichte sie ihm abends bereits die gewünschte Aufstellung. An einem der nächsten Tage beobachtete sie voller Genugtuung, wie er sich mit einem dicken Stapel Bücher unter dem Arm aus dem Geschäft verabschiedete.

»Was hältst du von einem Spaziergang an der frischen Luft?« Henni zupfte sie am Ärmel. Überrascht sah sie auf die Uhr. Es war mitten am Nachmittag, noch einige Stunden, bis sie den Arbeitstag beenden würden. Leo durfte wohl ausnahmsweise früher gehen.

»Ruth hat vorgeschlagen, dass wir die Ruhe nutzen und durch die Stadt schlendern, um die Auslagen der Konkurrenz zu begutachten«, fuhr Henni fort. »In drei Wochen ist Ostern. Es wird einiges an Neuerungen zu entdecken geben. Und Spaß macht es obendrein, einmal wieder in anderen Läden die staubige Bücherluft einzuatmen.«

»Fein!«

Solche Ausflüge hatten sie früher öfter unternehmen dürfen. Es gab nichts Schöneres, als sich andere Buchhandlungen anzusehen. Dazu blieb ihnen sonst nur an freien Sonntagnachmittagen Zeit. Dann aber waren die ebenso geschlossen wie die Buchhandlung Lämmle, sodass sie sich auf die Schaufenster und Schaukästen beschränken mussten.

»Am besten fangen wir gleich vorn bei der Palm'schen Hofbuchhandlung an«, schlug Henni vor, während sie sich im Hinterzimmer Hüte, Mäntel und Schals anzogen.

»Dass es die noch immer gibt! Es muss Jahre her sein, dass ich da gewesen bin. In dem Laden ist es düster wie in einer Gruft.« Unternehmungslustig lief Elly durchs Hoftor nach draußen.

»Und danach stöbern wir bei Hugendubel.« Henni musste sich beeilen, um hinterherzukommen. »Hast du deren Annonce gestern in der Zeitung gesehen? Wieder einmal eine erstaunlich lange Liste relativ neuer Titel, die sie mit angeblich kleinen Mängeln weit unter dem festen Ladenpreis anbieten. Bestimmt werde ich da fündig.«

»Vielleicht kramen wir auch wieder etwas Verbotenes aus.« Ellys Augen blitzten voller Vorfreude.

»Du meinst so wie die Colette-Romane vor ein paar Jahren, die die Zensur für Bayern eigentlich gesperrt hatte?«, fragte Henni vergnügt zurück. »Die waren wirklich wundervoll.«

»Lechner von der Polizeizensur würde kochen. Ein Hoch auf antiquarische Titel und Mängelexemplare!« Elly lachte. »Angesichts der vielen Titel, die jährlich neu auf der Liste der Zensur landen, kann ein Buchhändler kaum prüfen, ob ihm bei den antiquarischen Titeln nicht das ein oder andere durchschlüpft, das vor Jahren schon verboten wurde.«

»In jedem Fall ist es gut, dass Hugendubel Sonderposten anbietet. Er versteht es wirklich, die Kundschaft anzulocken. Damit macht er die ungünstige Lage abseits der üblichen Einkaufsroute in der Innenstadt mehr als wett.«

Auf der Ludwigstraße täuschte der strahlend blaue Himmel über den eisigen Wind hinweg, der durch die breite Nord-Süd-Schneise wehte. Unbarmherzig biss er Elly und Henni an Nasen und Wangen. Sie hakten sich gegenseitig unter, vergruben die Hände in den Manteltaschen und beschleunigten die Schritte. Auf dem Trottoir neben der Fahrbahn herrschte reger Betrieb.

»Was redest du neuerdings eigentlich so viel mit Leo?«, hakte Henni nach. »Ich dachte, wir wären uns einig über ihn.«

»Er will mehr über Münchner Autoren erfahren. Bislang hat er noch keinen rechten Überblick.«

»Wen wundert's. In Berlin wird er kaum viel von ihnen gehört haben. Geschweige denn gelesen. Hat er bei der Gelegenheit auch von seinem Leben dort erzählt?«

»Leider nicht.«

Elly war froh, dass sie ihr erstes Etappenziel, die Palm'sche Hofbuchhandlung unweit der Theatinerkirche, erreichten. Beim Eintreten ins Ladenlokal mussten sie ihr Gespräch unterbrechen.

Gespenstische Stille empfing sie. Die von künstlichem Licht erleuchteten, lang gestreckten Geschäftsräume unter der niedrigen Decke besaßen eine ganz eigene Atmosphäre. Auf endlos wirkenden Tischen mit treppenartigen Aufbauten wurden die Bücher lieblos präsentiert. Die Staubschicht auf so manchem Schnitt verriet, wie lange schon. Streng dreinblickende ältliche

Gehilfen – ausschließlich männlich – lauerten geradezu darauf, die Kundschaft vom intensiven Stöbern abzuhalten. Bereits nach wenigen Minuten traten Elly und Henni einvernehmlich den Rückzug an.

»Da drinnen liegen Bücher und Menschen lebendig begraben.« Übertrieben fächelte Henni sich vor der Tür Luft zu.

»Mehr Licht!«, rief Elly und streckte das Gesicht der Wintersonne entgegen.

»Was haben wir für ein Glück bei den Lämmles.«

»Da kann höchstens Hugendubel mit seinem riesigen Angebot und den modernen, luftigen Räumen mithalten.«

»Du denkst hoffentlich nicht einmal im Traum daran, an den Salvatorplatz zu wechseln. Das würde ich dir nie verzeihen.« Henni wurde energisch.

»Selbst wenn Hugendubel laut *Börsenblatt* seit Neuestem auf seinen drei Etagen über zwanzig Verkaufsräume verfügt, beeindruckt mich das nicht im Geringsten.«

»Dort wärst du auch nur eine von Dutzenden Gehilfen.«

»Und eine junge, weibliche mit kaum Berufserfahrung obendrein«, räumte Elly ein.

»Aber sieh nur!« Henni stieß ihr aufgeregt den Ellbogen in die Seite.

Vor dem Geschäft mit den vielen Schaufenstern, das sich von außen klar ersichtlich vom Parterre bis ins zweite Obergeschoss ausbreitete und durch einen ebenfalls noch mit Ladenräumen versehenen Anbau direkt an die gotische Salvatorkirche mit ihren dunkelroten Backsteinen anschloss, lief ein Plakatträger auf und ab. Auf den überdimensionalen Tafeln, die er vor und hinter dem Leib trug, wurde eine Versammlung der Münchner Sozialdemokraten angekündigt.

»Rosa Luxemburg kommt nächsten Samstag zu uns nach München?« Ungläubig starrte Henni darauf.

»Hat Zacherl nichts davon erzählt? Der ist doch bei den Sozialdemokraten. Das muss er doch mitbekommen haben.« Elly wunderte sich über Hennis Reaktion.

Interessiert studierten sie die Bekanntmachung. Der Mann, der sie trug, war sichtlich erfreut, dass jemand endlich dem Beachtung schenkte, wofür er vermutlich seit Stunden Reklame lief.

»Da gehen wir hin. Die hören wir uns an«, beschloss Elly.

10

Zu Ellys und Hennis Freude erlaubten die Lämmles ihnen am folgenden Samstag, dem offiziellen Frühlingsbeginn, die Buchhandlung bereits weit vor Ladenschluss zu verlassen. So konnten sie rechtzeitig zum *Münchner Kindl-Keller* in Haidhausen pilgern, wo Rosa Luxemburg sprechen sollte. Eine kluge Entscheidung. Bereits eine Stunde vor Versammlungsbeginn war der riesige Saal unter der beeindruckenden Holzdecke, der als der größte der Stadt galt, restlos überfüllt.

Die Luft war zum Schneiden. Es wurde geraucht, geschwitzt und geschwätzt, gegessen und getrunken. Kaum kamen die Bedienungen nach, die schweren Steinkrüge mit Bier und die Holzbretter mit Brotzeit und Brezn an die Tische zu schleppen. Um die Menge zu beruhigen, die vor den Türen noch ungeduldig auf Einlass wartete, wurde eine zweite Veranstaltung direkt im Anschluss an die erste im benachbarten Schwanensaal anberaumt. Rosa Luxemburg sollte dort ihren Vortrag ein zweites Mal halten.

Nie zuvor war Elly auf einer politischen Zusammenkunft gewesen. Jetzt kam sie aus dem Staunen nicht mehr heraus. Nicht allein die gigantische Masse an Leuten beeindruckte sie. Es war faszinierend zu beobachten, wer da auf den Stühlen hockte oder sich in den Gängen drängte, um die rote Rosa sprechen zu hören. Das Verhältnis Männer und Frauen war überraschend ausgewogen. Weniger ausgeglichen fand Elly dagegen die Herkunft der Anwesenden. Von Kleidung und Auftreten her überwog die Arbeiterschaft, was bei einer Versammlung der SPD nahelag. Dazwischen aber meinte sie auch größere Gruppen Angestellter und Akademiker auszumachen.

Hennis älterer Bruder Zacherl hatte angeboten, sie und Henni an den Tisch mit seinen Genossen mitzunehmen. Henni hatte zu Ellys Erleichterung abgelehnt. Zwar hielt Elly sich nicht für schüchtern, inmitten eines Kreises kraftstrotzender Handwerksgesellen und Fabrikarbeiter zu sitzen, war ihr dann doch unbehaglich erschienen, erst recht, wenn es sich um überzeugte Sozialdemokraten oder gar streikerprobte Gewerkschafter handelte. Noch war sie sich nicht sicher, was sie von denen halten sollte.

»Was sagt dein Vater dazu, dass du wie Zacherl zu einer Versammlung der Roten gehst?«, brüllte sie Henni ins Ohr. Der Lärm im Saal war immens. Hunderte Stimmen überlagerten sich, Stuhlbeine kratzten über den Steinboden, Bierkrüge klirrten.

»Mein Vater denkt, ich sitze nach der Arbeit bei Dita und dir in der Küche und stopfe mit euch Wäsche«, schrie Henni zurück. Zugleich gab sie der vorbeihastenden Kellnerin ein Zeichen, ihnen ebenfalls zwei Maß Bier sowie eine Brotzeit zu servieren.

»Gemeinsame Handarbeiten bei Kerzenschein an unserem Küchentisch – das würde Dita gefallen«, erwiderte Elly.

»Und was sagt sie zu deinem Besuch bei Rosa Luxemburg und den Genossen?«, fragte Henni zurück.

»Sie wollte mich überreden, stattdessen mit in die *Bonbonniere* oder ins *Kolosseum* zu kommen. Dort gibt's Varieté bis weit nach Mitternacht. Sie meinte, dabei werde es lustiger zugehen als bei der ›bierernsten kleinen Roten aus Berlin‹. Es sei höchste Zeit, dass ich anfange, mich zu amüsieren, wie es in meinem Alter üblich sei, statt immer nur langweilige Dinge zu tun.«

»Politik ist für Dita langweilig?«

»Natürlich!«

»Im Vergleich zur *Bonbonniere* oder zum *Kolosseum* hat sie vermutlich recht. Dagegen ist alles langweilig. Warum bist du nicht mitgegangen?«

Auf einmal sah Henni sie bang an. Elly zögerte eine Sekunde zu lang mit der Antwort, wie sie am enttäuschten Blick der Freundin ablas.

»Wärst *du* lieber mit ihr mit?«, fragte sie. »Noch können wir, wenn du magst ...«

»Hast du meinetwegen darauf verzichtet?«

»Warum sollte ich auf etwas verzichtet haben? Ich war doch diejenige, die dir vorgeschlagen hat hierherzugehen. Viel lieber sitze ich hier mit dir und höre mir politische Reden an, als mir an der Seite meiner Mutter und amüsierwütiger älterer Herren fade Zaubertricks anzuschauen. Abgesehen davon interessiert mich tatsächlich, was die Luxemburg ...«

»Danke!« Henni fiel ihr um den Hals.

Vorn an der Stirnseite des Saales tat sich etwas. Henni ließ sie los. Elly bedauerte, zu weit entfernt zu sitzen, um Genaueres zu erkennen. Applaus wallte auf. Die lang ersehnte Rednerin musste eingetroffen sein.

Tatsächlich betrat eine kleine Gruppe von mehreren Männern und einer Frau das Podium. Als wollte man Rosa Luxemburg schon wieder verabschieden, bevor sie zu reden begonnen hatte, wurde ihr ein gigantischer Blumenstrauß überreicht. Davon aber ließ sie sich nicht beeindrucken, wie Elly aus der Ferne fasziniert beobachtete.

Zu ihrem Erstaunen wirkte die Luxemburg inmitten der Männer noch winziger und unscheinbarer als erwartet, dafür aber trat sie umso entschlossener ans Rednerpult.

Auf einen Schlag wurde es still im Saal.

Mit eindringlicher Stimme begann sie zu sprechen. Binnen weniger Minuten fesselte sie Hunderte Menschen. Elly und Henni konnten nicht anders, als ihr ebenfalls gebannt zu lauschen. Schon in ihren ersten Sätzen forderte die Luxemburg zum entschlossenen Widerstand gegen den Militarismus auf. Das stehende Heer hindere das Volk an der wirtschaftlichen und politischen Besserung seiner Lage, zugleich gebe es den reaktionären Regierungen, Parteien und Klassen ein Mittel zur Vergewaltigung des inneren Friedens in die Hand.

Tosender Beifall unterbrach sie, bevor sie ausführen konnte, wie sie das meinte.

Bald standen auch Elly und Henni wie die anderen Zuhörer auf den Stühlen und feuerten die Luxemburg nach jedem Satz begeistert an. Unter dem donnernden Applaus des gesamten Saales unterstrich sie zum Abschluss ihrer gut einstündigen Rede die Bereitschaft des Volkes, das Vaterland gegen Angriffe von außen zu verteidigen, allerdings müsse der Einsatz für den Frieden und gegen den Militarismus kompromisslos darübergestellt werden. Einstimmig wurde das als Resolution angenommen.

»Was für eine Frau!« Henni glühten die Wangen, als sie und Elly nach der Veranstaltung die Ludwigsbrücke überquerten. Dicht aneinandergeschmiegt stellten sie sich der nächtlichen Märzkälte und schlenderten im Schein der elektrischen Straßenlampen durchs Lehel.

»Rosa Luxemburg ist wirklich eine Sensation.« Auch Elly war offenkundig noch beeindruckt.

»Eine solche Rede zu hören, ist etwas ganz anderes, als die vielen Romane und Zeitungsartikel zu lesen, denen ähnliche Ideen zugrunde liegen. Irgendwie ist es viel lebendiger und wahrhaftiger«, fand Henni.

»Natürlich ist es etwas anderes, als Bücher oder Zeitungen zu lesen. Das tut man allein, eine solche Rede aber hört man in einem riesigen Saal mit Hunderten Gleichgesinnten. Man wird regelrecht mitgerissen.«

»Und das von einer Frau wie Rosa Luxemburg!« Henni war noch immer perplex. »Selbst die Männer waren von ihr berauscht.«

»Von einer solchen Frau kann man nur berauscht sein.«

»Trotzdem: Wir Frauen dürfen bei einer politischen Versammlung zwar anwesend sein, sogar ans Rednerpult treten und in eine Partei eintreten – aber wählen? Oder gar in politische Ämter gewählt werden? Was für eine Vorstellung! Die Luxemburg dürfte meinetwegen sofort die Regierung übernehmen.«

»Nach dem heutigen Abend bist du mit der Idee sicherlich nicht allein«, erwiderte Elly.

»Was meinst du?«, fragte Henni versonnen. »Ob wir es noch erleben, dass Frauen eines Tages wählen?«

»Warum nicht? Du siehst doch, dass sich etwas tut. Vor wenigen Jahren noch wäre Rosa Luxemburgs Auftritt in München undenkbar gewesen.«

»Wollen wir es hoffen.«

Sie lächelten einander aufmunternd an, bevor jede wieder in ihren Gedanken versank und sie im Sog der Masse weiterliefen.

Sie waren nicht die Einzigen, die sich nach der Versammlung im *Münchner Kindl-Keller* entschieden hatten, zu Fuß nach Hause zu gehen. Einem unendlichen Wurm gleich schlängelte sich die Menge an den pompösen Wohn- und Geschäftsgebäuden vorbei Richtung Innenstadt.

Einen stärkeren Kontrast zu dem eben Gehörten konnte es kurz darauf in der Maximilianstraße kaum geben. Henni kam es vor, als nähme sie erstmals den verschwenderischen Luxus und die protzige Kulissenhaftigkeit beidseits der königlichen Prachtstraße wahr. In ihrem Kopf hallten Rosa Luxemburgs Worte wider. Was sie über das Volk und sein Ringen um den inneren Frieden gesagt hatte, wie das mit der Forderung nach besseren Lebensbedingungen für alle zusammenhing. Rosa hatte behauptet, die oberen Klassen beharrten nur deshalb darauf, das Heer weiter auszubauen, weil es letztlich eine Waffe war, um das eigene Volk in Schach zu halten. Das womöglich nicht mehr lange unter diesen Bedingungen in Schach gehalten werden wollte. Denn das Volk war die enormen finanziellen Aufwendungen, die an anderer, sinnvollerer Stelle fehlten, leid. Wie auch die steten Drohgebärden der Mächtigen gegen die eigenen Untertanen.

»Ist das nicht aufregend?«, fragte sie Elly, als sie das Nationaltheater erreichten. »Die Zeiten ändern sich gerade grundlegend, und wir beide stecken mittendrin. Im letzten Herbst wurde hier in München der Schriftstellerinnen-Verein gegründet, jetzt waren wir auf einer Versammlung mit Rosa Luxemburg. Was erwartet uns wohl als Nächstes?«

»Zum Glück arbeiten wir bei Theres und Ruth, die dem allem aufgeschlossen gegenüberstehen und sich für den notwendigen Wandel engagieren.«

»Zacherl hat mir geraten, bei den Lämmles zu kündigen und stattdessen im Atelier Elvira anzufangen.«

»Was? Wieso denn das? Was hat er auf einmal gegen deine Arbeit in der Buchhandlung?«

»Er meint, die Lämmles nutzten mich aus und im Elvira hätte ich bessere Arbeitsbedingungen.«

»Aber gerade die Lämmles tun alles, um dich auch ohne richtige Ausbildung zu unterstützen.«

Jäh blieb Elly stehen und zwang Henni, ebenfalls anzuhalten.

»Das weiß ich. Andererseits hat Zacherl recht: In der Buchhandlung werde ich immer nur die angelernte Kraft bleiben. Gelegentlich darf ich zwar im Laden aushelfen und bei Veranstaltungen mit anpacken, mehr aber nicht. Vor allem werde ich dafür keinen höheren Lohn erhalten.«

»Im Atelier Elvira wirst du nur die Schreibkraft sein«, entgegnete Elly empört. »Da gibt es nicht einmal Bücher zu sortieren oder bei Lesungen dabei zu sein. Und lange Arbeitszeiten hast du dort ebenfalls. Vom Glanz der Frauenbewegung ist im Elvira ohnehin nicht mehr viel zu spüren, seit auch noch die Goudstikker weg ist. Trotz ihres Talents ist es für Emma Uibeleisen nahezu unmöglich, als Fotografin in die Fußstapfen ihrer berühmten Vorgängerinnen zu treten.«

»Ich weiß«, räumte Henni ein.

»Du musst bei mir bleiben.« Elly fasste sie an den Händen. »Du weißt, wie sehr ich dich brauche.«

»Bist du sicher?«

»Ganz bestimmt!«

Trotz Hennis Versprechen, nicht wie von Zacherl vorgeschlagen ins Atelier Elvira zu wechseln, blieb Elly beunruhigt. Sie wollte die Freundin nicht verlieren. Und das würde sie, sollte Henni die Buchhandlung je verlassen. Davon war sie überzeugt.

Bei jeder sich bietenden Gelegenheit griff sie ihr in den nächsten Wochen unter die Arme oder nahm ihr Aufgaben ab, von denen sie wusste, wie ungern Henni sie erledigte, so etwa das Auflisten der Remittenden für den Zwischenbuchhandel oder das Abgleichen der Buchlaufkarten mit den Bestelllisten. Selbst mit Ausgeher Franz legte sie sich an Hennis statt an, weil der sich bei der Abrechnung des Portos zum Versenden der Pakete zu seinen Gunsten vertan hatte. Dabei mochte sie den gutmütigen und etwas kauzigen Burschen, der seit Jahren für die Lämmles arbeitete, sehr.

»Willst du jetzt lieber hinten im Büro arbeiten statt vorn im Laden?«, erkundigte sich Rosendorf. Ebenso registrierte Kirchner erstaunt, dass sie ihm freiwillig vorschlug, nach Geschäftsschluss die Kassenabrechnung zu übernehmen, damit Henni pünktlich nach Hause konnte.

»Mach dir keine falschen Hoffnungen«, spottete Rahel. »Um mit uns alten Hasen mitzuhalten, bist du noch viel zu jung.«

»Ellys Konkurrenz brauchst du nicht zu fürchten. Sie will nur Henni ein bisschen entlasten.« Vroni war die Einzige, die begriff, um was es ihr ging. »Bei den Reithmeiers hat es wohl reichlich Ärger gegeben, weil Henni so oft so spät Feierabend hat. Wenn wir nicht aufpassen, besteht ihr Vater eines Tages noch darauf, dass sie in eines der großen Kaufhäuser oder womöglich auf irgendein Amt wechselt. Da stellen sie neuerdings nämlich Tippmamsells an, die angeblich geregelte Arbeitszeiten haben.«

»Das sollten wir verhindern«, erklärte Rosendorf entschlossen. »Henni gehört zu uns in die Buchhandlung.«

»Mein Vater will mich auch woanders hinschicken. Für den Hungerlohn, den ich hier als Lehrling bekomme, muss ich viel zu viel und viel zu hart arbeiten«, versuchte Johann frech, die Situation für seine Zwecke auszunutzen.

»Du wirst dich noch wundern, welch paradiesische Zustände du als Lehrling bei den Lämmles hast«, spottete Rahel. »Schau dir nur die Palm'sche Hofbuchhandlung an. Da siehst du den lieben langen Tag kein Tageslicht, so düster geht es da zu. Vom rauen Umgangston, der dort gegenüber den Mitarbeitern herrscht, ganz zu schweigen.«

»Und daran, in ruhigen Minuten wie hier im Karl May zu schmökern, ist dort gar nicht erst zu denken«, ergänzte Kirchner.

»Du bist Henni wirklich eine großartige Freundin«, meinte Leo zu Elly in einem günstigen Moment, in dem sie sich allein vor dem Regal mit den München-Romanen trafen. Es war erstaunlich ruhig in der Buchhandlung, trotz des bevorstehenden

Osterfestes. Die heftigen Graupelschauer hielten die Kundschaft offenbar davon ab, sich vor die Tür zu wagen.

»Danke.« Überrascht schob Elly den Postkartenständer neben dem Novitätentisch beiseite, den sie neu sortiert hatte.

»Wie fandet Henni und du letztens Rosa Luxemburg?«

»Wie kommst du darauf?«

»Ich habe euch im Bierkeller gesehen. Ihr saßt eine Tischreihe von mir entfernt. Leider konnte ich in dem Trubel nicht zu euch hinüber.«

»Du warst auch da?«, fragte sie überflüssigerweise.

»Würde ich sonst fragen?« Er schmunzelte. »In Berlin habe ich die Luxemburg öfter auf Versammlungen gehört. Und Karl Liebknecht.«

»Bist du bei den Sozialdemokraten?«

»Nein, du?«

»Aber Hennis Bruder Zacherl. Bestimmt würde es ihn interessieren, was du von den Versammlungen in Berlin zu erzählen hast. Er träumt davon, eines Tages dorthin zu gehen.«

Ob das stimmte, wusste sie nicht, aber sie hoffte, Leo auf diese Weise dazu zu bringen, endlich mehr von seiner Zeit in Berlin zu erzählen.

»Zacherl sollte mit mir reden, damit er sich keine falschen Illusionen macht. Ein Zuckerschlecken ist das Leben da nämlich nicht. Auch wenn alle gern so tun.«

Er hielt inne. Schon fürchtete sie, abermals ließe er es dabei bewenden, als er überraschend vorschlug: »Wollen wir Dienstag nach Ostern gemeinsam zum Empfang von Erzherzog Franz Ferdinand und seiner Frau Sophie am Bahnhof gehen? Von dort aus fahren sie mit König Ludwig in offener Equipage durch die Innenstadt in die Residenz.«

»Du willst tatsächlich dem österreichischen Thronfolger zujubeln? Und dem bayerischen König obendrein? Eben hast du mir noch erzählt, dass du in Berlin zu Versammlungen der Roten …«

»Genau deswegen will ich mir das anschauen. Das wird eine einzige Schmierenkomödie, um das Volk für dumm zu verkaufen. Unter dem Schutz säbelrasselnder Militärs führt man gold glänzende Hoheiten vor, die mit einer Macht blenden, die eigentlich vom Volk ausgehen und nicht von solchen Marionetten ausgeübt werden sollte.«

»Du klingst wie ein Revolutionär.«

»Der bin ich sicher nicht. Nur ein ehrlicher Demokrat. Also bist du dabei? Gib auch Henni und ihrem Bruder Bescheid.«

»Wenn die Lämmles uns freigeben.«

»Um den erlauchten Herrschaften zuzujubeln, sicherlich. Die Arbeitgeber in der Stadt sind gehalten, ihre Angestellten auf Wunsch dafür gehen zu lassen.«

Theres und Ruth gaben ihnen tatsächlich frei, um sich am Dienstag nach Ostern unter die Menge zu mischen, die die Strecke vom Hauptbahnhof quer durch die Innenstadt über den Marienplatz bis hinauf zum Max-Joseph-Platz und der Residenz säumte. Zwar schienen sie reichlich überrascht von der Bitte, aber da zu erwarten war, dass sich die halbe Stadt entlang der Schützen-, Kaufinger- und Neuhauser Straße aufreihen würde, war für diese Zeit ohnehin mit wenig Kundschaft in der Buchhandlung zu rechnen. Außerdem verzichteten die anderen Gehilfen auf das Angebot, sich Elly, Henni und Leo anzuschließen. Nur Johann nutzte die Gelegenheit für einen halben freien Tag.

»Hinterher erstattet ihr uns ausführlich Bericht. Schließlich wollen wir wissen, wie es kommt, dass ausgerechnet unsere Angestellten erst Rosa Luxemburg und jetzt die kaiserlichen Besucher aus Wien bewundern«, trug Ruth ihnen amüsiert auf, und Theres ergänzte halb ernst, halb belustigt: »Dass ihr mir nicht auf dumme Gedanken kommt und das illustre Schauspiel durch unwürdiges Verhalten oder gar Schlimmeres stört.«

Henni war zunächst gar nicht begeistert von der Idee.

»So weit kommt es noch, dass ich mich unter die Claqueure mische. Am Ende bilden sich die erlauchten Herrschaften ein, das Volk würde sie tatsächlich verehren«, entgegnete sie unwirsch, als Elly ihr auf dem abendlichen Heimweg von dem Vorhaben erzählte. Sobald Elly ihr jedoch erklärte, dass Leo und sie wild entschlossen seien, sonst ohne sie hinzugehen, willigte sie ein.

»Ob ich den Zacherl überrede, den Schmarrn mitzumachen, kann ich nicht versprechen«, fügte sie hinzu, woraufhin Elly vorschlug, sie nach Hause zu begleiten und ihn selbst zu fragen.

»Das würde dem gefallen!«

Überraschenderweise war Zacherl gleich Feuer und Flamme von der Idee.

»Da wollte ich sowieso hin. Euer Kollege hat recht: Die hoffentlich letzte Gelegenheit, sich im Glanz vergangener Zeiten zu suhlen, sollte man sich nicht entgehen lassen.«

»Meine Tochter und ihre kaisertreuen Freunde!«, lästerte Dita dagegen. »Dabei hatte ich bislang immer befürchtet, die Lämmles machten aus dir eine männerhassende Frauenrechtlerin. So wie es jetzt aussieht, sollte ich wohl eher befürchten, dass es dir blaublütige Männer in Uniformen angetan haben. Das muss das Erbe deines Vaters sein.«

Von dem Glanz vergangener Zeiten bekamen Elly und ihre Freunde weitaus weniger mit als erhofft, ebenso von dem Auftritt der österreichischen und bayerischen Hoheiten. Verblüffend sonniges, mildes Frühlingswetter mit einem strahlend weißblauen Himmel, das im krassen Gegensatz zu den launischen Wetterkapriolen der letzten Wochen stand, bot dem königlichkaiserlichen Schauspiel die beste Kulisse. Zudem sorgte es dafür, dass nicht nur halb, sondern nahezu ganz München zum Bahnhof gepilgert war oder sich entlang des Weges bis zur Residenz aufgebaut hatte. In dem gigantischen Aufruhr erhaschten Elly, Henni, Leo und Zacherl kaum mehr als flüchtige Blicke auf die festlich geschmückte Equipage, in der das bayerische Königs- und das österreichisch-ungarische Thronfolgerpaar in ebenso festlicher Montur saßen, um die Huldigungen der Menge entgegenzunehmen. Die Schweren Reiter, die den Aufzug aus Sicherheitsgründen begleiteten, verhinderten ebenfalls, in der offenen Kutsche mehr als nur winkende Hände in blütenweißen Handschuhen und zwei hoch aufgetürmte Rosshaarhelme sowie überbordende Damenhüte zu erkennen. Zu gut schirmten sie die Hoheiten ab. Vergebens reckte sich Elly auf die Zehenspitzen, um besser zu sehen. Selbst die größere Henni hatte kein Glück. Enttäuscht wandten sich die Freundinnen ab.

»Was für ein Aufstand! Dabei wird völlig vergessen, dass man auch mit blauem Blut in den Adern auf dem Klo die Hosen runterlässt«, spottete Leo, nachdem der Aufzug vorüber war.

»Obacht! Man weiß nie, welche Ohren mithören«, mahnte Zacherl und sah sich um.

Sie hatten sich am Karlstor einen Platz gesichert, der nicht allzu sehr im Gedränge lag. Die Fahnen im österreichischen Rot-Weiß-Rot und Münchnerischen Schwarz-Gelb an den Flaggenmasten vor dem Rondell und dem Justizpalast hingen schlaff herab. Ähnlich träge löste sich die Menge der Neugierigen um sie herum auf. Sie gaben zwar einen repräsentativen Querschnitt durch die Bevölkerung, dennoch wusste Zacherl, dass das nichts zu bedeuten hatte. Spitzel gab es in jeder Schicht. Gerade die, die am unauffälligsten oder leutseligsten taten, erwiesen sich oft als die gefährlichsten.

»Ich wiederhole es gern laut, damit jeder, der mag, es hören kann. Es ist schließlich die reine Wahrheit«, entgegnete Leo übermütig.

»Lass gut sein, wir wissen, was du meinst.« Zacherl klopfte ihm auf die Schulter, um ihn zugleich beiläufig an den Rand des Platzes zu ziehen. »Hier in München geht's ein bisserl anders zu, als du es von Berlin her gewohnt bist.«

»Wie warst du es denn in Berlin gewohnt?«, griff Henni das auf.

»Du bist uns noch mehr als eine Geschichte über deine Besuche bei den Versammlungen der Sozialdemokraten schuldig«, erinnerte Zacherl.

»Und über die in den berühmten Kaffeehäusern am Ku'damm und Unter den Linden sowieso.«

»Was haltet ihr von einer Einkehr im *Mathäser*? Ich lade euch auf ein Bier ein«, schlug Leo vor.

»Du meinst, auf eine Maß«, berichtigte Zacherl ihn nun schon wieder besser gelaunt. »Zeit für eine Brotzeit wäre ohnehin.«

»Dass ihr Münchner immer so maßlos seid!«, gab Leo zurück.

»Nur beim Trinken.« Vergnügt tätschelte Zacherl ihm die Schulter.

11

Frühling 1914

Henni wähnte sich in einem Rausch. Dazu musste sie nicht einmal nennenswerte Mengen Bier oder gar Stärkeres zu sich nehmen. Es genügte, die freien Stunden außerhalb der Buchhandlung mit Elly, Leo und ihrem Bruder Zacherl zu verbringen. Seit dem gemeinsamen Ausflug zum Empfang des österreichischen Thronfolgerpaars und der anschließenden Einkehr im *Mathäser* taten sie das oft.

Damit änderte sich ihr bisheriges Leben schlagartig. Obwohl sie bereits seit einiger Zeit einundzwanzig und somit volljährig war, fühlte sie sich jetzt erst richtig erwachsen und von der ständigen Gängelung durch die Eltern befreit. Zumindest in der Zeit außer Haus. Ein weiterer Effekt ihrer gemeinsamen Unternehmungen war, dass sie sich Elly besonders nah fühlte.

Das »vierblättrige Kleeblatt« nannte Theres die vier Freunde, wenn sie mitbekam, dass Zacherl nach Geschäftsschluss bereits neben dem Hofeingang auf die drei anderen wartete, um den Abend mit ihnen zu verbringen. Ihre Cousine Ruth dagegen erklärte: »Das sind wohl eher die vier Musketiere, so wild entschlossen, wie sie antreten, die Welt zu erobern.«

Damit Henni zu Hause keinen Ärger bekam oder nicht Gefahr lief, viel zu früh heimgehen und lästige Fragen ihrer strengen Eltern beantworten zu müssen, übernachtete sie so häufig wie möglich unter dem Vorwand, Elly und ihrer Mutter im Haushalt zu helfen, in der Schönfeldstraße. Ab und an steckte Dita ihr sogar einige Münzen zu, um das Ganze glaubwürdiger erscheinen zu lassen.

»Falls deine Eltern fragen, will ich nicht als Geizhals dastehen, der deine Hilfsbereitschaft ausnutzt«, meinte sie.

»Deine Mutter ist großartig«, erklärte Henni Elly. Schon immer hatte sie die Freundin um ihre unkonventionelle Mutter beneidet, nun aber war sie beinahe sprachlos.

Neben dem Schlaf vernachlässigten Elly und sie über ihrem häufigen Ausgehen allerdings auch das Lesen. Zum ersten Mal in ihrem Leben, wie sie verwundert feststellten, als sie eines Sonntagmittags den ungewohnt hohen Stapel ungelesener Bücher in Ellys Zimmer vom Nachtkasten auf das Regalbrett oberhalb der Wäschekommode räumten. Am späteren Nachmittag wollten Zacherl und Leo sie zu einem Ausflug in den Nymphenburger Park abholen, mit anschließendem Abstecher in den benachbarten Hirschgarten, wo es beim Jägerhaus unter ausladenden Kastanien einen gemütlichen Biergarten gab.

»Es war wirklich an der Zeit, dass ihr auf den Geschmack kommt, wie man sich in eurem Alter vergnügt.« Dita lachte.

Erschrocken fuhren sie beide herum.

Wie aus dem Nichts stand sie im Türrahmen und beobachtete ihre Aufräumaktion. »Fast hab ich mir schon Sorgen gemacht, ob du wirklich meine Tochter bist, so häuslich, wie du bislang gelebt hast.«

Ditas Reaktion war verrückt. Verkehrte Welt. Wieder beneidete Henni ihre Freundin.

Und Dita setzte noch eins drauf. Auch dieses Mal. Nachdem sie erst noch gespottet hatte, dass jede halbwegs »vernünftige« oder gar »anständige« Mutter, die auf sich hielte, sie selbstverständlich für ihr Über-die-Stränge-Schlagen schelten, wenn nicht gar übel bestrafen würde. So würden es sicherlich Hennis

Eltern halten, erführen sie von den nächtlichen Streifzügen ihrer Tochter.

»Das können Sie laut sagen!«, pflichtete Henni bei und verdrängte sofort den Gedanken, womit ihr Vater sie wohl züchtigte, sollte er von ihrem neuen Lotterleben erfahren: mit dem Lederriemen oder dem Holzlöffel? Zwar griff er inzwischen nur noch zu diesen Maßnahmen, wenn Zacherl nicht zu Hause war, aber bislang hatte er stets eine Gelegenheit gefunden.

»Zum Glück entgehst du dem durch deine Besuche bei uns«, resümierte Dita unterdessen in einem Ton, der klarmachte, dass sie das Wichtigste noch zu sagen hatte. Bevor sie das tat, gönnte sie sich einige genussvolle Züge an ihrer Zigarette.

Eine Frau, die rauchte, wenn ihr danach gelüstete! Und nicht nur still und heimlich in den eigenen vier Wänden. Sosehr Henni den Geruch verabscheute, faszinierte sie das. Das Rauchen hatte Dita sich zwar erst vor Kurzem angewöhnt, frönte ihm seither jedoch mit einer Heftigkeit, als gälte es, die vielen Jahre, in denen sie es nicht getan hatte, auf einen Schlag nachzuholen.

Dabei wanderte Ditas Blick über Ellys bescheidenes Reich. Nicht allein des beengten Raumes wegen war es eher spartanisch gehalten. Elly brauchte und wollte nicht mehr außer einem Bett, einem Nachtkasten auf der einen sowie einer brusthohen Kommode auf der anderen Längsseite und einem winzigen Tisch mit Stuhl direkt vor dem Fenster zum Hinterhof. Und natürlich dem Bücherregal. Das allerdings völlig überfüllt war.

»Was haltet ihr davon, wenn Henni bei uns einzieht?«, fragte Dita und sah Henni direkt an. »Du kannst dir auf Dauer die Mädchenkammer hinter der Küche herrichten, wenn du magst.«

Das war fantastisch! Die Kammer, in der sie in letzter Zeit öfter genächtigt hatte, war zwar noch karger als Ellys Zimmer, aber fürstlicher als das, was Henni von zu Hause gewohnt war.

Am liebsten hätte sie laut gejubelt, da bemerkte sie, wie verhalten Elly reagierte.

Unter Mühen schob sie ein Buch auf das Regalbrett und nahm die Hand weg, mit der sie die anderen festgehalten hatte. Auf einen Schlag kippten alle um. Einige Bücher polterten zu Boden und schlugen so unglücklich auf, dass die Seiten und die Buchrücken verknickten.

»Ich dachte, das freut euch?«

Dita wirkte irritiert.

Rasch sammelte Henni die Bände auf. Ihre Finger zitterten. Sie fragte sich ebenfalls, was mit Elly los war. Kaum wagte sie, die Freundin anzusehen. Nicht sonderlich ordentlich räumte sie die Bücher auf die Kommode zurück.

»Natürlich freue ich mich«, brauste Elly überraschend heftig auf. »Warum tust du das? Brauchst du Geld?«

Henni zuckte zusammen. Niemals hätte sie Dita das unterstellt, noch dazu, da sie doch um Hennis eigene Not wusste. Rasch überschlug sie, wie viel ihr von ihrem monatlichen Salär nach der Abgabe an die Eltern blieb. Fast nichts. Damit war der Traum geplatzt.

»Dir ist hoffentlich klar, dass Henni nicht …«, setzte Elly an.

»Unsinn! Ich will keine Miete von ihr«, fiel Dita ihr ins Wort. »Darum geht es nicht.«

»Worum dann?« Elly blieb alarmiert.

Henni krallte die Finger in den Stoff ihres Rocks.

»Ich will nicht, dass du allein bist«, erwiderte Dita.

»Hat dich das je gestört?«

Erstaunt, welchen Verlauf das Gespräch nahm, sah Henni zwischen den beiden hin und her.

Dita trat rauchend vors Fenster, hob die Gardine und blickte hinaus. Im Profil entfaltete ihre Silhouette ihre ganze Schönheit, die selbst jetzt, jenseits der vierzig, noch beeindruckend war. Die hellbraunen, kaum in einer Hochsteckfrisur zu bändigenden Locken unterstrichen den feinen Schwung von Stirn und Nase.

»Übermorgen fahre ich mit meinen Freunden an den Lago Maggiore«, verkündete sie endlich, während sie stur nach draußen schaute.

»Was?«

Elly schien perplex. Auch Henni war überrascht. Welch kühne Vorstellung – eine Frau allein auf Reisen mit ihren Freunden! Gewiss handelte es sich ausschließlich um Künstler. Und ebenso gewiss würden sie am Lago Maggiore mit der skandalumwitterten Fanny zu Reventlow und anderen nicht weniger skandalumwitterten Künstlerfreunden zusammentreffen. Seit einigen Jahren war der Monte Verità der Treffpunkt für unabhängige Geister, Lebensreformer und unkonventionell eingestellte Menschen. Reventlows »Wahnmoching« im Tessin sozusagen.

Dita ignorierte Ellys Aufschrei, drehte sich zumindest aber wieder zu ihnen ins Zimmer um.

So ruhig, als erzählte sie von einem anstehenden Einkaufsbummel zum Kaufhaus Hirschvogl am Rindermarkt, setzte sie nach: »Wahrscheinlich bleiben wir den Sommer über komplett dort. Es wäre nicht gut, wenn du so lange allein in der großen Wohnung bist.«

Elly ging zu ihrem Bett und sank langsam darauf nieder. Henni haderte mit sich, ob sie sich zu ihr setzen und sie trösten sollte. So verlockend sie Ditas Angebot fand, so sehr beunruhigte es Elly.

»Meinetwegen könnt ihr auch Zacherl und euren neuen Kollegen hierher einladen. Mit den beiden steckt ihr doch ohnehin ständig zusammen. Platz wäre genug.«

Was für ein Vorschlag! Henni hielt die Luft an.

Dita drückte die Zigarette im Blumentopf aus, lehnte sich rücklings gegen die Fensterbank.

»Tut einfach, was ihr wollt. Die Miete ist bezahlt, die Portiersfrau kommt wie gewohnt einmal in der Woche. In der Speisekammer finden sich sogar noch einige Flaschen Wein. Die Wohnung steht euch zur freien Verfügung. Wenn ihr mögt, könnt ihr euch auch an meinem Kleiderschrank bedienen. So viel nehme ich nicht mit. Das ein oder andere Stück wird euch passen, sonst ändert es einfach um.«

Sie sah erst zu Elly, dann zu Henni.

Solange Elly schwieg, sagte auch Henni nichts, so schwer es ihr fiel.

»Danke, nicht nötig. Henni und ich kommen schon zurecht.«

Endlich erwachte Elly aus ihrer Reglosigkeit. »Wirklich großzügig von dir, uns die Wohnung für eine so lange Zeit zu überlassen. Ob wir sie mit wem teilen wollen, müssen wir uns allerdings noch überlegen.«

Henni rutschte ein leiser Freudenjauchzer heraus.

Der Umzug in die Schönfeldstraße nach Ditas Abreise schon am nächsten Tag barg für Henni nur Vorteile. Sie konnte ihr Glück kaum fassen. Zwar zögerten ihre Eltern natürlich damit, dem zuzustimmen – wie sah es schließlich aus, wenn die Tochter, ohne zu heiraten oder »in Stellung zu gehen«, die elterliche Wohnung verließ? Hennis Zusage, weiterhin regelmäßig zu Hause Geld abzuliefern, erwies sich allerdings als das beste Argument, sie eines Besseren zu belehren.

»Das haben sie doch gar nicht nötig. Als Beamter im Innenministerium verdient dein Vater einigermaßen gut. Außerdem geben Zacherl und Veit auch ihren Teil zur Miete dazu«, wunderte sich Elly.

Henni schüttelte den Kopf. »Letztlich geht es nicht um die

paar Mark, sondern ums Prinzip. Ich pfeife aber lieber aufs Geld statt auf meine Freiheit. Lass uns das feiern. Ab sofort nehme ich übrigens jeden Abend ein ausgiebiges Bad und besetze stundenlang das Klosett, um in Ruhe zu lesen. Ein dreifaches Hoch auf die Großzügigkeit deiner Mutter und den Luxus eurer Wohnung.«

Sie fasste Elly an den Händen, zog sie vom Küchenstuhl und tanzte mit ihr einmal quer durch alle Räume. Ehe sie sich versahen, landeten sie in Ditas Schlafzimmer am Ende des Flurs. Erhitzt fielen sie auf das breite Bett. Henni erstarrte. Elly hielt nach wie vor ihre Hand. Henni meinte, sie leise stöhnen zu hören. Behutsam legte sie ihr den Arm über den Leib und kuschelte sich an ihre Seite.

»Wollen wir hier zusammen schlafen? Das ist viel besser als jede allein in ihrer stickigen Kammer«, flüsterte Elly ihr ins Ohr.

Halb richtete Henni sich auf, betrachtete Elly.

»Ganz unheimlich wird's mir nachts immer«, fuhr Elly fort. »Es knarrt und knistert und rumort so seltsam in allen Winkeln. Hörst du das auch?«

»Ja«, antwortete Henni heiser.

Ruhig erwiderte Elly ihren Blick. Ihre hellen Augen waren ein tiefgründiger See.

Noch nie hatte Henni die Freundin so nah gehabt. Zärtlich strich sie ihr mit der Fingerkuppe über die Augenbrauen, begann, die Sommersprossen auf der Nase einzeln anzustupsen, als wollte sie sie zählen.

»Das kitzelt!« Elly rollte sich zur Seite.

»Das soll es doch!«

Hennis Herzschlag galoppierte davon. Ungestüm begann sie, Elly richtig zu kitzeln. Unter den Achseln, an der Brust, am Leib sowie am Gesäß. Und sehnte sich danach, Elly würde ihr Gleiches mit Gleichem vergelten. So wie früher. Stattdessen sprang Elly plötzlich aus dem Bett.

»Leo und Zacherl kommen«, erklärte sie und hastete ins benachbarte Bad.

Durch die offene Tür vernahm Henni lautes Wasserrauschen.

Elly war Henni ein Rätsel. Einerseits so vertraut, anhänglich, anschmiegsam, andererseits so fremd und abweisend.

Dennoch war es Elly, die sie am Abend noch einmal aufforderte, mit ihr in Ditas riesigem Bett in dem noch riesigeren Schlafzimmer direkt neben dem Bad zu schlafen.

Binnen kürzester Zeit hatte Henni sich an ihr neues Leben gewöhnt. Elly schnarchte, wenn auch nur leise.

»Wahrscheinlich übst du, um eines Tages mit einem Mann mitzuhalten«, zog Henni sie auf. Elly quittierte das gut gelaunt: »Ich habe nicht vor, eines Tages mit einem Mann mitzuhalten. Wir Frauen sollten aufhören, uns immer an Männern zu messen.«

Henni genoss es, mit ihr im selben Bett zu liegen. Vor dem Einschlafen gingen sie die Erlebnisse des Tages durch. Lästerten darüber, dass die älteren Gehilfen in der Buchhandlung nach wie vor mit Leo wetteiferten, lachten über den begriffsstutzigen Johann oder spotteten über nervige Kundschaft, wie Ellys ehemalige Mitschülerinnen Sieglinde und Dorothea.

»Die bilden sich doch nicht wirklich ein, Leo würde sich ernsthaft für sie interessieren? Was soll er denn mit zwei so albernen Zicken anfangen?«

Elly verzog das Gesicht, wie Henni selbst im Halbdunkel des Schlafzimmers bemerkte.

»Bist du eifersüchtig?«, flüsterte sie.

»Ich?« Ellys Stimme wurde schrill. »Das würde ja bedeuten, dass ich in Leo …«

»Bist du?«

»Warum willst du das wissen?« Abrupt setzte sie sich auf. »Ich habe nicht vor, mich jemals im Leben in einen Mann zu verlieben. Du etwa?«

Ohne es groß abzusprechen, wurde die Wohnung in der Schönfeldstraße für die vier Freunde zum Zuhause, obwohl Zacherl und Leo nach wie vor nicht daran dachten, ebenfalls dort zu nächtigen. Was Henni insgeheim sehr erleichterte.

»Zustände sind das! Zwei junge Fräulein allein zu Haus und Herrenbesuch jeden Abend!«, schimpfte die Portiersfrau. »Wundern braucht's einen ja nicht. Immer ganz eng mit der Skandalgräfin aus der Kaulbachstraße ist die Frau Grafenstetter früher gewesen. Mit zwei Männern auf einmal hat die gehaust und von einem dritten ein Kind gekriegt. Eigentlich müssen Sie mir leidtun, Fräulein Elly. Wie soll da nur ein anständiger Mensch aus Ihnen werden?«

Mit falschem Mitgefühl betrachtete sie sie.

»Viel zu früh gestorben ist Ihr Herr Vater«, setzte sie nach. »Tät' der noch leben, würd' er gewiss dafür sorgen, dass hier wieder Zucht und Ordnung herrscht. Ein fescher Offizier war das. Und immer gewusst hat er, was sich gehört.«

Obwohl sie ihnen ihre Dienste verweigerte, bestand sie dennoch auf ihrem Lohn. »Oder wollen Sie, dass ich überall herumerzähle, was hier bei Ihnen los ist?«

»Deren schmutzige Fantasie möchte ich nicht haben«, kommentierte Henni, und Leo pflichtete bei: »Wer weiß, welche lang verdrängten Träume da bei ihr hochkommen?«

»Am besten laden wir sie zu uns ein. Bestimmt ist sie enttäuscht, wie brav wir in Wahrheit sind«, erwiderte Zacherl.

Nur Elly sagte nichts dazu.

Wie so oft seit Ditas Abreise saßen sie nach dem langen Arbeitstag um den Küchentisch. Auf dem Heimweg von der Buchhandlung waren sie erst beim Odeonsplatz spontan auf die Plattform eines Wagens der Linie 2 gesprungen, um die Rundfahrt mit der Tram um die Altstadt zu genießen, hatten dann im Wirtshaus zwei Krüge Bier besorgt und teilten sich nun einen bescheidenen Imbiss aus Brot, Wurst und Käse.

Binnen weniger Minuten war der Ärger über die Portiersfrau vergessen und sie diskutierten über Bücher, Politik, Gott und die Welt oder alles gleichzeitig. Stolz bemerkte Henni, wie viel ihr Bruder wusste oder neu erfahren wollte, obwohl er stets betonte, »nur« ein einfacher Schreinergeselle mit Volksschulabschluss zu sein. In Wahrheit war er stets darauf erpicht dazuzulernen. Bei allem. Begierig eiferte Henni ihm nach.

Bei Leo waren sie dafür genau an der richtigen Adresse, wie sie bald neidlos zugeben musste. Allmählich begann sie, ihn zu mögen. In seinem knapp zweiundzwanzigjährigen Leben schien er bereits eine ganze Bibliothek mit Büchern aus den verschiedensten Wissensbereichen verschlungen und, was sie noch beeindruckender fand, deren Inhalte detailliert im Kopf abgespeichert zu haben. Zu jedem Stichwort fiel ihm etwas ein, das er bewundernswert klar und ohne jeden Anflug von Überheblichkeit zu erklären vermochte. Obendrein wusste er ausgezeichnet über die aktuellen politischen Entwicklungen auch jenseits der von ihm geschätzten Sozialdemokratie Bescheid und konnte aus dem Stegreif amüsante Anekdoten über Berühmtheiten von Theater, Kunst, Literatur oder aus dem öffentlichen Leben erzählen.

Bei jedem Wort hingen sie ihm verzückt an den Lippen. Irgendwann aber fiel Henni auf, dass Leo zwar gern und viel über alles Mögliche und vor allem jedermann erzählte, ihnen Konkretes von sich selbst aber nach wie vor schuldig blieb. Wenn sie nachhakte, wich er ihr so geschickt aus, dass ihr erst zwei oder drei Sätze später, oft sogar erst kurz vor dem Einschlafen klar wurde, wie geschickt er sich herausgewunden hatte.

»Ob Leo uns doch etwas verheimlicht?«, sprach sie das eines Abends erneut Elly gegenüber an.

»Was soll er groß zu verbergen haben? Er nimmt sich halt nicht so wichtig. Das ist sehr sympathisch. Was hat ein einfacher Buchhandelsgehilfe von Anfang zwanzig auch schon Geheimnisvolles über sich zu erzählen? Was haben wir denn bislang viel über uns zu erzählen? Unser Leben fängt erst an. Noch ist nichts Besonderes passiert. Bei keinem von uns.«

»Aber ...«, wollte Henni widersprechen, brach allerdings ab, sobald sie im Halbdunkel ein verräterisches Aufblitzen in den Augen der Freundin erspähte. Enttäuscht drehte sie sich zur Seite.

Die gemütlichen Abende in der Küche der Schönfeldstraße wurden seltener. Immer öfter schlug Zacherl vor, Versammlungen der Sozialdemokraten zu besuchen. Dort war er ganz in seinem Element. Je mehr er sah, wie beeindruckt Elly, Leo und Henni von seinen Verbindungen war, desto mehr stachelte ihn das an. Neben den groß aufgezogenen Veranstaltungen in den Bierpalästen, bei denen prominente Redner von überallher auftraten, schleppte er sie auch zu kleineren Runden in den Vorstadtwirtshäusern von Giesing, Haidhausen und der Au sowie in Künstlerlokale in der Maxvorstadt. Einerlei, wo sie hinkamen, überall wurde er mit Handschlag begrüßt. Kein Zweifel: Er war nicht nur ein x-beliebiger Anhänger der fortschrittlichen politischen Kreise, er gehörte zu ihren Wortführern. Und er wusste, wo man die Politik einmal gut außen vor lassen und nach Herzenslust über die Stränge schlagen konnte. Sogar die anrüchigen Etablissements im Bahnhofsviertel und die Amüsierbetriebe in der Schützenstraße waren ihm bestens bekannt. Sosehr Henni ihn als ihren älteren Bruder bewunderte, hätte sie ihm das niemals zugetraut.

Ausgerechnet Elly fühlte sich in den Künstlerlokalen unbehaglich, wie Henni auffiel. Dabei befanden sich die doch in ihrem Viertel. In der Maxvorstadt waren sie aufgewachsen, hier waren sie zu Hause. Hier kannten sie jeden Stein und jedes Gesicht.

Wahrscheinlich war genau das das Problem. Kaum betraten sie den *Simplicissimus* oder die *Dichtelei* in der Türkenstraße oder streckten ihre Köpfe zur Tür beim *Bunten Vogel* in der Adalbertstraße herein, wurde Elly unruhig. Selbst im *Schwabinger Bräu* oder dem *Café Noris* in der Leopoldstraße hielt sie erst einmal Ausschau, wer bereits dort saß. Das *Stefanie* schräg gegenüber der Buchhandlung zu besuchen, verweigerte sie gleich ganz, weil sie sicher war, dort Freunden ihrer Mutter zu begegnen. Schließlich gehörte Dita zum Stammpublikum.

»Wie gut, dass sie momentan in der Schweiz ist. Nichts wäre peinlicher, als spät am Abend der eigenen Mutter in die Arme zu laufen«, brachte Leo es auf den Punkt.

Elly dankte ihm das mit einem Lächeln. Henni wurde nervös – und merkte, dass es Zacherl ähnlich ging. Die viel beschworene Freundschaft zwischen ihnen vieren schien plötzlich auf sehr wackligen Beinen zu stehen. Elly war die unbestrittene Königin, um deren Gunst sie buhlten. Mit sehr unterschiedlichen Erfolgsaussichten.

»Was haltet ihr davon, wenn wir etwas zusammen lesen?«, schlug Henni beim nächsten gemeinsamen Abendessen in der Schönfeldstraße vor und legte einen schlichten gelben Leinenband auf den Küchentisch. »Vor Kurzem ist ein interessanter Roman von einem gewissen Leonhard Frank erschienen: *Die Räuberbande*. Theres hat ihn mir gegeben. Klingt, als wäre das genau das Richtige für uns: Die Geschichte einer Freundesclique in

Würzburg, die sich gegen die harten, ungerechten Verhältnisse verschwört, bis sich einer von ihnen aufmacht, um dank eines Stipendiums in München Kunst zu studieren.«

»Das klingt mir ganz nach Leonhard Franks eigener Geschichte«, mischte Zacherl sich mit leuchtenden Augen ein. »Ich hab ihn persönlich kennengelernt: Er war ein schüchterner, sehr begabter Bursche aus einer armen Handwerkerfamilie in Würzburg, der hier in München an der Akademie studiert …«

»… und sich viel im *Stefanie* herumgetrieben hat«, fiel Elly ihm eifrig ins Wort. »Ich erinnere mich noch gut an ihn. Ein ziemlicher Hungerhaken war das. Meine Mutter hat ihn einige Male hierher eingeladen, damit er sich ausschlafen und satt essen konnte. Unglaublich, dass er jetzt auch noch einen Roman geschrieben hat. Schon seine Zeichnungen und Bilder waren gut.«

»Das Buch müssen wir lesen«, stimmte Leo zu. »Am besten fangen wir heute noch an. Vielleicht schreibt einer von uns eines Tages auch einen Roman über uns und unsere Freundschaft und …«

»Bist du ebenfalls aus ärmlichen Verhältnissen nach München gekommen, um hier dein Glück zu versuchen? Wo kommst du eigentlich ursprünglich her? Und wieso hast du Berlin verlassen?«, unterbrach ihn Zacherl neugierig. »Erzähl uns mehr von dir! Dann werden wir feststellen, ob sich deine Geschichte für einen Roman eignet.«

Auf einmal wurde es mucksmäuschenstill. Gebannt sahen Henni und Elly zu Leo. Der war bei Zacherls Worten blass geworden.

»Ich wüsste schon, wer von uns die Geschichte unserer Freundschaft schreiben sollte«, schaltete sich Elly ein, bevor die Pause zu unangenehm wurde.

Henni hielt die Luft an. Sie hatte kapiert, worauf die Freundin hinauswollte. In ihr regte sich Trotz. Kaum registrierte sie, dass dieses Mal Leo Elly dankbar zulächelte. Zacherl wandte sich sichtlich enttäuscht ab.

Elly schien das einerlei. Viel zu sehr war sie damit beschäftigt, Henni zu signalisieren, endlich mit dem Fabulieren loszulegen.

Abwehrend verschränkte Henni die Arme vor der Brust, schob ihren Stuhl ein Stück vom Tisch weg. Sie war doch kein dressiertes Zirkuspferd, das auf Kommando Kunststücke vorführte!

»Um aus einem Leben einen Roman zu machen, braucht es schon mehr als nur einen guten Einfall.« Überraschenderweise hatte Leo sich wieder gefasst. »Nicht alles, was im ersten Moment interessant klingt, eignet sich wirklich als Stoff.«

»Du hörst dich an, als hättest du Erfahrung.« Zacherl betrachtete ihn mit einer Mischung aus Neugier und Spott. »Buchhändlern sagt man gern nach, in Wahrheit vom Schriftstellern zu träumen.«

»Das musst du bei mir nicht befürchten«, wehrte Leo ab. »Ich habe täglich zu viel mit ausgezeichneten Büchern zu tun, um mir anzumaßen, je mit ihren Verfassern mitzuhalten.«

Henni schluckte und hoffte, niemand der drei anderen beachtete sie.

»Das Lesen und Empfehlen von Büchern ist für mich ebenfalls das Schönste an unserem Beruf. Geschrieben wird von anderen schon mehr als genug«, pflichtete Elly ihm bei.

»Leonhard Frank oder Lena Christ sind allerdings ermutigende Beispiele, dass die Herkunft heutzutage niemanden mehr vom Schreiben abhalten sollte«, fuhr sie nach einer Pause fort. »Deshalb unterstützt der hiesige Schriftstellerinnen-Verein vielversprechende Talente aus allen Schichten. Wer weiß, was uns in der Vergangenheit an guter Literatur entgangen ist, nur weil man die allein den angeblich Hochgebildeten und natürlich vor allem den Männern vorbehalten hat? Diese Zeiten sind vorbei.«

Kaum merklich blinzelte sie Henni zu. Henni nickte erleichtert. Eines Tages, das schwor sie sich, überraschte sie die Freunde mit einem von ihr verfassten Roman. Der würde Leos Wissen und Zacherls Versiertheit in der Politik in den Schatten stellen. Und Elly beweisen, dass weitaus mehr in ihr steckte, als sie ahnte.

Kaum dachte sie daran, fiel ihr auf, wie geschickt es Leo ein weiteres Mal gelungen war, von seiner eigenen Geschichte abzulenken. Wieder hatte er es geschafft, viel zu sagen, aber das Entscheidende zu verschweigen.

12

In der Buchhandlung Lämmle ging es geschäftiger zu denn je, was vielleicht auch daran lag, dass die Nächte neuerdings viel zu kurz waren, um sich von den anstrengenden Arbeitstagen zu erholen. Jedenfalls für Elly. Völlig übermüdet stand sie jeden Morgen ab sieben in der Früh im Geschäft und bewunderte, wie ausgeschlafen Henni und vor allem Leo wirkten. Die waren doch genauso spät wie sie ins Bett gekommen!

Seit Längerem lag eine gewisse Anspannung in der Luft. Die Kundschaft reagierte ungeduldig auf Lieferverzögerungen und ähnliche Lappalien, in den Verlagen und bei den Zwischenhändlern beantwortete man Nachfragen ungewohnt gereizt und die ausliegenden Zeitungen strotzten vor aggressiven Schlagzeilen.

Davon wollte Elly sich nicht anstecken lassen. Gemeinsam mit den Freunden nutzte sie das Frühlingswetter, um nach der Arbeit im Biergarten zu sitzen, bevorzugt in dem am Chinesischen Turm, wo regelmäßig zum Tanz aufgespielt wurde. Das liebte Elly. Es war die beste Gelegenheit, um die flirrende Nervosität zu vergessen.

Beim Tanzen trumpfte Zacherl mit großem Talent auf, während Leo sich erstaunlich unbeholfen anstellte. Als Elly ihn zu einer Polka auf die Dielen zerrte, zeigte sich, dass er weder ein Gefühl für Takt noch für Rhythmus besaß.

»Für Tanzstunden hat mir das Geld gefehlt. Das habe ich lieber in Büchern angelegt.«

»Vom Tanzen nur zu lesen, statt es einfach auszuprobieren, macht wenig Sinn.«

Nichtsdestotrotz animierte sie ihn, es weiter zu versuchen. Immer wieder trat er ihr auf die Zehen.

»Ich gebe besser auf, bevor ich Schlimmeres anrichte«, entschuldigte er sich.

Zum Ausgleich verblüffte er sie mit einem anderen Talent: Er schilderte die Paare auf der Tanzfläche derart treffend, als wäre er ein Zeichner beim *Simplicissimus,* der mit kühnen Bleistiftstrichen eine Karikatur entwarf, nur dass er Worte statt Stifte verwendete.

»Seht ihr die vollbusige Dame mit ihrem bunten Kapotthut dort hinten?« Mit dem Kopf nickte er in Richtung einer Frau, die ihren Tanzpartner um mindestens eine Haupteslänge überragte. Ohne dass es ihm auffiel, redete er wieder in dem sympathischen Singsang, der Elly schon einige Male aufgefallen war. »Wenn der Ländler gleich Tempo aufnimmt und sie sich schneller bewegt, rutscht ihr der Hut vor die Augen. Dann muss der Zwerg vor ihrer Brust die Führung übernehmen. Hoffentlich behält er den Überblick.«

Über ein anderes Paar meinte er: »Zum Glück haben sie lange Arme, sonst würden sie ihrer Bäuche wegen nicht zueinanderfinden.« Und über ein drittes: »Vielleicht gelingt es den beiden, sich bis zum Ende des Musikstücks darauf zu einigen, was sie auf der Tanzfläche wollen: streitlustig die Menge durchpflügen oder sich im Takt mit den anderen friedlich über die Bretter bewegen.«

Elly, Henni und Zacherl kamen aus dem Lachen nicht mehr heraus. Nahezu an jedem auf dem Tanzboden fand Leo etwas Entlarvendes, das er scharfzüngig beschrieb.

»Was haltet ihr von einem Ausflug zum Nymphenburger Volksgarten nächsten Sonntag?«, schlug Zacherl vor, als die Glocke zur letzten Runde am Ausschank läutete.

»Gibt's da auch einen Tanzboden, um andere Leute zu begaffen?«

Leo hatte inzwischen zu viel Bier getrunken, wie seine glasigen Augen und seine undeutliche Artikulation verrieten.

»Sogar Affen und seltene Vögel gibt's da zu bestaunen.« Zacherl tätschelte ihm den Rücken und zog unauffällig den halb vollen Maßkrug vor ihm weg.

»Schade, dass nicht mehr so wie früher die Dampfstraßenbahn vom Stiglmaierplatz zum Volksgarten fährt. Das war ein Abenteuer!« Elly seufzte wehmütig.

»Daran kannst du dich noch erinnern?« Henni horchte auf. »Die war wirklich eine Gaudi! Ach, da gäbe es eine schöne Geschichte vom Dampftrambahnfahrer Rudi und seiner großen Liebe, der Gustl vom Kiosk am Romanplatz. Jeden Tag, wenn er mit der Tram das Rondell beim Abbremsen mit einer ordentlichen Wolke Dampf eingenebelt hat …«

»Du und deine Geschichten«, unterbrach Zacherl seine Schwester. »Für heute Abend langt's.«

»Mein Vater hat Dita und mich gelegentlich zum Radrennen im Volksgarten ausgeführt«, begann Elly. »Einmal haben wir uns sogar einen richtigen Boxkampf angeschaut.«

Ihre Gedanken schweiften ab. Das waren die wenigen guten Erinnerungen, die sie an ihren Vater hatte. Viel zu selten hatte er solche Ausflüge mit ihnen unternommen und wenn, dann meistens schlecht gelaunt.

»Das Velodrom und die Sportarena gibt es leider nicht mehr.« Auch Zacherl schwelgte auf einmal in vergangenen Zeiten. »Trotzdem werden wir auf unsere Kosten kommen. Vor allem mit unserem Preußen.«

Von Neuem klopfte er Leo auf die Schulter, dann zog er ihn von der Bank und stützte ihn beim Gehen. Schwankend stapften sie vorweg, Elly und Henni folgten ihnen Arm in Arm.

Der letzte Sonntag im Juni erwies sich als außergewöhnlich warmer Tag. Schon beim Aufstehen bewunderte Elly den tiefblauen Himmel, der sich ohne die geringste Spur eines weißen Wolkenfetzens über die Stadt wölbte. Das perfekte Wetter, um sich an der frischen Luft zu vergnügen.

Der Andrang an der Trambahnhaltestelle am Stiglmaierplatz verriet, wie viele dieselbe Idee gehabt hatten. Sie mussten zwei übervolle Trambahnzüge passieren lassen, bevor sie endlich in einem Wagen Stehplätze auf dem hinteren Plafond ergatterten. Von dort aus betrachteten sie während der halbstündigen Fahrt Richtung Westen die Umgebung. Kurz nach den Sudhäusern der Löwenbrauerei verwandelte sich die Straße in eine breite Allee mit prächtigen mehrstöckigen Gebäuden und gepflegten Vorgärten, bevor sie nach dem Rotkreuzplatz in ein Villenviertel mit parkähnlichen Anwesen überging.

»Ein Vergnügungspark mitten in einer so vornehmen Wohngegend?« Leo war verblüfft.

»Sogar direkt in Sichtweite des Nymphenburger Schlosses.« Zacherl wies den von Schwänen und Enten bevölkerten Kanal entlang westwärts, wo der barocke Prachtbau im gleißenden Sonnenlicht seine Flügel ausspannte.

Aus dem Volksgarten drang ein buntes Gemisch aus wildem Gejohle, Fetzen von Blasmusik, metallischem Rattern und unangenehmem Quietschen von Fahrgeschäften. Den Wasservögeln schien das ebenso wenig auszumachen wie der Besuchermasse, die vor dem Haupteingang aus der Tram quoll.

Elly konnte sich an dem abenteuerlichen Andrang kaum sattsehen. In der prallen Sonne schoben und drängten sich die Menschen zu dem pagodenähnlichen weißen Pavillon, wo sie ihre Eintrittsbilletts lösten. Henni fasste sie bei der Hand, Zacherl und Leo hielten sich dicht hinter ihnen, bis sie endlich den Volksgarten an der westlichen Längsseite betraten.

»Willkommen im einstmals größten Vergnügungspark Europas«, verwandelte Zacherl sich mit einer übertrieben tiefen Verbeugung zum Fremdenführer. Wie ein Ausrufer auf dem Oktoberfest fuhr er mit dröhnender Stimme fort: »Der Tivoli in Kopenhagen und der Prater in Wien haben neben ihm reichlich blass ausgesehen. Selbst Coney Island im fernen Amerika hat seine Konkurrenz gefürchtet. Bis sich die Pächter mit den Sportwettkämpfen verkalkuliert haben. Die Münchner trinken halt lieber eine Maß Bier, statt straffen Radlerwaden hinterherzuschauen oder platte Boxernasen zu bestaunen. Deshalb gibt es hier jetzt vor allem Biergärten und Restaurants, dazu zwei, drei Schießbuden und Karussells sowie die Parkanlage mit exotischen Tieren, damit auch die schönen Münchnerinnen was vom Sonntagsausflug haben. Neuerdings aber heißt es, die Besitzer hätten Lust, das Terrain in Baugrund umzuwandeln. Der ist in München immer bares Gold wert, so nah beim Schloss. Früher oder später wird sich der Volksgarten also in einen Goldgarten verwandeln.«

»Du klingst, als hättest du zum Frühstück einen Reiseführer verschluckt. Und das nur, um uns zu beeindrucken«, spottete Henni.

»Ich finde es interessant«, behauptete Leo treuherzig und tätschelte Zacherl die Schulter.

»Und ich habe Durst. Ich brauche eine klebrige Limonade. Eisgekühlt, sonst kippe ich auf den goldenen Boden.«

Ungeduldig hielt Elly nach der nächsten Einkehrmöglichkeit Ausschau.

»Lasst uns zur Caféterrasse gehen. Ich lade euch ein.«

Zacherl wies den Weg hinunter zu einem wuchtigen Gebäude mit überbordenden Erkern, Türmchen und Verzierungen. Davor erstreckte sich eine Veranda, die von hellen Pavillons gegen die pralle Sonne beschirmt wurde. Elly staunte. Das war das teuerste und vornehmste Café im Volksgarten! Zacherl schien wild entschlossen, sich diesen Ausflug etwas kosten zu lassen.

Sie hatten Glück. Offenbar drehten die anderen Besucher zuerst eine Runde durch den Park, denn noch gab es freie Tische. Zielstrebig steuerten sie einen in der Mitte an.

Die Blaskapelle spielte auf. Kaum merklich verdrehte Leo die Augen. Elly lachte.

»Heute kommst du mir nicht aus. Höchste Zeit, dass du begreifst, was ein Dreivierteltakt ist und wie du dich dazu bewegen musst.«

»Aber vorher stärken wir uns.«

Zacherl rückte ihr einen der gusseisernen Stühle zurecht. Henni nutzte die Gelegenheit, sich den Platz rechts von ihr zu sichern, und drängte Leo beiseite, der offenbar dieselbe Absicht verfolgt hatte. Noch ehe er auf die andere Seite ausweichen konnte, ließ Zacherl sich dort nieder. Reichlich verdutzt stand Leo da, drehte unschlüssig seinen Hut in der Hand und brauchte eine Weile, bevor er begriff, dass ihm nur der Stuhl Elly gegenüber blieb.

Als die Bedienung kam, orderte Zacherl Kaffee und Erdbeerkuchen mit Sahne für alle.

»Wollen wir noch einen Krug eisgekühlte Zitronenlimonade dazu? Die geht auf mich.« Ohne die Antwort der anderen abzuwarten, bestellte Leo.

»Danke.« Übertrieben wedelte Elly sich mit der Hand Luft zu.

»Lass uns eine Runde tanzen«, schlug Henni vor, sprang im selben Moment auf und zog sie mit sich.

»Sind Leo und Zacherl nicht lustig?«, fragte Henni, während sie sich im Takt des schwungvollen Ländlers über die Tanzfläche drehten. »Die zwei haben die Spendierhosen an, um sich vor dir gegenseitig zu übertrumpfen.«

»Wieso nur vor mir?«

»Wozu sollte mein Bruder mich beeindrucken wollen?«

»Aber …«, setzte Elly an und merkte im selben Moment, wie überflüssig es war, Henni zu widersprechen. Natürlich hatte sie recht. Sie hatte sich viel zu einseitig auf Leo fixiert und war völlig blind für Zacherls verzweifeltes Bemühen geworden. Dabei wusste sie schon lang, was er für sie empfand.

»Wollen wir den beiden ein Schnäppchen schlagen und uns eine ruhige Stunde allein gönnen? Am Teich soll es ein schwarzes Schwanenpaar geben. Das sehen wir uns an. Danach kehren wir zum Tisch zurück und gönnen uns auf Kosten der zwei Kaffee, Kuchen und Limonade.«

Schalk blitzte in ihren grünen Augen auf. Elly wusste nicht recht, warum sie auf den Vorschlag einging. Als sie sich endlich entschloss, ihn als unfair gegenüber den redlich bemühten beiden anderen zu empfinden, war es zu spät. Unter Hennis Regie hatten sie bereits eine übermütige Pirouette genutzt, um durchs Gebüsch zu verschwinden.

Über den Kiesweg erreichten sie den künstlichen Teich am südwestlichen Ende des Volksgartens.

Früher hatte sich dort das Velodrom befunden, erinnerte sich Elly. Sie sahen sich um. Ein schwarzes Schwanenpaar war nirgends zu entdecken, dafür eine Schar aufgeregt schnatternder Gänse, die eine Horde Kinder vor sich hertrieb, und mindestens ein halbes Dutzend Enten und Blesshühner, die von zwei alten Damen auf einer Bank im Schatten eines Baumes mit Brot gefüttert wurden.

»So enden wir auch einmal«, meinte Henni und wies auf die

beiden zierlichen Frauen in ihren schwarzen Sonntagskleidern, die eindeutig aus dem letzten Jahrhundert stammten.

»Bis dahin bleibt uns noch ein ganzes Leben«, erwiderte Elly.

»Was die zwei wohl erlebt haben?« Andächtig ging Henni noch einige Schritte weiter und blieb neben einem Gebüsch stehen, versank in dem Anblick der Frauen.

Elly folgte ihr, völlig fasziniert von der Begeisterung ihrer Freundin.

»Bestimmt waren sie verliebt«, begann Henni.

»Natürlich in denselben Mann. Die eine war die Ehefrau und die andere die Geliebte des Mannes«, griff Elly das auf.

»So wie deine Mutter und die Reventlow? Nein.« Henni schüttelte den Kopf. »Das ist mir zu wenig dramatisch. Die Beiden haben eine originellere Geschichte verdient.«

Sie hielt inne. Überlegte eine Weile, bevor sie mit funkelnden Augen fortfuhr: »Wie wäre es damit? Die beiden waren die besten Freundinnen, gingen durch dick und dünn, bis die eine meinte, endlich tun zu müssen, was alle Welt von ihr erwartete, und heiratete. Einen netten, klugen, verständnisvollen Mann. Das Glück aber, von dem alle Welt ihr erzählt hatte, blieb aus, obwohl sie Kinder mit ihm bekam und keine Not litt. Irgendetwas fehlte ihr trotzdem. Und das Gefühl verließ sie nie. Bis zu seinem Tod.«

»Und ihre Freundin?«

Ellys Herzschlag beschleunigte. Hennis Erzählung wühlte sie auf. Sie ahnte, worauf das Ganze hinauslief, dennoch musste sie nachfragen. Gebannt starrte sie die beiden alten Frauen an, die friedlich den Nachmittag am Teich genossen.

»Die heiratete nie, sondern war immer für die andere da, egal, was geschah. Bis zu ihrem Ende.«

»War wenigstens sie glücklich?« Elly wagte kaum, die Frage auszusprechen. Die Antwort hing zwischen ihnen in der Luft.

»Glücklicher zumindest als ihre Freundin. Sie hatte nie etwas getan, was sie nicht wirklich gewollt hatte.«

Elly schluckte. Ihr Mund war trocken.

»Du bist eine großartige Geschichtenerzählerin«, brachte sie voller Bewunderung heraus. »Du bringst es stets aufs Wesentliche. Daraus musst du mehr machen. Schreib endlich los und zeig, was du kannst.«

»Im Ernst?«

»Unbedingt! Wollen wir hoffen, dass wir immer tun, was wir wirklich wollen.«

»Daran sollten wir uns gegenseitig erinnern«, mahnte Henni.

Obwohl Elly und Henni sich ein Leben lang kannten, kam es Elly so vor, als hätten sie ihre Freundschaft jetzt erst richtig besiegelt. Hand in Hand liefen sie zur Caféterrasse zurück. Unterwegs bat Henni sie, niemandem von der Geschichte zu erzählen. Sie brauche noch Zeit zu überlegen, wie sie das machen wollte mit dem Schreiben.

»Versprich du mir im Gegenzug, dass du es jetzt tatsächlich angehst. Die Geschichte von den beiden Frauen war anders als das, was du bislang fantasiert hast. Die hatte eine besondere Tiefe. Du hast wirklich Talent.«

»Wofür?«

»Fürs Schreiben natürlich!«

»Eine schöne Bescherung!«, rief Johann Elly und Henni entgegen, als sie Montag früh den Hofeingang zur Buchhandlung erreichten. Franz und er waren damit beschäftigt, die Körbe mit den angelieferten Büchern ins Lager zu wuchten. Darauf türmten sich wie immer die neuesten Ausgaben der Tageszeitungen.

Breitbeinig hatte Leo sich in der offenen Tür postiert und studierte mit gerunzelter Stirn die *Münchner Neuesten Nachrichten*. »ERZHERZOG-THRONFOLGER UND SEINE GEMAH-

LIN ERMORDET« verkündeten die in dicken Lettern über die gesamte Breite der Seite, wie Elly selbst aus einigen Schritt Entfernung lesen konnte. Ein Blick auf die Stapel der *Münchner Zeitung*, des *Bayerischen Kuriers* und einigen überregionalen Titeln bestätigte, dass die nahezu wortgleich dasselbe vermeldeten.

»Was für ein Glück, dass wir die hohen Herrschaften an Osterdienstag noch in München bestaunt haben. Wenn ich gewusst hätte, dass es die letzte Gelegenheit war, hätte ich besser hingeschaut.« Henni zeigte sich wenig von der Tragik des Ereignisses beeindruckt.

»Wirklich schade, dass wir außer den riesigen Rosshaarhelmen und den winkenden Händen in weißen Handschuhen nicht mehr von ihnen gesehen haben.« Auch Leo gab sich eher vergnügt denn betroffen.

»Wer weiß, ob das überhaupt die echten Hoheiten gewesen sind?«, schaltete Elly sich ein.

»In jedem Fall werde ich noch meinen Enkeln davon berichten«, sagte Leo.

»Dafür musst du aber erst einmal eine Frau finden, die Kinder mit dir haben will«, spottete Henni.

»Traust du mir das nicht zu?«

»Du willst nicht wissen, was ich dir zutraue.«

»Hat das jetzt ernste Folgen?« Besorgt sah Johann sie an. »Immerhin war es ein hinterhältiges Attentat. Noch dazu ausgerechnet in Sarajevo. Österreich ist auf Serbien doch schon vorher nicht gut zu sprechen gewesen.«

»Eine ernste Folge steht bereits fest: Österreich-Ungarn braucht einen neuen Thronfolger!« Leo sprühte vor Übermut. »So lange wird es der Methusalem Kaiser Franz Joseph ganz sicher nicht mehr machen.«

»Am besten bewirbst du dich, Johann«, schlug Elly vor. »Frisches Blut kann in der K. u. k. Dynastie nicht schaden.«

»Aber nur, sofern es blau ist«, ergänzte Henni.

»Und dick«, fügte Leo hinzu.

»Ihr nehmt mich nicht ernst!«

Enttäuscht verzog Johann sich nach drinnen.

»Vielleicht hätten wir weniger spotten sollen. Johann hat recht: Dieses Attentat ist eine schreckliche Bescherung.« In Elly erwachte das schlechte Gewissen.

»Das ganze Leben ist schon ernst genug, da sollte man sich gerade bei dieser Sache den Humor bewahren«, erwiderte Leo, und Henni beeilte sich, ihm beizupflichten: »Wenn wir uns jetzt schon wegen Vorfällen auf dem fernen Balkan hier in München die Laune verderben lassen, wird's wirklich tragisch. Dazu ist mir der Sommer zu schön und mein Leben zu wertvoll. Wir sind nur einmal jung. Denk an die beiden alten Damen gestern am Teich. Die können dir sicher viel von verpassten Chancen erzählen, über die sie sich im Nachhinein grämen.«

»Ich freue mich mehr darauf, wenn du mir deine Version von deren Geschichte endlich ausführlich erzählst.«

13

Leipzig, Ende Juli 1914

Als Theres aus der Messehalle trat, baute sich die Julihitze wie eine Wand vor ihr auf. Um sich abzukühlen, fächelte sie sich mit dem Prospekt der Sonderschau über die »Frau im Buchgewerbe und der Graphik« Luft zu.

Mehrere Stunden war sie durch die Ausstellung geschlendert. Obwohl es drinnen kaum besser auszuhalten war als draußen, hatte es sich gelohnt. Die Eindrücke, die sie an den einzelnen Messeständen gesammelt, die Informationen, die sie erhalten, und die Gespräche, die sie mit Buchhändlerinnen, Buchkünstlerinnen, Verlegerinnen und Druckerinnen geführt hatte, beschäftigten sie gewiss noch lange.

Die Entscheidung, nach Leipzig zu reisen, war richtig gewesen. Ruth hatte versucht, sie davon abzubringen. Nach dem Attentat auf das österreichische Thronfolgerpaar werde so viel von einem bevorstehenden Krieg geredet, dass er eher kurz- denn langfristig ausbreche, schon allein, damit das ständige Gerede darüber ende. Womöglich käme Theres dann nicht mehr nach München zurück, weil die Eisenbahn fürs Militär konfisziert würde.

»Und was willst du in Leipzig, weit weg von deiner geliebten Buchhandlung? Womöglich für den Rest des Sommers?«

»Den Sommer über wird es keinen Krieg geben. In der prallen Sonne schmelzen die Soldatenhirne im Schützengraben, was jeden Sieg verhindert und deshalb kein Militär will«, hatte Theres widersprochen und war erst recht in die Bahn gestiegen. Bräche doch Krieg aus, gäbe es auf absehbare Zeit gar keine international ausgerichtete Leistungsschau des Buchgewerbes mehr. Schon allein deshalb musste sie fahren.

Anders als von Ruth behauptet wusste sie außerdem in Leipzig viel mit sich anzufangen. Es würde ihr guttun, einige Tage Distanz zu München und der Buchhandlung zu haben. Und zu Ruth. Viel zu selten hatte sie sich das in den letzten Jahren gegönnt. Die Juliwochen waren ideal dafür. Ein Großteil der Stammkundschaft war in der Sommerfrische, Universitäten, Akademie und Schulen hatten geschlossen. Mit Leichtigkeit kamen Ruth und die Angestellten allein klar. Der neue Gehilfe Leo sorgte ohnehin für frischen Schwung, und Elly spornte das an, über sich hinauszuwachsen. Theres schmunzelte. Der Gedanke gefiel ihr.

Mit der flachen Hand schirmte sie die Augen gegen das grelle Sonnenlicht ab. Ihr Blick wanderte über das weitläufige Gelände. In den riesigen Hallen und Pavillons waren sämtliche Branchen präsentiert, die mit Büchern zu tun hatten, angefangen von der Papierherstellung über die Schriftgießerei, Drucktechnik, Typographie und Graphik bis zu Buch- und Verlagshandel, Zeitungs- und Nachrichtenwesen, Bibliotheken und Bibliophilie. Das Beeindruckendste war jedoch die Sonderausstellung über die Rolle der Frau in der Buchbranche, die eine der repräsentativsten Hallen für sich beanspruchte. Und das zu Recht. Längst kam den Frauen ein weitaus größerer Anteil sowohl an der Produktion als auch an der Gestaltung und am Verkauf von Büchern zu, als so mancher wahrhaben wollte. Voller Genugtuung war Theres gleich am ersten Tag in der Schau gewesen und hatte selbst am zweiten Tag noch lange nicht das Gefühl, alles Wichtige gesehen zu haben.

Jetzt aber brauchte sie dringend eine Pause. Und eine Erfrischung. In der Hoffnung, irgendwo auf einen Erfrischungsraum oder eine Caféterrasse zu stoßen, spazierte sie den breiten, nur spärlich von jungen Linden beschatteten Kiesweg hinunter.

Bald fand sie sich im Sog einer dichten wogenden Menge. Satzfetzen in den unterschiedlichsten Sprachen drangen an ihr Ohr. Das in Europa allgegenwärtige Säbelrasseln hatte wohl doch nur die wenigsten davon abgehalten, nach Leipzig zu kommen.

Erleichtert erspähte Theres in einem der neoklassizistischen Gebäude mit den vorgelagerten Arkaden ein Café und ging hinein. Ein Kellner führte sie zu einem etwas abseits gelegenen Tisch bei einer Säule. Von dort hatte sie einen guten Überblick über den angenehm kühlen Marmorsaal. Noch im Stehen orderte sie einen Krug eisgekühlter Zitronenlimonade.

Eine glückliche Fügung musste sie an diesen Ort gespült haben. Kaum saß sie, entdeckte sie nur wenige Tische entfernt ihre Berliner Freundin Marie Lesser. Gleich eilte sie an deren Tisch.

Auch Marie freute sich, sie zu sehen, und lud sie ein, sich zu ihr zu setzen.

»Dein Vortrag über die Entwicklung der weiblichen Beschäftigten in der Buchbranche gestern war grandios. Gratuliere.«

»Danke.« Marie strahlte. »Ob ich damit wieder einige junge Frauen für unseren Beruf interessieren konnte? Wünschen würde ich es mir. Apropos: Wie geht es der jungen Dame, von der du mir nach meinem Vortrag in München vor vier Jahren so begeistert erzählt hast? Wurde sie euer erster weiblicher Lehrling?«

»Ja. Und nach ihrer Ausbildung ist sie bei uns geblieben. Jeden Tag zeigt sich, welches Glück das für uns alle ist.«

»Schön zu hören. Eine solide Ausbildung ist für uns Frauen immens wichtig, um langfristig auf eigenen Füßen zu stehen, einerlei in welcher Branche.«

»Dafür setzen wir uns seit zwanzig Jahren in unserem Verein für Fraueninteressen ein. Allmählich trägt es Früchte.«

»Schade nur, dass ihr mit eurem Verein hauptsächlich junge Frauen aus höheren Kreisen ansprecht.«

»Leider gilt das auch für unsere Branche. Buchhändlerin werden derzeit vor allem höhere Töchter. Dem Beruf haftet ein gewisser intellektueller Anspruch an. Das macht es in diesen Kreisen natürlich einfacher, sich für die Ausbildung zu entscheiden.«

»Zugleich schreckt es Frauen aus einfacheren Verhältnissen ab«, warf Marie ein.

»Andererseits übernehmen Frauen aus besseren Verhältnissen damit auch eine Vorbildfunktion gegenüber ihren Geschlechtsgenossinnen und zeigen ihnen, wie wichtig es ist, auf eigenen Füßen zu stehen und nach eigenen Vorstellungen zu leben, statt in guten Partien seine Talente zu vergeuden und von einem Mann abhängig zu sein.«

»Solange die Frauen aus den gehobenen Schichten ihr unabhängiges Leben im Sinne der Emanzipation aller Frauen führen, ist es mir recht.«

»Du bist nie um eine Antwort verlegen«, stellte Theres fest.

»Auch das ist wichtig für uns Frauen.«

Sie lachten einvernehmlich.

»Zum Glück wird der Anteil von uns Frauen in der Buchbranche größer, wie die jüngsten Zahlen belegen«, ergänzte Marie.

»Vielleicht überzeugen wir eines nicht mehr allzu fernen Tages die männlichen Kollegen im Börsenverein tatsächlich, uns Frauen nicht nur als dumme Ladenmädchen zu betrachten, sondern uns als gleichberechtigten Mitgliedern auch das Stimmrecht zu gewähren.«

»Das Stimmrecht für uns Frauen ist nicht nur im Börsenverein längst überfällig.« Marie klang auf einmal kämpferisch. »In der allgemeinen Politik ist es ebenfalls höchste Zeit, uns Frauen einzubinden, gerade angesichts der fragilen Lage in Europa. Vielleicht gelänge es uns, mit Geschick und Diplomatie den drohenden Krieg noch abzuwenden.«

»Wenn er denn wirklich noch abzuwenden ist.«

Theres schwankte, ob es wirklich so geschickt gewesen war, sich zu Marie zu setzen. Nach nichts stand ihr weniger der Sinn als nach einer politischen Debatte, erst recht, wenn sie derart hypothetisch war wie die Frage, ob Frauen die besseren Politikerinnen wären, noch dazu in der aktuellen verfahrenen Situation.

»Willst du etwa schon resignieren? Aber lassen wir das. Darüber wird ohnehin bei jeder Gelegenheit diskutiert«, lenkte Marie ein. »Jahre haben wir uns nicht gesehen. Wir sollten uns Erfreulicherem zuwenden.«

»Du siehst blendend aus.«

Theres betrachtete sie voll Anerkennung. Wie sie war auch Marie Ende dreißig. Zwar tendierte ihr Haar, das sie zu einem strengen Dutt frisiert hatte, deutlicher ins Grau als bei ihrer letzten Begegnung, ebenso schien sie rundlicher geworden zu sein. Aus ihren hellen Augen aber strahlte ihr weiter die ungebrochene Freude daran entgegen, Dinge anzupacken und die Zukunft zu gestalten. Seit jeher hatte sie die an Marie geschätzt.

»Mein Engagement im Gehilfinnenverein ähnelt einem erfrischenden Jungbrunnen«, bekannte Marie vergnügt. »Ich komme mit vielen interessanten Frauen zusammen, die großartige Ideen einbringen. Aber das kannst du aus eigener Erfahrung mit deinem Frauenverein gewiss bestätigen.«

»Lass uns auf die belebende Kraft unserer Geschlechtsgenossinnen anstoßen.«

Beide hoben sie ihre Gläser und prosteten einander zu.

»Wie geht es dir und deiner Cousine?«, erkundigte sich Marie, nachdem sie ihnen beiden ein Zigarillo angesteckt hatte. »Mich hat es gefreut, im *Börsenblatt* zu lesen, dass ihr im letzten Jahr den Münchner Schriftstellerinnen-Verein mitgegründet habt. Eine hervorragende Idee, Frauen auch in diesem Bereich besser zu organisieren. Allerdings habt ihr derzeit nur wenige junge Autorinnen in euren Reihen, wie ich gelesen habe. In einer Stadt wie München, in der Kunst und Literatur eine so beneidenswert große Rolle spielen, sollte es doch ein Leichtes sein, das zu ändern.«

»Schön wär's! Leider hinken wir ausgerechnet in der ›Kunststadt München‹ in sämtlichen Sparten bei der Förderung junger Frauen hinterher. An der Kunstakademie dürfen Frauen nicht einmal studieren.« Theres schüttelte den Kopf und sah dem Rauch nach, den sie in einer Kette kleiner Kringel in die Luft ausgestoßen hatte. »Das soll natürlich keine Entschuldigung für ähnliche Versäumnisse in der Literatur sein. Angesichts so vielversprechender neuer Verlage wie Albert Langen, Georg Müller, Reinhard Piper oder Insel ist es dennoch kaum zu fassen, dass sich auch dort so wenig für das weibliche Geschlecht tut.«

»Das wundert mich nicht.« Marie aschte in die Kristallschale auf dem Tisch. »Wer gründet die Verlage? Männer! Entsprechend ist ihr Augenmerk auf die Entdeckung männlicher Autorentalente gerichtet. Was ihnen mit großem Erfolg gelingt, denk nur an Ringelnatz, Johannes R. Becher oder Leonhard Frank. Da tut sich in der letzten Zeit einiges, wie man an den Verlagsvorschauen sieht. Auch auf diesem Sektor sollten wir Frauen endlich stärker die Initiative ergreifen. Wäre das nicht etwas für dich? Immerhin betreibst du bereits einen kleinen Verlag für Kunstpostkarten. Der ließe sich doch auf die Förderung von jungen Autorinnentalenten ausweiten.«

»Das ist reine Liebhaberei, wie du weißt«, stellte Theres klar. »Um einen richtigen Literaturverlag aus der Taufe zu heben, fehlen mir Geld und Kraft, keinesfalls der Wille. Vorläufig konzentriere ich mich deshalb auf das Machbare und das ist unsere Buchhandlung. Dort kann ich Schriftstellerinnen ein Forum für Lesungen und Vorträge bieten und ihnen die Bühne für ihre Bücher bereiten.«

»Apropos Buchhandlung.« Marie drückte den Rest des Zigarillos im Aschenbecher aus und bestellte beim vorbeieilenden Ober noch zwei Mokka sowie Kuchen für sie beide, bevor sie fortfuhr. »Wie macht sich eigentlich Leo Kleefisch, den ich letzten November zu dir geschickt habe? Hast du ihn als Gehilfen gebrauchen können?«

»Du hörst dich an, als würdest du deiner eigenen Empfehlung misstrauen.« Theres nahm noch einen genussvollen Zug an ihrem Zigarillo. »Aber keine Sorge: Er macht sich prächtig. Gelegentlich ist er etwas übereifrig, doch damit können wir umgehen. Letztlich ist das besser, als wenn er sich als fauler Hund entpuppt hätte. Außerdem hat er sich in München gut eingelebt und Freunde gefunden.«

»Das freut mich zu hören. Gerade gute Freunde hat er bitter nötig nach allem, was hinter ihm liegt.«

»Das klingt dramatisch. Gibt es da etwas, das ich wissen sollte? Bitte keine falsche Scheu vor Geheimnissen. Auf meine Diskretion kannst du dich verlassen, wie du weißt.«

»Hat er dir nichts erzählt?«

»Es gibt also tatsächlich etwas zu erzählen oder vielmehr zu verschweigen?«

»Frag ihn am besten selbst.«

»Über seine Vergangenheit redet er nicht. Er gibt nur preis, was seine Papiere und Zeugnisse belegen, etwa seine Ausbildung hier in Leipzig, dann die beiden darauffolgenden Jahre in Berlin.«

»Seine Herkunft aus dem Rheinland wirst du längst aus seiner

Art zu sprechen herausgehört haben. Obwohl er sich eifrig bemüht, die zu kaschieren.« Marie schmunzelte.

»Warum redet er nicht darüber? Ist er geflohen, nachdem er irgendwem silberne Löffel gestohlen hat? Oder noch besser: weil er einer Nonne ein anrüchiges Buch untergejubelt oder gar mit einem Pfaffen eine spitzfindige Diskussion über die wahre Lehre angezettelt hat? Da er jüdischer Abkunft ist wie wir, wird ihm das natürlich als besonders schweres Vergehen angekreidet.«

Theres schluckte den bitteren Geschmack hinunter, der plötzlich ihren Mund ausfüllte.

»Ich weiß leider auch nicht sehr viel über ihn.« Marie wurde wieder ernst. »Als Halbwüchsiger muss er in eine traurige Geschichte mit einem gleichaltrigen Mädchen verstrickt gewesen sein. Sie war katholisch, was man ihm als Juden sofort angelastet hat. Du kennst die üblichen Vorurteile. Genaueres hat Georg leider nicht ...«

»Georg?« Theres horchte auf. Die Erwähnung dieses Namens schreckte sie weitaus mehr auf als die Andeutungen über eine tragische Jugendsünde Leos.

Ausgerechnet in diesem Augenblick tauchte der Ober zum Servieren von Kaffee und Kuchen an ihrem Tisch auf. Einige quälend lange Sekunden hielt sie sich zurück.

»Sprichst du etwa von Georg Grün?«, platzte sie empört heraus, sobald sie wieder allein waren. »Was hat er damit zu tun? Wieso hast du ausgerechnet mit ihm über Leo ...?«

»Leider muss ich gestehen, dass meine Empfehlung nicht auf meinen eigenen Erfahrungen mit ihm beruht«, räumte Marie kleinlaut ein und rührte ausgiebig Zucker und Milch in den Kaffee. »Längst wollte ich es dir schreiben, aber ich wollte nicht riskieren, dass Leo deswegen bei dir in Ungnade fällt. Er scheint ein so fähiger junger Mann zu sein, dem das Schicksal in seinem jungen Leben übel mitgespielt hat. Als ich ihn kennengelernt habe, war mir klar, dass er hervorragend in deine Buchhandlung passt. Genauso klar war mir jedoch auch, dass du ihn nicht einmal anhören würdest, wenn Georg ihn dir schickte. Weil ich ihm aber unbedingt alle Chancen offenhalten wollte, habe ich diese kleine Schwindelei auf mich genommen und ihn dir in meinem Namen geschickt. Bitte verzeih. Immerhin hast du so einen sehr fähigen Mitarbeiter gefunden.«

Sie begleitete den letzten Satz mit einem betörenden Lächeln. Zugleich legte sie Theres die Hand auf den Arm, drückte ihn sacht.

Ein weiteres Mal musste Theres Bitteres hinunterschlucken. Das hieß, Leo kannte Georg. Wenn sie Marie glauben durfte, war es dennoch unwahrscheinlich, dass er über sie Bescheid wusste. Georg hatte ihm bestimmt nichts von ihnen erzählt. Und Marie ohnehin nicht, da sie Leo kaum kannte, wenn sie das jetzt richtig verstanden hatte.

Sie wandte den Blick ab, ließ ihre Augen durch das Café gleiten. Der Marmorfußboden wie die Säulen und die gewölbte Decke sorgten für einen enormen Widerhall von Stimmen und Geräuschen. Unablässig klapperte Geschirr und Besteck, dröhnte ein tiefes Lachen oder perlte ein helles Kichern so wunderbar unbeschwert, als lauerte keine Kriegsgefahr in Europa. Eine schier unwirkliche Situation, fand Theres auf einmal.

Ähnlich unwirklich kam Theres jetzt ihre Vergangenheit mit Georg vor. Auch sie war eine traurige Geschichte und hing mit ihrer beider jüdischen Herkunft zusammen, genauer gesagt mit einem feigen tätlichen Angriff auf sie beide, weil sie Juden und die anderen Antisemiten waren. Georg hatte das ein Bein und sie beinahe ihre Selbstachtung gekostet. Darin glich das vermutlich Leos Erlebnis. Falls zutraf, was Marie vorhin angedeutet hatte.

Nur zu gut konnte Theres verstehen, dass er nicht darüber reden wollte. Was nutzte es? Wer wollte das hören? Wer sich je ernsthaft damit auseinandersetzen? Und wer es je wiedergutmachen? Ein glückliches Ende gab es dafür schlichtweg nicht. Nicht in diesem Leben und nicht in diesem Land. Wahrscheinlich nirgendwo auf der Welt.

Theres seufzte. Georg und sie hatten sich danach getrennt. Sie hatten es nicht mehr miteinander ausgehalten, weil sich jeder durch den anderen an den schrecklichen Vorfall erinnert fühlte. Und es ihnen nicht gelungen war, gemeinsam einen Weg aus dem Schlamassel zu finden. Stattdessen gingen sie sich seither aus dem Weg, vermieden jeden Kontakt und alles, was sie auch nur im Entferntesten je wieder aneinander denken ließe.

»Du hast recht.« Sie suchte nun Maries Blick. »Hätte Georg Leo direkt zu mir geschickt oder du mir von ihrer Verbindung erzählt, hätte ich ihn vermutlich gar nicht erst angehört geschweige denn eingestellt. Das wäre wirklich schade. Bleibt zu hoffen, dass er nichts von meiner Ehe mit Georg weiß, und auch nicht, warum ich mich vor fünfzehn Jahren von ihm habe scheiden lassen.«

14

München, August 1914

In die Menge vor dem Wittelsbacher Palais kam Bewegung. Gebannt reckten sich die Köpfe zum schmalen Balkon oberhalb des spitzbogigen Eingangsportals. Elly hielt den Atem an. Wie die anderen Menschen um sie herum war sie sich bewusst, gleich Zeugin eines bedeutungsvollen Moments zu werden. Zugleich fürchtete sie die Konsequenzen, die sich daraus ergaben.

War da nicht eine Gestalt hinter den Fensterscheiben? War das etwa der König?

Schon schwangen die Flügeltüren auf. In Begleitung seiner Frau trat der greise Monarch auf den Balkon. Im schlichten Anzug, nicht wie von den meisten erhofft in Uniform. Schlaff hing das Banner mit dem bayerischen Wappen über die Brüstung. Die ersten Hurrarufe erklangen, Hüte flogen in die Luft, Beifall brandete auf, dabei hatte Ludwig III. noch nicht einmal zu sprechen begonnen.

Als er es schließlich tat, beschwor er seine Untertanen eindringlich, zu Preußen und dem Kaiser im fernen Berlin zu stehen. In seinem breiten Münchnerisch hörte sich das derart gemütlich an, als erinnerte er sie lediglich daran, die tägliche Maß Bier im selben Wirtshaus mit denselben Zechkumpanen wie immer zu trinken. Dabei verhießen seine Sätze nichts anderes, als dass sich das bayerische Heer und damit das Königreich ab sofort dem zentralen Oberkommando aus Berlin unterstellte. Doch selbst als der »Millibauer« Ludwig noch die Generalmobilmachung verkündete, klang das gewiss nicht nur für Ellys Ohren erschreckend harmlos. Noch dazu, da er seine Rede so abrupt beendete, wie er sie begonnen hatte.

Vom Odeonsplatz näherte sich mit lauten Pauken und Trompeten eine Musikkapelle, die den bayerischen Defiliermarsch spielte. So fiel kaum jemandem auf, dass der König bereits wieder im Innern des Palais verschwunden war, bevor die Menge »Gott mit dir, du Land der Bayern« zu singen begonnen hatte.

»Schaut fast so aus, als würde er vor seinem eigenen Volk davonrennen«, stellte Henni fest.

»Oder er hat's eilig, weil er in Ruhe sein Feierabendbier trinken will«, pflichtete Zacherl bei.

»Hat er sich mit seiner kurzen Ansprache etwa schon verausgabt?« Leo grinste.

»Von wegen Feierabendbier! Für ein frisch gezapftes Helles wird er wohl kaum mehr Ruhe haben. Gewiss bedrängen ihn seine Berater, endlich in die Uniform zu steigen und den eigenen Truppen entschlossen voranzugehen«, erwiderte Elly.

Zugleich staunte sie über die Wirkung der kargen Rede. Schlagartig war die Anspannung auf dem Platz verflogen. Auf den Gesichtern lag ein seliges Strahlen. Wildfremde fielen sich in die Arme und gratulierten sich gegenseitig. Waren sie verrückt geworden? Ab sofort herrschte Krieg! Anscheinend empfanden die meisten das jedoch als Erlösung.

Vielleicht hatten sie recht, schoss Elly zu ihrem eigenen Entsetzen durch den Kopf. Die Ungewissheit der letzten Wochen war damit beendet, die längst überfällige Entscheidung gefällt. Eine wirkliche Wahl hatte es ohnehin nicht gegeben. Alles war auf diesen Schluss hinausgelaufen.

Elly hatte die Verunsicherung genauso wenig behagt wie allen anderen. Seit Österreich Serbien wegen des Attentats auf das Thronfolgerpaar ein Ultimatum gestellt und das deutsche Kaiserreich seine Bündnistreue gegenüber der Donaumonarchie betont hatte, befand sich Europa im Schwebezustand zwischen Krieg und Frieden. Zwar ging der Alltag für die meisten weiter wie bisher, die einen fuhren in die Sommerfrische, nachdem sie sich zuvor noch in der Buchhandlung mit ausreichend Lesestoff eingedeckt hatten – in diesem Jahr waren Ludwig Thomas *Lausbubengeschichten* sowie Lena Christs neuer Roman *Mathias Bichler* und Joseph Ruederers *Münchner Satiren* besonders gefragt –, während die anderen ihr gewohntes Stadtleben fristeten, als Handwerker in der Werkstatt schufteten, sich in den Fabriken abrackerten, in Heimarbeit Konfektionskleider schneiderten oder als Angestellte in die Büros strömten und sich gelegentlich – so wie Elly und ihre Freunde – an einem Sonntagsausflug aufs Land oder an einem lauschigen Sommerabend an der Isar erfreuten. Dennoch war nicht zu ignorieren, dass sich auch in München die Stimmung allmählich zugespitzt hatte, selbst die überwiegend antipreußisch gesinnten Urbayern ihre Treue fürs deutsche Vaterland entdeckten. Immer häufiger wurden selbst in den entlegensten Winkeln der Stadt vermeintlich russische, französische oder gar serbische Spione gesichtet, die jemand aus ›vaterländischer Pflicht‹ enttarnen zu müssen meinte. Vor wenigen Tagen erst hatte Elly mitverfolgt, wie ein Mann mit tiefschwarzem Haar, ebensolchem Bart und dunklem Teint vor dem Kaufhaus Hirschvogl am Rindermarkt von einer Horde farbentragender Studenten als »verdächtiger Ausländer« diffamiert und unter dem Absingen des Deutschlandliedes quer über den Marienplatz bis weit ins Tal hinunter gejagt worden war. Niemand war ihm zu Hilfe geeilt, nicht einmal die Polizei hatte eingegriffen.

Die Tat war längst kein Einzelfall, wie Elly von anderen hörte. Eskaliert war der vaterländische Rausch unlängst im *Café Fahrig* am Stachus, wo wieder Studenten von der Hauskapelle um drei Uhr in der Früh das Spielen patriotischer Lieder einforderten. Als sich die Musiker weigerten, demolierten die Gäste das Interieur. Hennis Bruder Veit war bei der Prügelei dabei gewesen und brüstete sich später seines Mutes, einem Kellner das silberne Serviertablett auf dem Kopf zertrümmert zu haben.

»Damit wirst du an der Front garantiert einen Orden erringen«, hatte Zacherl Veits vermeintliche Heldentat verächtlich kommentiert, während Hubertus Reithmeier seinem zweitältesten Sohn demonstrativ auf die Schulter geklopft hatte, wie Henni Elly entrüstet erzählte.

Nachdem Österreich-Ungarn Serbien den Krieg erklärt, der russische Zar seine Truppen in Marsch gesetzt und der deutsche Kaiser den Kriegszustand über das gesamte Reich verhängt hatte, war eigentlich klar gewesen, was der bayerische König seinem Volk an diesem Samstagabend vom Balkon seines Palais mitzuteilen hatte, sei es in gemütlichem Münchnerisch, sei es auf Hochdeutsch und sei es noch so kurz. Die Wirkung seiner Worte war dennoch erstaunlich.

»Eigentlich sollte Ludwig jetzt Besseres zu tun haben, als beim Bier zu sitzen«, griff Henni die Spötteleien noch einmal auf.

»Du meinst, weil er lieber Bauer ist als König und als solcher zuerst sein Vieh zu versorgen hat?«, scherzte Leo weiter.

»Ein Schelm, wer Böses dabei denkt, wenn einem König das eigene Vieh wichtiger ist als das eigene Volk.« Elly gefiel das.

»Warum? Beides lässt sich doch ordentlich melken«, setzte Leo noch eins drauf.

»Ich merke schon, du hast hier in München schnell gelernt.« Amüsiert tätschelte Zacherl ihm die Schulter.

»Lasst uns das feiern«, schlug Elly vor.

»Du meinst, solange es überhaupt noch etwas zu feiern gibt?« Henni blieb skeptisch.

»Du musst nicht gleich das Weltende ausrufen, nur weil der König seine Soldaten an den Landesgrenzen aufmarschieren lässt. Dazu sind sie da. Sie kosten das Volk ja auch viel Geld«, wies ihr Bruder sie zurecht. »Elly hat recht. Statt zu lamentieren, sollten wir lieber darauf anstoßen. Heute scheint ein guter Abend dafür. Die ganze Stadt ist in Festtagslaune.«

Das stimmte. Fröhlich singend folgten die Menschen der Militärkapelle. Das machte Lust, sich anzuschließen und alles andere für eine Weile zu vergessen. Ehe Henni noch etwas einwenden konnte, hakte Elly sie unter und lief an der Seite von Leo und Zacherl der Menge ostwärts die Brienner Straße hinterher.

Die Ersten marschierten bereits im militärischen Stechschritt zum Takt der Trommeln, andere skandierten lustige Lieder und tanzten ausgelassen über das Straßenpflaster. Schon nach wenigen Metern scherten Elly und ihre Freunde aus dem Umzug wieder aus.

»Wie wär's mit der *Odeon Bar*?«, schlug Leo vor. »Da wollten wir doch schon immer hin.«

»Wann, wenn nicht jetzt?«, stieg Zacherl begeistert darauf ein.

»Sind wir denn dafür fein genug …?«, setzte Elly an und schaute zweifelnd sich und die anderen an.

»Natürlich sind wir fein genug«, widersprach Henni unerwartet selbstbewusst. »In solchen Etablissements kommt es allein auf deine innere Haltung an. Du allein bestimmst, wer du bist.«

Um das zu unterstreichen, streckte sie das Kinn noch ein wenig höher und sah von oben auf Elly herab.

Für den Bruchteil einer Sekunde war Elly überzeugt, ihre Mutter Dita aus ihr sprechen gehört zu haben.

Die verschwenderisch mit Gold, Stuck, edlen Kristallleuchtern und eleganten dunklen Möbeln ausstaffierte *Odeon Bar* brachte Elly schnell auf andere Gedanken. Das Innere der Bar war noch weitaus luxuriöser, als sie sich das ausgemalt hatte. Fast schon ehrfürchtig bestaunte sie den langen Tresen, an dessen spiegelverblendeter Rückwand sich die abenteuerlichsten Flaschen und Getränke aneinanderreihten, sowie das mondän gekleidete Publikum, das keinesfalls den Anschein erweckte, so wie sie direkt vom Wittelsbacher Palais hierhergezogen zu sein. An der Seitenwand reihten sich halb offene Nischen mit niedrigen Tischen und Sesseln aneinander, von denen aus die Gäste die Hereinkommenden bestens im Blick hatten.

Die Kapelle spielte zum Tanz auf. Tango!

Fasziniert verlor Elly sich für eine Weile darin, den anmutigen Paaren zuzusehen, die sich zu den Klängen der als verrucht verschrienen Musik eng aneinandergeschmiegt übers Parkett bewegten.

»Toll, was?« Henni stieß sie in die Seite. Sie schien ihre gute Laune wiedergefunden zu haben. »Ab sofort reden wir nicht mehr über den langweiligen König, den elenden Krieg oder irgendwelche vaterländische Pflichten. Ab sofort lassen wir es uns einfach rundum gut gehen.«

»Wie wär's mit einem Whiskey?«, schloss Zacherl sich seiner Schwester abenteuerlustig an.

»Wenn schon, dann Absinth«, erklärte Leo weltmännisch und brachte sie zu dem Tisch, den ihnen ein Kellner angewiesen hatte.

»Für mich bitte auch«, verlangte Elly kühn.

»Rauchen müssen wir jetzt unbedingt. Das tun hier alle.« Mit dem Kinn wies Henni auf zwei Damen in schillernden, tief ausgeschnittenen Abendkleidern, die mit langen Zigarettenspitzen in der Hand an ihnen vorbeischlenderten.

Elly zitterten die Hände, als sie kurz darauf zum ersten Mal in ihrem Leben eine Zigarette zwischen den Fingern hielt. Es schmeckte grauenhaft! Der Hustenreiz trieb ihr Tränen in die Augen. Dennoch schmauchte sie tapfer weiter, bis sie sich einbildete, wie eine geübte Raucherin auszusehen.

»Seht nur, das Paar dort hinten.« Schon nach wenigen Schlucken der hochprozentigen grünen Fee befand Leo sich in der Laune, über die anderen Gäste zu spotten. »Seine Nase ist deshalb so lang und spitz, weil er sie immerzu ins Dekolleté seiner Begleiterin versenkt. Gleich fallen ihm die Augen aus, ohne dass er bei seiner heutigen Dame schon sonderlich viel entdeckt hat. Dazu ist sie leider zu flachbrüstig.«

Henni dagegen fühlte sich zu einer ihrer Geschichten verleitet. »Wusstet ihr, dass die grüne Fee einen in Kombination mit Tabak zu Bohemiens verwandelt? Bei manchen genügen drei Gläser und zwei Zigaretten, andere brauchen mindestens fünf von beidem und wieder andere warten ein ganzes Leben vergeblich darauf, dass der Zauber bei ihnen verfängt.«

»Bei unserer Elly geht es bestimmt am schnellsten von uns allen. Seht nur, wie grün sie nach dem Rauchen im Gesicht geworden ist.«

Leo kicherte albern.

»Du irrst dich. Ich muss mich gar nicht erst verzaubern lassen. Dank Dita wurde ich bereits als Bohemienne geboren. Seht nur her.«

Tapfer steckte sie sich die nächste Zigarette zwischen die Lippen.

»So jung wie Sie möchte ich noch einmal sein.« Vom Nachbartisch beugte sich ein älterer Herr zu ihr herüber und gab ihr Feuer. »Darf ich Sie und Ihre Freunde auf eine Flasche Champagner einladen?«

»Bist du lebensmüde?«, schalt ihn seine Begleiterin, eine

ebenfalls in Abendrobe gekleidete mittelalte Dame. »Das heißt ab sofort Schaumwein oder Sekt. Bring die jungen Leute mit deiner Frankophilie nicht in Verlegenheit. Bald müssen sie uns im Schützengraben gegen die Froschfresser verteidigen.«

Flüchtig flackerte in Elly eine vage Erinnerung an das aktuelle Geschehen auf, dann sorgte der von dem älteren Herrn spendierte Champagner oder vielmehr Sekt dafür, dass sie rasch vergaß, warum sie an diesem Abend überhaupt in derart ausgelassener Stimmung in der edlen Umgebung gelandet war.

Nach den harten Drinks trank sich der eisgekühlte Schaumwein wie Limonade. Ellys Wangen glühten, in ihrem Kopf fuhren die Gedanken Karussell. Hennis mahnende Blicke ignorierte sie ebenso wie Leos Hüsteln oder Zacherls Kopfschütteln.

»Unbedingt will ich einen Tango ausprobieren«, verkündete sie nach dem zweiten, viel zu schnell geleerten Glas und sprang auf.

»Darf ich Ihnen die Schritte zeigen?«

Ihr Gönner vom Nachbartisch erhob sich und reichte ihr nach einer Verbeugung die Hand, um sie auf die Tanzfläche zu geleiten. In wenigen Minuten unterwies er sie dort in den wichtigsten Schrittfolgen.

Er entpuppte sich als begnadeter Tänzer. Bald meinte sie in seinen Händen übers Parkett zu schweben. Außerdem roch er gut, strahlte immerfort und besaß die allerbesten Manieren. Trotz seines fortgeschrittenen Alters gefiel er ihr immer besser.

Das beruhte auf Gegenseitigkeit. Der Druck seiner Hand zwischen ihren Schulterblättern wurde fester. Geschickt nutzte er jede Gelegenheit, sie an sich heranzuziehen und mit seinen Lippen wie zufällig über ihr Haar zu streichen. Ihr Herz klopfte schneller.

Bis er sie ohne Vorankündigung bei der nächsten Drehung

temperamentvoll von sich wegstieß. Und sie prompt ein anderes Paar anrempelte.

Unwirsch fuhr es herum.

»Verzeihung«, rief sie und sah kurz zu ihnen hinüber. Schon wollte sie sich wieder ihrem Herrn zuwenden, da erkannte sie das Gesicht des anderen: Rolf von Hauenstein!

Der reagierte ebenso verblüfft wie sie. Mit ihr hatte er in der *Odeon Bar* offenkundig nicht gerechnet.

Neugierig versuchte sie, an seinen breiten Schultern vorbei einen Blick auf seine Begleiterin zu erhaschen, die sich hinter ihm verbarg. Eine dralle Dunkelhaarige unbestimmten Alters. Ein Anflug von Enttäuschung streifte Elly. Die Unbekannte war lange nicht so schön, wie sie erwartet hatte. Dabei war Hauenstein doch wirklich ein ansehnlicher Mann, erst recht im Vergleich zu ihrem in die Jahre gekommenen Tanzpartner. Der dafür hinreißend tanzte. Ob Hauenstein mit ihm mithalten konnte? Gegen einen Versuch hätte sie nichts einzuwenden.

»Nanu, Herr von Preysing«, sprach Hauenstein ihren Tanzpartner namentlich an, statt sie um den nächsten Tanz zu bitten. »Wie ich sehe, sind Sie heute Abend in Gesellschaft einer ganz besonders entzückenden jungen Dame. Passen Sie gut auf sich auf und grüßen Sie mir die verehrte Frau Gemahlin.«

Nach einer knappen Verneigung in ihre Richtung, die nicht erahnen ließ, ob er sie kannte, entschwand er mit seiner Begleiterin im Gewühl der anderen Paare.

Auf einmal war Elly sich nicht mehr sicher, ob das gerade tatsächlich geschehen oder ob die Begegnung doch nur ein Produkt der grünen Fee gewesen war. Sagte man dem Absinth nicht solche Wirkung zu?

»Ich bin müde«, entschuldigte sie sich bei Preysing. Er nickte erleichtert und brachte sie zum Tisch zurück.

Das Vergnügen in der *Odeon Bar* war beendet. Der Sekt war

ausgetrunken, die Zigaretten geraucht. Ellys Bitte aufzubrechen stieß auf keinerlei Widerspruch bei ihren Freunden. Preysing ließ es sich allerdings nicht nehmen, ihre Rechnung zu begleichen.

»Bleiben Sie mir gewogen«, bat er leise, als er sich mit einem Handkuss von ihr verabschiedete.

»Dem hast du es aber angetan«, spottete Zacherl auf dem Heimweg in die Schönfeldstraße, und Leo ergänzte: »Ich glaube, ich muss unbedingt an meinem Tanzstil arbeiten, damit meine Chancen bei dir steigen.«

»Den Tag möchte ich erleben, an dem du in der Lage bist, Tango zu tanzen«, neckte Henni ihn. In der nächsten Sekunde ergriff Leo ihre Hände und versuchte die ersten, sehr unbeholfenen Schritte mit ihr übers Trottoir. Dazu summte er leise etwas Ähnliches wie eine Tangomelodie.

»Autsch, meine Füße!«, fluchte sie plötzlich laut und stieß ihn albern kichernd fort.

»Wenn du so schlecht marschierst, wie du tanzt, solltest du dich keinesfalls freiwillig melden«, bemerkte Zacherl.

Elly erschrak. Was sagte er da? Hatte Leo vor, sich an die Front zu melden? Und Zacherl am Ende auch?

»Nichts da!« Henni wurde energisch. »Hier meldet sich niemand freiwillig, solange er nicht ordentlich tanzt. Ist das klar?«

Der nächste Morgen begann alles andere als erfreulich. Heftige Kopfschmerzen und eine grässliche Übelkeit erinnerten Elly daran, dass sie am Vorabend zu viel geraucht und durcheinandergetrunken hatte. Aber es hatte sich gelohnt. Schon allein des Tangotanzens wegen. Die *Odeon Bar* hatte ihr gut gefallen. Ob sich ein Besuch dort trotz Mobilmachung und Kriegszustand bald wiederholen ließe? Nicht einmal die Gefahr, dort erneut

Hauenstein zu begegnen, schreckte sie ab. Wie hatte Henni so schön gesagt? Mit der inneren Haltung bestimmte man, wer man war.

»Kurier deinen Kater gründlich aus«, riet Henni, die schon am Küchentisch saß. »Ich hab dir einen extra starken Mokka aufgebrüht. Den trinkst du am besten schwarz mit drei Löffel Zucker. Und dazu isst du saure Gurken und einen Rollmops. Zum Glück hat Dita dafür gesorgt, dass beides in der Speisekammer vorrätig ist.«

Tatsächlich standen bereits zwei Töpfe mit eingelegten Gurken und Rollmöpsen auf dem Tisch.

»Das hier kann auch nicht schaden.« Sie schwenkte ein Fläschchen mit Aspirintabletten durch die Luft.

»Ich besuche heute meine Eltern.« Mit einem flüchtigen Kuss auf die Wange verabschiedete sie sich.

Elly blieb allein in der Küche zurück, in Gedanken bei Dita. Henni hatte recht. Die war wirklich für alle Eventualitäten ausgestattet. Oft genug hatte sie nach einer langen Nacht außer Haus in einem ähnlichen Zustand wie Elly in der Küche gesessen. So erbärmlich sie sich fühlte, begriff sie jetzt, warum Dita das in Kauf genommen hatte. Es gehörte einfach dazu, nachdem man sich ausgelassen vergnügt hatte. Selbst der dickste Kopf konnte einem den Spaß nicht mehr nehmen!

Am frühen Nachmittag entschied sie sich, frische Luft zu schnappen und zu einem Sonntagsspaziergang aufzubrechen.

»Gehen Sie auch zu den Kasernen am Oberwiesenfeld?«, sprach die Portiersfrau sie an der Haustür aufgeregt an.

»Was soll ich da?« Erstaunt drehte Elly sich zu ihr um.

»Exerziert wird da nachher«, verkündete die stolz, als geschähe das ihr selbst zu Ehren. »Der König höchstpersönlich schaut zu. In Paradeuniform. Machen Sie schnell, sonst kriegen

Sie keinen guten Platz. Hunderte sind schon unterwegs, heißt es.«

»Zum Oberwiesenfeld?«

»Ins Feld natürlich!« Sie sah Elly an, als wäre sie völlig von Sinnen. »Haben Sie denn gar nichts mitgekriegt? Das kommt davon, wenn man sich die Nächte um die Ohren schlägt. Unfassbar. Aber wen wundert's, bei der Mutter? Vorbei ist's ab sofort damit. Seit vorgestern haben wir Krieg. Seit gestern werden die Truppen ausgehoben. Warten S' nur, ab morgen sind sie alle fort aus den Kasernen. Still wird's dann in der Stadt werden. Unsere Pflicht müssen wir Daheimgebliebenen an der Heimatfront erfüllen. Schluss ist's dann mit dem wilden Vergnügen. Zucht und Ordnung sind jetzt angesagt. Doch jetzt muss ich fort, den König anschauen. Und seine Soldaten.«

»Was finden die nur alle neuerdings am König?«, fragte Elly Leo, den sie unerwartet an der nächsten Straßenecke traf. Wie sich herausstellte, hatte er sie besuchen wollen, um sich zu erkundigen, wie es ihr nach dem gestrigen Abend ging. Im Gegensatz zu ihr schien er den Alkohol und die Zigaretten ohne Nachwirkungen vertragen zu haben. Fröhlich begleitete er sie in den Englischen Garten.

»Bislang hat alle Welt nur über unseren ›Millibauer‹ gespottet«, fuhr Elly fort. »Niemandem war er majestätisch genug. Außerdem haben sie ihm nie verziehen, dass er den armen Otto, den Bruder vom Kini, im letzten Jahr endgültig vom Thron vertrieben hat. Dabei sitzt er eigentlich lieber mit seinen Freunden im Wirtshaus oder schaut auf seinem Bauernhof nach dem Vieh, statt zu regieren. Seit gestern aber lassen sie ihn hochleben, als wäre er schon jetzt der größte Feldherr aller Zeiten. Und das nach dem kläglichen Gestotter, das er auf dem Balkon von sich gegeben hat.«

»In Uniform macht halt selbst ein überzeugter Bauer wie er

eine schneidige Figur. Das ist das, was jetzt zählt«, erwiderte Leo. »Hast du eigentlich Nachrichten von deiner Mutter? Sollte sie jetzt nicht besser aus der Schweiz heimkommen?«

»Bleibt die Schweiz nicht neutral?« Elly erschrak. Darüber hatte sie noch gar nicht nachgedacht. Geschweige denn, dass sie sich überhaupt Sorgen um Dita machte. Warum auch? Ihre Mutter pflegte allein zurechtzukommen. Seit ihrer Abreise im Frühjahr hatte sie ihr nur zwei, drei Mal eine Ansichtskarte vom Lago Maggiore geschickt. Umgekehrt hatte auch Elly sich nur einmal mit einem längeren Brief bei ihr gemeldet. Es war, als hätten sie eine Art Urlaub voneinander genommen, der ihnen offenbar guttat, sonst hätten sie das längst geändert.

Mit der Erklärung des Kriegszustands und der Generalmobilmachung sah das nun allerdings anders aus. Leo hatte recht: Sie sollte sich erkundigen, wie es mit der Schweiz und ihrem Verhältnis zu Deutschland weiterging und ob es für Dita womöglich gefährlich wurde, am Lago Maggiore zu bleiben.

»Am besten gehen wir zu den *Münchner Neuesten Nachrichten* oder der *Münchner Zeitung*. Dort erfahren wir am schnellsten von den Reaktionen aus dem Ausland auf die Ereignisse hier in Deutschland«, schlug Leo vor.

Mit der Hoffnung waren sie nicht allein. Schon von Weitem machte Elly die Menschentraube aus, die sich vor dem Verlagsgebäude in der Sendlinger Straße gebildet hatte. Auch beim Münchner Zeitungsverlag in der Liebfrauenpassage an der Kaufinger Straße sah es nicht besser aus.

Anders als gestern vor dem Wittelsbacher Palais hing eine gespenstische Ruhe über den Köpfen der Neugierigen. Schweigend studierten sie die Nachrichten, die in den Kästen aushingen, warteten geduldig, wenn die Beiträge von einem Verlagsmitarbeiter gegen aktuellere Informationen ausgetauscht wurden. Provokationen oder aggressives Gehabe beobachtete Elly nirgends. Womöglich lag es auch daran, dass es ein etwas anderes Publikum als am Vorabend war, das sich vor den Verlagsgebäuden drängte. Weder entdeckte Elly darunter auffallend viele Uniformierte noch Korpsstudenten. Es waren vor allem eher schlichter gekleidete, einfache Leute, die begierig nach Neuigkeiten waren.

Vor der sozialdemokratischen *Münchner Post* am Altheimer Eck überwogen die einfachen Leute erst recht. Nachdem Leo und Elly eine Weile vergeblich versucht hatten, über die breiten Männerrücken zu sehen oder sich zwischen den schmächtigeren Gestalten zu den Schautafeln vorzudrängeln, gaben sie auf.

»Am besten schicke ich Dita ein Telegramm. Zum Telegraphenamt am Bahnhof ist es nicht mehr weit. Da kann ich jetzt auch noch hin.«

Ein Telegramm aufgegeben hatte sie bislang noch nie, deshalb war sie erleichtert, dass Leo ihr seine Unterstützung anbot.

»Du hast mir sehr geholfen«, dankte sie ihm, als er sie am frühen Abend zur Schönfeldstraße zurückbrachte.

Auf den Straßen rund um den Odeonsplatz war es im Vergleich zum Vorabend beklemmend ruhig. Nah standen sie vor der Haustür beieinander, unschlüssig, was sie als Nächstes tun sollten: Leo, ob er sich schon verabschieden, Elly, ob sie ihn nach oben bitten sollte.

Was, wenn Henni noch nicht von ihren Eltern zurück war? Konnte sie allein mit Leo in die Wohnung gehen? Was würde er von ihr denken? Und was wäre, wenn Henni heimkehrte und sie beide allein …? Eine verräterische Hitze stieg ihr ins Gesicht. Zugleich meinte sie, magisch von Leo angezogen zu werden. Beugte auch er sich nicht deutlich näher zu ihr vor?

Fast berührten sich ihre Nasenspitzen. Sie schloss die Augen. Ihr Herz raste. Schon spürte sie seinen Atem warm auf der Haut und war zu allem bereit.

»Da hört sich doch alles auf!«

Die Stimme der Portiersfrau schrillte durch die schmale Straße. Jäh wichen Leo und Elly auseinander und senkten die Blicke.

»Haben Sie das schon gehört?« Keuchend und schnaubend kam die beleibte Frau näher. »Pyramiden an Stiefeln und Berge abgelegter Monturen türmen sich in den Kasernenhöfen, hat mir der alte Rossbichl erzählt. Das Zeug ist den Herrn Soldaten anscheinend nicht gut genug, um es im Feld anzuziehen, deshalb schmeißen sie es einfach weg, statt es ans darbende Volk zu verteilen. Unsereins trägt jahrein, jahraus dieselben Schuhe, lässt sie zighundert Mal neu besohlen, bis sie sich vollends auflösen. Ganz zu schweigen vom Gewand, das wir mehrmals wenden, bis wir es als Lumpen verfeuern. Was ist das für eine Kriegswirtschaft! Das kann heiter werden, wenn wir solch feine Pinkel im Schützengraben liegen haben. Hoffentlich sind ihnen die Gewehre fein genug, damit sie wenigstens die Froschfresser erfolgreich abschießen.«

Auf einmal musste Elly lachen. Auch Leo konnte sein Glucksen kaum mehr unterdrücken. Wahrscheinlich hatte er dasselbe Bild vor Augen wie sie: die Portiersfrau in den abgelegten Männerkleidern eines Burschen, der soeben fürs Feld neu ausstaffiert worden war.

»Bis morgen«, verabschiedete sie sich amüsiert von ihm.

»Du hast was getan?«, entrüstete Henni sich, als Elly ihr vor dem Einschlafen von dem Telegramm an Dita berichtete. Dass sie das mit Unterstützung Leos getan und vorher schon den gesamten Nachmittag allein mit ihm verbracht hatte, verschwieg sie allerdings. Was vermutlich die richtige Entscheidung war, so sehr, wie sich Henni darüber echauffierte.

»Was soll das bringen, außer dass es ein teurer Spaß gewesen ist? Eine völlig überflüssige Aktion. Als ob du dich je um Dita sorgen müsstest. Du kennst sie doch. Sie weiß, was sie tut. Und sie kann auf sich aufpassen. Was soll ihr am Monte Verità schon passieren, außer dass sie vielleicht einmal zu lange nackt über die Wiese hüpft und sich dabei die Blase verkühlt? Oder eine Schnecke auf dem Salatblatt mitisst und damit gegen die Regeln des Vegetarismus verstößt? Warum hast du nicht erst mich gefragt, bevor du dich in solch unnötige Kosten gestürzt hast?«

Elly ärgerte sich. Sowohl über sich selbst als auch über Henni. Die deutete ihre Reaktion völlig falsch.

»Kein Grund zu verzweifeln«, setzte Henni versöhnlich nach, drehte sich zu ihr um und strich ihr sacht über die Wange. »Dita ist schneller wieder bei uns zu Hause, als du denkst. Natürlich unversehrt und bester Laune wie stets.«

Elly zuckte zurück. Was sagte Henni da? Jäh wich ihre Sorge um Dita der Enttäuschung. Kehrte ihre Mutter zurück, würde nicht automatisch alles gut. In jedem Fall müssten Henni und sie dann das große Bett räumen. Und dann war es auch mit den langen Gesprächen vor dem Einschlafen vorbei.

Hoffentlich würde Henni wenigstens in der Schönfeldstraße bleiben, wo Dita ihr ursprünglich die Mädchenkammer hinter der Küche angeboten hatte. Anders als Dita ließ Henni sie nachts nie allein, einerlei, ob im *Café Stefanie* oder in einem Schwabinger Künstleratelier Fasching gefeiert oder in den *Torggelstuben* am Platzl junger Wein ausgeschenkt wurde oder im *Simplicissimus* Ringelnatz und Wedekind ihre neuesten Verse vortrugen.

Zaghaft tastete Elly nach Hennis Hand, drückte sie. Im fahlen Mondlicht, das durch die dünnen Vorhänge hereinfiel, sah sie, wie Henni lächelte.

15

Als Elly und Henni sich am nächsten Morgen um Viertel vor sieben auf den zehnminütigen Fußweg zur Buchhandlung in der Amalienstraße machten, war die Stimmung in der Maxvorstadt abermals umgeschwungen. Elly fühlte sich an die angespannte Ruhe vor den Zeitungskästen vom Vortag erinnert, mit der dort auf die aktuellsten Nachrichten gelauert worden war.

»Wahrscheinlich sind es eher die Großkopferten und Studierten, die laut jubelnd für den Kaiser und das Vaterland in den Waffenrock steigen«, behauptete Henni und wies mit dem Kopf in Richtung der wenigen, die ihnen auf den Trottoirs begegneten. »Die kleinen Leute haben jetzt ganz andere Probleme. Die werden erst einmal schauen müssen, wie sie in der nächsten Zeit ihre Familien durchbringen, wenn sie zur Front ausrücken, sagt Zacherl. Und der muss es wissen. Die Genossen haben sich schon erkundigt. Von dem kargen Sold, den ein einfacher Infanterist bekommt, kriegst du nicht sehr viele hungrige Mäuler satt. Geschweige denn, dass der hilft, die Felder auf dem Land zu bestellen oder die kleinen Geschäfte und Handwerksbetriebe ohne die Männer offen zu halten.«

Überrascht sah Elly sich um. So hatte sie das noch nicht betrachtet. An diesem Morgen hatte es tatsächlich den Anschein, als wäre die Stadt nach dem ersten Rausch mit einem üblen Kater aufgewacht. Die fröhliche Betriebsamkeit, die sonst um die Zeit auf den Straßen, Plätzen und Höfen des Viertels herrschte, war wie ausgelöscht. Der übliche Plausch der Ladenbesitzer mit den Nachbarn oder Passanten beim Hochziehen der Rollgitter vor den Schaufenstern fiel aus. Statt fröhlich pfeifend fanden sich die Meister und Gesellen mit ernsten, verschlossenen Mienen in den Werkstätten ein. Selbst die Hausmädchen verzichteten auf ihr ausgelassenes Geschwätz, wenn sie einander im Milchladen oder vor der Bäckerei begegneten. Dafür liefen die Beamten und Dienstleute in den Ministerien rund um die Ludwigstraße mit stolzgeschwellter Brust in die Büros, als haftete ihnen bereits jetzt die Tapferkeitsmedaille für einen errungenen Sieg am Revers.

Vor dem Kriegsministerium an der Ecke der Schönfeld- zur Ludwigstraße gab es lautstarken Aufruhr. Vorsichtshalber wechselten Elly und Henni die Straßenseite, sahen aus sicherer Entfernung hinüber, was sich vor dem Haupteingang des Gebäudes abspielte.

Einige Unverbesserliche, darunter auffallend viele farbentragende Studenten, wollten sich wohl dort zum Dienst an der Waffe melden. Sobald sie erfuhren, dass das nicht möglich war, ließen sie ihrer Entrüstung freien Lauf.

»Offenbar können sie es nicht erwarten, sich in die Schützengräben zu werfen«, stellte Elly fest. »Beim städtischen Wehramt in der Winzererstraße dauert es ihnen wohl zu lang, bis sie an der Reihe sind, um sich mit den anderen Freiwilligen mustern zu lassen.«

»Es pressiert ihnen halt. Nicht dass sie zu spät dran sind und der Krieg ist schon wieder aus, bevor sie hier losgekommen sind.« Entrüstet schnaubte Henni. »Als ich gestern bei den Eltern war, hat Veit von den unzähligen Zügen voller Kriegsfreiwilliger erzählt, die am Bahnhof losfahren. Tausende sind angeblich schon unterwegs zur Front. Wenn das in dem Tempo weitergeht, kannst du dir ausrechnen, wann wir im ganzen Land ohne Männer dastehen. Schon jetzt siehst du kaum mehr ein Mannsbild irgendwo in Zivil herumlaufen.«

»Dass du mal die Männer vermisst!«, neckte Elly.

»Die Chance für uns Frauen, den Männern zu beweisen, dass wir ihre Plätze im Beruf einnehmen können, habe ich mir anders vorgestellt«, erwiderte Henni.

»Geht mir genauso. Nicht im Traum hätte ich daran gedacht, dass sich das Attentat von Sarajevo derart dramatisch auswirkt. Sogar für uns. Und wir haben noch Witze darüber gemacht.«

Elly drängte sich wieder dichter an Hennis Seite. Wie gut, dass wenigstens sie bei ihr war. Ob ihre Mutter überhaupt auf das Telegramm von gestern reagierte?

In der Theresienstraße zeigte sie Henni einen Reservisten, der mit einer langen Liste in der Hand und einem feldgrauen Tornister auf dem Rücken aufgeregt von Laden zu Laden eilte.

»Schaut aus, als müsste er sich noch einiges für seine Ausrüstung beschaffen«, meinte Henni.

»Müssen die sich das etwa selbst kaufen?«, wunderte sich Elly und dachte an die Empörung der Portiersfrau über die aussortierten Stiefel und Klamotten. »In den Kasernen sollte es alles geben, was sie brauchen.«

»Da kriegen sie angeblich nur das Nötigste. Wie wäre es sonst zu bezahlen? Wenn du eine dickere Decke oder ein praktischeres Essgeschirr willst, kümmerst du dich lieber selbst drum. Dann weißt du wenigstens, was du hast, sagt Zacherl«, stellte Henni fest.

»Sofern du dir das leisten kannst.«

»Hab ich es nicht eben schon gesagt? Der Krieg ist etwas für die besseren Herrschaften. Die kleinen Leute schauen wie immer in die Röhre.«

»Warte ab, ob es wirklich dabei bleibt«, erwiderte Elly.

Im selben Moment entdeckte sie einige gut gekleidete Frauen, die mit Sammelbüchsen in der Hand an den Straßenecken Posten bezogen. Offenbar erbaten sie für Kriegszwecke Spenden.

»Das geht schon früh los«, raunte Henni.

»Ob sie etwas zur Ausstattung der Soldaten beitragen wollen?«, fragte Elly.

»Wie die einfachen Infanteristen im Frontgraben klarkommen, ist denen völlig wurscht.«

»Nicht immer so negativ!«, mahnte Elly.

Schon wollte sie eine andere Dame bitten, sich nicht direkt vor dem Eingang der Buchhandlung aufzustellen, da kam Ruth aus dem Ladeninneren und hielt sie davon ab.

»Das ist eine Kameradin vom Verein für Fraueninteressen. Sie sammelt für die Kriegsteilnehmer und ihre Familien. Die werden künftig jedwede Unterstützung von uns brauchen.«

Henni rollte die Augen.

»Ist Theres aus Leipzig zurück?«, wechselte Elly das Thema.

»Sie kam vorhin mit dem Nachtzug an. Zum Glück hatte sie das Billett bereits vor Tagen gebucht. Kurzfristig hätte sie keinen Platz mehr bekommen«, antwortete Ruth. »Alle Welt hat sich auf den Weg nach Hause oder an die Front gemacht. Fortan ist es wichtig, dass jeder da ist, wo er hingehört. Noch weiß niemand, wie sich die weitere Lage entwickelt, in jedem Fall aber kommt es darauf an, dass jeder seinen Beitrag zum reibungslosen Funktionieren des Alltags leistet.«

»Tun wir das nicht immer?«

»Lasst uns reingehen und in Ruhe darüber reden«, schlug Ruth vor.

Drinnen hatten sich bereits vor Öffnung der Buchhandlung auch die anderen Gehilfen sowie Johann, Ausgeher Franz und Buchhalterin Vroni eingefunden. Ruth versammelte sie in dem kleinen

Saal in der Beletage, in dem sonst die Lesungen und Vorträge stattfanden.

»Guten Morgen!«, erklang Theres' Stimme, kaum dass sie auf den Stühlen um die Lesetische Platz genommen hatten. Aus dem Halbdunkel der hinteren Räume schälte sich ihre schlanke Figur heraus, dem Anlass und weniger den zu erwartenden hochsommerlichen Temperaturen gemäß in einem hochgeschlossenen dunkelgrünen Leinenkleid, die maronibraunen Locken in einem strengen Dutt gebändigt.

Ihr Antlitz wirkte fahl, die Augen müde, ihre Haltung angestrengt. Dennoch freute es Elly, sie nach der Leipzig-Reise wieder wohlbehalten vor sich zu sehen.

»Heute ist ein ganz besonderer Tag für uns alle«, begann Theres zögerlich.

Ruth baute sich direkt neben ihr auf und ergänzte: »Vor uns allen liegt künftig eine große Aufgabe.«

Zu Ellys Erleichterung verzichtete sie auf eine feierliche Ansprache zu den jüngsten Ereignissen, die ihnen allen ohnehin bis ins Detail präsent waren. Stattdessen kam Theres gleich auf die praktischen Konsequenzen für die Buchhandlung zu sprechen.

»Zunächst nehmen wir die Titel aus den Regalen und Auslagen, die in irgendeiner Weise Anstoß erregen oder die vaterländische Gesinnung unserer Kundschaft verletzen könnten. In den nächsten Tagen werden wir dazu gewiss noch konkrete Anweisungen von den zuständigen Behörden erhalten. Darauf warten wir jedoch nicht. Der gesunde Menschenverstand lässt uns schon in Eigeninitiative Sinnvolles tun. Reise- und Wanderführer sowie Landkarten von Bayern und dem gesamten Kaiserreich beispielsweise sind künftig mit Vorsicht zu behandeln. Es erübrigt sich zu erklären, was passierte, gelangten die in die falschen Hände.«

»Fürchten Sie, dass feindliche Spione in die Buchhandlung

kommen, um bei uns Material zu kaufen, mit dem sie das Land auskundschaften können?«

Sensationslüstern sah Johann Theres an. Seine Wangen glühten vor Eifer.

»Spione aus Russland, Frankreich und Serbien sind in den letzten Tagen vermehrt in der Stadt gesichtet worden«, berichtete Rosendorf.

»Bestimmt lassen auch die Engländer nicht lang auf sich warten«, fügte Kirchner hinzu, bevor er mit einem Seitenblick auf Rahel entschlossen erklärte: »Wenn es darauf ankommt, fürchte ich mich nicht davor, den Herren das Handwerk …«

»Das wird nicht mehr nötig sein, wenn wir die Karten und Reiseführer sofort aus den Regalen nehmen«, bekräftigte Ruth die Anweisung ihrer Cousine.

»Lechner von der Polizeizensur wird enttäuscht sein. Nicht einmal in unserer ›Weiberwirtschaft‹ wird er künftig noch viel zu tun haben«, flüsterte Elly Henni zu, als sie sich nach der Ansprache ihrer beiden Chefinnen mit den Kollegen ins Erdgeschoss begaben, um mit der neuen Aufgabe zu beginnen. »Anscheinend brennen alle darauf, den möglichen Anweisungen zur Zensur zu genügen, noch ehe er überhaupt zum ersten Mal vor Ort kontrolliert hat.«

»Der Ärmste wird über kurz oder lang überflüssig. Im Kriegsfall wird bestimmt eine Militärzensur eingesetzt. Ob die zuständigen Herren dann in Uniform hier auftauchen? Ihre Aufgabe könnte sich als strategisch bedeutsam erweisen. Der Wanderweg von Prien nach Wildenwart ist bestimmt kriegsentscheidend, wenn unser König, der Millibauer, zu früh beim Bier in der Schlosswirtschaft gestört wird.«

Henni kicherte. Auch Elly hatte Mühe, bei der Vorstellung ernst zu bleiben.

»Bleiben Sie wachsam! Der Feind lauert überall«, mahnte Rosendorf unterdessen. »Es wäre eine Katastrophe, wenn uns ein schmales Bändchen mit aufschlussreichem Kartenmaterial oder hilfreichen Landschaftsbeschreibungen durchrutschte und in falsche Hände geriete.«

Beflissen pflichtete Kirchner bei: »Höchst peinlich wäre es, sollte ein Kunde beim Stöbern zufällig auf ein französisches oder englisches Buch bei uns stoßen. Von einer Originalausgabe Tolstois in kyrillischer Schrift ganz zu schweigen. Das röche höchst verdächtig.«

Ein Blick auf Johann genügte Elly, um beinahe laut zu lachen. Der Lehrling wirkte, als würde er in diesem Moment ernsthaft in Erwägung ziehen, schnellstmöglich Russisch zu lernen, um etwaigen Geheimbotschaften, möglicherweise versteckt in der russischen Version von *Anna Karenina*, auf die Schliche zu kommen. Bestimmt sah er sich schon als deutschen Sherlock Holmes, natürlich noch gescheiter und versierter als das englische Original, dessen Abenteuer künftig vermutlich nicht mehr als Lektüre wohlgelitten waren.

Elly bemerkte, dass Henni Ähnliches durch den Kopf gehen musste. Wahrscheinlich inspirierte sie das gerade zu einer neuen Geschichte. Ehe Elly sie jedoch um erste Details bitten konnte, bog Rahel um die Ecke. Despektierlich zog sie die Augenbraue hoch und zeigte auf die Regale mit der naturwissenschaftlichen Studienliteratur hinter ihnen.

»Die Chemie- und Physikbücher sind ebenfalls heikel. Sie könnten bei der Herstellung von Giften oder Geheimwaffen helfen.«

»Die Lehrbücher für die Universität werden ohnehin überflüssig, wenn die Studenten ins Feld ziehen, um ihre vaterländische Pflicht zu erfüllen«, gab Elly zu bedenken.

»Am besten sperren wir die Buchhandlung gleich ganz zu.

Letztlich kommt sogar ein Kochbuch mit vermeintlich harmlosen Pilzgerichten als Quelle für Sabotage oder ein Roman wie Franks *Räuberbande* als Anstiftung zum Aufruhr in Betracht«, rutschte Henni heraus.

»So habe ich das noch gar nicht gesehen«, murmelte Rahel und wandte sich ab, vermutlich, um sich mit Rosendorf und Kirchner zu besprechen.

»Denk an die Mathematikbücher«, mahnte Elly Henni mit erhobenem Zeigefinger. »Womöglich enthalten die gefährliche Rechnungen, wie der Erzfeind im Westen zu Geld kommen könnte.«

»Denk du lieber an die Ratgeber für die gute Hausfrau. Der Feind im Osten weiß noch aus den vermeintlich harmlosesten Tipps fürs sparsame Haushalten seine Vorteile zu ziehen«, alberte Henni zurück.

»Es geht doch nichts über wackere Frauen wie uns, die die Heimatfront klug zu verteidigen wissen.«

16

Obwohl die Anweisung eindeutig gewesen war und sich ihr alle Gehilfen in der Buchhandlung widerspruchslos fügten, behagte Elly dieser Montag nicht. Sie war Buchhändlerin geworden, um andere auf lesenswerte Bücher aufmerksam zu machen. Sie wollte die Leidenschaft für Neuentdeckungen auch aus anderen Sprachen und Kulturen wecken und nicht in vorauseilendem Gehorsam eventuell »gefährliche« oder unter bestimmten – seltenen – Umständen zum Missbrauch geeignete Titel freiwillig aussortieren. Das war noch schlimmer als die Farce um die angeblich jugendgefährdenden Theaterstücke von Frank Wedekind vor einigen Jahren oder das Verbot vermeintlich anrüchiger Zeichnungen in Satirezeitschriften, mit denen sie es bislang bei der Zensur zu tun gehabt hatten. Ob sie über ihren Schatten springen und Hauenstein um Hilfe bitten sollte? Als Offizier verfügte er gewiss über Mittel und Wege, mehr über anstehende Kontrollen herauszufinden. Vielleicht sollte sie endlich seine Einladung annehmen und sich zur Begleichung seiner Wettschuld von ihm ausführen lassen.

»Leo, kommen Sie bitte mit uns nach oben ins Büro.«

Theres' Aufforderung an Leo riss sie aus ihren Überlegungen. Zu ihrer Verwunderung reagierte Leo darauf, als hätte man ihn bei etwas Unrechtem erwischt. Mit gesenktem Blick folgte er den beiden Chefinnen über die Treppe in die Beletage.

»Ob er etwas angestellt hat? Vielleicht gar ein Spion ist?«, raunte Henni Elly zu.

»Vielleicht hat er einem Franzosen letzten Samstag noch einen Stadtplan von München beiseitegelegt«, erwiderte Elly.

Um sich von der plötzlich aufkeimenden Sorge um den Freund abzulenken, wies sie Henni auf den sichtlich mürrischen Kirchner hin.

»Schau nur, der Ärmste! Eben hat er sich schon als ›Held an der Heimatfront‹ gesehen, der einen verdächtigen Kunden beim Erwerb einer Wanderkarte von der Garmischer Gegend mutig des Landesverrats überführt und mit seiner Tapferkeit endlich Rahels Herz erobert.«

»Daraus hätte in der Tat eine spannende Geschichte werden können.«

»Ich bin gespannt, welch aufregender Stoff uns in den nächsten Wochen noch über den Weg läuft, wenn der ›Dienst an der Heimatfront‹ richtig losgeht.«

»Wenn die Logik mit der Reiseliteratur und der feindlichen Spionage stimmt, sollten wir die Karten und Bände über Russland, Frankreich oder den Balkan aus unserem Bestand direkt an unsere Armee spenden«, rief Johann nach einiger Zeit aus der hinteren Ecke der Ladenräume. »Genauso wie die Späher aus dem Ausland unsere Reiseführer für ihre Zwecke missbrauchen, können wir es umgekehrt auch tun.«

Seine Jünglingsstimme kippte vor Aufregung ins Schrille. Danach wurde die Stille im Laden umso deutlicher.

Bis das Mittagsläuten an der Ludwigskirche einsetzte.

Sonst begann damit die geschäftigste Stunde in der Buchhandlung. An diesem Tag verharrte die Ladenglocke jedoch stumm über der Tür. Kein Kunde tauchte auf, um sich zur Mittagspause mit Lektüre zu versorgen.

Ungläubig starrte nicht nur Elly immer wieder zum Eingang.

»Schlaues Bürschchen«, wandte Elly sich schließlich an den Lehrling. »Am besten packst du eine Kiste mit Karten und Reisebüchern und fragst die Chefinnen, ob du die ins Kriegsministerium bringen darfst.«

»Der Bub ist noch viel zu grün hinter den Ohren, um allein dorthin zu gehen«, schaltete Rosendorf sich ein.

»Haben Sie Angst, er meldet sich bei der Gelegenheit freiwillig?«

Mit einem Stapel französischer Liebeslyrik auf den Armen trat Rahel hinter einem anderen Regal hervor.

»Solange er noch nicht volljährig ist, braucht er dazu die Einwilligung seiner Eltern«, stellte Henni klar.

»Du kennst dich ja gut aus.« Erstaunt sah Elly zu ihr.

»Es schadet nie, Bescheid zu wissen. Schließlich habe ich drei Brüder im wahnsinnigen Alter ...«

»Meinst du, die melden sich?« Alarmiert horchte Elly auf. »Zacherl ist doch ...«

»Der nicht, aber Veit. Was glaubst du, weshalb der sich gestern am Bahnhof die Truppenbewegungen angeschaut hat? Zum Glück ist Xaverl mit seinen zwölf Jahren zu jung für diesen Blödsinn, ganz einerlei, wie sehr er für den Dienst im angeblich so heldenhaften Feld schwärmt.«

»Es langt, Fräulein Reithmeier!«, wies Rosendorf sie brüsk zurecht. »Auf der Stelle verlange ich von Ihnen mehr Respekt für unsere Männer an der Front und generell in Zukunft eine tadellose vaterländische Gesinnung.«

»Ich muss nach hinten zu Vroni. Die Buchhaltung ist in Zeiten wie diesen umso wichtiger, damit die staatlichen Steuereinnahmen gewährleistet sind«, erwiderte Henni und verschwand nach einem enervierten Blick zu Elly aus den Ladenräumen.

Elly war froh, dass sie auf einen weiteren Kommentar verzichtete. Solange die anderen in der Buchhandlung derart seltsam gestimmt waren, würde das nur böse Folgen haben. Bei Vroni im Büro würde Henni sich schnell wieder auf ein klügeres Benehmen besinnen.

»Träumen Sie?« Unvermittelt sprach Rosendorf sie an. »Noch werden Sie fürs Arbeiten und nicht fürs Rumstehen bezahlt. Gehen Sie bitte sofort in die Beletage und überprüfen Sie die Regale mit der Insel-Bücherei und den Roten Ullstein-Büchern, ob es darunter Titel gibt, die herauszunehmen sind.«

Erstaunt über diese Anweisung und zugleich froh, einen Vorwand zu haben, unauffällig nach Leo zu sehen, der schon verdächtig lang mit Theres und Ruth im oberen Büro verschwunden war, nickte sie nur. Vorsichtig legte sie den Stapel Wanderkarten aus der Bodenseeregion, die sie gerade sortiert hatte, in die von Kirchner bereitgestellte Kiste und verschwand in den ersten Stock.

Dort stieß ihr die ungewohnte Leere auf. Von den großen, der Hitze wegen weit offen stehenden Fenstern zur Straßenseite fiel Sonnenlicht herein, ließ den Staub in der Luft tanzen. Nach der kurzen Ansprache von Ruth und Theres in der Früh waren die Stühle zwischen den Auslagetischen achtlos stehen geblieben. Sie waren stumme Zeugen aus besseren Zeiten, als hier oben heftige Diskussionen etwa über das Für und Wider des Frauenwahlrechts oder die Notwendigkeit eines Schriftstellerinnen-Vereins sowie spannende Vorträge über Berufe der Zukunft oder Lesungen aus skandalträchtigen Büchern stattgefunden hatten. Jetzt hatte sich bleierne Stille darüber gesenkt.

Umso auffälliger vernahm Elly die Stimmen, die leise, aber bestimmt aus dem Büro nach vorn wehten. Einsilbig stand Leo ihnen Rede und Antwort.

Was hatte er angestellt? Geld unterschlagen? Kostbare Autographen gestohlen? Einen Stammkunden verprellt? Eine Kundin verführt?

Elly versuchte, das Gespräch zu ignorieren. Mit besten Vorsätzen stellte sie sich vor das Regal mit den Broschurbänden. Dennoch schnappte sie einzelne Sätze auf.

Bald hörte sie, wie Theres mahnte, man müsse »endlich offen miteinander reden, egal, wie tragisch die Geschichte« sei. Geheimnisse seien keine geeignete Ausgangsbasis für eine vertrauensvolle Zusammenarbeit. Daraufhin warf Ruth aufgebracht ein: »Wer weiß, was wirklich dahintersteckt« sowie »Da kann jeder kommen und um unser Mitleid buhlen«.

Lauschen wollte Elly eigentlich nicht, doch ihre Neugier siegte über ihre gute Erziehung. Das war die Gelegenheit, endlich mehr über Leos Vergangenheit zu erfahren. Ohne sich bewusst dazu zu entschließen, schlich sie auf Zehenspitzen nach hinten.

Die Tür war nur angelehnt. Durch den schmalen Spalt erspähte sie Ruth, die mit dem Rücken zum offen stehenden Fenster am Schreibtisch saß, die Arme vor der Brust verschränkt, einen Zigarillo im Mundwinkel und mit jeder Faser ihrer Haltung Angriffslust verströmend. Schräg neben ihr stand Theres, Leo vor ihnen. Die Szene erinnerte Elly an ihre Schulzeit im Mädcheninstitut von Anna Haustetter in der Maximilianstraße, wo sie, wenn sie etwas ausgefressen hatte, zur Leiterin der Anstalt zitiert worden war.

»Und wie geht es Ihrer Meinung nach jetzt weiter?«

Ruth nahm den Zigarillo aus dem Mund, raufte sich das burschikos kurze Haar und warf Leo einen vernichtenden Blick zu.

»Einfach so tun, als ob nichts wäre, wäre wohl reichlich blauäugig«, setzte sie nach. »Wer weiß, ob Sie nicht doch etwas Übles ausgefressen haben. Warum sonst schweigen Sie sich derart beharrlich über Ihre Vergangenheit aus? Das könnte auch uns übel ausgelegt werden. Wir sind Juden wie Sie. Deshalb wissen wir aus eigener Erfahrung, wie solche Geschichten enden. Sollte etwas Schlimmes herauskommen, wird man uns unterstellen, wir wären informiert gewesen. Kriegszeiten sind gefährliche Zeiten. Gerade für uns. Da braucht man immer Sündenböcke für das Unglück.«

»Ich kann Ihnen nichts sagen. Es geht niemanden etwas an. Es betrifft mich ganz allein. Und das ist schlimm genug. Bitte haben Sie Verständnis dafür«, erwiderte Leo mit brüchiger Stimme.

Ruth und Theres schwiegen, sahen ihn an.

Nach einer Weile hob er den Kopf.

»Ich habe kein Verbrechen begangen«, fügte er in festerem Ton hinzu. »Bitte glauben Sie mir. Niemand wird Sie für etwas verantwortlich machen können, was mit mir zu tun hat. Niemals hätte ich Sie sonst um meine Anstellung gebeten.«

Ratlos schüttelte Theres den Kopf.

Ruth blies den Zigarillorauch aus, blickte ziellos Richtung Tür.

Die im selben Moment von einem Luftzug schwungvoll aufgestoßen wurde und gegen eine Bücherkiste stieß.

Was einen dumpfen Schlag verursachte.

Ruth sah herüber. Ebenso Theres. Und Leo.

Gerade noch rechtzeitig hatte Elly sich in die Nische vor dem Wandregal neben der Tür drücken und ihre Entdeckung verhindern können.

Kurz vor neun Uhr abends durften sich Elly und Henni endlich auf den Heimweg machen. Elly spürte, wie sehr Henni darauf brannte, mit ihr über die zurückliegenden Stunden bei den Lämmles zu reden. Ihr aber stand vorerst gar nicht der Sinn danach. Zu deutlich sah sie vor sich, wie erbärmlich Leo mittags vor Ruth und Theres gestanden hatte. Was hatte er nur zu verbergen?

Gedankenversunken lief sie neben Henni her. Die Sonne war

bereits untergegangen, dennoch hing die Tageshitze noch zwischen den Häusern. Wie am Morgen drückte die ungewohnte Stille, die über den verlassenen Straßen hing, aufs Gemüt.

Als sie die breite Ludwigstraße erreichten, tauchte das tiefblaue Firmament die Regierungsgebäude in ein besonderes Licht. Eine Pferdedroschke zockelte nordwärts nach Schwabing, ein Radfahrer bremste dicht dahinter ab, um ihr im Schritttempo zu folgen. Flaneure schlenderten vorüber, aufmerksam, aber zufrieden beäugt von einem Schandi, der sich vor dem Kriegsministerium postiert hatte.

Wie ausgestorben lag das Gebäude da. Keine Spur von dem Aufruhr, den die ungeduldigen Freiwilligen am frühen Morgen verursacht hatten.

»Der Krieg ist so unwirklich«, stellte Elly verwundert fest. »Hier schaut alles genauso friedlich aus wie immer.«

»Davon konnte heute in der Buchhandlung nicht die Rede sein«, zerstörte Henni ihren Anflug von Romantik. »Was ist nur in Ruth und Theres gefahren? Sie reden, als stünde bereits ein Aufpasser vom Kriegsministerium neben ihnen und achtete darauf, was sie von sich geben. Unfassbar, dass sie uns gezwungen haben, Bücher und Landkarten auszusortieren.«

»Ihnen blieb keine Wahl«, verteidigte Elly die Chefinnen. »Dank Zensor Lechner steht die Buchhandlung in der Amalienstraße ständig unter Beobachtung. Gewiss wird bald vom Militär kontrolliert, was aus politischer oder militärischer Sicht fragwürdig sein könnte. Lechner wird das Seine dazu beitragen, dass die Lämmles ganz oben auf der Liste derjenigen rangieren, denen nicht zu trauen ist.«

»Noch ist es aber nicht so weit. Lass uns morgen in der Pause in der Palm'schen Hofbuchhandlung sowie bei Hugendubel und Goltz nachsehen, ob die auch schon so fleißig aussortiert haben«, schlug Henni vor.

»Steinicke in der Adalbertstraße sollten wir nicht vergessen. Seit er so viele Künstler bei sich auftreten lässt, hat er ohnehin oft Ärger mit der Zensur. Wenn einer also Grund hat, sich anzudienen, dann er.«

»Was ist mit Leo?«, wechselte Henni das Thema. »Warum verschwindet er ausgerechnet heute so plötzlich aus der Buchhandlung? Und was haben Theres und Ruth wohl vorher mit ihm im Büro beredet? Das scheint mir alles sehr mysteriös. Haben sie ihn etwa rausgeworfen?«

Jäh schreckte Elly aus ihren Gedanken auf.

»Sie haben ihn über seine Vergangenheit ausgefragt«, rutschte ihr heraus, ehe sie es bedacht hatte.

»Das hast du mitbekommen? Und, was hat er erzählt?«

»Nichts.«

»Nichts? Wegen nichts ist er weg?«

»Er ist ausnahmsweise früher nach Hause.«

Sie wand sich unbehaglich. Selbst vor Henni scheute sie sich zuzugeben, gelauscht zu haben. Andererseits würde Henni keine Ruhe geben, ehe sie ihr nicht mehr erzählt hatte.

»Ausgerechnet heute, wo wir so viel zu tun hatten?«

»Ruth war ziemlich verärgert, und Theres hat vergebens versucht, sie zu beschwichtigen«, beeilte Elly zu erklären.

»Und Leo?«

»Er hat beteuert, dass es sich um etwas ganz Persönliches handele, nichts Kriminelles, warum er nicht darüber rede. Es beträfe nur ihn. Damit würde er gewiss niemanden gefährden, hat er beteuert und sie um Verständnis gebeten. Ruth reichte das allerdings nicht, gerade jetzt nicht, meinte sie, wo wir uns im Krieg befänden und das Misstrauen Juden gegenüber zunähme.«

»Wenn es so harmlos ist, warum macht er überhaupt ein Geheimnis daraus?«

»Hat nicht jeder Mensch ein Anrecht darauf, sich über Persönliches auszuschweigen?«

»Nimmst du ihn etwa in Schutz? Willst du nicht wissen, was er …?«

»Akzeptiere einfach, dass es uns nichts angeht«, unterbrach Elly sie ungeduldig. »Viel wichtiger ist, was als Nächstes passiert.«

»Du meinst mit Leo?« Henni stemmte die Hände in die Seiten und schürzte die Lippen. »Ob er morgen wieder in der Buchhandlung ist? Oder ob Ruth und Theres ihn doch vor die Tür setzen?«

Henni wandte sich ab, sah zum Siegestor, das allmählich in der Dämmerung versank.

Elly musterte sie. Bestimmt begann sie bereits, aus dem Geschehen wieder eine ihrer Geschichten zu stricken. Wenn sie die nur endlich aufschriebe, damit sie sie lesen könnte! Sie brannte darauf zu erfahren, was sie aus dem allen machte.

Jäh hielt sie inne. Dachte wieder an Leo. Und an Sonntagabend, als sie sich vor der Haustür beinahe geküsst hätten. Wie seine Lippen schmeckten? Sie schluckte.

Um sich abzulenken, wanderte ihr Blick weiter. Streifte noch einmal das dreigliedrige Gebäude des Kriegsministeriums mit dem dickbauchigen Gendarm vor dem Arkadengang. Selbstzufrieden hielt er Wache, obwohl weit und breit nicht das geringste Anzeichen einer Gefahr zu erkennen war. Die Kriegsfreiwilligen waren gewiss längst beim Wehramt erfolgreich gewesen.

17

Vorerst blieb Henni keine Gelegenheit, sich weiter mit ihrer verrückten Idee für eine Spionagegeschichte oder dem Rätsel um Leos möglichem Geheimnis zu beschäftigen. Angesichts des Kriegsausbruchs und der damit verbundenen Ungewissheit blieb die Lage auch am Dienstag nicht nur in der Buchhandlung angespannt. Bei allen lagen die Nerven bloß.

Dass Leo tatsächlich nicht zur Arbeit kam, schien unter diesen Umständen niemanden der Kollegen sonderlich zu wundern. Theres murmelte etwas von kurzfristigem Unwohlsein, und Ruth beachtete Leos Abwesenheit gar nicht. Elly warf Henni einen merkwürdigen Blick zu, doch Henni zuckte nur die Schultern. Es würde sich klären.

Zu tun hatte sie ohnehin genug. Nicht nur in der Buchhandlung. Auch daheim bei ihrer Familie. Am ersten Dienstag im Monat war Waschtag. Henni hasste Waschtage. Weil sie für sie schon seit Jahren keine Tage, sondern vielmehr *Nächte* waren, denn tagsüber arbeitete sie bei den Lämmles. Außerdem bedeuteten die Waschtage seit ihrem Einzug bei Elly in der Schönfeldstraße, dass sie für eine Nacht wieder im Hinterhaus in der Türkenstraße schlafen musste. Darauf bestand ihr Vater. Selbst an diesem Abend, obwohl sie sich des soeben ausgebrochenen Krieges wegen hatte weigern wollen. Nicht einmal der Hinweis auf Ellys Angst vor dem Alleinsein, gerade jetzt, da sich ihre

Mutter noch in der Schweiz aufhielt, hatte ihn erweichen können.

Um zu verhindern, dass sie nach der Arbeit trotzdem nicht nach Hause kam, bauten er und Veit sich am Abend vor der Buchhandlung Lämmle auf, um sie abzuholen. Wollte sie kein Aufsehen erregen, blieb Henni nichts anderes übrig, als ihnen brav zu folgen.

Zu Hause wartete ein besonders großer Berg bereits gewaschener Wäsche, aber leider kein Zacherl, der ihr das endlose Sortieren, Falten und Zusammenlegen mit seiner Gesellschaft erträglicher gemacht hätte. Nachdem die Sozialdemokraten im Berliner Reichstag den Kriegskrediten der Regierung zugestimmt hatten, war er vermutlich zu diversen Zusammenkünften unterwegs, um sich mit seinen Münchner Genossen zu beraten. Xaverl hatte entsprechende Andeutungen gemacht. Der hatte seine Ohren überall.

»Als ob's wen interessieren täte, was die rote Saubande dazu zu sagen hat«, knurrte der Vater beim Abendbrot, woraufhin Veit zu Hennis Erstaunen einen vorsichtigen Widerspruch wagte: »Seine Majestät der Kaiser hat gesagt, ab sofort würde er keine Parteien mehr kennen, sondern nur noch Deutsche.«

Feierlich erhob er sich vom Stuhl, legte theatralisch die Hand aufs Herz und zitierte mit stolzgeschwellter Brust die Worte des Kaisers aus den Extrablättern der Zeitungen: »›In brüderlichem Zusammenstehen verteidigen wir, was wir in friedlicher Arbeit geschaffen haben.‹«

»›Jeder Schuss ein Russ', jeder Stoß ein Franzos' und jeder Tritt ein Brit‹«, fiel Xaverl vorlaut in die Vorstellung ein und kicherte albern.

Auch der Vater stand auf, legte ebenfalls die Hand auf die Brust und begann »Heil dir im Siegerkranz« anzustimmen. Bald sangen Veit und Xaverl mit, während Henni die Augen rollte und die Mutter ihren Kopf noch tiefer in die zu faltenden Unterhosen vergrub.

Lange nach Mitternacht war die Hausarbeit endlich erledigt. Zum Glück waren der Vater, Veit und Xaverl schon früher ins Bett gegangen, sodass Henni wenigstens deren dumpfes Gegröle nicht länger hatte ertragen müssen. Die Mutter sagte ohnehin nur das Nötigste, seufzte ab und an oder weinte lautlos vor sich hin.

Henni war zu müde, um sie auf den Grund anzusprechen. Völlig erschöpft kroch sie in der winzigen Kammer ins Bett. Wie vermisste sie Elly und das fröhliche Geplapper vor dem Einschlafen sowie überhaupt die Nähe zu der Freundin. Lange konnte sie nicht darüber nachdenken, welcher Stumpfsinn in ihrer Familie herrschte, weil ihr bald die Augen zufielen. Zacherl war der einzige Lichtblick in ihrer Familie. Leider war er ausgerechnet an diesem Abend nicht da gewesen.

Ungläubig fand sie sich am nächsten Morgen, als sie die Augen aufschlug, statt in dem kuscheligen großen Bett bei Elly in der Schönfeldstraße in ihrer schäbigen Kammer im Hinterhaus in der Türkenstraße wieder. Obwohl sie bei geöffnetem Fenster geschlafen hatte, war die Luft in dem kleinen Raum zum Schneiden dick. Und viel zu warm. Und das um halb sechs in der Früh!

Natürlich hatte sie nicht erwartet, dass aus dem beengten Hinterhof über Nacht sonderlich gute Gerüche oder gar ein erfrischender Wind hätte hereinwehen können – was nicht allein an dem viel zu heißen Sommer lag –, dennoch verdarb es ihr ein wenig die Laune. Lustlos spritzte sie sich aus der Waschschüssel Wasser ins Gesicht, wusch sich flüchtig mit der groben Kernseife unter den Achseln und den Brüsten. Dann streifte sie erst das Hemd, dann die helle Bluse über, die auf dem Haken an der Tür gehangen hatte, und stieg in den grauen Rock, der auf dem Schemel am Fußende des Bettes lag. Beides roch muffig. Sie selbst wahrscheinlich auch. Voller Wehmut dachte sie daran, wie sie bei Elly morgens nach dem Aufwachen aus dem Schlafzimmer ins angrenzende Bad ging, sich dort mit Ditas duftender Lavendelseife wusch und anschließend verschwenderisch mit dem Rosenparfum aus dem Kristallflakon besprühte.

»Du stinkst wie eine alte Kurtisane, die verzweifelt sämtliche Register zieht, weil sie es noch einmal wissen will«, spottete Elly zwar jedes Mal, doch Henni störte sich nicht daran. Schließlich benutzte Elly dieselbe Seife und dasselbe Parfum, wenn auch weitaus bescheidener dosiert als sie.

Noch einmal benetzte sich Henni mit dem kalten Wasser aus der Schüssel das Gesicht, glättete das lange braune Haar mit den nassen Fingern, bevor sie es zu einem dicken Knoten auf dem Hinterkopf wand. Ihr Blick glitt langsam aus dem geöffneten Fenster nach draußen.

Sie sah in den zweiten Hinterhof, der mit der rückwärtigen Wand des Hinterhauses auf dem nächsten Grundstück abschloss. Eine riesige graue Wand, von der der Putz bröckelte. Die alles Licht nahm. Und jede Illusion, dass es dahinter schöner aussehen könnte.

Seufzend wandte sie sich ab, strich die Finger am Stoff des Rocks trocken. Bevor sie die Kammer verließ, rollte sie sich die Strümpfe über die nackten Füße und schlüpfte in die ausgetretenen Stiefeletten mit den schief gelaufenen Absätzen.

»Was treibst du da?«

Direkt vor ihrer Tür ertönte Zacherls wütende Stimme. Henni erschrak. Vernahm ein Gerangel. Jemand polterte dumpf gegen die Tür.

»Spiel dich nicht immer so auf, du Idiot!« Veit.

»Schweinehund! Bei der eigenen Schwester durchs Schlüsselloch zu schauen – einfach widerlich!« Zacherl.

»Plustere dich nicht so auf! Du bist nicht ihr Beschützer.«

»Dass du dich nicht schämst! Pfui Teufel!«

Zacherl spuckte lautstark aus.

»Als ob's so viel besser wär, wenn ihr's zu viert in der Wohnung von Ellys Mutter treibt.«

Ein lautes Klatschen und ein Aufschrei von Veit ließen vermuten, dass Zacherl ihm dafür eine kräftige Ohrfeige verpasste.

»Es langt!«

Schwungvoll riss Henni die Tür auf.

Veit, der dagegen gelehnt hatte, strauchelte. Noch immer presste er die Hand auf die linke Wange. Tiefrot zeichneten sich die Fingerabdrücke darauf ab.

Verlegen blickte Zacherl ihr entgegen.

»Was denn, so früh am Morgen schon so unsicher auf den Beinen?«, wandte sie sich an Veit. »Du hockst einfach zu viel hinterm Schreibtisch und katzbuckelst in der Amtsstube allweil nach oben.«

Mit beiden Händen versetzte sie ihm einen kräftigen Stoß nach hinten.

»Danke«, raunte sie Zacherl zu und drückte sich an ihm vorbei in die Küche, wo die Eltern mit Xaverl, dem Jüngsten, bereits um den Tisch saßen. Gerade noch im richtigen Moment, um Xaverl davon abzuhalten, nach dem für sie vorgesehenen Brot zu greifen und es in sich hineinzustopfen. Entrüstet wollte er sich mit ihr darum balgen, doch schon stand Zacherl da und versetzte ihm dafür ebenfalls eine schallende Ohrfeige.

»Aufhören, alle miteinander!«

Verzweifelt schüttelte die Mutter den Kopf.

»Ich hab euch was Wichtiges zu sagen.«

Schneller als erwartet hatte Veit sich von seinem unrühmlichen Auftritt vor Hennis Kammertür erholt und baute sich am Kopfende des Tisches auf, bürofertig in Hemd, Kragen, Krawatte und Jackett gekleidet. Die linke Wange zeigte immer noch Spuren von Zacherls Hand, wie Henni mit Genugtuung feststellte.

»Red nicht, setz dich her und iss«, wies ihn der Vater ohne aufzublicken zurecht. »Spät bist dran. Im Ministerium …«

»Ich gehe heute nicht ins Ministerium.« Veit schob seine schmächtige Beamtenbrust heraus. »Nie mehr gehe ich da hin. Weil ich zum Wehramt in der Winzererstraße gehe und mich melde …«

»Nein!«, schrien Henni, die Mutter und Zacherl gleichzeitig, während Xaverl und der Vater triumphierend »Ja!« jauchzten.

»Solange du noch nicht volljährig bist, kannst du dich da viel melden«, wies Zacherl ihn zurecht.

»Reine Formsache.«

Flink zog Veit ein zusammengefaltetes Blatt Papier aus der Innentasche seiner Jacke, faltete es feierlich auseinander und legte es zusammen mit einem Füller, den er ebenfalls aus der Tasche herauszog, vor den Vater auf den Tisch.

Henni hielt die Luft an, wagte kaum zur Mutter zu sehen, die aschfahl geworden war. Beruhigend legte Zacherl ihr die Hand auf den Arm.

»Einsatz nenne ich das. Stolz bin ich auf dich, mein Sohn!« Der Vater las gar nicht durch, was er unterschrieb, sondern setzte sofort seinen Namen darunter.

»Dabei bist du nur mein Zweitältester.« Bedächtig schraubte er den Füller zu, bevor er sich aufreizend langsam zu Zacherl umwandte und losbrüllte: »Ein roter Feigling ist mein Ältester nämlich. Wahrscheinlich wartet der noch ab, bis sein jüngster Bruder und die Weibsbilder an die Front ausrücken, bevor er begreift, was er zu tun hat, und endlich hinterm warmen Ofen hervorkriecht. Aber was ist schon zu erwarten von einem, der sich zu fein ist, seinen …«

»Was?«, unterbrach Zacherl ihn und neigte sich nah zu ihm vor. Unwillkürlich wich der Vater zurück.

So dicht beieinander wurde selbst im Sitzen offensichtlich, wie viel größer und kräftiger Zacherl war. Kein Wunder, schleppte er als Schreinergeselle Holzbalken, leistete seit Jahren mit seinen Händen jeden Tag schwere Arbeit, während der Vater zeit seines Lebens in der Amtsstube hockte und den Rücken über Schriftstücke beugte. Seine im Vergleich zu seinem Ältesten schmächtige Statur und die blasse Haut erzählten davon.

»Du sagst mir nicht, ich wäre mir für irgendetwas zu fein«, zischte Zacherl dicht vor dem Gesicht des Vaters. »Du sagst mir nicht, ich wäre ein Feigling!«

Abrupt stand er auf. Sein Stuhl kippte nach hinten. Von oben herab verkündete er: »Nur dass ihr's wisst: Gestern in der Früh schon hab ich mich gemeldet. Noch bevor im Reichstag überhaupt offiziell geworden ist, was meine Genossen tags zuvor beschlossen haben: Wir Sozialdemokraten tragen selbstverständlich die Politik unserer Regierung in vollem Umfang mit. Wir wissen, was zu tun ist, wenn unser Vaterland uns braucht. Heute rücke ich ein.«

»Nein!«, rief Henni.

Der Vater, Veit und Xaverl schwiegen.

»Aber du hast doch noch nicht einmal deinen Wehrdienst ...«, setzte Henni an, verstummte aber, sobald sie Zacherls Miene sah.

»Das spielt keine Rolle«, wischte er ihre Bedenken beiseite. »So wie mir geht es den meisten in meinem Alter. Die Grundausbildung findet in den nächsten Wochen in den Kasernen am Oberwiesenfeld statt. Das Einzige, was jetzt zählt, ist, dass wir bereit sind, wenn die Pflicht ruft. Auch wir Sozialdemokraten wissen das und werden unserem Vaterland in dieser schweren Stunde dienen, um es gegen die despotischen Feinde im Osten wie im Westen zu verteidigen. Das hat unser Parteivorsitzender dem Kaiser und der Regierung gestern im Reichstag zugesichert, das hat die Fraktion vorgestern entschieden, nachdem sie den Kriegskrediten zugestimmt hat, und das lösen wir Genossen selbstverständlich ein.«

»Das hört sich fast schon vernünftig an«, bemerkte der Vater sichtlich beeindruckt, woraufhin Veit ergänzte: »Kaum zu fassen, dass das von den Roten kommt.«

»Sobald der Sieg gegen den äußeren Feind errungen ist, werden wir allerdings darauf drängen, dass unserem Beitrag im Innern Rechnung getragen wird«, fuhr Zacherl ungerührt fort. »Die Zerrissenheit unseres Volkes muss unbedingt beendet werden. Nach dem Krieg wird es Zeit für Reformen im Land. Längst sind die überfällig. Wie hat der Kaiser gestern so schön gesagt? ›Ich kenne keine Parteien mehr, sondern nur noch Deutsche, die alle wie Brüder zusammenstehen, ohne Parteiunterschiede, ohne Standes- und Konfessionsunterschiede.‹ Das muss nach dem Sieg weiter gelten.«

Aus dem Augenwinkel nahm Henni wahr, dass dem Vater bei den feierlichen Worten seines Ältesten der Mund offen stand. Über die Wangen der Mutter kullerten dicke Tränen, während Xaverl und Veit ihren Bruder in einer Mischung aus Bewunderung und Abscheu anstarrten.

Henni rang mit sich. Ihre Finger ballten sich zu Fäusten, bis die Knöchel schmerzten.

»Passt auf euch auf!«, sagte Zacherl, strich Xaverl übers struppige Haar, tätschelte Veit versöhnlich die Schulter und nickte dem Vater knapp zu. Zur Mutter aber beugte er sich herab und umarmte sie zärtlich, bevor er sich Henni zuwandte und offenbar dasselbe bei ihr vorhatte.

»Lass mich!« Sie wich zurück.

Kurz stutzte er, dann zuckte er die Schultern und verließ die Küche.

Er war bereits an der Wohnungstür, da sprang Henni von ihrem Stuhl und stürzte ihm nach. Auf der Treppe holte sie ihn ein, riss ihn am Arm herum.

»Warum tust du das?«, keuchte sie atemlos. »Du hast doch im März die Rede von der Luxemburg im *Münchner Kindl-Keller* gehört. Sogar im Juli warst du noch mit dabei, als Kurt Eisner im Namen der Münchner Sozialdemokraten gegen die Bedrohung des Völkerfriedens …«

»Genau deshalb!«, fiel er ihr ins Wort. »Beide haben vor dem Krieg und seinen Folgen gewarnt, da gebe ich dir recht. Aber beide haben ebenso wie unser Vorsitzender im Reichstag gesagt, dass auch wir Sozialdemokraten unsere Pflicht kennen, wenn unser Land gegen den Angriff von außen verteidigt …«

»Sag, dass das nicht wahr ist!« Nun war sie es, die ihn nicht ausreden ließ. »Sag, dass du nicht so ein verblendeter Hornochse bist wie all die anderen! Hast du schon vergessen? Nicht Deutschland wurde angegriffen, Deutschland hat erst Russland, dann Frankreich den Krieg erklärt und ist gestern ins neutrale Belgien …«

»Weil es keine andere Wahl hatte, als sich ›in aufgedrungener Notwehr mit reinem Gewissen und reiner Hand‹, wie der Kaiser gesagt hat, der feigen Angriffe zu erwehren. Oder willst du vom zaristischen Russland geknechtet werden?«, unterbrach er sie und legte ihr – ganz der große Bruder – die Hand auf die Schulter, suchte ihren Blick, bevor er betont ruhig nachsetzte: »Ich bin ein zutiefst friedliebender Mensch, der niemandem etwas tun und erst recht keine Gewalt anwenden will. Dann aber kommt jemand wie der Veit vorhin vor deiner Tür und sucht Streit. Ich bitte ihn, ich warne ihn, doch er bleibt stur, legt noch eins drauf und macht immer weiter, bis der Punkt erreicht ist, an dem ich ihm eine runterhauen muss, damit er Ruhe gibt.«

»Du bist verrückt«, war alles, was sie noch zu sagen wusste.

»Glaub mir, Henni, ebenso wenig wie du habe ich mir den Krieg gewünscht. So wie mir geht es allen Genossen. Aber jetzt, wo der Ernstfall da ist, müssen wir unsere Pflicht tun. Sobald der Sieg errungen ist, werden wir dem Kaiser und der Regierung die Rechnung für unseren Beistand präsentieren. Und die besteht darin, endlich für eine Veränderung der Verhältnisse im Innern des Reichs zu sorgen. Endlich die sozialen Missstände und die Unterdrückung der Arbeiter …«

»Hör auf!« Sie presste sich die Hände auf die Ohren. »Das glaubst du dir selbst nicht. Du bist auch nicht besser als die anderen. Ihr Sozialdemokraten seid nicht besser als die anderen. Ihr Mannsbilder seid einfach nicht besser. Letztlich glaubt ihr immer, allein mit Gewalt ließen sich die Zustände ändern. Ändern vielleicht, aber leider nicht zum Guten wandeln, fürchte ich.«

Nachdem Zacherl weg war, ertrug es Henni keine Minute länger bei den Eltern und den anderen Brüdern. Sie stopfte die wenigen Habseligkeiten, die sie noch in ihrer Kammer verwahrte, in eine Tasche, rief ein »Pfiat euch!« in die Küche und verschwand ebenfalls aus der Wohnung.

Zacherl musste längst in der Kaserne am nördlichen Stadtrand eingetroffen sein. Wahrscheinlich erhielt er gerade seine Ausrüstung und würde demnächst mit dem Exerzieren beginnen. Allein die Vorstellung, er in Uniform mit einem Gewehr in der Hand, verursachte ihr Übelkeit.

Viel zu früh traf sie beim Hintereingang der Buchhandlung in der Amalienstraße ein. Zu ihrer Überraschung war sie jedoch nicht die Erste, sondern die Letzte, die an diesem Morgen zur Arbeit erschien.

Lediglich Theres und Ruth fehlten. Und Vroni.

Dafür war Leo wieder da. Und wurde von allen Seiten mit

Fragen bestürmt. Es war ein wildes Durcheinander, bei dem keiner den anderen ausreden ließ.

In der Aufregung registrierte niemand Hennis Auftauchen. Ihr war es recht. Vorerst war ihr nicht danach, mit wem zu sprechen. Das sture Abgleichen irgendwelcher Zahlenkolonnen in den Rechnungsbüchern oder der Bücherlaufzettel mit den Bestelllisten war gewiss die beste Medizin, um sich von Zacherls wahnwitzigem Eintritt ins Militär abzulenken.

Unauffällig wollte sie sich ins Innere der Buchhandlung stehlen, da schnappte sie einige Sätze auf. »Man geht einfach hin und lässt sich auf die Liste schreiben?«, hakte Rosendorf bei Leo nach, und Kirchner erkundigte sich: »Wünsche, wo man eingesetzt wird, darf man keine angeben?«, woraufhin Rahel klarstellte: »Das sind strategische Entscheidungen, die an höherer Stelle getroffen werden.«

»Sie wissen wieder mal über alles Bescheid.« Erstaunt sah Kirchner sie an, woraufhin sie ihm triumphierend erwiderte: »Ich mag zwar eine Frau sein, aber das heißt nicht, dass mich das Militärische nicht interessiert. Wenn ich ein Mann wäre, hätte ich mich längst gemeldet.«

Kirchner schnappte nach Luft. Henni merkte ihm an, wie sehr ihn die Stichelei traf.

»Am besten widmen Sie sich vorerst den Aufgaben, die Frauen jetzt daheim zu tun anstehen. Das ist in Kriegszeiten unerlässlich«, riet Rosendorf dagegen Rahel.

»Vor allem, wenn wir Männer demnächst alle so wie Leo ins Feld ziehen«, jubelte Johann.

Henni wurde flau. Dann hatte Leo sich also auch freiwillig gemeldet. Wahrscheinlich war er deswegen gestern nicht zur Arbeit erschienen. Und nun stachelte er die anderen Gehilfen an, seinem Beispiel zu folgen.

Rahel gefiel das, während Kirchner einer direkten Zusage

noch ebenso auswich wie Rosendorf, der verheiratet und Vater halbwüchsiger Kinder war. Johann dagegen schien es kaum abwarten zu können, bis er ebenfalls Soldat werden durfte.

Waren jetzt alle von Sinnen?

Jäh blieb Henni stehen, sah einen nach dem anderen an. Und erschrak ein zweites Mal, sobald sie die freudig erregten Mienen von Rahel, Franz und sogar Elly gewahrte. Johann platzte schier vor grenzenloser Bewunderung. Und Leo badete stolz in der Anerkennung der Kollegen.

Bis sein Blick Henni erreichte.

Im selben Moment erlosch das übermütige Funkeln in seinen haselnussbraunen Augen, das Lächeln auf seinem Gesicht erstarb. An ihrer Miene musste er gleich erkannt haben, wie sie zu seinem Vorhaben stand. Dass sie die Begeisterung der anderen nicht teilte.

Elly drehte sich um. Auch ihre Miene änderte sich schlagartig, sobald sie Henni entdeckte.

»Hat Zacherl es dir schon gesagt?«

Elly machte einen Schritt auf Henni zu, wollte nach ihrem Arm greifen. Unwillkürlich wich Henni zurück.

»Was?«, fragte sie mit heftig klopfendem Herz. »Dass er sich gestern früh …?«

Mitten im Satz brach sie ab. In derselben Sekunde wurde ihr klar, dass Ellys Worte nichts anderes bedeuteten, als dass sie es schon vor ihr gewusst hatte. Dass ihr geliebter Bruder seinen Entschluss, sich an die Front zu melden, zuerst ihrer Freundin erzählt hatte, bevor er sie, Henni, zusammen mit ihren Eltern informiert hatte. Nicht einmal die Gelegenheit, es ihr wenigstens schonend unter vier Augen beizubringen, bevor er es den anderen daheim in der Küche verkündete, hatte er genutzt.

Bedeutete sie ihm so wenig? Ausgerechnet jetzt, da er ins Feld ausrückte?

»Zacherl, Elly und ich haben gestern Abend zusammen …«, schaltete Leo sich überflüssigerweise ein.

Kaum vernahm Henni das, wurde ihr blümerant. Die drei hatten gestern Abend also tatsächlich noch zusammengesessen. Ohne sie. Wahrscheinlich, um darauf anzustoßen, dass Zacherl und Leo sich gemeldet hatten. Während sie bei den Eltern mit der schmutzigen Wäsche beschäftigt gewesen war. Ein Stich fuhr ihr in den Leib.

»Schön zu hören, dass ihr es euch noch einmal habt gut gehen lassen«, brachte sie mühsam heraus. Sie rang mit den aufsteigenden Tränen. »So bald wird sich dafür wohl kaum mehr eine Gelegenheit finden. Pfiat di und pass auf dich auf.«

Energisch stieß sie Leo beiseite und stürzte an Elly vorbei nach drinnen.

Zum Glück war Vroni bereits im Büro. Wortlos breitete sie die Arme aus und drückte Henni an ihre mütterliche Brust.

18

Fassungslos sah Elly Henni nach. Auch Leo war sichtlich erschüttert. Kleinlaut zogen sich die Kollegen in die entgegengesetzte Ecke des engen Gevierts zurück, Franz schlurfte mit schweren Schritten ins Lager.

Eigentlich war es längst Zeit, mit der Arbeit zu beginnen, doch weder Rosendorf noch Kirchner oder gar Rahel machten ernsthaft Anstalten dazu. Und Johann gefiel es ohnehin, den Arbeitsbeginn hinauszuzögern.

Beschämt wischte Elly sich die feuchten Augenwinkel trocken. Nachdem Henni am Vorabend nicht hatte dabei sein können, als Leo und Zacherl von ihrem Entschluss erzählt hatten, hatte sie zwar mit einer heftigen Reaktion von ihr gerechnet, dennoch überraschte es sie, Henni derart verletzt zu sehen.

Ausgerechnet am Vorabend hatte Dita ihr telegraphiert, der ungewissen Lage wegen bis auf Weiteres in Ascona zu bleiben. Elly solle ebenfalls kommen. Dort sei sie sicher. Ein schlechter Witz, fand Elly. Dita wusste genau, dass sie München niemals verlassen, ihre Selbstständigkeit nicht aufgeben und erst recht nicht bei ihrer Mutter und deren verrückten Künstlerfreunden am Monte Verità Zuflucht suchen würde. Krieg hin oder her. Noch dazu, da der nicht in München, sondern weit weg im Osten kurz vor Russland sowie im Westen irgendwo bei Frankreich stattfand.

Einmal mehr zeigte sich: Henni war Ellys Familie. Stets hielt sie zu ihr. Dass sie sich auch jetzt wieder aussöhnen würden, daran zweifelte Elly keine Sekunde. Vor allem, wenn sie ihr von Ditas Nachricht erzählte.

Sie brauchten einander. Zacherl und Leo gingen an die Front! Die Vorstellung konnte sie kaum ertragen – ohne Henni sowieso nicht. Das war kein Wochenendausflug in die Berge, sondern eine Tour ins Ungewisse, zum Töten und schlimmstenfalls Getötetwerden. Warum taten sie sich das an? Warum taten sie ihr und Henni das an?

»Natürlich wird das kein Zuckerschlecken. Die Lage ist ernst. Aber jetzt, da das Vaterland uns braucht, müssen wir mutig sein und dürfen nicht kneifen«, hatte Zacherl gestern erklärt und gierig die Wurststücke aus der Erbsensuppe verschlungen, die ihnen die Portiersfrau als Nachtessen gekocht hatte, sobald ihr zu Ohren gekommen war, dass sich »die windigen Herren Hallodri aus dem zweiten Stock«, wie sie sie sonst nannte, ihrer Untertanenpflicht stellten.

»Ich weiß, was jetzt von mir verlangt wird. Stolz komme ich dem nach«, hatte Leo dem Freund zugestimmt und zur Bekräftigung den Krug mit frisch gezapftem Bier aus dem *Jägerwirt* gehoben, das ihnen ebenfalls zur Feier des Tages von einem Nachbarn spendiert worden war.

Elly dagegen hatte den Kopf gesenkt, damit die beiden ihre feuchten Augen nicht bemerkten, und angestrengt mit dem Löffel die Gelben Rüben und Kartoffeln im Suppenteller zerteilt, während die erste Träne in die Brühe getropft war.

Henni hatte recht. Zum Teufel mit dem Geschwätz von Vaterlandsliebe, heiliger Pflicht und Opferbereitschaft. Wenn es um die Menschen ging, die einem am nächsten waren, sah das alles ganz anders aus. Dann erkannte man rasch, wie leicht gesagt und wie schwer getan das alles war.

Zacherl zog als überzeugter Genosse ins Feld. Und Leo? Seltsamerweise wurde ihr flau bei dem Gedanken, das nicht wirklich sagen zu können.

Bangte sie um die beiden tatsächlich gleichermaßen? Warum wusste sie das nicht zu entscheiden? Ihre Finger krallten sich in den Stoff ihres grauen Rocks.

»Es wird ernst.«

Zacherl tauchte im Hof auf. Leo erblasste. Heiser begrüßte er den Freund: »Gut, dass du da bist. Zu zweit einrücken ist besser als allein.«

»Warte nur, ob das wirklich so gut für dich ist. Mir entkommst du dein Lebtag nicht mehr!«, drohte Zacherl ihm scherzhaft.

Zum ersten Mal sah Elly, wie sie einander unbeholfen umarmten. Sie biss sich auf die Lippen. Was mochte es für ein Gefühl sein, nicht zu wissen, was einem bevorstand?

Vorerst ging es für die beiden zur Rekrutenausbildung in die Kaserne, die nur wenige Stationen mit der Elektrischen entfernt lag. Sie waren zwar nicht wie erhofft in der Türkenkaserne in der Maxvorstadt gelandet, aber dennoch dem 2. Infanterie-Regiment Kronprinz zugeteilt, das ebenfalls zu den »Leibern«, dem Königlichen Leibregiment, gehörte und am Oberwiesenfeld untergebracht war.

Es war alles erstaunlich schnell gegangen. Nach Leos Gang zum Wehramt hatte er gerade noch sein Zimmer in der Augustenstraße kündigen, seine Habseligkeiten zusammenpacken und in Ditas Keller in der Schönfeldstraße unterstellen können.

»Dann also pfiat di.«

Plötzlich stand Zacherl vor ihr und sah sie unschlüssig an. Auch Leo gesellte sich dazu. Die anderen Gehilfen blickten zu ihnen herüber, daher wagte sie nicht, die zwei in die Arme zu nehmen, sondern ließ es bei einem kräftigen Händeschütteln bewenden.

»Passt gut auf euch auf!«, fügte sie heiser hinzu.

Theres und Ruth tauchten auf und wünschten den beiden »alles Glück der Welt, heil zurückzukommen«.

Das klang, als hätte es das unerfreuliche Gespräch mit Leo zwei Tage zuvor nicht gegeben.

Lediglich Henni blieb stur und kam nicht mal mehr aus dem Büro, um wenigstens ihrem Bruder Lebewohl zu sagen.

Obwohl Elly keine Wahl blieb, zweifelte sie in den nächsten Wochen immer öfter daran, wie unerlässlich die Aufgaben für die Frauen in Kriegszeiten zu Hause waren. Einerseits ging der Alltag erschreckend normal weiter, andererseits war alles völlig anders als zuvor. Was natürlich auch daran lag, wie sehr sie Zacherl und Leo vermisste. Die ungezwungenen Abende des vierblättrigen Kleeblatts im Biergarten oder Wirtshaus waren vorbei.

Henni begrub rasch ihren Groll und lebte wieder bei ihr in der Schönfeldstraße, als wäre fast nichts gewesen. Auf sie war einfach immer Verlass.

»Findest du nicht auch, die Zeit steht still, seit Zacherl und Leo zum Kommiss sind, und zugleich verfliegt sie wie ein Parfumhauch?«, fragte sie Henni an einem Abend gegen Ende Oktober vor dem Einschlafen.

»Willst du dir jetzt etwa eine Geschichte ausdenken? Dabei bin ich diejenige von uns beiden, die fürs Fabulieren zuständig ist«, protestierte Henni matt.

»Unfassbar, dass die zwei übermorgen schon ins Feld müssen«, überging Elly das.

Tatsächlich stand der befürchtete endgültige Abschied von den beiden bevor. Zacherl und Leo hatten ihre Ausbildung in der Kaserne am Oberwiesenfeld abgeschlossen und sollten mit ihrem Bataillon an die Westfront ausrücken.

»Wie gut, dass wir sie morgen Abend noch ein letztes Mal sehen«, erwiderte Henni.

»Sprich nicht vom ›letzten Mal‹! Das ist fatal.« Elly richtete sich auf, suchte eindringlich Hennis Blick. »Natürlich werden wir sie wiedersehen. Viel eher, als du denkst. Und natürlich gesund und munter. Keinesfalls dürfen wir sie unsere Traurigkeit spüren lassen.«

»Wie sollen wir das schaffen?«

Ausgerechnet Henni, die sonst die pragmatischere von ihnen war, klang plötzlich verzagt. Entschlossen sprang Elly aus dem Bett und rannte zu Ditas riesigem Schrank, riss die Türen auf und begann, wahllos Kleider, Blusen, Röcke und Tücher herauszuziehen.

»Wir werfen uns den beiden zu Ehren groß in Schale. Auswahl gibt's in Ditas Schrank mehr als genug. Komm her und such dir auch etwas aus.«

Schon drückte sie ihr eine Federboa gegen die Brust.

Die halbe Nacht probierten sie Kleider an, alberten dabei herum, weil sie noch so manches Teil aus Ditas Ehefrauendasein an der Seite eines Obersten des Königlich Bayerischen Infanterie-Leib-Regiment entdeckten. Sogar ein Cul de Paris, der den Hintern auspolsterte, kramten sie aus den Tiefen der Kommode hervor. In dick verstaubten Schachteln auf dem Schrank stießen sie auf ausladende Hüte, üppig verziert mit Blumen, Federn, Bändern und Spitze.

»Wie seht ihr denn aus? Ist etwa schon Fasching? In den muffigen Kasernen kriegt man auch gar nichts mit«, begrüßte Zacherl sie überrascht, als er und Leo sie am nächsten Abend zum Ausgehen abholten.

»Wir werden heute also mit zwei Vogelscheuchen unterwegs sein. Zumindest schreckt das Neugierige ab, und wir bleiben unter uns.«

Leo musterte Henni, die sich mit ihrer üppigen Figur in ein dunkelrotes Samtkleid gezwängt und einen giftgrünen Seidenschal darüber geworfen hatte. Zum Glück waren Dita und sie ähnlich groß, sodass wenigstens die Länge des Rocksaums einigermaßen passte.

Dafür versank Elly fast in dem violetten Taftkleid mit weiten Ärmeln. Sie war ein ganzes Stück kleiner als ihre Mutter. Notdürftig hatte sie die Länge durch eine schwarze Schärpe um die Hüfte zu raffen versucht. Ob das hielt, musste sich zeigen. Allzu stürmisch Polka tanzen sollte sie lieber nicht.

»Eure Uniformen könnten auch glatt vom Kostümverleih stammen.«

Neckend zwickte sie Zacherl in die Seite. Tatsächlich saß ihm sein Uniformrock etwas knapp über der breiten Schreinerbrust.

»Zu tief Luft holen darfst du nicht, sonst springen die Knöpfe ab.«

»So atemberaubend wie ihr beide daherkommt, suche ich mir zum Luftholen besser ein anderes Abendprogramm«, konterte er amüsiert.

Über diesen Albernheiten erreichten sie die erste Station ihres Streifzugs durch die Maxvorstadt: den Wirtsgarten des *Lohengrin* in der Türkenstraße. Zum Glück war es noch warm genug, um unter den Kastanien im Innenhof zu sitzen.

»Ihr müsst uns gratulieren. Zacherl und ich sind ab sofort Meister im In-die-Pfützen-Werfen in voller Montur«, verkündete Leo, sobald sie Bier und eine Brotzeitplatte mit Schinken, Käse und Butter bestellt hatten. Noch gab es also genug, sofern man den Preis dafür zu zahlen bereit war. An diesem Abend aber sollte ihnen nichts zu teuer sein, hatten sie beschlossen und ihre gesamten Ersparnisse eingesteckt.

»Außerdem kann ich das Leder der schäbigsten Stiefel wichsen, dass man sie auf der nächsten Dult glatt als neu verkaufen kann«, verkündete Zacherl. Voller Genuss bestrich er sich ein helles Brot dick mit Schmalz und biss hinein.

»Bewundert unsere blank polierten Uniformknöpfe. Die gehen künftig als Messingspiegel durch«, fügte Leo hinzu. »Die Kristallspiegel aus der Wohnung deiner Mutter müssen wir nämlich zu Geld machen, weil Zacherl uns das letzte Haar vom Kopf frisst.«

»Sag noch einer, beim Kommiss lernt man nicht fürs Leben«, überging Zacherl Leos Bemerkung mit vollem Mund. »Neuerdings kann ich vor einem Offizier salutieren, dass ihr das Hackenzusammenschlagen bis Pasing hört.«

»Was wohl passiert, wenn der Offizier erfährt, dass du ein tiefroter Sozialdemokrat bist?«

Die Antwort sparte sich Zacherl.

»Das Beste in unserer Ausbildung war der feierliche Fahneneid, den wir heute Mittag auf dem Exerzierplatz am Oberwiesenfeld geleistet haben«, behauptete Leo, als die plötzliche Stille beklemmend wurde. »Schade, dass ihr nicht dabei wart, als wir bei Gott dem Allmächtigen auf den bayerischen König und den deutschen Kaiser geschworen haben. Exakt in der Reihenfolge! Wenn ich das eines Tages daheim im Rheintal erzähle …«

Die Stimme versagte ihm. Jäh hörte er auf zu lachen. In seinen Augen standen plötzlich Tränen.

Zacherl reichte ihm ein nicht ganz sauberes Taschentuch, mit dem er sich die Wangen wischte, bevor er sich die Nase schnäuzte.

Elly und Henni tauschten einvernehmliche Blicke. Es war das erste Mal, dass Leo seine Herkunft erwähnte. Elly wagte kaum zu atmen, um ihn nicht zu verschrecken. Ob er gleich noch mehr verriet? Wann, wenn nicht jetzt, war die beste Gelegenheit dafür?

Die Vorstellung, dass er am nächsten Tag mit seinem Geheimnis im Gepäck zu den Schützengräben aufbrach, ohne sich je seinen Freunden anvertraut zu haben, war bedrückend. Denn waren sie nicht echte Freunde, Henni, Zacherl, er und sie, das vierblättrige Kleeblatt, die alles miteinander teilten, Freud und Leid und hoffentlich auch Geheimnisse? Unvermittelt kam ihr ihre letzte gemeinsame Lektüre in den Sinn, Leonhard Franks *Räuberbande*. Die mit einem tragischen Verrat endete, wie ihr im selben Moment entsetzt auffiel. Hastig verdrängte sie den Vergleich und wandte sich stattdessen lieber Zacherl zu.

Der hatte gerade noch einmal damit begonnen, Henni seine Beweggründe auseinanderzusetzen, warum er freiwillig an die Front ging.

»Du wirst schon sehen. Nach dem Sieg kommen der Kaiser und die Regierung nicht drumherum, uns Genossen für die Unterstützung bei der Verteidigung des Vaterlandes mit neuen Rechten für die Arbeiterklasse zu belohnen. Wir leben im zwanzigsten Jahrhundert. Da können sie die Arbeiter auf Dauer nicht länger klein halten.«

»Hoffentlich wird nach dem Sieg auch nicht vergessen, was wir Frauen leisten, um Deutschlands Position gegen seine Feinde zu stärken«, gab Elly zu bedenken.

»Wenn ich mir anhöre, wer alles vom Sieg profitieren will, noch dazu, wo der spätestens bis Weihnachten errungen sein soll, kann ich fast schon verstehen, dass die obersten Kriegsherren es am Ende nicht mehr ganz so eilig damit haben, die Lorbeeren einzufahren. Bis dahin sind es keine zwei Monate! Wie wird das enden mit des Kaisers und der Männer Herrlichkeit?«, spottete Henni.

»Bist du wahnsinnig?«, zischte Zacherl plötzlich wütend. »Das kann dich Kopf und Kragen kosten. Inzwischen werden überall die Ohren gespitzt.«

Alarmiert sah er sich nach allen Seiten um.

»Aber doch nicht hier im Wirtsgarten«, amüsierte sich Elly.

Der lauschige Hof des *Lohengrin,* einem alteingesessenen Gasthaus, das für seinen eingewachsenen Garten mit den riesigen Kastanien und Eschen sowie dem Efeuspalier an der Hauswand berühmt war, war zwar voll besetzt. Hier aber verkehrten Gleichgesinnte aus der Nachbarschaft, größtenteils Arbeiter, Handwerker und Künstler. Es fiele auf, wenn einer zu lange in Richtung des Tisches von anderen lauschte.

»Hört endlich auf zu politisieren«, mahnte Leo und hob den Bierkrug. »An unserem letzten Abend daheim sollten wir es ordentlich krachen lassen und uns nicht streiten.«

»Lasst uns in die *Odeon Bar* zum Tanzen gehen. Das bist du mir schuldig.« Übermütig sprang Elly auf, packte Leo am Arm und verkniff sich gerade noch den Hinweis: »Heute ist die letzte Gelegenheit.«

Zacherl war sofort dabei. Henni folgte ihnen äußerst zögerlich über den knirschenden Kies nach draußen.

Bis zum Morgengrauen tanzten sie sich die Füße wund. Auch Henni machte bald ausgelassen mit. Und Leo gelang es irgendwann tatsächlich, sich auf der Tanzfläche einigermaßen synchron zur Musik zu bewegen und die Zehen seiner Tanzpartnerinnen nicht allzu übel zu malträtieren. Bald hatte er sogar ausreichend Puste, um während des Tanzens nebenbei noch seiner Lieblingsbeschäftigung nachzugehen und über andere Paare zu spotten.

»Sieh nur, die beiden da tanzen seit Jahren so eng miteinander, dass sie sich zum Verwechseln ähnlich geworden sind. Trüge sie nicht ein rotes Kleid und er einen Frack, wüsste man nicht, wer wer ist.«

Leo und Zacherl waren nicht die einzigen Soldaten, die sich in der gediegenen Bar vor der Verlegung an die Front vergnügten. Ebenso waren sie nicht die Einzigen in schlecht sitzenden Uniformen der niedrigsten Mannschaftsgrade. Und Henni und Elly waren nicht die einzigen Begleiterinnen, die sich in ebenfalls alles andere als maßgeschneiderte Garderobe geworfen hatten, um den letzten Abend im friedlichen Zuhause mit ihnen zu feiern.

»Zacherl hat richtig prophezeit. Das hat heute etwas von einem Faschingsball. Jeder wirkt verkleidet«, meinte Elly.

»Vogelscheuchen wie Henni und du wären die besten Abschreckungen für den Feind«, stimmte Leo zu.

Ältere Herren machten sich einen Spaß daraus, ihren Patriotismus zu beweisen und spendierten den jungen Rekruten und ihren Damen reichlich Alkohol und Zigarren. Elly erinnerte das an den Augustabend, an dem ein gewisser Preysing sie am selben Ort kurz nach der Generalmobilmachung ähnlich großzügig ausgehalten hatte. Allerdings erspähte sie weder ihn und seine Frau noch Rolf von Hauenstein, der ihr damals auf der Tanzfläche begegnet war. Oder war das doch nur ein Trugbild dank des vielen Absinth und Sekt gewesen?

Sie waren unter den letzten Gästen, die gegen Morgen die *Odeon Bar* verließen. Über dem Dachfirst des *Café Tambosi* an der Ludwigstraße zeichnete sich am Horizont bereits ein silberner Streifen ab. Die ersten Handwerker und Dienstmädchen eilten verschlafen zur Arbeit, eine Droschke zockelte in die Theatinerstraße, das Pferd mindestens so erschöpft wie der auf dem Bock zusammengesunkene Kutscher.

»Jetzt heißt es also Adieu sagen«, meinte Zacherl erstaunlich nüchtern. »Leo und ich nehmen am Odeonsplatz die Elektrische nach Schwabing.«

Verlegen drehte er seine Mütze in den Händen, blickte zaghaft zwischen Elly und Henni hin und her. Auch Leo wirkte plötzlich ernst.

»Ein Wunder! Dein Uniformrock hat gehalten. Trotz der opulenten Brotzeit im *Lohengrin* und dem wilden Tanzen in der *Odeon Bar*«, stellte Elly fest und zupfte an Zacherls Revers. Sie fiel ihm im nächsten Moment um den Hals.

Zunächst war er überrascht, dann drückte er sie innig an sich und flüsterte sehnsüchtig »Wenn du wüsstest ...« in ihr Ohr.

»Natürlich weiß ich, was ich an dir habe!«

Lachend schob sie ihn eine Armlänge von sich weg und küsste ihn übermütig auf die Wange.

»Dich lustigen Vogel werde ich Vogelscheuche nie freiwillig verjagen. Dafür mag ich dich viel zu gern.«

Ehe er noch etwas erwidern konnte, wandte sie sich an Leo. Obwohl es ihr schwerfiel, tat sie ihm gegenüber so unbefangen wie möglich.

»Zacherl wird schon dafür sorgen, dass du das mit dem Stiefelpolieren auch noch so gut lernst wie er. Notfalls kommst du dann als Schuhputzer zu Geld.«

»So verhält sich ein braver Untertan.« Er versuchte sich in einem Lächeln, das sehr schief ausfiel.

»Apropos Untertan: Hast du mitbekommen? Du verpasst an der Front keine Fortsetzung von Heinrich Manns Roman. Deinetwegen haben sie den Abdruck in der *Zeit im Bild* abgebrochen, kaum dass du in die Kaserne gezogen bist.«

»Wenn's nur meinetwegen wäre, könnte man es glatt verschmerzen. Demnach stufen sie den Roman wohl tatsächlich als gefährlich ein.«

»Was das schönste Kompliment für den Autor ist. Kommt halt schnell zurück, dann geht's auch mit dem *Untertan* weiter und wir lesen ihn gemeinsam zu Ende. Heinrich Mann hat ihn angeblich seit Juli schon fertig.«

Damit umarmte sie Leo ebenfalls, allerdings fester und länger als Zacherl, wie ihr jäh klar wurde.

Er zog sie an sich, flüsterte ihr aber nichts ins Ohr, sondern küsste sie kühn auf den Mund.

Vor den anderen.

Zunächst versteifte sie sich. Dann aber konnte sie nicht anders. Sie öffnete ihre Lippen, sachte zunächst, schließlich ganz bereitwillig, spürte seinen heißen Atem, seine Zunge, die sich in ihrem Mund vortastete. Verwundert stellte sie fest, wie gut er schmeckte.

Auf einmal war ihr egal, dass Henni und Zacherl zusahen. Vielleicht gefiel es ihr sogar.

Bis Henni sie energisch am Arm zupfte. Zacherl räusperte sich.

Beschämt löste sie sich aus Leos Armen, wagte kaum, Zacherl anzuschauen, sondern hakte sich bei Henni unter.

»Passt auf euch auf!«, rief sie und wandte sich ab, begann zu laufen und hob die Hand, um den beiden Freunden über die Schulter zuzuwinken.

Sie war dankbar, dass Henni auf dem kurzen Heimweg bis zur Schönfeldstraße kein Wort über die Szene verlor. Zu Hause entdeckte sie den wahren Grund: Im schwachen Licht der Flurlampe schimmerten Hennis grüne Augen feucht. Als sie sie tröstend in den Arm nehmen wollte, wich Henni ihr aus.

Wortlos machten sie sich bettfertig und schlüpften zum ersten Mal seit Wochen ohne weitere Aussprache unter die Decken, Rücken an Rücken.

19

Sommer 1915

»Bier für die Front!« »Metalle für die Front!« »Rauchwaren für die Front!« Wenn Henni in der Stadt unterwegs war, verschwammen die riesigen Buchstaben auf den Plakaten vor ihren Augen. Seit Monaten klebten die in jedem Winkel der Stadt an Wänden, Zäunen und Litfaßsäulen. Den gellenden Befehlston, den die Ausrufezeichen markierten, hatte sie beim Lesen tatsächlich schon in den Ohren.

Es wurde nur noch in knappen Imperativen kommuniziert, um an der »Heimatfront« für denselben Gehorsam zu sorgen, mit dem die Soldaten jeden einzelnen Tag »ihren tapferen Einsatz fürs Vaterland« im Feld leisteten. Irgendwie mussten die nötigen »Opfer« für den vollmundig verheißenen Sieg über den angriffslustigen Feind beschworen werden. Der anfangs avisierte Zeitraum »bis Weihnachten« war um mehr als ein halbes Jahr überschritten. Inzwischen sah es so aus, als käme nicht einmal noch das folgende Weihnachten als realistischer Endpunkt in Betracht. Längst richtete man sich auf eine unbestimmte Dauer des Krieges ein. Die dringlicher werdenden Appelle unterstrichen dies: Metalle aller Art sollten gesammelt, Zigaretten, Zigarren oder Tabak gespendet, Strümpfe, Schals und Handschuhe sollten gestrickt werden. Die städtischen Behörden horteten bereits fleißig eine »eiserne Reserve« von einigen Tausend Zentnern Kartoffeln, Reis, Getreide, weiße Bohnen und Sauerkraut zur Versorgung der heimischen Bevölkerung, wie es hieß. Löwenbräu, die Münchner Kindl Brauerei sowie der Ausstellungspark auf der Theresienhöhe hatten dafür Lagerräume bereitgestellt. Um besser kontrollieren zu können, was wie schnell an Nahrung verbraucht wurde, waren im Frühjahr Lebensmittelmarken eingeführt worden.

Diese Entwicklungen schreckten Henni weniger, als sie zunächst befürchtet hatte. Wie die meisten hatte sie sich verblüffend schnell an den Kriegszustand und die damit verbundenen Einschränkungen gewöhnt. Genau genommen hatte sie sich sogar gut damit arrangiert.

Vor einer Bäckerei in der Schellingstraße blieb sie stehen, zählte die Frauen, die in der prallen Junisonne anstanden, und reckte sich dann auf die Fußspitzen, um über die vielen Köpfe hinweg einen Blick auf die Auslage im Laden oder vielmehr auf das, was am späten Nachmittag noch übrig war, zu erhaschen. Im Kopf überschlug sie, wie lange sie sich vermutlich gedulden musste, bis sie zur Verkaufstheke vordränge, und setzte die Zahl der Wartenden ins Verhältnis zu der vorhandenen Ware und dem, was ihre und Ellys Brotmarken zu kaufen erlaubten. Das Resultat überzeugte sie. Das Anstehen sollte bestenfalls mit einem Laib Weizenbrot oder schlimmstenfalls mit einem halben Dutzend altbackener Semmeln belohnt werden, aus denen sich zumindest leckere Knödel formen ließen.

Eins musste man der Kriegswirtschaft in jedem Fall als Pluspunkt zugestehen: Die Kopfrechenkünste wurden täglich hervorragend trainiert, amüsierte sich Henni und reihte sich hinter einer Frau mit schiefer Hüfte und Watschelgang in die Schlange ein.

Die Frau mochte jünger sein, als sie zunächst wirkte. Das rot angelaufene, schweißnasse Gesicht und die riesigen feuchten Flecken auf dem hellgrauen Kleiderstoff unter ihren Achseln und am Rücken deuteten an, dass sie entweder schon länger in der Hitze mit der Nahrungsbeschaffung beschäftigt war oder zuvor irgendwo körperlich hart geschuftet hatte, um das zum Leben nötige Geld zu verdienen. Wahrscheinlich hatte sie eine recht ansehnliche Schar hungriger Kinder zu versorgen, während der Mann an der Front seiner Pflicht fürs Vaterland nachkam. Ob die Kinder untertags allein in der Wohnung waren? Oder ob sie in einer der vom Stadtbund der Frauenvereine neu eingerichteten Kinderbetreuungsstuben versorgt wurden? Schon malte Henni sich aus, wie verzweifelt sich die vierjährige Elsa morgens um sieben an den Rock der Mutter klammerte, wenn die sie dort vor Arbeitsbeginn ablieferte. Oder wie selbstbewusst der achtjährige Wiggerl ihr an der Küchentür versicherte, den Tag zu Hause allein mit der kleinen Schwester und dem fünfjährigen Bruder Otto zu stemmen. Was, wenn der Postbote genau dann, wenn die Kinder auf sich gestellt waren, den berüchtigten schwarz umrandeten Brief aus dem Feld brachte, in dem der »Heldentod« des Vaters mitgeteilt wurde?

Als wäre es tatsächlich wahr, wischte Henni sich die feuchten Augenwinkel. Und fühlte einen harten Stoß von hinten. »Weiter geht's! Nicht träumen! Wir wollen alle noch was vom Brot. Und das, bevor's dunkel wird«, schimpfte eine schrille Frauenstimme hinter ihr.

Ein flüchtiger Blick über die Schulter genügte Henni, um sie bereits zur nächsten Geschichte zu animieren. Trotz einer Reihe auffallend schiefer Zähne war die ganz in Schwarz gekleidete Frau weitaus hübscher als zunächst vermutet. Im Handumdrehen dichtete Henni ihr ein abwechslungsreiches Dasein als Wäscheverkäuferin beim Kaufhaus Uhlfelder im Rosental an, von dem sie abends daheim ihrem Sepp berichtete, der beim Sturm auf das flandrische Löwen im letzten Sommer sein Augenlicht verloren hatte. Die »Wäschefanni vom Uhlfelder« lieferte mit ihrer schrillen Dultstimme Stoff für mehr als eine schöne Geschichte, freute sich Henni. Nachher würde sie die erste davon Leo und Zacherl in einem Brief erzählen. Die Aussicht entschädigte sie für das lange Anstehen, an dessen Ende sie doch nur ein winziges bröckeliges Graubrot statt einem röschen Weizenlaib oder einer Handvoll vertrockneter Semmeln ergatterte. Da hatte sie sich beim Rechnen wohl mit mindestens einem Quotienten zu ihren Ungunsten vertan. Unterm Strich blieb ihr wenigstens die Idee mit der Wäschefanni, die auf dem Weg in die Schönfeldstraße immer lustigere Züge annahm, was auch ein gutes Geschäft war.

»Trarara, trarara, die Post war da«, empfing Elly sie übermütig, als sie nach Hause kam. Sie wedelte mit einem Umschlag durch die stickige Luft, die sich während des Tages in der Wohnung angestaut hatte. Längst hatte Elly zwar die Fensterflügel weit aufgerissen, aber angesichts der Wärme, die sich selbst abends noch in den Straßen der Stadt und zwischen den Häusern staute, würde es kaum echte Abkühlung geben.

»Du bist schon da?«, fragte Henni überrascht. »War wieder so wenig los, dass ihr die Buchhandlung pünktlich zugesperrt habt?«

Mehr wollte sie vorerst nicht wissen. Auch von wem der Brief kam, musste Elly nicht sagen. Das hatte sie gleich an der Schrift erkannt: von Leo. Wie immer hatte er ihn brav an sie beide adressiert. Ebenso stammte er nicht von ihm allein, sondern von ihm und Zacherl gemeinsam.

Der entlarvende Kuss von Leo und Elly beim Abschied im vergangenen Herbst hatte Henni und Zacherl schmerzlich vor Augen geführt, dass weit mehr als rein freundschaftliche Gefühle zwischen ihren Freunden schwelten. Darüber waren Elly und Leo selbst erschrocken, wie Henni fairerweise einräumen musste. Um zerstörerischem Misstrauen vorzubeugen, hatten sie, ohne es je offen auszusprechen, von Anfang an einander nur gemeinschaftlich geschrieben. Und da Henni und Leo das am besten konnten, hatten sie das übernommen. Woraus sich im Lauf der Monate ein amüsanter Schlagabtausch der lustigsten Geschichten und Beobachtungen zwischen Leo und ihr entsponnen hatte, über den Zacherl und Elly sich als Leser amüsierten. Den Männern half das, ihren Soldatenalltag besser zu ertragen, Henni und Elly nahm es ein wenig von der Angst um die beiden.

Den Briefen nach hatten sie als Gefreite bislang ein unerwartet friedliches, sicheres Leben, was vor allem daran lag, dass sie noch nicht an vorderster Front eingesetzt wurden, sondern in Schreibstuben im lothringischen Hinterland versauerten. Wer Zeit für solchen Unsinn hatte, wie Leo ihn bislang verzapfte, brauchte nichts zu befürchten, ermutigten sich Henni und Elly jedes Mal aufs Neue, wenn sie wieder Post von ihm erhalten hatten. Und hofften inständig, auch der nächste Brief platzte vor ähnlich haarsträubendem Schmarren.

»Lass uns erst essen, dann lesen«, bestimmte Elly nun und nahm Henni mit wenig begeisterter Miene das Graubrot ab.

»Reis hast du keinen aufgetrieben? Oder Kartoffeln und Eier?«, fragte sie auf dem Weg zur Küche mehr rhetorisch denn ernsthaft. Die Antwort erübrigte sich.

Noch ehe Henni die Küche ebenfalls betrat, roch sie, dass das ein weiterer Abend mit saurer Bohnensuppe würde, an der sie bereits seit einer Woche aßen. Elly musste sie erneut mit Wasser gestreckt haben, damit es für sie beide reichte. Umso wichtiger war die Aussicht, zum Dessert den Brief von Leo zu lesen. Dazu rückten sie sich nach dem kargen Mahl den Sessel vors Fenster, um das letzte Tageslicht auszunutzen, und kuschelten sich behaglich aneinander.

»*Unsere lieben Fräulein Hochwohlgeboren, habt Ihr nun also schon die letzten beiden getreuen Ritter Kirchner und Rosendorf aus Euren friedlichen Gefilden in den hehren Kampf gen Westen entsandt?*«, begann Elly mit bedeutungsschwangerer Stimme vorzulesen und kicherte. Dieses Mal war Leo also in die Rolle eines mittelalterlichen Adeligen geschlüpft. Henni war gespannt, was er sich weiter einfallen ließ.

»*Haltet nur den braven Knappen Johann so lang wie möglich auf Eurer Festung zurück. Beim Abstauben Eurer Bücher ist er weitaus eher von Nutzen als mit Lanze und Schwert bewehrt in der Fremde. Da wird er sich nur wundern, wie anders der Kampf realiter im Vergleich zu den bislang auf Papier genossenen Abenteuern ist. Selbst Ritter Zacharias musste das bereits begreifen, als er heute bis zum Allerwertesten in einem Schlammloch versank und die Nase ob des widerwärtigen Gestanks rümpfte, von der verdreckten Montur ganz zu schweigen. Stiefel wichsen und Uniformknöpfe zu blanken Spiegeln polieren, lässt hier niemanden himmelhoch jauchzen.*«

»Das klingt, als würde es allmählich ernst für die beiden und sie hätten erste Einblicke in nicht mehr ganz so unbeschwerte Zustände wie bislang gehabt«, deutete Henni das.

»So schlimm scheint es noch nicht zu sein, gleich wird er wieder lustiger«, widersprach Elly und las ihr den zweiten Teil des Briefes vor, in dem Leo in bewährter Manier die charakteristischsten Züge einiger Kameraden festhielt: »*Der Brandner Sepp wird übrigens nie das Eiserne Kreuz erhalten, weil seine Brust gar nicht breit genug ist, um die Auszeichnung darauf anzuheften, und den Huber Loisl aus dem Westend plagt die Angst, es ginge gegen sein eigenes Viertel, wenn vom Sturm auf den Westen die Rede ist.*«

»Menschen beobachten kann er immer noch hervorragend«, lobte Henni. »Daraus sollte er eines Tages mehr machen.«

»So wie du.«

»Mal sehen, wann und wie wir alle aus dem derzeitigen Abenteuer herauskommen und ob dann überhaupt noch jemand lesen und Geschichten hören will. Für heute ist es mir jedenfalls zu spät. Es war ein anstrengender Tag. Lass uns schlafen gehen.«

In Windeseile machten sie sich fertig und legten sich in ihren dünnen Nachthemden nebeneinander aufs Bett.

Es war viel zu warm, um sich zuzudecken. Durch das offene Fenster drangen Geräusche aus den Nachbarhäusern herüber. Irgendwo spielte jemand Klavier, ein Paar stritt, ein Kind weinte sich in den Schlaf.

»Wie war der Nachmittag in der Buchhandlung?« Henni konnte sich die Antwort bereits denken, doch sie musste den aufdringlichen Eindrücken entfliehen, sonst platzte ihr der Kopf vor neuen Geschichten und sie fand nicht in den Schlaf.

»Wenn ich behaupte, aufregend, würdest du es mir glauben?«

Elly drehte sich zur Seite und suchte ihren Blick.

Henni hielt die Luft an. Elly war so schön. Im fahlen Mondlicht leuchtete ihre weiße Haut elfenbeinfarben, das blonde Haar schimmerte golden und ihre hellen blauen Augen funkelten mit den Sternen draußen am Nachthimmel um die Wette.

Henni schluckte schwer. Sie wusste, dass es nicht in Ordnung war, aber in Momenten wie diesen genoss sie es geradezu, dass Krieg war. Weil Dita sich deswegen weiterhin in Ascona verschanzte. Und Leo und Zacherl weit weg an der Front standen. So hatte sie Elly ganz für sich allein.

Der Nachteil des Bilderbuchsommers lag auf der Hand: Im gleißenden Sonnenschein sah man den Staub nicht nur durch die Luft tanzen. Erbarmungslos zeigte er sich in opulenten Gebilden auf dem Fußboden, als dünne Schicht auf den Tischen und vor allem auf den dunklen Holzregalen. Von den Schaufensterauslagen ganz zu schweigen, die trotz des Schattens der ausgefahrenen Markisen grau wirkten. Oft meinte Elly abends, den lieben langen Tag nichts anderes getan zu haben, als Staub gewischt zu haben. Was aber sollte sie sonst tun? Die Schaufenster konnte sie nicht jeden Tag neu dekorieren, ebenso wenig die Auslagen im Laden ständig umräumen oder die Bücher in den Regalen immer wieder anders sortieren.

»Bald kennen wir uns gar nicht mehr aus!«, schimpfte Rahel bereits.

»Eine Buchhändlerin, die vor der Kundschaft in ihrem eigenen Geschäft nichts findet, blamiert sich bis auf die Knochen«, protestierte auch Theres gegen Ellys Versuche, sich vernünftig zu betätigen. Nur Ruth nahm es mit Humor: »Vor welcher Kundschaft fürchtest du, dich zu blamieren? Wann hast du zuletzt welche in größerer Zahl bei uns in der Buchhandlung gesichtet? Gib mir Bescheid, wenn die Horden das nächste Mal einfallen. Ich leider habe schon ganz vergessen, wie sie aussehen. Deshalb wäre es eine durchaus sinnvolle Beschäftigung, sich Ellys neue Ordnung einzuverleiben. Darüber vergeht die Zeit schneller, selbst für uns Chefinnen.«

»Wie kommst du auf die Idee, wir hätten Probleme, uns die Zeit zu vertreiben? Wir haben genug zu tun«, widersprach Theres pikiert.

»Heißt das, wir müssen schon wieder zum Büro des Frauenvereins in der Brienner Straße, um unseren vaterländischen Pflichten an der Heimatfront nachzukommen?« Ruth verdrehte die Augen.

»Wir haben uns nun einmal unserer Freundin Carry Brachvogel und den anderen Damen im Verein gegenüber verpflichtet, sie, während die Männer draußen im Schützengraben für uns kämpfen, daheim bei allem zu unterstützen, was nötig ist, um den Alltag aufrechtzuerhalten«, mahnte Theres. »So können wir Frauen beweisen, zu was wir fähig sind, wenn man uns nur lässt.«

Obwohl Ruth im allgemeinen Theres' Drang zur weiblichen Selbstverwirklichung bedingungslos teilte, erkundigte sie sich ein anderes Mal fast schon ein wenig sarkastisch: »Zu welcher

Nähstube geht es heute eigentlich? Hoffentlich nicht zu der von Ihro Königlichen Hoheit in der Residenz. Mit adeligen Näherinnen kann ich es nicht aufnehmen, vor allem wenn ich mich beim Stopfen in den Finger steche und nur rotes statt blaues Blut heraustropft.«

Gelegentlich fragte sie dagegen fröhlich: »Sind wir nachher wieder bei der Arbeitsberatungsstelle am Mariahilfplatz eingeteilt? Ich übernehme gern das Vorlesen für die Kindergruppe im benachbarten Hort. Vorhin habe ich mir schon einige Bücher dafür herausgesucht. Schreiben und Rechnen übe ich gern mit den Schulkindern, während du den Müttern bei den Bewerbungsbriefen hilfst.«

»Schade, dass du keine Kinder hast«, entschlüpfte Theres mit einem bedauernden Blick auf die drei Jahre Jüngere.

»An mir liegt es nicht«, erwiderte die.

»An mir auch nicht«, stellte Theres traurig klar.

Der Disput zwischen den Cousinen amüsierte Elly, obwohl er häufiger nahezu wortgleich stattfand. Er war das sichere Signal, dass die beiden kurz darauf für einige Stunden, wenn nicht gar den Rest des Tages die Buchhandlung verließen und Rahel, Vroni, Henni und sie allein zurückblieben. Damit begann die herrlichste Zeit im Laden. Die reinste »Weiberwirtschaft«, wie Polizeizensor Servatius Lechner sie vor dem Krieg verächtlich bezeichnet hatte. Fast schon vermisste sie den missmutigen Beamten, fiel ihr auf. Seit die Militärbehörden auf die Einhaltung der Zensur achteten, war Lechner verschwunden. Vielleicht leistete er längst seinen Dienst an der Front.

Elly genoss es, für eine Weile mit den Kolleginnen in der Buchhandlung schalten und walten zu können, wie sie wollte. Johann und Franz zählte sie nicht. Die gluckten ohnehin am liebsten hinten im Lager zusammen bei einer verbotenen Zigarette, einem nicht weniger verbotenen Bier aus dem *Stefanie* sowie einem dicken Stapel Karl-May- oder Buffalo-Bill- oder sonstiger Abenteuerromane.

Dabei gab es weder für sie noch für die anderen Gehilfinnen derzeit besonders viel zu tun. Außer dem ewigen Abstauben. Nicht einmal in der Buchhaltung für Vroni und Henni.

Anfangs hatte Henni sich noch gefreut, dass so wenig Rechnungen, Bestellungen und Korrespondenz anfiel. Weil Theres und Ruth ihr in solchen Zeiten stets erlaubten, vorn in der Buchhandlung mit anzupacken. Dort aber herrschte ähnlich lähmende Stille wie im Büro im Hinterzimmer. Der Krieg forderte zunehmend seinen Tribut. Und das nicht nur, weil sich immer mehr Männer freiwillig meldeten. Inzwischen wurde die Altersgruppe der Unterfünfundvierzigjährigen sogar komplett eingezogen. Wozu die Gehilfen Rosendorf und Kirchner zählten. Zugleich standen Studenten, das Lehrpersonal der Universität und der Kunstakademie, die Gelehrten wie auch die Lehrer an den umliegenden Volksschulen und Gymnasien in großer Zahl im Feld. Natürlich fehlten sie als Buchkäufer spürbar.

Doch selbst die Behörden, Schulen, private und öffentliche Bildungseinrichtungen bestellten kaum mehr Bücher in nennenswerter Anzahl. Es wurde gespart und verzichtet, wo es nur ging. Neben alldem schränkte die ältere Kundschaft ihre Buchkäufe ein, vor allem diejenigen, die sonst Wert auf schön gestaltete Ausgaben, Novitäten oder rare Sonderauflagen legten und entsprechend viel Geld bei den Lämmles gelassen hatten.

»Spendet Bücher für die Frontsoldaten!«, plakatierten die Münchner Buchhändler und Verleger in einer gemeinsamen Aktion an den Litfaßsäulen. Hinter der hehren Idee, die Helden in den Schützengräben mit geistiger Nahrung zu beglücken, verbarg sich insgeheim die weniger selbstlose Hoffnung, die Bevölkerung zu vermehrten Buchkäufen zu animieren. Ein Antiquariat in der Prinzregentenstraße bot sich sogar als Sammelstelle an, in der die Gaben zentral abgegeben werden konnten. Allerdings endete die Aktion, obwohl sie im Juni in einer eigens terminierten »Kriegsbuchwoche« noch einmal forciert wurde, in einer herben Enttäuschung: Statt neu erworbener Bücher steuerten die meisten Spender Bände aus eigenen Beständen bei.

»Die reinste Altpapiersammlung«, konstatierte Henni, nachdem sie mit Franz und Johann die auch in der Buchhandlung in der Amalienstraße abgegebenen, oft unappetitlichen und zerfledderten Bücherspenden zum Transport in die Prinzregentenstraße verschnürt hatte.

»Hast du etwa erwartet, es kauft jemand Goethes Gesammelte Werke mit Goldschnitt und in Ledereinband, um sie Richtung Westfront zu schicken?« Amüsiert schüttelte Elly den Kopf. »Die Aktion ist doch die beste Gelegenheit, um überflüssigen Ballast loszuwerden. Im Schützengraben ist es ohnehin einerlei, ob der neueste Roman von Ruederer oder die Uraltausgabe von Heines Gedichten bei der nächsten Attacke im Schlamm landet.«

Zumindest hatte der Buchspendeaufruf vorübergehend für Betrieb in den Ladenräumen gesorgt. Umso lähmender empfand Elly die Stille, die sich im Anschluss daran von Neuem über die Regale legte.

»Man weiß schon gar nicht mehr, wie Professorenwitwe Dreher aussieht«, stellte Rahel eines Tages fest. »Ob ihr rundes Gesicht der Lebensmittelrationierungen wegen eingefallen ist?«

»Was sie wohl liest, wenn sie keine neuen Ullstein-Romane oder Insel-Bücher kauft?«, fragte Elly.

»Ministerialrat Schöffel vermisse ich noch stärker«, gestand Henni. »Ob er jetzt im Ministerium in der Früh die Zeitungen studiert?«

»Einen frisch aufgebrühten Kaffee wird's da nicht geben«, brummte Vroni.

»Genauso wenig wie eine Zigarre«, ergänzte Elly.

»Dafür die neuesten Nachrichten«, meinte Henni.

Die anderen Buchhandlungen in der Stadt litten ähnlich wie die Lämmles unter schwindendem Umsatz.

»Erst ziehen sie meinen Sohn ein, dann bleibt mir die Kundschaft weg. Wie gut, dass mein Vinzent das nicht mehr erleben muss«, jammerte die Buchhändlerwitwe Lore Grimm aus der Altstadt. Unter dem Vorwand, Theres und Ruth zum Besuch des Salons von Carry Brachvogel abzuholen, kam sie neuerdings jeden Freitag in der Amalienstraße vorbei.

»Wenn sie für ihre gesellschaftlichen Verpflichtungen den ganzen Nachmittag zusperren kann, wird es ihr trotz allem nicht so schlecht gehen«, mutmaßte Rahel, sobald die Lämmles mit ihrer stets in Schwarz gekleideten Kollegin den Laden verlassen hatten.

»Mich wundert es eh, dass die Herrschaften überhaupt noch Muße für ihren Salon haben.«

Vroni blickte ihnen kopfschüttelnd durchs Fensterglas in der Eingangstür nach.

»Ich finde das gut«, gestand Elly. »Dank der Lästereien von Theres und Ruth wissen wir hinterher wenigstens, ob in Schrannenmüllers Buchhandlung am Oberanger mehr los ist als bei uns und wie es um das Antiquariat von Fürholz in der Theresienstraße bestellt ist.«

»Eigentlich müssten die Antiquariate überrannt werden von Leuten, die ihre alten Buchschätze zu Geld machen wollen, um sich echte Butter leisten zu können«, mutmaßte Henni.

»Nach allem, was ich von Kolleginnen gehört habe, übersteigt auch bei den Antiquariaten längst das Angebot das, was von Interessenten gekauft wird. Demzufolge rauschen die Preise in den Keller«, warf Rahel ein.

»Jetzt wäre also der ideale Zeitpunkt, um günstig eine Sammlung von Autographen oder seltenen Buchausgaben aufzubauen.« Nachdenklich verschränkte Elly die Arme vor der Brust.

»Denk nicht im Ernst daran, jetzt …« Henni klang alarmiert.

»Dafür habe ich leider kein Geld«, beruhigte Elly sie. »Lass uns in der Pause lieber zu Hugendubel spazieren und schauen, wie es bei denen mit der Nachfrage aussieht.«

»Die Konkurrenz im Auge zu behalten, ist nie verkehrt«, gab Vroni ihr Plazet.

Elly und Henni nutzten den Spaziergang zum Salvatorplatz, um noch bei der Palm'schen Hofbuchhandlung sowie bei Goltz im Luitpoldblock vorbeizugehen.

Wie erwartet, kämpften sie ebenfalls sichtlich mit den schwierigen Gegebenheiten. Bei Hugendubel hatte man das Angebot an Mängelexemplaren stark erweitert, um neue Kunden anzulocken. Allerdings schien auch das wenig zu bewirken. In anderen Buchhandlungen schränkte man die Öffnungszeiten ein, wie sie erstaunt feststellten. Vorgeblich, weil durch die Einberufung der männlichen Gehilfen weniger Personal zur Verfügung stand, in Wahrheit aber wohl eher, um den spärlichen Kundenstrom besser zu kanalisieren.

»In einer Branche, in der ohnehin immer mehr Frauen arbeiten, sind die fehlenden Männer ein leicht durchschaubares Argument«, entlarvte Rahel das, als die beiden ihr davon erzählten.

»Wir sollten aus der Not eine Tugend machen«, meinte Elly. Neugierig unterbrachen die anderen das Abstauben, Sortieren und Umräumen, das sie an diesem Nachmittag wieder einmal zur Zerstreuung aufgenommen hatten.

»Seit Jahren hat sich die Buchhandlung Lämmle in der Amalienstraße mit dem besonderen Augenmerk auf Literatur von

Frauen für Frauen einen Namen gemacht«, fuhr sie fort, knüllte den Staublappen zusammen und pfefferte ihn schwungvoll in die Ecke eines Regals. »Wann, wenn nicht jetzt, da die Männer im Feld sind und die Frauen nahezu allein zu Hause, lässt sich daraus noch mehr machen? Gerade jetzt brauchen Frauen die Ablenkung, die sie beim Lesen finden. Wer kann all das kriegslüsterne Zeug über ruhmreiche Schlachten der Antike, noble Feldzüge im Mittelalter oder kühne Kriegsstrategien der Frühen Neuzeit noch sehen, das die Verlage seit Kriegsbeginn in hohen Auflagen unters Volk bringen wollen? Von dem patriotischen Schwulst und den billigen Romanen über Liebeleien zwischen tapferen Frauen und heroischen Gefreiten ganz zu schweigen. Lasst uns stattdessen die Schaufenster und Auslagen mit guter Unterhaltungsliteratur für Frauen bestücken. Die wird sie auf andere Gedanken bringen.«

Sofort suchte sie Carry Brachvogels Münchenromane, Reventlows *Herrn Dames Aufzeichnungen* sowie Lena Christs *Erinnerungen einer Überflüssigen* heraus. Bei ihren Geschichten *Unsere Bayern anno 14*, die die Stimmung im Land während der ersten Kriegsmonate in der ihr eigenen lakonischen Art wiedergab, zögerte sie zunächst, legte es dann aber ebenfalls mit dazu. Der unerwartete Erfolg des Buches bewies, dass die Christ damit einen Nerv getroffen hatte. Vor allem Frauen wollten lesen, wie andere Frauen angesichts der neuen Situation dachten und empfanden.

Rahel und Henni durchforsteten ebenfalls begeistert die Regale nach geeigneten Titeln.

»Ein bisschen Fontane, Keyserling und Stefan Zweig schadet auch nicht«, merkte Rahel an.

»Männer dürfen selbstverständlich mit dabei sein, sofern sie den Frauen auf Augenhöhe begegnen«, erwiderte Elly.

»Wollen wir hoffen, ein solches Fenster bringt viele Frauen auf die Idee, den Appell zum Konsumverzicht nicht allzu wörtlich zu nehmen. Wenn sie noch länger aufs Kaufen von Büchern verzichten, geht es übel für uns aus«, brummte Vroni. »Lange können es sich die Lämmles nicht mehr leisten, uns alle hier zu beschäftigen. Wie wollen sie uns auf Dauer bezahlen, wenn kaum Geld reinkommt?«

»Die Umsätze werden wieder steigen«, entgegnete Elly trotzig vom Schaufenster her. »Wann, wenn nicht jetzt, brauchen Frauen die Abwechslung, die sie beim Lesen finden? Wenn sie zu Hause die Männer ersetzen und ihre Arbeit übernehmen müssen, damit der Alltag weiter funktioniert, müssen sie zwischendurch auf andere Gedanken gebracht werden, um neue Kraft zu schöpfen.«

»Wenn man dich so reden hört, glaubt man, der Krieg wäre tatsächlich die große Chance für uns Frauen, den Männern endlich zu zeigen, was in uns steckt«, stellte Henni fest.

»So, wie du das sagst, scheinst du auch nicht nur das Negative am Krieg zu sehen«, erwiderte Elly.

Einige sehr lange Atemzüge lang sahen sie sich in die Augen, jede wissend, wie recht die andere hatte.

20

Ascona/ Lago Maggiore, Oktober 1916

Wäsche nähen oder Socken stricken? Oder eher Suppe austeilen im *Münchner Kindl-Keller* oder in einer der anderen städtischen Volksküchen? Oder Frauen in den neu eingerichteten Wärmestuben für Bedürftige unterrichten? Oder würde sie sich doch lieber um tapfere Kriegerwitwen und Kriegswaisen kümmern wollen?

Ein weiteres Mal überflog Dita das *Merkblatt für Kriegshilfe*. Halb im Scherz, halb beunruhigt überlegte sie, welche Tätigkeit sie auf sich nähme, wäre sie in München, und fühlte sich dem Aufruf des Vereins für Fraueninteressen verpflichtet, »dass auch die weibliche Bevölkerung ihren Anteil am Kriegsdienst« kennen und sich zu notwendigen Aufgaben melden müsse.

Dass die Hinterbliebenenfürsorge im kurz bevorstehenden dritten Kriegswinter noch derart offen angesprochen wurde, erstaunte sie. Inzwischen musste die Zahl der Betroffenen allein in München in die Tausende gehen. Der zum Stellungskrieg mutierte Kampf an der Westfront forderte immer unerbittlicher seinen Tribut. Und nicht nur Tote. Deshalb gab es vorausschauenderweise laut Merkblatt auch Kurse für die fachmännische Pflege der Versehrten. Allein schon bei dem Gedanken an blutige Wunden, amputierte Gliedmaßen oder entstellte Gesichter wurde Dita übel.

Dann doch lieber in einer der Nähstuben aus dem Stoff von

Regenschirmbezügen Halstücher für frierende Soldaten fertigen oder Löcher in feldgrauen Uniformen stopfen. Gleich zu Kriegsbeginn hatte Königin Marie Therese in der Residenz höchstpersönlich eine solche für adelige Damen eingerichtet. Vielleicht reichte das bei Geburt erworbene »von« im Namen, um Zugang zu bekommen.

Humorvoll ging es bei den blaublütigen Damen wohl eher weniger zu, aber wärmer und großzügiger mit Tee und Gebäck versorgt als bei den bürgerlichen Frauen wäre Dita in der Residenz gewiss. Den Vorteil sollte sie jetzt, da ein weiterer dunkler, langer und vor allem eisig kalter Kriegswinter bevorstand, unbedingt mit berücksichtigen. Geschickt mit Nadel und Faden umgehen konnte sie von jeher. Und eine gewisse Schwäche für Uniformen hegte sie sowieso. Vor allem für gut gebaute Männer in Uniformen, wie sie sich trotz der tiefen Abneigung gegen den Krieg eingestehen musste.

Ihr Gustl, Oberst Gustav Grafenstetter, hatte in Uniform überaus fesch ausgesehen, dabei war er damals, als sie ihn im zarten Alter von achtzehn Jahren kennengelernt und nahezu vom Fleck weg geheiratet hatte, mehr als doppelt so alt gewesen wie sie. Das waren noch Zeiten gewesen! Sie stützte ihr Kinn auf die Hand, richtete den Blick in unbestimmte Fernen und ließ ihren Träumen freien Lauf.

Wie von selbst landeten sie bei Gustls früherem Burschen Rolf von Hauenstein, inzwischen Major beim Königlich Bayerischen Infanterie-Leib-Regiment. Groß, schlank, blond. Und mit ungewöhnlich feinen Pianistenhänden. Mit seinen dreiunddreißig Jahren leider zu jung für sie. Aber für Elly würde er passen, schoss es ihr zum hundertsten Mal in den Sinn. Genüsslich spitzte sie den Mund. Ein schönes Paar würden die beiden abgeben, davon war sie nach wie vor überzeugt. In der königsblauen Montur mit den blank polierten Messingknöpfen machte er wirklich etwas her. Und Elly wäre versorgt. Vor allem jetzt, da sie weiter dickköpfig darauf beharrte, in München zu bleiben, wie sie ihr in dem Brief geschrieben hatte, den Fanny ihr von ihrem Besuch an der Isar mitgebracht hatte.

Kein Zweifel: Hauenstein konnte gut auf sie achtgeben, solange er weiter in München stationiert und für die Ausbildung in der Kaserne zuständig war. Dank seines Einflusses gelang ihm das gewiss weitaus besser als Ellys Freundin Henni. Und weitaus wirksamer obendrein. Kaum wollte Dita sich ausmalen, welche Wirtschaft die beiden seit zweieinhalb Jahren in ihrer Wohnung in der Schönfeldstraße führten. Da beschäftigte sie sich lieber mit Hauenstein. Sollte er eines Tages ins Feld ausrücken und ihm passierte etwas, bliebe Elly wenigstens eine ordentliche Witwenrente und gewiss auch eine kleine Erbschaft aus seinem Familienvermögen.

Schon schlugen die Ideen in ihrem Kopf Funken, wie sie es am geschicktesten einfädelte, Elly endlich zu diesem klugen Plan zu überreden. Hauenstein wäre das kleinere Problem. Den wieder zu ködern, traute Dita sich jederzeit zu. Selbst aus der Ferne. Es wäre nicht das erste Mal für sie, ihn zu etwas zu bewegen. Abermals sah sie ihn vor sich, spürte dabei ein verräterisches Prickeln im Leib. Sollte es ihr nicht mit Charme gelingen, hatte sie für den Notfall dank Gustls Hinterlassenschaft ein eindeutiges, sehr wirksames Argument ihm gegenüber in der Hand.

Aber nein, bremste sie sich enttäuscht ab. Das nutzte nichts. Niemals würde Elly sich auf ein solches Arrangement einlassen. Dita seufzte. Und zwang sich schweren Herzens in die Gegenwart zurück, studierte das Merkblatt, das ihre Freundin Fanny zu Reventlow als Souvenir aus München mitgebracht hatte.

Es verriet viel über die Stimmung in ihrer Heimatstadt, insbesondere die unter den Frauen, die sie einst als besonders klug und besonnen eingeschätzt hatte. Verantwortlich für das Blatt zeichnete der Stadtbund der Münchner Frauenvereine, dem sich auch der Verein für Fraueninteressen angeschlossen hatte. Gedruckt hatte es Theres in dem kleinen Verlag, der zu ihrer Buchhandlung gehörte. Vermutlich unentgeltlich. Natürlich ganz »im Dienst der guten Sache«, wie es so schön hieß. Weil sich »die Frauen ihrer Verantwortung bewusst« seien, »die inneren Feinde, die den äußeren zu Hilfe kommen möchten: Arbeitslosigkeit, Hunger und Not« zu bekämpfen, »während der Mann im Feld mit uniformierten Feinden streitet«, wie Theres' Freundin Carry Brachvogel schon vor zwei Jahren in einem Beitrag unter der bezeichnenden Überschrift *Die Frau und der Krieg* für ein Büchlein zugunsten des Roten Kreuzes geschrieben hatte. Unter dem vor Stolz und Patriotismus triefenden Titel *Aus unserer großen Zeit* wurde es seither in Buchhandlungen wie der von den Lämmles prominent angeboten. Auch das hatte Fanny berichtet.

Verwundert hatte Dita den Band durchgeblättert. Der Verlag, in dem er erschienen war, behagte ihr nicht sonderlich. Niemals hätte sie damit gerechnet, dass Theres und Ruth je mit ihm zu tun haben wollten. Einige als völkisch und antisemitisch geltende Werke waren dort veröffentlicht worden. Doch die Lämmles waren nicht die Einzigen, die Dita mit ihrem Verhalten irritierten. Fassungslos hatte sie die vielen bekannten Namen im Inhaltsverzeichnis und fast noch fassungsloser ihre kriegerisch-aggressiven Beiträge überflogen. Ricarda Huch hatte sogar ein eigens verfasstes Kriegsgedicht beigesteuert und öffentlich bedauert, sich als Frau nicht wie ein Mann an die Waffen melden zu dürfen!

»Schauerlich, was aus unserem freien, fröhlichen München geworden ist«, sagte Fanny.

»Je länger sich der Krieg hinzieht, desto schlimmer wird's«, stimmte ihr Raimund Jasper zu, der ebenfalls aus München geflüchtete Seelenarzt, den die unerfreulichen Entwicklungen genauso im Tessin festhielten wie sie.

»Hast du dich schon entschieden, was du tun würdest, um deinen Pflichten als ›verantwortungsvolle Frau an der Heimatfront‹ nachzukommen?«, wandte Fanny sich an Dita.

»Die Auswahl ist groß …«, begann Dita zögerlich und steckte sich eine Zigarette zwischen die Lippen, zündete sie beiläufig an, während sie noch einmal die Liste querlas.

»Viel zu groß.« Raimund schnaubte verächtlich.

»Aber leider noch immer nicht groß genug, um das riesige Heer der willigen Frauen, die sich engagieren wollen, aufzunehmen.« Kopfschüttelnd trank Fanny von ihrem Tee.

Es war kurz vor Mittag. Wie so oft saßen sie mit einer Handvoll Gleichgesinnter in einem Café unweit des Seeufers in Ascona. Dita liebte das kleine Lokal. Für ein verschlafenes Tausend-Seelen-Dorf im Tessin war es völlig untypisch mit holzvertäfelten Wänden, roten Samtvorhängen, messinggoldenen Leuchtern sowie runden Marmortischen ausgestattet. Fehlte nur noch der Stuck an der Decke und es ähnelte verblüffend dem *Stefanie*, ihrem Stammlokal in der Münchner Maxvorstadt. Auch die Anwesenden gehörten so wie sie selbst größtenteils zum Stammpublikum des von Fanny als »Café Größenwahn« literarisch-wehmütig verewigten Etablissements. Oder würden als Stammgäste dorthin passen. Die meisten von ihnen waren Künstler, Schriftsteller, Journalisten, besaßen Pässe aus den verschiedensten Ländern Europas und lebten seit Langem am Lago Maggiore, wo sich in den Sommermonaten Freigeister von überall her einfanden, um zu fasten, meditieren, tanzen, philosophieren, diskutieren, schreiben, lieben oder einfach nur zu leben. Und das mit allen Sinnen.

Seit mehr als zwei Jahren waren sie auch im Herbst und Winter geblieben. Des Krieges wegen. Er schockierte sie. Und hielt sie davon ab, nach Hause zurückzukehren. Wo sie früher oder später zum Militärdienst einberufen würden. Ähnlich befremdet wie Dita reagierten sie deshalb auf Fannys Schilderungen von ihrer neuerlichen Reise in die einstige Heimat, die die erschreckenden Eindrücke von ihrem ersten Besuch nach Kriegsausbruch im vorletzten November noch übertrafen. Dennoch konnten sie nicht genug von dem bekommen, was Fanny erzählte. Es klang, als wäre sie nicht für einige Wochen ins einst tief vertraute München gefahren, um ihren inzwischen zur bayerischen Armee einberufenen Sohn vor dem Ausrücken an die Front ein letztes Mal zu sehen, sondern zu einer Abenteuerreise in völlig unbekannte Gefilde aufgebrochen. Oder gar gleich auf einem anderen Stern gewesen und nur mit viel Glück nach entsetzlichen Erlebnissen und einer schikanösen Behandlung an der Grenze einigermaßen wohlbehalten zurückgekehrt.

»Nichts ist mehr übrig von dem, was wir an München geschätzt haben«, hob Fanny nach einer Weile wieder an und genoss sichtlich die Aufmerksamkeit, die die anderen ihren Worten schenkten. »Von wegen Freiheit, Heiterkeit oder gar die wundervoll leichtfüßige Abneigung gegen Preußen und alles Militärische, die München früher bis zum Exzess beschworen hat. Nichts ist davon mehr übrig und niemand erinnert sich, dass es das überhaupt je an der Isar gegeben hat. Stattdessen hat die ganze Stadt eine kollektive Amnesie erfasst. Keiner unternimmt etwas dagegen. Im Gegenteil. Sie baden förmlich in ihrer neu kultivierten Treue zu Preußen und dem Kaiser.«

»Und das selbst jetzt noch, da sich für den einfältigsten Kriegstreiber abzeichnet, dass dieser Krieg nicht mehr zu gewinnen ist.« Raimunds Antlitz verfinsterte sich.

Das betretene Schweigen am Tisch bewies, dass alle seine Meinung teilten.

Dita besah sich die Runde. Es wurde fleißig geraucht und trotz der noch relativ frühen Tagesstunde neben Kaffee und Tee schon eifrig härteren Getränken zugesprochen. Die Ersten bestellten sich etwas zu essen, wenn auch eher einfache Gerichte wie Eintöpfe, Rührei oder Käsebrote. Angesichts der zunehmenden finanziellen Bedrängnis kein Wunder. An etwas musste man sparen, obwohl das Leben in dem kleinen Dorf am Lago Maggiore verhältnismäßig günstig war. Die Aussichten auf Verdienstmöglichkeiten schwanden jedoch, je länger der Krieg dauerte, zumal für Ausländer wie sie.

»Dass die Münchner im Eifer der ersten Gefechte Champagner in Schaumwein umbenannt haben, mag noch angehen. Echten aus Frankreich haben sie ohnehin sofort verschmäht«, erzählte Fanny nach einer Pause weiter. »Aber unser geliebtes Böfflamott ist doch so viel mehr als nur ein Schmorbraten, wie es ihn meinetwegen auch in Düsseldorf oder Lübeck geben mag. Inzwischen braucht man ein Wörterbuch, um die Speisekarten zu verstehen. Selbst die kleinste Kleinigkeit wird eingedeutscht. Statt Sandwiches und Kanapees gibt es nur noch belegte Brote. Mit Bezugskarten erhält man weder in den Geschäften noch in den Lokalen etwas auf die Teller und gegen harte Währung nur noch winzige Portionen, die grässlich schmecken.«

»Wer sollte die Schlemmereien auch zubereiten?«, meldete sich ein junger, blasser Dichter aus dem Elsass zu Wort, dessen Name Dita entfallen war, weil er so eintönig schrieb, wie er aussah. »Die Köche wie die Metzger und überhaupt die Bauern, die die Schweine für den Braten erst züchten, suhlen sich längst selbst im Schlamm der Schützengräben, statt daheim ihrem wahren Beruf nachzugehen.«

So bitter die Vorstellung war, Dita musste lachen.

»Vielleicht wäre das eine gute Aufgabe für die tapferen Frauen an der Heimatfront?«, warf sie ein.

»Du meinst, sie sollten nicht nur in den Volksküchen für Bedürftige kochen, sondern auch in den Restaurants für diejenigen, die sich das leisten können?« Die bleichen Wangen des Dichterjünglings glühten.

»Genau. Es wird viel zu wenig daran gedacht, dass die feinen Herrschaften auch versorgt werden müssen. Auf ihre Weise. Nicht auszudenken, wenn sie zu arg von der allgemeinen Not mitbekämen. Dann kämen sie am Ende noch auf die verrückte Idee, sich für den Frieden einzusetzen.«

»Nicht nur die fehlenden Köche machen München zu schaffen«, merkte Raimund wieder ernst an. »Die Frauen demonstrieren schon auf dem Marienplatz gegen den Hunger. Erst hat man alle Schweine geschlachtet, weil Kartoffeln zur Mast fehlten, mittlerweile ist das Fleisch gegessen und die Kartoffeln fehlen nach wie vor. Von Butter, Milch, ja sogar Seife und Kleidung gar nicht erst zu reden.«

»Das Schlimmste ist, wie versessen nach wie vor überall Verrat und Verderben gewittert wird«, ereiferte sich Fanny. »Das ist wirklich nur noch engstirnig-preußisch und hat so gar nichts mehr mit unserem lustigen, unbeschwerten, weltoffenen München gemein. Das geht so weit, dass ein Wildfremder beim Aussteigen aus der Tram vor mir ausgespuckt und dreist behauptet hat, ich trüge einen französischen Rock. Das erkenne er an dem schmalen Schnitt und dem ungehörigen Schlitz an der Seite. Eine anständige deutsche Frau besitze solch ›welschen Kram‹ nicht.«

Verständnislos schüttelten alle am Tisch die Köpfe.

»Eine ähnliche Geschichte haben mir die Feuchtwangers geschrieben«, berichtete Dita. »Marta hat man wegen des italienischen Etiketts in ihrem Strohhut als Spionin überführen wollen. Erst als sie ihren deutschen Pass vorgezeigt hat, der beweist, dass sie gebürtige Münchnerin ist, hat man ihr geglaubt.«

»Ein Irrsinn!«, empörte sich Raimund, der mit Lion und seiner attraktiven Frau ebenfalls eng befreundet war. »Die beiden sind Münchner durch und durch, wie man ihnen auch sofort anhört.«

»Man hört wohl nur noch, was man hören will.« Dita beugte sich vor, um sich von ihm Feuer für die nächste Zigarette geben zu lassen.

»Eine Heimkehr nach München kommt also vorerst leider nicht in Betracht«, stellte sie nach einem intensiven Zug an der Zigarette fest. »Wahrscheinlich kontrollieren sie beim Zoll, ob wir als Deutsche bei der Einreise auch wirklich unserer vaterländischen Pflicht zu kratzigen, echt deutschen Wollunterhosen und unbequemen Korsetts statt feiner französischer Wäsche nachkommen.«

»Das kontrolliere ich bei dir sehr gern, unabhängig davon, ob du nach München abreist oder nicht.« Raimund rückte näher an sie heran, versuchte, den Arm um ihre Schultern zu legen.

»Lieber liefere ich mich der Leibesvisitation eines deutschen Grenzers als dir Lüstling aus. Hast du nicht schon genug uneheliche Töchter gezeugt?«

Energisch schob sie seinen Arm fort.

»Nach meinen Erfahrungen an der Grenze würde ich sogar Raimunds Hände unter meinem Rock ertragen«, schaltete sich Fanny wieder ein. »Mit den Grenzern ist nicht zu spaßen. Sobald sie meinen russischen Pass gesehen haben, sind sie misstrauisch geworden. Dass ich obendrein kein Russisch spreche, hat sie erst recht alarmiert. Wie konnte ich nur so dumm sein und damals den Grafen heiraten? Nichts als Ärger hat mir das eingebrockt. Und den falschen Ausweis. Noch schlimmer wäre wohl nur, wenn ich mit englischen Papieren bei ihnen auftauchte. Die Engländer ziehen derzeit allen Abscheu auf sich. In München bin ich bei jeder Gelegenheit gefragt worden, ob ich die Engländer hasste. Neuerdings verabschieden sie sich mit dem Gruß ›Gott strafe England‹ statt ›Auf Wiedersehen‹. Herzzerreißend, was aus unserem wunderbaren München und überhaupt aus der ganzen Welt geworden ist.«

Sie seufzte, trank nochmals von ihrem längst kalt gewordenen Tee.

»Alle spielen verrückt. Selbst in unserem geliebten Café Größenwahn ist man vor dem albernen Säbelrasseln nicht gefeit. Meinem Freund Emil Ludwig und seiner unsinnigen Schwärmerei vom Krieg als Abenteuer habe ich es zu verdanken, dass mein lieber Bubi im Frühjahr dem Stellungsbefehl gefolgt und wie ein törichtes Schaf zur bayerischen Armee eingerückt ist.«

»Unfassbar, dass ein Melancholiker wie Emil Ludwig so redet«, warf Dita ein und rief sich das oft tieftraurige Gesicht des Freundes mit der hohen Stirn, den schräg stehenden dunklen Augen und den herrlich vollen Lippen in Erinnerung.

»Seine Arbeit als Kriegsberichterstatter scheint ihm zu gefallen. Lange war er nicht mehr hier. Es ist einfach erschreckend, dass selbst ein kluger Mann wie er nicht immun gegen diesen Unsinn ist«, meldete sich der schwarzlockige Giovanni zu Wort. Er stammte aus Florenz und litt darunter, dass Italien letztlich doch in den Krieg eingetreten war. Inständig hoffte er, der drohenden Einberufung durch eine Tätigkeit bei einem Schweizer Verlag zu entgehen.

»Bubis anfängliche Begeisterung ist inzwischen merklich abgeflaut.« Fanny wurde besorgt. »Das Schlafen in einem Saal mit zig anderen, das ständige Gehorchen und Sich-fügen-Müssen behagt ihm nicht. Zum Glück habe ich ihn frei erzogen. Das wird ihn hoffentlich stark gemacht haben, um in diesem wahnwitzigen Irrsinn nicht unterzugehen.«

»Das wünsche ich euch beiden von Herzen.« Ermutigend tätschelte Dita ihr die Hand. »Viel zu viele sind dem Irrsinn schon zum Opfer gefallen. Denkt nur an August Macke und Franz Marc, zwei so begnadete Künstler.«

»Eine Schande, welch großartige Kunstwerke damit für immer ungemalt bleiben«, stimmte der blasse Elsässer zu. »Der Krieg ist ein schlimmes Verbrechen gegen die Menschheit, aber auch gegen alle Kunst und Kultur, die jemals geschaffen wurde.«

»Ich fürchte, das interessiert derzeit kaum jemanden«, gab Giovanni zu bedenken. »Die einen – und das sind leider die, die das Sagen haben – glauben weiter daran, dass das Blatt noch zu wenden und für Deutschland und Österreich ein Sieg zu erringen ist. Und die anderen sind vor Hunger und dem täglichen Kampf ums Allernötigste längst so verzweifelt, dass sie gar nicht mehr in der Lage sind, wirkungsvoll zu protestieren.«

»Leider gibt es aber auch weiterhin noch viele, die den Krieg durch ihr Engagement unterstützen, ihn damit selbst von zu Hause aus in Gang halten und so verhindern, dass er endlich beendet wird.«

Mahnend hielt Fanny die Merkblätter des Frauenvereins hoch.

»Das Vernünftigste wäre gewesen, man hätte den Krieg denen überlassen, die sich das Soldatsein als Beruf gewählt haben. Das hätte Tausende Leben gerettet«, stellte Dita fest.

»Als Witwe eines hochrangigen Offiziers weißt du, wovon du sprichst.« Raimund nickte nachdenklich.

»Das darfst du mir gern glauben.«

»Das wäre die beste Lösung«, pflichtete Fanny bei. »Aber leider will das keiner hören. Stattdessen sind sie alle von ihrem Opfermut berauscht.«

»Uns bleibt nur zu hoffen, dass die jungen Burschen heil aus dem Feld zurückkehren«, warf Giovanni ein.

»Und dass auch diejenigen, die für den ›Dienst an der Heimatfront‹ kräftig die Werbetrommel rühren, bald endlich zur Besinnung kommen und erkennen, was sie mit ihrer angeblich hehren Unterstützung anrichten.«

Energisch zerknüllte seine Begleiterin, eine rothaarige Hamburger Zeitungsredakteurin, das *Merkblatt für Kriegshilfe,* nachdem sie es erst neugierig, dann mit zunehmend entsetzter Miene gelesen hatte.

»Das alberne Geplapper so vieler einflussreicher Frauen von wegen ›den Männern im Feld den Rücken frei halten‹ oder ›einen voreiligen Frieden verhindern‹ kostet uns am Ende Kopf und Kragen«, prophezeite Dita.

»Und die Zukunft unserer Kinder«, fügte Fanny hinzu.

»Unglaublich, dass sich intelligente Frauen zu diesen Parolen verleiten lassen«, pflichtete Raimund bei.

»Dabei hätten sie weitaus Besseres zu tun, als sich vor diesen Karren spannen zu lassen«, resümierte Fanny.

»Das habe ich jetzt auch«, verkündete Dita. Ein Blick auf die Uhr zeigte ihr, dass sie sich für diesen Tag aus der Runde verabschieden musste. »Fräulein Ortrud wartet auf mich.«

»Wer ist das?« Erstaunt sah Fanny sie an.

»Ein gut betuchtes älteres Fräulein in einem märchenhaften Dornröschenschloss am Berghang oberhalb des Dorfs, das sich von der Offizierswitwe Grafenstetter Gesellschaft beim Patience legen erkauft«, spottete Raimund.

»Jeder muss sehen, wie er sich den Aufenthalt in der Schweiz finanziert«, sprang die Hamburgerin Dita bei. »Seit Einführung der Sondersteuer für uns Ausländer ist es noch teurer geworden.«

»Sie wollen uns Kriegsflüchtlinge eben vergraulen«, sagte der Elsässer.

»Was ihnen über kurz oder lang gelingen wird, denn erstens sind wir zu viele für ein kleines Land wie die Schweiz und zweitens sind wir auf Dauer mit unseren obskuren Tätigkeiten lästig.«

Raimund schlug die Beine übereinander und lehnte sich auf seinem Stuhl zurück.

»Fräulein Ortrud bin ich zum Glück nicht lästig. Im Gegenteil. Jeden Tag freut sie sich mehr auf mich. Und dank ihrer Großzügigkeit weiß ich endlich, was ich wert bin. Von Männern wie dir, lieber Raimund, hätte ich das nämlich nie erfahren. Du lässt dir am liebsten von mir die Zeche zahlen, statt mich einmal großzügig einzuladen.«

Vergnügt hauchte Dita dem verdutzten Raimund einen Kuss auf die Wange, winkte dem blassen Jungdichter und den anderen in der Runde zu, bevor sie sich von Fanny ebenfalls mit einem flüchtigen Kuss verabschiedete.

21

München, Mitte November 1916

Elly drapierte das letzte Buch in der Auslage, eine aufwendig mit farbigen Illustrationen gestaltete Balladenanthologie aus einem kleinen, aber feinen Verlag, die sich hervorragend als Weihnachtsgeschenk eignete. Abschließend schweifte ihr Blick über die im Schaufenster arrangierten Titel. Sie reichten von echten Klassikern wie Schiller, Goethe, Kleist, Heine oder Grillparzer in kostbarem Ledereinband mit Goldschnitt über Fontane mit seinen *Wanderungen durch die Mark Brandenburg* im günstigeren Halbleinen bis zu den Werken Münchner Schriftsteller wie etwa Paul Heyse, dem im letzten Jahr verstorbenen Josef Ruederer und natürlich Thomas Mann in ebenfalls erschwinglichen Ausgaben. Bislang nur männliche Autoren. Sie pustete sich eine blonde Haarsträhne aus dem Gesicht. Leider wurden die derzeit besonders stark verlangt. Zwischen diesen literarischen »Schwergewichten« hatte sie Einzelbände der Insel-Bücherei und der Roten Ullstein-Romane arrangiert, die eher für anspruchsvolle Unterhaltung sorgten, sowie eine Kiste mit Reclams Feldbücherei postiert, in der sich eine bunte Auswahl an Literatur für die verschiedensten Ansprüche fand. Auch die ausschließlich von Männern verfasst.

»Schaut gut aus«, lobte Theres. Sie war extra aufs Trottoir herausgekommen, um Ellys Werk zu betrachten. »Jetzt müssen wir nur hoffen, dass wir damit endlich wieder viele Kunden zu Büchergeschenken an Nikolaus und Weihnachten animieren.«

Um sich aufzuwärmen, rieb sie sich fröstelnd Hände und Arme. Der bevorstehende dritte Kriegswinter versprach eisig zu werden. Schon jetzt, Mitte November, war zu ahnen, zu welchem Luxusgut sich Kohle gemausert hatte. Zum Glück trug die Kundschaft in den Ladenräumen Mäntel und Schals, sonst würden sie wohl noch seltener zum Stöbern hereinkommen, weil das mit klammen Fingern und verfrorenen Ohren keinen Spaß machte. Elly, Rahel, Ruth und Theres behalfen sich mit einer doppelten Garnitur Unterwäsche, um in den gewohnten hellen Blusen und grauen Röcken als Personal kenntlich zu sein.

Sie waren die letzten der ursprünglich elfköpfigen Lämmle-Belegschaft, die nach der Einberufung aller Männer unter fünfundvierzig und den knapper gewordenen Arbeitskräften in wichtigen Wirtschafts- und Verwaltungsbereichen in der Buchhandlung übrig geblieben waren. Kurz vor Ende des zweiten Kriegsjahres hatte Vroni zur Stadtverwaltung gewechselt, wo man dringend versierte Fachleute für die Stadtkämmerei benötigte, und Henni hatte vor wenigen Wochen bei einem Fuhrunternehmen angeheuert – als Chauffeurin eines Lastkraftwagens. Voller Stolz hatte sie die Fahrprüfung abgelegt. Mit Bravour natürlich.

Theres und Ruth entlasteten die eingesparten Löhne spürbar. Angesichts der deutlich zurückgegangenen Umsätze erledigten sie die Buchhaltung selbst. Arbeit fiel ohnehin immer weniger an, seit die Ladenglocke über der Eingangstür nur noch sporadisch bimmelte. Oft verstrichen die Tage in der einst so rege frequentierten Buchhandlung im Universitäts- und Künstlerviertel Maxvorstadt, ohne dass mehr als eine Handvoll Kunden auftauchten – und das von Ladenöffnung morgens um halb acht bis zum Geschäftsschluss abends um halb acht.

Anfangs hatten Elly und Rahel ihre Buchlektüre, mit der sie

sich die zähen Stunden des Wartens auf Kundschaft vertrieben, noch verschämt unterm Ladentisch verborgen.

»Legt die Bücher ruhig offen auf den Tisch«, ermutigte Ruth sie jedoch. »Wenn schon wir Buchhändlerinnen uns unseres Lesens schämen, verkaufen wir bald erst recht keine Bücher mehr.«

»Lesen macht nicht dümmer, sondern klüger. Das kann man gar nicht oft genug betonen«, stimmte Theres zu.

»Vor allem jetzt.«

»Klingt fast, als fänden sie wieder zu ihrem früheren Humor zurück«, stellte Leo fest, als Elly beim Abendbrot zu Hause in der Schönfeldstraße davon erzählte.

Zacherl und er waren auf Fronturlaub, zum ersten Mal, seit sie mit ihrer Einheit nach Frankreich ausgerückt waren. Und leider nur für wenige Tage. Trotzdem versuchten sie, die Zeit des vierblättrigen Kleeblatts wieder aufleben zu lassen. So gut es angesichts der vielen Beschränkungen und der allgegenwärtigen Not ging. Und so oft es ihnen möglich war, weil Elly und Henni tagsüber arbeiten mussten.

»Wer weiß, wann wir das nächste Mal heimkommen«, gab Zacherl als Losung aus, sobald sie im *Wirtshaus in der Au* mit viel zu wässrigem und sündhaft teurem Bier aufeinander anstießen.

»Einmal ist keinmal«, versuchte Leo Elly zu beruhigen, wenn er sie in einem von den beiden anderen unbeobachteten Moment im dunklen Flur abpasste, um sie heimlich zu küssen. Sie sehnte sich nach seinen Küssen, doch sie litt darunter, Henni und Zacherl zu hintergehen. Deshalb dehnte sie die gemeinsame Zeit beim Abendbrot am Küchentisch aus, wenn sie von Neuigkeiten aus der Buchhandlung erzählte. Theres und Ruth hatten schleichend ihre Einstellung zum Krieg verändert.

»Das *Merkblatt für Kriegshilfe* wollen die Lämmles künftig auch nicht mehr in ihrem Verlag drucken«, berichtete sie weiter und kratzte hungrig die letzten Reste der Bohnensuppe aus dem Topf.

»Allmählich sehen sie das Engagement des Frauenbunds für den Krieg wohl doch durchaus kritisch.« Henni nickte zufrieden.

»Manche brauchen länger als andere, aber Hauptsache, sie fangen überhaupt an nachzudenken«, meinte Zacherl.

»Die Hoffnung stirbt immer zuletzt, auch in Kriegszeiten.« Wie so oft hatte Leo das letzte Wort.

Die These sah Elly bestätigt, als sie wenige Tage nach Zacherls und Leos Abreise in der Buchhandlung ein Gespräch zwischen den Lämmles und einem älteren Kunden belauschte. Er befürchtete, die Frauen wollten auch nach dem Krieg weiter in Männerberufen arbeiten und womöglich Auto fahren.

»Wo kommen wir da hin?«, empörte er sich. »Momentan ist es allein der Situation geschuldet, weil ein Großteil der Männer im Feld steht und ihre Arbeit trotzdem erledigt werden muss. Auf lange Sicht sind Frauen aber einfach nicht dazu geeignet.«

»Wir leben im zwanzigsten Jahrhundert«, entgegnete Theres erstaunlich gelassen. »Traurig, dass es überhaupt eines Krieges bedarf, damit wir Frauen beweisen können, zu was wir fähig sind. Nach dem Krieg sollte man das nicht mehr rückgängig machen.«

»Warum auch?«, mischte Ruth sich ein. »Es funktioniert bestens mit uns Frauen, wie man sieht. Früher oder später werden wir auch Aeroplane fliegen oder Lokomotiven steuern.«

»Ein Grund mehr, dass der Krieg allmählich zum Ende kommen sollte«, konstatierte Theres und vertrieb den Herrn damit endgültig aus dem Laden.

Obwohl sie sich mehr und mehr von der positiven Einstellung des Stadtbundes der Münchner Frauenvereine zum Krieg distanzierten, unterstützten sie dessen Spendenaktion für die Versorgung der Kriegswitwen und -waisen weiter.

»In den Ämtern und Behörden entscheiden wieder nur Männer, was den Hinterbliebenen zusteht, ohne wirklich zu wissen, was die brauchen«, rechtfertigten sie das, dabei hatten sie selbst weder Kinder noch Familie und demzufolge ebenfalls keine eigene Erfahrung.

Ebenso riefen sie weiter zu Buchspenden für die Soldaten im Feld auf. »Damit wenigstens etwas ausgewogenere Lektüre an der Front ankommt.«

Leo und Zacherl, davon war Elly überzeugt, hätten das gewiss bestätigt.

Bei den ohnehin selten gewordenen Vortragsabenden in der Buchhandlung vermieden Theres und Ruth allerdings direkte Werbung für den Krieg und konzentrierten sich stattdessen auf rein literarische Veranstaltungen.

Elly war angewiesen, das große Schaufenster zur bevorstehenden Adventszeit mit bibliophilen Klassikerausgaben und einigen wenigen schön gestalteten Büchern zu dekorieren, passend zu Theres' und Ruths Sinneswandel.

»Thomas Mann wird sich freuen, wenn er auf dem Weg zu seinen Schwiegereltern seine *Königliche Hoheit* und den *Tod in Venedig* in unserem Schaufenster entdeckt«, meinte Theres zu Elly, nachdem sie das Resultat begutachtet hatte. »Das animiert ihn vielleicht, demnächst auch bei uns aus seinem aktuellen Manuskript zu lesen. Der *Felix Krull* kommt gut an, wie man überall hört. Hast du den Bericht dazu in den *Münchner Neuesten Nachrichten* gesehen? Sehr mutig von ihm, auf seiner aktuellen Lesereise eine Kostprobe aus dem unvollendeten Manuskript zu geben.«

»Das hat er doch immer schon gern gemacht«, erwiderte Elly.

»Bis er nach München zurückkehrt und unser Schaufenster sieht, haben wir allerdings längst wieder umdekoriert.«

»Vielleicht haben wir Glück und sein *Felix Krull* erscheint bis dahin als Buch. Das wäre eine eigene Dekoration wert. In diesen Zeiten ist eine vergnügliche Hochstaplergeschichte genau das Richtige für die Leser.«

»Für die Leserinnen erst recht.«

»Bei Lesungen daraus fallen sie gewiss nicht reihenweise in Ohnmacht.« Theres lachte.

»Du meinst, nicht so wie letzte Woche bei der Lesung dieses eigenartigen Franz Kafka aus Prag in der Buchhandlung Goltz?« Elly begann ebenfalls zu lachen. »Henni und ich waren mit Leo und Zacherl dort. Wirklich beeindruckend. Und sehr amüsant, trotz der düsteren Geschichte. Gleich drei Damen aus dem Publikum hat es umgehauen, kaum dass Kafka die ersten Sätze gelesen hat. Der arme Goltz war außer sich. Er wusste gar nicht, was er zuerst tun sollte: den verwirrten Kafka beruhigen, den Damen Riechsalz reichen oder das restliche Publikum in Schach halten. Dabei hätte allen im Vorhinein klar sein müssen, worauf sie sich einlassen, wenn sie zu einer solchen Veranstaltung gehen. Der Text heißt *In der Strafkolonie*! Was haben die Leute da erwartet? Dass das kein Liebesroman ist, lag auf der Hand. Ebenso ist Kafkas Name ein sicheres Indiz dafür, womit zu rechnen ist, auch wenn man bislang wenig von ihm gehört und noch weniger von ihm gelesen hat. Einer der Rezensenten hat ihn als ›Lüstling des Entsetzens‹ tituliert. Völlig übertrieben!«

Auch sie und die Freunde hatten im Anschluss heftig über den Schriftsteller diskutiert und waren sich uneinig gewesen, ob sie Kafkas Text und überhaupt seine Art zu schreiben gut fanden oder nicht. Einig waren sie sich nur gewesen, wie schön es gewesen war, den Abend gemeinsam verbracht zu haben. Traurig wischte Elly sich die feuchten Augenwinkel.

»Kafka wird die Resonanz wahrscheinlich eher freuen denn ärgern. Selbst Goltz wird unterm Strich zufrieden gewesen sein. Die Lesung hat für enormes Aufsehen gesorgt. Das haben wir Buchhändler nötiger denn je. Selbst eine Woche später reden wir noch darüber! Die aktuellen Neuerscheinungen bringen derzeit kaum jemanden dazu, mal wieder in eine Buchhandlung zu gehen.«

»Wen wundert's, wenn wir nur die Klassiker und die älteren Titel im Schaufenster präsentieren, statt mehr Neues wie diesen Kafka zu wagen.« Enttäuscht wies Elly auf die Schaufensterauslage.

»Zu uns passt Kafka nicht.«

»Wenigstens den *Professor Unrat* von Heinrich Mann sollte ich noch dazulegen«, überging Elly den Einwand und dachte dabei einmal mehr an Leo, der den Roman liebte. Natürlich hatten sie auch darüber wieder diskutiert.

»In der Kombination mit den Titeln seines Bruders wird er umso mehr auffallen«, versuchte sie, Theres zu überzeugen. »Die konträre Einstellung der beiden zum Krieg ist ja bekannt. Darüber wird viel geredet, erst recht, wenn wir die Bücher nebeneinander präsentieren. Schade, dass *Der Untertan* als Buch noch auf sich warten lässt. Seit der Vorabdruck abgebrochen wurde, brenne ich darauf, wie die Geschichte ausgeht.«

Nicht nur sie, auch Leo wollte das wissen. Zusammen mit Zacherl hatten sie sich bereits mögliche Schlüsse überlegt, die Henni natürlich am interessantesten ausgestaltet hatte.

»Die Redaktion musste den Abdruck damals stoppen.« Theres' Bemerkung riss sie aus ihren wehmütigen Erinnerungen. »Angesichts der politischen Stimmung im Land war die Geschichte nicht mehr opportun. Wer weiß, welche Konsequenzen es für die Zeitschrift gehabt hätte, wenn die Redakteure daran festgehalten hätten.«

»Weil sich zu viele in dem obrigkeitshörigen, nach unten tretenden Diederich Heßling wiedererkannt hätten? Der beste Beweis, wie gelungen die Figur ist.« Von Neuem dachte Elly an ihre Gespräche mit den Freunden über den Roman. »Unglaublich, dass Heinrich Mann das Manuskript bereits vor Kriegsbeginn beendet hat. Es liest sich geradezu prophetisch, wie er Heßling geschildert hat. Bestimmt hätte Heßling sich für seinen hehren Kaiser begeistert in die Schlacht geworfen und seine Untergebenen in der Armee kräftig geschunden. Das ist doch genau das, was zigtausendfach vor zwei Jahren passiert ist.«

»Heinrich Mann ist viel zu direkt. Da fühlen sich viele bloßgestellt.«

Theres verschränkte die Arme vor der Brust. Dachte nach. Dann bat sie: »Lass den *Professor Unrat* draußen. Er passt nicht in die Weihnachtsauslage. Wir sollten uns lieber überlegen, welche Bücher wir im zweiten Fenster zeigen.«

»Nur solche von Frauen«, erwiderte Elly, die begriff, dass es vorerst keinen Sinn machte, stur auf dem Buch zu beharren, obwohl Leo und Zacherl das bestimmt anders sähen.

»Das sind wir uns nach der geballten Männerversammlung in diesem Fenster wirklich schuldig.« Theres zwinkerte ihr zu. »Allerdings ist da ebenfalls eine kluge Auswahl angebracht.«

»Schade, dass die Münchner Verlegervereinigung auf dem Plakat mit ihren Weihnachtsempfehlungen keine weiblichen Autoren berücksichtigt. Offenbar fehlen unter den Verlegern die Frauen, sonst sähe das anders aus.«

»Nicht nur unter den Verlegern fehlen die Frauen.«

»Das ist ja das Schlimme!« Elly musste sich jetzt doch einmal Luft machen. Schon allein den Freunden zuliebe, die inzwischen wieder an der Westfront in ihren Schützengräben lagen, weil irgendwelche Männer an den politischen Schalthebeln das so entschieden hatten. »Selbst in Kriegszeiten bleibt zu Hause alles männlich dominiert und bei den Büchern werden weiterhin nur männliche Autoren als Klassiker propagiert. Nicht einmal in der Feldbücherei findet Literatur von Frauen statt. Und wir unterstützen das, indem wir die Schriftstellerinnen in das kleinere und schlecht ausgeleuchtete Schaufenster verbannen, damit sie den Männern nicht die Schau stehlen.«

»Wir verbannen sie nicht, wir räumen ihnen überhaupt einen eigenen Platz ein, selbst jetzt. Wenn du das Schaufenster besonders ansprechend bestückst, wird sich so manche Käuferin davon angesprochen fühlen.«

»Wie alle denkst du nur in den eingefahrenen Kategorien: Bücher von Männern lesen beide Geschlechter, Bücher von Frauen nur die Frauen. Schade!«

»Das bedauere ich ebenso wie du. Aber so ist es einfach. Und leider müssen wir auch ökonomisch denken. Gerade jetzt«, räumte Theres ein. »Wollen wir noch etwas vom stetig sinkenden Umsatz im Buchgeschäft abbekommen, müssen wir wie unsere Kollegen auf das setzen, was am ehesten gekauft wird. Und das sind die Titel, die empfohlen werden oder große Bekanntheit besitzen, wie eben ein Goethe in Ganzleder mit Goldschnitt, der auch noch eine Wertanlage darstellt. Etwas anderes interessiert kaum jemanden mehr. Nicht einmal unsere Stammkundinnen.«

»Außer den propagandistischen *Kriegsbüchern, Weyers Flotten-Taschenbuch* oder die sensationell erfolgreichen Heftromanserien wie etwa *Krieg und Liebe,* die wir neuerdings stapelweise ins Programm genommen haben, nachdem sie früher fast ausschließlich an Kiosken oder in Warenhäusern angeboten wurden.«

»Die bringen uns Geld und neue Kundschaft, die wir nötiger haben denn je, nachdem die Studenten und Lehrkräfte ins Feld verschwunden und die Touristen aus dem In- und Ausland ausgeblieben sind. Das müssen wir irgendwie wettmachen. Nur mit den Romanen der Damen aus dem Schriftstellerinnen-Verein schaffen wir das leider nicht. Fortan sollten wir jedem die Hand küssen, der bei uns etwas Gedrucktes kaufen will, fast schon einerlei, was.«

Als wäre das das Stichwort, bimmelte die Ladenglocke. Theres strahlte, sobald sie sah, dass gleich zwei Kundinnen die Buchhandlung betraten. Unauffällig gab sie Elly ein Zeichen, sich um sie zu kümmern, und verschwand ins Hinterzimmer.

Elly atmete tief durch. Auf Anhieb hatte sie die beiden erkannt. Es waren ihre früheren Schulkameradinnen Dorothea und Sieglinde, die seit Langem einmal wieder die Buchhandlung beehrten. Suchend sahen sie sich um. Sie erwarteten doch nicht etwa Leo, den sie vor dem Krieg so albern angehimmelt hatten? Erst ärgerte Elly sich, dann kam ihr eine Idee. Bestens gelaunt ging sie auf die beiden zu.

»Kann ich euch helfen?«

Wie so oft schenkten sie ihr zunächst einen abfälligen Blick, bevor Dorothea, die größere von beiden, das Wort ergriff: »Wir suchen ein ganz besonderes Buch. Etwas Anspruchsvolles, das den Geist anregt.«

»Und dennoch bestens unterhält«, ergänzte die trotz dickem Mantel und voluminösem Wollschal zierlichere Sieglinde.

»Dein Kollege kannte sich da immer ausgezeichnet aus. Aber jetzt, da er nicht mehr da ist …«

Den Rest des Satzes ließ Dorothea vielsagend in der Luft schweben und sah sie mitleidig an.

»Leo geht es gut. Wir tauschen uns in unseren Briefen regelmäßig über Bücher aus, weil wir die gleichen Vorlieben haben.«

Mit dem Hinweis erzielte Elly die erhoffte Wirkung, wie sie an Dorotheas verärgertem und Sieglindes enttäuschtem Gesichtsausdruck ablas.

»Sobald der Krieg aus und er wieder da ist, wird er euch

selbstverständlich wieder gern persönlich beraten«, setzte sie nach. »Bis dahin müsst ihr leider mit mir vorliebnehmen. Wie wäre es also beispielsweise mit Ludwig Thomas Filser-Briefen? Die würde Leo euch bestimmt ans Herz legen. Die sind sehr geistreich und absolut komisch. Ein großes Lesevergnügen.«

Schon eilte sie zum Tisch mit den Münchner Autoren und griff sich das angestaubte, ausgeblichene Exemplar von *Jozef Filsers Briefwexel,* das bis vorhin noch ein Mauerblümchendasein in der Auslage gefristet hatte. So lädiert war es praktisch unverkäuflich und konnte nicht mehr an den Verlag remittiert werden. Die Lämmles mussten den üblichen Einkaufspreis dafür bezahlen. Wenn Ellys Plan aufging, erwarb Dorothea es zum halben Preis, was nicht nur den drohenden Verlust vermied, sondern sogar einen bescheidenen Gewinn versprach. Jeder Pfennig zählt!, spornte sie sich an.

»Das sieht sehr unappetitlich aus.«

Mit spitzen Fingern nahm Dorothea das Buch in die Hand und blätterte es angeekelt durch.

»Das liegt daran, dass Leo es schon im Feld gelesen hat. Es ist wirklich sehr begehrt, deshalb haben wir nur dieses eine Exemplar vorrätig. Ich dachte, wenn ihr wisst, dass Leo es …«

»Zum halben Preis nehme ich es«, unterbrach Dorothea sie.

Insgeheim triumphierte Elly.

»Wollt ihr auch noch Lena Christs kleine Serie über *Unsere Bayern?* Dafür hat der König sie im letzten Jahr höchstpersönlich mit dem Ludwigskreuz ausgezeichnet. Bei einer Privataudienz. Es hat ihm einfach gefallen, dass sie in den Geschichten die Befindlichkeiten der Leute im Land so hervorragend trifft. Leo war ganz hin und weg, als ich ihm das geschrieben habe. Er schätzt die Christ sehr. Gerade ist übrigens ein neuer Roman von ihr herausgekommen: *Die Rumplhanni,* eine sehr ergreifende Geschichte von einer Magd, die sich durch Heirat erst mit einem

Bauern auf dem Land, dann mit einem Gastwirt in der Stadt eine bessere …«

»So etwas kann sich wirklich nur die Lena Christ ausdenken. Hat Leo die beiden Bände auch mit im Feld gehabt?«, unterbrach Sieglinde sie fast schon ehrfürchtig und konnte es kaum abwarten, bis Elly ihr die Titel vom Tisch holte. Es handelte sich ebenfalls um zwei Exemplare aus dem Schaufenster, sie hatten darin allerdings sichtlich weniger stark unter Sonne und Staub gelitten als die Filser-Briefe.

»Darf ich mal sehen?«

Wie aus dem Nichts stand plötzlich ein unscheinbarer, auffallend kleiner Mann bei ihnen und streckte die Hand nach den Büchern aus. Dorothea und Sieglinde wichen zurück, Elly rang darum, sich ihre Überraschung nicht anmerken zu lassen. Der machte ihr alles kaputt! Obwohl der Mann Zivil trug, erkannte sie in ihm auf Anhieb den Militärzensor. Die Herren besaßen alle denselben lauernden Blick und dieselbe Art, auffällig unauffällig herumzuschnüffeln. Längst besaß sie Routine im Umgang mit ihnen. Dieser musste sich vorhin, als sie im Schaufenster dekoriert hatte, unbemerkt in die Ladenräume geschlichen und seither ebenso unbemerkt die Auslagen und Regale durchforstet haben. Dass er sich ins Kundengespräch einmischte, war jedoch neu. Eine Unverfrorenheit!

Sichtlich angewidert von dem angeschmutzten Buch und der Störung ließ Dorothea das Thoma-Buch fallen, murmelte »Danke« und wandte sich ab, um die Buchhandlung zu verlassen. Sieglinde drückte dem Zensor Lena Christs *Unsere Bayern* und *Die Rumplhanni* in die Hand und beeilte sich, ihr zu folgen.

»Gehört das Vergraulen der Kundschaft neuerdings auch zu Ihren Aufgaben? Gratuliere! Es ist Ihnen gelungen.«

Kaum war ihre Wut heraus, wusste Elly, dass es ein Fehler gewesen war, den Mann direkt anzugreifen. Theres würde toben.

Zu spät. Verärgert bückte sie sich nach den Filser-Briefen, um sie dem Zensor ebenfalls zu geben.

»Wer ersetzt uns den entgangenen Verkaufserlös? Die Fräulein waren kurz davor, die Bücher zu erwerben. Drei auf einmal! Soweit ich informiert bin, stehen weder die Werke von Ludwig Thoma noch die von Lena Christ auf einer Verbotsliste …«

Die Ladenglocke bimmelte abermals und unterbrach sie mitten im Satz.

Dankbar für die Störung sah sie zur Tür. Und fluchte leise. Rolf von Hauenstein. In voller Major-Montur.

Neuerdings tauchte er immer öfter in der Buchhandlung auf und brachte sich immer unmissverständlicher als ihr männlicher Beschützer in unsicheren Zeiten ins Spiel. Als ob sie sich die letzten zweieinhalb Jahre nicht bestens mit Henni durchgeschlagen hätte! Als früherer Bursche ihres verstorbenen Vaters sei er seit Langem mit ihr vertraut und quasi ein »alter« Freund der Familie, betonte er gern. Wer, wenn nicht er, wäre der Richtige, jetzt, da sie mutterseelenallein sei, um auf sie achtzugeben?

Darüber hatte Elly herzhaft lachen müssen und Henni davon erzählt. »Der hält mich nach wie vor für ein armes, kleines, hilfloses Mädchen. Dabei bin ich zweiundzwanzig!«

Henni hatte dagegen vermutet, Dita habe ihn gebeten, Elly endlich zu heiraten.

»Warum sollte er?«

»Weil er seit Langem auf die Gelegenheit wartet«, hatte Henni erwidert. »Jetzt hält er seine Zeit für gekommen. Wann, wenn nicht im Krieg, ist ein Offizier eine gefragte Partie?«

»Eigentlich hatte ich gehofft, ihn für immer abgeschreckt zu haben.«

»Einen Hauenstein kannst du nicht abschrecken. Für immer erst recht nicht. Übrigens ist es durchaus eine gute Idee, wenn er dich heiratet«, hatte Henni hinzugefügt. »Vor allem, wenn er doch noch an die Front muss. Dann hast du deine Ruhe vor ihm und in jedem Fall die Pension, wenn er fällt.«

»Du und deine Fantasie! Du spinnst dir nur wieder eine deiner völlig abstrusen Geschichten zusammen. Wann endlich schreibst du sie auf und suchst dir einen Verlag dafür?«, hatte Elly hastig das Gespräch beendet.

Und jetzt stand Hauenstein wie schon so oft in letzter Zeit in der Buchhandlung. In einer Situation, die wie geschaffen war, um sich als Beschützer aufzuspielen.

Schmuck sah er aus in seiner Uniform. Attraktiv wie eh und je. Das musste sie ihm zugestehen. Warum ein Mann in seiner Position, mit seinem Aussehen und dem Renommee noch nicht verheiratet war? Ob Henni doch richtig vermutete und er wollte ihr tatsächlich einen Antrag machen? Bei dem Gedanken glühten ihre Wangen. Sie beobachtete, wie entschlossen er auf den Zensor zuging und wie rasch der vor dem höherrangigen Offizier zusammenschrumpfte. Ihre Selbstsicherheit kehrte zurück. Sie richtete sich kerzengerade auf. Lächelte.

»Nehmen Sie Haltung an!«, befahl Hauenstein dem Zensor. Offenbar hatte er die Situation gleich erfasst, vielleicht sogar bereits von draußen durch die Schaufenster mitverfolgt.

»Soweit ich informiert bin, gehört das Vertreiben von Kundschaft nicht zu Ihren Aufgaben«, setzte er nach. »Was fällt Ihnen ein, sich derart aufzuführen? Stehen die Titel auf dem Index?«

Noch ehe er den Befehl erteilen konnte, hielt ihm der Zensor die Bücher hin. Seine Hände zitterten. Flüchtig streifte Hauensteins Blick die Umschläge. Las die Namen, zog die Augenbraue nach oben.

»Ist das Ihr Ernst? Die Christ und der Thoma? Wissen Sie überhaupt, wer die Herrschaften sind?«

»N-n-nein«, stotterte der Zensor.

»Dann wird es höchste Zeit, es zu erfahren. Was kosten die

Bücher?«, wandte Hauenstein sich an Elly. »Ich kann mir das Ganze nur so erklären, dass der Herr sie selbst erwerben wollte und fürchtete, es handelte sich um die letzten vorrätigen Exemplare. Verzeihen Sie die Unannehmlichkeiten. Selbstverständlich wird der Herr die Bände sofort bezahlen und dann den beiden Kundinnen nacheilen, um sich auch bei ihnen zu entschuldigen. Am besten kauft er noch zwei weitere Bücher, um die Damen zu besänftigen. Suchen Sie bitte rasch etwas Geeignetes, Hochwertiges aus, damit er sich bei den Fräulein nicht blamiert.«

Elly verstand sofort, was ihm vorschwebte: Sie sollte irgendwelche Bücher nehmen, Hauptsache teuer, um dem Zensor eine Lektion zu erteilen. Auf einmal tat er ihr leid. Sosehr sein Benehmen sie erzürnt hatte, fand sie das zu heftig. Sie hatte ihm bereits verziehen, noch ehe sie den Kassentresen erreicht hatte. Beiläufig griff sie dort nach den obersten beiden Bänden einer günstigen Romanreihe.

Der Zensor atmete erleichtert auf, wie sie bemerkte. Wahrscheinlich hatte er Frau und Kinder und lavierte wie der Rest der Bevölkerung zwischen rationierten Lebensmitteln, kargem Sold und den ewig knurrenden Mägen herum, die ihn letztlich wie alle anderen zum Hamstern bei raffgierigen Schleichhändlern auf dem Land zwangen. Als sie ihm den Bücherstapel gab, katzbuckelte er dankbar.

Dafür nickte sie ihm aufmunternd zu.

Und stutzte, als sie Hauensteins zornentflammte Miene gewahrte.

Vor Wut schien er zu beben. Sie hatte ihn beleidigt. Sie hatte nicht nur seine Anweisung missachtet und dem Zensor beigestanden, sondern das derart unmissverständlich, dass der das sofort begriffen und die damit verbundene Auflehnung gegen Hauensteins Order ebenfalls mitbekommen hatte.

Den Beistand eines Major von Hauenstein aber wies man nicht zurück.

Nicht vor einem rangniedrigen Menschen wie dem Zensor.

Erst recht nicht als Frau.

Und gleich gar nicht als Elly Grafenstetter, Tochter von Dita und seinem verstorbenen ehemaligen Vorgesetzten Gustl Grafenstetter.

Noch ehe Elly die Überlegungen in ihrem Kopf richtig sortiert hatte, war der Zensor aus dem Laden verschwunden.

Hauenstein hatte sich wieder gesammelt, dennoch spürte sie, dass sie ihn besser nicht ein weiteres Mal provozierte.

»Wir gehen aus. Aufwendig. Um halb neun hole ich Sie ab«, verkündete er knapp und ging.

Mehr eine Drohung als eine Einladung zu einem unbeschwerten, vergnügten Abend.

Elly seufzte. So wenig Lust sie verspürte, Hauenstein in dieser Stimmung Gesellschaft zu leisten, so genau wusste sie, dass sie ihm nicht auskam.

Ein ungutes Gefühl beschlich sie. Ausgerechnet heute war Henni nicht zu Hause, sondern zum obligatorischen Waschtag bei ihren Eltern. Elly würde allein sein, wenn Hauenstein vor der Tür stand, um sie abzuholen.

22

Erschöpft betrat Henni das Haus in der Schönfeldstraße. Sämtliche Knochen taten ihr weh. Die Arbeit, die sie seit einigen Wochen hatte, war hart. Allmählich wurde ihr bewusst, dass das Geschlecht doch eine große Rolle spielte, wenn es darum ging, etwas zu stemmen. Obwohl es sie mit Stolz erfüllte, eine ursprünglich reine Männerarbeit auch als Frau auszuhalten. Auch Zacherl war beeindruckt gewesen, als sie ihm und Leo bei ihrem Heimaturlaub davon berichtet hatte. Sie würde es schaffen. Weil sie es schaffen wollte. Sie würde ihren bescheidenen Anteil daran haben, der restlichen Welt vor Augen zu führen, was alles in ihr und ihren Geschlechtsgenossinnen steckte, wenn man sie nur machen ließe. Und somit den Grundstein dafür legen, dass man nach dem hoffentlich bald endenden Krieg immer und überall mit ihnen rechnen musste. Dass sie sich nicht mehr zurückdrängen ließen auf die Position des angeblich schwachen Geschlechts. Künftig bestünden sie auf ihrer Mitsprache. Und auf dem Recht zu wählen und gewählt zu werden. Um mitzuregieren. Frauen waren Teil des öffentlichen Lebens. Deshalb musste ihre Stimme gleichermaßen zählen. Ein Zurück gab es ohnehin nicht mehr.

Müde stolperte sie die ausgetretenen hölzernen Treppenstufen bis zum ersten Absatz hinauf. Sie war dabei so laut, dass die Portiersfrau alarmiert aus ihrer Wohnung herauskam. Sie wischte sich die feuchten Hände am schmuddeligen Rock ab und fischte aus den Taschen unter der ebenfalls angeschmutzten Schürze einen Briefumschlag heraus. Statt ihn Henni zu geben, musterte sie sie verächtlich.

»Kommen Sie jetzt erst heim? Waren Sie letzte Nacht gar nicht da?«

»Schaut so aus.«

Henni verspürte nicht die geringste Lust, ihr mehr als nötig zu verraten. An ihrem verkniffenen Gesicht las sie jedoch ab, dass die Portiersfrau etwas Wichtiges loswerden wollte. Um sie nicht zu arg vor den Kopf zu stoßen, erklärte sie schließlich: »Ich war bei meinen Eltern. Zum Waschtag.«

»Ich dachte, Waschtag ist allweil dienstags.«

»Hat sich verschoben, wie so vieles im Krieg.«

»Und jetzt kommen Sie schon von der Arbeit? Mitten am Tag?«

»Ausnahmsweise haben sie uns Fahrerinnen den Nachmittag freigegeben.«

Kaum waren die Worte heraus, ärgerte es Henni, dass sie sich hatte verleiten lassen, überhaupt etwas zu erzählen. Das alles ging die alte Hexe einen feuchten Kehricht an.

»Haben Sie was mitgekriegt von den Bomben, die wo gestern Mittag über der Stadt abgeworfen wurden?«, bohrte die Portiersfrau sensationslüstern nach. »Haben Sie den Nachmittag freibekommen, weil die Straßen und Häuser in Schutt und Asche liegen?«

»Freigegeben haben sie uns, weil es keine Aufträge für Fuhren gegeben hat. Wie auch? Die Vorratslager sind genauso leer wie unsere Bäuche.«

»Aber die Bomben …«, wiederholte die Portiersfrau, als wäre das auf einmal das Allerwichtigste und nicht die leeren Lager und die noch leereren Mägen, die inzwischen immer öfter Frauen zu

Demonstrationen vor dem Rathaus oder dem Lebensmittelamt in der Thalkirchner Straße trieben.

»Sieben Stück sollen's gewesen sein, heißt es«, fügte sie hinzu, als Henni weiter schwieg. »Aus einem einzigen Flugzeug! Von den Froschfressern gewiss. Haben Sie wirklich nichts davon mitbekommen? Dass die Franzosen sich überhaupt bis hierher trauen mit ihren Fliegern. Direkt am Sendlinger-Tor-Platz soll eine liegen, hab ich von der Aufwartefrau vorn im Kriegsministerium gehört. Ein Wahnsinn ist das! Stellen Sie sich vor, was hätt' passieren können, wenn die Bomben einen getroffen hätten, der draußen auf der Straße gestanden ist. Oder eine wär' in ein Haus reingefallen. Oder auf eine Tram. Oder vielleicht sogar auf einen dieser Lastkraftwagen, die Frauen wie Sie jetzt neuerdings fahren müssen, weil die Männer fehlen. Nimmer sicher ist man in der eigenen Stadt.«

Sie wirkte ehrlich erschüttert.

»Machen Sie sich keine Sorgen«, riet Henni, nun doch mitleidig geworden. »Wie man sich bei Bombenalarm zu verhalten hat, dafür hat die Stadt extra genaue Vorschriften erlassen. Überall angeschlagen sind die. Am besten bleiben Sie zu Hause, da passiert Ihnen am wenigsten. Eine der Bomben ist gestern Abend noch ausgehoben und auf der Theresienwiese abgelegt worden. Ein Feuerwehrleutnant hat sich gemeldet, der mit einem seiner Kollegen die Bombe am Sendlinger-Tor-Platz heute noch in Sicherheit bringen wird. Die wissen schon, was sie tun. Und in der Innenstadt ist nirgendwo ein größerer Schaden entstanden. Weit genug weg von hier ist es allemal. Da müssen Sie sich in der Maxvorstadt wirklich keine Gedanken machen, dass Ihnen was passiert.«

Fast schon war sie versucht, ihr zur Beruhigung die Hand auf die Schulter zu legen. Im letzten Moment hielt sie inne, sah auf den Brief, den die Portiersfrau in der Hand hatte. Ein Feldpostbrief aus Frankreich. Von Leo. Wie immer an Elly und sie zusammen adressiert. So kurz nach ihrem Urlaub! Damit hatte sie nicht gerechnet. Sie freute sich.

Die Briefe waren ein großer Spaß. Ein Wunder, dass Leo angesichts dessen, was er und Zacherl an der Front erlebten, noch dazu in der Lage war. Bei ihrem Besuch hatten sie nicht darüber reden wollen. Was auch gar nicht nötig gewesen war. Es hatte genügt zu sehen, wie leer ihre Blicke gelegentlich wurden, wie erschöpft sie waren, sobald sie sich unbeobachtet fühlten, und wie unruhig sie nachts schliefen. War eine Tür laut zugefallen, waren sie zutiefst erschrocken.

Der scherzhafte Ton der Briefe half ihnen allen, das Elend einigermaßen zu ertragen. Als sie ihnen im Sommer wieder einmal einen Stapel Reclam-Bände aus Theres' und Ruths Fundus hatten schicken können, war Leo in seinem Dankesbrief in die Rolle eines beckmesserischen Zeitungsrezensenten geschlüpft, der den Weimarer Dichterfürst für den *Faust* schalt: »*Will man es diesem Goethe tatsächlich durchgehen lassen, dass er einen Greis nach einer teuflischen Verjüngungskur lüstern ein unbedarftes Mädchen verführen lässt? Das durfte nicht gut ausgehen!*« Bei Schillers *Räubern* mokierte er sich, dass er die Jungen gegen die Alten aufstachelte – »*und das in so unruhigen Zeiten wie jetzt!*« Dagegen lobte er Fontanes *Effi Briest*: »*Wenn es selbst einem Apotheker in Rente gelingt, sich in die Gefühlswelt einer Frau hineinzuversetzen, dann sollten bald goldene Zeiten für die längst überfällige Gleichberechtigung anbrechen. Schade, dass Fontane sich nicht mehr in der Frauenbewegung engagieren kann.*«

Darauf hatte Henni mit einem Zeitungsbericht über ein Treffen des Münchner Frauenvereins im vegetarischen Restaurant *Ethos* geantwortet, auf dem dem Berliner Dichterkollegen bei Gemüsesuppe und Tomatenauflauf mit Petersilientunke von Carry Brachvogel und ihren Mitstreiterinnen die Ehrenmitgliedschaft im Schriftstellerinnen-Verein angetragen worden sei, »*weil er sich gewiss auch für die gleichberechtigte Honorierung seiner Kolleginnen eingesetzt hätte, hätte der Verein zu seinen Lebzeiten bereits existiert. Ein Wunder, dass er ihn nicht überhaupt schon erfunden hat.«*

Elly hatte sich die Lachtränen aus den Augen gewischt, als Henni ihr das vorgelesen hatte, und gemutmaßt, dass es Leo und Zacherl ähnlich erginge, sobald sie die Zeilen erhielten. Dass sie sich darauf verlassen konnten, daran bestand nie ein Zweifel.

»Wenn alles im Krieg so gut funktionieren würde wie die Post, hätten wir den Krieg längst gewonnen«, hatte Henni zu Elly gemeint. »Seltsam, dass der schon für das erste Kriegsweihnachten prophezeite Sieg jetzt auch zum dritten Kriegswinter ausbleiben wird, weil sich die Situation an der Westfront festgefahren hat.«

»Vielleicht haben wir den Krieg nur der gut funktionierenden Post wegen noch nicht gewonnen«, hatte Elly so altklug erwidert, wie es manchmal ihre Art war, seit sie ohne Henni in der Buchhandlung arbeitete und mehr zum Lesen kam als sie. Nach einem langen, schweren Tag hinterm Steuer fielen Henni abends im Bett rasch die Augen zu. Von ihrem müden Hirn ganz zu schweigen. Nur mit größter Mühe konnte sie noch Ellys komplexen Gedankengängen folgen.

»Schau dir an, wie souverän du deinen Lastkraftwagen steuerst«, hatte Elly betont geduldig nachgeschoben, nachdem Henni über ihre Bemerkung abgekämpft aufgestöhnt hatte. »Wir Frauen sind zu gut darin, die Post und überhaupt den Alltag in den Fabriken, Handwerksbetrieben und Behörden an der ›Heimatfront‹ ohne die Männer zu deichseln. Das ermuntert die oberen Militärs nur, sich immer verbissener ins Kriegführen zu stürzen, statt für Frieden zu sorgen, wie es längst die Vernunft gebietet.«

»Das musst du mir bei Gelegenheit ausführlicher erklären«,

hatte Henni erwidert, sich im selben Moment zur Seite gedreht und war eingeschlafen.

Einerlei, ob Elly mit dieser Theorie recht hatte oder nicht, war es beruhigend zu wissen, dass die Post funktionierte und ihnen zuverlässig Nachrichten von Leo und Zacherl bescherte. Die sie selbstverständlich stets gemeinsam lasen.

Heute war Henni ausnahmsweise früher nach Hause gekommen als Elly. Zuerst würde sie sich für ein halbes Stündchen hinlegen, um sie nachher ausgeruht zu empfangen und dann mit ihr den Brief zu öffnen. Zur Feier des Tages konnte sie jedoch nichts anderes als den obligatorischen Dotschen-Eintopf auf den Tisch stellen. Weil es nichts anderes mehr gab als Steckrüben. Allein in der Aussprache von *Dotschen* steckte schon der ganze Abscheu der Münchner gegen dieses Gewächs, fand Henni.

»Danke, dass Sie den Brief angenommen haben.«

Auffordernd streckte sie nun der Portiersfrau die Hand hin, um so schnell wie möglich nach oben zu verschwinden. Die presste den Brief plötzlich gegen die Brust und funkelte sie neugierig an.

»Sind Sie wirklich über Nacht bei Ihren Eltern gewesen und kommen jetzt erst heim?«, hakte sie noch einmal nach.

»Das hab ich Ihnen doch eben schon gesagt. Warum fragen Sie?«

»Weil's in der Nacht einen ganz einen grässlichen Lärm oben in der Wohnung gegeben hat.«

Sie machte zwei weitere Schritte auf Henni zu, beugte sich vor und wisperte ihr verschwörerisch zu: »Laut geschrien und gepoltert hat's, als fänd' da droben ein Kampf statt. Mehrere Stimmen sind's in jedem Fall gewesen, die man gehört hat, deswegen dacht' ich, Sie und das Fräulein Grafenstetter hätten einen Streit. Ihr Herr Bruder und der andere, der früher allweil mit dabei gewesen ist, sind ja im Krieg in Frankreich, sonst hätt' ich gemeint, einer von denen wär' wieder zurück. Eine Männerstimme ist nämlich mindestens auch darunter gewesen.«

»Eine Männerstimme? Letzte Nacht bei Elly in der Wohnung?«

»Und Sie sind ganz gewiss nicht daheim gewesen?«

Die Augen der Portiersfrau blitzten triumphierend. Eindeutig witterte sie einen Skandal.

»Geben Sie her!« Henni entriss ihr den Brief, raffte ihren Rock und hastete nach oben. Rutschte dabei mit den glatten, durchgelaufenen Sohlen ihrer Winterstiefel noch ein oder zwei Mal auf dem ausgetretenen, glitschigen Holz der Stiegen ab, konnte sich aber rechtzeitig fangen.

Außer Atem erreichte sie die Wohnung im zweiten Stock. Mit zittrigen Fingern steckte sie den Schlüssel ins Schloss. Schon nach einer halben Drehung sprang die Tür auf. Es war nicht abgesperrt, Elly musste zu Hause sein. Dabei war sie sonst um diese Zeit noch in der Buchhandlung.

Drinnen war es ungewöhnlich warm. Und feucht. Wie in einem Dampfbad. Ellys Hut, Mantel und Schal entdeckte sie an der Garderobe. Ordentlich aufgehängt. Die Winterstiefel exakt darunter platziert, als gelte es, sie zum Appell antreten zu lassen.

Verwundert sah Henni sich um. Die Küchentür stand weit offen. Was sie im Winter nie tat, wenn eine von ihnen zu Hause war. Der Ofen in der Küche war der einzige, den sie noch anheizten. Deshalb achteten sie darauf, die Tür zum Flur zu schließen, um die Wärme im Raum möglichst lang zu halten, auch wenn niemand zu Hause war. Jetzt aber war es schon im Flur erdrückend warm. Regelrecht heiß. Weil viel zu kräftig eingeheizt war. Und das in einem Winter, in dem man bald anfangen musste, das Mobiliar zu verfeuern.

»Elly?«, rief Henni in die dämmrige Stille hinein. Sie legte den Brief auf die Kommode und lauschte angestrengt.

Was war das? Weinte da jemand? Sie spitzte die Ohren.

Nein, da plätscherte Wasser.

Hastig legte sie den Mantel ab, schnürte die schmutzigen Stiefel auf und streifte sie sich von den Füßen, um auf Socken zum entgegengesetzten Flurende zu laufen, wo sich Schlaf- und Badezimmer befanden.

Die Tür zum Bad war angelehnt. Vorsichtig schob sie sie auf.

Eine Wand aus dichtem, heißem Wasserdunst schlug ihr entgegen. Sie schnappte nach Luft. Wedelte den Dampf vor dem Gesicht mit den Händen weg. Hustete.

Und entdeckte Elly in der Wanne. Mitten am Tag!

Auf dem Fensterbrett hatte sie dicke Kerzen angezündet.

Im Kupferofen prasselte das Feuer.

Vom Badewasser stiegen kleine Dampfwölkchen auf.

Es duftete nach Lavendelseife und Rosenessenz, als hätte Elly Ditas Parfumflakons ins Wasser geleert.

Dazwischen schob sich allerdings noch die Ahnung eines anderen Geruchs. Herber und weniger angenehm. Henni schnüffelte angestrengter in die Luft. Bildete sie sich das ein, oder roch es noch etwas nach Tabak, Alkohol, Rasierwasser und Haarpomade? Sie schüttelte sich.

Und wandte sich Elly zu.

Deren Gesicht glühte. Die nackte Haut an Hals, Schultern und Dekolleté war gerötet. Von der Hitze und vom Schrubben, wie einige Kratzer verrieten. Glänzte schweißnass. Als wollte Elly sich in dem heißen Badewasser abbrühen wie eine Wurst.

Sie hob den Badeschwamm aus dem Wasser, drückte ihn über dem Kopf aus.

»Das tut gut! Willst du auch rein?«, fragte sie Henni. Schon presste sie den Rücken gegen den Wannenrand, um ihr Platz zu machen, und klatschte mit der Hand einladend aufs Wasser.

So munter sie tat, flackerten ihre Augen verräterisch. Ihre Lippen bebten.

»Wie kommt es, dass du schon zu Hause bist und dich mitten am Tag in der Wanne suhlst?«, überging Henni das Angebot. »Heute ist doch gar nicht Badetag. Mit der Seife solltest du vorsichtiger sein. Unsere Seifenkarte …«

»Einmal werde ich mir das gönnen dürfen. Die letzten Stunden habe ich hart geschuftet«, schnitt Elly ihr verärgert das Wort ab.

»Aber nicht in der Buchhandlung …«

»Wenn du nicht ins Wasser magst, lasse ich es ab«, überging Elly den versteckten Tadel. »Schade drum. Gerade weil Seife so kostbar geworden ist.«

Ehe Henni sich versah, kletterte sie tropfnass aus der Wanne, schnappte sich das Leintuch, das zum Anwärmen über dem Ofen hing, und wickelte sich darin ein. Henni erhaschte einen Blick auf ihre aufgeweichte Haut an den Fingerkuppen. Sie musste sehr lange in der Wanne gelegen haben.

»Ich hab gründlich aufgeräumt und geputzt«, verkündete Elly und sah Henni herausfordernd an. »Bei uns ist es jetzt so sauber, dass du vom Boden essen kannst. Falls du was zum Essen hast. Ganz allein hab ich das gemacht. Schlafen hab ich eh nicht können letzte Nacht, als ich allein war.«

»Wer war da?«, wollte Henni wissen und verdrängte die Frage, warum Elly lieber Hausputz machte, statt in die Buchhandlung zu gehen.

»Wer soll schon da gewesen sein?« Elly baute sich nah vor ihr auf. Die karge Kriegsernährung hatte sie noch zierlicher werden lassen. Ein gutes Stück kleiner als Henni war sie ohnehin. Von unten sah sie zu ihr herauf und fügte fast schon trotzig hinzu: »Zacherl und Leo versauern an der Westfront, Dita verschanzt sich am Monte Verità und du chauffierst monströse Lastkraftwagen durch die Stadt. Wer bleibt mir, um mir einen Besuch abzustatten?«

Sie lachte auf. Henni schwieg.

»Mir wird kalt. Ich muss mir was anziehen«, erklärte Elly und tapste auf bloßen Füßen nach nebenan ins Schlafzimmer.

Durch die offene Verbindungstür sah Henni ihr nach.

Vor dem Kleiderschrank ließ Elly das Laken fallen. Die bloße weiße Haut leuchtete im dämmrigen Novemberlicht. Hennis Augen saugten sich an ihr fest. Voller Sehnsucht. Elly wirkte kindlicher und verletzlicher denn je. Eigentlich war sie nur noch Haut und Knochen. Aber wunderschön.

»Hier herrscht eine Luft wie im türkischen Dampfbad«, verkündete Henni endlich, um sich von dem verbotenen Anblick und ihren noch verboteneren Gedanken loszureißen. Hastig stieß sie im Bad das Fenster auf, genoss die eiskalte Novemberluft, die von draußen hereinströmte. Und verdrängte das schlechte Gewissen wegen der kopflosen Verschwendung der Wärme, des kostbaren Feuerholzes und des ebenso kostbaren Badewassers mit Seifenlauge.

»Woher weißt du, wie es im türkischen Dampfbad zugeht?«, rief Elly herüber.

»Aus Büchern natürlich. Frauen wie wir wissen alles immer nur aus Büchern«, erwiderte Henni nach einem letzten flüchtigen Blick zu ihr. Elly hatte sich fast fertig angekleidet, knöpfte sich bereits die Bluse zu. Henni lief in die Küche, um die Suppe aufzuwärmen. Ihr Magen knurrte, trotz der Aussicht auf einfallslosen Dotschen-Eintopf.

»Eines Tages werden wir richtige Abenteuer erleben und in türkischen Bädern sitzen und uns verwöhnen lassen.« Ellys Stimme wurde träumerisch.

»Nach dem Krieg bestimmt«, antwortete Henni.

»Was hoffentlich nicht mehr lang dauert.«

Vollständig angezogen kam Elly in die Küche, flocht sich im Gehen das lange blonde und immer noch nasse Haar zu Zöpfen. Ihre rosigen Wangen versprühten nach wie vor eine Ahnung, wie gründlich sie sich in der Wanne geschrubbt haben musste.

»Viel los dürfte an der Front ja nicht mehr sein«, plapperte sie weiter, als gelte es, Henni gar nicht erst die Gelegenheit zu lassen, sie erneut auf ihre Reinigungsaktion anzusprechen. »Leos Briefen zufolge müssen sich die Soldaten schrecklich langweilen. Wie sonst finden sie Zeit, die Bücher zu lesen, die wir ihnen schicken, und sich darüber so hanebüchenen Unsinn auszudenken wie er? Die obersten Kriegsherren haben hoffentlich bald ein Einsehen und schicken sie wieder nach Hause. Die Franzosen wie die Unsrigen.«

»Wir haben übrigens Nachschub an hanebüchenem Unsinn aus Frankreich«, erwiderte Henni.

»Von Leo und Zacherl?«, fragte Elly überflüssigerweise.

»Von Leo natürlich. Oder glaubst du an das Wunder, das meinem Bruder endlich die segensreiche Erfindung von Stift, Papier und Schrift vermeldet hat, damit er eigenhändig an uns schreibt?«

»Ebenso wie ich ist er der weisen Ansicht, dass nicht jeder schreiben muss. Es gibt doch schon so viele, die das ausgezeichnet beherrschen. So wie Leo und du. Wo ist denn nun der Brief? Ich bin gespannt, was Leo uns über die Bücher schreibt, die wir ihm und Zacherl letztens geschickt haben.«

»Ich hole ihn.«

Henni hastete zur Kommode im Flur, griff nach dem Brief. Schwere Schritte im Stiegenhaus irritierten sie. Männerschritte. Sie näherten sich dem zweiten Stock. Besuch? Um diese Zeit? Schon klingelte es an der Tür. Neugierig öffnete sie.

Vor ihr stand Rolf von Hauenstein. In Uniform, den Mantel

locker über die Schulter drapiert, die Mütze in der Hand, die Finger fest darum geklammert. Er war nervös.

»Darf ich reinkommen?«

»Wozu?«, fragte Elly von der Küchentür, wenig erfreut.

»Wir müssen reden, Elly. Dringend. Bitte!«

Das klang beinahe flehentlich. Ehe Henni reagieren konnte, schob Hauenstein sich an ihr vorbei in den Flur. Mit ihm wehte eisige Luft in die überhitzte Wohnung.

»Ich will aber nicht mit Ihnen reden.«

Ostentativ wandte Elly sich um und wollte in die Küche zurück. Er schoss vor, packte sie am Arm und versuchte, sie zu sich umzudrehen.

Es kam zu einem Handgemenge. Elly sträubte sich, Hauenstein fasste fester zu, Elly wehrte sich.

Henni eilte ihr zu Hilfe, zerrte Hauenstein von ihr weg.

Atemlos standen sie sich gegenüber, die Gesichter gerötet von Zorn, die Leiber bebend vor Erregung. Elly wischte sich über die Stirn, Henni stemmte die Hände in die Seiten und Hauenstein richtete sich den verrutschten Mantel.

»Morgen in der Früh rücke ich mit meinem Bataillon an die Front aus. Der Gestellungsbefehl kam heute Mittag«, erklärte er mit belegter Stimme.

Damit stand die Dringlichkeit seines Besuchs außer Frage. Es wäre ein Affront, ihm die Bitte zu verwehren.

Dennoch schwieg Elly.

Abwartend sah Henni zwischen ihnen hin und her. Sie ahnte, was er im Sinn hatte. Oft hatten Elly und sie in den letzten Monaten darüber gespottet, wie sehr Dita sich wünschte, er würde ihr einen Antrag machen, damit sie versorgt war.

Elly spitzte den Mund, zögerte einige Sekunden, dann bat sie ihn nicht sonderlich freundlich ins Wohnzimmer.

Zum Zeichen, dass er keinen gemütlichen Abend plante, legte

er nicht ab und ging stattdessen mit ausholenden Schritten hinein. Leise schloss Elly hinter sich die Tür.

Die Unterredung zwischen den beiden dauerte nicht lange. Henni blieb im Flur bei der Garderobe stehen, hielt sich bereit, wusste aber nicht, wofür.

Aus dem Wohnzimmer drangen gedämpfte Stimmen, vornehmlich die von Hauenstein. Leise, aber erregt redete er auf Elly ein, schien ihr wieder und wieder etwas zu erklären. Bis sie ihm entschieden das Wort mit einem deutlichen »Nein!« abschnitt.

Nach einer kurzen Pause fügte sie so laut, dass es auch im Flur klar zu verstehen war, hinzu: »Geben Sie sich keine Mühe. Egal, was Sie sagen und tun, es bleibt bei meinem Nein.«

Damit war das Gespräch beendet.

Hauensteins schwere Schritte näherten sich der Tür. Henni wich ans dunkle Ende des Flurs zurück und beobachtete, wie er herauskam und sich erst kurz vor der Wohnungstür noch einmal zu Elly umwandte.

»Schade, dass Sie sich nicht umstimmen lassen. Ich bedaure zutiefst, was geschehen ist. Es war ein Fehler. Leider lässt es sich nicht mehr rückgängig machen. Warum verzeihen Sie mir nicht? Morgen verschwinde ich an die Front. Mit Ihrer Einwilligung könnten Sie es fortan viel einfacher …«

»Das glaube ich kaum«, stellte Elly klar.

»Vielleicht überlegen Sie es sich …«

»Nein!«

Ihre Stimme klang ungewohnt hart.

»Bedauerlich.«

Er zögerte noch einmal. Betrachtete sie wehmütig, dann verschloss sich seine Miene abrupt.

»Das werden Sie bereuen. Leben Sie wohl.«

Damit rauschte er hinaus.

Elly drehte sich zu Henni um: »Hoffentlich sehe ich ihn nie wieder. Der Mann ist ein Albtraum.«

Wortlos eilte Henni zu ihr und nahm sie in den Arm. Erleichtert schmiegte Elly sich an ihre Brust.

Eine Weile verharrten sie so.

Ohne dass Elly etwas erklärte, war Henni klar, dass die Männerstimme, die die Portiersfrau letzte Nacht gehört hatte, Hauensteins gewesen war.

Zu gern würde sie ihm hinterherlaufen, um ihm klarzumachen, dass er das ebenfalls noch bereuen würde. Und zwar bitter. Dafür würde sie sorgen, sobald er von der Front zurückkam.

Falls er von der Front zurückkam.

23

Mitte Januar 1918

Es war nicht einfach, Einlass in dem Schankraum zu finden. Das *Gasthaus zum Goldenen Anker* unweit des Hauptbahnhofs war restlos überfüllt.

Trotz der Enge tat es gut, ins Warme zu kommen. Die arktische Kälte draußen war unerträglich. Seit Wochen lagen die Temperaturen auch tagsüber weit unter dem Gefrierpunkt. Auf der Isar türmte sich das Eis. Kohle zum Heizen gab es fast keine mehr. Kein Zweifel: Der vierte Kriegswinter schickte sich an, der schlimmste Winter seit Jahrzehnten zu werden.

Um sich aufzuwärmen, tänzelte Elly auf der Stelle und hauchte sich den Atem in die Hände. Henni verschwand im Gedränge, um nach freien Plätzen zu suchen.

Elly blieb beim Eingang, ließ ihren Blick neugierig über die Köpfe der Anwesenden wandern. Gewiss würde sie auf viele bekannte Gesichter stoßen. Die Versammlungen, die seit mehr als einem Jahr jeden Montagabend stattfanden, lockten immer mehr Gleichgesinnte an. Längst waren sie Stadtgespräch. Im *Stefanie* und den anderen Künstlerlokalen der Maxvorstadt stießen sie auf helle Begeisterung. Seit Leos und Zacherls Heimaturlaub im vorletzten Herbst waren Henni und Elly kaum noch abends ausgegangen. Die Berichte der Stammgäste aus dem ehemaligen »Café Größenwahn« und den anderen Lokalitäten hatten sie dennoch mit Interesse verfolgt.

Kurt Eisner hatte die Veranstaltungen initiiert. Von Anfang an war der Redakteur und Schriftsteller gegen den Krieg gewesen. Und gegen die Zustimmung der SPD für die Kriegskredite. Im Lauf des vergangenen Jahres hatte er sich zusammen mit einigen anderen Genossen endgültig von der SPD losgesagt, um sich an der Gründung der USPD, der Unabhängigen Sozialdemokraten, zu beteiligen, die sich für den Frieden engagierten. Das Für und Wider dieser Haltung war ein großes Thema der Diskussionen im *Goldenen Anker*. Ebenso die Frage, wie sie umgesetzt werden und ein Deutschland nach dem Krieg aussehen sollte.

»Zacherl würde die USPD und ihren Einsatz für den Frieden gewiss unterstützen. Und natürlich zu Eisners Versammlungen gehen. Wenn er hier wär' und das machen könnt'. Weil er das längst genauso sehen tät' wie der«, hatte Schorsch behauptet, ein früherer Arbeitskollege und Parteigenosse von Zacherl, der Elly und Henni seit einiger Zeit ebenfalls bedrängt hatte, in den *Goldenen Anker* zu kommen.

Wie aus dem Nichts war er im letzten Herbst bei ihnen aufgetaucht, um sich nach Neuigkeiten von Zacherl, nach einem Brief oder einer sonstigen Nachricht von ihm zu erkundigen. Die leider in immer größeren Abständen bei ihnen eintrudelten. Und zunehmend nichtssagender wurden. Keine Spur mehr von dem früheren Spott.

»Gerade weil ihr weniger vom Zacherl und seinem Freund Leo hört, müsst ihr endlich montags in den *Goldenen Anker* mitkommen«, hatte Schorsch sie erst Samstag wieder beschworen. »Gesagt wird dort, was Sache ist. Ganz direkt. Weil es schon lang keinen Sinn nicht mehr macht mit dem Krieg. Eigentlich von Anfang an keinen Sinn nicht gemacht hat. Und dass es nie darum gegangen ist, den kleinen Leuten hernach ihren Einsatz mit mehr Rechten zu vergelten.«

»Das hat Zacherl damals anders erzählt«, hatte Henni eingeworfen.

»Dass ein aufrechter Mensch wie er das geglaubt hat, ist ja das Schlimme«, hatte Schorsch erwidert. »Das zeigt, wie übel sie uns mitgespielt haben. Alle bei Eisners Versammlungen sagen das. Leute aus allen Schichten sind das, die dort beieinanderhocken und diskutieren. Quer durch die Stadt. Und so, dass ein jeder dem anderen zuhört, als wäre er seinesgleichen.«

Damit hatte er nicht zu viel versprochen, stellte Elly nun fest. Hier hatte sich tatsächlich nahezu ganz München versammelt. Mehr als hundert mochten es sein, schätzte sie. Schulter an Schulter saßen sie auf den Bänken an der Wand und auf den Stühlen an den Tischen, einerlei, wer oder was sie im Leben machten. Ein jeder mit dem Bierkrug vor sich. Und die meisten mit einer Zigarre, einer Pfeife oder einer Zigarette in der Hand. Entsprechend rauch- und alkoholgeschwängert war die Luft, die die Köpfe vernebelte.

Zu ihrem Erstaunen erspähte Elly tatsächlich auch einige auffallend gut gekleidete Herrschaften, die sich unauffällig in die Gemeinschaft fügten. Sie meinte sogar, den ein oder anderen Professor von der Universität zu erkennen, den sie gelegentlich in der Buchhandlung bedient hatte, und mindestens ebenso viele Studenten. Außerdem rund ein Dutzend Soldaten, die sich vermutlich auf Heimaturlaub befanden, sowie unzählige einfachere Leute, kleine Angestellte, Handwerker und Arbeiter sowie erstaunlich viele Frauen. Allein oder zu zweit oder zu dritt. Was ungewöhnlich war, da Frauen in München jenseits der Schwabinger Boheme, den Kreisen von Dita und ihrer Freundin Fanny zu Reventlow, fast nie allein ausgingen. Erst recht nicht zu politischen Versammlungen, zu denen diese Montagabende im *Goldenen Anker* eindeutig zählten.

Wie erwartet entdeckte Elly auch viele Künstler und Schriftsteller unter den Anwesenden. Sie stellten vermutlich die mit Abstand größte Gruppe von allen. Erfreut winkte sie Ernst Toller zu, einem jungen Studenten, der sich neuerdings gern zusammen mit einigen Kommilitonen von der Universität »zum Aufwärmen« im Lesekabinett der Lämmles in der Beletage herumdrückte. Die jungen Männer hofften auf einen kostenlosen heißen Tee, vielleicht sogar mit einem Schuss Rum oder einem Cognac, und das ein oder andere Zigarillo, wenn Ruth und Theres Zeit fanden, sich zu ihnen zu setzen. Mitunter gerieten sie dann in hitzige Debatten über Literatur, Politik oder das Zusammenleben der Geschlechter.

Elly liebte es, die klugen Gespräche aus der Distanz mitzuverfolgen. Gelegentlich gesellte sie sich dazu, um mitzudiskutieren, vor allem wenn es um die Kritik an Büchern und Autoren ging, die sie ebenfalls gelesen hatte. Das erinnerte sie an ihre Dispute mit Leo, an ihr Wetteifern, wer besser über die aktuellen Neuerscheinungen informiert war. Ach, wie vermisste sie die! Und nicht nur die. Auf einmal begannen ihre Wangen zu glühen.

Manchmal, aber leider viel zu selten, weil sie nach Geschäftsschluss in der Buchhandlung meist erschöpft war und außerdem wusste, dass Henni in der Schönfeldstraße auf sie wartete, setzte sie die Unterhaltung mit Toller und den anderen Studenten für eine halbe oder höchstens eine Stunde noch im *Café Stefanie* fort. Dort beteiligten sich auch der Schriftsteller Erich Mühsam und seine Frau Zenzl daran. Die erspähte sie just an einem der anderen Tische. Mühsam war ein enger Freund Fanny zu Reventlows und dadurch ebenfalls mit Dita bekannt. Und er gehörte zu den eifrigsten Besuchern des Monte Verità. Eine Zeit lang hatte Dita auffällig viel von ihm gesprochen, was Elly fast schon verdächtig vorgekommen war, dann aber hatte sie ihn häufig mit Zenzl zusammen gesehen, die er vor drei Jahren schließlich geheiratet hatte.

»Grüß mir deine liebe Frau Mama«, bat Mühsam sie oft fröhlich, wenn er sich in der Buchhandlung über Neuerscheinungen informierte. »Je länger sie sich am Monte Verità vergräbt, desto größer ist die Gefahr, dass sie bald gar nichts anderes mehr als Salat und Rohkost im Kopf hat. Sag ihr, ich würde längst schon wieder vom Schweinsbraten träumen.«

An diesem Abend würde er sich den Spott über Dita gewiss verkneifen. Dazu war die Lage zu ernst.

Am vorderen Tisch erhob sich ein eher schmächtiger Mann mit wallendem grauen Haar, zauseligem langen Bart und einem Kneifer auf der Nase. Kurt Eisner. Seit Jahren gehörte er zu den Stammgästen im *Stefanie* und zur Kundschaft der Lämmles. Am liebsten ließ er sich von Theres bedienen. Er war ein überaus belesener und vielseitig interessierter, wenn auch äußerlich eher unscheinbarer Mann.

Umso verblüffender war die Wirkung, die er auf die Menschen in dem voll besetzten Wirtshaus besaß. Er brauchte nur kurz den Zeigefinger in die Luft recken, schon wurden die Bierkrüge abgestellt, die Stühle ein letztes Mal zurechtgerückt und es senkte sich eine andächtige Stille über die Anwesenden. Sämtliche Köpfe wandten sich ihm zu. Sogar die Schankkellner postierten sich am Tresen, um aufmerksam zuzuhören, statt weiter zu bedienen. Gebannt sah Elly ebenfalls nach vorn.

Mit einer nicht einmal sonderlich kräftigen, dafür leicht krächzenden Stimme hob der schmächtige Eisner in dem locker wallenden Anzug zu sprechen an. »Kameradinnen und Kameraden, der Tag ist gekommen, da wir genug haben …«

Elly war begeistert. In einfachen, verständlichen Worten – deshalb umso eindrucksvoller – erläuterte er die Lage in München und dem Kaiserreich. Er erwähnte die sich stetig verschärfende Lebensmittelknappheit, die mit dem wachsenden Hunger verbundene Gefahr von Entkräftung und Erkrankung, lobte die tapferen Frauen, die seit mehr als zwei Jahren regelmäßig vor dem Rathaus am Marienplatz, auf dem Viktualienmarkt oder vor dem Lebensmittelamt in der Thalkirchnerstraße für größere Rationen demonstrierten – »und das, obwohl sie sich zugleich noch in der Fabrik, in einem Betrieb, Geschäft oder als Trambahnschaffnerinnen abrackern müssen, um wenigstens ein bisserl Geld für die Familie zu verdienen«.

Lauter Beifall unterbrach ihn. Die kurze Pause nutzte er, um einen Schluck zu trinken, bevor er ohne schriftliches Konzept oder Stichpunkte auf einem Spickzettel völlig frei und flüssig seine Gedanken und Thesen weiter ausführte. Und er spann den Bogen zu den einfachen Soldaten in den Schützengräben und ihrem absurden Kampf um wenige Meter Landgewinn im Namen eines Kaisers und einer Regierung, »die schlichtweg blind sind für das Leiden ihres Volkes«.

Wieder applaudierten die Zuhörer, Eisner hielt inne.

»Aber, meine lieben Freundinnen und Freunde«, erneut hob er mahnend den Zeigefinger, »wer nicht hören will, muss fühlen, lautet ein wichtiger Grundsatz in der Erziehung, wie jede Mutter, jeder Vater bestätigen kann. Deshalb ist es an der Zeit, Kaiser, Regierung und Oberste Heeresleitung fühlen zu lassen, dass sie am Ende sind. Dass das Volk nicht mehr kann und nicht mehr will. Und dass es ihre gemeinen Lügen durchschaut hat, mit denen sie es dazu gebracht haben, in diesen Krieg zu ziehen. Der von Anfang an sinnlos war. Und ein Betrug.«

»Vergesst nie, dass das Volk gegenüber den Herrschaften da oben am längeren Hebel sitzt«, pflichtete ihm eine schlanke dunkelhaarige Frau bei, die bislang neben ihm am Tisch gesessen und bei seinen letzten Worten erregt vom Stuhl aufgesprungen war. Dafür erntete sie ebenfalls lautstarke Zustimmung.

Das musste Sonja Lerch sein. Elly reckte den Kopf, um sie

besser zu sehen. Immer öfter hatte sie von ihr reden gehört. Sie stammte ursprünglich aus Russland, hatte in Deutschland studiert und war mit einem Privatdozenten verheiratet, der am Romanistischen Institut lehrte und zu den Stammkunden der Lämmles gehörte. An Eisners Seite engagierte sie sich für den Pazifismus.

»Wenn die Herrschaften an der Spitze des Staates nicht einsehen, dass ihre Zeit vorbei ist, müssen wir es ihnen halt deutlich zeigen, damit sie es fühlen«, fuhr sie fort. »Denkt an unsere Genossinnen und Genossen in Russland. Die haben uns vorgeführt, wie das geht. Die internationale Arbeiterschaft sitzt am längeren Hebel. Legen wir ihn endlich auch in Deutschland um! Tut sich die Arbeiterschaft zusammen, hat der Krieg keine Chance. Dann muss der Frieden kommen. Ende des Monats streiken wir im ganzen Land. In Berlin haben die Genossen und Gewerkschaften schon zugestimmt, in Hamburg und dem Ruhrgebiet schließen sie sich gewiss an. Hier in München sind die Belegschaften von den Geschützwerken und Krupp in Freimann sowie von den Bayerischen Motorenwerken in Schwabing bereits fest entschlossen, in den Ausstand zu treten. Je mehr mitmachen, desto eindrucksvoller wird die Lektion für die Regierenden. Seid dabei, einerlei, wo ihr arbeitet, was ihr tut und was ihr macht. Jeder Einzelne zählt. Vergesst nie: Der kleine Mann, die einfache Frau sind es, die die Rädchen zum Laufen bringen und in Schwung halten. Wenn wir hier unten uns verweigern, können die da oben noch so viel zetern und brüllen und regieren. Dann geht gar nichts mehr. Der Krieg kommt zum Erliegen, weil keine Munition, keine Waffen, kein Nachschub aus der Heimat mehr anrollt. So werden wir sie mit friedlichen Mitteln zwingen, Frieden zu schließen.«

Tosender Beifall setzte ein. Die meisten sprangen von ihren Stühlen und klatschten im Stehen, jubelten und riefen Lerch und Eisner ihre Zustimmung entgegen. Bescheiden verharrten die beiden vorn am Tisch, verbeugten sich leicht nach allen Seiten.

»Was sagt ihr zu Eisner? Wie findet ihr Sonja Lerch? Und wie den Streikaufruf? War der nicht überfällig? Und ganz in Zacherls Sinn.«

Als sich die Versammlung weit nach Mitternacht auflöste, kämpfte sich Schorsch zu Elly vor, die auf ihrem Stehplatz nahe der Tür ausgeharrt hatte. Eine Frau an einem der nächstgelegenen Tische hatte sie mit einem Krug Bier versorgt, ein väterlicher Herr von der anderen Seite, in dem sie einen Altphilologen von der Bayerischen Akademie der Wissenschaften zu erkennen meinte, hatte sie zu einer bescheidenen Brotzeit mit einer vertrockneten Breze eingeladen. Endlich tauchte auch Henni wieder bei ihr auf. Die hatte sämtliche Reden vom Durchgang zur Küche aus verfolgt.

»Ebenfalls im Stehen, allerdings ohne Bier und Breze«, wie sie feststellte. Gleich freute sie sich über den letzten Schluck Bier, den Elly ihr übergelassen hatte.

»Recht haben die Lerch und der Eisner in jedem Fall«, kam sie ihr mit der Antwort auf Schorschs Frage zuvor.

»Sonja Lerch ist eine beeindruckende Frau«, ergänzte Elly.

»Und sehr klug«, pflichtete Henni bei. »Wenn sich der einfache Arbeiter in der Fabrik weigert, weiter Munition zu produzieren, dann muss der oberste General an der Spitze des Militärs einsehen, dass er seine Soldaten nicht mehr zum Angriff jagen kann, weil ihm die Gewehrkugeln fürs Gefecht fehlen.«

»Hoffen wir, dass der General das rechtzeitig kapiert und die Soldaten nicht ohne Munition ins Verderben schickt.«

»Das wäre in der Tat fatal«, stimmte Schorsch zu.

»Habe ich das richtig verstanden? Haben die beiden nicht sogar zum Sturz der Monarchie aufgerufen? Erinnert dich das nicht an etwas?« Über Hennis Gesicht huschte eine aufgeregte Röte. Sie stupste Elly in die Seite.

»Denkst du an die Geschichten von Leonhard Frank, die auf dem Briefbogen waren, den meine Mutter mir nach Weihnachten aus der Schweiz geschickt hat?«

»Genau die! Die scheinen mir wie für diesen Streik gemacht. Als hätte Frank das alles vorausgesehen.«

»Habt ihr was zum Lesen über den Streik? Dann müsst ihr mit dem Eisner reden. Sofort. Interessieren wird den das gewiss …« Schorsch war Feuer und Flamme.

»Pst!« Warnend legte Elly den Zeigefinger auf die Lippen. »Ich glaube, der Glatzkopf in deinem Rücken spitzt etwas zu neugierig die Ohren.«

»Die Geschichten sind in Deutschland verboten«, flüsterte Henni Schorsch zu, der nicht verstand, wovon sie sprachen.

»Altpapier war es, was Henni da meint. Nichts Aufregendes«, verkündete Elly laut und ging damit in die Offensive, nachdem sie das Gefühl hatte, der Glatzkopf würde immer argwöhnischer zu ihnen blicken. »Meine Mutter hat ihren Weihnachtsbrief auf Altpapier geschrieben, das ihr ein Freund aus einer Druckerei überlassen hat. Heutzutage muss ja leider an allem gespart werden, selbst bei privaten Briefen.«

Das sagte sie so laut in die Richtung des vermeintlichen Spitzels, dass der ihr schließlich beruhigend zuwinkte und sich aus dem Gasthaus verabschiedete.

Nun standen sie ganz allein mit Schorsch an der Tür.

»Apropos Briefe. Habt ihr inzwischen Nachricht von Zacherl bekommen?«, wechselte er sichtlich erleichtert das Thema.

»Du meinst wohl eher von seinem Freund Leo, dem mein schreibfauler Bruder das Briefeschreiben überlässt«, amüsierte Henni sich. Dann wurde sie ernst. »Leider nur einige nichtssagende Zeilen.«

»Erschreckend, wie sich die Briefe verändert haben. Dabei haben wir die zwei in unseren Briefen – oder vielmehr in deinen«, wandte Elly sich mit einem entschuldigenden Lächeln an Henni, »nie ausgehorcht oder sie nach militärischen Geheimnissen befragt. Eigentlich ging es immer nur um harmlose Geschichten, um die beiden etwas abzulenken.«

»Das ist wirklich seltsam.«

Nachdenklich rieb Schorsch sich das von roten Bartstoppeln übersäte Kinn. Elly musterte ihn von der Seite. Er war Schreinergeselle wie Zacherl, gleich alt, von ähnlich kräftiger Statur. Sie kannten sich seit der Lehrzeit, die sie bei einem Schreinermeister im Lehel absolviert hatten.

»Warum bist du eigentlich nicht mehr an der Front?«, entschlüpfte Elly plötzlich vorwurfsvoll.

Schorsch errötete. In seinen Augen glomm Unruhe.

»Heimgeschickt haben sie mich. Im Sommer schon. Durchgedreht bin ich, als es einen Kameraden direkt neben mir zerfetzt hat.«

Kaum sprach er das aus, wich ihm die Farbe aus dem Gesicht. Er kniff die Augen zusammen, Schweißperlen traten ihm auf die Stirn.

»Verzeih, das habe ich nicht gewollt.« Sanft legte Elly ihm die Hand auf den Arm.

»Hast es ja nicht wissen können«, antwortete er leise.

»Eingewiesen haben sie mich. Nach Haar in die Irrenanstalt. Unser Meister, der Mosner Hans, hat mich wieder rausgeholt. Im Herbst. Nur noch schlimmer wär's da sonst mit mir geworden. Beim Militär haben sie mich zum Glück nimmer haben wollen.«

»Das klingt ähnlich wie bei Oskar Maria Graf, dem jungen Schriftsteller. Kennst du den?« Mit dem Kopf nickte Elly zu der Ecke, in der Graf stand, ein ebenfalls kräftig wirkender Bursche.

Er war in ein angeregtes Gespräch mit Toller und Sonja Lerch vertieft.

»Klar kenn ich den. Ein interessanter Mann.« Schorsch zeigte ebenfalls zu den dreien. »Schon mehr als ein Jahr früher heimgekommen als ich ist er. Aber mindestens so kaputt.«

»Was meinst du jetzt zu Zacherl und Leo und dem, wie sehr sich die Briefe verändert haben?«, knüpfte Henni wieder an das an, was er vorhin gesagt hatte. Elly spürte, wie sehr sie das umtrieb.

»Gut kann das sein. Oder auch schlecht.« Schorsch wand sich auffällig. Sein betrübter Gesichtsausdruck verriet, dass er Letzteres für das Wahrscheinlichere hielt. »Schonen wollen sie euch wahrscheinlich. Euch nicht alles so erzählen, wie es ist. Weil's gar zu arg ist, was sie erleben.«

»Und ihnen die Lust zum Scherzen vergangen ist«, ergänzte Henni sarkastisch.

Elly tastete nach ihrer Hand, umklammerte sie fest. Sie fühlte sich eiskalt an. Wie ihre eigene.

»Solang sie noch selbst schreiben und nichts Offizielles von der Front kommt, also kein Brief mit schwarzem Rand nicht, dürft ihr nicht …«

»Danke«, erwiderten Elly und Henni wie aus einem Mund.

»Das ist uns kein echter Trost«, erklärte Elly Schorsch, bevor sie Henni hinterherrannte, die grußlos nach draußen gestürzt war.

Erst als sie nach wenigen Minuten den Bahnhofsplatz erreichten, blieben sie stehen, um sich die Mäntel zuzuknöpfen und die Schals über Mund und Nase zu wickeln. Sie hakten sich unter, vergruben die Hände tief in den Taschen und liefen eng aneinandergeschmiegt durch die bitterkalte Nacht nach Hause.

Die Straßenbeleuchtung war längst abgeschaltet, der Trambahnverkehr eingestellt. Nur vereinzelt waren noch einige Menschen unterwegs.

München versank in einer finsteren Winternacht, als wollte es für immer aus der Welt verschwinden.

24

Mitte Februar 1918

Theres wollte den Schlüssel wie gewohnt zweimal im Schloss umdrehen, als sie einen dunklen Schatten vor der Eingangstür bemerkte. Sie hatte bereits die andere Hand am Rollo, mit dem sie die Fensterscheibe verdunkeln wollte. Kurz zögerte sie, ob sie noch einmal öffnen sollte. Vielleicht war es ein verspäteter Kunde, der sich auf dem Heimweg mit Lesestoff für den langen einsamen Winterabend versorgen wollte? Er hatte das Licht der Straßenlaterne im Rücken, sodass sie sein Gesicht nicht erkennen konnte.

Die Nerven lagen bloß. Ständig war das Misstrauen gegen alles und jeden zu spüren. Die Lage spitzte sich zu, die Not wurde größer und die Sorgen wuchsen ins Unermessliche, wie Theres an Elly und Henni nur zu gut beobachtete. Die seltenen Briefe, die sie von Leo und Zacherl erhielten, beunruhigten sie mehr, als dass sie sie entspannten. Zugleich wuchs die Verbitterung über die Sinnlosigkeit des Krieges, die mehr als einer Generation jegliche Zukunftspläne vernichtete.

Nach dem Scheitern des »Munitionsstreiks« Ende Januar, dem in München zwar einige Tausend Arbeiter und vor allem Arbeiterinnen gefolgt waren, war die Ernüchterung groß gewesen. Keine einzige der Forderungen war erfüllt worden. Stattdessen waren Kurt Eisner als wichtigster Anführer der Streikenden und einige seiner Mitstreiter, darunter Ernst Toller sowie

Sonja Lerch, verhaftet worden. Außerdem hatte man viele der Arbeiter, die am Ausstand beteiligt gewesen waren, an die Front einberufen und die Arbeiterinnen noch ärger schuften lassen. Kein Wunder, dass sich der allgegenwärtige Argwohn in der Stadt spürbar verschärft hatte. Jeder fürchtete, bespitzelt und verraten, verhaftet und hart bestraft zu werden.

Theres erschreckte es festzustellen, wie sehr auch sie davon mitgerissen wurde. Deshalb zögerte sie jetzt, wie sie sich angesichts des Schattens vor der Ladentür verhalten sollte.

Einige Buchhändlerkollegen hatten ihr von immer dreisteren Kontrolleuren erzählt, die neuerdings keine List scheuten, um herauszufinden, ob etwa die Öffnungszeiten tatsächlich so verkürzt worden waren wie vorgeschrieben, damit elektrischer Strom und Heizmaterial eingespart wurde. Oder um zu prüfen, ob nicht doch verbotene Bücher und Zeitschriften in einer Buchhandlung verkauft wurden. Wahre Schauspieltalente seien da mittlerweile unter den Abgesandten der Behörden zu entdecken. Vermeintlich Interessierte wollten sich unter einem Vorwand morgens vor neun oder abends nach sechs Zutritt in die Ladenräume verschaffen. Wurde ihnen der gewährt, verhängten sie für das Öffnen außerhalb der zulässigen Zeiten eine saftige Geldbuße, sobald sie in der Buchhandlung standen. Ein anderes Mal gaben sie sich erschreckend glaubwürdig als Anhänger des Literaten Ret Marut aus, um nicht die offiziell genehmigte Version seiner Zeitschrift *Ziegelbrenner* mit dem Inserat zur patriotischen Goldspende auf dem Titel zu ergattern, sondern die unter den Ladentheken kursierende Version mit dem pazifistischen Aufruf *»Gedenket der blutenden Männer und Söhne!«*. Die heimtückisch erschlichene Offerte bestraften sie mit einer schon weitaus empfindlicheren Summe.

Am liebsten aber verwickelten die getarnten Kontrolleure Buchhändlerinnen und ihre Gehilfinnen erstaunlich gut informiert in ein Gespräch über die seltsame Wandlung von Ludwig Thoma vom satirisch-witzigen Mitarbeiter des *Simplicissimus* zum aggressiv-patriotischen Agitator der Deutschen Volkspartei, um sich dann auf Basis einer vermeintlich vertrauenswürdigen Übereinstimmung mit deren Haltung zum Pazifismus nach der aus Bayern vertriebenen Annette Kolb zu erkundigen oder Bertha von Suttners Antikriegsroman *Die Waffen nieder!* zu verlangen. Sollte man ihnen den tatsächlich auf den Tresen legen, drohten sie im schlimmsten Fall mit dem Entzug der Konzession.

Bei dem Gedanken an dieses Schmierentheater sehnte Theres sich in die Zeiten vor dem Krieg zurück, da solche Taktiken und Tricksereien bei den königlich-bayerischen Zensoren wie etwa Servatius Lechner absolut unvorstellbar gewesen waren. Stets waren die Herren in Begleitung eines uniformierten Gendarmen erschienen, sofort als Zensor erkennbar. Ebenso hatten sie auf Anhieb klargemacht, welche Absicht sie mit ihrem Besuch verfolgten. Wegen zu freizügiger Postkarten am Spagatschnürl an der Eingangstür hatten sie höchstens einmal eine lächerliche Geldbuße verhängt oder wegen der frivolen Faschingsausgaben des *Simplicissimus* eine scharfe Rüge ausgesprochen. Selbst Hanns Heinz Ewers phantastischer Roman über die sexuell ausschweifend lebende *Alraune*, den vor allem die biedersten Kunden unter absurd auffällig-unauffällig getarnten Anstrengungen erworben hatten, war den behäbigen Zensoren der Prinzregentenzeit nur ein missbilligendes Stirnrunzeln wert gewesen. Äußerst selten nur hatten sie sich überhaupt die Mühe gemacht, dafür extra in die Buchhandlung zu kommen. Selbst Zensor Lechner, der die Buchhandlung Lämmle unverblümt als »Weiberwirtschaft« titulierte, hatte immer mit offenen Karten gespielt und war niemals hinterhältig gewesen.

Was also hatte Theres nun von dem undefinierbaren Schatten vor der Tür zu erwarten?

Sie blinzelte vorsichtig zwischen den Broschüren und Merkblättern zur Kriegsfürsorge, die brav an der Leine aufgereiht waren, durch die Scheibe der Eingangstür. Im selben Moment bewegte sich die Person zur Seite. Für den Bruchteil einer Sekunde beleuchtete das Mondlicht ihr Gesicht. Eindeutig eine Frau.

Theres schätzte sie auf etwa vierzig, also in ihrem Alter. Obwohl sie sie nicht kannte, atmete sie auf. Eine Frau als getarnte Militärzensorin war unwahrscheinlich. Auf die Gefahr hin von Ruth später ihrer Vertrauensseligkeit wegen getadelt zu werden, öffnete sie die Tür. Sie konnte nicht anders.

»Auf der Stelle könnte ich Sie jetzt wegen Missachtung der Öffnungszeiten maßregeln«, erklärte die Frau. »Allein die Tatsache, dass Sie eben erst die Tür verriegelt haben, ist Beweis genug für Ihren Verstoß. Dass Sie mich jetzt sogar einlassen, macht es noch schlimmer.«

Theres stöhnte auf.

»Allerdings komme ich nicht, um Sie zu bestrafen«, beeilte sich die Fremde in der nächsten Sekunde, sie zu beruhigen. »Weder arbeite ich für die Militärzensur noch für die Polizeidirektion. Betrachten Sie mich eher als eine Art Botin, die Ihnen etwas von einer lieben Freundin aus Berlin bringt. Verspätete Weihnachtspost sozusagen. Von Marie Lesser.«

Sie hielt Theres ein Päckchen hin, dessen Größe und Form auf ein schmales Buch hindeutete. Vor Erleichterung wäre Theres ihr am liebsten um den Hals gefallen.

»Lassen Sie sich nicht vom Einband irritieren. Marie meinte, Sie wüssten, was Sie am besten damit anfangen. Leider habe ich es eilig. Auf Wiedersehen.«

Knapp nickte sie Theres zu, zog sich Mantel und Schal wieder enger um den Leib und schlüpfte zur Tür hinaus.

»Das musst du lesen!«

Kaum kam Ruth weit nach Mitternacht nach Hause, empfing Theres sie an der Wohnungstür, nahm ihr den schneenassen Mantel ab und half ihr aus den Schuhen. Sehnsüchtig hatte sie die Gefährtin erwartet, einerseits versunken in die aufwühlende Lektüre, die Marie ihr über die Unbekannte aus Berlin geschickt hatte, andererseits ungeduldig, wo Ruth so lange blieb. So spät kehrte sie selten aus dem *Café Luitpold* zurück, erst recht nicht, wenn sie allein dort hingegangen war. An diesem Abend aber hatte Theres sich dringend um die Abrechnung kümmern müssen. Eine glückliche Fügung, wie sich herausgestellt hatte. Sonst hätte sie die unbekannte Botin verpasst und das Buch von Marie nicht erhalten.

»Muss ich das heute Nacht noch lesen?«, fragte Ruth amüsiert über Theres' Eifer. Auf Strümpfen lief sie ins Wohnzimmer, sank auf einen der roten Samtsessel, bettete die Beine auf den niedrigen schwarzen Lacktisch davor und massierte sich mit den Fingerspitzen die Schläfen.

Enttäuschung stieg in Theres auf. Sollte sie besser bis morgen warten? Was sie mit Ruth bereden wollte, verlangte einen wachen Kopf, um besonnen zu entscheiden, und keine erschöpfte Zustimmung aus reiner Gefälligkeit. Die Konsequenzen wären für sie beide zu weitreichend. Andererseits musste sie ihr Vorhaben unbedingt zuerst unter vier Augen mit Ruth besprechen und in Ruhe mit ihr darüber entscheiden. Morgen in der Buchhandlung würde das schwierig werden, trotz der wenigen Kunden. Elly und Rahel waren mittlerweile ständig um sie.

Außerdem war es gut, sich zunächst untereinander einig zu sein, bevor sie Elly und Rahel einweihten. Denn das mussten sie, sollten sie sich dazu entschließen zu tun, was Theres für geboten hielt. In dem Fall brauchten sie auch die Unterstützung ihrer Gehilfinnen, damit ihr Vorhaben Aussicht auf Erfolg hatte. Die beiden mussten wissen, was in der Buchhandlung vor sich ging, in der sie arbeiteten. Gerade jetzt, da die Situation immer aussichtsloser wurde. In jedem Fall sollten sie selbst entscheiden, ob sie Theres' Idee mittrugen oder nicht. Diese Fairness war ihr wichtig.

Sie ging zur Lackkommode und holte die Cognacflasche sowie zwei Gläser heraus und goss ihnen großzügig ein. Bereits der Anblick der goldbraunen Flüssigkeit munterte sie auf. Wenn überall im Land seit dreieinhalb Jahren nur noch deutscher Weinbrand getrunken wurde, war es geradezu aufmüpfig, echten französischen Cognac zu genießen. Und nach Aufmüpfigkeit war ihr nach der Lektüre des Buchs von Marie umso mehr.

»Eine wunderbare Idee!«, stimmte Ruth zu, sobald Theres ihr das Glas gereicht hatte. Sie hatte zwei Zigarillos angezündet und gab einen davon an sie weiter. Den Zigarillo zwischen den Lippen, den Cognac in der Hand, ließ Theres sich auf den Sessel links von Ruth nieder. Lächelnd stießen sie miteinander an, sahen sich tief in die Augen.

»Das weckt die Lebensgeister«, verkündete Ruth nach dem ersten Schluck und spitzte genüsslich den Mund. Ihre eben noch müden Augen sprühten plötzlich vor Unternehmungslust. »Mir scheint, die brauchen wir dringender denn je. Also, wie lauten deine aufregenden Neuigkeiten? Da wir ohnehin erst um neun in der Früh die Buchhandlung aufsperren dürfen, steht uns die ganze Nacht zur Verfügung, um zu reden.«

»Und um zu lesen.«

Theres schob ihr den schmalen veilchenblauen Leinenband hin, den Marie ihr aus Berlin von der Unbekannten hatte bringen lassen.

Irritiert sah Ruth sie an.

»*Frühlingsgedichte der deutschen Romantik*?«, sprach sie leise den goldgeprägten Titel auf dem Einband aus, machte aber keine

Anstalten, das Buch in die Hand zu nehmen. »Das ist jetzt wohl kaum die rechte Zeit dafür.«

»Kommt darauf an, was man darunter versteht. Frühling kann es damit in Deutschland in jedem Fall werden, aber vielleicht auf eine andere Art, als Eichendorff, Brentano oder Heine das einst im Sinn hatten. Lies einfach.«

Wenig begeistert beugte Ruth sich vor, schlug das Buch auf, blätterte erst den farblich zum Einband passenden, bunt gemusterten Vorsatz und dann den Schmutztitel durch, bis sie beim ungewöhnlich schlichten Titelblatt hängen blieb und die Augenbraue nach oben zog.

Gebannt behielt Theres sie im Blick. Ruth begann wissend zu lächeln, als sie umblätterte. Sie überflog die ersten Zeilen, blätterte einige Seiten weiter, las sich dort für eine Weile fest, blätterte nochmals einige Seiten weiter, bis sie wieder zu Theres sah.

»Unglaublich! Woher hast du das?«

»Marie hat es mir aus Berlin geschickt. Ein Züricher Verlag hat die Novellen von Leonhard Frank im letzten Herbst in der Schweiz herausgebracht. Vereinzelt sind sie ja schon in Zeitschriften erschienen. Allein der Titel *Der Mensch ist gut* liest sich wie ein Manifest, aber auch in jeder einzelnen Geschichte steckt viel von dem, was immer mehr Menschen bewegt. Vor allem die zunehmende Abneigung gegen den Krieg. Das packt er in Geschichten von ganz normalen Menschen. Menschen wie du und ich. Die berühren. Jeder Einzelne von uns hat das selbst so erlebt oder könnte es selbst so erlebt haben: die anfängliche Begeisterung, weil wir geglaubt haben, der Krieg wäre notwendig, um unser Land gegen die Angriffe von außen zu verteidigen. Die allmähliche Gewissheit, dass wir getäuscht wurden. Und die Einsicht, dass es so wie bisher nicht mehr weitergehen kann. Dass etwas geschehen muss, damit der Wahnsinn ein Ende findet und sich etwas grundsätzlich ändert. Kein Wunder, dass das Buch bei uns in Deutschland sofort verboten wurde.«

Theres hielt ergriffen inne. Sie trank vom Cognac, rauchte einige Züge am Zigarillo. Räusperte sich, bevor sie weiterredete.

»Zwar funktionieren die Novellen jede für sich eigenständig, aber im Zusammenspiel entfalten sie erst ihren wichtigsten Sinn. Jede endet damit, dass die Hauptfiguren – *Der Vater, Die Mutter, Die Kriegerwitwe, Das Liebespaar,* wie sie bereits in den Überschriften eingeführt werden – zu einem Protestmarsch aufbrechen. In der letzten Erzählung *Der Kriegskrüppel* mündet dieser Marsch in einen friedlichen Umsturz, den Karl Liebknecht anführt. Die Regierung wird zum Wohl des nach Frieden hungernden Volkes abgesetzt.«

»Was für eine Prophezeiung! Wenn sie doch wahr würde.« Ruth klang schwärmerisch.

»Wir könnten unseren Teil dazu beitragen.«

»Wie?«

»Indem wir dafür sorgen, dass die Geschichten gelesen werden. Hier bei uns in München.«

»Trotz des Verbots?«

»Gerade wegen des Verbots«, erwiderte Theres. »Es beweist, welche Angst die Regierung und das Militär inzwischen vor solchen Ideen haben.«

»Nicht ohne Grund. Denk an die Munitionsstreiks Ende Januar.«

»Ganz sicher werden das nicht die letzten Streiks gewesen sein. Franks Geschichten werden zu weiteren führen.« Theres schmunzelte.

»Wenn wir sie verbreiten, gehen wir ein hohes Risiko ein.«

»Das darf uns nicht hindern.« Theres bemühte sich um einen unaufgeregten Ton, obwohl sie innerlich vor Anspannung platzte. »Höchste Zeit, aktiv zu werden. Denk an Leo. Und an Hennis

Bruder Zacherl. Und an all die anderen Männer an der Front, die dort für nichts und wieder nichts ihr Leben riskieren.«

»Die nur Kanonenfutter im Spiel der Mächtigen sind«, ergänzte Ruth mit rauer Stimme.

»Ihnen sind wir es schuldig. Ihnen und den Hunderttausenden Gefallenen und Vermissten zuliebe müssen wir unser Schweigen brechen«, betonte Theres. Ihre Stimme klang belegt. »Erinnere dich, wie lange wir uns schon unwohl fühlen. Als wie grotesk es uns schon bald selbst erschienen ist, dass wir zu Beginn des Krieges Wanderkarten und vermeintlich ›verdächtige Literatur‹ quasi freiwillig aus den Regalen genommen haben. Im Lauf des Krieges haben wir ja zur Genüge erlebt, dass die Gängelei durch die Zensur immer absurder geworden ist, die geheimen Kontrollen und die Spitzelei stetig zugenommen haben, ebenso der Argwohn allgegenwärtig geworden ist. Das ist doch kein Leben mehr! So kann es nicht weitergehen. Wenn sie uns schon unterstellen, subversiv zu sein, nur weil wir Buchhändlerinnen sind und uns als Frauen in schwierigen Kriegszeiten mit unserem Geschäft behaupten und dabei sogar noch zwei weitere Gehilfinnen durchbringen, dann sollten wir es endlich auch werden. Zumal es einem guten Zweck dient. Wenn wir deswegen Ärger bekommen, geschieht es wenigstens zu Recht.«

»Solche Literatur zu verbreiten, wird uns mehr als nur Ärger einbringen. Und mehr zur Folge haben als nur eine Geldbuße.«

»Das nehme ich in Kauf. Was ist das schon gegen das, was die Soldaten im Feld erleiden?«

Sie hielt inne, kämpfte plötzlich mit den Tränen. Fröstelte.

»Mit Elly und Rahel sollten wir offen darüber reden. Sie müssen wissen, woran sie sind, und selbst entscheiden, wie sie sich dazu stellen.«

»Wie ich sie kenne, werden sie uns unterstützen, sonst wären sie längst nicht mehr bei uns in der Buchhandlung, gerade jetzt, da gut ausgebildete, kluge Frauen an vielen Stellen in der Stadt gebraucht werden«, mutmaßte Ruth.

»So wie Henni.«

»Als Fahrerin kann sie uns sehr nützlich sein.«

»Daran habe ich auch schon gedacht.« Zufrieden nickte Theres.

Eine Weile rauchten und tranken sie, jede in ihre Gedanken versunken.

»Franks Buch erreicht uns genau im richtigen Moment.« Ruth sprach aus, was Theres eben durch den Kopf ging. »Obwohl die Streiks Ende Januar nicht wie erhofft das ganze Land lahmgelegt haben, steht eins seither fest: Das Volk will den Frieden. Sofort.«

»Wenn ich an Frauen wie Anita Augspurg und Schriftstellerinnen wie Annette Kolb denke, die von Anfang an durchschaut haben, wohin die Politik unserer Regierung führt, dann schäme ich mich, wie leichtgläubig ich gewesen bin.« Verständnislos schüttelte Theres den Kopf.

»Wir waren nicht die Einzigen.« Ruth drückte ihre Hand. »Nahezu alle Weggefährtinnen aus dem Frauenverein waren anfangs davon überzeugt, ihren Beitrag zur Vaterlandsverteidigung leisten zu müssen.«

»Weil sie sich geschmeichelt gefühlt haben, die Arbeit der Männer übernehmen und an der ›Heimatfront‹ für das Funktionieren des Landes sorgen zu dürfen.«

»Was auch gelungen ist. Der Krieg hat aus München eine Stadt der Frauen gemacht.«

»Aber unter anderen Prämissen, als wir Frauen uns das je ersehnt haben. Viel zu gut haben wir unseren Part erfüllt, sonst hätten die Männer längst das Schießen an der Front einstellen und nach Hause zurückkehren müssen, weil es hier drunter und drüber ginge.«

»Um uns ›schwachem Geschlecht‹ zu zeigen, wie man es richtig macht?« Höhnisch lachte Ruth auf.

»Frauen wie Ellys Mutter Dita sind klüger als wir«, überging Theres den Einwand. »Sie haben die Männer schneller durchschaut.«

»Auf Frauen wie sie und die Reventlow hätten wir hören sollen, statt ihnen hochnäsig zu unterstellen, sie hätten keine Ahnung von Emanzipation, wollten nur ihre Leidenschaft und die Liebe frei ausleben«, stimmte Ruth zu. »Damit sind sie politischer als wir, die wir stets davon ausgehen, unsere Gleichberechtigung allein durch Bildung und materielle Unabhängigkeit zu erreichen. Dabei hat uns schon Helene Stöcker gezeigt, wie wichtig eine liberale Haltung zur Sexualität für unsere Emanzipation ist.«

»Es hat seine Vorteile, wenn man sich als Frau über die Leidenschaft emanzipiert.« Theres wurde nachdenklich. »Das scheint einem den klareren Blick auf die wahren Absichten der Männer zu schenken. In jedem Fall ist es besser, als den Krieg gutzuheißen, nur weil man hofft, so von den Männern anerkannt zu werden.«

»Findest du es also klüger, Männer statt Frauen zu lieben?«

Auf einmal klang Ruth ungewohnt verzagt.

»Niemals! Wir Frauen sind wenigstens in der Lage, zu unseren Fehlern zu stehen. Und sehen früh genug ein, wenn wir uns aussichtslos in etwas verrannt haben. So wie wir beide jetzt.«

»Solange wir nicht an der Macht sind, nutzt das wenig.«

»Dann wird es Zeit, dass wir an die Macht gelangen.« Kämpferisch ballte Theres die Fäuste.

»Das heißt, wir treten vom Verein für Fraueninteressen zum Verein für Frauenstimmrecht über und unterstützen künftig die radikaleren Forderungen von Anita Augspurg und Lida Gustava Heymann?«

»Das ist gar nicht nötig.« Theres schmunzelte zufrieden. »Auch weniger radikal gesinnte Frauenrechtlerinnen wie unsere Freundin Carry Brachvogel haben ihre Haltung zu Krieg und Mitspracherecht der Frauen inzwischen geändert. Denk nur an ihren Roman *Schwertzauber* aus dem letzten Jahr, in dem sie das sehr realistisch nachgezeichnet hat. So manche Münchnerin wird sich in den Figuren wiedererkannt und daraus Rückschlüsse für die eigene Haltung gezogen haben.«

»In jedem Fall sollten wir Augspurgs Zeitschrift *Frauenstimmrecht* in unser Sortiment aufnehmen. Das signalisiert unseren Kundinnen, worum es uns fortan geht.« Ruths Augen sprühten vor Vergnügen. »Ich freue mich schon auf das Gesicht des Militärzensors bei seinem nächsten Besuch.«

»Die Zeitschrift ist nicht verboten.«

»Aber seine Ohren werden vor Wut rot leuchten, wenn er Anita Augspurgs *Nationalhymne der Frauen* darin liest.«

»Lies du jetzt erst einmal Leonhard Franks Novellen zu Ende, damit wir Elly und Rahel das Buch weitergeben können. Dann entscheiden wir, wie wir ihm so viele Leser wie möglich verschaffen.«

25

Mai 1918

Elly konnte es kaum fassen. Henni und sie taten es tatsächlich. Sie fuhren die ersten beiden Kisten mit verbotenen Büchern aus, getarnt unter Broschüren des Stadtbundes der Frauenvereine sowie einer dicken Schicht der beliebten Buffalo-Bill-, Nick-Carter- und Wanda-von-Brannburg-Heftromane. Nach den gescheiterten Streiks Ende Januar, der großen Verhaftungswelle, dem Hunger musste etwas geschehen. Und sie mussten sich daran beteiligen. Das hatten sie einvernehmlich beschlossen.

Zacherl und Leo wären stolz auf sie. Vermutlich würden die beiden an ihrer Stelle dasselbe tun.

Ob sie jemals wieder nach Hause kämen? Gesund und intakt? Bei dem Gedanken schnürte sich Elly die Kehle zu. Verstohlen wischte sie sich die Tränen aus den Augen.

Seit ihrem Heimaturlaub waren mehr als eineinhalb Jahre vergangen. Inzwischen hatte Elly sogar selbst zu Papier und Stift gegriffen, um ihnen zu schreiben. Mehrmals schon. Um beide bangte sie unendlich, obwohl sie sich besonders nach Leos Küssen verzehrte. Kaum ertrug sie den Gedanken, nicht zu wissen, wann sie ihn wieder in den Armen hielt. Um nicht laut aufzuschluchzen, biss sie sich auf die Lippen.

Schorsch hatte es längst aufgegeben, Henni und sie nach Neuigkeiten von Leo und Zacherl zu fragen. Nach ihrem Besuch bei der Eisner-Versammlung im Januar, auf der sie ihn ohne Erklärung hatten stehen lassen, traute er sich wohl nicht mehr. Oder war er unter den Genossen gewesen, die im Zusammenhang mit den Streiks verhaftet und in Stadelheim eingesperrt worden waren? Sonja Lerch hatte sich in der Haft das Leben genommen. Manche raunten, aus Liebeskummer, weil ihr Mann sich von ihr abgewendet hatte. Andere behaupteten, die Politik sei schuld an ihrem Tod. Hoffentlich war Schorsch der Verhaftung entgangen. Es wäre unverantwortlich, ihn wieder zurück in die Schützengräben zu schicken. Bei viel zu vielen hatte man das getan, ohne Rücksicht auf ihren seelischen Zustand. Elly wollte sich lieber nicht ausmalen, wie Schorsch das verkraftete.

Durch das offene Seitenfenster sah sie nach draußen. Die roten Ziegelbauten der Augustinerbrauerei zogen vorüber. In der frühen Morgenstunde wirkten sie verlassen. Ob es dort später geschäftiger zuging? Die Mangelwirtschaft hatte das Bier erst dünn und mittlerweile rar werden lassen, dabei galt es in Bayern seit Jahrhunderten als wichtiges Nahrungsmittel. Auch Brot und Kartoffeln waren längst knappe Luxusgüter. Elly verdrängte das Magenknurren, das pünktlich bei diesen Gedanken laut wurde.

Ihr Blick wanderte weiter. Straße und Trottoir glänzten regennass. Je mehr sich die Morgendämmerung ausdehnte, desto stärker lichtete sich das Gewölk am Himmel. Zweifellos würde es wieder ein warmer, sonniger Frühlingstag werden. Trocken obendrein.

Elly sog die frische Luft ein. Balsam für Seele und Körper. Wochen hatten sie auf den geeigneten Moment für ihre erste Schmuggeltour gewartet. Nun war er endlich da. Auf dem Weg nach Aubing im Westen von München, wo Henni mit dem Lastkraftwagen eine Sonderration Lebensmittel für die Volksküchen in der Innenstadt abholen sollte, würden sie Station bei Buchhandlungen in Laim und Pasing machen, um einige Dutzend

Exemplare von Leonhard Franks *Der Mensch ist gut* auszuliefern. Die sollten an der immer strenger kontrollierenden Militärzensur vorbei an interessierte, vertrauenswürdige Kundschaft verkauft werden.

»Hervorragend! So ist der Kraftstoff bestens genutzt, weil es schon auf dem Hinweg keine Leerfahrt ist.« Henni war gleich dabei gewesen, als Elly sie vor einigen Tagen darum gebeten hatte, sie und die Kisten im Laster mitzunehmen. »Mein Chef wird gewiss nichts dagegen haben. Bücher liest er zwar keine, aber gegen den Krieg ist er schon lange.«

Trotzdem hatte Theres darauf bestanden, dass sie erst das persönliche Einverständnis des Fuhrunternehmers Siegmund Busch einholte, bevor sie sich die brisanten Kisten auf den Laster lud.

»Wenn wir schon so viele Wochen darauf warten mussten, bis wir ausreichend Papier zusammenhatten, um Franks Novellen zu drucken, dann sollte dein Chef dich nicht dafür rauswerfen, dass du seinen Lastkraftwagen hinter seinem Rücken für illegale Botendienste nutzt.«

Die lange Wartezeit auf die als Sammlung von harmlosen Frühlingsgedichten getarnten Bücher war nervenaufreibend gewesen. Fast hatte Elly die Hoffnung aufgegeben, sie jemals in Händen zu halten, nachdem Theres und sie bereits Anfang des Jahres auf Franks Erzählungen gestoßen waren.

»Die müssen so viele Menschen wie möglich lesen«, hatte Theres gesagt.

»Und so schnell wie möglich«, hatte Ruth ergänzt.

»Zacherl würde sie seinen Genossen als Pflichtlektüre empfehlen. Vor allem wegen ihres revolutionären Aufrufs am Ende.« Henni war ebenfalls sofort Feuer und Flamme gewesen.

»Auch Leute ohne SPD-Parteibuch und jenseits der Gewerkschaften sollten sie lesen«, hatte Elly ergänzt.

Leonhard Frank musste das ähnlich sehen. Postwendend hatte er Theres erlaubt, das Buch nachzudrucken.

Weil der Papiermangel immer gravierender wurde, hatten sie zunächst jedoch mit kurzlebigen Ausgaben auf Zeitungspapier vorliebnehmen müssen, die in schlichte Umschläge gebunden wurden.

»Für den Versand an die Front ideal«, hatte Elly entschieden und sofort damit begonnen, die als billige Heftromane getarnten Exemplare an Leo und Zacherl, dann an Kirchner, Rosendorf und andere zu schicken, die sie noch aus Friedenszeiten kannte und für zuverlässig genug hielt, um die Erzählungen an ähnlich Denkende weiterzureichen.

Auch unter der Kundschaft der Lämmles, speziell unter denen, die zu den Stammgästen in den *Torggelstuben* am Platzl sowie dem *Stefanie* und anderen Künstlerlokalen in der Maxvorstadt zählten, war das Interesse an den Novellen rasch gestiegen. Theres hatte sie einigen der jüngeren Autoren wie Johannes R. Becher und Oskar Maria Graf zugesteckt, die sie neugierig gelesen und weitergegeben hatten. Angeblich hatte sie sogar jemand zu den USPD-Genossen ins Gefängnis eingeschleust. Nach seiner Entlassung aus der Psychiatrie hatte Toller sie aufgesucht, um sich ein Exemplar zu erbitten, das er mit nach Berlin nehmen wolle.

»Dort kursieren sie längst«, hatte Theres ihm erwidert und ihm eines der letzten noch vorhandenen Zeitungspapierhefte gegeben. Kurz darauf war noch ein Vertrauter von Erich Mühsam aufgetaucht, um es ihm in seine Verbannung nach Traunstein zu schicken.

»Wir sollten doch noch eine ›richtige‹ Buchausgabe in Angriff nehmen«, hatte Theres daraufhin beschlossen. »Dann sind die Exemplare langlebiger und können viel besser verbreitet werden. Von irgendwoher müssen wir das Papier dafür auftreiben.«

Das Wunder war tatsächlich geschehen: Ausgerechnet der Auftrag vom Stadtbund der Münchner Frauenvereine für ein Lehrbuch über den Umgang mit Kriegsversehrten im Alltag, den Ruth für ihren kleinen Verlag ergattert hatte, war die Chance gewesen, Papier sowie Einbandmaterial für eine Auflage von zweitausend Exemplaren zur Seite zu schaffen. Obwohl sie die mit Leichtigkeit in ihrer eigenen Buchhandlung hätten verkaufen können, gab Theres Ellys Drängen nach, einen Teil vertrauenswürdigen Sortimenterkollegen anzubieten.

»So werden noch mehr Leser wachgerüttelt, dass es höchste Zeit für ein Ende des Krieges und auch ein Ende dieser Regierung alter, machtbesessener Männer ist.«

»Lore Grimm, Schrannenmüller und Fürholz kommen eher weniger als Abnehmer in Betracht«, hatte Ruth sofort eingewandt. »Lore ist zu nervös, die verplappert sich zu leicht, und Schrannenmüller und Fürholz scheinen mir nicht ganz die Richtigen für solch aufmüpfige Geschichten.«

»Bei Schrannenmüller könnte man es wagen, Fürholz hat als Antiquar ohnehin ein anderes Publikum«, hatte Theres entgegnet.

»Henni und ich werden dafür sorgen, dass die Bücher nur zu vertrauenswürdigen Adressen gelangen. Ihr müsst euch um nichts kümmern«, hatte Elly versichert.

Dank Kontakten über den Gehilfinnenverein sowie einigen persönlichen Empfehlungen hatte sie in kurzer Frist eine Liste über die Stadt und ins Umland verstreuter Sortimenter zusammengestellt. Die beiden Buchhandlungen in Laim und Pasing waren die ersten, denen sie nun eine Ladung Bücher brachten. Dass es endlich so weit war, ließ Elly vor Freude laut aufjauchzen. Henni zwinkerte ihr vergnügt zu, bevor sie den Blick wieder durch die Frontscheibe auf die Straße richtete.

Stolz betrachtete Elly sie von der Seite. Henni thronte auf

dem Fahrersitz. Seit mehr als zwei Jahren arbeitete sie als Kraftfahrerin. Damit war sie eine von vielen Tausend Münchnerinnen, die sich während des Krieges in früher einmal Männern vorbehaltenen Berufen bewährten. Sie sah aus, als wäre sie von jeher für diese Tätigkeit geschaffen. Souverän lenkte sie das schwere Gefährt des Haidhauser Fuhrunternehmens Busch westwärts über die holprige Landsberger Straße, die um diese frühe Stunde noch völlig leer war.

Weil sie meist allein unterwegs war, also ohne Hilfe auf- und abladen musste, trug sie grobe Arbeitshosen und ein Hemd aus dem Bestand ihres Bruders Zacherl sowie feste Stiefel und eine freche Schirmmütze. Das glatte braune Haar hatte sie sich inzwischen nackenkurz abgeschnitten und sich durch die schwere körperliche Arbeit ein breites Kreuz und muskulöse Arme antrainiert. Kaum zu fassen, dass sie nach wie vor auf ein Stichwort hin die schönsten Geschichten erzählen und notfalls nebenbei die Buchhaltung erledigen konnte.

Im Vergleich zu ihr kam Elly sich noch kleiner und zierlicher als ohnehin schon vor. Zumindest an diesem Morgen hatte sie sich ebenfalls in Männerkleidung geworfen, die Henni ihr von ihrem jüngsten Bruder Xaverl beschafft hatte. Natürlich hinter dessen Rücken. Niemals würde er es dulden, dass sie in seinen Hosen und Hemden unterwegs war.

»Kruzifix!«

Jäh trat Henni auf die Bremse. Elly schreckte auf. Sie befanden sich ein kurzes Stück hinter der Donnersberger Brücke stadtauswärts, wie Elly nach einem Blick aus dem Seitenfenster feststellte. Rechts hinter den Mietshäusern verlief die Bahntrasse vom Hauptbahnhof nach Pasing, links erstreckten sich die Genossenschaftsbauten des Westends. Und mitten auf der Straße hatten sich zwei Soldaten postiert.

Mit erhobenen Gewehren blockierten sie die Fahrbahn.

Für einen Moment setzte Ellys Herzschlag aus.

Geradewegs schlitterte der schwere Lastkraftwagen auf die Soldaten zu.

Henni fluchte, trat den Fuß heftiger aufs Pedal und zog zusätzlich die schwere Handbremse.

Elly und sie wurden auf ihren Sitzen nach vorn geschleudert. Der Laster schlingerte über den nassen Asphalt, die Bremsen quietschten. Instinktiv streckte Elly die Arme nach vorn, um sich mit den Händen abzustützen.

Sah die Soldaten durch die Frontscheibe immer näher auf sich zukommen.

Sie schrie.

Henni brüllte.

Stur verharrten die Soldaten auf ihrem Posten.

Der Moment dehnte sich zur Ewigkeit.

Nach einigem Rumpeln kam der Lastkraftwagen zum Stehen.

»Jetzt haben sie uns«, murmelte Henni.

Elly spürte, wie ihre Wangen glühten.

Die Männer nahmen die Gewehre ein Stück herunter. Der eine kam zur Fahrer-, der zweite zur Beifahrerseite. Den schwerfälligen Bewegungen nach waren sie Kriegsversehrte, die zum Dienst im Schützengraben nicht mehr tauglich, zum Ausmustern aber noch zu gesund waren.

»Aussteigen!«, blaffte der ältere der beiden und hob das Gewehr.

Gehorsam taten sie, wie ihnen geheißen. An ihrem beherzten Sprung aus dem erhöhten Fahrerhaus sah man Henni an, wie geübt sie war, während Elly eher umständlich vom Beifahrersitz hinunterkletterte.

Natürlich merkte sie, wie sich die Blicke der Soldaten an ihrem schmächtigen Leib festsaugten. Vorsichtig hob sie die Arme.

Das war es also. Völlig unnötig hatte sie Henni in Gefahr gebracht. Sie schämte sich. Wie sollte sie vor Theres und Ruth bestehen? Und vor Leonhard Frank? Noch nicht einmal bis Laim hatten sie seine Bücher geschafft, das Münchner Stadtgebiet gar nicht verlassen.

»Schau an, zwei Weiberleut'!« Der Ältere lachte dreckig, humpelte erst um Henni, dann um Elly herum, musterte sie ausgiebig. Zuletzt spuckte er vor ihren Schuhspitzen auf den Boden.

»Glaubt ma's? Angezogen wie Burschen tun s' wie Burschen und bilden sich ein, einen Lastkraftwagen fahren zu können. Wird Zeit, dass das ein End' hat. Eine Schand' ist's, was aus allem geworden ist, wenn schon die Weiberleut' die Autos fahren, Hosen tragen und sich die Haar' abschneiden wie ein Mannsbild.«

»Was habt ihr geladen?«, überging der jüngere Soldat das Gepolter seines Kameraden und wies mit dem Gewehrlauf zur Ladefläche, die eine helle Plane mit der verschlungenen Aufschrift *Transporte Busch München-Haidhausen* abdeckte.

»Bislang nur zwei Kisten Bücher, die wir in Laim und Pasing abliefern«, antwortete Elly so ruhig wie möglich. »Wir sind auf dem Weg nach Aubing. Dort holen wir in einem Lager Lebensmittel ab. Rüben vor allem, die verschiedensten Sorten, ein bisserl Weiß- und Blaukraut, Mehl, Zucker. Fürs Kaufhaus Hirschvogl am Rindermarkt und den Uhlfelder im Rosental. Die haben neuerdings eine Wohlfahrtsküche für bedürftige Kriegerfrauen und ihre Kinder ...«

»Da hörst's! Ausgerechnet die Juden zeigen uns, was sich gehört«, unterbrach der Ältere ihren Redeschwall, bevor er Henni barsch »Aufmachen!« befahl und abermals dicht vor ihr mit dem Gewehr herumfuchtelte.

Elly wurde blümerant.

Henni blieb gefasst. Mit erhobenen Händen ging sie ans hintere Ende des Lastkraftwagens, löste die Befestigungsschnur an der Plane, schlug sie zurück und klappte die Klappe herunter.

»Bitte!« Einladend wies sie in den nahezu leeren Laderaum, in dem die beiden Kisten fast schon verloren wirkten.

»Hol s' her, mach s' auf und zeig uns, was drin ist«, befahl der Soldat.

Elly hielt die Luft an. Hoffentlich kamen die Soldaten nicht auf die Idee, darin herumzuwühlen.

Unterdessen kletterte Henni auf die Rampe, schob und zerrte die Kisten, um Zeit zu gewinnen, ein wenig umständlicher heran, als nötig war, und öffnete die Deckel, kippte erst die eine, dann die zweite Kiste schräg nach vorn, sodass die Soldaten die Broschüren und Hefte sehen konnten.

»Was ist das?«, fragte der Ältere und kniff die Augen zusammen. Wahrscheinlich war er kurzsichtig.

»Informationen vom Stadtbund der Münchner Frauenvereine zur Kriegsversehrtenpflege sowie einige Hefterl Abenteuerromane«, erläuterte Elly.

»Weiberzeugs!«, kommentierte er.

»Buffalo Bill!«, entschlüpfte dem Jüngeren entzückt.

»Wollen Sie eins?«, erwiderte Elly und gab Henni ein Zeichen. Die kippte die letzte Kiste wieder gerade, holte geistesgegenwärtig einen der obenauf liegenden Heftromane und hielt ihn dem Soldaten entgegen.

Der zögerte, sah zu seinem Kameraden. Als der kaum merklich nickte, schnappte er sich das Heft und betrachtete es mit leuchtenden Augen.

»Genau der hat mir noch gefehlt.«

»Dummes Zeug!«, knurrte der Alte, dann wandte er sich an Henni. »Packt's wieder ein und schaut's zu, dass ihr weiterkommt. Schnell!«

»Ein Buffallo-Bill-Roman gegen zwei unentdeckte Kisten von Leonhard Franks *Der Mensch ist gut* – das scheint mir mal ein gelungenes Geschäft«, amüsierte sich einer der Studenten über die Geschichte, die Henni nach einigen Gläsern Absinth und dem Rauchen viel zu vieler Zigaretten spät am Abend im *Stefanie* zum Besten gab. Voller Bewunderung hing Elly an ihren Lippen und beobachtete stolz, wie fasziniert die anderen am Tisch lauschten.

»Wirklich gelungen. Kompliment! Das müssen Sie unbedingt irgendwo veröffentlichen«, lobte ein anderer mit heiserer Stimme und zündete sich bereits die nächste Zigarette an.

Die zwei gehörten zu einem Kreis Studenten, mit denen sie seit einigen Stunden nahe des Billardtisches zusammensaßen. Elly hatte sie schon öfter im *Stefanie* gesehen. Im letzten Winter hatten sie häufig mit Ernst Toller im Lesekabinett der Lämmles über Literatur und Politik diskutiert. Soweit sie wusste, studierten sie bei dem Literaturprofessor Artur Kutscher am Philologischen Seminar der Universität. Die Begeisterung aus ihrem Mund hieß also etwas für jemanden, der mit dem Schreiben liebäugelte so wie Henni. Hoffentlich nahm sie das zum Anlass, die Geschichte nicht nur zu erzählen, sondern tatsächlich auch aufzuschreiben.

»Daran sieht man mal wieder: Das wahre Leben ist weitaus besser als jedes erfundene Abenteuer«, resümierte der Erste und rückte seinen Kneifer auf der Nase zurecht, der ebenso wie der zauselige Bart und das lange wirre Haar stark an Eisner und Mühsam erinnerten. Gewiss war das kein Zufall.

»Wenn die oberen Kriegsherren doch nur ebenso leicht zu bestechen wären wie ihre niederen Wachsoldaten, dann wäre der Frieden rasch erkauft«, meldete sich ein Dritter zu Wort, dessen von Sommersprossen übersätes Gesicht noch sehr jungenhaft wirkte. Ostentativ rauchte er Pfeife, um einige Jahre älter zu wirken.

»Wenn die oberen Kriegsherren und ihre niederen Wachsoldaten nur halb so mutig wären wie unsere beiden Fräulein, sähe die Welt ohnehin ganz anders aus«, kommentierte ein Vierter, bei dem es sich eindeutig um den Wortführer der Gruppe handelte, so entschieden, wie er das feststellte. Sein fast kahler Kopf und die tiefen Furchen um seinen Mund ließen ihn älter als die anderen wirken. Übermütig hob er das Glas, um Elly und Henni zuzuprosten.

»Hut ab, meine Damen!«

Die anderen am Tisch stimmten fröhlich mit ein.

Derart im Mittelpunkt zu stehen, behagte Henni nicht, wie Elly beobachtete. Wahrscheinlich bereute Henni bereits, dass sie überhaupt etwas erzählt hatte.

Auch Elly war verlegen. Zum Teil lag das am Alkohol. Den waren sie nicht mehr gewohnt. Überhaupt waren sie es nicht mehr gewohnt auszugehen. So viele Menschen zu treffen, so angeregt zu diskutieren und zu rauchen. Längst musste es auf Mitternacht zugehen.

Dabei war es ihre Idee gewesen, den Abend außer Haus zu verbringen. Trotz des Krieges und der ewigen Sorgen um Leo und Zacherl. Wildes Tanzen und verrückte Feste waren ohnehin seit Jahr und Tag untersagt. Ein bisschen Abwechslung tat aber gut. Voller Wehmut dachte Elly daran, wie sie und Henni im Frühling vor dem Kriegsausbruch als vierblättriges Kleeblatt mit Leo und Zacherl durch die Münchner Nächte gezogen waren und sich amüsiert hatten. »Endlich bist du jung!«, hatte Dita ihr damals gratuliert. »Endlich lebst du, wie du es in deinem Alter tun solltest.«

Als sie am späten Nachmittag von ihrer wagemutigen Tour nach Laim, Pasing und Aubing im Lastkraftwagen wieder in die Stadt zurückgefahren waren, hatte sie Henni vorgeschlagen, das gelungene Vorhaben ein wenig zu feiern.

»Zacherl und Leo würden sich freuen, wenn wir das machen«, hatte sie hinzugefügt, nachdem Henni zunächst geschwiegen hatte. »Du weißt, wie sehr sie es genossen haben, sich die Nächte um die Ohren zu schlagen und Leute zu treffen, um zu diskutieren und neue Ansichten kennenzulernen.«

»Gib dir keine Mühe«, hatte Henni übermütig erwidert. »Du musst mich nicht überreden. Mir ist selbst danach. Einzige Bedingung ist, dass du vorher die grässlichen Sachen von Xaverl ausziehst, sonst hab ich ständig das Gefühl, meinen nervigen kleinen Bruder vor mir zu sehen.«

Obwohl Elly die Hosen bequemer als einen langen Rock fand, hatte es ihr selbst nicht behagt zu wissen, dass die Kleidung an ihrem Leib Hennis jüngstem Bruder gehörte. Immerzu hatte sie sich eingebildet, seinen Geruch in der Nase zu haben.

Unter der ausladenden Kastanie im Wirtsgarten des *Lohengrin* war ihnen ein karges Mahl serviert worden. Letztlich hatte es sie eher hungriger werden lassen und zu viele der kostbaren Lebensmittelmarken gekostet. Einzig der laue Maiabend und das Gefühl, wenigstens noch ein bisschen jung und lebendig zu sein, hatte die dräuende Enttäuschung wettgemacht. Nach einem Spaziergang durchs Viertel, am *Simplicissimus* und den anderen Lokalen vorbei waren sie schließlich im *Stefanie* gelandet.

»Da wissen wir wenigstens, wen wir treffen«, hatte Elly zu Henni gemeint. Sie hatte sich gefreut, dass sie in dem voll besetzten Gastraum zwischen den weißen Stucksäulen auf Anhieb Tollers Kommilitonen erspäht hatte. Freudig waren die enger zusammengerückt, um ihnen an ihrem Tisch Plätze anzubieten.

»Dass Sie einen Lastkraftwagen fahren können, ist gut zu wissen. Das kann noch nützlich sein«, wandte sich der bärtige Student mit dem Kneifer auf der Nase nun an Henni.

»Das ist schon jetzt sehr nützlich«, versicherte Henni ihm

leise, selbst beschwipst noch auf der Hut vor ungebetenen Zuhörern.

Auch – oder gerade – im *Café Stefanie* mischten sich immer mehr Spitzel unter die Gäste, weil jeder wusste, dass sich auch nach der Verhaftungswelle im Februar die kritischen Geister hier trafen, um über die Lage im Land zu diskutieren und neue Pläne für Aktionen zu schmieden.

»Mein Chef steht ebenfalls aufseiten der Kriegsgegner«, fügte Henni hinzu. »Dank der Lämmles können wir noch einige Kisten Bücher im Münchner Umland verteilen. Und wie es der Zufall will, stehen noch einige Touren an, bei denen das leicht machbar ist.«

»Zum Glück gibt es einige weitere Adressen von Buchhändlern, denen wir vertrauen können«, meinte Elly ebenso leise.

»Ihr seid grandios!«, raunte der Heisere kaum hörbar und beugte sich vor, um die Zigarettenkippe im überquellenden Aschenbecher auszudrücken.

Elly gewahrte einen verdächtigen Schatten, der sich hinter den Säulen nicht weit von ihrem Tisch herumdrückte. Doch für einen Schnüffler betrug er sich zu auffällig.

Henni schien der Mann ebenfalls aufgefallen zu sein. Alarmiert wies sie mit dem Kopf in die Richtung.

In dem Moment trat der Schatten hinter der Säule hervor.

Erleichtert atmeten sie auf. Schorsch! Zacherls Freund, von dem sie seit Januar nichts mehr gehört hatten.

»Hast du uns erschreckt!«, begrüßte Henni ihn vorwurfsvoll.

»Setz dich zu uns«, lud Elly ihn ein. »Wo hast du die letzten Monate gesteckt? Wir haben uns schon Sorgen gemacht.«

»Gibt's Neues von Zacherl und Leo?«, überging Schorsch die Frage.

Noch ehe sie antworten konnten, erkundigte sich der sommersprossige Student: »Ihr kennt euch?«, und wies erstaunt mit der Pfeife in der Hand zwischen ihnen hin und her.

»Eine Schande, dass du uns deine Bekanntschaft mit so interessanten Damen bislang verschwiegen hast«, tadelte der Kahlköpfige.

»Schorsch wird gewusst haben, warum«, kommentierte der Bärtige augenzwinkernd. »Heutzutage traut man am besten niemandem mehr, nicht einmal den eigenen Genossen.«

»Da sagst du was«, stimmte Schorsch ihm zu, und plötzlich sprudelte aus ihm heraus, dass er nach den erfolglosen Streiks Ende Januar und den anschließenden Verhaftungen für eine Weile zu Verwandten aufs Land geflüchtet war.

»Wenn sie mich zurück an die Front gezwungen hätten, hätte ich mich am nächstbesten Fensterkreuz aufgeknüpft. Nie und nimmer halte ich das noch einmal aus.«

»Vielleicht hätten sie dich wieder ins Irrenhaus geschickt, wie den Toller«, meinte der Sommersprossige und schob sich die Pfeife abermals zwischen die Lippen.

»Oder mit dem Mühsam zusammen nach Traunstein verbannt«, fiel der Kahlköpfige ein.

»Was nicht unbedingt eine Strafe sein muss, wenn man bedenkt, wie hungrig wir hier in der Stadt umeinanderschleichen und wie viel besser es da mit der Verpflegung aussieht«, ergänzte der Heisere.

»Trotzdem nicht schön, sich in der eigenen Heimat verbergen zu müssen wie ein Lump«, brummte der Bärtige und klopfte Schorsch auf die Schulter.

»Ein weiterer Grund, um den Irrsinn von Krieg so schnell wie möglich zu beenden.« Henni wirkte wieder sehr entschlossen.

»Je nervöser die da oben werden, desto klarer ist, dass wir uns hier unten auf dem richtigen Weg befinden«, pflichtete Elly bei.

»Noch mal ein Hoch auf die beiden Damen an unserem Tisch.« Erneut hob der Kahlköpfige sein Glas. »Ihr Mut spornt uns an.«

»Wenn doch alle Männer so lernfähig wären wie Sie, wäre die Menschheit schon einen großen Schritt weiter.«

26

Die nächsten Wochen wurden anstrengender denn je. Wann immer es sich für Henni ergab, ihre Fahrten mit dem Lastkraftwagen mit einem unauffälligen Besuch in einer vertrauenswürdigen Buchhandlung in München und Umgebung zu verknüpfen, lud sie sich mit Buschs Einverständnis weitere Kisten mit den als Lyrikanthologie getarnten Büchern von Leonhard Frank auf.

Bald mussten sie bereits nachdrucken, was fast daran scheiterte, dass es wieder zu wenig Papier gab. Erneut gelang Ruth das Kunststück, über undurchsichtige Kanäle Papier aufzutreiben, allerdings erwies es sich als von noch schlechterer Qualität als beim letzten Mal. Ohnehin tat sich bereits das nächste Problem auf: Die Druckerei verlangte nicht nur Vorkasse, sondern bestand zusätzlich auf einem höheren Preis.

»Das Geld zerfließt uns zwischen den Fingern«, behauptete der Druckereibesitzer.

»Was denken Sie, wie es uns geht?«, gab Theres empört zurück. »Kaum einer hat mehr ein paar Mark übrig, um sich Bücher zu kaufen, weil die Preise für Eier, Milch und Butter durch die Decke gehen. Sogar das mit Sägespänen gestreckte Brot ist purer Luxus und eine hauchdünne Scheibe Fleisch am Sonntag eine Illusion. Neuerdings werden die heimischen Bücherregale geplündert, um das Überleben zu sichern. Gestern erst hat mir ein

Privatgelehrter mit Tränen in den Augen seinen vierundzwanzigbändigen Brockhaus in Schweinsleder mit Goldschnitt fürs Antiquariat angeboten, damit er nächste Woche noch etwas auf den Teller kriegt. Was man ihm beim Hugendubel dafür angeboten hat, hätte höchstens für zwei Tage gereicht. Aber leider herrscht auch in meiner Kasse gähnende Leere, deshalb musste ich ihn wegschicken.«

Davon ließ sich der Druckereibesitzer nicht erweichen und beharrte auf seinem Preis. Seine Mitbewerber taten es ihm gleich.

»Besser, wir verkaufen das schlechte Papier und vergessen den Nachdruck. Dann können wir uns wenigstens einmal wieder ordentlich satt essen.« Theres resignierte.

»Mit vollem Bauch geht es dem Untergang gewiss angenehmer entgegen«, stimmte Ruth zu.

»Ihr könnt doch nicht aufgeben!«, protestierte Elly. »Nicht so kurz vor dem Ziel. Es kann nicht mehr lange dauern mit dem Krieg, das spürt jeder. Umso wichtiger ist es, jetzt die letzten Unentschlossenen für den Frieden zu gewinnen, dann beschleunigen wir das Kriegsende. Das darf nicht am Geld scheitern.«

Verzweifelt betrachtete sie die gut gekleidete ältere Dame, die im selben Moment mit einer schweren Tasche die Buchhandlung betrat.

»Hätten Sie Interesse an Autographen?«, kam sie direkt auf den Anlass ihres Besuchs zu sprechen. Hoffnungsvoll lächelte sie Ruth und Theres an. »Vor dem Krieg hat mein Mann bei Ihnen einige sehr begehrte Manuskripte und signierte Erstausgaben von Paul Heyse und seinem Umfeld erworben. Ich biete Ihnen an, sie für die Hälfte des damaligen Preises zurückzukaufen.«

Elly wollte gar nicht hören, wie die Lämmle-Cousinen ablehnen mussten.

»Versuchen Sie es im Kunsthaus Brakl am Beethovenplatz«, riet Theres jedoch unerwartet. »Früher hätte ich mir zwar eher die Zunge abgebissen, als eine solch lukrative Offerte auszuschlagen und Sie freiwillig zur Konkurrenz zu schicken. Inzwischen weiß ich aber aus eigener Erfahrung, dass man nach jedem Strohhalm greifen muss. Und Brakl ist ein solcher. Er gehört zu den Glücklichen, die die Gunst der Stunde nutzen können. Und der dabei ehrlich agiert. Münchner Kunst und Literatur aus der zweiten Hälfte des neunzehnten Jahrhunderts gehört zu seinem Spezialgebiet.«

Hatte sie da richtig gehört? Elly wurde unruhig. Sollte das stimmen, wäre es genial! Ruth beschrieb der Dame den Weg zu Brakl. Elly beschloss, keine Zeit zu verlieren. Sie musste ihr Glück ebenfalls probieren.

Unter einem Vorwand bat sie Theres, den Rest des Nachmittags freinehmen zu dürfen, und eilte in die elterliche Wohnung. Mit ganz anderem Blick betrachtete sie nun, was dort an den Wänden hing und sie bislang als viel zu düster, langweilig und uninteressant empfunden hatte. Doch ihr Vater, Oberst Gustav Grafenstetter, hatte zweifellos zu den Kennern gehört, wie ihr schon öfter zu Ohren gekommen war, und einige außergewöhnliche Stücke zusammengetragen.

Nach einem Rundgang durch Wohn- und Esszimmer beschloss sie, es zunächst mit einem Landschaftsgemälde in handlichem quadratischen Format zu probieren. Sie schlug es in Packpapier ein und fuhr damit auf direktestem Weg zum Kunsthaus Brakl am Beethovenplatz.

Zu ihrer Erleichterung war weder die Dame mit den Autographen noch sonst ein Kunde in der Galerie. Brakl konzentrierte sich ganz auf ihr Bild.

Ihr schlug das Herz bis zum Hals, während sie darauf wartete, was er dazu sagte.

Er ließ sich Zeit, untersuchte das Gemälde gründlich. Nach einer halben Ewigkeit wandte er sich ihr wieder zu und sah sie mitleidig an.

»Tun Sie das Ihrer Mutter nicht an. Aktuell sind die Umstände viel zu ungünstig, um zu verkaufen. Selbst für eine so ausgezeichnete *Gewitterstimmung im Dachauer Moos* aus der Schule von Ludwig Dill wird kaum mehr als ein dick bestrichenes Schmalzbrot gezahlt.«

»Einen Spitzweg hätte ich auch noch zu bieten«, wollte Elly ihn wider besseres Wissen doch noch ködern. »Und vielleicht sogar noch einen echten Piloty.«

In den Augen des Kunsthändlers blitzte etwas auf, dann aber schüttelte er den Kopf. Er nahm die Brille von der langen, spitzen Nase und putzte sie ausgiebig.

»Ich habe Ihren Vater gekannt, Fräulein Grafenstetter.« Endlich sah er sie wieder an. »Ich habe eine ungefähre Vorstellung, was bei Ihnen zu Hause hängt. Lassen Sie es dort. In einigen Jahren werden Sie mir dankbar sein. Gewiss haben Sie etwas Silber oder Meißner Porzellan, vielleicht einen überflüssigen Teppich vor dem Vertiko. Fahren Sie damit aufs Land. Dort ist man ganz wild auf solche Dinge und gibt Ihnen dafür großzügig Eier, Schinken, Speck und dergleichen. Damit werden Sie eine Weile satt. Mit erstklassigen Gemälden wie diesem können Sie momentan die Bahnstrecke bis nach Berlin pflastern. Davon sind einfach zu viele auf dem Markt. Keiner will einen fairen Preis dafür zahlen. Für mich sind das natürlich goldene Zeiten. Theoretisch. Doch ich kenne meine Verantwortung als seriöser Kunsthändler. Gerade langjährigen Stammkunden wie Ihrer Familie gegenüber. Deshalb verzichte ich lieber.«

Enttäuscht trottete sie den mehr als halbstündigen Weg quer durch die Innenstadt zu Fuß nach Hause zurück, ignorierte so gut wie möglich die Hitze des Junitages und den unangenehmen

Staub auf dem Trottoir. Das Geld für die Tram wollte sie sich sparen. Und außerdem in Ruhe nachdenken.

»Was haben Sie da?«

Wie aus dem Nichts schoss eine groß gewachsene Gestalt im Halbdunkel des Stiegenhauses auf sie zu. Gerade hatte sie den obersten Treppenabsatz erreicht.

Sie schreckte zurück, presste das Paket mit dem Bild fest an sich und trat mit dem Fuß nach hinten ins Leere.

Sie strauchelte. Schrie auf. Ließ das Bild fallen, ruderte mit den Armen nach Gleichgewicht.

Jemand packte sie, hielt sie fest.

Das Bild polterte zu Boden.

Dicht vor sich erblickte sie Hauenstein, roch den Tabak, den er rauchte, spürte seine Finger am Handgelenk.

»Sie?«

War das ein Gespenst oder war er echt? Er war doch in Frankreich im Feld?

Sobald sie wieder sicher stand, befreite sie sich aus seinem Griff, hob das Paket auf. Es schien unversehrt. Sie atmete auf.

»Was ist das?«

Hauenstein deutete auf das Paket.

Kein Zweifel. Er war echt. Sie wischte sich mit der freien Hand den Schweiß von der Stirn. Fast zwei Jahre hatte sie nichts von ihm gehört und insgeheim gehofft, er hätte sie entweder vergessen oder kehrte nicht mehr von der Front zurück.

Nun aber war er wieder da.

»Verzeihen Sie den Überfall.« Er gab sich zerknirscht. »Selbstverständlich hätte ich mich angemeldet. Allerdings hatte ich Zweifel, ob Sie meine Briefe lesen.«

»Woher wussten Sie, dass Sie mich hier …?«

»In der Buchhandlung hat man mir gesagt, Sie seien unterwegs. Also habe ich beschlossen, hier auf Sie zu warten. Irgendwann mussten Sie heimkommen. Die Portiersfrau war so freundlich, mich ins Haus zu lassen. Am liebsten hätte Sie mir unten bei sich …«

»Das kann ich mir vorstellen«, unterbrach Elly ihn. Der Hinweis auf die neugierige Nachbarin genügte ihr, ihn in die Wohnung zu bitten. Zwar sträubte sich alles in ihr dagegen, mit ihm allein zu sein. Besonders nach dem, was bei seinem vorletzten Besuch zwischen ihnen vorgefallen war. Die Aussicht, dass die Portiersfrau unten im Flur stand und ihr Gespräch belauschte, schien ihr jedoch ebenso unerträglich. Ohnehin käme Henni bald nach Hause.

Drinnen stellte sie das Paket mit dem Gemälde vor der Wohnzimmertür ab und bat Hauenstein in die Küche. Am Spülstein füllte sie sich ein Glas mit Leitungswasser und trank es in einem Zug aus.

In sicherem Abstand standen sie einander gegenüber, zwischen sich den breiten Küchentisch.

»Brauchen Sie Geld?«, fragte er.

»Ich will nichts geschenkt. Von Ihnen erst recht nicht.«

»Ich habe nichts zu verschenken. Aber wenn es um eines der Gemälde aus der Sammlung Ihres Vaters …«

»Woher wissen Sie …?«

»Das Paket sagt alles.« Er lachte kurz auf. »Oft genug war ich bei Ihren Eltern zu Gast. Die *Gewitterstimmung* oder der *Birkenwald* haben mir sehr gefallen.«

»Sie interessieren sich für Kunst?« Sie war verblüfft.

»Selbst ein Offizier wie ich hat eine Seele. Eine sehr verletzliche sogar.«

Sie schwieg. Betrachtete ihn nachdenklich.

»Deshalb bin ich auch hier«, setzte er leise nach. »Sie sollen wissen, dass es mich sehr beschäftigt hat, was zwischen uns … Ich bin alles andere als glücklich, wie wir uns seinerzeit voneinander verabschiedet … Sie müssen wissen, damals befand ich mich in einer schwierigen … Ich bereue es jeden Tag mehr … Natürlich weiß ich, dass es unverzeihlich ist, aber wer, wenn nicht Sie, besitzt die Größe, mir …«

Mit jedem unvollendeten Satz machte er einen kleinen Schritt in ihre Richtung, hielt wieder an, zögerte, wagte sich noch einen Schritt vor, bis er jäh vor ihr auf die Knie sank.

Sie wich zurück. Sah ihn verblüfft an.

»Ich bin untröstlich, wenn Sie mich wegschicken, ohne meine aufrichtige Entschuldigung anzunehmen«, erklärte er hastig, zwang sich dann zu mehr Ruhe. »Morgen früh muss ich zurück an die Front. Die Lage sieht alles andere als rosig aus. Bitte schicken Sie mich nicht ohne ein versöhnliches Wort fort.«

Sie erschrak. Zacherl und Leo standen vermutlich im selben Abschnitt wie er, schoss ihr in den Sinn. Was bedeutete das für sie? Kein Zweifel, es musste ein Ende haben mit diesem sinnlosen Abschlachten. Schnellstmöglich!

»Lassen Sie es gut sein. Es ist aus der Welt«, erklärte sie heiser. Es kostete sie reichlich Überwindung, dennoch reichte sie ihm die Hand.

Er nahm sie, stand langsam vom Boden auf.

»Wenn Sie die *Gewitterstimmung* so sehr schätzen …«, knüpfte sie rasch an das ursprüngliche Thema an.

»Sie wollen sie wirklich verkaufen?«

»Was heißt wollen?« Bitter lachte sie auf. »Vorhin waren Sie in der Buchhandlung. Es wird Ihnen aufgefallen sein, wie wenig Kundschaft dort selbst zur besten Geschäftszeit …«

»Sie brauchen Geld, um die Buchhandlung der Lämmles zu retten?«

»So kann man es ausdrücken«, erwiderte sie, zutiefst erleichtert, wie einfach es war. Sie musste nicht einmal lügen. In gewisser Weise ging es auch um die Rettung der Buchhandlung.

»Wie viel?«

Sie nannte ihm knapp den doppelten Betrag, den die Druckerei für den Nachdruck verlangte. Das Gemälde war es wert. Und eine Reserve schadete nie.

»Ich hole es.«

Zu ihrer Verwunderung zögerte Hauenstein keine Sekunde. Wahrscheinlich hatte er mit einer höheren Summe gerechnet. Ob sie mehr hätte verlangen können? Noch erstaunlicher fand sie, dass er das Geld sofort auftreiben konnte.

»Mein Vertrauen in Banken ist nicht sonderlich groß«, erklärte er, als ahnte er ihre Gedanken, bevor er die Wohnung verließ.

In kaum einer halben Stunde kehrte er zurück. Mit einem dicken Bündel Geldscheine. Triumphierend wedelte er damit durch die Luft, sobald sie sich im Flur wieder gegenüberstanden.

Sie machte einen Schritt auf ihn zu und wollte nach dem Geld greifen.

Er war schneller und reckte die Hand mit den Geldscheinen höher in die Luft. Beugte sich stattdessen nah zu ihr, sodass sie seinen Atem roch. Er hatte getrunken.

In der nächsten Sekunde schlang er die freie Hand um ihre Taille, zog sie fest an sich.

Sie unterdrückte einen Aufschrei.

Vor Wut und vor Scham.

Sie hätte es wissen müssen. Sie hätte ihm nicht trauen dürfen. Schon einmal war sie fast auf ihn hereingefallen.

»Keine Angst«, raunte er ihr ins Ohr und presste sie gegen die Wand, schmiegte sich gegen ihren Leib.

Ihre Nasenspitzen berührten sich. Sie schloss die Augen und drehte das Gesicht zur Seite.

Seine Lippen streiften ihre Wange.

»Elly!«

Die Wohnungstür schwang auf.

Henni.

Genau im richtigen Moment.

Blitzschnell ließ Hauenstein sie los.

Sie schwankte, richtete sich auf und sortierte Kleid und Frisur.

Im Spiegel über der Kommode erspähte sie ihr erhitztes Gesicht. Hauenstein sah nicht weniger derangiert aus. Hastig ordnete er seinen Uniformrock.

Als sie sich zu Henni umdrehte, entdeckte sie, dass die die Situation völlig falsch verstanden haben musste. In einer Mischung aus Verwirrung und Abscheu sah sie zwischen ihnen beiden hin und her, erblickte schließlich das Geld in Hauensteins Hand.

»Das ist für das Bild. Der Major will mir die *Gewitterstimmung* aus der Sammlung meines Vaters abkaufen.«

Schon bückte Elly sich nach dem Paket, das immer noch vor der Wohnzimmertür stand, und reichte es ihm. Wortlos übergab er ihr das Geld.

»Danke für Ihre Hilfe. Die Lämmles werden es zu schätzen wissen, dass Sie in einer diffizilen Lage …«

»Richten Sie den Damen meine besten Grüße aus«, unterbrach er sie. »Sie können sich glücklich schätzen, so engagierte Gehilfinnen wie Sie …«

»Wie Sie wissen, ist es mein Lebenstraum, in der Buchhandlung zu arbeiten.«

»Für den Sie alles zu tun bereit sind.«

Er nickte knapp in Hennis Richtung, dann verschwand er.

»Bist du jetzt völlig von Sinnen?«, polterte Henni los, sobald sie die Tür hinter ihm geschlossen hatte. Matt lehnte sie sich mit dem Rücken gegen das Türblatt.

»Dich einem Unhold wie ihm gegen Geld an den Hals zu werfen! Sag jetzt nicht, dass du damit den Nachdruck von Leonhard Franks Buch bezahlst.«

»Und noch einiges mehr«, antwortete Elly, sobald sie sich wieder gefasst hatte. »Mach dir keine Gedanken. Es war alles ganz anders, als du denkst.«

Ihr stand jetzt nicht der Sinn danach, sich für das Geschehene oder Nichtgeschehene zu rechtfertigen. Dazu saß der Schreck mit Hauenstein zu tief.

Ein anderer Aspekt an der Geschichte gefiel ihr immer besser.

»Ist es nicht eine wunderbare Vorstellung, dass ausgerechnet der Major mit seinen Ersparnissen die illegale Verbreitung von pazifistischen Novellen finanziert?«

Sie lächelte schelmisch.

»Zum Glück bin ich noch rechtzeitig heimgekommen, bevor …«

»Es ist nichts passiert und es wäre nichts passiert. Ich habe alles im Griff gehabt.«

»Das habe ich gesehen.«

Besorgt musterte Henni sie. Elly zwang sich, Haltung zu bewahren.

»Du kennst ihn. Du weißt, dass er unberechenbar ist. Vor allem wenn du ihn unnötig reizt. So wie damals. Und jetzt wieder«, mahnte Henni. »Du spielst mit dem Feuer, wenn du dir einbildest, ihm gewachsen zu sein. Er ist noch nicht fertig mit dir. Und dabei ahnt er nicht einmal, was du mit dem Geld vorhast.«

»Das wird er nie erfahren. Auch Hauenstein spielt mit dem Feuer. Warum sonst hat er es von Neuem bei mir versucht? Morgen muss er an die Front zurück. Vorerst habe ich Ruhe vor ihm und vor allem ausreichend Geld, damit Theres Franks Geschichten nachdrucken lassen kann. Das ist, was zählt. Alles für das Ende des absurden Kriegs.«

27

Mitte August 1918

Henni hatte es geahnt. Früher oder später musste es ein Ende haben mit der Fahrerei. Das Benzin wurde knapp, ebenso die Lebensmittel und sonstigen Dinge, die sie in immer größeren Entfernungen aus dem Umland in die Stadt transportierten. Und nun wurden die Lastkraftwagen fürs Militär beschlagnahmt!

»Frauen wie euch wollen sie an der Front natürlich nicht haben. Erst recht nicht als Fahrerinnen. Dabei wäre das wohl das Vernünftigste, um endlich mit diesem Schmarren aufzuhören«, empörte sich ihr Chef, Siegmund Busch, eines Morgens im Hof seines Fuhrunternehmens in der Orleansstraße beim Münchner Ostbahnhof. In seinem Rücken ging die Sonne auf, strahlte wie ein Heiligenschein um seinen mächtigen Schädel, der nahtlos in die breiten Schultern überging.

Henni mochte Busch. Er war einer der letzten aufrichtigen Männer, die sie jenseits der Studenten und Genossen aus dem *Stefanie* kannte. Auf Anhieb war er im Frühjahr bereit gewesen, ihr den heimlichen Transport der verbotenen Bücher zu gestatten. Jetzt quälte ihn sichtlich sein Gewissen, weil er sie entlassen musste. Dabei konnte er am wenigsten dafür, wenn die Regierung seinen Fuhrpark konfiszierte und sich weigerte, für die Zukunft seiner Fahrerinnen zu sorgen.

Zu dritt waren sie am Ende gewesen und hatten stets zu seiner vollsten Zufriedenheit die Fuhren erledigt. »Viel besser als all die Mannsbilder, die ich allweil als Fahrer gehabt hab«, wie er nicht müde wurde zu betonen. Doch was nutzte es?

Henni betrachtete ihre beiden Kolleginnen. Hermine hatte schon seit Längerem davon gesprochen, ihr Glück als Trambahnfahrerin zu versuchen. Noch im Vorjahr hatte man die verzweifelt gesucht. In den letzten Monaten war es allerdings auch mit der Stromversorgung enger geworden, sodass der Fahrplan ausgedünnt und manche Linien stundenweise sogar komplett stillgelegt worden waren. Neue Fahrerinnen benötigte man deswegen inzwischen keine mehr, und Hermine musste in einer Munitionsfabrik am nördlichen Stadtrand anfangen.

»Als Einzige in der Stadt brauchen die noch Leute«, verteidigte sie das. Dabei war klar, dass ihr keine andere Wahl blieb, um Geld zu verdienen, wollte sie nicht mit ihrer altersverwirrten Mutter und dem Bruder, der ohne Beine und halb blind aus Russland heimgekehrt war, unter einer der Isarbrücken landen.

Roberta hatte sich als Briefträgerin beworben.

»Irgendwer muss die vielen Kondolenzbriefe mit dem schwarzen Rand zustellen, damit die Familien Gewissheit kriegen«, sagte sie. »Wie sonst sollen sie erfahren, was mit ihren Liebsten ist?«

Zwar war sie fortan zu Fuß mit einer schweren Tasche über der Schulter statt auf erhobenem Posten hinterm Lenkrad unterwegs. Da sie aber zwei kleine Kinder und eine Schwiegermutter durchzufüttern hatte, wäre sie sogar auf allen Vieren gekrochen, bezahlte man sie dafür.

»Eine ganz eine gute Stelle hätt' ich für dich. Ein Radl brauchst dafür. Kannst eins auftreiben?«, wandte Busch sich an Henni, nachdem sie ihm noch einige Tage beim Aufräumen des Lagers geholfen hatte. Auch die Buchhaltung hatte sie bei der Gelegenheit in Ordnung gebracht. Da die Aufträge ausblieben, war damit nun ebenfalls Schluss.

Sofort fiel Henni das Fahrrad in der Buchhandlung ein, mit dem Ausgeher Franz oder Lehrling Johann früher die Bücher zu den Kunden und die Pakete zur Post gebracht hatten. Solche Lieferungen waren seit Monaten nicht mehr nötig, die Beiden sowieso inzwischen auch an der Front. Bestimmt würden die Lämmles ihr das Rad leihen. Das Fahren damit hatte Ruth ihr schon vor Jahren beigebracht.

»Einen Kurier suchen sie. Beim Verlag von der *Münchner Post* am Altheimer Eck«, setzte Busch nach. »Tät'st das machen wollen?«

»Was für eine Frage!«

Nachdem Elly und sie sich in den vergangenen Monaten mit Anhängern von Eisners Unabhängigen Sozialdemokraten angefreundet hatten, fand sie es jetzt zwar etwas seltsam, bei einer sozialdemokratischen Zeitung anzuheuern, andererseits brauchte sie Arbeit.

»Besser als für den konservativen *Bayerischen Kurier* in die Pedale zu steigen ist es allemal«, ermutigte Ruth sie, als sie sie noch am selben Tag um das Rad bat. Bereitwillig lieh sie es ihr mitsamt den praktischen Fahrradhosen, die sie einst im Kaufhaus Hirschvogl am Rindermarkt erstanden hatte.

»Wie schade, dass wir dich nicht wieder einstellen können«, fügte sie hinzu, nachdem sie festgestellt hatten, dass Henni die Hosen ohne Änderungen passten.

»Bald werden wir uns das gewiss wieder leisten können«, mischte Theres sich ein.

Sie schien voller Zuversicht. Seit dem Zusammenbruch der Westfront Anfang August rechnete sie jeden Tag mit der offiziellen Kapitulation.

»In allen Ecken gärt es. Lang wird es nicht mehr dauern, bis endlich Frieden herrscht. Das ist jetzt nur noch eine vorübergehende Durststrecke, bis der Krieg endgültig überstanden ist.«

Elly war jedoch alles andere als begeistert, dass Henni sich als Radlkurierin verdingen wollte.

»Fahr bitte vorsichtig. Du weißt, wie schnell man mit dem Rad stürzt.«

Vor einigen Wochen hatte Dita ihr in einem langen, tränendurchweichten Brief vom plötzlichen Tod ihrer Freundin Fanny zu Reventlow geschrieben. Nach einem Unfall mit dem Fahrrad war sie noch in die Klinik eingeliefert worden, dort aber während der Operation verstorben.

Seither plagten Elly Albträume, sie könne Henni ebenfalls verlieren. Zunächst befürchtete sie, Henni verunglückte mit dem Lastkraftwagen. Umso schlimmer erschien ihr nun aber der Wechsel ausgerechnet zu einer Stelle als Fahrradkurierfahrerin.

»Die wenigsten Menschen sterben derzeit beim Radfahren«, erwiderte Henni sarkastisch und umarmte sie besonders fest.

Noch am selben Vormittag stellte sie sich bei der *Münchner Post* vor.

»Ein junger Mann wär' uns lieber«, knurrte der kurzsichtige Alte, der im zuständigen Büro saß, und maß sie mit einem abfälligen Blick.

»Fahren Sie nur Richtung Westen, auf Frankreich zu. Da kommen Ihnen gerade Tausende auf dem Rückzug von der Front entgegen«, schlug sie ihm vor. »Wenn Sie Glück haben, erwischen Sie einen halbwegs Intakten, der sich für Sie aufs Radl schwingt, noch bevor die Franzosen ihn gefangen nehmen.«

Damit wollte sie es gut sein lassen und sich verabschieden. Sollte er eben selbst sehen, wo er jetzt, da alles zusammenbrach, einen geeigneten Mann für eine solche Stelle fand. Die obendrein schlecht bezahlt war. Aber besser als nichts wäre sie allemal, wie sie zugeben musste.

»Bleiben Sie halt da! Wir probieren es mit Ihnen.«

Unwirsch nahm er ihre Personalien in die Kartei auf und teilte ihr die ersten Touren zu.

Rasch lebte sie sich im Kreis der Kuriere ein. Ein älterer Gewerkschafter war schon seit einer gefühlten Ewigkeit dabei und froh, sich dank der Stelle über die Kriegsjahre und sogar vor dem Fronteinsatz gerettet zu haben. Bei zwei anderen Kurieren handelte es sich um ehemalige Studenten, die ähnlich wie Schorsch nach ihren Erlebnissen im Schützengraben vom Militär ausgemustert worden waren. Die Vierte in der Runde, Annamirl Birnstock, war ebenso wie Henni allein aufgrund des Männermangels an die Stelle gelangt. Henni gefiel sie auf Anhieb. Sie war einige Jahre älter als sie, rauchte stinkende Zigarren, trug das feuerrote Haar kinnlang und bevorzugte Männerkleidung – nicht nur beim Radeln. Wenige Wochen nach Kriegsbeginn war ihr Verlobter in Flandern gefallen. Seither engagierte sie sich für den Frieden und war, wie sie erzählte, im Winter oft bei Eisners Zusammenkünften im *Goldenen Anker* gewesen.

»Die Sonja Lerch war schon eine beeindruckende Frau«, schwärmte sie. »Ein Jammer, dass sie sich erhängt hat. Noch dazu wegen einem Mann. Frauen wie die täten wir noch mehr brauchen. Dringend müssen wir den Männern stärker auf die Finger schauen. Sonst vergessen sie ganz schnell wieder, was sie uns versprochen haben, wenn es an die Reformen geht. Der Krieg hat ihnen zwar gezeigt, dass es ohne uns Frauen nichts wird im Land, freiwillig aber werden sie uns nie auch nur eine Handvoll Brotkrümel abgeben.«

Nur zu gern begleitete sie Henni und Elly abends ins *Café Stefanie*, lud sie umgekehrt zu Zusammenkünften der USPD ins *Schwabinger Bräu* oder im *Münchner Kindl-Keller* ein, wohin Zacherl sie vor Kriegsbeginn ebenfalls oft mitgenommen hatte.

»An den Zacherl erinnere ich mich gut«, sagte sie. »Das ist ein ganz ein gescheiter Kopf. Schön, dass du seine Schwester bist. Wirst sehen, im *Schwabinger Bräu* gefällt's dir. Da hocken zwar weniger Studenten und Schriftsteller beieinander als im *Stefanie,* dafür aber mehr, die wirklich im Leben stehen und schauen müssen, wie es mit ihnen weitergeht, einerlei ob in Kriegs- oder in Friedenszeiten.«

Dem konnte Henni nach den ersten Besuchen nur zustimmen. Sie war sich sicher, Zacherl hätte seine Freude, sie dort zu wissen. In ihren Briefen an ihn und Leo berichtete sie ausführlich davon, natürlich so, dass die Zensur nichts zu beanstanden hatte.

Die Briefe blieben ohne Antwort.

Und kamen eines Tages als unzustellbar zurück.

»Bestimmt sind sie längst auf dem Heimweg«, versuchte Elly sie zu beruhigen, obwohl ihr anzusehen war, wie sehr sie das ebenfalls alarmierte. »An der Westfront herrscht seit der Großoffensive Anfang August völliges Chaos. Post wird da gewiss nicht mehr zugestellt. Und solange kein schwarz umrandeter Brief eintrifft, dürfen wir nicht aufhören zu hoffen.«

Henni bezweifelte, ob das mit den Kondolenzschreiben überhaupt noch funktionierte. Roberta hatte etwas in der Richtung angedeutet. Doch Elly hatte recht: Solange es keine gegenteiligen Nachrichten gab, mussten sie weiter daran glauben, Zacherl und Leo ginge es gut. Alles andere wäre Verrat. Und unverzeihlich.

Zum Glück gab es als Kurierradlerin bei der *Münchner Post* viel zu tun, sodass sie tagsüber von den quälenden Gedanken abgelenkt war und abends erschöpft in den Schlaf sank.

Da sie schnell und zuverlässig jede Tour bei jedem Wetter erledigte, errang sie sich im Verlag bald hohe Wertschätzung. Außerdem liebten die Kollegen ihre Erzählungen, mit denen sie ihnen die Warterei zwischen den Aufträgen vertrieb. Bei schönem Wetter verbrachten sie die im Hinterhof des Verlagshauses, bei schlechtem in der Pförtnerloge.

Bald gesellte sich neben dem Pförtner der missgelaunte Alte, der sie eingestellt hatte, sowie der ein oder andere Redakteur dazu. Bis sie eines Tages von einem der Herren angesprochen wurde.

»Schreiben Sie?« Er nahm seine Brille von der blaurot geäderten Nase, putzte sie ausgiebig, stellte sich als Richard Flögl vor und behielt sie dabei mit seinen kurzsichtigen Augen im Blick. »So gut, wie Sie erzählen, sollten Sie das in jedem Fall. Ich hätte eine erste Idee, bei der Sie das einmal ausprobieren können.«

»Hab ich es dir nicht immer gesagt? Du musst schreiben!«

Begeistert fiel Elly ihr um den Hals, als sie ihr bei der abendlichen Brotzeit in der Küche davon berichtete.

Einen Moment hegte Henni den Verdacht, das machte sie nur, weil sie hoffte, dass Henni dann nicht mehr so viel radeln musste. Aber sie wusste, dass Elly sich ehrlich für sie freute.

»Du weißt, wie sehr ich deine Geschichten liebe. Und jeder andere, dem du bislang eine erzählt hast, auch.«

»Sag es bitte noch niemandem.«

Henni war unwohl bei der Vorstellung, sich zu blamieren. Dass sie seit Jahren schon heimlich viele ihrer Geschichten in eine Kladde notierte und an den Formulierungen feilte, hatte sie bislang nicht einmal Elly erzählt.

Ihre Befürchtung erwies sich als unbegründet. Auf Anhieb zeigte sich Flögl begeistert, als sie ihm wenige Tage später das Resultat ihres ersten Einsatzes für die Redaktion auf den Schreibtisch legte. Er hatte sie losgeschickt, um sich auf dem Viktualienmarkt einen Überblick zu den verschiedenen Dotschen – Rüben – zu verschaffen und bei den Standlfrauen nach den neuesten Rezepten für den bevorstehenden nächsten Dotschen-Winter zu erkundigen. In ihrer typischen Manier hatte Henni das zu einer unterhaltsamen Geschichte ausgebaut, gespickt mit vielen Informationen, aber auch angereichert mit amüsanten Begebenheiten, die das Ganze menschlich auflockerten.

»Daran muss ich nur zwei oder drei Kommata verrücken, alles andere ist perfekt. Sie sind ein Naturtalent!«, lobte Flögl und betraute sie gleich mit weiteren Aufträgen.

Die nächsten Tage berichtete sie in ihren Artikeln über das Schicksal einer Munitionsarbeiterin, die in aller Früh von Thalkirchen im Süden der Stadt über zwei Stunden bis nach Freimann unterwegs war, um unter erschütternden Bedingungen zu einem Hungerlohn Granaten zusammenzuschrauben. Ihre ehemalige Speditionskollegin Hermine hatte ihr viele Fragen beantwortet und den Kontakt zu anderen Frauen in vergleichbarer Lage vermittelt. Ähnlich einfühlsam widmete sie sich den Metzgergesellen und ihren weiblichen Helferinnen im Schlachthof, schrieb über die Lokführer, die die Verwundetenzüge von der Westfront nach München gesteuert hatten, und über den Pedell in der Türkenschule, die während des Krieges zum Lazarett umfunktioniert worden war.

»Statt fröhliches Kindergeschrei jetzt das Gebrüll der Amputierten und Erblindeten, das ist kein Spaß nicht«, hatte sie die ausweglose Stimmung am Ende mit einem treffenden Zitat auf den Punkt gebracht.

»Mit jedem Artikel werden Sie besser.« Flögl wusste seine Begeisterung kaum in passende Worte zu fassen. »Unfassbar, dass Sie nie eine höhere Schule oder gar eine Ausbildung absolviert haben. Aber wahrscheinlich haben Sie sich dadurch Ihr Gespür für die Menschen und ihre Geschichten bewahrt.«

Um sie auf die Probe zu stellen, wie sie über weniger spannende Themen berichtete, schickte er sie zur Mitgliederversammlung des Lehrerinnenverbandes.

»Das ist ein langweiliger Routinetermin, bei dem Sie kaum Freiheiten für einen aufregenden Bericht haben«, verhieß er.

Zu seinem Erstaunen erwies sich just diese Versammlung als hochpolitisch und war alles andere als langweilige Routine. Der Beitrag darüber ermöglichte Henni, ihr Talent vollends zu entfalten.

Vehement forderten die Lehrerinnen, endlich den männlichen Kollegen gleichgestellt zu werden und denselben Lohn für dieselbe Arbeit zu erhalten. Henni berichtete von dieser Forderung, indem sie anschaulich schilderte, wie die Frauen in Kriegszeiten den Unterricht allein stemmten – und das unter erschwerten Bedingungen. Das müsse stärker wertgeschätzt und auch finanziell entsprechend honoriert werden. Damit leitete sie geschickt zu der Frage über, ob die Situation der Lehrerinnen nicht symptomatisch für die generell ausstehende Gleichbehandlung von Mann und Frau sei, die auch bei der Versammlung aufgeworfen worden sei.

Hennis engagierter Bericht wurde viel gelesen und noch eifriger diskutiert, wie die zahlreichen Zuschriften bewiesen, die die *Münchner Post* erreichten. Die Leser bekundeten Henni Respekt, weil es ihr gelungen sei, ausgewogen und fair über das Anliegen der Lehrerinnen zu berichten, sodass es nun als absolut berechtigt und unterstützenswert erscheine, sogar für Männer.

»Sie sind nicht nur eine begnadete Schreiberin, sondern auch die geborene Politikerin.« Flögl strahlte über sein rundes, verschwitztes Gesicht.

»Wenn Frauen wirklich als Politikerin eine Chance hätten.«

»Das werden sie. Denken Sie an Rosa Luxemburg und Clara Zetkin.«

»Habe ich mich geirrt? Ich dachte, wir sind hier bei der sozialdemokratischen *Münchner Post* und nicht bei einem Blatt der USPD«, spottete sie.

»Manchmal ist mehr möglich, als man denkt.« Er schmunzelte verschmitzt und zündete sich eine Zigarette an.

»Nicht ein jeder ist der, für den man ihn zunächst hält«, kommentierte Annamirl kurz darauf unten im Hof des Verlagsgebäudes Hennis Bericht. »Den Flögl hab ich schon öfter im *Schwabinger Bräu* getroffen und im letzten Winter sogar gelegentlich montags beim Eisner im *Goldenen Anker*. Wirst sehen, der ist noch für eine Überraschung gut. Du aber solltest schauen, dass du dein Talent nicht bei der *Münchner Post* verschwendest. Können die Lämmle-Cousinen aus der Buchhandlung dir nicht etwas Lukrativeres vermitteln? Sonst soll Elly bei den Studenten und Künstlern im *Stefanie* herumfragen. Einer von denen wird gewiss was für dich tun können. Sind doch fast alles waschechte Schreiberlinge mit direkten Kontakten zu Verlagen und Herausgebern.«

Darüber hatte Henni schon selbst nachgedacht. Jetzt, da ihre Artikel auf derart positives Echo stießen, wollte sie es wagen, Theres einige ihrer Texte aus den vorangegangenen Jahren zu zeigen und um Rat zu bitten, wo sie die zur Veröffentlichung anbieten konnte. Der Papierknappheit zum Trotz erschienen immer mehr neue literarische Zeitschriften, die die Lämmles ins Sortiment nahmen. Darunter würde sich bestimmt eine finden, die sich für ihre Manuskripte interessierte.

Beseelt von der Idee radelte sie in halsbrecherischem Tempo vom Altheimer Eck in die Maxvorstadt. Es war erst später Nachmittag, deshalb würde sie Theres, Elly und Ruth noch in der Buchhandlung antreffen. Sie freute sich darauf, im Lesekabinett in der Beletage die aktuelle Ausgabe der *Münchner Post* ausliegen zu sehen, in der einige der begeisterten Leserbriefe zu ihrem Bericht über die Lehrerinnenversammlung abgedruckt waren. Die würden den anderen gewiss imponieren, von den Studentenfreunden aus dem *Café Stefanie* ganz zu schweigen, die um diese Zeit ebenfalls bei den Lämmles säßen.

»Sensationell! Ohne deine Texte wäre die *Münchner Post* richtig fad«, rief Rahel ihr vom Kassentresen aus entgegen, als sie die Buchhandlung betrat. Wie oft in den letzten Monaten war kein Kunde zwischen den Novitätentischen und Bücherregalen zu entdecken, deshalb thronte sie dort mit der aufgeschlagenen Zeitung vor sich.

»Das über die Lehrerinnen und die fehlende Wertschätzung ihrer Arbeit war wirklich ein sehr gelungener Artikel. Und längst überfällig, darüber einmal groß zu berichten«, stimmte Ruth zu, die am anderen Ende des Verkaufsraums Kunstbände sortierte.

»Danke!« Vergnügt winkte Henni ihr zu und eilte ins Obergeschoss. Im Büro beschäftigte sich Theres mit der Buchhaltung, wie sie durch die offene Tür sah, und Elly staubte die Regale mit den Insel-Bändchen ab. Die Lederfauteuils im Lesekabinett waren zu ihrer Enttäuschung jedoch verwaist.

»Ihr habt es noch gar nicht gesehen?«, fragte sie.

»Was?«

»In der heutigen Ausgabe der *Münchner Post*. Die vielen Zuschriften …«

»Aber natürlich haben wir das!« Theres kam aus dem Büro in den Vorraum, in dem in besseren Zeiten die Lesungen und Veranstaltungen stattgefunden hatten. »Wir lesen alle deine Artikel und machen auch unsere Kundschaft auf sie aufmerksam. Einer der Herren von den *Münchner Neuesten Nachrichten* wirkte durchaus interessiert an deiner Mitarbeit. Zuerst aber solltest du dem Schriftstellerinnen-Verein beitreten. Dann kannst du sicher sein, dass dir angemessene Honorare gezahlt werden. Carry Brachvogel hat mich schon angesprochen und wissen wollen, ob du nicht mehr als nur Zeitungsartikel schreiben willst. Sie würde dir bei der Verlagssuche mit Rat und Tat …«

Aus dem Erdgeschoss ertönte ein Aufschrei. Von Rahel. Irritiert brach Theres ab.

War Rahel überfallen worden? Wollte jemand das wenige

Geld aus der Kasse rauben? In Hennis Kopf überschlugen sich die Gedanken.

»Das ist jetzt nicht wahr!«, rief Ruth von unten.

»Schnell! Kommt alle sofort herunter!« Rahels Stimme überschlug sich vor Aufregung.

»Das müsst ihr mit eigenen Augen sehen, sonst glaubt ihr es nicht«, behauptete Ruth.

»Leo ist zurück.«

Elly ließ die Bücher fallen, die sie in der Hand gehalten hatte, und stürzte zur Treppe. Theres lief ihr hinterher. Henni hob jedoch die Bücher auf und legte sie behutsam auf den Tisch, bevor sie bedächtig die Stufen nach unten schritt.

Später bildete sie sich ein, sie hätte es geahnt.

Wie in einem Traum nahm sie wahr, was als Nächstes geschah.

Tatsächlich stand Leo in der offenen Tür. Auch wenn er auf den ersten Blick einem Gespenst ähnelte, das kläglich daran gescheitert war, seine Gestalt anzunehmen. Ein dicker, schmuddeliger, von getrocknetem Blut verunzierter Verband schlang sich turbanartig um seinen Kopf, eine schmutzige, blutdurchtränkte Uniform schlotterte um seinen ausgezehrten Leib.

Eigentlich war es ein Rätsel, dass sie ihn auf Anhieb erkannten. Der Mann hatte so nichts mehr mit dem fröhlichen, lebenslustigen Leo zu tun, der vor vier Jahren ins Feld gezogen war.

Dennoch war er es. Zweifellos.

Elly stürzte auf ihn zu und fiel ihm um den Hals, begann zu weinen.

Reglos ließ er es geschehen.

Ruth und Rahel starrten ihn an, während Theres sich ihm vorsichtig auf Zehenspitzen näherte, als fürchtete sie, ihn wieder zu verjagen.

Henni verharrte am Fuß der Treppe.

»Wo ist Zacherl?«, fragte sie, dabei kannte sie die Antwort in dem Moment, da die Worte ihren Mund verließen.

Langsam wandte er den Kopf zu ihr. Da erst sah sie sein eingefallenes Gesicht, die dunklen Ringe unter den Augen, den geistesabwesenden Blick.

Statt zu antworten, schüttelte er den Kopf.

Sie stieß einen schrillen Schrei aus und kippte um. Alles um sie herum versank im Schwarz.

28

Oktober 1918

Dass Freud und Leid so nah beieinanderliegen konnten, war eine bittere Lektion, die Elly zwar schon lange geahnt, noch nie aber so direkt am eigenen Leib erfahren hatte.

Leo durchlebte Zacherls Tod immer wieder von Neuem.

Jeden Tag, jede Nacht.

Vor seinen Augen hatte eine Granate den engsten Freund und Kameraden zerfetzt. Im selben Graben wie er. Keine Armlänge von ihm entfernt.

Leo weinte und schrie, wenn er davon erzählte.

Ein Splitter hatte ihn am Kopf getroffen, zu seinem Glück nicht sonderlich tief, sodass er herausoperiert werden konnte. Ein zweiter Splitter in der Hüfte, im Feldlazarett ebenfalls rasch entfernt, was ihn noch etwas hinken ließ.

Was ihm jedoch nicht wegoperiert werden konnte, waren die grauenvollen Erinnerungen an Zacherls qualvollen Tod.

Unablässig redete er darüber.

Und Elly hörte zu. So gern sie sich die Ohren zugehalten hätte. Sie spürte, dass das das Einzige war, womit sie ihm helfen konnte. Mit jedem Mal, da er davon erzählte, schien der Schrecken zumindest den Bruchteil eines winzigen Millimeters von ihm wegzurücken. Doch der Schlaf blieb ihm noch fern. Ebenso das Vergessen.

»Ich kann mir das nicht länger anhören«, erklärte Henni wenige Tage nach seiner Rückkehr und packte ihre Sachen, um die Wohnung in der Schönfeldstraße zu verlassen.

Zu dritt lebten sie dort, gefangen in ihrer Trauer um Zacherl und der Pflege von Leo.

Sogar die Portiersfrau aus dem Erdgeschoss reagierte verständnisvoll. Ein einziger Blick auf Leo hatte ihr genügt, um zu begreifen, wie es den ehemals so übermütigen Freunden gerade ging. Ab und an stellte sie ihnen eine wässrige Suppe mit spärlichen Brotkrumen vor die Tür. Obwohl sie die kaum anrührten, wusste Elly die Geste zu schätzen.

»Gern würde ich dich bitten zu bleiben«, meinte sie erschöpft zu Henni, als die ankündigte, die gemeinsame Wohnung zu verlassen. Verlegen standen sie einander im schmalen Flur gegenüber. »Ich verstehe, dass du das mit Leo nicht erträgst. Mir gelingt es selbst kaum. Aber eine muss bei ihm bleiben.«

Wortlos schlang sie die Arme um die Freundin und schmiegte sich an sie.

»So viel hätten wir noch um Zacherl zu trauern«, raunte sie ihr ins Ohr.

»Das werden wir noch. Zunächst aber braucht Leo dich. Du bist die Einzige, die ihm jetzt beistehen kann.«

Sanft löste Henni sich aus ihren Armen. Elly wagte kaum, ihr in die Augen zu schauen. Sie wusste, dass Henni recht hatte. Und schämte sich sogleich, dass es so war. Weit eher als sie selbst hatte Henni begriffen, was sie für Leo empfand.

»Und du? Wohin gehst du? Nicht etwa zu deinen Eltern?«

Elly fasste nach ihrer Hand und hielt sie fest.

»Bei denen halte ich es erst recht nicht aus«, erwiderte Henni. »Veit ist inzwischen wieder hier stationiert, Xaverl träumt immer noch davon, sein jugendliches Heldentum im Schützengraben unter Beweis zu stellen, und mein Vater schwadroniert darüber, seinen Ältesten an der Westfront höchstpersönlich zu rächen.

Das hat mir Schorsch heute bei seinem Besuch erzählt. Zum Glück hat mir Vroni angeboten, eine Weile bei ihr zu wohnen, bis ihre Söhne heimkommen.«

Ein Stich durchzuckte Ellys Leib. Die frühere Buchhalterin der Lämmles war am Vorabend bei ihnen gewesen, um Leo zu begrüßen und nach Elly und Henni zu sehen. In den gemeinsamen Jahren bei den Lämmles war sie Henni zur zweiten Mutter geworden. Der selbstverständliche Beistand von Vroni für Henni sollte Elly freuen. Dennoch spürte sie Eifersucht in sich aufsteigen, wie sie beschämt bemerkte.

»Du kannst immer hierher zurück. Auch wenn Dita aus der Schweiz heimkehrt«, versicherte sie Henni und kämpfte gegen die Tränen an.

»Ich komme zurück. Ich lass dich nicht im Stich. Niemals. Darauf kannst du dich verlassen. Aber die nächsten Tage muss ich für mich sein. Und du musst bei Leo sein. Nach Zacherls Tod hat er nur noch dich. Oder hat er etwas über seine Vergangenheit gesagt, vielleicht eine winzige Andeutung zu seiner Familie oder sonstige Angehörige ...?«

»Kein einziges Wort.«

Energisch schüttelte Elly den Kopf. Erst jetzt, da Henni es ansprach, fiel ihr auf, dass Leo sich nach wie vor über das ausschwieg, was er vor seiner Zeit bei den Lämmles und als Buchhändlergehilfe in Berlin erlebt hatte. Da musste doch irgendwo jemand sein, der sich um ihn sorgte, wissen wollte, was aus ihm während des Großen Krieges geworden war?

»Gib gut auf dich acht.« Eine letzte Umarmung, dann packte Henni die unförmige Reisetasche, die sie sich aus Ditas Beständen geborgt hatte, und verließ die Wohnung.

Langsam ging Elly zu ihrem Zimmer zurück. Die Hand bereits auf der Klinke, hielt sie inne. Hinter der Tür hörte sie Leo leise vor sich hin murmeln.

Sie konnte da jetzt nicht wieder hinein, wurde ihr plötzlich klar. Sie konnte sich nicht neben ihn setzen und sich wieder und wieder anhören, wie er Zacherls qualvollen Tod in allen Facetten beschrieb. In grotesk detaillierten Bildern. Darüber würde sie verrückt werden. Und er ebenso.

Sie musste ihn auf andere Gedanken bringen, seinen Kopf mit anderen Vorstellungen füllen. Am besten mit denen aus einem Buch. Wozu war sie Buchhändlerin, wenn ihr das nicht gelänge?

Aus früheren Gesprächen bildete sie sich ein zu wissen, was Leo jetzt guttun würde. Sie dachte an einen Roman aus der Feder des vor Kurzem verstorbenen Eduard von Keyserling. Den hatte er immer sehr geschätzt, über dessen Werke hatten sie viel geredet. Zufälligerweise hatte sie seinen letzten, vor einem Jahr erschienenen Roman *Fürstinnen* noch in Ditas Schlafzimmer liegen. Henni und sie hatten ihn gemeinsam gelesen, mehrfach sogar, und sich köstlich über die feinen Sticheleien und versteckten Kritteleien von Keyserling an seinesgleichen, den adeligen Angehörigen einer überkommenen Gesellschaftsform, amüsiert. Das Hin und Her von Fürstin Adelheid und ihren Töchtern, die standesgemäß heiraten sollten und wollten, starrköpfig am Gestern festhielten und sich allen Veränderungen verschlossen. Wie immer hatte Keyserling das vor der berauschenden Kulisse des Baltikums faszinierend in Szene gesetzt. Das war jetzt genau die richtige Medizin für Leo.

Der weigerte sich vehement zuzuhören. Er drehte den inzwischen von einem sauberen Verband umwickelten Kopf zur Wand und verkündete trotzig wie ein Kind: »Ich will keine Geschichten hören. Erst recht keine von Keyserling. Nie mehr will ich Geschichten hören. Mich nie mehr mit Erfundenem beschäftigen. Ich hab das Leben gesehen, wie es wirklich ist, wie die Menschen sind, wenn jedwede Zivilisation von ihnen abgefallen ist.«

»Immerhin weißt du noch etwas mit dem Namen Keyserling anzufangen«, konterte sie. »Erinnerst dich anscheinend, worum es ihm in seinen Romanen ging. Siehst du ihn vor dir, wie er halb blind und unter größten Beschwerden am Arm seiner Schwester zu uns in die Buchhandlung stolziert ist? Trotzdem stets kerzengerade und sich seiner blaublütigen Ausstrahlung bewusst. Bis er seine Wohnung in der Ainmillerstraße nicht mehr verlassen konnte. Weißt du noch, wie es dort roch?«

»Ein eigenartiges Rasierwasser hat er benutzt«, fiel Leo auf Anhieb ein. Er rümpfte die Nase, als röche er es im selben Moment tatsächlich. »Mit dem Zigarrenrauch, der ihn ständig umnebelte, hat sich das eigenartig vermischt.«

Plötzlich stutzte Leo, starrte sie mit einem seltsamen Ausdruck auf dem Gesicht an. Huschte da nicht sogar ein Lächeln über sein Gesicht? Schon wandte er sich wieder ab.

Sie beschloss, es als Zeichen der Hoffnung zu deuten, rückte sich den Stuhl am Bett zurecht und fing an, laut zu lesen.

Tief holte Leo Luft und begann ebenfalls zu reden. Resümierte die letzten Sätze, die er mit Zacherl gewechselt hatte.

Sie hob ihre Stimme, um ihn zu übertönen.

Er schaffte es nicht, dem für längere Zeit entgegenzuhalten. Das war zu anstrengend für ihn. Allmählich wurde er leiser und leiser, bis er ganz verstummte.

Irgendwann fiel ihr auf, dass er gleichmäßig atmete. Er war eingeschlafen. Zum ersten Mal seit Tagen.

Eine Weile wachte sie noch an seinem Bett, betrachtete seine im Schlaf entspannten Gesichtszüge. Durch die dünne Haut seiner Lider konnte sie erkennen, wie unruhig sich seine Augen bewegten. Wahrscheinlich kämpfte er selbst im Traum seinen aussichtslosen Kampf gegen das Vergessen.

Was mochten er und Zacherl an der Westfront erlebt haben, wovon er noch nicht gesprochen hatte? Wie würde er es auf

Dauer ertragen, den besten Freund auf so entsetzliche Weise verloren zu haben? Würde er je die Freude am Leben zurückgewinnen? Wie sollte er damit umgehen, dass er davongekommen, Zacherl aber ›im Feld geblieben‹ war? Ausgerechnet Zacherl, der nur deswegen in den Krieg gezogen war, weil er das Kaiserreich reformieren und die Lage der einfachen Arbeiter und kleinen Angestellten sowie der Frauen verbessert sehen wollte.

Und noch eine Frage quälte sie: Wie stand es um Leo und seine eigenen rätselhaften Gründe, sich in jenem schicksalhaften August vor vier Jahren freiwillig zu den Waffen gemeldet zu haben?

Als Leo sich auf die andere Seite wälzte, seufzte er im Schlaf. Es war die Seite, auf der ihn der Granatsplitter an der Hüfte gestreift hatte. Besorgt sah Elly ihn an. Mit schmerzverzerrtem Ausdruck kniff er das Gesicht zusammen, dann kam er wieder zur Ruhe. Schlief weiter. Ein Wunder. Wenn auch ein zeitlich begrenztes.

So schnell würde sie nicht hinter sein Geheimnis kommen. Wenn er es nicht einmal im Fieberwahn preisgab, sondern nur noch tiefer unter dem Schmerz über Zacherls Tod vergrub, würde er es wahrscheinlich bis auf Ewig für sich behalten.

Sie hob den Kopf, blickte zum Fenster. Der sonnige Herbsttag neigte sich dem Ende zu. Die Dämmerung kroch in den Hof. Über den Dächern zeichnete sich der verschwenderisch tiefblaue Abendhimmel ab. Elly beschloss, einige Stunden zu schlafen. Vielleicht gelang es ihr. Endlich.

Auf Strümpfen schlich sie aus dem schmalen Raum, ließ die Türen weit offen und legte sich auf Ditas Bett.

Die nächsten Tage wiederholten sie das Spiel. Erst ließ Elly Leo von der Front erzählen. Dabei nahmen die letzten Stunden, die Zacherl und er miteinander verbracht und geredet hatten, zunehmend größeren Raum ein, während die Details vom Granatenangriff weniger wurden, wie sie erfreut bemerkte. Sobald sie der Ansicht war, er brauchte eine Pause, die er sich selbst natürlich nicht zugestand, schlug sie *Fürstinnen* auf und begann vorzulesen.

Er redete weiter. Wie viel er darüber vom Roman mitbekam, wusste sie nicht. Es war ihr einerlei. Hauptsache, es funktionierte und er schlief schließlich ein.

»Eine großartige Idee! Du bist eben zur Buchhändlerin berufen. Gleich hast du für deinen Patienten die passende Lektüre als wirksame Medizin zur Hand«, lobte Theres, als sie und Ruth in die Schönfeldstraße kamen, um nach Leo und ihr zu sehen.

»Henni geht es jeden Tag besser. Vroni meint, sie hätte sie gestern sogar beim Schreiben ertappt«, berichtete Ruth.

»Das wird Flögl freuen«, stellte Theres fest. »Annamirl war heute früh bei uns in der Buchhandlung und hat erzählt, wie sehr er verzweifelt, dass Henni ausgerechnet jetzt bei der *Münchner Post* ausfällt. Nachdem die neuen Regierungen in Berlin und Österreich zu internationalen Friedensverhandlungen aufgerufen haben, überstürzen sich die Ereignisse. Der Lichtstreif am Horizont wird heller. Flögl braucht jeden, der einigermaßen formulieren kann, um darüber zu berichten. Gerade Henni wüsste von Eisners Entlassung aus der Haft in Stadelheim oder von den Debatten im Landtag um die Verfassungsreform etwas Besonderes zu erzählen. Das würde unter all den Zeitungsberichten herausstechen. Die Leser würden es lieben.«

»Und vor allem verstehen, um was es geht«, ergänzte Elly.

»Ist es nicht unglaublich?« Ruth platzte vor Stolz. »Binnen weniger Wochen ist Henni zu einer gefragten Reporterin geworden, allein weil sie hinschauen und schreiben kann. Das zwanzigste Jahrhundert eröffnet jungen Frauen ganz neue Chancen. Endlich.«

»Es wird das Jahrhundert der Frauen«, stimmte Theres zu. »Die Kriegsjahre dürften dem letzten Sturkopf bewiesen haben, dass an unserer Mitwirkung im öffentlichen Leben kein Weg mehr vorbeiführt. Auf einmal ist es selbstverständlich, dass eine junge Frau wie Henni über die politischen Entwicklungen berichtet.«

»Zacherl wäre stolz auf sie.« Elly blinzelte die letzten Tränen weg. »Früher als wir anderen hat er erkannt, was in ihr steckt.«

»Auch du bist ihr immer eine wunderbare Freundin und Kameradin, die sie in ihrem Tun ermutigt. Das weiß sie zu schätzen.«

Theres nahm sie in die Arme, drückte sie fest. Ruth tätschelte ihr die Schulter.

Elly war froh, dass die beiden sich verabschiedeten, bevor sie zusammenbrach. Sie sehnte sich unbändig nach Henni. Die Gespräche mit ihr vor dem Einschlafen fehlten ihr. Gerade jetzt, da die Welt im Umbruch war und Zacherl tot. Was gäbe sie darum, mit ihr darüber zu weinen!

Und mit ihr darüber zu reden, wie es jetzt weitergehen sollte. Es hatte sie zwar gefreut, von Theres und Ruth zu erfahren, wie ermutigend sich außerhalb der Wohnungstür die Ereignisse entwickelten, von ihrem derzeitigen Sein schien ihr das Lichtjahre entfernt. Ohne Zacherl klang alles schal. Solange Leo in ihrem Zimmer lag, mit den furchteinflößenden Gespenstern aus dem Schützengraben rang und nur Ruhe fand, wenn sie ihm laut genug aus einem Roman vorlas, so lange war nichts wieder in Ordnung.

Tag für Tag machte sie weiter. Keyserlings *Fürstinnen* hatte sie bald durch. Ohne lange zu überlegen, griff sie zu Carry Brachvogels *Der Kampf um den Mann*, ebenfalls eine ironisch-feinsinnige Geschichte um drei junge Frauen und ihre Suche nach dem geeigneten Heiratskandidaten, in der gutbürgerlichen Münchner Gesellschaft angesiedelt.

Bereits vor dem Krieg hatte sie lebhaft mit Leo über den Roman diskutiert. Er hatte ihn allein als Satire auf die lokalen Gegebenheiten und nicht wie Elly und Henni als Persiflage auf die Verhältnisse im Kaiserreich generell gedeutet.

»Genau das passende Gegenstück zu Keyserlings *Fürstinnen*«, stellte er jetzt nach ein paar Seiten fest.

Sie horchte auf, sah ihn verwundert an. Erstmals unterbrach er seinen düsteren Bericht, den er sonst pausenlos vor sich hin murmelte, bis er erschöpft in den Schlaf fand.

»Du bist wirklich grandios!«

Er tastete nach ihrer Hand. Seine Finger waren erstaunlich warm. Verschränkten sich wie von selbst mit ihren.

»Wüsste ich es nicht besser, müsste ich deine Romanauswahl als versteckten Heiratsantrag verstehen«, fuhr er leise fort und schob sich mühsam in den Kissen zurecht.

Sie schreckte zusammen.

»Warum sonst liest du mir wehrlos ans Bett Gefesseltem seit Tagen davon vor, wie baltische Adelsfräulein und höhere Töchter aus München auf Männerfang gehen?«

Um seine Mundwinkel zuckte ein spöttisches Lächeln. Ihr Herz schlug heftiger.

»Wie darf ich das angesichts des kriegsbedingt eingeschränkten Angebots an männlicher Konkurrenz interpretieren? Als Bettlägeriger bin ich dir wehrlos ausgeliefert. Schamlos nutzt du das aus. Mir bleibt eigentlich keine Wahl. Es gibt kein Entkommen vor dir.«

Sie starrte ihn an wie eine Irre. Registrierte, dass der turbanartige Verband sich halb von seinem Kopf gelöst hatte und ein Büschel Haare dazwischen hervorkam. Erspähte ihr Spiegelbild in seinen haselnussbraunen Augen.

Töricht sah sie aus. Wie eine Närrin. Die anspielungsreiche Romane vorlas. Ausgerechnet in einer Situation, in der Heiratsgeschichten das Allerletzte waren, womit man sich beschäftigen wollte. Ihre Wangen färbten sich glutrot.

Äußerst langsam rieselten seine Worte in ihr Hirn. Noch langsamer wurde ihr klar, was sie bedeuteten: dass er im Gegensatz zu ihr wieder bei Sinnen war! Dass er es schaffte, die entsetzlichen Bilder von Zacherls grauenvollem Sterben zumindest für eine Weile aus seinem Kopf zu verbannen und über anderes nachzudenken. Sogar über anderes zu sprechen. Und erste Scherze darüber zu machen. Fast so wie früher. Mit Zacherl und Henni. Wenn sie zu viert am Küchentisch oder im Wirtshaus beieinandergesessen und über Gott und die Welt gespottet oder seinen amüsanten Charakterisierungen der Leute oder Hennis verrückten Geschichten gelauscht hatten.

Eine Träne löste sich aus Ellys Auge, hing einige Atemzüge lang in den Wimpern fest, bevor sie zäh über ihre Wange kullerte.

29

7. November 1918

Auf einmal riss der Himmel auf. In einem nahezu frühlingshaften Weiß-Blau wölbte er sich über die Stadt. Das sanfte Licht wie auch die ungewöhnlich milden Temperaturen schenkten Elly die Illusion, der Frühling bräche an. Und das Anfang November, kurz vor Beginn des fünften Kriegswinters, der – geschähe nicht ein Wunder – gewiss noch erbärmlicher endete als die vorangegangenen. Dennoch wollte Elly am liebsten vor Freude jauchzen. Leo kehrte ins Leben zurück, kehrte zu ihr zurück. Jeden Tag wurde er wacher, aufmerksamer und interessierter an dem, was sie ihm vorlas, erzählte, und an dem, was um ihn herum geschah. Zacherls Tod würde er zwar nicht verwinden, aber lernen, damit zu leben. Und sie ebenfalls.

Am ersten Donnerstag des Novembers machten sie und Leo sich mit zigtausend anderen Münchnern zur Theresienwiese auf. In feierlicher Stimmung folgten sie einem Aufruf von Kurt Eisner und seiner USPD, dem sich in seltener Eintracht sogar Erhard Auer von der SPD angeschlossen hatte. Es sollte für den Frieden sowie für einschneidende politische und soziale Reformen demonstriert werden. Den Krieg war man leid. Das damit verbundene Elend ohnehin. Die allgemeine Versorgung war schlecht. Es fehlte am Nötigsten. Bei jedem. Und das, lange bevor der Winter überhaupt begonnen hatte. Einen weiteren Kriegswinter wollte keiner mehr ertragen.

Aus allen Vierteln der Stadt strömten die Menschen auf das brachliegende Oktoberfestgelände, steuerten zielstrebig dessen Westrand unterhalb der gusseisernen Bavaria an. Sie kamen zu Fuß, mit dem Fahrrad oder der Tram, Alte und Junge, Gutbetuchte und Arme, Männer und Frauen, Kinder aller Altersstufen und sogar Soldaten in Uniform ohne Rangabzeichen. Ein eindrucksvoller Querschnitt durch die Bevölkerung, ein gewaltiger Aufmarsch, wie man ihn so noch nicht gesehen hatte. Nicht in den letzten vier Jahren, nicht in München, nicht in Bayern, nicht irgendwo sonst im Kaiserreich.

Fasziniert beobachtete Elly das Schauspiel. Leo, Theres, Ruth, Rahel, Vroni, Henni und Annamirl begleiteten sie. Für Leo war es der erste Ausflug nach draußen, seit er von der Front heimgekehrt war. Er wirkte überraschend zuversichtlich.

»Das ist genau das, worauf Zacherl immer gehofft, wofür er sich in den Krieg gemeldet hat. Endlich tut sich etwas. Endlich ändert sich etwas. Unbedingt muss ich dorthin«, hatte er verkündet, als sie am Vorabend beim gemeinsamen Abendbrot über den Protestzug geredet hatten.

Zum ersten Mal seit seiner Rückkehr hatte er nicht über Zacherls grauenvollen Tod, sondern über dessen Erwartungen zu Lebzeiten gesprochen und entschlossen die Faust geballt.

Elly wollte jauchzen vor Freude. Seit einigen Tagen spürte sie, dass etwas in ihm rumorte. Sie wagte inzwischen, ihn für einige Stunden in der Wohnung allein zu lassen und wieder zur Arbeit in die Buchhandlung und sogar ins *Café Stefanie* zu gehen. Bei ihrer Rückkehr gierte Leo nach ihren Berichten, wen sie dort traf und was sie dort aufschnappte. Ein weiterer Lichtblick, dass er aus dem dunklen Nebel herausfand.

Die Vorbereitungen von Eisner und seinen Anhängern hatte sie gebannt mitverfolgt, hatte den Berichten der Studenten um Ernst Toller gelauscht, die sich im Lesekabinett der Buchhandlung Lämmle zur Zeitungslektüre und zu Diskussionen über die Ereignisse in München, Berlin und dem ganzen Land trafen.

Nach dem Aufstand der Matrosen in Kiel Ende Oktober schien der Knoten geplatzt. Zwar gärte es schon lange in vielen Städten und sogar auf dem Land, aber nun wurde es ernst. Es lag in der Luft, die Gunst der Stunde zu nutzen und dem Krieg und dem verhassten Kaiserreich das längst überfällige Ende zu bereiten.

Das hatten auch Henni und Annamirl bestätigt, die seit Kurzem regelmäßig bei Leo und ihr abends in der Schönfeldstraße mit am Küchentisch saßen. Ein weiteres Zeichen, dass es heller um sie wurde. Fast war es wieder wie vor dem Krieg, als sich das vierblättrige Kleeblatt Elly, Henni, Leo und Zacherl hungrig ins Leben gestürzt und politische Versammlungen besucht hatte, dachte sie gelegentlich, wenn sie die Gegenwart der anderen und ihre munteren Gespräche genoss. Immer häufiger scherzten und lachten sie sogar wieder miteinander. Nur, dass Annamirl an Zacherls Stelle gerückt war.

Zwar war sie beileibe kein Ersatz für ihn, füllte die schmerzliche Lücke, die sein Tod gerissen hatte, aber dennoch wacker aus. Ähnlich wie er früher war auch sie über die Vorgänge rund um die Gewerkschaften und die Sozialdemokraten gut informiert – um die Unabhängigen um Kurt Eisner ebenso wie um die Mehrheitssozialisten um Erhard Auer. Und ähnlich wie er schleppte sie Henni zu den verschiedenen Zusammenkünften in die einschlägigen Lokale. Leo und Elly berichteten sie davon, Annamirl eher nüchtern-knapp, Henni bald wieder in Form der ihr eigenen anrührenden oder aufwühlenden Geschichten.

Annamirl verstand Henni in ganz besonderer Weise. Und Henni nahm das dankbar an. Wie sonst, das spürte Elly, hätte die Freundin so schnell einen Weg gefunden, mit dem Verlust des geliebten älteren Bruders fertigzuwerden. Ohne Annamirl, auch das begriff Elly, hätte Henni gewiss nicht zum Schreiben zurückgefunden. Dafür war Elly Annamirl unendlich dankbar.

»Die Zeit vom gemütlichen Millibauern ist abgelaufen«, hatte Annamirl am Vorabend beim Abendessen übermütig behauptet. »Das werden die Münchner morgen auf der Theresienwiese begreifen. Eisner ist genau der Richtige, der ihnen das beibringt. Und ihnen auch beibringt, was an seine Stelle treten muss: eine echte Volksregierung. Die im Landtag diskutierten Reformen gehen nicht weit genug. Schon vor zwei Wochen hat Eisner im *Schwabinger Bräu* erklärt, wie es im Land weitergehen muss.«

»Auers Sozialdemokraten ist das zu radikal«, hatte Leo entgegnet.

»Allerdings.« Henni hatte genickt. »Bei der *Münchner Post* heißt es, nichts befürchteten sie mehr, als morgen von den Unabhängigen um Eisner vorgeführt zu werden. Die könnten die Mehrheit der Münchner hinter sich bringen und zur offenen Revolte gegen die Regierung und den König anstiften.«

»Das wäre zu schön!« Elly konnte es noch nicht wirklich glauben. Henni und Leo aber hatten bis spät in die Nacht mit Annamirl darüber philosophiert, wie der Umsturz aussehen und was die neue Regierung unter Eisners Führung als Erstes anpacken sollte.

»Denkt nur daran, was Frank am Ende seiner Novellen schildert«, hatte Henni sie erinnert. Leo hatte das gleich aufgegriffen: »Genau das erleben wir jetzt. Großartig, dass sein Buch dank eures Mutes schon im Frühjahr so viele Leser in München gefunden hat.«

»Das klingt danach, als würde Literatur endlich wahr werden«, hatte Theres sich am nächsten Morgen ebenfalls für den Protest begeistert.

»Nie hätte ich geahnt, das einmal mitzuerleben. Ich kann es

kaum erwarten, nachher bei der Kundgebung dabei zu sein«, hatte Ruth zugestimmt.

Sogar Vroni war wenig später bei ihnen in der Amalienstraße aufgetaucht, um sie zu begleiten.

»Wir sperren einfach zu«, hatte Theres entschieden. »So halten das fast alle Geschäftsleute. Selbst die Handwerksbetriebe und viele Fabriken bleiben geschlossen, damit die Angestellten und Arbeiter zur Theresienwiese gehen können.«

»Lassen wir uns überraschen, wie weit es nachher tatsächlich kommen wird.« Vroni hatte ihren Überschwang doch etwas gebremst.

»Wichtig ist vor allem, dass es ruhig bleibt. Eine Friedensdemonstration, bei der am Ende Blut fließt, wäre furchtbar«, hatte Theres gemeint.

Doch danach sah es nicht aus, wie Elly nun nach einem Blick über die Menge am Westhang der Theresienwiese feststellte. Zwar schien die Lage reichlich unübersichtlich, weil offenkundig keiner der Verantwortlichen mit einer so immensen Teilnehmerzahl gerechnet hatte. Sichtlich nervös beobachteten die Schandis und die berittene Polizei das Geschehen vom Rand des riesigen Geländes, beherzigten aber den Wunsch des Königs, nicht zu den Waffen zu greifen. Niemand schien die Absicht zu verfolgen, die Versammlung zu stören.

»Einfach großartig.« Glücklich wie schon lange nicht mehr legte Leo Elly den Arm um die Schultern und küsste sie aufs Haar. Für einen Moment stockte ihr der Atem. Dann sah sie in Hennis glückliches Gesicht und lehnte sich an seine Seite.

Pünktlich um drei Uhr nachmittags fing Erhard Auer zu reden an. Bald erhoben sich die ersten Zwischenrufe, und deutliches Missfallen breitete sich aus. Statt wie von den Demonstranten erhofft für ein sofortiges Kriegsende, die Verbesserung der Lebensmittelversorgung und eine generelle Neuordnung im Land einzutreten, verlor Auer sich in beschwichtigenden Phrasen und Vertröstungen. Die wollte niemand hören. Mehr und mehr wandten sich die Zuhörer anderen Rednern zu. Die nutzten die Gunst der Stunde, um radikalere Positionen zu propagieren. Erste Gruppen spalteten sich ab. Die eine große Demonstration drohte in viele kleinere zu diffundieren. Fast befürchtete Elly, ihre Hoffnung, an diesem Tag den entscheidenden Umsturz zu erleben, erfüllte sich doch nicht. An Hennis entsetztem Blick und Annamirls ratloser Miene las sie ab, dass es ihnen ähnlich ging. Auch Theres, Ruth, Rahel und Vroni wirkten verunsichert. Lediglich Leo schien weiterhin optimistisch. Verschmitzt, als wisse er etwas, was sie nicht wusste, deutete er mit dem Kopf auf eine Gruppe unterhalb der großen Freitreppe, auf der Auer stand.

Tatsächlich erspähte sie dort Eisner. Sein wirrer Bart, die quirlige, dunkel gekleidete Gestalt, das wilde Gestikulieren seiner Arme war unverkennbar. Jäh begann er zu sprechen. Oder vielmehr zu brüllen. Seine ersten Sätze zogen die Umstehenden in den Bann. Die anderen Redner in der Nähe verstummten.

Eisner sprach aus, was die Menge hören wollte. Er forderte einen sofortigen Waffenstillstand, dass die Regierung die Verantwortung für den Krieg übernehme, dass der König abdanke und das Volk neu beginnen könne. »Damit das ganze Elend ein Ende hat!«

»Frieden!«, brüllte daraufhin einer und ein anderer: »Fort mit der Regierung!« »Weg mit dem König!«, schrie ein Dritter.

Bald ging es wild durcheinander mit Forderungen wie »Hoch die Revolution!«, »Nieder mit den Kriegstreibern!«, »Das Volk an die Macht!«, »Arbeiter an die Regierung!«.

Zunehmend lauter und entschiedener wurden die Rufe, immer mehr stimmten ein. Auch Leo reckte die Faust kämpferisch in die Höhe, Rahel formte die Hände vor dem Mund zu einem Trichter und schrie »Wir wollen Frieden!«, Theres und Ruth klatschten Beifall und Henni und Annamirl drängten nach vorn, um Eisner näher zu kommen.

Elly staunte, welcher Enthusiasmus sich um sie ausbreitete.

Nahezu fassungslos stand Auer am oberen Ende der Treppe und sah hilflos mit an, wie die Menge zu seinem radikaleren Gegner überlief.

Der war nicht weniger überrascht als Auer. Einer seiner Vertrauten, Felix Fechenbach, ein junger Schriftsteller, den Elly aus dem *Café Stefanie* kannte, meldete sich zu Wort: »Lasst Taten folgen! Mir nach, wer für die Revolution ist!«

Er wies den Hang hinauf zum Westend, ein Stadtviertel, in dem Arbeiter, Handwerker und kleine Leute beheimatet waren, außerdem mehrere Brauereien. Und eine zur Kaserne umfunktionierte Schule.

Elly und die anderen wechselten einvernehmliche Blicke. Franks literarische Prophezeiung wurde tatsächlich wahr! Begeistert hakten sie einander unter, folgten dem Zug, sobald er sich in Bewegung setzte, obwohl niemand von ihnen wusste, was als Nächstes passierte. Doch sie vertrauten darauf, dass an diesem Novembernachmittag alles zu einem guten Ende führte.

Elly fiel auf, dass der eindeutig größte Teil der Menge plötzlich in die entgegengesetzte Richtung umschwenkte. »Zum Friedensengel!«, rief einer.

Einen Moment wurde sie unsicher.

»Zacherl würde ins Westend gehen«, sagte Henni, und damit war es entschieden.

Den restlichen Nachmittag und Abend verlebte Elly wie im Rausch. Den anderen zigtausend Münchnern schien es genauso zu gehen. Das Wunder, das mit dem unverhofften Frühlingstag

Anfang November begonnen hatte, setzte sich bis weit nach Mitternacht fort.

»Die Kasernen sind gefallen, die Soldaten übergelaufen. Und das, ohne dass ein einzelner Schuss abgegeben oder Gewalt angewandt wurde«, berichtete Leo strahlend, als er sich viele Stunden später mit einem Bierkrug in der einen und einer vertrockneten Brezn in der anderen Hand im *Mathäserbräu* zu ihr, Henni und Annamirl an den Tisch gekämpft hatte.

Die riesige Bierhalle am Stachus brummte wie ein Bienenstock. Unzählige Menschen wuselten umher, tranken, verschlangen die wenigen kläglichen Speisen, hörten zu, was die Redner auf der Bühne an der Stirnseite von sich gaben, oder diskutierten mit den Sitznachbarn an den endlosen Biertischen. Jeder hatte etwas zu sagen, jeder meinte etwas Wichtiges mitteilen zu müssen und alle wollten dasselbe: Frieden.

Auf dem Weg vom Westend in die Innenstadt waren Theres, Ruth, Rahel und Vroni irgendwo verloren gegangen.

»Die passen schon auf sich selbst auf«, erwiderte Henni, als Elly nach ihnen suchen wollte.

Dazu kam Elly ohnehin nicht mehr.

»Der König ist fort!«, schallte plötzlich ein Ruf durch den Saal.

Schlagartig wurde es still.

Dann brach ohrenbetäubender Jubel aus.

Elly wollte fragen, ob sie richtig gehört, die Worte richtig verstanden hatte. In dem Lärm aber war das unmöglich.

Die Reaktionen um sie her waren Antwort genug.

Die ersten sprangen auf die Bänke, johlten, klatschten in die Hände, stampften mit den Füßen auf. Andere fielen sich um den Hals, wieder andere prosteten sich mit den Bierkrügen zu. Auch Leo, Henni und Annamirl jauchzten vor Freude.

Fast war die Euphorie größer als nach Eisners Rede kurz zuvor. Dabei hatte er das Ende der Wittelsbacher nach mehr als siebenhundert Jahren auf dem bayerischen Thron bereits vorweggenommen. Und einen »Freistaat Bayern« – frei von Monarchie – proklamiert.

Frenetisch hatten sie ihn dafür gefeiert. Und im Anschluss sofort einen Arbeiter- und Soldatenrat konstituiert, um mit Eisner zum Landtag zu ziehen, wo sie ihn zum Ministerpräsidenten ernennen wollten.

Da aber war der König noch in der Residenz gewesen. Und somit ungewiss, wie er auf die Ereignisse reagierte.

Vorn kletterte ein Mann im dunkelgrünen Janker auf die Bühne, bedeutete mit Handzeichen, dass er etwas Wichtiges zu sagen hatte.

Nach und nach ebbte der Aufruhr ab, jemand zischte noch einmal »Scht!«, dann sprach der Mann.

»Mit dem Auto sind der Millibauer und seine Familie heimlich, still und leise aus der Residenz abgehauen und raus aufs Land gefahren. Richtung Wildenwart, heißt es.«

»Da gehören sie auch hin!«, brüllte einer.

»Die werden schon wissen, warum sie sich in finsterster Nacht davonschleichen«, rief eine Frau.

»Hoffentlich kommen sie nie wieder!«, stimmte ein anderer zu.

Von Neuem brandete Beifall auf.

»Es ist also vorbei«, resümierte Annamirl und nahm einen langen Schluck aus Leos Krug.

»Wie sehr hätte Zacherl sich das gewünscht.«

Henni klang traurig. Leo legte ihr den Arm um die Schultern.

Eine Weile sah es so aus, als weinten sie. Elly wurde bang. Dann aber klopfte Leo Henni aufmunternd auf den Rücken.

»Schon vor Jahren hat Zacherl uns erklärt, worauf es im Leben ankommt: sich für gleiche Rechte für alle einzusetzen. Jetzt ist die Zeit da.«

»Aber nicht mehr heute Nacht. Wir sollten heimgehen und uns ausruhen, damit wir morgen mit ganzer Kraft weitermachen können«, entschied Elly.

Zu ihrer Überraschung folgten die drei anderen ihr sofort.

Auf dem Stachus empfing sie eine sternenklare Nacht. Nach dem Bierdunst im Innern des *Mathäser* tat die frische Luft gut. Auch der Aufruhr war anstrengend gewesen.

Draußen war es nicht viel besser. Trotz der späten Stunde hing Unruhe über der Stadt. Die Straßenbahnen fuhren zwar nicht mehr, regelmäßig aber trafen offene Lastkraftwagen mit Soldaten und kämpferisch wirkenden Arbeitern vor dem Bierpalast vis-à-vis dem Justizgebäude ein. Radler klingelten oder schrien sich die Bahn frei und flitzten in halsbrecherischem Tempo als Boten vorbei. Die beiden wichtigsten Stationen der neuen Machthaber waren momentan der *Mathäser* am Stachus, wo ein Großteil des Arbeiter- und Soldatenrats tagte, sowie der Landtag in der Prannerstraße, wo Eisner und seine engsten Mitstreiter die neue Regierung konstatierten. Daneben waren die Kasernen, das früh schon eingenommene Telegraphenamt am Bahnhofsplatz und die Zeitungsredaktionen strategisch bedeutsam.

»Henni, wo bleibst?«, rief ein Radlkurier und winkte Henni zu. Elly, Annamirl und Leo sahen ihm neugierig entgegen.

Mit quietschenden Reifen bremste er ab und kam genau vor Hennis Füßen zum Stehen.

»Der Flögl lässt dich schon suchen«, setzte er atemlos nach. »Er meint, er braucht dich dringend für …«

»Lass ihn weitersuchen bis morgen früh«, erwiderte sie. »Nachdem der König endlich fort ist, wird die Welt nicht mehr untergehen.«

Noch ehe der Radler widersprechen oder sie überreden

konnte, doch mitzukommen, hakte sie Annamirl auf der einen und Elly auf der anderen Seite unter und zog mit Leo weiter.

Elly freute sich, dass sie im stillen Einverständnis gemeinsam nach Hause liefen. Sie musste es nicht offen aussprechen. Sie wusste, dass sie alle dasselbe empfanden. Erleichterung, Freude. Eine friedliche Revolution ohne Blutvergießen – hatte daran wirklich jemand geglaubt? Und dass der sinnlose Krieg tatsächlich beendet war, dass jetzt etwas begann, wovon sie alle lange geträumt hatten: eine neue Ära. Eine neue Ära, in der Männer und Frauen, Alte und Junge, Arme und Reiche, Studierte und Arbeiter dieselben Rechte hätten.

Erschöpft und dennoch vergnügt, erreichten sie die Ludwigstraße und kurz darauf die Abzweigung zur Schönfeldstraße.

Jäh hielt Henni an, zwang auch die anderen Drei stehen zu bleiben.

»Was ist?«, fragte Elly, dabei ahnte sie bereits die Antwort.

»Es wird Zeit für uns«, sagte Henni und hob ihr Kinn zärtlich mit dem Finger an, sodass sie einander direkt anblickten.

Im Mondlicht entdeckte Elly das sanfte Lächeln auf Hennis geliebtem Gesicht.

»Geh du mit Leo, ich geh mit Annamirl«, meinte Henni und strich ihr zärtlich über die Wange. »Wir sehen uns morgen zum Abendbrot.«

Sie drückte sie fest, bevor sie sich Leo zuwandte und ihn ebenfalls herzlich umarmte.

Elly hörte, wie sie ihm zuflüsterte: »Pass gut auf meine Elly auf!« Dann nahm sie Annamirls Hand und ging weiter die breite Ludwigstraße hinauf Richtung Schwabing, wo Annamirl wohnte.

Leo und sie erreichten schweigend die Wohnung. Durch die Fenster fiel Mondlicht herein, sodass sie sich im Halbdunkel zurechtfanden, Jacken, Schals und Mützen ablegten, die Schuhe von den Füßen streiften.

Unschlüssig blieben sie mitten im Flur voreinander stehen, genossen die nächtliche Stille, die hereinbrechende Dämmerung, die sie beide in geheimnisvolle und doch vertraute Wesen aus Licht- und Schattenspiel verwandelte, tauchten ein in das Hell und Dunkel in den Augen des anderen.

Schwiegen beredt.

»Ich muss dir noch etwas erzählen«, setzte Leo nach einer Weile an. »Du musst wissen, dass ich früher im Rheintal, bevor ich nach Leipzig …«

»Erzähl es mir morgen. Für heute ist genug gesagt.«

Sie reckte sich auf die Zehenspitzen und verschloss ihm den Mund mit einem erst zaghaften, dann immer kühneren Kuss.

30

Januar 1919

Der heiße Tee war eine Wohltat. Theres umklammerte die Tasse vorsichtig, um das zarte Porzellan nicht zu zerdrücken, wärmte die steif gefrorenen Finger daran. Am liebsten hätte sie die kalte Nasenspitze tief in den aufsteigenden Dampf gesteckt. Das sah ihr doch zu unschicklich aus.

Interessiert wanderte ihr Blick über die Anwesenden. Die Zeit schien stehen geblieben. Lediglich an dem kürzer werdenden Haar sowie den forsch die Beine hinaufkletternden Rocksäumen der Frauen war zu erkennen, dass das neue Jahrhundert voranschritt. Und natürlich an den ausgezehrt gewordenen Gesichtern. Gierig und nicht mehr vornehm zurückhaltend wie ehedem wurde zugegriffen, wenn die Serviermädchen die Tabletts mit Gebäck und belegten Broten zwischen den Gästen herumreichten. Jeder war froh, wenn er Gelegenheit fand, seinen ständig knurrenden Magen etwas zu besänftigen. Ansonsten aber hatte sich das Publikum von Carry Brachvogels Salon zumindest äußerlich wenig verändert. Als hätte es weder den Großen Krieg noch die Abdankung des Kaisers in Berlin oder die Flucht des bayerischen Königs je gegeben. Ganz zu schweigen von der Revolution und der Ausrufung des Freistaats durch Kurt Eisner sowie der am Sonntag erstmals auch für Frauen zugänglichen Landtagswahl.

Langsam schlenderte Theres durch die Räume und musterte

die Anwesenden unauffällig, grüßte zuweilen nach links oder nickte freundlich nach rechts.

»Wie beurteilen Sie die gegenwärtigen Aussichten, Verehrteste?«, fing der Buchhändler Gustav Schrannenmüller aus der Altstadt sie zwischen Salon und Bibliothek ab und bat sie zu den beiden anderen Sortimenterkollegen Lore Grimm und Winfried Fürholz, die sich vor einem der Fenster angeregt unterhielten. »Glauben Sie auch, dass mit Eisner und dem ›Freistaat Bayern‹ ein Goldenes Zeitalter für Kunst und Literatur anbricht?«

Er schenkte ihr ein verschmitztes Lächeln, das seine eigene Haltung zu der These geschickt kaschierte.

»Kollege Schrannenmüller meint, da Eisner fast ausschließlich Literaten in seiner Regierung um sich schart, sei das ein eindeutiges Zeichen, in welche Richtung er künftig regieren wird«, ging der Antiquar Fürholz amüsiert darauf ein.

»Sie sind also überzeugt, dass nach dem Hunger nach Brot und Wurst der Hunger auf die Bücher kommt? Und das nur, weil neuerdings so viele schreibende Köpfe in der Regierung sitzen?« Vergnügt sah Theres zwischen den dreien umher. »Das wäre zu schön, um wahr zu sein. Ich fürchte, selbst die Herren Schriftsteller werden beim Regieren pragmatisch handeln und nach dem Grundsatz ›Brot vor Kunst‹ verfahren müssen.«

Schrannenmüller nickte zustimmend, Fürholz zog die Stirn kraus und die Buchhändlerwitwe Lore Grimm schüttelte verständnislos den Kopf.

»Lassen Sie uns abwarten, wie die Wahl am kommenden Sonntag ausgeht«, setzte Theres nach. »Ich kann es immer noch nicht glauben, dass die Mehrheit unserer lieben Bayern fortan ein Volk vor allem der Dichter und Denker sein will. Bislang warten wir noch auf den Ansturm auf unsere Buchhandlung.«

»Bislang gilt der Hunger der Massen vor allem der körperlichen Nahrung, was gut nachzuvollziehen ist«, pflichtete Lore Grimm bei.

»Daran hat sich seit Kriegsende nichts Wesentliches geändert«, versicherte Fürholz. »Weiterhin stehen bei mir im Antiquariat jeden Tag mehr Leute mit Rucksäcken voller Raritäten, seltenen Erstausgaben oder begehrten Autographen, die sie zu lächerlichen Preisen zum Kauf anbieten, als in der ganzen Woche interessierte Käufer vorstellig werden. Sich einmal wieder satt zu essen, ist erstrebenswerter, als einen Bücherschatz zu besitzen.«

»An Weihnachten war es extrem«, ergänzte Schrannenmüller. »Dabei hätte es da eigentlich umgekehrt sein müssen: Mehr Käufer denn Verkäufer in unseren Läden, aber anscheinend war die Speckseite der größte Weihnachtswunsch und nicht der Bildband über romantische Kunst.«

»Warten wir ab, wie es mit der Inflation weitergeht. Die Buchpreisbindung schaufelt uns Buchhändlern noch das Grab. Dabei wurde sie einst als große Errungenschaft gefeiert.« Fürholz legte die hohe Stirn in Sorgenfalten.

»Dafür wird der Börsenverein eine Regelung finden«, warf Theres ein.

»Einerlei, ob eine goldene Epoche für die Kultur anbricht, weil wir eine Gelehrtenrepublik bekommen, oder ob der feste Buchpreis aufgegeben wird, um mit der galoppierenden Inflation Schritt zu halten. Uns Buchhändlern nutzt beides wenig. Wer jeden Tag neben der Arbeit, so er denn welche hat, mehrere Stunden für ein halb verschimmeltes Brot oder einen Krug fahles Bier ansteht, hat ohnehin keine Zeit zu lesen und wird auch keine Bücher kaufen, egal ob unter einem Millibauern als König oder mit einem klug philosophierenden Ministerpräsidenten«, resümierte Lore Grimm.

»Trotzdem gibt es Lichtblicke.« Die Stimmung der Kollegen

wurde Theres zu düster. »In den letzten Monaten sind in München einige interessante kleine Verlage mit neuen Zeitschriften und Büchern auf den Markt gekommen. Die ziehen ein junges Publikum an, das avantgardistischen Strömungen gegenüber aufgeschlossen ist, wie etwa die Dadaisten, die ihre Anfänge hier bei uns an der Isar hatten, bevor es sie nach Zürich verschlagen hat. Außerdem kehren die Studenten und Akademieschüler zurück, darunter immer häufiger Frauen, die ohnehin viel lesen. Ein weiterer Glücksfall sind Thomas Manns just erschienene *Betrachtungen eines Unpolitischen*. Die stoßen bei der älteren Stammkundschaft auf auffallend reges Interesse. Viele haben das lang erwartete Buch zum Anlass genommen, um überhaupt seit vielen Monaten, wenn nicht gar Jahren wieder erstmals bei uns in der Buchhandlung aufzutauchen.«

»Dabei braucht Mann gut sechshundert Seiten, um einen Überblick über seine eigene Geisteshaltung, seine Einstellung zu Demokratie, Krieg, Revolution und Pazifismus zu geben«, knurrte Schrannenmüller wenig begeistert.

»Sie meinen, sein Buch sei mühsame Kost?« Fürholz wippte auf den Schuhspitzen, legte nachdenklich den Kopf schief. »Seine *Betrachtungen* sind interessanterweise doch wohl genau das, was die Leute jetzt lesen wollen. Weil sie sich selbst darin wiederfinden. Auch wenn er sich darüber ärgert, dass das Buch ausgerechnet jetzt erscheint, da die aktuellen Ereignisse einen unpolitischen Literaten, der sich für das Kaiserreich und gegen die Demokratie positioniert, obsolet erscheinen lässt.«

»Umso schöner, dass unsere lieben Kolleginnen Lämmle die *Betrachtungen* in ihrem Schaufenster direkt neben dem *Untertan* präsentieren, den es endlich auch in Buchform gibt.« Nun schmunzelte Schrannenmüller süffisant. »Das dürfen sich wirklich nur Sie und Ihre Cousine erlauben, liebe Theres.«

»Das dürfen sich eigentlich alle Münchner Buchhändler erlauben«, widersprach Theres. »Thomas Mann ist nicht der Einzige, der seine politische Haltung aus den letzten Jahren angesichts der jüngsten Ereignisse revidiert hat. Umso wichtiger ist es, nach den Jahren der strengen Zensur die verschiedenen Meinungen offen zu zeigen.«

»Aber er ist der Einzige, der so spät noch eine so entlarvende Schrift darüber veröffentlicht«, beharrte Lore Grimm.

»Es besitzt eben nicht jeder den Mut eines Heinrich Mann oder Leonhard Frank, die von Beginn an klar zu ihrer pazifistischen Haltung gestanden haben. Da fasse ich mich übrigens durchaus an meine eigene Nase«, fügte Theres hinzu.

»Apropos Leonhard Frank«, überging Schrannenmüller die Anspielung, »sicher waren Sie am ersten Januar bei seinem Auftritt im Deutschen Theater, als er auf Einladung der Arbeiter-, Soldaten- und Bauernräte aus seinen Novellen gelesen hat. Sie haben schließlich mit dafür gesorgt, sie in unserer Stadt zu verbreiten.« Anerkennend nickte Schrannenmüller ihr zu.

»Haben Sie noch einige Exemplare Ihrer Ausgabe?«, erkundigte sich Fürholz. »Nach wie vor werde ich danach gefragt.«

»Ich nehme auch gern einige in Kommission«, schaltete sich Lore Grimm ein.

»Leider nein«, winkte Theres ab und ärgerte sich insgeheim. Noch kein halbes Jahr war es her, dass sie die Bücher mit Ellys und Hennis Hilfe nur unter größter Gefahr an die Leser hatte bringen können. Jetzt, da damit ein sicheres Geschäft zu machen war, gierten die Kollegen unverhohlen danach.

»Die Auflage ist komplett vergriffen. Frank versucht, einen großen Verlag dafür zu gewinnen, um in Deutschland endlich eine reguläre Ausgabe auf den Markt zu bringen. Insel wäre wohl sein Wunschverlag.«

»Angesichts der aufrührerischen Stimmung vor allem noch in Berlin kann ich verstehen, wenn die Verlage zurückhaltend bleiben. Franks letzte Novelle endet schließlich mit dem direkten Aufruf zum Umsturz. Dass Anfang November hier in München alles glimpflich abgelaufen ist, war ein großes Glück. Das hätte auch anders ausgehen können«, gab Schrannenmüller zu bedenken.

»Da haben Sie durchaus recht«, stimmte Theres zu. »Wir haben mit unserer friedlichen Revolution immenses Glück gehabt. Umso wichtiger ist es, diese Option so vielen Menschen wie möglich vor Augen zu führen.«

»Wie haben Sie vorhin selbst so schön gesagt? ›Lassen Sie uns abwarten, wie die Wahl am kommenden Sonntag ausgeht‹«, erinnerte Schrannenmüller.

»Einerlei, welche Partei die Mehrheit erhält, bleibt die Monarchie in Bayern Geschichte«, konstatierte Fürholz.

»Und wir Frauen bleiben an der Politik beteiligt«, ergänzte Theres. »Die Uhren lassen sich nicht mehr zurückdrehen.«

»Ich sagte doch, es brechen goldene Zeiten an«, griff Schrannenmüller das noch einmal auf. »Schon jetzt haben wir Eisner und seinen Getreuen viel zu verdanken. Denken Sie nur an die Abschaffung der Prügelstrafe in der Schule oder die Einführung des Achtstundentages für die Arbeitnehmer.«

»Das sagen ausgerechnet Sie als Geschäftsmann?« Verwundert sah Lore Grimm ihn an. »Sosehr ich das dem hart schuftenden Arbeiter in der Fabrik gönne, frage ich mich, wie ich meine Buchhandlung künftig in gewohntem Umfang offen halte. Wenn meine Gehilfen nur noch acht Stunden für mich arbeiten dürfen, sehe ich schwarz.«

»Haben Sie vorhin nicht beklagt, wie wenig Kundschaft kommt? Sperren Sie halt über Mittag länger zu«, schlug Fürholz vor. »Und abends muss ohnehin um sieben Uhr Schluss sein.«

»Eigentlich sollte für mich seit Jahren schon Schluss sein mit der Buchhandlung.« Lore Grimm wurde betrübt. »Jetzt muss ich durchhalten, bis mein Sohn aus dem Krieg kommt und wieder übernimmt.«

»Haben Sie noch immer keine Nachricht von ihm?« Mitfühlend legte Theres ihr die Hand auf den Arm.

»Nein. Unfassbar, oder? Ihre Gehilfen sind alle zurück, habe ich gehört.«

»Rosendorf liegt mit der Spanischen Grippe flach. Die hat er sich von der Front mitgebracht. Und Johann wird nach wie vor vermisst.«

Beim Gedanken an ihren früheren Lehrling, der voller Enthusiasmus freiwillig in den Krieg gezogen war und seit Längerem als verschollen galt, überlief Theres Gänsehaut. Warum er? Ein so junger Bursche! Aber das waren sie letztlich alle.

»Dafür ist Ihr Gehilfe Leo Kleefisch wieder da und mischt jetzt kräftig bei Eisners Arbeiter-, Soldaten- und Bauernräten mit. Hab ich Ihnen nicht gleich gesagt, das ist ein windiger Bursche? Mein Sohn hat das schon von ihrer gemeinsamen Ausbildungszeit in Leipzig erzählt.« Lore schnaubte verächtlich. »Der Kleefisch ist doch weder ein Arbeiter noch ein richtiger Münchner. So wie Eisner, Landauer, Mühsam, Toller und wie sie noch alle heißen, die in der vordersten Reihe der neuen Regierung stehen. Nur Zugereiste. Und Juden.«

»Ich bin ebenfalls Jüdin, genau wie meine Cousine und unsere Gastgeberin Carry Brachvogel sowie gewiss die Hälfte der hier Anwesenden.« Nun war es an Theres, entrüstet zu schnauben. Sie zog ihre Hand von Lores Arm zurück. »Wir Lämmles sind übrigens Münchner der vierten Generation.«

Herausfordernd sah sie erst Lore, dann die beiden anderen Kollegen an. Schrannenmüller verschränkte die Arme hinter dem Rücken und sah angestrengt an ihr vorbei in die Weite des Bibliothekszimmers, Fürholz senkte den Blick.

»Es wird Zeit zu gehen«, setzte Theres nach.

Sie meinte, die Kollegen atmeten auf. Unfassbar!

»Ich kümmere mich lieber um meine Buchhandlung, statt meine Zeit mit Albernheiten zu vertun.«

Ungeachtet des garstigen Wetters entschied Theres sich, den Heimweg von Carry Brachvogels Salon zu Fuß zurückzulegen. Bis zur Buchhandlung in der Amalienstraße war es eine halbe Stunde zu laufen. Die frische Luft würde guttun, der kalte Wind die Gedanken an Lore Grimms törichtes Betragen hoffentlich verjagen.

Das ging nicht so schnell wie erhofft. Der Stachel saß zu tief. Lang Verdrängtes wurde wieder aufgewühlt, nicht allein der abfälligen Äußerungen über ihre und Leos jüdischer Herkunft wegen.

Leo hatte sich kurz vor Kriegsausbruch darüber ausgeschwiegen, Fragen zu seiner Vergangenheit sogar unbeantwortet gelassen und sich stattdessen gleich an die Front gemeldet. Gewiss nicht allein aus patriotischen Gründen, wie ihr nun klar wurde. Bei seiner Rückkehr im letzten Herbst hatte sie keinen Gedanken mehr daran verschwendet. Zacherls furchtbarer Tod, Leos erbarmungswürdiger Zustand und die Sorge um seine Genesung hatten alles überlagert. Dass Lore Grimm vorhin erneut von seiner Vergangenheit begonnen hatte, zeigte allerdings, dass sie unbedingt mit ihm darüber reden musste. Am besten, sie bat ihn gleich zu sich ins Büro, um sämtliche Gerüchte aus der Welt zu schaffen, bevor sie zu sehr aufgebauscht wurden.

Nur noch wenige Häuser von der Buchhandlung entfernt entdeckte sie in der Dämmerung eine Gruppe Neugieriger vor dem beleuchteten Schaufenster, dem Alter und der Kleidung nach Studenten. Elly und Leo standen in der Auslage und dekorierten um, aufmerksam beobachtet von den anderen. Für jedes neue

Buch, das sie auf dem roten Filz platzierten, ernteten sie draußen laute Kommentare.

»*Der Fall Deruga*«, las eine der Frauen aus der fünfköpfigen Gruppe vor.

»Das muss der Kriminalroman sein, den Ricarda Huch vor mehr als einem Jahr veröffentlicht hat«, mutmaßte einer der drei Herren. »Der hat unter Medizinern für heftige Diskussionen gesorgt. Wann darf ein Arzt einem Todkranken ein Mittel zum Sterben verabreichen? Eine interessante Frage.«

»Da hört man gleich den Juristen heraus«, neckte einer der beiden anderen. »Seit wann schreibt die Huch Kriminalromane? Die hat es doch eher mit der Geschichte. Ihre Abhandlung über den Dreißigjährigen Krieg und das Buch über den Wallenstein hat sogar unser Professor empfohlen.«

»Sie sagt, ihn vor allem aus Geldgründen geschrieben zu haben«, wusste die zweite Frau.

»Bestimmt hat auch die Zensur eine Rolle gespielt«, ergänzte die erste Frau. »Während des Krieges war die scharf wie ein Schäferhund. Kein Wunder, dass die Huch sich da lieber an einem spannenden Krimi versucht hat. Bei einem geschichtlichen Thema bestand immer die Gefahr, dass man ihr etwas falsch auslegen oder sie mutmaßlich falsch verstehen wollte.«

»Die Haushofer-Merk hat sich mit ihren *Lierbach-Mädels* damals einen Roman aus ›Bayerns bester Zeit‹ im letzten Jahrhundert vorgenommen. Das kam bestimmt auch nicht von ungefähr.«

Die andere Studentin zeigte auf einen weiteren Titel in der Auslage, den Elly gerade mit einem Preisschild versah.

»Eins steht fest: Ihr Frauen habt es faustdick hinter den Ohren«, spottete einer der jungen Männer.

»Auch Männer flüchten sich in solche Nischen, um der Zensur zu entgehen«, erwiderte die Erste. »Aber natürlich gebe ich dir recht: Wir Frauen müssen nicht gleich offen angreifen oder bloße Gewalt anwenden, um unsere Ziele durchzusetzen. Uns stehen feinere Waffen zur Verfügung, sowohl in der Literatur als auch in der Politik. Das werdet ihr demnächst noch besser sehen. Wartet nur ab, wie es nach den Wahlen am Sonntag weitergeht.«

»Das kann heiter werden«, bekannte einer der Studenten, und die beiden anderen stimmten lachend ein: »Am Ende wünschen wir uns noch König und Kaiser zurück auf den Thron.«

»So dumm können nur Männer sein«, entgegneten die jungen Frauen. Sie lachten, hakten einander unter und gingen fort.

Erst als ihnen die drei Kommilitonen gefolgt waren, fiel Theres noch ein weiterer Herr vor dem Schaufenster auf. Obwohl er Zivil trug, meinte sie an seiner disziplinierten Körperhaltung festzumachen, dass er Offizier war. Ein hochgewachsener Mann in langem Mantel, den Hut tief ins Gesicht gezogen.

Warum blickte er so stur in die Auslage?

Neugierig ging Theres zu ihm.

Und stellte fest: Das war kein harmloses Schauen mehr. Das war ein Mit-den-Augen-Verschlingen. Nicht von den Büchern. Nicht von Leo. Allein von Elly.

Theres lief schneller. Wollte den Mann zur Rede stellen.

Ihre Schritte waren zu laut. Kaum war sie bis auf wenige Meter heran, fuhr er jäh herum.

Sie erschrak. Schrie.

Davon schreckten Elly und Leo im Innern der Auslage auf. Elly schlug sich die Hand vor den Mund, starrte den Mann draußen mit weit aufgerissenen Augen an.

Der starrte ebenso erschreckt zurück, sah noch einmal kurz zu Theres und wandte sich ab, um mit weit ausholenden Schritten und wehenden Mantelschößen in der Dämmerung zu verschwinden.

31

Ende März 1919

Zacherl wäre stolz auf sie, hätte er noch erlebt, für welche Zeitungen sie inzwischen schrieb. Ein Anflug von Trotz erfasste Henni. Der Gedanke an den älteren Bruder half ihr, die Schimpftirade ihres Vaters an sich abperlen zu lassen wie lästige Regentropfen. Aufrecht saß sie am Küchentisch, fixierte ruhig sein blasses Gesicht.

»Schämen muss ich mich. Kaum in die Augen schauen kann ich meinen Kollegen noch, wenn ich mit Ihnen in der Schreibstube hocke.« Mit jedem Wort steigerte er sich in seine Wut hinein. »Einer ist allweil dabei, der wo eine Ausgabe der *Berliner Illustrirten Zeitung* in die Finger gekriegt hat, in der deine neuesten Geschichterl abgedruckt sind. Schlimm genug, dass du für die *Münchner Post* angefangen hast zu schreiben, die den roten Sozen gehört. Dass es jetzt noch ein Blattl aus Berlin sein muss, noch dazu eins aus einem jüdischen Verlag, in dem ein jeder deinen vollen Namen ...«

»Bei der *Münchner Post* sind auch viele Juden und die Buchhandlung Lämmle, in der Henni so viele Jahre beschäftigt gewesen ist, gehört sogar zwei Jüdinnen«, mischte sich ihr jüngster Bruder Xaverl eifrig ein.

»Die Juden sind allweil überall hier bei uns in Bayern, selbst in der neuen Regierung«, stellte Veit klar. »Selbst bei uns im Innenministerium ...«

»Es langt!« Der Vater ließ die Faust auf den Tisch sausen. »Wenn ich sag', ich schäm' mich für meine Tochter, weil sie in solch einem Schmierblatt mit vollem Namen drinsteht, sodass ein jeder klar erkennt, dass sie aus unserer Familie stammt, dann ist das so, einerlei, was es sonst noch dazu zu sagen gibt.«

»Ist es nicht eine Ehre, dass unsere Henni, die nur auf der Volksschule gewesen ist, mit so vielen studierten Leuten in derselben Zeitung steht?«

Erstaunlicherweise gab der sechzehnjährige Xaverl nicht auf. Er rückte sich die runde Brille vor den kurzsichtigen Augen auf der schmalen Gymnasiastennase zurecht, bevor er nachsetzte: »Mein Deutschlehrer, Privatdozent Doktor Lilienthal, hat mich schon drauf angesprochen. Er erinnert sich noch, als Henni bei den Lämmles in der Buchhandlung in der Amalienstraße als Ladenhilfe angestellt war, sagt er. Dass sie jetzt sogar für Berliner Blätter arbeitet, imponiert ihm, sagt er.«

»Vielleicht darfst du hoffen, dass gutes Schreiben unter Geschwistern ansteckend ist. Wennst Glück hast, nützt es dir beim nächsten Aufsatz und du kassierst einen Einser.«

Gönnerhaft tätschelte Veit ihm die Schulter.

Solche Scherze ihrer Brüder waren neu. Henni konnte sich nicht verkneifen, darüber zu schmunzeln. Aus dem Augenwinkel sah sie, wie der Vater unsicher wurde, ob er Xaverl recht geben und sie doch für ihre Erfolge loben sollte. Auch das war neu.

Im nächsten Moment war es vorbei. Der Vater war wieder der Alte, wie der mürrische Zug seines kleinen, von farblosen schmalen Lippen umgrenzten Munds bewies.

»Schmarren!«, donnerte er so laut los, dass Xaverl und Veit ebenso wie die Mutter die Köpfe zwischen die Schultern zogen. Auch Henni senkte kleinlaut den Blick. Was sie maßlos ärgerte.

»Die drucken die Geschichterl von der Henni nur deswegen neben dem Zeugs von den Studierten, weil jetzt Revolution ist und ein jeder neuerdings davon schwadroniert, dass alle gleich viel wert sind«, fuhr der Vater nicht weniger laut fort. »Mannsbilder wie Weiberleut', Angestellte wie Arbeiter, Studierte und solche mit Nur-Volksschule wie unsereiner. Und wenn der ganze Spuk wieder vorbei ist mit den Arbeiter-, Soldaten- und Bauernräten und was sie sich sonst noch haben einfallen lassen, nachdem sie unseren König aus der Residenz verjagt und den Kaiser nach Holland ins Exil geschickt haben, dann will keiner mehr was davon wissen. Dann steht die Henni da und keiner gibt ihr mehr was zum Schreiben. Bei der Wahl im Januar habt ihr es ja gesehen, wie weit es letztlich damit her war. Keiner hat den Eisner gewählt. Keiner wollt' ihn wirklich haben bei uns in Bayern. Und erschossen worden ist er vier Wochen später sowieso.«

Er verschränkte die Arme vor der Brust und lehnte sich auf seinem Stuhl zurück.

Betretenes Schweigen senkte sich über den Tisch. Xaverl löffelte wieder seine dünne Suppe, Veit schob den leeren Bierkrug hin und her, und die Mutter seufzte leise.

Henni hatte sich getäuscht. Nichts war neu, nichts hatte sich geändert bei der Beamtenfamilie Reithmeier im dritten Stock des Hinterhauses in der Türkenstraße. Auch nicht nach der Revolution. Außer dass ihr geliebter älterer Bruder Zacherl im Krieg geblieben war. Und das Haar der Mutter bei der Nachricht von seinem Tod schlohweiß geworden war.

Auf einmal bekam sie keine Luft mehr. Sie musste raus, fort. An die frische Luft.

Als sie bereits in Hut und Mantel an der Wohnungstür stand und gehen wollte, tauchte die Mutter unvermittelt vor ihr auf und hielt sie zurück, umarmte sie plötzlich.

Das war eindeutig neu. Das hatte sie noch nie getan.

Tränen traten Henni in die Augen. Sie wusste gar nicht, wie sie reagieren sollte. Noch dazu, da die Mutter ihr jetzt auch noch mit einem versonnenen Lächeln auf dem Gesicht zärtlich übers Haar strich.

»Mächtig stolz sind wir auf dich. Alle«, bekannte die Mutter leise, aber mit ungewohnt fester Stimme. »Selbst der Vater. Weil kaum ein Tag vergeht, an dem ihm nicht einer in der Amtsstube einen Artikel von dir aus irgendeiner Zeitung hinlegt.«

»Danke.«

Behutsam drückte Henni sie an sich, genoss es, die Wärme ihres zerbrechlichen Leibs zu spüren.

Bevor sie die Rührung vollends überrollte, wollte sie los.

Von Neuem hielt die Mutter sie zurück, sah sie aus ihren müden Augen fast schon flehentlich an.

»Gehst du jetzt wieder zu einer deiner Versammlungen?«

»Ja.«

»Dass du allweil so viel Zeit mit der Politik verbringst. Genau wie der Zacherl früher. Und was hat er am Ende davon gehabt?«

Die Mutter schluchzte auf, schlug die Hände vors Gesicht. Tröstend strich Henni ihr über den Rücken.

»Für unsereins bleibt sich allweil alles gleich«, sagte die Mutter matt. »Einerlei, ob uns der Millibauer regiert oder dann der Eisner, oder meinetwegen jetzt der Hoffmann von der SPD. Daran hat die Wahl nichts geändert. Und auch nicht, dass wir Frauen haben mit abstimmen dürfen. Die Mannsbilder machen halt doch, was sie wollen. Allweil. Und unsereins steht nach wie vor jeden Tag stundenlang in der Kälte an, um ein paar Rüben für den Dotschen-Eintopf oder einen Klecks Butter und ein mit Sägemehl gestrecktes Brot aufzutreiben. Besser wird's für unsereins nie, da können sie uns Frauen wählen lassen, den Arbeitern den Achtstundentag geben, obwohl kaum einer noch eine Arbeit hat, und die Kinder in der Schule vor dem Rohrstock bewahren. Für uns kleine Leut' bringt keiner nichts zustande, egal ob mit oder ohne Revolution.«

»Das braucht halt alles mehr Zeit. Das, was jahrhundertelang falsch gemacht worden ist, können die, die jetzt an der Regierung sind, nicht in wenigen Wochen richten. Wunder können die leider nicht bewirken.«

»Aber allweil viel und gescheit daherreden.«

Von Neuem seufzte die Mutter, schüttelte geistesabwesend den Kopf. Dann hellte sich ihr Gesicht plötzlich auf. Sie strahlte Henni an.

»Gibt es unter all den Revoluzzern, die du auf deinen Versammlungen triffst, nicht wenigstens auch so einen netten jungen Mann für dich wie deine Freundin Elly ihn mit dem Leo jetzt hat?«

»Ach, Mutter.«

Henni beugte sich vor, hauchte ihr einen Kuss auf die Wange und verschwand so schnell wie möglich aus der Wohnung.

In den nächsten Wochen gingen Henni die Worte ihrer Mutter nicht aus dem Kopf.

Die Frage nach einem ähnlich »netten jungen Mann«, wie Elly ihn in Leo gefunden hatte, konnte sie schnell beiseiteschieben. Nach einem solchen verlangte es sie nicht. Um das zu wissen, genügte schon eine einzige weitere Nacht mit Annamirl in der schmalen Kammer bei deren schwerhöriger Tante Luise und ihrem gutmütigen Onkel Luitpold. Seit der Revolution Anfang November bewohnten sie die miteinander. Nie hätte Henni erwartet, je solches Glück und solche Leidenschaft zu erleben. Das Schönste war, dass seither die Freundschaft zu Elly und Leo besonders innig geworden war. Zusammen mit Annamirl hatten sie sich als vierblättriges Kleeblatt neu formiert und ehrten damit auch Zacherls Andenken.

Was Henni weitaus stärker umtrieb, waren die Äußerungen ihrer Mutter über die Bedeutung der Revolution für die normale

Bevölkerung, die »kleinen Leute«. Oder vielmehr die kaum spürbaren positiven Auswirkungen des Umsturzes für sie. So erschütternd das war, fand sie seither täglich Hinweise, die ihr das bestätigten.

»Schmarren!«, wies Annamirl das empört von sich, als sie beim Anblick einer Schlange Hungriger vor einer Metzgerei davon sprach.

Längst war es Abend. Die Laternen tupften Lichtinseln ins Dunkel der Schellingstraße. Die von der Arbeit müden Gesichter wurden dadurch schamlos in die Helligkeit gezerrt. Die Auslagen im Geschäft waren fast leer, dennoch schoben und drängten die Menschen in den Laden. Auch das unwirtliche Wetter trug dazu bei. Wieder einmal versank die Stadt im Schnee. Die Straßenreinigung kam mit dem Räumen gar nicht nach, obwohl Soldaten sie seit Wochen unterstützten und inzwischen sogar motorisierte Schneepflüge zum Einsatz kamen.

»Für wen, wenn nicht für die ›kleinen Leute‹ wie uns hat der Umsturz überhaupt stattgefunden? Frag meine Tante und ihren Mann. Selbst die sind glücklich, dass wir jetzt einen ›Freistaat Bayern‹ und keine Monarchie mehr haben. Dabei muss mein Onkel wieder Post austragen und meine Tante die Stiegen im Haus wischen, weil seine Beamtenpension vorn und hinten nicht zum Leben reicht. Dank der Revolution aber gibt es wenigstens einen Achtstundentag für alle, die Läden haben am Sonntag zu, damit auch die Ladnerinnen etwas davon haben, und wir Frauen dürfen wählen und mitregieren. Herkunft und Besitz allein zählt nicht mehr. Das ist vorbei. Jetzt sind wirklich alle gleich.«

Mit einem enttäuschten Blick auf die Wartenden zog Annamirl Henni weiter. Es machte keinen Sinn, sich in der Hoffnung auf einen Rest Wurst noch am Schluss der Schlange anzustellen. Bis sie drankämen, wäre der letzte Knochen ausverkauft. Da nutzten ihnen auch die Lebensmittelmarken nichts.

»Denk nur an den riesigen Aufmarsch im November auf der Theresienwiese«, erinnerte Annamirl. »Halb München war da, Zigtausende sind Eisner zu den Kasernen gefolgt, haben die Soldaten zu sich geholt und den König aus der Residenz verjagt, damit es ein Ende gehabt hat mit dem sinnlosen Krieg und der elenden Not …«

»Mit der Not hat es noch lange kein Ende, wie du siehst«, warf Henni ein. »Ab nächstem Ersten wird die Fleischration pro Kopf weiter gesenkt, das Gas wird noch mal teurer und der Preis fürs Trambahnbillett auf zwei Groschen erhöht. Dann müssen die meisten zu Fuß gehen.«

»Bist du auf die andere Seite gewechselt?« Jäh blieb Annamirl stehen, suchte ihren Blick. Durch das dichte Schneetreiben hindurch. »Ich dachte, gerade dich würd's freuen, dass sich die Herren Schreiberlinge die Macht friedlich erkämpft haben und der Welt zeigen dürfen, was sie außer Geschichten erzählen noch können. Glaubst du stattdessen jetzt den Schmarren, den die Gegner von der Räteregierung verzapfen? Wart nur ab, wie schnell die wieder die Gewehre zur Hand haben, um das Volk kleinzuhalten. Dabei stecken wir doch nur deretwegen in dem Schlamassel! Nur weil der Kaiser, der König und die Militärs so lange Schindluder getrieben haben mit uns, geht es nicht voran. Weil die Bauern statt auf ihrem Acker an der Front haben stehen müssen und die Bäcker statt am Backofen an den Kanonen. Wär' der Eisner mit der USPD nicht gewesen, wer weiß, wie lang sich das noch hingezogen hätt' mit dem Krieg. Zum Glück ist jetzt Schluss mit den hohen Herren, und es wird aufgeräumt. Bald wird es für alle besser, wirst schon sehen. Ganz bestimmt.«

»Mir geht es ja wie dir«, versicherte Henni. »Nur zu gern sage ich mir jeden Tag aufs Neue, wie wichtig und richtig die Revolution gewesen ist. Gerade weil ich mich über das Wunder freue, endlich die in der Regierung zu sehen, die von den Büchern statt aus der Armee kommen. Aber ich frag' mich inzwischen, ob die Mehrheit im Land noch so denkt. Bei der Landtagswahl im Januar sind der Eisner und die USPD kläglich untergegangen. Nur drei Sitze …«

»Aber bei Eisners Beerdigung Ende Februar sind hunderttausend hinter seinem Sarg zum Ostfriedhof marschiert. Wenn das kein Beweis war, wie sehr sie ihn geschätzt haben!«

»Nur ein toter Politiker ist ein guter Politiker.« Henni lachte bitter. »Ich fürchte, wir, die wir ständig in Versammlungen hocken, uns mit Mühsam, Toller, Landauer und den anderen die Köpfe heiß diskutieren, was noch passieren muss, damit die Welt wenigstens hier in Bayern ein bisserl besser wird für alle, ausgerechnet wir übersehen, dass die Leute draußen auf der Straße ganz andere Probleme umtreiben. Früher oder später rennen sie deshalb anderen hinterher, weil die ihnen versprechen, sich zuallererst ihrer Not zu widmen, bevor es um so Grundlegendes wie ein neues Gesetz zum Arbeitsschutz oder zur Schulpflicht oder Religionsfreiheit geht.«

Damit wandte sie sich zum Weitergehen. Das Schneetreiben wurde heftiger, durchnässte ihre Schuhe. Bis zur Buchhandlung Steinicke in der Adalbertstraße war es nicht mehr weit. Dort konnten sie sich gleich bei einem Vortrag über »Geistige Arbeit als Beruf« wenigstens trocknen und aufwärmen.

»Lasst uns lieber sofort ins *Stefanie* gehen.«

Elly fing sie am Eingang des Saales ab. Die entschlossensten Anhänger der Räteregierung hockten hier nahezu täglich bis tief in die Nacht zusammen, um das Für und Wider der Revolution abzuwägen. Umso seltsamer fand Henni Ellys Vorschlag.

»Warten Leo, Schorsch und die anderen nicht drinnen auf uns?«

»Die sind längst im *Stefanie*. Niemand von ihnen hat heute

Abend den Kopf, sich einen Vortrag über die Zukunft von Berufspolitikern anzuhören.«

»Das scheint mir aber ein wichtiges Thema. Das wird noch an Bedeutung gewinnen«, erwiderte Henni.

»Mag sein. Doch Leo und Schorsch haben für ihre Planänderung einen guten Grund. Nach Ausrufung der sozialistischen Räterepublik in Ungarn vor einigen Tagen mehren sich die Anzeichen, dass es hier in Bayern sehr bald ebenfalls eine ›richtige‹ Räteregierung geben wird. Dann wäre Schluss mit der Regierung von Hoffmann und der SPD, weil sie sich der Sozialisierung der Wirtschaft verweigert. Wie man das trotzdem schafft, ohne dass die radikalen Kräfte die Oberhand gewinnen, das soll heute Abend im kleinen Kreis besprochen werden. Ernst Toller, Erich Mühsam und sogar Leonhard Frank kommen dazu.«

»Leonhard Frank?«, hakte Henni überflüssigerweise nach. Damit verstand sie, warum die anderen auf den Vortrag bei Steinicke verzichteten.

»Dachte ich mir doch, dass dir die Aussicht, ihn zu treffen, gefällt.« Elly schmunzelte. »Fast fürchte ich, es ist dir wichtiger, mit ihm über das Schreiben als über die Revolution zu reden.«

»Habe ich es nicht gesagt? Ein Hoch auf die Literatenrepublik!«, rief Annamirl übermütig.

»Hoffentlich versteigen sie sich nicht in zu hochtrabende Pläne, sonst wird ihnen die Mehrheit im Land tatsächlich bald den Rücken kehren.« Henni ignorierte den Spott. »Zu viel Hirn im Kopf ist am Ende genauso schädlich wie zu wenig. Dabei habe ich wirklich gehofft, es wäre von Vorteil, die großartigen Geisteskräfte in vorderster Front dabeizuhaben. Weil die eher mit scharfen Argumenten statt mit Kanonen schießen, um ihre Ziele durchzusetzen. Geschossen wurde im Krieg schließlich mehr als genug, ohne dass es die Menschheit entscheidend vorangebracht hätte.«

»Umso wichtiger, jetzt darauf zu achten, dass die mit Worten bewaffneten Männer weiter den Ton angeben«, griff Elly das auf.

»Besteht etwa die Gefahr, das könnte sich ändern?« Henni erschrak.

»Wenn sich diejenigen durchsetzen, die nach dem Sieg der Sozialisten in Ungarn eine engere Anbindung Bayerns an die dortige Linie und somit an die Sowjetunion fordern, in jedem Fall. Dem wird die Regierung Hoffmann wohl keinesfalls nachgeben, ohne sich vorher mit aller Kraft dagegen gewehrt zu haben.«

»Das klingt nach Bürgerkrieg. Lasst uns hören, wie die weniger Radikalen den noch verhindern wollen.« Plötzlich wirkte Annamirl alarmiert.

Zu dritt machten sie sich auf, die Amalienstraße zum *Café Stefanie* hinunterzulaufen.

Mittlerweile lag die Gegend wie ausgestorben da. Die Geschäfte hatten geschlossen, die letzten vergeblich auf Lebensmittel Wartenden sich verzogen. Kaum ein Auto war unterwegs, kein Radler und kein Fuhrwerk. Eine dicke weiße Schicht bedeckte das Trottoir und verschluckte sämtliche Geräusche. Henni erschien die ungewohnte Stille mitten in der Stadt auf einmal unheimlich. Elly und Annamirl hielten die Köpfe gesenkt, eine jede in ihre Gedanken vertieft.

Endlich kamen die Fenster des *Stefanie* an der Ecke zur Theresienstraße in Sicht. Licht fiel daraus auf die Trottoirs. Und auf der gegenüberliegenden Straßenseite lockten die hell erleuchteten Schaufenster der Buchhandlung. Obwohl Henni schon lange nicht mehr dort arbeitete, war sie für sie nach wie vor ein heimeliger Fixpunkt, der Ruhe und Geborgenheit verhieß. Sie atmete auf.

Im *Café Stefanie* schlug ihnen eine enorme Geräuschkulisse

entgegen. Die hohen stuckverzierten Räume mit den vielen kleinen Marmortischen und den hölzernen Kaffeehausstühlen hallten von unzähligen Stimmen wider. Die schweren roten Samtvorhänge an den Fenstern konnten das Gewirr kaum auffangen.

Suchend sahen Henni, Elly und Annamirl sich nach bekannten Gesichtern um. Meist hockten Toller und seine Mitstreiter in der Nähe des Billardtisches. Die Plätze hatten an diesem Abend Unbekannte eingenommen. Hennis Blick wanderte zur Fensterseite.

Jäh hielt sie inne. Konnte das sein? Nein, sie musste sich täuschen. Den Herrn mit der Zigarette in der einen und dem Absinthglas in der anderen Hand, der mit lässig überschlagenen Beinen nach hinten gelehnt auf seinem Stuhl eher fläzte denn ordentlich saß, mit wem verwechseln. Der, für den sie ihn hielt, würde niemals im *Stefanie* einkehren. Vor allem nicht in Zivil.

Schon wollte sie sich abwenden, da registrierte sie, dass er auf sie aufmerksam geworden war. Oder vielmehr auf Elly neben ihr.

Sie hatte sich nicht getäuscht. Hauenstein!

Auch Elly hatte ihn bemerkt und stöhnte leise auf.

»Allmählich wird er lästig.«

Ehe Henni reagieren konnte, lief sie zu seinem Tisch und stellte ihn zur Rede.

»Was kennt Elly nur für Leute?« Annamirl schüttelte den Kopf. »Der sieht eher wie ein Spitzel denn wie einer von uns aus.«

»Das ist er wohl auch. Auf unserer Seite steht er jedenfalls nicht.«

»Aber anscheinend ist er sehr an Elly interessiert.« Annamirl nickte noch einmal zu dem Tisch.

Das stimmte, wie Henni nur zu gut wusste.

Und jetzt auch zu beobachten war. Ihr stockte der Atem. Blitzschnell schoss Hauenstein nach vorn, packte Elly am Handgelenk und hielt sie fest.

Sie schrie auf. Drehte und wand sich, um sich zu befreien.

Vergebens.

Er schien seinen Griff zu verstärken.

Ellys Gesicht verzog sich vor Schmerz. Sie presste die Lippen aufeinander und begann, nach ihm zu treten. Erwischte erst ein Tischbein, fluchte, trat abermals zu. Und traf Hauensteins Schienbein.

Jetzt fluchte der und sprang auf.

Im Stehen rangelten sie weiter.

Das geschah binnen Sekunden.

Wie aus dem Nichts stürzte Leo plötzlich dazu. Er musste hinter einer Säule gestanden und das Gemenge mitverfolgt haben.

Er befreite Elly aus Hauensteins Hand. Stieß sie nach hinten, von Hauenstein weg, und versetzte ihm im selben Moment einen Fausthieb.

Hauenstein taumelte, hob ebenfalls die Fäuste, um auf Leo loszugehen.

Geistesgegenwärtig sprangen einige Männer vom Nachbartisch auf und warfen sich dazwischen, trennten die beiden Kontrahenten.

Der empört schimpfende, wild um sich schlagende Hauenstein wurde an Henni und Annamirl vorbei zur Tür hinausbefördert, Leo als Stammgast dagegen auf einen Stuhl gesetzt, festgehalten und eindringlich ermahnt.

»Und dabei dachte ich, ein leidenschaftlicher Buchhändler wie Leo benutzt nur das Wort als Waffe und lehnt jegliche Form der Gewalt ab.«

Annamirl wirkte ratlos.

»Manchmal täuscht man sich ausgerechnet in denen, die man gut zu kennen meint«, pflichtete Henni ihr bei. Und verdrängte ganz schnell den Gedanken, dass niemand von ihnen Leo wirklich gut kannte.

32

Mitte April 1919

Elly hatte ihn provoziert. Das wusste sie. Dennoch kein Grund, außer sich zu geraten und sie zu schlagen. Mitten ins Gesicht! Mit voller Wucht! Fassungslos betastete sie die schmerzende Lippe, schmeckte Blut. Sie zitterte heftig.

Wie hatte es nur so weit kommen können? Ihr tränenverschleierter Blick streifte das zerwühlte Bett, in dem sie nur wenige Stunden zuvor in Leidenschaft ineinander versunken waren, wanderte von dort vorsichtig zur Tür.

Leo lehnte am Türstock. Ungekämmt und unrasiert, das Hemd offen, die Hosenträger um die Hüften baumelnd, die Füße nackt.

Noch war sein Antlitz wutverzerrt. Und erschreckend fremd. So wie letztens, als er sich im *Café Stefanie* auf Hauenstein gestürzt hatte.

Er gewahrte ihren Blick. Seine verkrampften Gesichtszüge lösten sich. Die Zornesröte auf seinen Wangen wich einer erschreckenden Blässe.

Jäh schien er zu begreifen, was geschehen war.

»Elly, Liebes!«

Schon sprang er zu ihr, sank neben ihr auf dem Bettvorleger auf die Knie, umklammerte ihre Hand und bat sie mit gesenktem Antlitz um Verzeihung.

»Hör auf!« Sie stieß ihn weg, erhob sich, stakste unsicheren

Schritts ins Bad und spritzte sich am Waschbecken eiskaltes Wasser ins Gesicht, kühlte sich die schmerzende Wange und die Lippe.

»Ich weiß gar nicht, was in mich gefahren ist. Es tut mir leid. Ich hoffe, du kannst mir vergeben.«

Leo tauchte hinter ihr auf, wagte kaum, den Kopf zu heben und ihr über den Spiegel in die Augen zu schauen.

»Alles ist zu viel. Es ist so viel passiert in den vergangenen Tagen …«

»Genug!«, unterbrach sie ihn abermals verärgert, griff nach dem Handtuch, presste es sich einige Atemzüge lang aufs Gesicht und wandte sich dann erst zu ihm um. Von Neuem bebte sie am ganzen Leib, zwang sich dennoch, ihn anzusehen.

Ihn kostete es offenkundig ähnlich viel Überwindung wie sie, ihrem Blick standzuhalten.

»Für uns alle war es zu viel.« Sie verschränkte die Arme vor der Brust, rieb sich über die bloßen Oberarme. Sie fror.

»Nicht nur die letzten Tage. Die letzten Wochen und Monate schon. Wir waren alle voller Hoffnungen, Sehnsüchte, Träume. Es sollte alles besser werden, auf einen Schlag, sofort mit Kriegsende und der Flucht des Königs. Und dann die niederschmetternde Landtagswahl. Der Mord an Eisner. Alles ist aus dem Ruder gelaufen. Ohne dass wir Zeit hatten zu begreifen, was los war. Und dann ihr! Palmsonntag. Ausgerechnet Palmsonntag! Schämt ihr euch nicht? Wie konntet ihr nur? So ein entsetzliches Blutbad …«

»Niemand hat das gewollt. Am allerwenigsten Toller und wir. Die reaktionären Putschisten haben uns keine Wahl gelassen. Hätten wir tatenlos mit ansehen sollen, wie sie uns überrennen, die Garnisonen die ganze Stadt einnehmen …«

»Und zwei Tage später in Dachau hat es auch keine andere Wahl für euch gegeben, als sich erneut in eine Schlacht zu stürzen? Sich wieder mit Waffengewalt den anderen entgegenzuwerfen? Dabei hast du nach deiner Rückkehr von der Front geschworen, nie wieder ein Gewehr ...«

»Was hätte ich tun sollen? Ich habe mich Toller und seinen Truppen für die Räteregierung angeschlossen. Ich stehe zu meinem Wort. Ich stehe ein für das, was ich für richtig halte. Das ist die einzige Option für Bayern und das bayerische Volk. Da waren wir uns doch einig. Wir wollen alle, dass der Umsturz nicht umsonst gewesen ist, dass die Ideen und Ziele, die Eisner und die USPD verfolgt haben, endlich ...«

»Genug!«, schnitt sie ihm abermals das Wort ab.

Sie drehten sich im Kreis. Wieder befanden sie sich in demselben Disput, der vorhin darin gegipfelt war, dass er sich völlig vergessen und sie geschlagen hatte. So heftig, dass sie zu Boden gestürzt und sich ihre Lippe blutig gebissen hatte. Dabei stritten sie ausgerechnet darüber, ob Gewalt tatsächlich das letzte Mittel war, um die Ziele der Revolution umzusetzen. Im Großen und im Kleinen, wie sie für sich hinzufügte.

Von ganz weit weg wehte sie ein seltsamer Gedanke an. Aus dem Nebel des lang Verdrängten stieg eine Erinnerung in ihr auf, die ihr Leo vor dem Schreibtisch von Theres und Ruth zeigte, wenige Tage bevor er sich mit Zacherl freiwillig an die Front gemeldet hatte. Hatte das etwas damit zu tun, dass er offenkundig dazu neigte, von einem auf den anderen Moment außer sich zu geraten und nicht mehr Herr seines Handelns zu sein? Hatte er das gemeint, als er den Lämmles gegenüber von einer rein privaten Angelegenheit gesprochen hatte? Hing seine geheimnisvolle Vergangenheit womöglich damit zusammen, dass er einmal jemandem etwas Schlimmes angetan hatte und vor den Konsequenzen geflohen war? Sie wich einen Schritt zurück.

»Du hast recht«, fuhr er fort. »Gewalt ist nicht der richtige Weg, um etwas durchzusetzen. Nie mehr wollte ich mich ihrer bedienen. Ich schäme mich dafür, mich trotzdem wieder darauf eingelassen zu haben. Aber den Revolutionstruppen …«

»Da kann es kein Aber geben. Weder für Toller und seine Revolutionstruppen noch für dich. Wie konntest du nur, Leo? Denk an Zacherl und wie er …«

»Hör auf! Das ist eine andere Geschichte.«

Sein Gesicht färbte sich rot vor Wut. In seinen sonst so sanftmütigen haselnussbraunen Augen funkelte Zorn.

Sie wappnete sich innerlich. Würde er wieder …?

Eine Ewigkeit an Sekunden standen sie reglos voreinander, jeder sichtlich über den anderen entsetzt.

»Ich muss los.«

Leo fasste sich als Erster, wandte sich ab, zog die Hosenträger hoch und knöpfte sein Hemd zu.

»Gute Idee! Geh lieber fort, bevor noch ein weiteres Unglück geschieht.«

Das nächste Unglück ließ nicht lange auf sich warten. Schon von Weitem sah Elly, dass sich vor der Buchhandlung eine größere Menschentraube versammelt hatte. Und das am frühen Morgen bei unangenehmem Schneeregen.

Leider stand kaum einer der Leute an, um den Laden gleich bei Öffnung zu stürmen und ein Buch zu erstehen. Dank der Buchpreisbindung verteuerten sich Bücher zwar wesentlich langsamer als andere Waren, dennoch wurden immer weniger gekauft. Wer kaum Geld für das Nötigste hatte, sparte am ehesten am Unnötigen. Und als das galten Bücher leider bei zunehmend mehr Menschen. Gelegentlich fragte sich Elly, wie die Lämmles auf Dauer ihre Buchhandlung durchbringen wollten, zumal sie Rosendorf und Kirchner ebenso wie Leo nach der Rückkehr von der Front sofort wieder als Gehilfen eingestellt hatten.

»Wenn wir schon alle zugrunde gehen, gehen wir am besten

gemeinsam zugrunde«, hatte Ruth letztens gesagt, woraufhin Theres betont munter widersprochen hatte: »Von Zugrundegehen kann keine Rede sein. Jetzt, da endlich Männer des Wortes an der Macht sind, werden sich früher oder später die Umstände für die gesamte Branche zum Guten wenden.«

»Vielleicht wären doch besser mehr Frauen des Wortes an der Macht. Dann ginge es womöglich ein bisschen schneller aufwärts mit der Branche«, hatte Rahel sarkastisch entgegnet.

Als Elly nur noch wenige Schritte von der Buchhandlung entfernt war, wusste sie, wie wenig hilfreich selbst Frauen des Wortes an der Macht derzeit wären, um die Misere zu beenden: Ausgerechnet das rechte Schaufenster, in dem sie am Vortag eine Auswahl an neueren Titeln von Münchner und bayerischen Schriftstellerinnen dekoriert hatte, war zertrümmert. Ein dicker Ziegelstein thronte im Scherbenhaufen in der Auslage.

»Das war Absicht. Eindeutig«, hörte sie im selben Moment Theres sagen. Erst da entdeckte sie direkt neben ihr inmitten der Neugierigen Wachtmeister Spörl, den lang gedienten Schandi vom Polizeirevier in der Türkenstraße, der schon unter dem Prinzregenten und dem König mit Polizeizensor Servatius Lechner für die Buchhandlung zuständig gewesen war. Sinnierend rieb er sich den gut gepflegten weißen Backenbart, wippte auf den Schuhspitzen und nickte bedächtig.

»Da scheint jemand ein größeres Problem mit den Büchern von Frauen zu haben«, fuhr Theres fort.

»Dabei liest sich die Lena Christ mit ihrer *Rumplhanni* und den anderen Geschichterl, die sie allweil schreibt, sehr schön«, bekannte Spörl zu Ellys Verwunderung, nachdem er noch einmal prüfend in die Auslage gesehen hatte.

»Sie haben die Christ gelesen?«

Ähnlich überrascht reagierte auch Theres auf die Bemerkung des Gendarmen. Unter den Umstehenden erhob sich Geraune.

Es war schwer zu unterscheiden, ob vor Bewunderung oder Spott.

»Wollen Sie Anzeige erstatten?«, überging Spörl die Frage. »Viel Hoffnung machen Sie sich aber lieber nicht, dass wir den oder die Übeltäter finden. Sie wissen ja, was los ist in der Stadt. Die einen fordern einen Generalstreik, die anderen die Öffnung der Geschäfte, die Dritten einen weiteren Kampf. Da soll sich einer noch auskennen. Am besten lassen Sie das andere Schaufenster auch gleich mit Brettern vernageln. Sicherheitshalber.«

»Die Schaufenster vernageln. Sicherheitshalber!« Verächtlich schnaubte Theres. Mehrmals im Lauf des Vormittags wiederholte sie ungläubig den Rat des Wachtmeisters und schüttelte darüber immer wieder den Kopf.

»Was hast du erwartet? Dass Spörl dir im Handumdrehen den Übeltäter auf dem Silbertablett präsentiert?«

Auch Ruth schüttelte den Kopf, allerdings über ihre Cousine, und entschied, vorerst den Rat des Polizisten zu befolgen. Ein Schreiner aus der Nachbarschaft erhielt den Auftrag, noch am selben Tag das zerstörte Schaufenster mit Brettern zu verschließen. Elly und Rahel hatten die Glasscherben zusammengefegt und entfernt, die Bücher gesäubert und im Laden auf einem Tisch gut sichtbar ausgestellt.

»Letztlich kann es jeder gewesen sein«, dachte Ruth laut nach, »angefangen beim dummen Lausbuben aus der Nachbarschaft, der aus reiner Gaudi eine Wette mit einem Spezl abgeschlossen hat, dass er sich traut, den Stein zu werfen, über einen noch dümmeren Möchtegerndieb, der gehofft hat, einige teure Bücher entwenden und später zu Geld machen zu können, bis hin zu einem, dem es tatsächlich, wie du vermutest, ein Dorn im Auge ist, dass wir nach wie vor Bücher von Frauen ins Rampenlicht stellen.«

»Oder es war einer, der sich an Ihren jüdischen Wurzeln stört«, warf Kirchner irgendwann im Lauf des Nachmittags ein.

Alarmiert horchte Elly auf. Bislang waren die Stunden an diesem Tag ähnlich zäh wie die Wochen und Monate zuvor zerronnen. Kundschaft tröpfelte nur noch spärlich in die Buchhandlung, selten fanden überhaupt noch Lesungen und Vorträge statt und schon lange keine hitzigen Diskussionen mehr zu welchem aktuellen Thema auch immer. Lediglich die revolutionär gesinnten Studenten und Künstler aus dem *Stefanie* hockten regelmäßig im Lesekabinett, um vor allem Zigarillos, Tee und Kaffee zu schnorren. Wenn aber die Buchhandlung im Alltag der Stadt so bedeutungslos geworden war, warum sollte sich plötzlich jemand daran stören, dass die Lämmles Jüdinnen waren? Das war allgemein bekannt. Weshalb sollte das neuerdings eine Rolle spielen? War die Stimmung etwa umgeschlagen, ohne dass sie das bemerkt hatte? Kirchners Behauptung deutete darauf hin.

Ellys Kollegen reagierten ähnlich verunsichert. Rosendorf schaute erschreckt, Rahel, Theres und Ruth eher trotzig.

»Soll mal einer kommen und uns das offen ins Gesicht sagen«, erwiderte Rahel kämpferisch, während Theres die Stirn runzelte und betont ruhig konstatierte: »Unsere Familie lebt länger in München als die meisten anderen. Seit einundachtzig Jahren betreiben wir die Buchhandlung, anfangs am Färbergraben in der Altstadt, seit über vierzig Jahren hier in der Maxvorstadt …«

»Aber wir wissen alle, dass sich seit einiger Zeit Unheil zusammenbraut«, fiel Ruth ihr ins Wort. »Eisner war genauso Jude wie Toller, Landauer, Mühsam und viele andere an der Spitze der Räteregierung.«

»Damit haben wir doch nichts zu tun. Wir sind Buchhändler«, warf Rosendorf ein.

Das Bimmeln der Ladenglocke unterbrach sie.

Hauenstein stand im Laden. Zum ersten Mal seit Langem wieder in Uniform.

»Fräulein Elly«, steuerte er direkt auf sie zu, nahm die Offiziersmütze vom Kopf und knöpfte sich mit der anderen Hand den Mantel auf. »Gut, Sie hier zu treffen.«

Sie sparte sich den Hinweis, dass er vermutlich genau deswegen zu Ladenöffnungszeiten in die Buchhandlung gekommen war.

»Von einem Bekannten kam mir zu Ohren, was heute hier passiert ist.« Er drängte sie zum Tisch mit den Neuerscheinungen Münchner Autoren, als wollte er ungestört etwas Privates mit ihr bereden.

Zwar widerstrebte ihr die Vertraulichkeit, dennoch zwang sie sich, ihm so interessiert wie möglich zuzuhören.

»Wenn Sie wegen der eingeworfenen Scheibe einen Verdacht haben, sprechen Sie am besten mit uns«, mischte sich Theres ein und kam zu ihnen. Offenbar war ihr Ellys Unbehagen aufgefallen.

»Was ich zu sagen habe, betrifft weniger Ihre Buchhandlung als Fräulein Grafenstetter persönlich«, stellte er klar. »Angesichts des heutigen Vorfalls rate ich Ihnen allerdings zu äußerster Vorsicht. Das war eindeutig eine Warnung an Sie und Ihre Cousine. Ihr Engagement als Buchhändlerinnen wie auch Ihre Haltung zu den derzeitigen Ereignissen sind stadtweit bekannt. Mehr muss ich dazu wohl nicht sagen.«

Elly wollte fragen, ob sich seit den Morgenstunden die ›derzeitigen Ereignisse‹ zuungunsten der Anhänger des Umsturzes geändert hatten, da warf er ihr einen mahnenden Blick zu. An Theres gewandt erklärte er: »Wie Sie wissen, bin ich ein alter Freund der Familie Grafenstetter und stehe Fräulein Ellys Mutter gegenüber im Wort, für ihre Sicherheit zu sorgen.«

»Das können Sie?«, schaltete sich Rahel in einer Mischung

aus Spott und Neugier ein. Sie staubte einige Schritt von ihnen entfernt das Regal mit den Lyrikbänden ab und musste jedes Wort mitbekommen haben.

»Vielleicht unterhalten wir uns doch besser später woanders«, wandte Hauenstein sich sichtlich genervt Elly wieder zu. »Sind Sie heute Abend zu Hause?«

Das klang eher wie ein Befehl denn wie eine Frage. Ehe sie antworten konnte, setzte er sich seine Mütze auf.

Sie wollte aufatmen, da schien ihm noch etwas einzufallen. Später bildete sie sich ein, er habe hämisch gegrinst, als er ihr leise zuflüsterte: »Ihr ›Kollege‹ Leo Kleefisch hat sich hoffentlich eine andere Bleibe gesucht. Sie werden wissen, dass er inzwischen steckbrieflich gesucht wird. Wegen eines Tötungsdeliktes. Jedwede Unterstützung kann Ihnen übel ausgelegt werden.«

»Was?«, entschlüpfte ihr erschreckt. Schon ärgerte sie sich, Hauenstein den Gefallen getan und sich nicht besser beherrscht zu haben.

»Übrigens wird er nicht zum ersten Mal wegen eines solchen Deliktes gesucht«, fügte er süffisant schmunzelnd hinzu. »Im Mittelrheintal, wo er herkommt, wurde vor einigen Jahren seine Jugendfreundin erschossen aufgefunden. Zufällig zum selben Zeitpunkt, als er dort weg ist. Bis heute ist nicht geklärt, ob sie Selbstmord begangen oder jemand bei ihrem Tod nachgeholfen hat. Aber das alles hat er Ihnen gewiss längst erzählt, so vertraut, wie Sie miteinander sind.«

»Wie kommen Sie dazu …?«

»Wir sprechen uns später.«

Mit einem knappen Nicken grüßte er in die Runde und eilte mit großen Schritten wieder hinaus.

Selten hatte Elly derart ungeduldig das Ende des Arbeitstages in der Buchhandlung herbeigesehnt. Ebenso Hauensteins Besuch in der Schönfeldstraße. Ob sie sicherheitshalber Henni bitten sollte, sich ebenfalls in der Wohnung aufzuhalten? Ungern erinnerte sie sich an die Begegnung mit Hauenstein vor zweieinhalb Jahren, als er sie nach dem Zwischenfall mit dem Militärzensor abends aufgesucht hatte. Oder im letzten Jahr, als er ihr das Geld für das Gemälde gebracht hatte. Vielleicht hatte sie Glück und Leo war da, um ihr beizustehen.

Kaum dachte sie das, wurde ihr bewusst, dass das eher ein weiteres Unglück wäre, hatte sie Hauensteins Andeutungen richtig verstanden.

Leo wurde wegen Mordes steckbrieflich gesucht! Vor wenigen Tagen noch hätte sie das für eine böse Verleumdung gehalten. Nach dem gewalttätigen Ausbruch ihr gegenüber konnte sie sich das jedoch nur zu gut vorstellen, wie sie sich mit einem bitteren Geschmack auf der Zunge eingestand. Der Vorfall aus seiner Vergangenheit schien jedenfalls eine ›Privatangelegenheit, die nur ihn etwas anging‹, wie er vor Jahren zu Theres und Ruth gemeint.

»Wo bist du nur mit deinen Gedanken?« Theres rüttelte sie sacht am Arm.

»Wie bitte?«

Sie hatte sich tatsächlich in ihren Grübeleien verloren.

»Mach für heute Schluss und geh nach Hause. Hier wird nicht mehr viel Kundschaft auftauchen. Ohnehin sind wir genug Personal. Ruh du dich aus. Wer weiß, was uns die nächsten Tage bevorsteht.«

Das hörte sich ebenfalls weniger nach einem Vorschlag denn nach einer versteckten Aufforderung an. Andererseits hatte Theres recht. Es war nicht mehr viel Arbeit zu erwarten, obwohl am nächsten Wochenende Ostern war. Früher ein Anlass, um viel Laufkundschaft auf der Suche nach einem Geschenk in die Buchhandlung zu treiben. Die Zeiten waren vorbei. Leider. Dafür schienen neue, weniger arbeitsintensive, aber auch weniger friedliche zu dräuen.

So erschöpft sich Elly fühlte, ging sie dennoch nicht gleich nach Hause. Ausruhen, wie von Theres geraten, konnte sie sich nicht. Ohne darüber nachzudenken, lief sie an der ausgestorben wirkenden Türkenkaserne vorbei zur Polizeiwache in der Türkenstraße. Zu ihrer Erleichterung war Wachtmeister Spörl im Dienst.

»Einen Steckbrief soll's geben? Zu Ihrem Kollegen Kleefisch? Weil er wen umgebracht hat?« Verwundert schüttelte er den Kopf. »Wann und wo das gewesen sein soll, wissen Sie nicht?«

Er blätterte die ausliegenden Bücher durch, in denen sogenannte »Signalements«, polizeiliche Steckbriefe mit ausführlichen Personenbeschreibungen, gesammelt wurden.

»Da ist nichts.«

Nach einer endlosen Weile, in der er sämtliche Signalements ausführlich studiert hatte, mehrmals sogar mit angefeuchteten Fingerspitzen vor- und zurückgeblättert hatte, klappte er das Buch wieder zu. Sah Elly in einer Mischung aus Beunruhigung und Zufriedenheit an.

»Andererseits muss das nichts heißen«, fügte er hinzu. »Nicht in Zeiten wie diesen. Allzu oft geht es neuerdings ein bisserl drunter und drüber. Selbst bei uns bei der Polizei. Da kann schon mal was verloren gehen. Oder durchrutschen. Also, wenn Sie mich fragen, kann da auch was sein, selbst wenn da hier bei uns jetzt nichts ist. Muss aber auch nicht.«

Angesichts dieser verwirrenden Aussage blieb ihr nichts anderes, als auf Hauensteins Auskünfte zu warten.

Wenig begeistert von dieser Aussicht lief sie zur Wohnung von Annamirls Tante und Onkel in der Isabellastraße in Schwabing. Dort traf sie nur die alte Tante, die ihr versicherte, Annamirl sei wie üblich bis mindestens um zehn für die *Münchner Post* unterwegs und Henni, soweit sie das verstanden habe, »für diese berühmte Berliner Illustrierte« auf einer Abendveranstaltung, käme also erst spätnachts heim.

Elly hatte keine Wahl. Sie musste Hauenstein allein empfangen. Oder sollte sie die Portiersfrau bitten, unter einem Vorwand später bei ihr zu klingeln? Mitten auf der Treppe des Hauses in der Schönfeldstraße blieb sie stehen. Überlegte. Alles in ihr sträubte sich dagegen, die neugierige Alte ins Vertrauen zu ziehen.

Das erwies sich als überflüssig.

Hauenstein kam nicht.

Leo ebenso wenig.

Und das nicht nur an diesem Abend, sondern auch an den nächsten. Mehr als eine Woche, bis weit nach Ostern, hörte sie weder von dem einen noch von dem anderen.

Henni und Annamirl machten sich ebenfalls rar.

Die Ereignisse in der Stadt überschlugen sich. Beide waren vollauf damit beschäftigt. Henni, um für verschiedene Zeitungen und Zeitschriften über das Geschehen zu berichten, Annamirl, weil sie als Kurierfahrerin der *Münchner Post* bald rund um die Uhr im Einsatz war.

Wie ihre Kollegen in der Buchhandlung beobachtete Elly besorgt, wie sich die Lage zuspitzte. Die Ungewissheit, was mit Leo war, wuchs mit jedem Tag.

Toller kehrte aus Dachau zurück. Für einen Moment hoffte Elly, Leo käme mit. Dann verwarf sie den Gedanken wieder und wünschte, er wäre stattdessen bereits weit weg, ohne eine Spur hinterlassen zu haben.

Kurz darauf hieß es, Toller wolle mit dem nach Bamberg geflohenen Ministerpräsidenten und seiner Regierung verhandeln, ein Ende der ungewissen Zeit stehe bevor. Seine Widersacher vom radikalen Flügel lehnten die Bemühungen jedoch ab und setzten auf offene Konfrontation. Das verschärfte die Situation, denn Hoffmann hatte unterdessen bei der Reichswehr in Berlin wie auch bei den im Dezember gegründeten Freikorpsverbänden militärische Unterstützung angefordert.

Zu gern hätte Elly das Für und Wider der jeweiligen Positionen abends in der Küche mit den Freunden des vierblättrigen Kleeblatts debattiert, am liebsten aber natürlich Leo bei sich oder zumindest irgendwo sonst in Sicherheit gewusst, fern von jedem Zugriff durch die Polizei oder Militärbehörden. Stattdessen blieb ihr nichts anderes, als mit Theres, Ruth und den anderen in der Buchhandlung die Neuigkeiten zu verfolgen.

»Hoffmann blieb keine andere Wahl, als seine Rechte als gewählter Ministerpräsident durchzusetzen. Tatenlos kann er nicht mit ansehen, was in München passiert«, kommentierte Ruth das Geschehen.

»Mir wird schlecht, wenn ich daran denke, welche Hoffnung wir im November gehabt haben, dass Leonhard Franks Vision wahr wird und es zu einem friedlichen Umsturz kommt, wie er das in seinen Novellen beschreibt.« Theres war die Bestürzung deutlich anzusehen.

»Es wäre zu schön gewesen, wenn sich der Traum, Literaten wären die bessere Alternative an der Macht, lange gehalten hätte«, stimmte Elly zu.

Voller Wehmut erinnerte sie sich an den Streit mit Leo, der ihr klargemacht hatte, dass selbst die friedliebendsten Intellektuellen niemals völlig gewaltfrei handeln konnten. Die Zeiten waren nicht danach, dass sich einer oder eine Gruppe ohne Gewalt gegen andere an der Macht behaupten konnte.

Das sahen mittlerweile die meisten so. Im *Café Stefanie* wie auch im Saal der Buchhandlung Steinicke in der Adalbertstraße, wo bis vor Kurzem die Revolutionäre und Anhänger der Räteregierung eifrig gestritten hatten, war es still geworden. Selbst die Studenten im Lesekabinett machten sich rar. Ebenso hatte ein Großteil der Bevölkerung anderes zu tun, als sich in Buchhandlungen und Cafés oder auf Versammlungen herumzutreiben. Die einen schlossen sich dem landesweit ausgerufenen Generalstreik an, die anderen schlossen sich zu Hause ein.

Auch die Buchhandlung Lämmle in der Amalienstraße schloss ihre Türen. Der Ring der auf München anrückenden Truppen schloss sich immer enger.

»Vorerst macht es keinen Sinn mehr, Bücher zu verkaufen«, entschied Theres.

»Passt gut auf euch auf!«, verabschiedete Ruth sich von den Gehilfen.

Elly ging heim und wartete.

Doch niemand kam.

33

Anfang Mai 1919

Es war ein Albtraum. Über Tage und vor allem Nächte waren immer wieder Schüsse zu hören. In der Ferne. Aber auch erschreckend nah. Gelegentlich wagte Elly sich ans Fenster und sah hinaus. Ab und an beobachtete sie eine bewaffnete Gestalt, die von Hausecke zu Hausecke huschte, stets darauf bedacht, sofort in Deckung zu gehen, sollte jemand sie erspähen. Ansonsten wagte sich kein Hund freiwillig vor die Tür. Nicht einmal Katzen streunten herum. Wann und wie würde sie unter diesen Umständen je erfahren, wie es Leo ging? Ob Hauensteins Behauptung tatsächlich stimmte oder nur ein böses Gerücht war? Und was war mit Henni und Annamirl?

Bald setzte von Neuem Schneefall ein und verwandelte die zuvor in zaghaftes Frühlingsgrün gewandete Stadt in eine Winterlandschaft. Mitten im Frühling.

Auf dem vermeintlich unschuldigen Weiß zeichnete sich das rote Blut der Revolutionäre umso anklagender ab. Als »weiß« bezeichnete man fatalerweise außerdem die von der Regierung zu Hilfe gerufenen Truppen der Reichswehr und der Freikorpsler. Alles andere als unschuldig stürzten die sich am Freitag, dem zweiten Mai, bei ihrem Einmarsch in die Stadt auf die roten Umstürzler und alle diejenigen, die sie dafür hielten.

Das berichtete die Portiersfrau Elly, als sie einen Tag später mittags an ihre Wohnungstür klopfte. Völlig außer Atem, fassungslos von dem, was sie draußen gesehen, gehört und erfahren hatte. Elly unterstellte ihr eine gewisse Schadenfreude, wusste sie doch genau, dass Leo, Henni und Annamirl wie auch Elly Anhänger der Roten waren.

Das Schneetreiben hatte wieder aufgehört, die Schüsse waren bis auf einzelne nahezu verhallt, die Amseln und Spatzen trällerten, die Kirchenglocken läuteten, und die Leute wagten sich vorsichtig vor die Tür.

»Das müssen Sie sich anschauen!« In den Augen der Portiersfrau spiegelte sich Sensationslust. »Von Schwabing her sind die Weißen gestern über die Ludwigstraße eingezogen wie bei der Fronleichnamsprozession, heißt es. In Giesing kamen sie auf der Tegernseer Landstraße daher und von Pasing über die Landsberger Straße. Ein einziges Schlachtfeld ist die Stadt. Der Kiosk am Stachus brennt noch, aus dem *Mathäser* raucht es und vor dem Justizpalast wie auf dem Marien- und dem Odeonsplatz türmen sich die Barrikaden, hinter denen sich gestern noch die Roten verschanzt haben. Aber die Weißen haben gesiegt. Eindeutig. Die Revolution ist vorbei. Mit dem Terror ist Schluss. Ordnung herrscht wieder in der Stadt. Mitten über die Ludwigstraße bin ich vorhin flaniert und hab's genossen, dass wieder Ruhe ist bei uns.«

Auch wenn nach den Tagen des Schreckens die zarte Maisonne verführerisch lockte, zog Elly es vor, vorläufig nicht nach draußen zu gehen. Nicht auszudenken, stünde Leo ausgerechnet, wenn sie weg war, vor der Tür. Oder tauchten wenigstens Henni und Annamirl auf. Sogar über Hauensteins Besuch würde sie sich mittlerweile freuen. Dann erhielte sie endlich Gewissheit über seine wüsten Anschuldigungen gegen Leo.

Elly war erleichtert, dass die Portiersfrau nicht weiter insistierte, warum sie sich nicht über das angebliche Ende des Terrors freute. Stattdessen lief sie zu den Nachbarn hinunter, um ihnen noch ausführlicher als Elly ihr den Ausflug zu schildern. Elly verkroch sich in den Ohrensessel in der Küche, nahm ein Buch in die Hand. Zum ersten Mal seit Tagen.

War es Zufall oder Vorsehung, dass sie zu Josef Ruederers vor drei Jahren erschienenem München-Roman *Das Erwachen* griff? Der vor vier Jahren verstorbene, keiner speziellen Strömung zuzuordnende, im besten Wortsinn als »Grantler« zu bezeichnende Autor schien ihr der Richtige für die gegenwärtige Situation. Schon nach dem Anfangskapitel, das kaum verhüllt Ruederers eigene Kindheit in der Isarmetropole beschrieb, die damals an der Schwelle vom Provinznest zur modernen Großstadt gestanden hatte, fand sich Elly in einer anderen Epoche und einer anderen Welt. Fasziniert saugte sie die ironisch-sarkastisch geschilderte Empörung um den Rücktritt Ludwigs I. und die Lola-Montez-Affäre auf, las über die künstliche Aufregung um die Gefahren der neuen Eisenbahn, die neben Waren und Rohstoffen »allerlei gefährliches Gschwerl« in die Stadt schwemmte. Was die Münchner seinerzeit zu den Räterepublikanern gesagt hätten, die ebenfalls mit der Eisenbahn an die Isar gekommen waren, um den König vom Thron zu stoßen und einen »Freistaat Bayern« auszurufen? Im Handumdrehen verfing sich Elly in einer Geschichte, die Henni gut anstehen würde, wie sie meinte. Wie sehnte sie sich nach der Freundin!

Über den Gedanken musste sie alles um sich herum vergessen haben. Als immer energischer gegen die Tür getrommelt wurde, erwachte sie. Ungläubig hob sie den Kopf. Vor dem Fenster dämmerte es. Sie brauchte einige Sekunden, bis sie begriff. Und hastete im nächsten Augenblick zur Tür.

»Ich bin's«, vernahm sie Leos Stimme von der anderen Seite.

Ungläubig riss sie die Tür auf und warf sich ihm entgegen.

»Bist du allein?«

Er schob sie beiseite, drängte in den Flur und inspizierte mit einem Anflug von Panik auf dem Gesicht die Küche und die anderen Zimmer, eins nach dem anderen, sah sogar auf der Toilette und hinter den Vorhängen nach.

»Also stimmt es?« Sie folgte ihm dicht auf den Fersen bis ins Schlafzimmer. Panik erfasste sie. »Du wirst per Steckbrief gesucht? Wegen Mordes?«

»Wie kommst du darauf?«

Er stoppte so jäh, dass sie gegen ihn stieß, drehte sich zu ihr um. Sein Gesicht war gezeichnet vom Aufruhr der letzten Wochen. Der matte Widerschein in seinen Augen erinnerte sie an seinen Anblick im Herbst, als er aus Frankreich zurückgekehrt war, den Kopf voller entsetzlicher Bilder von der Front und Zacherls Tod.

»Wer behauptet den Unsinn?«

Aus seiner Stimme hörte sie Unsicherheit heraus.

Sie zögerte mit der Antwort. Erwähnte sie Hauenstein, würde Leo außer sich geraten. Vor allem weil er denken musste, sie hätte dem die ungeheuerliche Anschuldigung geglaubt, hielte Leo tatsächlich für fähig, einen Mord zu begehen.

Ihr Zögern war ihm Antwort genug.

»Hauenstein ist bei den Weißen. Beim Freikorps Oberland«, stieß er voller Verachtung aus. »Das sind die Schlimmsten. Schlachten jeden ab, den sie für einen Roten halten. Allein der Verdacht genügt. Nicht einmal denunziert werden muss man, braucht nicht einmal eine Waffe oder sonst etwas Verdächtiges bei sich zu tragen. Die Freikorpsler schießen sofort. Das Gewehr haben sie schnell im Anschlag. Und treffen können sie sowieso. Bestens natürlich. Vor dem Krieg waren die meisten von ihnen Schützenkönige.«

»Und du? Hast du das Gewehr auch so schnell im Anschlag? Und triffst wie ein Schützenkönig?«

»Ich war im Krieg. An der Westfront. Ziemlich genau vier Jahre. Da musste ich das lernen, um zu überleben. Sonst stünde ich jetzt nicht vor dir.«

Ein Schatten huschte über sein Gesicht. Er verhinderte, dass sie die nächste Frage aussprach, die zwischen ihnen hing. In seinen dunklen Pupillen erkannte sie ihr eigenes Spiegelbild.

»Und davor? Hast du vor dem Krieg auch schon so gut schießen können?«

Nun war es heraus.

Ihr Herzschlag beschleunigte. Kaum gelang es ihr, Leo weiter anzuschauen. Zugleich hatte es sie gepackt. Sie musste weitermachen. Jetzt oder nie.

»Was genau ist passiert, bevor du zur Ausbildung nach Leipzig gegangen bist? Und von dort nach Berlin? Warum hast du deine Verbindungen in deine Heimat, zu deiner Familie und deinen Freunden abgebrochen? Wovor läufst du seit Jahren davon? Was hat dich in den Krieg getrieben, statt dich Theres und Ruth anzuvertrauen?«

»Wer hat dir das erzählt?«

Fast hatte es den Anschein, er wäre erleichtert über ihre Fragen.

Dann aber verzerrte sich sein Gesicht zu einer wütenden Fratze. Ihr stockte der Atem. Würde er wieder …?

Noch ehe sie sich wegducken konnte, brach er zusammen. Sackte zu Boden.

Bebte. Schluchzte. Weinte.

Sie kauerte sich neben ihn. Ließ ihn eine Weile gewähren. Dann legte sie ihm vorsichtig die Hand auf die Schulter.

Er wurde ruhiger.

»Magst du nicht endlich darüber reden?«

Er schwieg.

Sie befürchtete, zu weit gegangen zu sein.

Nach einem Moment richtete er sich wieder auf und setzte sich neben sie. Lehnte Kopf und Schultern gegen die Kommode, wischte sich die tränennassen Wangen. Knöpfte sich bedächtig die dicke Jacke auf, nahm die Mütze vom Kopf, streifte die Stiefel von den Füßen und räusperte sich.

»Du hast recht. Vielleicht ist es besser, du weißt Bescheid. Nach allem, was du bereits mit mir erlebt hast.«

Erneut hielt er inne. Sah ziellos in den dunkel gewordenen Flur hinein, als erwarte er von dort die entscheidende Unterstützung. Dann wandte er sich zu ihr.

»Wilma war siebzehn und noch schöner als die Loreley. Und sie liebte Bücher und Geschichten genauso sehr wie ich. Vor allem Heines *Rabbi von Bacharach*. Ihre Eltern besaßen ein großes Weingut in unserer kleinen Stadt. Ich war sechzehn und der Sohn des Buchhändlers. Und hingerissen von ihr. Wilma war katholisch. Ich bin Jude. Niemals hätte ihr Vater erlaubt, dass wir heiraten. Deshalb wollte ich weg, habe meinen Vater zu der Lehre in Leipzig überredet. Sie hätte dort ein Pensionat besuchen können. Dann wurde sie schwanger. In meinen Augen der beste Grund, tatsächlich zu gehen. Sie aber bekam Angst, wie wir mit einem Kind klarkommen würden. Ob wir nicht in bitterer Armut endeten. Darüber zerstritten wir uns. Wütend lief ich nach Hause, packte meine Sachen. Sie entdeckte daheim die Pistole ihres Vaters aus dem Siebziger Krieg. Damit ging sie in die Weinberge, erschoss sich. In der Nacht, bevor mein Zug nach Leipzig fuhr. Meine Familie verschwieg mir das. Erst in Leipzig, als mich die dortige Polizei am Bahnhof empfing, um mich zu vernehmen, erfuhr ich davon. Das habe ich meinen Eltern bis heute nicht verziehen.«

»Schlimm.«

Kaum gelang es ihr, die Tränen zurückzuhalten.

Eine Weile saßen sie schweigend nebeneinander.

Sie erschrak, als sie merkte, dass sie eifersüchtig auf Wilma war, die Leo in Jugendjahren geliebt hatte. Was wohl gewesen wäre, wenn sie die Pistole nicht gefunden hätte, sondern mit ihm nach Leipzig gegangen wäre?

Nie wären sie und Leo sich begegnet! Und wüssten nichts voneinander. Sie könnte ihn also auch gar nicht lieben.

Ihre Eifersucht war völlig überflüssig. Es war ganz anders gekommen. Weil sie ihn kennen- und lieben gelernt hatte, nachdem es Wilma nicht mehr gab. Dafür Leo. Der nach den Schrecken des Krieges, Zacherls Tod und den Wirren der letzten Wochen bei ihr Zuflucht suchte. Weil er sie liebte.

Abermals wurde Ellys Herzschlag schneller. Sie tastete nach seiner Hand und drückte sie fest.

Er legte den Arm um ihre Schulter und zog sie an sich, küsste sie.

Wie hatte sie das vermisst! Wie hatte sie ihn vermisst. Nur zu gern gab sie sich ihm hin.

Die nächsten Stunden schenkte er ihr ausreichend Gelegenheit, sich über seine Rückkehr zu freuen. Atemlos und völlig beseelt voneinander kamen sie erst spät in der Nacht in Ditas breitem Bett zur Ruhe.

»Wie geht es weiter?«, wagte sie leise zu fragen. »Bleibst du hier, gehst wieder mit in die Buchhandlung? Theres und Ruth werden gewiss einverstanden sein. Du wirst sehen, bald wird alles wie zuvor.«

»Es kann niemals mehr werden wie zuvor«, entgegnete er brüsk. »Sie suchen alle, die in irgendeiner Weise an der Räteregierung beteiligt waren und den Einmarsch der Weißen überlebt haben. In Stadelheim haben sie schon einige von uns erschossen, den Landauer gestern früh erschlagen wie ein Stück Vieh.«

Sie hatte es befürchtet. Dennoch wagte sie nicht, das Ganze zu Ende zu denken. Es war einfach zu grauenhaft.

Plötzlich schreckten sie auf. Jemand pochte laut gegen die Wohnungstür. Mitten in der Nacht!

Alarmiert sahen sie einander an. Und brauchten den Namen von Hauenstein gar nicht auszusprechen. Wen sonst hätte die Portiersfrau um diese Stunde ins Haus gelassen? Ihn kannte sie. Und hielt ihn nach wie vor für einen Freund der Familie Grafenstetter.

»Ich muss weg«, wisperte Leo und klaubte lautlos seine Kleidung und Schuhe vom Boden auf.

»Ich lenke ihn ab«, erklärte Elly, schlüpfte in ein Nachthemd und Ditas seidenen Morgenrock. Betont langsam schlenderte sie zum Eingang, gähnte laut, sodass es gewiss auch hinter der Tür zu hören war, und fragte: »Wer ist da?«

»Hauenstein. Machen Sie auf.«

Kaum stand er im Flur, drehte er das Licht an und wollte sie beiseiteschieben, um ähnlich wie Leo vorhin die ganze Wohnung zu durchsuchen.

Sie versperrte Hauenstein den Weg, sorgte dafür, dass der Morgenrock dabei weit auseinanderklaffte. Näher als nötig rückte sie an ihn heran.

Irritiert starrte er sie an.

Ihr drohten die Knie wegzuknicken. Angestrengt hielt sie sich aufrecht.

»Was tun Sie da? Wen meinen Sie hier bei mir zu treffen?«, erkundigte sie sich vermeintlich schlaftrunken und strich sich das offene Haar nach hinten. Auch dabei verrutschte der Stoff ihrer spärlichen Bekleidung wieder über der Brust. Bang registrierte sie, wie gierig er sie ansah.

»Sie wissen, dass ich allein bin. Mutterseelenallein.«

Das Beben ihrer Stimme musste sie ihm nicht vorgaukeln.

»Warum kommen Sie erst jetzt? Schon vor Ostern hatten Sie versprochen, sich um mich zu kümmern. Seither warte ich. Sie hatten das meiner Mutter zugesagt. Und stehen in der Schuld meines Vaters, der Ihnen ein wichtiger Mentor war. Gut, dass Sie wenigstens jetzt endlich da sind. Es war so entsetzlich. Vor allem in den letzten Tagen. Zum Glück ist es vorbei. Und Sie sind nun hier. Trinken Sie ein Glas Portwein mit mir.«

Sie fasste ihn an der Hand, zog ihn ins Wohnzimmer und schloss die Tür hinter sich. Rieb sich die Arme, als würde sie frieren. Was angesichts des eisigen, ungeheizten Raums durchaus stimmte.

Weiter klebte sein Blick auf ihr.

Allmählich wurde es brenzlig. Doch sie musste dranbleiben. Nur so hatte Leo eine Chance.

Nur noch einige wenige Minuten, ermutigte sie sich, dann konnte sie aufhören mit dem Theater und Hauenstein wieder fortschicken. Dass ihr das gelänge, darauf musste sie vertrauen.

Dicht schlenderte sie also an ihm vorbei zum Büfett, streifte wie zufällig mit der Hüfte seine Hand, nahm zwei Likörgläser und den Portwein heraus und schenkte am Tisch ein.

Aus dem Flur hörte sie das leise Zufallen der Tür. Um davon abzulenken, stieß sie mit der Flasche gegen eines der Gläser, freute sich über das helle Klirren.

Zu mehr kam sie nicht. Hauenstein packte sie von hinten, wirbelte sie herum, stieß sie aufs Kanapee, riss Morgenrock und Nachthemd auf und fiel über sie her.

Der Albtraum schien ihr ähnlich lang und entsetzlich wie die Schießereien in den Straßen während der letzten Tage.

Irgendwann war auch das vorbei und Hauenstein aus der Wohnung verschwunden.

Sie wusste nicht mehr genau, wann das geschehen war. Eigenartigerweise musste sie doch eingeschlafen sein. Trotz der Schmerzen, des Ekels und der Kälte.

Als sie erwachte, schaffte sie es wie durch ein Wunder ins Bad und heizte dort den Ofen an. Auf dem Wannenrand sitzend wartete sie, bis ausreichend Wasser im Kessel erwärmt war und ließ es dann in die Wanne. Bald umhüllte sie eine Wolke aus feuchtem Dampf.

Wie schon einmal nach einer Begegnung mit Hauenstein, die sie tief in ihrem Gedächtnis vergraben hatte, tauchte sie in das viel zu heiße Wasser ein, sah mit Genugtuung, wie sich ihre Haut rot färbte, und lehnte sich mit geschlossenen Augen zurück.

»Was tust du da?«

Ungläubig schlug sie die Augen wieder auf. Träumte sie? Das konnte doch nicht sein. Es wäre jedoch schön, wäre es wahr.

»Wie lange brühst du dich schon ab? Was machst du nur, Kind!«

Es war wahr! Dita stand mitten im Bad, zerrte sich Hut, Schal und Mantel vom Leib, griff sich ein Handtuch und stürzte zur Wanne. Als wären nicht fünf Jahre, sondern nur wenige Minuten seit ihrem Abschied vergangen und als hätte es keinen Krieg, keine Revolution und keine Albträume gegeben.

»Komm sofort heraus! Du bist schon krebsrot.«

Sobald Elly eingehüllt ins Handtuch in den Armen ihrer Mutter hing, brach es aus ihr heraus.

Endlich kamen die Tränen.

Hemmungslos weinte sie. Dita hielt sie fest, strich ihr ab und an beruhigend über den Rücken und sagte nichts.

»Was ist passiert?«

Auf einmal war auch Henni im Bad, ebenfalls erst noch dick

in Jacke und Mütze gehüllt, bis sie sich angesichts der Wärme hastig auszog. Annamirl blieb im Flur.

»Leo war da«, konnte Elly schließlich erzählen. »Hauenstein auch. Ich hab ihn ablenken wollen, damit Leo unbemerkt …«

»Das Schwein!«, brauste Henni auf.

»Aber er sollte doch auf dich aufpassen.« Dita war sichtlich geschockt. »Nie und nimmer hätte ich ihm …«

»Und Leo?«, schaltete sich Annamirl vom Flur her ein. »Was ist mit ihm …?«

»Leo ist weg.«

»Ein hoher Preis, den du für ihn …«

»Wenn ich ihn so habe retten können, war es das wert.«

Epilog

Mitte Juni 1919

Auf den ersten Blick wirkte die Auswahl mager. Viele Neuerscheinungen gab es vorläufig nicht. Der Große Krieg, das damit verbundene Leid, die tägliche Not und die revolutionären Wirren schienen die Schriftsteller vom Schreiben abgehalten zu haben. Dazu forderte die Papierknappheit ihren Tribut. Die Verlagsprogramme waren nach wie vor erheblich bescheidener als zu Vorkriegszeiten. Umso wichtiger fand es Elly, mit der Dekoration im Schaufenster einigen Büchern ganz besonderes Augenmerk bei möglichen Interessenten zu verschaffen, darunter Annette Kolbs *Briefe einer Deutsch-Französin* und Henri Barbusses Antikriegsroman *Das Feuer*. Endlich gab es also auch wieder Übersetzungen, durften Bücher aus dem europäischen Ausland angeboten werden, ohne dass Schwierigkeiten mit der Zensur oder gar eine Beschlagnahmung zu befürchten waren.

Ausgerechnet das Werk eines Franzosen derart in den Mittelpunkt zu rücken, war dennoch heikel. Die Verhandlungen in Versailles fachten die antifranzösische Stimmung in Deutschland kräftig an. Vielleicht ging es Elly gerade deswegen so nah, wie bewegend Barbusse den Soldatenalltag an der Westfront schilderte und zeigte, dass die Nationalität im Schützengraben keine Rolle spielte. Gelitten wurde beidseits der Front gleichermaßen und so, wie sie und die Freunde Zacherls Tod betrauerten, trauerten in Frankreich die Menschen um ihre Kameraden. Was für ein Buch! Elly wünschte ihm viele Tausend Leser – überall in Europa, am besten auf der ganzen Welt.

Von außen klopfte Rahel an die Scheibe, klatschte begeistert in die Hände. Dankbar winkte Elly ihr zu, dann postierte sie ein druckfrisches Exemplar von Leonhard Franks *Der Mensch ist gut* direkt neben Barbusse.

Mit Gustav Kiepenheuer hatte Frank doch noch einen renommierten Verlag für die Veröffentlichung gewinnen können. Endlich waren seine Novellen in ganz Deutschland regulär erhältlich. Die günstige Volksausgabe zu drei Mark bescherte ihm hoffentlich den gebührenden Erfolg, damit alle Welt begriff, dass ein gewaltfreier Umsturz möglich war.

Als Elly das Buch losließ, zitterten ihr die Finger. In München wäre das beinahe gelungen, wäre Franks Vision fast wahr geworden. Auf einmal schnürte es ihr die Kehle zu, Schweiß trat ihr auf die Stirn. Die Erinnerung an das, was Anfang Mai geschehen war, konnte sie noch immer nicht ertragen. Nicht nur nachts durchlebte sie Hauensteins brutalen Übergriff immer wieder von Neuem. Sie krallte die Finger in den Rock, schloss die Augen und konzentrierte sich ganz darauf, Leo mit jedem Atemzug das Beste zu wünschen. Wie sehnte sie sich nach ihm!

Sie hatte noch keine Nachricht. Jedes Mal, wenn sie von der Verhaftung oder dem Tod eines seiner Mitstreiter hörte, wurde ihr schlecht vor Angst. Vor wenigen Tagen hatten sie Toller hinter der Tapetentür eines Malers hervorgezerrt, nachdem die Schauspielerin Tilla Durieux ihn wochenlang bei sich versteckt hatte. So bitter das war, hatte Elly erleichtert geweint, weil es nicht Leo gewesen war. Keinesfalls durfte sie die Hoffnung verlieren, dass er es schaffte davonzukommen. Nicht nur ihrer selbst wegen. Sie presste die Hand auf den rumorenden Unterleib, wischte sich über die feuchte Stirn.

Die Ruhe, die sich nach dem Ende der Räteregierung in der

Stadt ausgebreitet hatte, war trügerisch. Und mit dem Preis, dass weiterhin das Standrecht galt und jeder jederzeit als vermeintlicher Revolutionär auf offener Straße erschossen werden konnte, teuer erkauft. Angst statt Zustimmung lag über dem Freistaat, den sich nicht nur Eisner einmal ganz anders erträumt hatte. Hunger und Not hielten die Leute außerdem fest in Schach. Wer täglich Stunden benötigte, um etwas halbwegs Essbares aufzutreiben, dem fehlten Zeit und Kraft für politische Versammlungen.

In der Schönfeldstraße waren die hitzigen Dispute abends in der Küche ebenfalls vorbei. Dita weigerte sich, über Politik zu sprechen, weil die in ihrer aller Leben »genug Unerfreuliches angerichtet« habe, wie sie nicht müde wurde zu betonen, und Annamirl und Henni waren zu beschäftigt, um Elly zu besuchen. Auch da fehlte Leo Elly. Schon wieder waren ihre Gedanken bei ihm, und sie kämpfte abermals mit der Übelkeit.

»Ein wunderbares Fenster!«

Theres' Lob riss sie aus ihrer Grübelei. Sie drehte sich um. Theres streckte den Kopf durch die Luke in der Rückwand der Auslage und betrachtete ihr Werk ausgiebig. Dann hielt sie ihr die Hand hin, damit sie in den Ladenraum zurückkletterte.

»Du hast eine kluge Wahl getroffen. Jeder einzelne Titel schreit nach Diskussion. Damit locken wir gewiss wieder Kundschaft in unseren Laden.«

»Damit locken wir vor allem alte Bekannte wie Servatius Lechner an.« Kirchner wirkte weniger begeistert. »Leonhard Frank wird steckbrieflich gesucht, wegen Hochverrat«, ergänzte Rosendorf besorgt. »Wenn Lechner dessen Buch jetzt bei uns in der Auslage entdeckt, wird er sofort versuchen, uns Schwierigkeiten zu machen.«

»Franks Bücher stehen nicht auf der Zensurliste. Genauso wenig wie die anderen Bücher in unserem Fenster«, erwiderte Ruth.

»Wir bleiben allerdings vorsichtig«, versprach Theres ihren Gehilfen. »Uns ist allen bewusst, dass die Gefahr noch nicht vorbei ist.« Elly bückte sich nach einer Kiste mit Reiseführern, Wanderkarten und Landkarten, schluckte bittere Galle hinunter. Johann hatte die einst zusammengepackt, gleich bei Kriegsausbruch. Die schönsten davon wollte sie jetzt im zweiten Schaufenster ausstellen, dessen Glasscheibe endlich wieder intakt war. Das Sommerwetter animierte zu Ausflügen aufs Land. Die fünf Jahre lang im Lager verwahrten Karten und Pläne stießen gewiss auf reges Interesse, zumal sie dank der Buchpreisbindung für jeden erschwinglich geblieben waren.

»Wenn das Johann sehen könnte.« Rosendorf nickte ihr zu, offenkundig froh, dass sie das zweite Schaufenster harmloser ausstaffierte als das erste. »Was für ein Abenteuer hat sich der törichte Bursche damals erhofft, als er feindliche Spione beim Kauf von Wanderkarten enttarnen wollte.«

Traurig lachte er.

»Wo immer er jetzt steckt, hat er inzwischen bestimmt genug Abenteuer für den Rest seines hoffentlich langen Lebens erlebt«, meinte Theres.

»Gibt es noch immer keine neuen Nachrichten von ihm?«, erkundigte sich Ruth.

Elly schüttelte den Kopf.

»Habt ihr schon gesehen? Sensationell!«

Aufgeregt wedelte Rahel am Kassentresen mit einer Zeitschrift durch die Luft.

»Die ist doch schon gestern geliefert worden.« Kirchner verzog das Gesicht.

»Aber keiner von uns hat sie bislang gelesen, sonst wäre ich nicht die Erste, die unsere Henni darin entdeckt.«

»Was soll daran sensationell sein? Henni schreibt schon lange für Zeitungen und Zeitschriften«, stellte Rosendorf klar.

»Aber keine literarischen Texte«, erwiderte Rahel und platzte vor Stolz, als wäre sie es selbst.

»Ein literarischer Text von Henni?« Ruth lief zu ihr und nahm ihr das Heft aus der Hand, begann zu lesen.

»Hast du davon gewusst?«, fragte Theres Elly.

»Nein.«

Warum hatte Henni nichts gesagt? War es ihr jetzt, da sie bei Annamirl lebte, nicht mehr wichtig, solche Erfolge mit ihr zu teilen? In Ellys Kopf begann sich alles zu drehen. Auf weichen Knien ging sie zu Ruth, hoffte, sie würde ihr die Zeitschrift überlassen, damit sie wenigstens einen Blick hineinwerfen konnte.

»Hier.« Tatsächlich reichte sie ihr gleich die Ausgabe. »Sie hat sie dir sogar gewidmet.«

»Was?«

Überrascht nahm Elly die Zeitschrift in die Hand, versuchte zu lesen. Die Buchstaben verschwammen ihr vor den Augen. Sie presste die Lippen zusammen. Wie hatte sie an Henni und ihrer Treue zweifeln können? Wieder schmeckte sie Bitterkeit im Mund. Sie zwang sich, die hinunterzuschlucken.

In dicken Lettern prangte Hennis Name im Inhaltsverzeichnis, mitten unter denen einiger bekannter Schriftstellerkollegen. *Freundinnen* war ihre Erzählung überschrieben. Ellys Herzschlag beschleunigte. Sofort stand ihr der sommerliche Sonntagnachmittag im Nymphenburger Volksgarten vor Augen, an dem sie am Ententeich zwei alte Damen beobachtet hatten. Vor Aufregung schaffte sie es kaum weiterzulesen.

Schon nach den ersten Zeilen war sie hingerissen. Henni hatte es getan. Sie hatte die Geschichte, die sie ihr damals aus dem Stegreif erzählt hatte, aufgeschrieben. Und wie! Die alten Damen wurden lebendig, ihre Schicksale gingen ans Herz. Und ihre Freundschaft zueinander berührte. So wie Hennis und ihre.

Elly konnte es kaum fassen. Was für ein Glück, eine solche Freundin zu haben! Und solche Geschichten von ihr geschenkt zu bekommen. Verstohlen wischte sie sich die tränennassen Wangen.

Es war ein unermessliches Glück zu wissen, dass Henni tat, was sie immer hatte tun wollen: Geschichten erzählen. Und sie endlich aufzuschreiben und zu veröffentlichen. Jeder konnte sie jetzt lesen. So wie sie. Und Theres und Ruth. Und die Kollegen, die sich dicht um sie drängten und ihr über die Schulter sahen, weil sie ihre Neugier nicht länger bezwingen konnten.

»Elly! Ich habe etwas für dich.«

Henni stürmte so aufgeregt in die Buchhandlung, dass die Ladenglocke gar nicht aufhören wollte zu bimmeln.

Elly erschrak, auch die anderen fuhren überrascht herum.

Schon wollte Elly ihr erwidern, dass sie die Zeitschrift und die darin abgedruckte Erzählung dank Rahel bereits entdeckt habe, da sah sie, dass Henni ihr einen abgegriffenen Briefumschlag entgegenhielt. Mit Schweizer Briefmarken. Die Adresse in einer ihr vertrauten Handschrift. Allerdings stimmte sie nicht. »Der flatterte mit den Brieftauben in die Redaktionsstube der *Münchner Post* am Altheimer Eck. Der Pförtner wusste gleich, dass er ihn mir geben sollte.«

Weil er von Leo kam!

»Sehr klug von ihm, den an die Redaktion zu schicken. Bestimmt wird deine Post in der Schönfeldstraße überwacht. Wahrscheinlich von Hauenstein persönlich. Dafür sitzt er jetzt im Innenministerium. Dass Leo ihm entkommen ist, wird er dir niemals verzeihen. Los, mach schon auf.«

Elly gehorchten die Finger kaum, als sie ihn entgegennahm.

»Nicht hier«, sagte sie, presste sich den Umschlag gegen die Brust und eilte durch die Hintertür in den Hof.

Die schattige Kühle tat gut. Tief atmete sie die Luft ein und nahm kaum wahr, dass Henni ihr gefolgt und auf einige Schritte Abstand stehen geblieben war.

Sie setzte sich auf eine umgedrehte leere Bücherkiste, betrachtete noch einmal ausgiebig den Umschlag, sog jeden Buchstaben darauf einzeln in sich auf. Genoss die großzügigen Schwünge, die Leo ihnen versetzt hatte. Sie sahen aus wie gewohnt, also musste es ihm gut gehen.

»Lies endlich«, drängte Henni.

Elly stellte sich ungeschickt an. Es dauerte länger als nötig, bis sie den Umschlag geöffnet und den Briefbogen auseinandergefaltet hatte.

Rasch überflog sie die Zeilen. Leo hatte sich anders als während des Großen Krieges aufs Wichtigste beschränkt. Er wusste, dass sie seine kryptischen Andeutungen auch so mühelos verstand.

Er sei »auf Kur am Berg der Wahrheit«, wandele auf Ditas Spuren und erfreue sich der Gesellschaft ihrer guten alten Freundin Ortrud. Die lasse aus ihrem Dornröschenschloss herzlich grüßen und hoffe ebenso wie er, dass zu Hause alle wohlauf seien.

Mehr nicht.

Eine dicke Träne löste sich aus ihren Wimpern, tropfte auf das Papier und verwischte das großzügig geschwungene L in seiner Unterschrift.

Er war in Sicherheit. Das allein zählte.

Henni kam zu ihr, nahm sie behutsam in den Arm, wiegte sie wie ein Kind.

»Ich bleibe bei dir, bis alles gut ist.«

Auswahl der erwähnten Buchtitel

BARBUSSE, HENRI. *Das Feuer. Tagebuch einer Korporalschaft.* Roman. Die französische Originalausgabe erschien im November 1916 bei Éditions Flammarion Paris, deutsche Erstausgabe 1918 im Rascher Verlag Zürich. Geschildert wird die Geschichte einer Einheit der französischen Armee an der Westfront in Ich-Form. Vermeintliche Authentizität erlangt der fiktionale Stoff durch die Widmung an die gefallenen Kameraden.

BRACHVOGEL, CARRY. *Der Kampf um den Mann.* Roman, 1910. Erstmals erschienen bei J. Engelhorns Nachfahren, Stuttgart. Erzählt wird die Geschichte dreier junger Münchnerinnen aus gutem Haus, die den geeigneten Heiratskandidaten suchen. Satirisch-humorvoll entlarvt Brachvogel die Gesellschaft um 1900, die den Frauen lediglich an der Seite des Mannes einen gut sichtbaren Platz einräumt.

BRACHVOGEL, CARRY. *Schwertzauber.* Roman, erschienen 1917 bei J. Engelhorns Nachfahren, Stuttgart. Am Beispiel mehrerer Frauen aus der Bildungsbürgerschicht zeigt Brachvogel die sich wandelnde Einstellung von patriotischer Begeisterung über den Kriegsausbruch im August 1914 bis zu zunehmender Kriegsmüdigkeit und Befremden gegenüber den Befürwortern.

CHRIST, LENA. *Erinnerungen einer Überflüssigen.* Autobiografischer Bericht über ihr Leben als außereheliche Tochter einer Köchin sowie ihre Ehe mit einem trunk- und spielsüchtigen gewalttätigen Mann; erstmals erschienen im September 1912 im Verlag Albert Langen, München.

CHRIST, LENA. *Die Rumplhanni.* Roman, erschienen 1916 bei Albert

Langen, München. Im Zentrum steht die Geschichte der einfachen Magd Hanni, die sich durch Heirat eine bessere gesellschaftliche Position erst auf einem Bauernhof auf dem Land, dann in einer Gastwirtschaft in der Stadt verschaffen will. Letztlich gelingt ihr der Aufstieg durch Heirat mit einem Metzgersohn, der ein Wirtshaus übernimmt.

CHRIST, LENA. *Mathias Bichler.* Roman, im Mai 1914 bei Albert Langen, München, veröffentlicht, erzählt die Geschichte des Waisenknaben Mathias aus einem kleinen Dorf, der der ländlichen Enge entflieht, um sein Glück zu machen und seine große Liebe Kathrein für sich zu gewinnen.

CHRIST, LENA. *Unsere Bayern anno 14.* Erstmals erschienen 1914 bei Albert Langen, München. Geschichten über Menschen, ihre Erlebnisse und die Atmosphäre in Bayern während des ersten Kriegsjahres. Nach dem großen Erfolg veröffentlichte sie im Folgejahr den Band *Unsere Bayern anno 14/15,* erhielt eine Privataudienz bei König Ludwig III. und wurde mit dem Ludwigskreuz für vaterländische Verdienste ausgezeichnet.

DOHM, HEDWIG. *Erziehung zum Stimmrecht der Frau* (= Schriften des Preußischen Landesvereins für Frauenstimmrecht, Band 6), Berlin 1910. Streitschrift für die Einführung des Frauenstimmrechts, um so die volle Emanzipation der Frau und damit die Gleichheit beider Geschlechter zu erreichen.

EWERS, HANNS HEINZ. *Alraune.* Phantastischer Roman, 1911 erstmals bei Georg Müller, München, erschienen. Alraune, Tochter einer Prostituierten und eines Lustmörders, ist durch künstliche Befruchtung gezeugt worden und lebt selbst sexuell äußerst freizügig, treibt Männer in den Tod, verfällt dem Vampirismus und begeht letztlich Suizid.

FRANK, LEONHARD. *Der Mensch ist gut.* Novellensammlung, Ende Oktober 1917 im Züricher Max Rascher Verlag erschienen. Da die Novellen offen gegen den Krieg Position bezogen, wurde die Buchausgabe in Deutschland und Österreich verboten, allerdings illegal mit großem Erfolg schon ab Dezember 1917 verbreitet und gelangte – z. T. in Raubdrucken – auch an die Front. 1919 folgte eine erste reguläre Veröffentlichung in Deutschland bei Gustav Kiepenheuer, Potsdam.

FRANK, LEONHARD. *Die Räuberbande.* Roman, erstmals erschienen im Juni 1914 bei Georg Müller, München, im November desselben Jahres mit dem Fontane-Preis ausgezeichnet und hochgelobt u. a. von Thomas Mann. Franks autobiografisch gefärbtes Debüt erzählt den Werdegang des aus einfachen Verhältnissen in der Würzburger Provinz stammenden Michael Vierkant und seiner Freunde, mit denen er sich zu einer rebellischen Bande zusammenschließt. Michael bricht in die Großstadt auf, um Künstler zu werden, seine Freunde verharren in der kleinbürgerlichen Enge der Provinz.

HEINE, HEINRICH. *Der Rabbi von Bacharach.* Historischer Roman von Heinrich Heine (1797–1856) über einen Kindsmord, der dem Rabbi der Gemeinde untergeschoben und zu Flucht und Vertreibung der Juden aus dem vermeintlich friedlich-romantischen Städtchen führt; 1840 erstmals erschienen.

HUCH, RICARDA. *Der Fall Deruga.* Kriminalroman, erstmals 1917 bei Ullstein, Berlin, erschienen. Erzählt wird der Fall des Arztes Deruga, des Mordes an seiner Frau angeklagt. Im Lauf der Verhandlung entpuppt sich die Getötete als Todkranke, die um Sterbehilfe bat. Der Roman gilt als aufschlussreiche gesellschaftliche Darstellung der Zeit.

HUCH, RICARDA. *Der große Krieg in Deutschland.* Historischer Roman in drei Bänden, erschienen 1912–1914 im Insel-Verlag, Leipzig, später unter dem Titel *Der Dreißigjährige Krieg* in gestraffter Form neu aufgelegt, behandelt die umwälzende Epoche 1585–1650.

VON KEYSERLING, EDUARD. *Fürstinnen.* Roman, 1916 in Velhagen &

Klasings Monatsheften, 1917 bei S. Fischer, Berlin, in Buchform erschienen. Erzählt wird von Fürstin Adelheid, die nach dem Tod des Gatten ihre drei Töchter standesgemäß verheiraten will. Dabei führt Keyserling das krampfhafte Festhalten an alten Privilegien und überkommenen Standesdünkel meisterhaft vor und entlarvt die Aristokratie als nicht reform- und zukunftsfähig.

VON KEYSERLING, EDUARD. *Wellen*. Roman, Erstausgabe 1911 bei S. Fischer, Berlin, nach einem Vorabdruck in der *Neuen Rundschau*. In der Sommerfrische an der Ostsee, zu der sich einige Adelige und Künstler versammeln, kommt es rund um die geschiedene und damit nicht mehr gesellschaftsfähige Gräfin Doralice und ihrem Gefährten, dem Maler Hans, zu erotischen Verwicklungen, die tragisch enden. Stimmungsvoll fängt Keyserling die besondere Atmosphäre der Landschaft ein und macht sie zum Spiegelbild des Geschehens.

MANN, HEINRICH. *Der Untertan*. Roman, Vorabdruck erster Auszüge in der Satirezeitschrift *Simplicissimus* 1911 und 1912, ab Januar bis kurz nach Ausbruch des Ersten Weltkrieges 1914 Vorabdruck in der Zeitschrift *Zeit im Bild*, Buchausgabe im Dezember 1918 bei Kurt Wolff, Leipzig. Geschildert wird mit ironischer Distanz die Lebensgeschichte von Diederich Heßling als typischer Repräsentant des Bürgers im Deutschen Kaiserreich vom unsicheren Jüngling über den Studenten in einer schlagenden Verbindung bis zum Fabrikbesitzer, der seinen Untergebenen unerbittlich gegenübersteht.

MANN, HEINRICH. *Professor Unrat*. Roman, 1905 erstmals erschienen bei Albert Langen, München, erzählt den Niedergang des moralisch strengen Gymnasialprofessors Raat, der der Revuesängerin Rosa Fröhlich verfällt, sie heiratet und letztlich an seiner Eifersucht und an der Erkenntnis, den eigenen Ansprüchen nicht mehr zu genügen, zerbricht.

MANN, THOMAS. *Bekenntnisse des Hochstaplers Felix Krull.* Roman, entstanden 1910–1913 und 1950–1954; Geschichte des Fabrikantensohns Felix Krull, erzählt in Form von dessen Memoiren. Nach dem Bankrott und Selbstmord des Vaters laviert er sich mit Gaunereien, sexuellen Abenteuern und Liebschaften durch Europa, bis er in eine andere Existenz schlüpft, um eine Weltreise anzutreten. Der geplante zweite Teil, der die Geschichte des erwachsenen und seiner Vergehen überführten Mannes zeigt, ist nur in Stichworten erhalten. Erste Fassungen erschienen 1922 und 1923 bei S. Fischer, Berlin, der abgeschlossene Erste Teil 1954 ebenfalls bei S. Fischer, jetzt Frankfurt/ M.

MANN, THOMAS. *Betrachtungen eines Unpolitischen.* Schrift, erstmals erschienen kurz vor Kriegsende im Herbst 1918 bei S. Fischer, Berlin. In den mehr als 600-seitigen Ausführungen, die während des Krieges entstanden sind, bezog Thomas Mann vor allem gegen seinen Bruder Heinrich politisch Stellung und setzte sich mit dem deutschen Sonderweg auseinander, der aufgrund der besonderen Geistesgeschichte des Landes den Obrigkeitsstaat als geeignete Staatsform erscheinen lasse und letztlich eine konservative Revolution zur Wiederherstellung der alten Ordnung nach dem Krieg notwendig mache.

MANN, THOMAS. *Tod in Venedig.* Novelle, die nach einer limitierten Erstausgabe und einem Abdruck in der *Neuen Rundschau* 1913 bei S. Fischer, Berlin, erschien. Sie erzählt von der Verliebtheit des verwitweten, alternden Schriftstellers Gustav von Aschenbach in den vierzehnjährigen Knaben Tadzio, den er am Lido, dem Badestrand Venedigs, heimlich beobachtet und in deren Folge er jede Würde zu verlieren scheint.

REUTER, GABRIELE. *Aus guter Familie.* Roman, 1895 bei S. Fischer, Berlin, erschienen, erzählt die Geschichte einer ›höheren Tochter‹ in der Kaiserzeit, die an dem vorgezeichneten Lebensweg von jungem Fräulein, Gattin und Mutter zerbricht. Wegen seiner drastischen, ehrlichen Darstellung wurde der Roman zu einem Kultbuch für junge Frauen der damaligen Zeit und erreichte bis 1931 achtundzwanzig Auflagen.

ZU REVENTLOW, FANNY. *Herrn Dames Aufzeichnungen oder Begebenheiten aus einem merkwürdigen Stadtteil*. Roman, erstmals 1913 bei Albert Langen, München, erschienen. Er stellt eine ironisch-satirische Abrechnung mit der Schwabinger Boheme um 1900 und vor allem mit dem legendären Kreis der »Kosmiker« um Karl Wolfskehl, Stefan George u. a. und ihrer Ideen dar.

RUEDERER, JOSEF. *Das Erwachen. Ein München Roman bis zum Jahr 1848*. Posthum 1916 im Verlag der Süddeutschen Monatshefte erschienen. In dem ersten Band des unvollendeten Romanzyklus über München wird eher episodenhaft denn als geschlossene Geschichte die Zeit unter Ludwig I. als Aufbruch in die Moderne geschildert, versinnbildlicht durch die Diskussion um die Anlage des neuen (Haupt-)Bahnhofs und die sich der modernen Industrie öffnenden Stadt.

RUEDERER, JOSEF. *Das Grab des Herrn Schefbeck. Eine Münchner Geschichte*. 1912 erstmals veröffentlicht im Verlag der Süddeutschen Monatshefte. Satirische Novelle um den verbotenen und zutiefst verpönten Schacher mit den begehrten, aber streng begrenzten Ruhestätten auf dem traditionsreichen Münchner Südfriedhof sowie den gezwungenen Versuch, bis zuletzt den schönen Schein von Ansehen und Wohlstand zu bewahren.

VON SUTTNER, BERTHA. *Die Waffen nieder!*. Roman. 1889 erstmals im Verlag Edgar Pierson in Dresden erschienen, erreichte bis 1905 allein im deutschsprachigen Raum siebenunddreißig Auflagen und wurde in fünfzehn Sprachen übersetzt. Erzählt wird das Schicksal einer Frau, die während vier Kriegen in der zweiten Hälfte des neunzehnten Jahrhunderts einen Großteil ihrer Familie verliert und zur überzeugten Pazifistin wird. Bis zu Erich Maria Remarques *Im Westen nichts Neues* (1929) gilt der Roman als wichtigstes Werk der Antikriegsliteratur. Bertha von Suttner (1843–1914), die sich selbst als Pazifistin engagierte, erhielt 1905 als erste Frau den Friedensnobelpreis.

THOMA, LUDWIG. *Jozef Filsers Briefwexel*. 1912 in Buchform bei Albert Langen, München, veröffentlicht, zuvor in der Wochenschrift *Simplicissimus* erschienen; politisch-satirische Briefe des fiktiven Landtagsabgeordneten Jozef Filser an seine Frau, in absichtlich schlechtem Bairisch und mit vielen orthografischen und sonstigen Fehlern gespickt, über seine Erlebnisse im Parlament und der bayerischen Landeshauptstadt.

THOMA, LUDWIG. *Lausbubengeschichten. Aus meiner Jugendzeit*. 1905 erstmals erschienen bei Albert Langen, München. Sammlung von autobiografisch gefärbten Geschichten über eine Kindheit und Jugend in Oberbayern Ende des neunzehnten Jahrhunderts, die einen Einblick in das damalige (Familien-)Leben gewähren.

WEDEKIND, FRANK. *Franziska*. Theaterstück, entstanden 1911, uraufgeführt in den Kammerspielen München am 20. 11. 1912, erstmals in Buchform im Verlag Georg Müller, München 1912. Franziska schließt einen Teufelspakt, der ihr die Verwandlung in Franz ermöglicht, um das männliche Empfinden kennenzulernen. Gegenleistung ist die spätere Unterwerfung als Frau.

WILDE, OSCAR. *Das Bildnis des Dorian Gray*. Roman, im englischen Original 1891 bei Lock, Ward and Co., London, in Buchfassung erschienen und 1901 erstmals von Johannes Gaulke für den Leipziger Verlag Max Spohr ins Deutsche übertragen. Die Übersetzung von Hedwig Lachmann und Gustav Landauer, 1909 im Insel-Verlag zu Leipzig veröffentlicht, wurde besonders häufig nachgedruckt. Wildes einziger Roman erzählt die Geschichte des attraktiven Reichen Dorian Gray, der ein Porträt von sich besitzt, das an seiner statt altert. Der anfangs von vielen umschwärmte und geliebte Dorian entpuppt sich mehr und mehr als selbstverliebter, grausamer und skrupelloser Narzisst. Sein moralischer Zerfall erscheint als Spiegelbild der selbstverliebten, hedonistischen Gesellschaft des Fin de Siècle. Die homoerotischen Bezüge sorgten dafür, dass der Roman als anrüchig galt und im Unzuchtprozess gegen Oscar Wilde angeführt wurde.

ZWEIG, STEFAN. *Brennendes Geheimnis*. Novelle, Erstveröffentlichung in einer Novellensammlung 1911, erste Einzelveröffentlichung 1914 im Insel-Verlag, Leipzig. Erzählt wird von der Affäre einer verheirateten Frau mit einem jungen Baron, der sich mit deren zwölfjährigen Sohn anfreundet, um ihr nahe zu kommen, und damit den Jungen verwirrt.

Aus unserer großen Zeit. Frauenworte. Zum Besten vom Roten Kreuz. Texte und Gedichte bekannter Münchner Schriftstellerinnen zum Krieg, erschienen im J. F. Lehmann's Verlag, München 1914. Der Verlag veröffentlichte schon seit der Jahrhundertwende völkisch, rassistisch und antisemitisch gesinnte Literatur und unterstützte bereits in der Weimarer Republik Hitler und die NSDAP.

Liste der wichtigsten Figuren

BRACHVOGEL, Carry (1864–1942), Schriftstellerin und Frauenrechtlerin, Mitbegründerin des Münchner Schriftstellerinnen-Vereins

DITA Grafenstetter, geb. Gräfin zu Hengsdorff (geb. 1873), Ellys Mutter, Offizierswitwe

DOROTHEA (geb. 1893), ehemalige Mitschülerin von Elly

EISNER, Kurt (1867–1919), Politiker, Schriftsteller, Journalist, erster Ministerpräsident des Freistaates Bayern

ELLY (Eleonore) Grafenstetter (geb. 1894), Buchhändlerin

FRANZ (geb. 1870), Ausgeher (d. i. Laufbursche) bei den Lämmles

FÜRHOLZ, Winfried, Antiquariatsbesitzer

HAUENSTEIN, Rolf von (geb. 1884), erst Bursche von Ellys Vater, später Offizier in der königlich-bayerischen Armee

HENNI (Henriette) Reithmeier (geb. 1893), Ellys beste Freundin, Bürohilfe in der Buchhandlung

JOHANN (geb. 1897), ab 1913 Lehrling bei den Lämmles

KIRCHNER, Mathias (geb. 1883), Buchhändler, seit 1908 Gehilfe bei den Lämmles

LECHNER, Servatius, polizeilicher Zensor

LEO Kleefisch (geb. 1892), Buchhändler, seit 1913 Gehilfe bei den Lämmles

LORE Grimm, Buchhändlerwitwe aus der Altstadt

MARIE Lesser (Lebensdaten unbekannt), Gründerin der ersten Frauenbuchhandlung in Berlin 1924, Gründerin und Vorsitzende des Vereins für Buchhandelsgehilfinnen 1908–1924

NELE, Anwaltsgattin, Freundin von Dita

PRIVATDOZENT DOKTOR LILIENTHAL, Stammkunde, Deutschlehrer

Professorenwitwe Dreher, Stammkundin

Rahel Sonneberg (geb. 1885), Buchhändlerin, ab 1905 Gehilfin bei den Lämmles

Raimund Jasper, Arzt, Freund von Dita

Reithmeier, Elisabeth (geb. 1870), Hennis Mutter, Hausfrau

Reithmeier, Hubertus (geb. 1865), Hennis Vater, verbeamteter Schreiber im Innenministerium

Reventlow, Fanny Gräfin zu (1871–1918), Schriftstellerin, Übersetzerin, Malerin

Rosendorf, Albert (geb. 1880), Buchhändler, seit 1903 Gehilfe bei den Lämmles

Ruth Lämmle (geb. 1870), Cousine von Theres, Mitbesitzerin der Buchhandlung in der Amalienstraße

Schöffel, Ministerialrat im Innenministerium, Stammkunde

Schorsch (Georg), Schreinerkollege, Parteigenosse von Zacherl

Schrannenmüller, Gustav, Buchhändler aus der Altstadt

Sieglinde (geb. 1893), ehemalige Mitschülerin von Elly

Sonja Lerch (1882–1918), Sozialistin, Pazifistin

Theres Lämmle (geb. 1866), Besitzerin der Buchhandlung in der Amalienstraße

Toller, Ernst (1893–1939), Schriftsteller, Dramatiker, sozialistischer Revolutionär

Vroni (Veronika) Eversbusch (geb. 1876), seit 1896 Buchhalterin bei den Lämmles

Wachtmeister Spörl, Gendarm im Revier Türkenstraße

Zacherl (Zacharias) Reithmeier (geb. 1891), Schreinergeselle, Sozialdemokrat, ältester Bruder von Henni

Nachbemerkung

Buchhandlungen sind magische Orte. Nie schaffe ich es, an einer vorbeizugehen. Selbst in Städten und Ländern, deren Sprache ich nicht spreche, muss ich hinein und sauge ihre Atmosphäre in mich auf. Es ist eine eigene, faszinierende Welt, die für mich immer überraschende Entdeckungen und unzählige Geschichten bereithält.

Auch die *Buchhandlung in der Amalienstraße* ist eine solch eigene Welt voller Geschichten. Eine davon erzähle ich in meinem Roman. Sie ist frei erfunden und dennoch eng verflochten mit der Zeit und der Umgebung, in der sie angesiedelt ist: die Münchner Maxvorstadt zu Beginn des zwanzigsten Jahrhunderts, während des Großen Krieges und der Revolution. Es ist das Viertel der Universität und Kunstakademie, der Ministerien und Museen, der Wirtshäuser und Cafés, der Beamten, Akademiker und kleinen Leute, aber vor allem der Studenten, Künstler und Bohemiens.

Hier leben und arbeiten meine Buchhändlerinnen und die meisten anderen Figuren meines Romans, begegnen historisch belegten Figuren wie etwa den Schriftstellern Kurt Eisner, Ernst Toller und Leonhard Frank sowie vor allem den Schriftstellerinnen Carry Brachvogel, Fanny zu Reventlow, Emma Haushofer-Merk, Ricarda Huch und Annette Kolb. Der Münchner Schriftstellerinnen-Verein wurde übrigens tatsächlich im Oktober 1913 gegründet, ebenso 1894 der Münchner Verein für Fraueninteressen. Er existiert bis heute.

Wer Bücher liebt, liebt auch Buchhandlungen. Ich hatte das Glück, schon früh in meiner Heimatstadt mit Ros Rebmann von der Buchhandlung Rebmann, Boppard, eine sehr engagierte Buchhändlerin kennenzulernen, die meine Begeisterung für diese Orte nachhaltig geprägt hat. Dafür bin ich ihr bis heute dankbar. Im Lauf der Jahre sind viele interessante Buchhandlungen und anregende Begegnungen mit Buchhändlerinnen und Buchhändlern dazugekommen. Für diesen Roman habe ich mit einigen von ihnen ausführlicher über ihre Entscheidung, diesen Beruf zu ergreifen, ihre Träume und Wünsche, ihren Werdegang und den heutigen Alltag gesprochen. Da ich mich aus praktischen Gründen vor allem in Münchner Buchhandlungen umgehört habe, betrachten Sie die folgende Liste bitte nur als willkürliche Auswahl all der wunderbaren Buchmenschen, die uns landauf, landab zuverlässig und engagiert mit Lesestoff versorgen und die ich rein zufällig über ihren Beruf ausgehorcht habe. Mein herzlicher Dank geht hier also speziell an Marianne Geier (Buch & Bohne München), Diane Gill (Bücher Hacker München), Lisa Panke (Buchoase Döbeln), Eleni Rigea (Schmidt und Hahn Nürnberg), Dagmar Reitz (Bopparder Buchladen), Ursel Roth und Christoph Stampfl (Hugendubel Fünf Höfe München), Katrin Schmidt (Buchhandlung Lesezeichen Germering), Pamela Scholz und Petra Schulz (Glockenbachbuchhandlung München), Susanne Steufmehl (Michaelsbund München) sowie Friederike Wagner (Buchpalast Haidhausen). Ihre ehrlichen Antworten waren sehr aufschlussreich und inspirierend für mich. Es hat mir den Zugang zu dieser Welt, die ich als Käuferin, Leserin und Schriftstellerin kenne und schätze, noch einmal von einer anderen Seite aus ermöglicht.

Ich hoffe, Sie, liebe Leserinnen und Leser, haben beim Lesen der Geschichte der *Buchhandlung in der Amalienstraße* ebenso viel Vergnügen wie ich, in diese besondere Welt der Bücher und Geschichten einzutauchen. Ein Hoch auf die Buchhandlungen, Buchhändlerinnen und Buchhändler, dass Sie uns auch in Zukunft mit vielen weiteren Geschichten versorgen.

Quellenangaben Motto

HELENE BÖHLAU, *Halbtier,* Roman, 1899, zit. nach https://www.projekt-gutenberg.org/boehlau/halbtier/chap013.html.

CARRY BRACHVOGEL, *Hebbel und die moderne Frau*, Vortrag 1911, zit. nach Ingvild Richardsen (Hg.), *Evas Töchter. Münchner Schriftstellerinnen und die moderne Frauenbewegung 1894–1933*, München 2018, S. 242.

Proviant-Magaz.
Turnanstalt
Kammer-Spiele
Theresien-Str.
Blüthen S.
Schule
Post
Neue Pinakothek
Techn. Hochschule
Alte Pinakothek
Prinz Arnulf Kaserne
Gabelsberger Str.
Steinheil S.
Dachauer Str.
Arzberger-Keller
Löwenbräu-Keller
Löwen-Brauerei
Spaten-Brauerei
Stiglmaier Pl.
Karl Str.
Brienner Str.
Augusten Str.
Glyptothek
Königs Platz
Propyläen
Vers. Ges. Arminia
Prinz Ludw. S.
Ton Halle
Türken Str.
Amalien Str.
Glück S.
Jäger S.
Barer Str.
Karolinen Pl.
Obelisk
Lotzbeck'sche Sammlung
Kunstausstellung
Benedikt Klost.
Bonifazius K.
Basilika
Arcis Str.
Apollo-Theater
Höh. Tocht. Schule
Verkehrs Minist.
Hirten Str.
Luisen Str.
Sophien Straße
Glaspalast
Alter Botan. Garten
Arco
Otto S.
Maximilians-Platz
Odeons Platz
Theatiner Str.
Salvator S.
Pranner S.
Landtags-Geb.
Erzbischöfl. Pal.
Promenade Platz
Maffei S.
Starnb. Bhf.
HAUPT-BHF
Holzkirch. Bhf.
Bahnhof Platz
Elisen Str.
Justiz Palast
Prielmayer Str.
Schützen Str.
Karls Platz
Karls Tor
Neuhauser Str.
Kaufinger S.
Frauen Platz
Löwengrube
Marien Platz
Schwanthaler Str.
Landwehr Str.
Sonnen Str.
Herzogspital S.
Josef Spital
Damenstift
Hackens.
St. Johann K.
Sendlinger Str.
Sendlinger Tor Pl.
Rosental
Viktualien Markt
Schule
Deutsches Theater
Augenklinik
Post
Mathilden Str.
Hygienisches Inst.
Paul Heyse Str.
Pettenkofer Str.
Uhland S.
Lessing S.
Goethe Str.
Beethoven Pl.
Nußbaum Str.
Allgemeines Krankenhs.
Oberer Anger
Unterer Anger
Rumford Str.
Blumen Str.
Müller Str.
Gärtner Platz
Cornelius Str.
Reichenbach Str.
Fraunhofer Str.
Klenze Str.
Frauenklinik
Pestalozzi Str.
Alter Südlich. Friedhof
Neuer Südl. Friedhof
Thalkirchener Str.
Lindwurm Str.
Kapuziner Str.
Kapuziner Pl.
Thomas Brauerei
Goethe Pl.
Ring
Kaiser Ludwig Pl.
Schubert S.
Haydn S.
Herzog Heinrich Str.
Kobell S.
Walther Str.
Ringseis S.
Turnhalle
Schlachthof
Zenetti Pl.
Zenetti Str.
Holz Str.
Jahn Str.
Auen Str.
Baum Str.
Am Glockenbach
ISAR
Erhardt Str.